W0077440

Reader's Digest Auswahlbücher

Reader's Digest Auswahlbücher

Verlag DAS BESTE

Stuttgart · Zürich · Wien

Die Kurzfassungen in diesem Buch erscheinen
mit Genehmigung der Autoren und Verleger
© 1980 by Verlag DAS BESTE GmbH, Stuttgart
Alle Rechte, insbesondere das der Übersetzung,
Verfilmung und Funkbearbeitung, im In- und
Ausland vorbehalten
280
PRINTED IN GERMANY
ISBN 3 87070 149 8

Inhalt

Wild wie das Meer

EINE KURZFASSUNG DES BUCHES VON

Wilbur Smith

INS DEUTSCHE ÜBERTRAGEN VON
HEINZ VON SAUTER

ILLUSTRATIONEN VON MICHAEL TURNER/JOHN ROSE

*Früher einmal war Nick Berg ein erfolgreicher Mann
gewesen. Glücklich verheiratet, vermögend und als
Vorstandsvorsitzender einer florierenden Reederei
viel beschäftigt, hatte ihm nichts im Leben gefehlt. Bis
ihn Duncan Alexander, sein Gegenspieler, aus-
bootete. Weltmann und Herzensbrecher zugleich,
hatte Alexander ihn um sein ganzes Glück und all
seinen Besitz gebracht – seine schöne Frau Chantelle,
die Reederei, seine Aktien. Ein einziges Schiff
war ihm geblieben, die* Magier.

Doch die Magier *ist kein gewöhnliches Schiff, sie ist
der modernste, stärkste Hochseeschlepper, der je
gebaut wurde. Und Nick Berg ist ein außergewöhn-
licher Kapitän. Kaum daß er ein Deck unter seinen
Füßen spürt, scheint er wieder ganz der alte zu sein:
kampflustig und einsatzfreudig, entschlossen, sich
alles zurückzuerobern, was er verloren hat. Als
schließlich der Funkoffizier der* Magier *einen Notruf
von hoher See auffängt, fackelt Nick Berg nicht lange.
Er gibt den Befehl zum Auslaufen, und ab geht
die Fahrt, immer südwärts in die Eishölle der
antarktischen Küstengewässer.*

*Packend und voller Leidenschaft erzählt, gehört
dieser neue Roman des Autors von* Der Sonnenvogel
*zu den spannendsten und besten seiner Art;
er ist feinst gesponnenes Seemannsgarn.*

Erstes Kapitel

Der Kai des Kapstädter Hafens war taghell erleuchtet. Nick Berg stieg aus dem Taxi, blieb stehen und schaute hinaus zu seinem Bergungsschlepper *Magier*.

Obwohl er vor Erschöpfung kaum einen klaren Gedanken fassen konnte, regte sich beim Anblick des Schiffes in ihm der alte Stolz. Wie ein Kriegsschiff sah die *Magier* aus, wendig und furchterregend zugleich. Mit ihrem hochragenden Bug, den Aufbauten aus Stahl und Panzerglas und den zurückgesetzten Nocks der Hauptkommandobrücke war sie den schlimmsten Wettern und dem wildesten Seegang gewachsen. Über dem breiten Achterdeck erhob sich eine zweite Brücke, von der aus die großen Winden und Kabeltrommeln bedient werden konnten, wenn es galt, einen schlingernden Bohrturm oder einen schwer beschädigten Überseedampfer zu schleppen. Hohe Zwillingsschlote, zwischen denen sich ein Landeplatz für Hubschrauber befand, ersetzten den gedrungenen einzigen Schornstein der Bergungsschlepper von herkömmlicher Bauart. Die Ähnlichkeit mit einem Kriegsschiff wurde noch unterstrichen durch die Wasserkanonen auf dem Oberdeck, aus denen die *Magier*, die selbst feuersicher war, fünfzehntausend Hektoliter Seewasser in der Stunde auf ein brennendes Schiff schleudern konnte.

Nick fühlte, wie die Leere in seinem Kopf ein wenig schwand, als er auf das Fallreep zuging. Die sollen sagen, was sie wollen, dachte er, ich habe den Kahn gebaut, und er ist stark und zuverlässig.

Obwohl es schon eine Stunde vor Mitternacht war, drängte sich die ganze Besatzung der *Magier* an Deck, und jeder suchte sich einen günstigen Platz, um die Ankunft des Kapitäns nicht zu verpassen. David Allen, der junge Erste Offizier, der mit seinem struppigen, sonnengebleichten Haarschopf wie ein Abiturient aussah, stand mit dem Oberingenieur auf der Hauptkommandobrücke und beobachtete, wie die einsame Gestalt langsam auf der Mole näher kam.

„Das ist er." Allens Stimme klang heiser vor Ehrfurcht.

„Er kommt sich vor wie ein Filmstar." Vinny Baker, der australische Oberingenieur, zog seine rutschende Hose hoch und schnaubte verächtlich.

„Er war Erster Offizier bei unserem alten Konkurrenten, Jules Levoisin", betonte Allen. „Er kennt sich gut aus im Schlepperhandwerk."

„Das ist fünfzehn Jahre her." Baker ließ die Hose los und schob dafür seine rutschende Brille hoch. „Aber in der Zwischenzeit ist er Kapitän – und Reeder geworden. Lauf doch hinunter und fall ihm um den Hals." Baker schnaubte abermals und verzog sich in sein Heiligtum, den Maschinenkontrollraum, zwei Decks tiefer, wo ihn Kapitäne und Reeder im allgemeinen in Ruhe ließen.

Atemlos und rot vor Erregung erreichte Allen die Fallreeptür. Der neue Kapitän war bereits auf der Gangway.

Obwohl Nick Berg nicht überdurchschnittlich groß war, wirkte er mit seinen breiten, kräftigen Schultern unter dem blauen Kaschmirjackett wie ein Riese. Sein dunkles Haar war sehr dicht und über der mächtigen faltenlosen Stirn zurückgekämmt. Das Gesicht mit der markanten Nase und dem ausgeprägten Kinn war hager, und sein starker Bartwuchs ließ die Wangen bläulich schimmern. Unter den tief in ihren Höhlen liegenden Augen zeigten sich dunkle Ringe.

Allen erschrak über dieses Gesicht, das leichenblaß schien vor Erschöpfung. Das war nicht das Gesicht des legendären Goldenen Prinzen von Christy Marine, das er so oft in Zeitungen und Illustrierten gesehen hatte. Vor Schreck fand er keine Worte.

Nick Berg blieb stehen und blickte ihm in die Augen. „David Allen?" Seine Stimme war tief und wohltönend.

„Ja, Käpt'n. Willkommen an Bord."

Nick lächelte, und für kurze Zeit verschwanden die Fältchen um seine Mundwinkel. Er bot Allen die Hand zum Gruß. Sie fühlte sich kalt an, aber Nicks Händedruck war so kräftig, daß Allen zusammenzuckte.

„Darf ich Ihnen Ihre Kajüte zeigen, Käpt'n?"

„Danke, aber ich kenne den Weg", erwiderte Nick, „ich habe das Schiff selbst entworfen."

Ein paar Minuten später standen sie in der Kapitänskajüte, und Nick sah sich um. „Hat Mac ein standesgemäßes Begräbnis erhalten?" fragte er.

„Ja, Käpt'n."

„Er war ein tüchtiger Mann", sagte Nick. „Wir sind sogar einmal zusammen zur See gefahren."

„Das hat er erzählt. Er hat gern damit geprahlt."

Einen Augenblick lang schwieg Nick und dachte an den toten Kapitän. Eine Schlepptrosse hatte ihm den Kopf abgetrennt, als sie abgerissen und wie eine Peitsche zurückgeschnellt war.

Die Erschöpfung hatte Nick sanft gestimmt, und er war nahe daran zu erklären, weshalb er selbst das Kommando auf der *Magier* übernommen hatte, anstatt für Mac einen anderen Mann anzuheuern, aber er unterdrückte die Regung wieder. Er hatte nie im Leben um Mitleid gebettelt.

„Bitte, entschuldigen Sie mich bei den Offizieren", sagte er, „ich bin in den letzten Wochen kaum zum Schlafen gekommen, und der Flug von Heathrow hierher hat mir den Rest gegeben. Ich werde sie morgen früh begrüßen."

Er drehte sich um und wankte in seine Schlafkabine.

Als Nick erwachte, stieg sofort wieder der alte Groll in ihm hoch. Beim Rasieren blickte ihm aus dem Spiegel ein finsteres Gesicht entgegen, und als die ersten Sonnenstrahlen in die Kabine fielen, sah er zum ersten Male Silberfäden in seinem Haar schimmern.

„Vierzig", sagte er zu sich selbst, „ich werde jetzt im Januar vierzig." Es war immer seine Überzeugung gewesen, daß ein Mann noch vor seinem vierzigsten Lebensjahr ganz oben sein mußte auf der Welle des Erfolgs – sonst würde er es nie mehr schaffen. Aber was galt für einen Mann, der es schon mit dreißig zu Ruhm und Erfolg gebracht hatte, sich aber nicht hatte auf Dauer behaupten können und, noch bevor er vierzig war, wieder abgestürzt war? Konnte auch der es nie mehr schaffen?

Nick trat unter die Dusche und ließ sich den heißen Wasserstrahl auf die Brust prasseln. Obwohl er noch lange nicht ausgeschlafen war, fühlte er, wie ein wenig von seiner früheren Spannkraft zurückkehrte. Es war das erste Mal seit Monaten, daß sich dieses Gefühl einstellte – ihm hatten anscheinend nur ein paar Decksplanken unter den Füßen gefehlt und der Geruch des Salzwassers. Seine Entscheidung, keinen neuen Kapitän anzuheuern, war also richtig gewesen. Er mußte selbst hier sein.

Schnell trocknete er sich ab und zog sich an, dann stieg er die eigens dem Kapitän vorbehaltene Schiffstreppe zum Oberdeck hinauf.

Sogleich fiel ihn der Wind an und trieb ihm die noch feuchten Haare ins Gesicht. Die steife Brise kam aus Südosten über den Tafelberg gebraust, der hinter Stadt und Hafen eine eindrucksvolle Kulisse abgab. Nick schaute zu dem Berg hinüber. Eine dicke weiße Wolkendecke, das sogenannte „Tafeltuch", flatterte von ihm herab und wirbelte über die grauen Felsabbrüche hinweg.

Dies war das „Kap der Stürme". Hier, wo die Südspitze Afrikas in eines der heimtückischsten Meere auf dem ganzen Erdball vorstieß, wo der Wind im ewigen Kampf mit der Strömung lag, mischten sich tosend die Fluten zweier Ozeane. Und hier führte eine der meistbefahrenen Seestraßen der Welt vorbei, auf der die riesigen Öltanker in endlosem Pendelverkehr zwischen der westlichen Hemisphäre und dem Persischen Golf wie bei einer Prozession vorüberzogen. Darum hatte Nick die *Magier* hier in Kapstadt stationiert. Denn ungeachtet ihrer Größe waren diese Supertanker wohl die verwundbarsten Schiffe, die je von Menschenhand gebaut worden waren.

Nick fühlte, wie Kraft und Schwung immer mehr in ihn zurückkehrten, als er in den Frühstücksraum hinabging.

Er trat ein, ohne daß ihn jemand bemerkte. Aufgeregtes Stimmengewirr erfüllte den Raum, kritische Bemerkungen und Spekulationen waren zu hören. Der Oberingenieur hielt eine alte Nummer von *Lloyd's List* in den Händen und las den andern mit starkem australischem Akzent einen Artikel vor. Seine Brille war ihm bis auf die Nasenspitze herabgerutscht, und seine Stimme klang wie eine verstimmte Gitarre.

„...in seiner Rede würdigte der neue Vorstandsvorsitzende Mr. Nicholas Bergs fünfzehnjährige verdienstvolle Tätigkeit bei Christy Marine..."

Die fünf Offiziere hörten gespannt zu und vergaßen darüber sogar ihr Frühstück – bis David Allen aufblickte und die Gestalt an der Türe bemerkte.

„Der Kapitän!" rief er, fuhr hoch, riß gleichzeitig Vinny Baker die Zeitung aus der Hand und ließ sie unter den Tisch verschwinden. „Käpt'n, darf ich Ihnen die Offiziere der *Magier* vorstellen."

Verlegen aufspringend, schüttelten die Männer hastig ihrem Kapitän die Hand, bevor sie sich wieder setzten und schweigend ihr Frühstück weiteraßen. Nick nahm auf dem Kapitänsstuhl am Kopfende des langen Tisches Platz, und Allen setzte sich auf die zerknitterte Zeitung.

Der Steward bot Nick ein Schälchen mit Kompott an.

„Ich hätte gern ein weiches Ei", sagte Nick ruhig. In diesem Augenblick tauchte aus der Kombüse ein Riese von einem Mann auf. Er trug eine schneeweiße Schürze und eine lächerlich große Kochmütze und bewegte sich wie ein Tänzer. Das Haar fiel ihm in einer kunstvoll gelegten Welle bis auf die rechte Schulter herab, und am linken Ohrläppchen funkelte ein kleiner Brillantohrring. Mit einer Hand, die behaart war wie die eines Gorillas, wies er auf das Kompott und flötete dabei mit seiner Mädchenstimme: „Verstopfung ist des Seemanns Fluch, Käpt'n! Ich koche Ihnen gleich Eier, mein Lieber, aber essen Sie erst Ihr Kompott. Es wird Ihnen guttun." Sein Brillant blitzte, als er verschwand.

Bedrückendes Schweigen herrschte im Raum, als Nick ihm nachstarrte.

„Ein phantastischer Koch, Angel heißt er!" versicherte David Allen eilig, wobei er errötete. „Könnte auf jedem Überseedampfer eine Stellung kriegen, der Mann. Auch ist er beinahe so etwas wie ein Arzt. Er hat fünf Jahre Medizin studiert."

„Höchst zweckmäßig, einen Arzt an Bord zu haben", fügte Vinny Baker hinzu.

Nick kostete ein wenig von dem Kompott. Alle Offiziere beobachteten ihn gespannt, als er noch einen Löffel davon nahm.

„Sie müssen unbedingt auch mal seine Marmelade kosten, Käpt'n", sagte Allen.

„Danke, meine Herren, für Ihre Ratschläge", erwiderte Nick mit einem vergnügten Augenzwinkern. „Aber würde bitte jemand Angel ausrichten, daß ich ihm seine lächerliche Mütze über die Ohren ziehe, wenn er mich noch einmal ‚mein Lieber' nennt."

In dem befreienden Gelächter, das folgte, wandte Nick sich an David Allen. Prompt wurde der junge Offizier wieder rot, als Nick ihn fragte: „Sie haben diese Nummer von *Lloyd's List* doch sicher schon ausgelesen. Immerhin ist sie ja schon ein ganzes Jahr alt. Macht es Ihnen etwas aus, wenn ich auch einmal hineinschaue?"

Widerstrebend erhob sich Allen und zog die Zeitung hervor. Es wurde sehr still im Salon, als Nick die zerknitterten Blätter ordnete und den Zeitungsartikel ohne sichtliche Erregung las.

Der Goldene Prinz von Christy Marine entthront!

Nick haßte diesen Spitznamen. Es war eine Schrulle des alten Arthur Christy gewesen, vor den Namen eines jeden seiner Schiffe das

Wort „golden" zu setzen, und vor zwölf Jahren, als Nick unerhört rasch zum Betriebsdirektor von Christy Marine aufstieg, hatte ihm irgendein Spaßvogel diese Bezeichnung angehängt.

Als Betriebsdirektor hatte Mr. Nicholas Berg mitgeholfen, das unbedeutende Unternehmen Christy Marine, das sich bis dahin auf Küstenschiffahrt und Bergungseinsätze beschränkt hatte, zu einer der fünf größten Reedereien der Welt auszubauen.

Nach dem Tod von Mr. Arthur Christy im Jahre 1968 wurde Mr. Nicholas Berg dessen Nachfolger als Vorstandsvorsitzender der Gesellschaft und führte vom Firmensitz in London aus die sensationelle Expansion fort. Christy Marine baut zur Zeit den Mammuttanker *Golden Dawn*. Er wird mit einer Million Tonnen das größte Schiff sein, das je vom Stapel gelaufen ist.

1965 heiratete Nicholas Berg Chantelle Christy, die einzige Tochter von Mr. Arthur Christy. Die Ehe wurde jedoch im September letzten Jahres geschieden, und die frühere Mrs. Berg heiratete bald darauf Mr. Duncan Alexander, den neuen Vorsitzenden von Christy Marine.

Nick hatte ein flaues Gefühl im Magen. Er wollte jetzt nicht an sie denken, konnte aber das lebhafte Bild nicht loswerden, das sich in seinem Kopf festsetzte. Als Chantelle damals von ihm ging, nahm sie alles mit – die Gesellschaft, sein Lebenswerk und Peter, seinen und ihren Sohn. Immer wenn er an den Jungen dachte, mußte er sie hassen. Die Zeitung zitterte in seiner Hand. Im Nu war er sich wieder bewußt, daß ihn die fünf Männer beobachteten – und eiligst nahm er sich zusammen.

Er konnte sich diese Grübeleien nicht leisten. Diese Welt war ein einziges Glücksspiel, und wer dabeisein wollte, durfte sich nicht lange mit der Vergangenheit aufhalten.

... würdigte der neue Vorstandsvorsitzende ...

Duncan Alexander hatte nur ein Motiv für diese Würdigung gehabt, dachte Nick grimmig. Er wollte die hunderttausend Aktienanteile an Christy Marine, die Nick gehörten.

Mit diesen Anteilen hatte man zwar noch lange keinen Einfluß auf die Geschäfte des Hauses, denn Chantelle besaß eine Million davon, und eine weitere war im Besitz des Christy Trust, aber Duncan hatte erkannt, daß Nicks Anteile seine Stellung in der Gesellschaft stärken würden.

Duncan Alexander hatte auch alle Hebel bei Christy Marine in Bewegung gesetzt, er hatte Nicks Arbeit in jeder Hinsicht behindert und seine Pläne durchkreuzt. Dennoch brauchte er fast ein Jahr dazu, um Nicks Anteile zu erhalten – Nicks bescheidenes Entgelt für die Arbeit, mit der er ein Vermögen von sechzig Millionen Dollar für Vater und Tochter Christy aufgebaut hatte. Er und Duncan hatten verbissen und voller Haß gepokert. Sie waren einander vom ersten Tag an, als Duncan das Gebäude von Christy Marine in der Leadenhall Street betrat, spinnefeind gewesen. Er galt als des alten Arthur Christys neuestes Wunderkind, als Finanzgenie, das noch kurze Zeit vorher bei *International Electronics* Triumphe gefeiert hatte.

Schließlich war Nick aus der Firma ausgetreten und hatte, sozusagen als Abstandszahlung, die Tochtergesellschaft von Christy Marine – den Christy Schlepp- und Bergungsdienst – mit allen ihren Aktiva und Passiva übernommen.

Nick ließ die Zeitung sinken, und sogleich machten sich seine Offiziere wieder eifrig über ihr Frühstück her.

„Ich vermisse einen Offizier", sagte Nick.

„Das ist nur der Krebs, Käpt'n", erwiderte Allen, „der Funkoffizier Speirs. Wir nennen ihn so, weil er wie ein Einsiedlerkrebs lebt."

„Er kommt nämlich nie aus seinem Gehäuse heraus", erklärte Vinny Baker.

„Na schön", Nick ließ es dabei bewenden. „Ich werde später mit ihm sprechen."

So warteten sie nun, fünf auf Neuigkeiten erpichte Männer, und nicht einmal Baker konnte seine Neugier völlig hinter der Fassade des kaltschnäuzigen Australiers verbergen.

„Ich möchte Ihnen die neue Lage der Dinge erklären. Der Oberingenieur war so freundlich und hat diesen Artikel vorgelesen, vermutlich im Namen all jener, die ihn vor einem Jahr nicht haben selbst lesen können." Niemand sagte etwas, und Baker fuhrwerkte auffallend geschäftig mit dem Löffel in seinem Haferbrei herum. „So wissen Sie also, daß ich keinerlei Verbindung mehr mit Christy Marine habe. Der Christy Schlepp- und Bergungsdienst gehört jetzt mir und ist mittlerweile ein vollkommen unabhängiges Unternehmen. Daher habe ich es auch in ‚Ozeanreederei; Schlepp- und Bergungsdienst' umbenennen lassen. Wir besitzen zwei Schiffe – dieses hier, die frühere *Goldmagier*, und ihr Schwesterschiff, das früher einmal *Goldene Seehexe* heißen sollte und das demnächst zur Probefahrt auslaufen wird."

Er wußte genau, was alles von diesen beiden Schiffen abhing. Lange schlaflose Nächte hindurch hatte er über den Zahlen gebrütet, bevor er seine Anteile an Christy Marine, die mit drei Millionen Dollar veranschlagt waren, gegen die Tochterfirma getauscht hatte.

Auf dem Papier besaß die kleine Reederei Aktiva im Wert von etwa vier Millionen Dollar, aber diesen standen Schulden in gleicher Höhe gegenüber. Wenn er auch nur einen Monat mit den Zinsen, die er für diese Schulden zahlen mußte, im Rückstand blieb – er unterdrückte diesen Gedanken rasch, denn bei einem Zwangsverkauf war der Wert des Unternehmens gleich Null –, dann wäre er endgültig aus dem Rennen.

„Es wird Sie vielleicht interessieren, daß die Bezeichnungen ,Gold' und ,golden' bei diesem Schiff und bei seinem Schwesterschiff weggelassen wurden. ,Gold' und ,golden' gelten von nun an bei der Ozeanreederei als verpönt..."

Die Männer mußten lachen, und das Klima entspannte sich.

„Ich werde dieses Schiff führen, bis die Seehexe in Dienst gestellt ist. Das wird nicht lange dauern – und dann wird es die ersten Beförderungen geben." Nick klopfte abergläubisch auf den Mahagonitisch. Schon seit Weihnachten lag in Frankreich, wo die Seehexe gebaut wurde, ein Dockarbeiterstreik in der Luft. Das neue Schiff war immer noch nicht fertig, kostete Zinsen, und jede weitere Verzögerung konnte verhängnisvoll werden. „Ich habe der Esso angeboten, für sie einen Bohrturm von der Großen Australischen Bucht nach Südamerika zu schleppen. In den nächsten achtundvierzig Stunden erwarte ich eine Antwort, aber ich brauche Ihnen nicht zu sagen, daß wir nicht lange fackeln dürfen, wenn wir irgendeine andere große Chance bekommen. Ich wünsche, daß die Magier unverzüglich in See stechen kann." Bei der Anspielung auf Bergungsarbeit und Prämien horchten sie alle auf. „Oberingenieur?" wandte er sich mit fragendem Blick an Baker.

Dieser schnaubte, als erkenne er bereits darin eine Beleidigung: „In jeder Hinsicht bereit zum Auslaufen."

„Erster Offizier?" Nick sah David Allen an. Er hatte sich noch nicht an dessen jungenhaftes Aussehen gewöhnt, aber er wußte, daß der Offizier schon über dreißig und seit fünf Jahren im Besitz eines Kapitänspatents war.

„Ich warte noch auf einige Lieferungen, Käpt'n", antwortete Allen rasch, „aber wenn nötig, könnte ich schon in der nächsten Stunde in See stechen."

„Na schön." Nick stand auf. „Um neun werde ich das Schiff inspizieren."

Nick verließ den Frühstücksraum, aber Bakers Stimme war laut genug, um noch an sein Ohr zu dringen. Er hörte den Oberingenieur rufen: „Also, neun Uhr, Männer. Ganz hübscher Zauber, was?", aber er fand Bakers Versuch, wie die Jungs von der Royal Navy zu tönen, ziemlich kläglich.

Nick ging ruhig weiter und schmunzelte vor sich hin. Er kannte die bewährte australische Art, zu sticheln und nochmals zu sticheln, bis etwas passierte.

Es war lange her, daß er mit harten Burschen wie diesen auf so engem Raum gelebt hatte, und er konnte nicht behaupten, daß er es nicht wieder genossen hätte. Ja, er freute sich direkt auf eine Auseinandersetzung und spürte, wie sein Schritt rascher wurde und seine Laune besser.

Drei Stufen auf einmal nehmend, stieg er die Schiffstreppe zum Navigationsdeck hinauf. Da öffnete sich die Türe gegenüber seiner Kajüte, und inmitten dicker Qualmwolken, die von billigen holländischen Zigarren herrührten, erschien ein grauer, schrumpeliger Kopf mit kleinen dunklen, funkelnden Augen, der tatsächlich an den eines Einsiedlerkrebses erinnerte.

Es war die Türe zum Funkraum, die sich da geöffnet hatte, und der Kopf gehörte trotz seines Aussehens zu einem menschlichen Wesen. Nick hatte noch deutlich im Ohr, wie der frühere Kapitän einst seinen Funkoffizier beschrieben hatte: „Er ist der ungeselligste Vogel, mit dem ich je gefahren bin, aber er ist wahrscheinlich der beste Funker zur See. Er kann noch im Schlaf acht Frequenzen gleichzeitig abhören, gesprochen und in Morse."

„Käpt'n?" erkundigte sich der Krebs mit einer rauhen, verdrossenen Stimme.

Nick blieb stehen. „Käpt'n, ich habe da einen Aufruf an alle Schiffe aufgefangen."

Nick spürte das vertraute Kribbeln im Nacken.

„Die Koordinaten?" fragte er knapp, während er in den Funkraum trat.

„72°16′ Süd, 32°12′ West." Nick stieg die Hitze in den Kopf. Die Koordinaten ergaben sogleich ein Bild auf der Landkarte, die er augenblicklich in Gedanken zeichnete. Das Schiff befand sich mehr als dreitausend Meilen südwestlich vom Kap der Guten Hoffnung – tief drunten in der weiten verlassenen Einöde der antarktischen Gewässer, bereits im Weddellmeer.

Was für ein Schiff konnte das sein?

An diesem hellen, sonnigen Morgen war es im Funkraum stockduster wie in einer Höhle, dicke grüne Vorhänge verdunkelten die Fenster, nur die beleuchteten Skalen auf den aufgereihten Fernmeldeapparaturen gaben ein wenig Licht. Der Krebs saß auf einem Drehstuhl, die Hände an den Knöpfen, und plötzlich wurde das monotone Rauschen und Pfeifen durch das scharfe Stakkato einer Morsenachricht unterbrochen.

CTMZ 0603 GMT 72°16' S 32°12' W. ALLE SCHIFFE MIT DER MÖGLICHKEIT, HILFE ZU LEISTEN, BITTE MELDEN. CTMZ.

Nick brauchte das Funkhandbuch nicht zu Rate zu ziehen, um den Code zu erkennen. Er stand da wie vom Blitz getroffen. Hinter sich hörte er die Stimmen seiner Offiziere auf der Kommandobrücke, sie klangen ruhig – aber spannungsgeladen. Woher, zum Teufel, wissen die das schon? dachte Nick im stillen.

Die Verbindungstüre zur Brücke glitt beiseite, und David Allen erschien im Türrahmen. Er hielt ein Exemplar von *Lloyd's Register* in der Hand.

„CTMZ ist der Code für die *Golden Adventurer*, Käpt'n. Zweiundzwanzigtausend Tonnen. Eigentümer Christy Marine."

„Besten Dank, Erster." Nick kannte das Schiff gut. Er hatte seinen Bau persönlich veranlaßt und eigens für diesen Dampfer die Idee der Abenteuerkreuzfahrten aus der Taufe gehoben.

Die *Golden Adventurer* war ein Hochseekreuzer für reiche Passagiere, die das Außergewöhnliche lockte, und vermutlich einer der wenigen Passagierdampfer, die noch Gewinn brachten – und nun brauchte sie Hilfe.

Nick wandte sich wieder an den Krebs. „Hat sie bereits vor diesem Aufruf eine Nachricht durchgegeben?"

„Sogar schon zwei seit Mitternacht – im Code der Gesellschaft. Dadurch konnte ich ihren Kurs verfolgen."

„Haben Sie die Nachrichten aufgenommen?" fragte Nick, doch der Krebs hatte sein Bandgerät bereits auf Wiedergabe geschaltet. Der Fernschreiber begann zu rattern und druckte zwei lange Reihen mit chiffrierten Botschaften aus.

Hatte Duncan Alexander den Code von Christy Marine geändert?

Wenn ja, würden sie die Nachricht nie entschlüsseln. Nick verließ eilig den Funkraum mit dem Papierstreifen in der Hand.

Die Kommandobrücke der *Magier*, ganz aus blitzendem Chrom und Glas, war hell erleuchtet und zweckdienlich wie ein Operationssaal. Unter den riesigen Fenstern aus Panzerglas erstreckte sich der Kommandostand über die gesamte Breite des Raumes. Ein einfacher Stahlhebel ersetzte das altmodische Steuerrad auf früheren Schiffen. Mit Hilfe einer Fernbedienung konnte der Rudergänger das Schiff von jeder Stelle der Brücke aus steuern. Rückseitig lag der Navigationsraum mit dem Kartentisch und einer ganzen Batterie elektronischer Geräte, die Seite an Seite standen wie Spielautomaten in einer Bar in Las Vegas.

Nick schaltete den großen Decca-Funkortungscomputer auf Decodierung, und die Kontrollampen leuchteten auf, verblaßten wieder und erschienen dann plötzlich in Rot. Nick gab die verschlüsselte Botschaft ein, dazu den sechsstelligen Kontrollcode, den er selbst für Christy Marine entworfen hatte, dann starrte er gespannt auf den Output.

KAPITÄN ADVENTURER AN CHRISTY MARINE 2216 GMT 72°15′ S 32°05′ W UNTERWASSERSCHADEN DURCH EIS MITTSCHIFFS STEUERBORD. SICHERHEITSHALBER HAUPTSCHOTTEN GESCHLOSSEN. BLEIBEN SIE AUF EMPFANG.

Duncan hatte also den Code nicht geändert. Nick hätte am liebsten laut aufgejubelt, doch er griff beherrscht nach seinem Krokoetui mit den Zigarren. Seine Hand war ruhig und sicher, als er die Flamme an die Spitze des dünnen schwarzen Stumpens hielt.

„Da haben wir sie", sagte David hinter ihm.

Nick sah sich die Eintragungen auf der Karte an, entdeckte die punktierte Eisgrenze weit oberhalb des Schiffes und erkannte die bedrohliche Küstenlinie der Antarktis, in deren fürchterlichen Klauen aus Eis und Fels der Dampfer gefangen war.

Die zweite Nachricht und die Antwort darauf waren viele Stunden später über den Äther gegangen.

KAPITÄN ADVENTURER AN CHRISTY MARINE 0546 GMT 72°16′ S 32°12′ W EXPLOSION IM LECKGESCHLAGENEN TEIL. ALLE NOTMASSNAHMEN GETROFFEN. WASSER STEIGT. ERBITTE GENEHMIGUNG FÜR EINEN AUFRUF AN ALLE SCHIFFE. BITTE KOMMEN.

CHRISTY MARINE AN KAPITÄN ADVENTURER 0547 GMT MELDE-
AUFFORDERUNG GENEHMIGT. ES WIRD IHNEN AUSDRÜCKLICH
UNTERSAGT, MIT SCHLEPPERN ODER BERGUNGSSCHIFFEN OHNE
RÜCKFRAGE BEI CHRISTY MARINE ABZUSCHLIESSEN.

Duncan hatte nicht einmal die alte Kamelle „außer im Fall der Ge-
fährdung von Menschenleben" hinzugefügt. Der Grund hierfür war
unschwer zu erraten. Christy Marine versicherte die meisten ihrer
Schiffe bei einer ihrer Tochtergesellschaften, der London and European Insurance and Finance Company. Das Selbstversicherungssy-
stem war Duncans Idee gewesen.

Nick hatte sich erbittert dagegen gewehrt.

„Melden wir uns?" fragte Allen gedämpft.

„Funkstille", erwiderte Nick kurz angebunden. Dann schritt er die
Brücke auf und ab.

War das seine Chance? fragte er sich. Die *Magier* würde bei voller
Fahrt fünf Tage und Nächte brauchen, um die *Golden Adventurer* zu erreichen, bis dahin hatte man dort den Schaden vielleicht schon aus
eigener Kraft beheben können, und das Schiff war wieder manövrier-
fähig. Oder, wenn es dazu nicht in der Lage war, hatte es bis dahin vielleicht schon ein anderes Bergungsschiff in Schlepp genommen.

Nick blieb plötzlich vor der Tür zum Funkraum stehen und wandte
sich ruhig an den Krebs: „Stellen Sie eine Fernschreibverbindung her,
und geben Sie an Bernard Wackie auf den Bermudas durch: Benötige
Standortliste aller Bergungsschiffe."

Die *Magier* war über Satellit an das Fernschreibnetz angeschlossen.
Dadurch konnte Nick ohne weiteres mit seinem Agenten auf den
Bermudas oder mit einem beliebigen anderen Fernschreibteilnehmer
korrespondieren. So konnte er auch umgehen, daß die Nachricht auf
einer jedermann zugänglichen Frequenz von einem Konkurrenten abgehört wurde.

Während der langen Minuten des Wartens kamen Nick erste Bedenken. Der Entschluß, in See zu stechen, bedeutete, den Bohrturmschlepp für die Esso sausen zu lassen. Die Heuer hierfür spielte eine
wesentliche Rolle in seiner Finanzplanung – fünfhunderttausend Dollar, ohne die er die vierteljährlichen, in sechzig Tagen fälligen Zinsen
nicht würde zahlen können, es sei denn...

„Bernard Wackie antwortet", rief der Krebs durch das Klappern des
Fernschreibers, und Nick drehte sich auf dem Absatz um.

Er schaute auf seine Armbanduhr und rechnete sich aus, daß es auf den Bermudas zwei Uhr morgens war. Und dennoch war sein Agent zur Stelle und beantwortete umgehend seine Anfrage, wo sich die wichtigsten Konkurrenten in diesem Augenblick befanden.

BERNARD WACKIE AN KAPITÄN DER MAGIER. LETZTBEKANNTE POSITIONEN JOHN ROSS TROCKENDOCK DURBAN, WOLTEMA WOLTERAAD ESSO–SCHLEPP VON TORRESSTRASSE IN DIE KÜSTENGEWÄSSER VON ALASKA...

Das waren die zwei riesigen Schlepper von Safmarine. Die Namen und Positionen weiterer großer Bergungsschiffe liefen eilig aus dem Fernschreiber. Nick sah zu, an seinem ausgefransten Stumpen kauend, und mit jedem Mitbewerber, der aus dem Rennen fiel, da er vom havarierten Schiff zu weit entfernt war, fühlte er sich noch ruhiger. „...*La Mouette.*" Nicks Hand ballte sich zur Faust, als dieser Name auf dem weißen Papier erschien.

BRAZGAS–SCHLEPP BEENDET GOLFO DE SAN JORGE. AM 14. GEMELDET AUF FAHRT NACH BUENOS AIRES.

Nick stöhnte wie ein Boxer nach einem Tiefschlag und ging auf die offene Nock der Brücke, wo der Wind ihm in die Haare fuhr.

La Mouette, die Möwe, das war der beschönigende Name für Jules Levoisins gedrungenen schwarzen Schlepper mit seinen altmodischen hohen Aufbauten und dem herkömmlichen einzigen Schlot. Nick wußte nur zu gut, was in einem solchen Augenblick im Kopf seines früheren Kapitäns vorging, hatte er doch lange Zeit auf dessen altem Schlepper Dienst getan.

Wenn Jules Levoisin seinen Auftrag vor drei Tagen im südlichen Atlantik erledigt hatte, würde er in Comodoro Treibstoff getankt haben und nun scharf nach Süden steuern, flink wie ein Jagdhund mit einer frischen Fährte in der Nase.

Andererseits wußte Nick, daß die neuntausend Pferdestärken der *La Mouette* ihren plumpen Rumpf bestenfalls auf achtzehn Knoten bringen konnten. Die *Magier* hatte zweiundzwanzigtausend. Aber wenn man es mit Jules Levoisin aufnehmen wollte, war dieser Vorsprung noch lange nicht beruhigend. Nick fühlte, wie die Hochstimmung und das Wohlbefinden, die ihm am Morgen Auftrieb gegeben hatten, von ihm abfielen wie ein Mantel. Sorgen erfüllten ihn wie nie zuvor. Seit der Niederlage durch Duncan Alexander und der Trennung von der Frau, die er liebte, war er ein gebrochener Mann. Aber er erkannte, daß ihn die Wellen des Schicksals jetzt fortspülen würden, wenn er nicht sogleich die Kraft fand, das Ruder noch einmal herumzureißen. Diese Chance bot sich ihm nur einmal – und dann nie wieder.

Konnte er Jules Levoisin, seinem alten Kapitän, die Stirn bieten? Konnte er einen so sicheren Auftrag wie den Schlepp für die Esso einfach in den Wind schießen und alles, was ihm geblieben war, auf eine Karte setzen?

Er kehrte auf die Brücke zurück. Seine Offiziere beobachteten ihn in gespanntem Schweigen.

Er streckte die rechte Hand nach dem Maschinentelegrafen aus und schob den Hebel von ,,Stopp" auf ,,Achtung". ,,Maschinenraum", hörte er sich ganz ruhig und sachlich sagen, ,,Hauptdiesel anlassen."

Wie durch einen Nebel sah er die Gesichter seiner Deckoffiziere vor Freude aufleuchten.

,,Erster", fuhr er fort, ,,holen Sie beim Hafenmeister Erlaubnis zum sofortigen Auslaufen ein. Navigationsoffizier, ermitteln Sie bitte den Steuerkurs zur letztgemeldeten Position der *Golden Adventurer*."

Aus den Augenwinkeln sah er, wie David Allen dem Dritten Offizier, Tim Graham, freudestrahlend in die Rippen boxte, bevor er zum Funktelefon eilte.

Nick würgte es plötzlich im Hals. Er blieb ganz ruhig und aufrecht am Steuerpult stehen und bekämpfte die aufsteigende Übelkeit.

,,Brücke, hier Oberingenieur", kam eine ausdruckslose Stimme aus dem Lautsprecher über Nicks Kopf. ,,Hauptdiesel laufen." Eine Pause folgte, und dann das Wort, mit dem ein waschechter Australier seine Befriedigung ausdrückt: ,,Superschön!" Aber Baker sprach es in drei deutlich getrennten Silben aus: ,,Su-per-scheen!"

DREI Tage lang glitt die *Magier* pfeilschnell wie ein Fischotter durchs Wasser, immer mit Kurs auf die Antarktis.

Von keiner Landmasse aufgehalten, jagte hier ein Tiefdruckgebiet das andere über die kalte weite See, und die Wellen türmten sich auf wie wandernde Bergketten. Die *Magier* nahm sie mit ihrer Steuerbordschulter, durchstieß jeden Wogenkamm in einem Schwall weißen Gischts, der von ihrem hochragenden Bug aufspritzte wie bei einem Torpedotreffer. Das klare grüne Wasser schoß über ihr hohes Vorderdeck und brauste über den Schlepper hinweg nach achtern, wenn er sich gierend aus der Welle herauswand und jäh in das Tal hinabglitt, das sich vor ihm auftat. Die zwei Schiffsschrauben hoben sich über die Wasseroberfläche, liefen leer, und die plötzlichen hohen Umdrehungen ließen das ganze Schiff dröhnend vibrieren, bis sie automatisch gedrosselt wurden. Dann griffen die Schrauben wieder, und die volle Kraft der beiden starken Dieselmotoren trieb das Schiff ins Wellental hinab. Dort, zwischen den Wellenkämmen, war es vom Wind abgeschirmt, und eine unheimliche Stille setzte ein, die die hochragende nächste Wellenwand nur noch bedrohlicher erscheinen ließ. Wenn die *Magier* diese in einer schwindelerregenden Steilfahrt erklomm, daß selbst die wachhabenden Offiziere in die Knie gingen, neigte sich die Brücke nach hinten, und in der Fensterfront erschienen die tiefhängenden Wolken, die über den düsteren Himmel jagten.

Nick hatte sich in einer Ecke der Brücke auf seinem Kapitänsstuhl niedergelassen, wo er dem Schlingern des Schiffes in der stürmischen See folgte und in aller Ruhe seine Zigarre rauchte.

Alle paar Minuten blickte er nach Westen – als fürchte er, jeden Augenblick könne die *La Mouette* auf dem Kamm der nächsten Woge erscheinen –, aber er wußte, daß sie viele hundert Meilen entfernt war und sich dem schiffbrüchigen Passagierdampfer von einer ganz anderen Seite her näherte.

Jules Levoisin hatte Nick den Trick mit der Funkstille gelehrt. Levoisin stellte zu einem manövrierunfähigen Schiff immer erst Kontakt her, wenn er es auf seinem Radarschirm hatte. Dann meldete er sich ganz plötzlich über Funk: „Ich bin in Ihrer Nähe und kann Sie binnen zwei Stunden in Schlepp nehmen. Sind Sie mit ‚Lloyd's Open Form' einverstanden?"

Der Kapitän des havarierten Schiffes, der vielleicht schon nicht mehr an eine Rettung geglaubt hatte, ging dann unter Umständen vorschnell auf das Hilfsangebot ein. Und wenn die *La Mouette* so protzig, wie Levoisin sie nur aufputzen konnte, voll beflaggt und hell erleuchtet am Horizont auftauchte, war der Kapitän meistens mit einem Vertrag nach Lloyd's Open Form – kein Erfolg, keine Bezahlung – einverstanden, eine Entscheidung, die die Schiffseigner in der nüchternen Atmosphäre eines Londoner Verhandlungssaales oft bereuten. Denn Lloyd's Open Form bedeutete den Verzicht auf eine feste Vereinbarung. Vielmehr wurde die Vergütung für eine erfolgreiche Bergung vom Schiedsgericht bei Lloyd's in London festgesetzt, die Höhe des Bergungslohns stieg mit dem Wert des geretteten Objekts.

Außerdem berücksichtigte das Schiedsgericht bei seiner Entscheidung auch noch die Schwierigkeiten und Gefahren, mit denen die Bergung verbunden war.

Ein Kapitän vom Schlage eines Jules Levoisin würde seinen Wagemut und seine große Umsicht so farbenprächtig ausmalen, daß die zuerkannte Prämie in die Millionen gehen konnte.

Nick hielt es nicht länger untätig in seinem Segeltuchstuhl. Kurz schätzte er den Wellenberg ab, der sich vor seinem Schiff auftürmte, und überquerte mit wenigen raschen Schritten die Brücke. Dort hielt er sich am verchromten Handgriff über dem Decca-Computer fest. Auf dem Tastenfeld tippte er den Funktionscode, der den Apparat auf Navigation einstellte.

Sogleich wertete das Gerät die Daten aus, die ihm die Satelliten hoch über der Erde vermittelten. Aus diesen Angaben bestimmte der Computer dann die Position der *Magier* auf der Erdoberfläche – mit einer Genauigkeit von fünfundzwanzig Metern.

Diese Schiffsposition verglich er dann automatisch mit derjenigen von vor vier Stunden und druckte rasch die zurückgelegte Entfernung und die Geschwindigkeit des Schiffes aus.

Ärgerlich runzelte Nick die Stirne. Die *Magier* brachte einfach nicht die Leistung, die er sich ausgerechnet hatte, als er den Entschluß faßte, mit der *La Mouette* in Konkurrenz zu treten. Rasch ging er zur Sprechanlage. „Maschinenraum, bestätigen Sie, daß wir mit größtmöglicher Schubkraft fahren."

„Der Zeiger steht bereits am roten Strich, jawohl, Käpt'n", gab der Oberingenieur gleichgültig zurück, gerade als die nächste See mit Getöse über das Schiff hereinbrach.

Der „rote Strich" zeigte die maximale Drehzahl an, die vom Hersteller der gigantischen Dieselmotoren als zulässige Dauerleistung empfohlen war.

Nick wollte die Maschinen so effektiv wie möglich ausnützen, ohne in den kritischen Drehzahlbereich zu kommen und den Motoren mehr als achtzig Prozent ihrer Höchstleistung abzuverlangen, was bei längerem Betrieb zu Dauerschäden führte.

Nick stand einen Augenblick still und versuchte zu ergründen, warum die *Magier* langsamer lief. Plötzlich schoß ihm eine Möglichkeit durch den Kopf, und seine Augen funkelten vor Zorn. Er nickte dem Dritten Offizier zu, der Deckwache hatte, und verschwand durch den Ausgang an der Rückseite der Brücke in seinem Tagesraum. Das war ein Schachzug, denn er wollte möglichst unbemerkt plötzlich unter Deck erscheinen. Von seinem Raum aus hastete er die Schiffstreppe hinunter.

Der Maschinenkontrollraum war ebenso modern und hell erleuchtet wie die Kommandobrücke der *Magier*. Er war durch seine Glaswände vollständig isoliert gegen das Dröhnen der zwei riesigen Dieselmotoren, das draußen den weißgestrichenen, höhlenähnlichen Maschinenraum erfüllte. Nach altem Brauch mußte sich jeder Besucher, einschließlich des Kapitäns, beim Oberingenieur anmelden, bevor er den Maschinenkontrollraum betrat. Nick kümmerte sich nicht um diese Sitte und schlüpfte leise durch die Glasschiebetüre.

Vinny Baker stand über seine Anlage gebeugt. Nick hatte das Bedienungspult bereits erreicht, als der Oberingenieur seine Anwesenheit bemerkte. Nick war sehr ärgerlich, und seine Lippen waren nur noch ein schmaler weißer Strich. „Sie haben sich über meinen Befehl hinweggesetzt", warf er dem Oberingenieur in gedämpftem leidenschaftslosem Ton vor, ohne sich seine Wut anmerken zu lassen. „Sie fahren die Maschinen nur mit siebzig Prozent."

„Das ist am roten Strich – nach meiner Betriebsanleitung", widersprach ihm Baker. „Ich fahre meine Maschinen bei diesem Seegang nicht mit achtzig Prozent. Da hätten wir bald Kolbensalat..." Er machte eine Pause, als der nächste Wellenkamm das Heck der *Magier* mit Wucht in die Höhe riß. Der Maschinenraum erzitterte, die Glaswände klirrten. „Hören Sie sich das an, Mann."

„Ich will eine höhere Fahrleistung", verlangte Nick entschieden und wies auf den verchromten Hebel, mit dessen Hilfe der Ingenieur die von der Brücke verlangte Leistung einstellen konnte. „Es ist mir gleich, wann Sie den Hebel bedienen, solange es nur innerhalb der nächsten fünf Sekunden geschieht."

„Verschwinden Sie aus meinem Maschinenraum – und spielen Sie wieder mit Ihren Papierschiffchen."

„Schön", erwiderte Nick, „dann mache ich es eben selbst." Und er trat vor den Hebel.

„Lassen Sie die Finger von meinen Maschinen", brüllte Baker und hob einen schweren Eisenhaken vom Boden auf. „Fassen Sie nichts an, sonst haue ich Ihnen die Fresse ein – Sie hergelaufener Fatzke."

„Sie haben wohl zuviel Bundaberg-Rum intus, Sie Angeber", erwiderte Nick ruhig, während er nach dem Hebel griff. „Und wenn ich Sie vorher umlegen muß, aber wir fahren mit achtzig Prozent."

Das hatte Baker nicht erwartet. Er ließ das Eisen krachend zu Boden fallen. „Das Ding brauch ich nicht", verkündete er, steckte seine Brille in die Hüfttasche und zog die Hose hoch. „Es macht mehr Spaß, Sie mit bloßer Hand in Einzelteile zu zerlegen."

Erst jetzt erkannte Nick, wie groß und muskulös der Ingenieur war. Baker hatte die Fäuste geballt, sie sahen aus wie Vorschlaghämmer. In Boxerstellung geduckt kam er über das schwankende Deck, und seine langen kräftigen Beine federten beim Gehen leicht in den Knien.

Nick hatte den verchromten Hebel kaum angefaßt, da kam Bakers erster Fausthieb, so schnell, daß Nick nur noch im letzten Moment ausweichen konnte. Dabei schlug er instinktiv zurück und schmetterte seine Faust Baker in die Achselhöhle, daß dem Ingenieur die Luft wegblieb. Aber schon landete Baker einen linken Schwinger auf Nicks Schulter, doch Bakers knochige Faust glitt ab und traf ihn an der Schläfe.

Obwohl der Schlag Nick nur gestreift hatte, wurde es plötzlich Nacht vor seinen Augen. Er ließ sich nach vorne in den Clinch sinken und umklammerte Bakers muskulösen Körper, während er abwartete, bis das Dröhnen in seinem Kopf nachließ. Er fühlte, wie Baker sein Gewicht verlagerte, und erschrak darüber, wieviel Kraft noch in dem sehnigen Oberingenieur steckte.

Plötzlich wußte er, was als nächstes kommen würde. Denn an Bakers Stirn, halb unter dem buschigen rotblonden Haaransatz verborgen, sah er kleine weiße Narbenwülste, die von früheren Kämpfen herrühren mußten. Nick war gewarnt.

Baker beugte sich zurück wie eine Kobra, die zum Biß ausholt, und dann stieß er seinen Kopf vorwärts. Es war ein klassischer Kopfstoß, der nach Nicks Gesicht zielte, und hätte er voll getroffen, hätte er ihm das Nasenbein zerschmettert und alle Zähne ausgeschlagen. Aber Nick ließ schnell den Kopf herabsausen, indem er das Kinn auf seine Brust zog, und so krachten sie mit der Stirn gegeneinander. Es klang wie splitterndes Holz. Unter der Wucht des Aufpralls mußte Nick loslassen, und beide Männer taumelten über das schwankende Deck.

„Kämpfen Sie fair, Sie hergelaufener Wichtigtuer!" heulte Baker. Erst kurz vor der Wand des Maschinenkontrollraumes hatte er das Gleichgewicht wiedergefunden und sich erneut in Kampfstellung aufgebaut. Als sich dann die *Magier* plötzlich stark nach der anderen Seite neigte, erkannte er seine Chance: Er brauchte nicht erst Schwung holen, sondern stürzte einfach das abschüssige Deck hinab. Wieder hielt

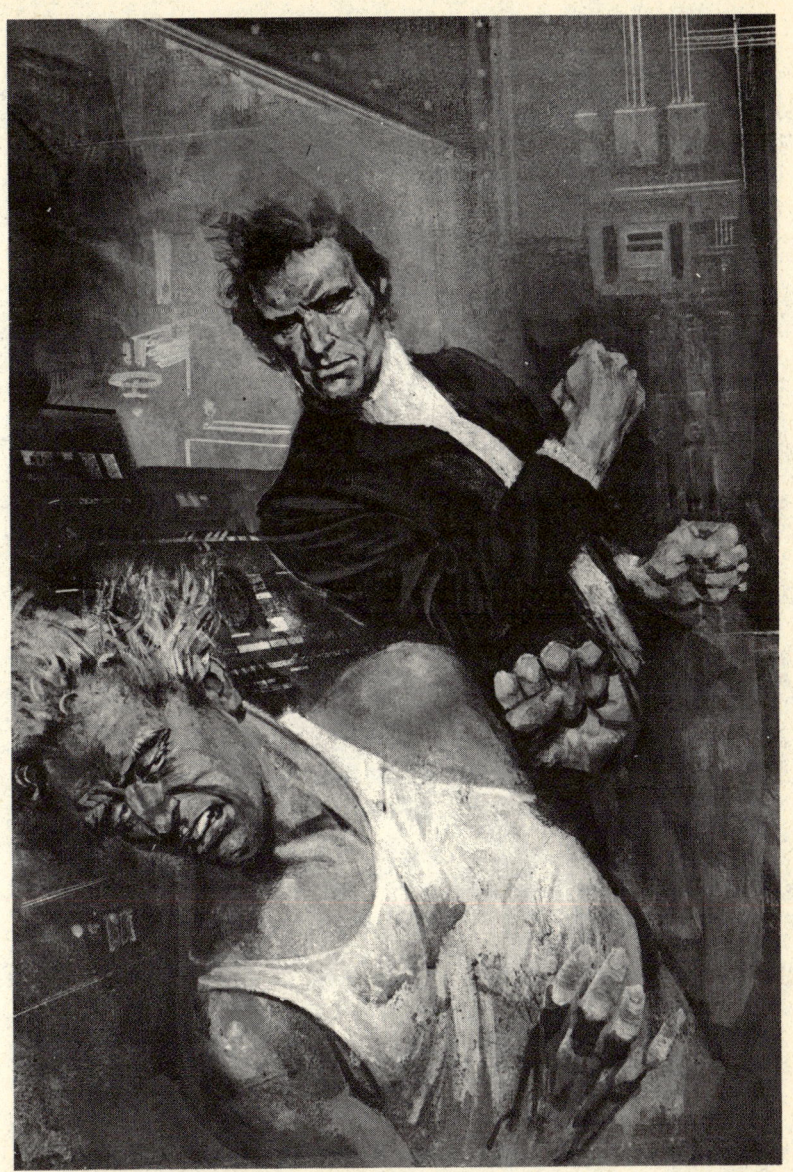

er den Kopf gesenkt wie ein wilder Stier, und es sah aus, als wolle er Nicks Rippen zerschmettern.

Nick wich geschickt aus wie ein Torero. Er schlang blitzschnell den Arm um Bakers Nacken und rannte an Bakers Seite mit, dessen Kopf immer im Würgegriff unten haltend. So rasten sie durch die ganze Länge des Maschinenkontrollraums, bis ihnen das Panzerglas am anderen Ende des Raumes den Weg versperrte und Bakers Schädel wie ein Rammbock gegen die Wand krachte.

Der Oberingenieur kam zu sich, als Angel ihm die klaffende Kopfwunde zunähte.

Baker wollte gleich wieder um sich schlagen, aber der Koch hielt ihn nieder.

„Schön ruhig, mein Schatz." Angel machte den ersten Knoten.

„Wo ist diese Schlägertype?" nuschelte Baker.

„Ist ja schon beinah alles vorbei, mein Kleiner", erwiderte Angel ruhig. „Und du hast noch Glück gehabt, daß er dir nur eins über den Kopf gebraten hat – sonst hätte er dir vielleicht noch weh getan." Er setzte die Nadel wieder an.

Baker zuckte zusammen, als Angel den Faden durchzog und wieder verknotete.

„Er hat an meinen Maschinen herumgefummelt. Ich hab's ihm gegeben."

„Du hast ihn eingeschüchtert", pflichtete ihm Angel schmunzelnd bei. „Und jetzt nimm einen kräftigen Schluck aus meinem Fläschchen und bleib liegen. Ich will dich zwölf Stunden in dieser Koje sehen – sonst komm ich und stopf dich rein. Übrigens, der Käpt'n läßt dir sagen, daß Jules Levoisin, während du hier die Primadonna gespielt hast, vermutlich schon fünfhundert Meilen aufgeholt hat."

„Levoisin? Ich geh sofort zu meinen Maschinen zurück", verkündete Baker, trank rasch das Arzneiglas mit dem braunen Saft aus und rumpelte aus der Koje.

Auf der Kommandobrücke setzte sich Nick in seinen Segeltuchstuhl und betastete vorsichtig die dicke Schwellung an seiner Stirn. Er hatte das Gefühl, als hätte man ihm den Kopf mit einem Eisenband zusammengeschnürt.

Schließlich zündete er sich eine Zigarre an, aber die schmeckte wie ein geteertes Seilende. Als er sie wieder ausdrückte, läutete das Telefon.

„Brücke, hier ist der Maschinenraum."

„Was gibt's, Chef?"

„Niemand hat mir gesagt, daß wir es mit der *La Mouette* zu tun haben", verkündete Baker. „Keinesfalls darf dieser fröschefressende Mistkerl vor uns dort sein. Wir fahren achtzig Prozent, von jetzt an."

Nick mußte trotz der bohrenden Schmerzen in seinem Kopf grinsen. „Su-per-scheen!" sagte er und legte den Hörer auf.

Aus Allens Stimme klang Bedauern. „Tut mir leid, daß ich Sie wecken muß, Käpt'n, aber die *Golden Adventurer* meldet sich."

„Ich komme sofort", murmelte Nick und schwang die Beine aus der Koje.

Der Erschöpfungsschlaf war tief und traumlos gewesen, aber er brauchte nur Sekunden, um die dunklen Schleier abzuschütteln, die seine Sinne trübten.

Als er auf die Brücke kam, war der Wind auf Stärke sechs angewachsen, und die *Magier* schwankte noch heftiger und ungleichmäßiger.

Der Krebs saß blaß, zusammengesunken und übernächtigt vor seinen Apparaten und wandte kaum den Kopf, als er Nick die Nachricht gab.

KAPITÄN DER ADVENTURER AN CHRISTY MARINE...

Der Computer dechiffrierte rasch, und Nick knurrte, als er die neueste Positionsangabe sah – um den Dampfer stand es nun wesentlich schlechter.

...HAUPTMASCHINEN IMMER NOCH AUSSER GEFECHT. STRÖMUNG TREIBT UNS OSTWÄRTS UND ERREICHT ACHT KNOTEN. NORDWESTWIND STÄRKE SECHS. GEFAHR DURCH TREIBEIS.

„Strömung und Wind treiben die *Golden Adventurer* auf das Land zu", murmelte David Allen, während seine Finger über die Landkarte glitten.

Er wies auf die gefährliche, zerklüftete Küste von Coats Land. „Sie ist jetzt achtzig Meilen davon entfernt. Wenn sie weiter so schnell treibt, wird sie in weniger als zehn Stunden auf Grund laufen."

„Falls sie nicht vorher mit einem Eisberg zusammenstößt", erwiderte Nick. „Wie lange brauchen wir, um sie zu erreichen?"

„Noch vierzig Stunden, Käpt'n." Allen zögerte und strich sich eine dichte hellblonde Locke aus der Stirn. „Das heißt, wenn wir diese Geschwindigkeit halten können; aber wir werden wohl langsamer fahren müssen, sobald wir das Eis erreichen."

Nick setzte sich wieder auf seinen Stuhl.

Er dachte an die unglückliche Lage, in der sich der Kapitän des Dampfers jetzt befand, dessen Schiff in höchster Gefahr war, und mit ihm sechshundert Menschen.

„Verzeihung, Käpt'n", sagte Allen, „wenn der Kapitän weiß, daß Hilfe naht, könnte ihn das von einer Verzweiflungstat abhalten." Allen zögerte, aber Nick blieb still. „Die Lufttemperatur ist dort unten fünf Grad unter Null, und wenn der Wind mit dreißig Stundenmeilen bläst, droht allen eine lebensgefährliche Unterkühlung. Wenn sie in die Boote gehen, bei diesem..." Allen sah Nick erwartungsvoll an. Es war einfach eine Frage der Menschlichkeit, der Mannschaft mitzuteilen, daß sie nur achthundert Meilen entfernt waren und rasch näher kamen.

Wie auf ein Signal hin erhob sich Nick aus seinem Stuhl und ging vorsichtig über das schwankende Deck nach Steuerbord zur Nock der Brücke.

Er öffnete die Tür und trat in den Sturm hinaus. Die bittere Kälte raubte ihm schlagartig den Atem, gleich einem Ertrinkenden schnappte er nach Luft. Eisiger Gischt stach ihm wie mit stählernen Nadeln ins Gesicht.

Behutsam sog er die naßkalte Luft ein. Er spürte die Nähe des Eises. Für einen Seemann war das Treibeis wie ein gigantisches Seeungeheuer, und Nick liefen kalte Schauer über den Rücken, als er daran dachte.

Er kehrte in die hellerleuchtete, geheizte Brücke zurück, sein Entschluß war gefaßt. „Erster, vor uns ist das Eis."

„Ich habe eine Wache an das Radar gestellt, Käpt'n."

„Sehr gut", erwiderte Nick. „Aber wir wollen jetzt auf halbe Kraft gehen." Er zögerte. „Und es bleibt bei der Funkstille."

Nick sah die Anklage in Allens Blick, bevor er sich umwandte, um das Kommando zum Herabsetzen der Geschwindigkeit zu geben. Er brauchte einige Kraft, um die plötzliche Regung zu unterdrücken, seine Entscheidung zu begründen, eine Regung, die nur selten in ihm aufkam. Der Entschluß war schwer gewesen, aber er hatte es mit zwei hartgesottenen Burschen zu tun. Er wußte, daß er es sich nicht leisten konnte, Jules Levoisin auch nur einen Fingerbreit Vorsprung zu lassen. Der andere, Duncan Alexander, war voll Haß und Rachsucht gegen ihn und hatte schon einmal versucht, ihn zu vernichten. Nick mußte schon in einer äußerst günstigen Position sein, um mit beiden fertigzuwerden. Der Kapitän der *Golden Adventurer* würde noch ein wenig länger Angst und Ungewißheit ertragen müssen, aber Nick wußte, daß die Mannschaft jede weitere dramatische Entwicklung auf dem Dampfer, wie etwa den Entschluß, das Schiff zu verlassen, über Funk durchgeben würde, und dann hatte er immer noch die Möglichkeit einzugreifen.

Nick ging zu seinem Stuhl und setzte sich, um die restlichen Stunden der kurzen antarktischen Sommernacht wachend zu verbringen.

So weit das Auge reichte, war das Meer vor der *Magier* mit Eisschollen übersät.

Manche hatten die Größe eines Billardtisches und trieben kratzend und scharrend die Schiffsflanken entlang, schließlich schaukelten und tanzten sie im Kielwasser. Andere hatten die Größe von Häuserblocks, unheimliche, seltsam geformte Kolosse, so hoch wie die *Magier* mitsamt ihrem Aufbau. Das Eis darin war zerklüftet und bildete Tausende weißer Waben.

Sie fuhren noch zu schnell, Nick wußte das, aber er verließ sich darauf, daß seine Offiziere an Deck wachsam genug waren, das Schiff sicher hindurchzusteuern. Über dem Horizont türmte sich eine große ununterbrochene Kette hochragender Klippen auf, die im Licht der tiefstehenden Sonne smaragd- und amethystfarben erglühte – ein treibender Tafelberg aus festgebackenem hartem Eis, siebzig Kilometer lang und sechzig Meter hoch. Von der Windseite her lief schwere See an und brandete gegen den Eisberg, so daß der weiße Gischt weithin sichtbar emporschoß.

„Sehen Sie doch, wie ruhig es auf der Leeseite ist." Allen zeigte dorthin. „Da könnte man einen Sturm von der Windstärke zwölf überstehen."

Bald darauf erreichte die *Magier* den Windschatten des Eisberges. Innerhalb kaum mehr als einer Schiffslänge war die See, die sich eben noch wie ein wild stampfender, sich aufbäumender Hengst gebärdet hatte, wie ausgewechselt, denn hier schlummerte sie friedlich wie ein Bergsee.

Die Windstille kam Angel sehr gelegen.

Auf einem Tablett brachte er einen ganzen Berg knusprigbrauner Hörnchen herein und Schalen mit dampfendem, schaumigem starkem

Kakao. Um drei Uhr morgens saß die Offiziersmannschaft im Licht der blassen Sonne beim Frühstück, und alle bestaunten sie die unwahrscheinliche Schönheit der Eistürme. Die jüngeren Offiziere stießen sich lachend an, als eine Schule von fünf schwarzen Schwertwalen so dicht vorüberschwamm, daß man die weißen Wangenflecken und die großen grinsenden Mäuler durch das klare, eisige Wasser sehen konnte.

Nick wollte an der spontanen Heiterkeit der anderen nicht teilhaben. Eigentlich fand er das Lachen sogar störend, jetzt, da so viel auf dem Spiel stand – sechshundert Menschenleben, ein großes Schiff, das viele Millionen wert war, seine ganze Zukunft...

Plötzlich knackte und rauschte es in den Bordlautsprechern, und sogleich verstummten alle auf der Brücke und lauschten. Nick sprang hastig auf, als deutlich eine Stimme zu vernehmen war.

„Mayday, Mayday, Mayday. Hier spricht die *Golden Adventurer*...“

Nick stürzte zum Funkraum, während die ruhige Männerstimme fortfuhr und die Koordinaten der Schiffsposition durchgab.

„Dampfer in höchster Gefahr. Treffen Vorkehrungen, vor dem Auflaufen von Bord zu gehen. Kann uns irgend jemand zu Hilfe kommen? Ich wiederhole, kann uns irgendein Schiff zu Hilfe kommen?“

„Großer Gott –“, Allens Stimme bebte vor Besorgnis. „Sie ist nur fünfzig Meilen vom Kap Alarm entfernt und wir noch zweihundertzwanzig.“

„Wo zum Teufel ist die *La Mouette?*“ knurrte Nick.

„Wir müssen jetzt sofort Funkkontakt aufnehmen, Käpt’n.“ Allen sah von der Karte auf. „Sie können die Leute nicht in die Rettungsboote lassen – nicht bei diesem Wetter, Käpt’n. Das wäre Mord.“

„Danke, Erster“, sagte Nick ruhig. „Ihr Rat ist mir jederzeit willkommen.“

Allen errötete, aber vor Ärger, nicht vor Verlegenheit.

Nick wußte, daß Allen recht hatte.

Jetzt galt es nur noch eins – Menschenleben zu retten; also mußte er sogleich eine Nachricht durchgeben. Die *La Mouette* hatte das Tauziehen um die Funkstille gewonnen. Nick setzte eine Botschaft auf, in der er dem Kapitän riet, das Verlassen des Schiffes aufzuschieben, bis die *Magier* zu ihm aufgeschlossen hatte.

Die Stille auf der Brücke war jetzt, da sich der Sturm draußen ganz gelegt hatte, noch größer. Alle blickten auf Nick, warteten auf seine Entscheidung.

Dann hörten sie wieder das Knacken in den Lautsprechern, und Nick wußte sofort, wem die Stimme mit dem starken französischen Akzent gehörte.

> „Kapitän der *Adventurer*, hier spricht der Kapitän des Bergungsschleppers *La Mouette*. Komme so schnell wie möglich zu Hilfe. Nehmen Sie Lloyd's Open Form an? Meine Position ist…"

Nick wollte sich die Erregung nicht anmerken lassen, aber sein Herz schlug wild in seiner Brust. Jules Levoisin hatte das Schweigen gebrochen!

„Mein Gott! Er ist vor uns." Allen konnte man die Besorgnis vom Gesicht ablesen, als er die Position der *La Mouette* auf der Karte eintrug. „Die *La Mouette* ist uns um hundert Meilen voraus."

„Nein." Nick schüttelte den Kopf. „Er lügt, das tut er immer." Er zündete sich eine Zigarre an, und als sie endlich brannte, wandte er sich an den Funkoffizier: „Haben Sie eine Funkpeilung von der *La Mouette?*"

Der Krebs sah von seinem Peilgerät auf. „Ja, schon", sagte er, „aber keine Entfernung…"

Nick unterbrach ihn. „Nehmen wir einmal an, er hat es auf dem kürzesten Weg vom Golfo de San Jorge bis hier herunter geschafft." Er wandte sich an Allen. „Wo würde sich diese Linie dann mit unserer Peilung schneiden?"

„Der Schnittpunkt liegt über dreihundert Seemeilen weiter zurück."

„Ja", bestätigte Nick. „Der alte Pirat würde nie seine genaue Position in alle Welt hinausposaunen. Wir liegen vor ihm und werden die *Golden Adventurer* in Schlepp nehmen, noch bevor er sie überhaupt erst auf dem Radarschirm hat."

„Werden Sie jetzt mit Christy Marine Kontakt aufnehmen, Käpt'n?"

„Nein, Erster."

„Aber die *Golden Adventurer* wird mit der *La Mouette* abschließen – wenn wir kein Angebot machen."

„Das glaube ich nicht", murmelte Nick und hätte beinahe hinzugefügt: Duncan Alexander wird nicht auf Lloyd's Open Form eingehen, da seine Schiffe doch bei ihm selbst versichert sind. Er wird es schon gar nicht tun, solange das Schiff noch frei schwimmt, sondern wird um eine Vergütung pro Tag und eine Erfolgsprämie feilschen, und Jules Levoisin wird da nicht anbeißen. Der alte Fuchs wird sicher auf die dicken Rosinen spekulieren.

Aber Nick sagte es nicht, sondern murmelte nur: „Wir fahren stur weiter wie bisher, Erster."

ZWEITES KAPITEL

KAPITÄN BASIL REILLY von der *Golden Adventurer* war groß und drahtig. Der dicke Schnurrbart in seinem sonnengebräunten, an vielen Stellen dunkelfleckigen Gesicht glänzte silbrig wie das Fell eines Polarfuchses, und seine hellen, intelligenten Augen waren von einem Netz feiner Fältchen umgeben.

Er stand auf der Nock seiner Kommandobrücke und sah den schweren, dunklen Wellen zu, die gegen sein hilfloses Schiff brandeten. Er überprüfte schließlich den Sitz seiner Schwimmweste und überdachte noch einmal seine Lage.

Die *Golden Adventurer* hatte während der ersten Wache, für die traditionsgemäß der jüngste Navigationsoffizier eingeteilt war, eine riesige Eisplatte gerammt. Solche Eisplatten stellten eine der größten Gefahren auf See dar. Während die meisten Eisberge hoch genug herausragten, um vom Radar erfaßt zu werden, und selbst noch der unaufmerksamsten Deckwache aufgefallen wären, lagen die Eisplatten mit ihrer gewaltigen Masse fast vollständig unter Wasser und waren praktisch unsichtbar. Man konnte sie bestenfalls an der Höhe der Wellen, die über sie hinwegliefen, oder an Wirbeln erkennen, die die Strömung um sie herum bildete – und bei Nacht entgingen einem auch diese Anzeichen.

Der Dritte Offizier ging also gerade Wache, und die *Golden Adventurer* machte nur vorsichtig Fahrt bei zwölf Knoten, als sie auf eines dieser Riesendinger lief. Obwohl der Stoß an Bord fast unbemerkt geblieben war, hatte die waagerechte Eiskante das Schiff unterhalb der Wasserlinie wie ein Messer aufgeschlitzt. Ein fünf Meter langes Leck in der Bordwand, vier Meter unterhalb des Freibordstrichs, war entstanden, und zwei wasserdichte Abteilungen waren in Mitleidenschaft gezogen worden. Eine davon war der Hauptmaschinenraum.

Mit dem Wasser allein waren sie noch leicht fertiggeworden, bis ein

Kurzschluß eine Explosion ausgelöst hatte. Von diesem Augenblick an kämpfte Kapitän Reilly darum, das Schiff über Wasser zu halten. Doch es sank langsam, Zentimeter für Zentimeter, trotz aller Bemühungen.

Vor drei Tagen hatte Reilly alle Passagiere von unten auf das Hauptdeck heraufbeordert und alle wasserdichten Schotten geschlossen. Besatzung und Passagiere waren nun in den Gesellschaftsräumen und Rauchsalons untergebracht.

Der ehemalige Luxusdampfer glich nun einer belagerten Stadt. Im Nu waren alle Räume überfüllt, unhygienisch, schmutzig. Die sanitären Einrichtungen erwiesen sich als unzureichend. An Heizung war nicht zu denken, denn die Notstromgeneratoren lieferten gerade genug Strom, um das Schiff zu versorgen – die Pumpen, eine Notbeleuchtung und die Funk- und Navigationseinrichtungen. Die Außentemperatur war auf minus zwanzig Grad gefallen, und die Passagiere in ihren Mänteln und dicken, steifen Schwimmwesten verkrochen sich unter mehreren Lagen von Decken. Es bestand nur beschränkte Kochmöglichkeit auf Gasbrennern, die sonst für Abenteuerausflüge an Land verwendet wurden. Bestenfalls Suppen und Getränke wurden erwärmt, und auch diese waren rationiert.

Von den dreihundertzwölf Passagieren waren nur achtundvierzig jünger als fünfzig Jahre. Dennoch herrschte eine außerordentlich gute Stimmung. Die Leute waren auf der Suche nach neuen Erlebnissen in jene abgelegene Ecke des Erdballs gekommen, und beinahe schien es so, als betrachteten sie die Gefahr als eine Bereicherung des Unterhaltungsprogramms.

Doch der Kapitän auf der Brücke gab sich keinen Illusionen über den Ernst der Lage hin. Durch das gischtübersprühte Fenster beobachtete er, wie sich das Arbeitskommando im Bug abplagte. Die vier Männer in ihrem glänzenden gelben Ölzeug warfen, von eisigen Wellen gepeitscht, einen Treibanker aus, um das Schiff mit der Nase gegen den Wellengang zu bringen. Dadurch lag es ruhiger und trieb vielleicht weniger rasch auf die felsige Küste zu. Zweimal in den vergangenen Tagen waren solche Anker schon von den Wellen fortgerissen worden, und Reilly wußte, daß er bald damit beginnen mußte, die sechshundert Menschen aus dem hilflos treibenden Wrack zur kaum weniger gefährlichen, sturmgepeitschten, öden Küste von Kap Alarm zu schaffen. Das hieß, wenn sie der französische Bergungsschlepper nicht vorher erreichte.

Kap Alarm war eine der wenigen kahlen schwarzen Felswüsten, die unter dem dicken weißen Mantel des antarktischen Eises hervorragten. Die Landzunge stieß fast achtzig Kilometer in das östliche Weddellmeer vor und endete in zwei Ausläufern, die wie Stierhörner aussahen und eine kleine, geschützte, nach dem Polarforscher Sir Ernest Shackleton benannte Bucht umschlossen.

Die Shackleton Bay mit ihrem steil abfallenden Strand aus rundgeschliffenen schwarzpurpurnen Kieseln war das Brutgebiet einer riesigen Kolonie von Kaiserpinguinen. Aus diesem Grund war der ansonsten verlassene Ort auch eine der Stationen, die die *Golden Adventurer* auf ihren Fahrten immer anlief. Erst vor zehn Tagen hatten Reilly und seine Männer bei schönstem Sonnenschein vor der Bucht die Anker gelichtet.

Jetzt wurden sie von einem Sturm mit Windstärke sieben wieder dorthin zurückgetrieben.

Kapitän Reilly ging jetzt hinüber auf die andere Nock. Kap Alarm war bereits sichtbar, schwarz und drohend hob es sich vom schmutziggrauen Himmel ab.

Die Buckel und Klüfte erglänzten von Eis und zusammengebackenem Schnee; die Wogen brandeten schäumend gegen die Steilküste, und das Wasser schoß hoch empor in leuchtendweißem Gischt.

„Nur sechzehn Meilen entfernt, Käpt'n", sagte der Erste Offizier, der neben Reilly getreten war. „Und wir haben gerade eine neue Botschaft von unserem Chef in London erhalten."

„Gut." Kapitän Reilly warf einen flüchtigen Blick auf den Durchschlag. „Geben Sie das dem Kapitän des Schleppers durch." Seine Verachtung für diesen Schacher zwischen Eigentümer und Bergungsschiff schwang deutlich in seinen Worten mit. Er wußte, was er tun würde, wenn der Schlepper die *Golden Adventurer* erreichte, bevor sie in die Klauen der Felsküste geriet – er würde sich über die ausdrücklichen Befehle des Eigners hinwegsetzen und, wozu er als Kapitän das Recht hatte, unverzüglich das Hilfsangebot unter Lloyd's Open Form annehmen.

„Wenn der Schlepper nur schon käme", murmelte er vor sich hin. „Lieber Gott, laß ihn bloß bald kommen."

SIE war noch keine fünfundzwanzig Jahre alt, und nicht einmal mehrere Pullover, über denen sie noch einen drei Nummern zu großen Männeranorak trug, konnten ihre knabenhaft schlanke Figur verbergen. Ihr prächtiges goldblondes Haar hatte sie zu einem dicken Zopf geflochten und zu einem Dutt hochgesteckt; aber einige lose Strähnen schienen sie an der Nase zu kitzeln, so daß sie immer wieder die Unterlippe vorschob und sie fortpustete. Nicht einmal eine Hand hatte sie frei, denn sie trug ein schweres Tablett.

„Kommen Sie, Mrs. Goldberg", sagte sie. „Das wird Sie ein wenig aufwärmen."

„Ich glaube kaum, meine Liebe." Die weißhaarige Dame zögerte. „Aber weil Sie es sind..." Sie nahm einen Becher vom Tablett und trank ihn schlückchenweise aus. „Das war gut", sagte sie, und dann rasch und verstohlen: „Samantha, ist der Schlepper schon gekommen?"

„Er muß jetzt jede Minute eintreffen – und der Kapitän ist ein charmanter Franzose. Ich werde Sie mit ihm bekannt machen – als allererste."

Die Dame war eine Witwe hoch in den Fünfzigern, ein wenig übergewichtig und mehr als nur ein bißchen verängstigt – aber sie lächelte und saß nun schon eine Idee aufrechter. „Sie sind unverbesserlich", sagte sie.

Samantha Silver gehörte zur Reisebegleitung. Im „Normalberuf" arbeitete die hochbegabte junge Frau an der Universität Miami, wo sie soeben ihren Doktor in Biologie gemacht hatte und nun einen Forschungsauftrag in Meeresökologie wahrnahm. Im Augenblick jedoch hatte man ihr einen Studienurlaub gewährt, und sie konnte an der Schiffsreise teilnehmen.

Jeder der Passagiere, ob Mann oder Frau, begrüßte Samantha auf ihrem Rundgang und versuchte ihre Aufmerksamkeit auf sich zu lenken. Man stellte ihr Fragen oder erzählte kleine Geschichten, nur um sie für ein paar Augenblicke in seiner Nähe zu haben.

Samantha blieb am Eingang zur provisorischen Küche stehen, die man in der Bar eingerichtet hatte, und während der Steward ihr Tablett wieder mit Bechern vollstellte, wandte sie sich nach dem dichtbesetzten Gesellschaftsraum um.

Überall roch es nach Tabaksqualm und nach Menschen, die sich schon seit Tagen nicht mehr gewaschen hatten; die Luft war fast zum Schneiden dick, aber eine starke Zuneigung zu den Passagieren wallte plötzlich in Samantha auf. Sie hielten sich so tapfer, dachte sie. Sie gab sich einen Ruck und brachte es fertig, ihre eigene Angst zu beherrschen und wieder strahlend zu lächeln, als sie das schwere Tablett aufnahm.

In diesem Augenblick ertönte aus den Bordlautsprechern ein verheißungsvolles Pfeifen, und augenblicklich war alles still auf dem Schiff.

Dann vernahm man die gemessene Stimme des Kapitäns: „Meine Damen und Herren, hier spricht der Kapitän. Ich bedaure, Ihnen mitteilen zu müssen, daß wir den Bergungsschlepper *La Mouette* noch immer nicht auf unseren Radarschirmen verzeichnen konnten, so daß wir jetzt alle, Passagiere und Besatzung, keine andere Wahl mehr haben, als in die Rettungsboote umzusteigen..."

In den überfüllten Gesellschaftsräumen entstand Unruhe, Klagen wurden laut.

Samantha sah, wie einer ihrer Lieblingspassagiere den Arm um seine Frau legte und ihren Kopf an seine Schulter drückte.

„... Sie haben alle die Rettungsübungen mehrfach mitgemacht. Ich brauche Sie nicht mehr eigens darauf hinzuweisen, daß Sie ohne Panik zu Ihren Stationen gehen und allen Anordnungen unbedingt gehorchen müssen."

Samantha setzte ihr Tablett ab, ging rasch zu Mrs. Goldberg hinüber, die zu schluchzen begonnen hatte, und legte den Arm um ihre Schultern.

„Nicht doch", flüsterte sie. „Lassen Sie die andern nicht sehen, daß Sie weinen." Sie half der Dame auf. „Es wird alles gutgehen – Sie werden sehen. Denken Sie nur daran, was Sie Ihren Enkeln alles über Ihre Abenteuer erzählen können, wenn Sie nach Hause kommen."

KAPITÄN REILLY ging in Gedanken noch einmal Schritt für Schritt alle Vorbereitungen durch, die für das Verlassen des Schiffes zu treffen waren.

Am wichtigsten war, daß während des Einbootens niemand ins Wasser fiel. In diesen Gewässern blieb man nicht länger als vier Minuten am Leben. Auch mußte er darauf achten, daß die Moral unter den Passagieren nicht allzusehr litt, sobald sie das relativ sichere Schiff verlassen mußten. Sie hatten genaue Anweisungen für einen solchen Fall erhalten und waren, so gut es ging, seelisch darauf vorbereitet worden. Ein Offizier hatte die Kleidung und Rettungsausrüstung jedes einzelnen Passagiers überprüft, und als Schutz gegen die Kälte hatte man allen einen Vitaminstoß verabreicht.

Die sechs motorisierten Rettungsboote sollten zuerst ins Wasser gelassen werden. Jeweils drei waren an jeder Seite des Schiffes vertäut, und jedes sollte mit einem Offizier und fünf Matrosen besetzt werden. Während der große Treibanker das Schiff mit dem Bug gegen den Wind und die Wellen hielt, sollten die Boote nach außen geschwenkt und rasch auf die Wasseroberfläche hinabgelassen werden, die man kurzfristig glätten würde, indem man aus den Pumpen im Bug Öl aufsprühte.

Obwohl die Boote ein Verdeck hatten, waren sie nicht die wärmsten Fahrzeuge, in denen man unter diesen Bedingungen lange hätte überleben können. Aus diesem Grund sollten die Passagiere in den dreißig aufblasbaren Rettungsinseln untergebracht werden, die selbst bei schwerster See nicht kentern konnten und zur Isolation eine doppelte Haut hatten. Ausgerüstet mit eisernen Rationen und batteriegespeisten Funkortungsbaken, bot jedes dieser Rettungsflöße zwanzig Menschen Schutz, deren Körperwärme die Innentemperatur erträglich machte. Die Motorboote sollten dann die Flöße zusammenkoppeln und zur Küste schleppen. Selbst bei diesem schweren Seegang würden sie allenfalls zwölf Stunden dazu brauchen. Sie führten außerdem genügend Brennstoff und Nahrung mit, um die Schiffbrüchigen zu versorgen, bis der französische Schlepper oder andere Bergungsschiffe eintrafen.

Kapitän Reilly warf noch einen Blick auf die Küste.

Sie war jetzt sehr nahe, und selbst im schwachen Licht der Polarsommernacht glitzerten schneebedeckte Klippen wie die Reißzähne eines Ungeheuers.

„Also gut." Reilly nickte dem Ersten Offizier zu. „Fangen Sie an."

Dieser hob sein Sprechfunkgerät an den Mund. „Vorderdeck, hier Brücke. Beginnen Sie jetzt mit dem Ölaufsprühen."

Zu beiden Seiten des Bugs warfen die Schläuche silbrige Ölschleier über das Wasser.

Das Öl wurde direkt aus den Bunkern des Schiffes gepumpt. Es legte sich wie ein dicker Mantel auf die Wasseroberfläche und schillerte im Scheinwerferlicht in allen Regenbogenfarben. Sogleich glätteten sich die windgepeitschten Wogen der See.

„Schwenken Sie die Boote aus", sagte der Kapitän.

Die hydraulischen Ausleger der Davits hoben die sechs Boote aus ihren Klampen und schwenkten sie nach außen – hoch über dem Wasser. Von den Scheinwerfern hell angestrahlt, glänzten die kleinen gelbgestrichenen Fahrzeuge, die feucht waren vom Sprühwasser und reich mit Girlanden aus Eis und Schnee behangen, so daß sie aussahen

wie Christbäume. Die Offiziere in den Booten mußten nun den Seegang abschätzen und die Winden so betätigen, daß sie das Boot knapp
hinter dem Kamm der nächsten Welle aufsetzten.

In diesem Augenblick riß das schwere Nylontau, an dem der trich-
terförmige Treibanker hing, mit einem Knall wie von einem Kano-
nenschuß. Der Bug der *Golden Adventurer* wurde in die Höhe getragen
und von den Wellen herumgetrieben. Im nächsten Augenblick lag das
Schiff hilflos quer – die Steuerbordseite, an der noch die drei Rettungsboote hingen, voll dem Sturm ausgesetzt.

Eine riesige Woge tauchte auf wie aus dem Nichts, und als sie über
das Schiff hereinbrach, löste sich eines der Rettungsboote aus seiner
Aufhängung und zerschellte an der stählernen Schiffswand wie eine
Nußschale.

Von der Brücke konnte man sehen, wie die Besatzung hilflos in der
Dunkelheit fortgewirbelt wurde.

Das vorderste Boot, dessen Bugkabel klemmte, so daß es mit dem
Heck abwärts hing, schlug gegen das Schiff wie ein Türklopfer. Jede
Woge schmetterte es erneut an den Schiffsrumpf. Man konnte die
Männer darin schreien hören, ein dünnes, jammervolles Winseln gegen das Tosen des Sturms, das jedoch minutenlang anhielt, während
die Wellen das Boot langsam, aber sicher in einen Trümmerhaufen
verwandelten.

Das dritte Boot kam ebenfalls heftig ins Pendeln und schlug gegen
den Rumpf. Die Aufhängung löste sich, und es stürzte die letzten sieben Meter hinab in die schäumende, wogende See, schnellte für einen
Augenblick aus dem Wasser wie der Schwimmer einer Angel, sackte
ab und ging unter.

„O mein Gott", flüsterte Kapitän Reilly. Mit einem Schlag hatte er
die Hälfte seiner Rettungsboote verloren.

„Die anderen Boote", sagte der Erste Offizier, und seine Stimme
klang matt vor Entsetzen, „die anderen Boote sind heil ins Wasser gelangt, Käp'n."

„Drei Boote", murmelte der Kapitän, „für dreißig Flöße." Er wußte, daß er zuwenig Hirten für seine Herde hatte – und doch blieb ihm
keine andere Wahl. „Lassen Sie die Schlauchboote ins Wasser", fügte
er ruhig hinzu und sagte dann leise vor sich hin: „Und Gott sei uns allen gnädig."

„Nummer sechzehn ist an der Reihe", rief Samantha. „Hier sind wir, Nummer sechzehn."

Sie stand an der schweren Mahagonitüre, die auf das offene Vorderdeck hinausführte, und versammelte die achtzehn Passagiere um sich, die in ihrem Rettungsfloß Platz nehmen sollten. „Halten Sie sich bereit", erklärte sie ihnen. „Wenn wir aufgerufen werden, müssen wir schnell machen."

Die Flöße wurden auf dem offenen Deck aufgeblasen, und die Passagiere mußten zu ihnen hineilen, bevor die nächste Welle hereinbrach.

Die vollen Schlauchboote wurden mit Seilwinden über die Bordwand hinuntergelassen.

„Jetzt!" Der Dritte Offizier stürzte durch die Mahagonitüre herein und hielt sie weit offen. „Rasch! Alle zusammen."

„Vorwärts", schrie Samantha, und alles rannte in Panik hinaus auf das nasse schlüpfrige Deck. Es waren nur dreißig Schritte bis zum Boot, das wie ein riesiger gelber Frosch dort hockte, das häßliche dunkle Maul weit aufgesperrt.

Aber der Sturm traf sie wie mit Knüppeln, und Samantha sah einige ihrer Passagiere zögern, als sie plötzlich der gnadenlosen Kälte ausgesetzt waren.

„Rasch weiter", rief sie und schob die Verunsicherten vor sich her. Dabei stützte sie die füllige Mrs. Goldberg, die sich schwer machte und im Weg stand wie ein Mehlsack. „Kommen Sie."

„Laß dir helfen, Sam", rief der Dritte Offizier und packte Mrs. Goldberg am andern Arm. Gemeinsam schoben sie sie durch die Einstiegöffnung in das Rettungsfloß.

„Gut gemacht, Sam!" Der Offizier lächelte ihr zu, ein anziehendes, warmes Lächeln, sehr männlich und liebenswert. Der junge Mann hieß Ken. „Jetzt steig selber hinein", sagte er. Sie kroch in den überfüllten Innenraum und sah zurück auf das hell erleuchtete nasse Deck, auf dem sich die Scheinwerfer spiegelten.

Ken war zu einer Frau zurückgegangen, die ausgerutscht und gestürzt war. Ihr Mann versuchte vergeblich, ihr aufzuhelfen. Ken war im Nu dort und hob die Frau mit Leichtigkeit auf.

Die drei waren die einzigen auf dem offenen Deck, als Samantha die Welle über Bord schlagen sah. Gellend schrie sie auf: „Zurück, Ken! Um Himmels willen, zurück!"

Er blickte noch über die Schulter, kurz bevor die Woge sie erreichte,

aber sie schafften es weder hinüber zum Floß noch zurück zur rettenden Mahagonitüre.

Samantha hörte das Rasseln der Hilfswinde, und das Floß wurde
rasch von Deck gehoben. Der Kranführer verhinderte so, daß die
Welle über sie hereinbrach und das hilflose Floß mit seiner dünnen Pla-
stikhaut gegen die Deckaufbauten drückte.

Samantha stürzte zum Einstieg und spähte hinunter. Die See fiel
über die drei an Deck her wie ein gieriger menschenfressender Löwe.
Einen Augenblick noch klammerte sich Ken an die Reling, den Bre-
chern trotzend, dann war er verschwunden, und das Vorderdeck war
menschenleer.

Als sich das Schiff wieder auf die Seite legte, schwenkte der Kranführer das Floß nach außen und ließ es aufs Wasser hinab, wo eines der
Rettungsboote es in Schlepp nahm.

Samantha schloß die Plastikplane über dem Eingang, dann tastete
sie sich durch die eng zusammengepferchten, verängstigten Menschen, bis sie Mrs. Goldberg fand.

„Weinen Sie, meine Liebe?" fragte die alte Dame mit schwankender
Stimme.

„Nein", erwiderte Samantha und legte ihr den Arm um die Schultern. „Nein, ich weine nicht." Und mit ihrer freien Hand wischte sie
die eisigen Tränen fort, die ihr über die Wangen strömten.

DER Krebs nahm den Kopfhörer ab und sah Nick durch den Zigar-
renqualm hindurch an. „Der Funker auf der *Adventurer* hat die Taste
seines Geräts festgeklemmt. Es sendet einen ununterbrochenen Peil-
ton."

Nick wußte, was das bedeutete – sie hatten das Schiff aufgegeben.
Er nickte kurz und blieb schweigend am Eingang zur Brücke stehen,
obwohl er alles andere als ruhig schien. Allmählich machte er sich darauf gefaßt, daß die Sache auch für ihn schlecht ausging. Er war jetzt
nahezu sicher, daß die *Golden Adventurer* an die Küste getrieben und bei
diesem Sturm dort völlig zum Wrack geschlagen würde. Er konnte
von Christy Marine höchstens noch ein winziges Sümmchen erwarten, wenn er der *La Mouette* half, die Überlebenden nach Kapstadt zurückzubringen – die Vergütung dafür war vielleicht nur ein Bruchteil
dessen, was er bei dem Geschäft mit der Esso verdient hätte. Aber er
hatte ja diese wilde Jagd nach dem Süden vorgezogen, alles auf eine
Karte gesetzt – und nun war er erledigt.

„Wir erreichen den Kahn vielleicht noch, bevor er strandet", sagte David Allen standhaft, doch niemand auf der Brücke pflichtete ihm bei.

Nick runzelte die Stirn. „Wir sind noch zehn Stunden entfernt – und bei Reillys Entschluß, das Schiff zu verlassen, muß es schon bedenklich schlecht um die *Adventurer* gestanden haben. Reilly ist ein guter Kapitän." Nick hatte ihn damals persönlich ausgesucht. Abrupt brach er ab, er wollte nicht geschwätzig wirken.

Hinter ihm krächzte plötzlich der Krebs; er schien heiser vor Erregung. „Ich bekomme eine Stimme herein – man hört sie nur schwach und zeitweise überhaupt nicht. Der Notruf scheint aus einem der Rettungsboote zu kommen, das mit einem Batteriegerät sendet." Er drückte die Muscheln des Kopfhörers mit beiden Händen gegen die Ohren und lauschte. „Sie schleppen einen Verband von Rettungsinseln mit den Überlebenden in die Shackleton Bay. Sie bitten die *La Mouette* um Unterstützung."

„Meldet sich die *La Mouette?*"

Der Krebs schüttelte den Kopf. „Sie ist vermutlich noch außer Reichweite des Senders."

„Na schön." Nick wandte sich ab. Er hatte immer noch die Funkstille aufrechterhalten und fühlte die zwar unausgesprochene, aber heftige Mißbilligung seiner Offiziere. Abermals verspürte er wieder diesen ungewohnten Drang, sich den Kameraden mitzuteilen; er blieb neben dem Ersten Offizier stehen und sagte: „Ich habe die Segelanweisungen der Admiralität für das Kap Alarm studiert, David." Ohne darauf einzugehen, daß dieser errötete, als er ihn bei seinem Vornamen anredete, fuhr Nick ruhig fort: „Die Küste ist sehr steil, aber der Strand besteht aus Kies. Das Barometer steigt wieder kräftig. Statt vergeblich zu hoffen, daß wir die *Golden Adventurer* erreichen, bevor sie strandet, sollten Sie lieber ein Stoßgebet zum Himmel schicken, daß sie an einem dieser Kiesstrände aufläuft. Dann haben wir noch eine Chance, sie zu verankern, bevor sie auseinanderbricht."

„Ich werde zehn Ave-Maria beten, Käpt'n", grinste Allen, sichtlich überwältigt von der spontanen Freundlichkeit seines Vorgesetzten.

„Und beten Sie weitere zehn, daß wir unsern Vorsprung vor der *La Mouette* halten", sagte Nick und lächelte. „Bleiben Sie auf dem Kurs wie bisher, und rufen Sie mich, wenn sich etwas Neues ergibt." Damit verschwand er in seiner Kajüte.

Sie hatten sich auf Beschwerlichkeiten gefaßt gemacht, aber keiner der Überlebenden im Rettungsfloß Nummer sechzehn hatte es sich so schlimm vorgestellt.

Da Ken nicht mehr da war, hatte Samantha das Kommando übernommen. Sie merkte sogleich, daß in der Dunkelheit die Resignation einsetzen und, was noch gefährlicher war, völlige Verwirrung und Lethargie folgen würden. So veranlaßte sie, daß jeweils zwei der Passagiere die winzigen Rettungslichtchen an ihren Schwimmwesten einschalteten. Sie gaben genug Licht, so daß man wenigstens die andern erkennen konnte.

Dann setzte sie alle im Kreis ringsum an die Wand, mit den Füßen nach innen, so daß die Last gleichmäßig verteilt war.

Das Rucken und Schaukeln des leichten Floßes war ein Alptraum. Von den Wellen bis zu sieben Metern hochgehoben, stürzte die Rettungsinsel dann aus dieser Höhe in rasanter Fahrt die Schluchten hinab.

Da sie keinen Kiel besaßen, drehten sie sich immer erst nach der Seite, bevor sie von der Schlepptrosse plötzlich wieder herumgerissen wurden. Die erste, die sich erbrach, war Mrs. Goldberg. Innerhalb weniger Minuten waren es schon ein halbes Dutzend, denen es nicht besser erging.

Allmählich drang die Kälte durch den isolierten Doppelboden und übertrug sich auf die Insassen. Sie drang durch das Plastikdach und ließ sofort die Atemfeuchtigkeit gefrieren.

„Singen wir!" forderte Samantha sie auf. „Los, wir singen den Yankee-doodle. Sie fangen an. Mr. Stuart. Ihr Nachbar ist Ihr Partner beim Händeklatschen." Sie ermunterte sie unablässig, während sie zwischen ihnen herumkroch, sie wachrüttelte und ihnen Malzbonbons aus der eisernen Ration gab.

Samanthas Kehle war schon rauh vom Singen und Reden. Benommen vor Müdigkeit und steif vor Kälte erkannte sie an sich selbst die ersten Anzeichen von Lethargie, die Vorboten der Kapitulation. Sie riß sich zusammen und verkündete in munterem Ton: „Ich zünde jetzt den Kocher an und mache uns ein heißes Getränk. Wie wär's mit einem Becher Fleischbrühe?"

Plötzlich stockte sie. Etwas hatte sich geändert. Sie brauchte eine Weile, um festzustellen, was es war. Das Floß schwamm nun gleichmäßiger – ohne dieses fürchterliche Rucken, das vom Schleppseil herrührte.

In panischer Angst kroch sie zum Eingang und nestelte mit klammen Fingern den Verschluß auf. Der Himmel zeigte sich in blassen, transparenten Rosa- und Violettönen. Obwohl der Wind zu einem sanften Säuseln abgeflaut war, ging die See immer noch hoch und wild.

Das Schleppkabel war am Schäkel abgerissen. Die Rettungsinsel Nummer sechzehn war die letzte gewesen in der langen Reihe, die vom dritten Rettungsboot geschleppt wurde – aber von dem Konvoi konnte Samantha nicht die geringste Spur entdecken. Auch war weit und breit nichts von der felsigen, eisbedeckten Küste des Kaps Alarm zu sehen.

Sie waren während der Nacht in die ungeheuren, einsamen Weiten des Weddellmeeres hinausgetrieben worden.

Samantha war gelähmt vor Verzweiflung. Am liebsten hätte sie ihre Anklage gegen diesen weiteren Schicksalsschlag laut hinausgeschrien, aber sie beherrschte sich.

„Ich werde nicht sterben", nahm sie sich fest vor. „Ich weigere mich einfach, mich hinzulegen und zu sterben."

Sie schleppte sich zurück in den dunklen, stinkenden Innenraum des Floßes und kroch zur Mitte, vor den Kasten, der den in Schaumstoff verpackten Notsender enthielt.

Ihre Finger waren steif vor Kälte und steckten in dicken Handschuhen, aber schließlich konnte sie ihn auspacken. Er hatte die Größe einer Zigarrenkiste. Sobald sie ihn eingeschaltet hätte, würde er für achtundvierzig Stunden, bis die Batterie leer war, auf 121,5 MHz ein Ortungssignal senden. Es war immerhin möglich, daß der französische Schlepper es auffing – und auf den schwachen Sender zusteuerte.

Sie betätigte den Schalter und verbannte alle andern Gedanken aus ihrem Kopf. Schließlich startete sie den Versuch, ein Trinkkännchen Wasser zu erwärmen, ohne sich zu verbrennen, denn sie mußte den kleinen Trockenspirituskocher auf dem Schoß halten und gegen die Bewegungen des Floßes ausbalancieren. Während sie damit beschäftigt war, suchte sie nach Worten, um die andern über ihre mißliche Lage zu unterrichten.

VON allen Menschen verlassen und mit stillstehenden Maschinen, aber noch hellerleuchteten Decks trieb die *Golden Adventurer* rasch auf die schwarzen Felsen des Kaps Alarm zu. Die Felsen bestanden hier aus so hartem Gestein, daß sie trotz des Ansturms der Brandung ihre scharfen, senkrecht abfallenden Kanten und glatten sauberen Abbruchflächen behalten hatten. Am Ende dieses Festlandsockels, der schroff und steil emporragte, hatte die See drei hohe Pfeiler aus Serpentin herausgewaschen, so anmutig wie die gemeißelten Säulen am Zeustempel in Olympia.

Von den Klippen selbst durch die Strömung ferngehalten, streifte die *Golden Adventurer* eine dieser Säulen. Der leichte Anprall, bei dem nur seitlich ein wenig Farbe abgekratzt und ein Stück der Reling abgerissen wurde, genügte gerade, um das Heck herumzudrücken und den Bug in die breite, seichte Bucht zu richten.

Hier war eine weniger widerstandsfähige Felsformation von Wind und Wetter abgetragen worden. Ein breiter Strand aus rötlichschwarzen Steinen war entstanden, die etwa die Größe eines Kopfes besaßen und rundgewaschen waren wie Kanonenkugeln. Sooft die Wellen über sie hinwegliefen, schlugen die Steine prasselnd aneinander, und die Trümmer von zermalmtem Packeis, die die Bucht füllten, raschelten und klirrten in der Dünung.

Da nun die *Golden Adventurer* die Klippen passiert hatte, bot sie dem Wind mehr Angriffsfläche und lief mit einem lauten metallischen Scharren auf Grund. Allmählich grub sich ihr Bug immer tiefer in das Geröll ein, je weiter sie von Wind und Wellen auf den Strand hinaufgetrieben wurde. Mittags saß sie endgültig auf dem Vordersteven fest, mit etwa zehn Grad Schräglage. Nur ihr Heck schwankte noch in der Dünung auf und ab, aber die rasch sinkende Lufttemperatur ließ das Eis ringsum bald zu einer festen Decke erstarren. Die Aufbauten überzogen sich mit Schnee und langen spitzen Nadeln aus glänzendem, durchsichtigem Eis, während an Deck immer noch hell die Lichter brannten und leise Barmusik durch die verlassenen Gesellschaftsräume rieselte.

NACH zwei Stunden Schlaf kehrte Nick auf die Brücke zurück. Der Krebs saß immer noch vor seinen Apparaten. Er sah einen Augenblick mit seinen dunklen kleinen Augen zu Nick auf, und man konnte ihm ansehen, daß er überhaupt nicht geschlafen hatte.

Nick schämte sich ein wenig dafür, daß er eine Schwäche gezeigt hatte.

„Käpt'n Reilly hat gerade den Verlust eines Rettungsfloßes durchgegeben", sagte der Krebs.

Nick dachte bedrückt an die unglücklichen Menschen, die in dieser

Kälte dahintrieben. Er wußte, daß sie kaum eine Chance hatten, den Tag zu überleben.

„Was ist mit der *Golden Adventurer?*" fragte er.

„Sie sendet noch – aber ihre Position hat sich seit drei Stunden nicht mehr geändert."

„Dann ist sie gestrandet", murmelte Nick. „Und noch nicht zerschellt." Er faßte wieder ein wenig Mut.

In diesem Augenblick kam Allen auf die Brücke gestürzt. Er hatte sich kaum die Zeit genommen, in seine Bordjacke zu schlüpfen, und Nick meinte scherzhaft: „Es sieht aus, als hätten Ihre Ave-Maria gewirkt, David."

Allen murmelte: „Toi, toi, toi" und klopfte auf die Teakholzplatte des Kartentisches.

Nick ging zur vorderen Fensterfront und starrte hinaus. Die See schien eine Spur zu ruhig, und die Sonne stand gelb und tief am Horizont.

„Wir werden die *Golden Adventurer* in drei Stunden sehen können", sagte Allen, als er neben Nick trat, „wenn die Sicht so gut bleibt."

„Das wird sie nicht", erwiderte Nick. „Wir werden sehr bald Nebel bekommen." Und er deutete auf die dampfende Wasseroberfläche. Gespenstisch wirkende Schleier und wirbelnde Dunstfetzen stiegen von ihr auf.

Offenbar war der Unterschied zwischen Wasser- und Lufttemperatur größer geworden.

Während der Nebel immer dichter wurde und die Sichtweite sich auf wenige hundert Meter verringerte, schritt Nick, die Hände auf dem Rücken verschränkt, auf der Brücke hin und her. Er unterbrach seine Wanderung jedesmal, wenn ihm der Krebs einen wichtigen Funkspruch durchgab.

Am Vormittag hörten sie einen Bericht von Reilly.

Er hatte mit seinem Konvoi die Shackleton Bay erreicht und das milde Wetter ausgenutzt, um ein Lager aufzuschlagen. Schließlich hatte er sich mit der Bitte an die *La Mouette* gewandt, das vermißte Rettungsfloß zu suchen.

Die Funksprüche zwischen Christy Marine und der *La Mouette* zeigten, daß die Standpunkte der Verhandlungspartner jetzt genau umgekehrt waren. Solange die *Golden Adventurer* auf offener See trieb und jeder Rettungsversuch nur darauf hinausgelaufen wäre, sie ins Schlepptau zu nehmen, hatte Jules Levoisin auf Lloyd's Open Form bestanden. Da eine Bergung mit Sicherheit erfolgreich verlaufen wäre, hätte er mit großen Summen rechnen können. Unter diesen Umständen hatte Christy Marine mit allen Mitteln versucht, Levoisin statt dessen einen Tagesheuer- und Prämienvertrag aufzuschwatzen.

Da jedoch die *Golden Adventurer* inzwischen auf Grund gelaufen war, hatte Jules Levoisin sofort sein Angebot nach Lloyd's Open Form zurückgezogen.

Der Erfolg war plötzlich höchst fraglich, denn die *Golden Adventurer* konnte schon ein völliges Wrack sein, zerschmettert an den Felsen von Kap Alarm, und dann war an einen Bergungslohn nicht mehr zu denken.

Inzwischen bemühte sich Levoisin verzweifelt darum, eine Tagesheuer zu vereinbaren, die den Rücktransport der Überlebenden einschloß. Er offerierte seine Dienste um zehntausend Dollar pro Tag, plus einer Prämie, die in einem zweieinhalbprozentigen Anteil an all dem bestehen sollte, was vom Schiff geborgen werden konnte. Das waren faire Bedingungen.

Jedoch hatte Christy Marine, die sich zuvor schon damit abgefunden hatte, zu einem großzügigen Tagessatz abzuschließen, ihr Angebot ebenso unverzüglich wieder zurückgezogen. „Wir nehmen Lloyd's Open Form an, die Rückführung der Überlebenden inbegriffen", erklärte man dort nun.

„Die Bedingungen hier haben sich verändert", funkte Jules Levoisin zurück, und der Krebs bekam eine neue gute Standortbestimmung von der *La Mouette*.

„Wir haben jetzt schon einen beträchtlichen Vorsprung", stellte er befriedigt fest, als Nick die neue Position auf der Karte eintrug.

Auf der Brücke der *Magier* wimmelte es geradezu von Offizieren, die irgendeinen Vorwand hatten, sich oben aufzuhalten.

„Käpt'n!" rief der Krebs plötzlich. „Ich höre ein neues Signal. Es ist immer dasselbe – und es liegt auf 121,5 Megahertz."

„O verflucht!" rief Allen, „das vermißte Rettungsfloß."

„Machen Sie eine Ortung!" stieß Nick hervor.

„Achtzig Grad, bei relativer Zeichnung", antwortete der Krebs.

Das Rettungsfloß lag also irgendwo querab backbord. Einer der Offiziere gab der Bestürzung auf der Brücke Ausdruck: „Wenn wir zu dem Floß fahren, servieren wir es diesem verdammten Froschfresser auf einem silbernen Tablett."

Nicks Faust krachte wütend auf den Kartentisch, so daß sich seine

Knöchel weiß verfärbten. Er sah zu Allen hinüber und sagte ruhig, ohne eine Miene zu verziehen: „Erster, klären Sie bitte Ihre Offiziere über die Gesetze zur See auf."

Allen gehorchte. „Die Rettung von Menschenleben, meine Herren, hat auf See Vorrang vor allen anderen Überlegungen."

„Sehr gut, Erster", bestätigte Nick. „Ändern Sie den Kurs um achtzig Grad nach Backbord, und richten Sie ihn direkt auf die Notsignale."

Damit verzog er sich in seine Kajüte.

Er konnte seine Wut nur so lange zurückhalten, bis er allein war, dann wirbelte er herum und schmetterte seine Faust gegen die Täfelung über seinem Schreibtisch.

SAMANTHA hielt den Kocher in ihrem Schoß und benützte den abnehmbaren Fiberglasdeckel des Kastens als Unterlage. Sie erhitzte schon den zweiten Viertelliter Wasser in dem Aluminiumkännchen.

Die blauen Flammen des Kochers brachten zusätzliches Licht in die dunkle Plastikhöhle, aber sie strahlten zu wenig Wärme aus, um die Insassen auf Dauer am Leben zu erhalten. Sie waren schon dem Tode nahe. Mr. Stewart hielt den Kopf seiner Frau gegen seine Brust gedrückt, sein eigenes Silberhaupt über sie geneigt. Sie war nun schon beinahe zwei Stunden tot. Samantha konnte es nicht ertragen, zu ihnen hinüberzusehen. Sie beugte sich über den Kocher, legte einen Suppenwürfel ins Wasser und rührte langsam um, während ihr die Augen von der bitteren Kälte tränten. Die Fleischbrühe war nur lauwarm, aber sie wollte nicht noch mehr Brennstoff verschwenden.

Das Metallkännchen wanderte langsam von einem Paar behandschuhter, kältestarrer und ungeschickter Hände zum andern. Die Menschen schlürften ein wenig von der warmen Flüssigkeit und gaben es widerstrebend weiter.

Manche hatten allerdings nicht mehr die Kraft zu trinken, und es schien, als wollten sie gar nicht mehr.

„Kommen Sie, Mrs. Goldberg", flüsterte Samantha. „Sie müssen trinken."

Sie berührte das Gesicht der alten Dame und zuckte zurück. Es dauerte endlos lange, bis sie den Schock überwunden hatte, dann zog sie ihr behutsam die Anorakkapuze über den Kopf. Anscheinend hatte es keiner der anderen bemerkt.

„Hier", flüsterte Samantha Mrs. Goldbergs Nachbarn zu, drückte dem Mann das Kännchen in die Hände und schloß seine Finger darum, um sicher zu sein, daß er es festhielt. „Trinken Sie, bevor es kalt wird."

Plötzlich erzitterte die Luft um sie herum von einem lauten Grollen, das sich wie das Aufbrüllen eines verendenden Stieres anhörte. Anfangs dachte Samantha, ihre Sinne hätten ihr einen Streich gespielt, erst als es sich wiederholte, hob sie den Kopf.

„O Gott", flüsterte sie, „sie sind da. Es wird alles gut. Sie sind da, um uns zu retten."

Mühsam und steif kroch sie zum Kasten. Dort schaltete sie das Rettungslicht an ihrer Schwimmweste ein und fand im blassen Schein des Lämpchens die Schachtel mit den Phosphorfackeln.

„Los jetzt, alle. Wir wollen die Nummer sechzehn melden!" versuchte sie die andern aufzurütteln, während sie sich mit dem Verschluß des Verdecks abmühte. „Ein lautes Hurra", kommandierte sie, aber alle blieben stumm und teilnahmslos, und während sie sich in den eisigen Nebel hinauszwängte, rannen ihr Tränen über die Wangen, die nicht von der Kälte kamen.

Verständnislos schaute sie empor. Riesige Kaskaden grünlich schimmernden Eises schienen in unmittelbarer Nähe vom Himmel zu stürzen.

Es dauerte eine Weile, bis sie begriff, daß das Floß an den steil abfallenden Klippen eines Eisberges entlangtrieb.

Als die Luft wieder von dem tiefen, markerschütternden Heulen der Sirene erzitterte, hielt sie eine der Phosphorfackeln hoch, und sie mußte alle Kraft in ihren erstarrten Armen zusammennehmen, um die Abreißzündung zu ziehen. Die Fackel sprühte erst, beißenden weißen Qualm verbreitend, dann erstrahlte sie in grellrotem Licht. Wie ein kleines Ebenbild der Freiheitsstatue, die eine Hand mit der Fackel hoch erhoben, spähte Samantha angestrengt mit tränenden Augen in die dicken Nebelschwaden hinaus.

„Da", rief Nick, „querab backbord." Das Seenotsignal tauchte den Dunst in feurigrotes Licht und warf groteske Muster auf die wabernden Nebelfetzen.

„Neuer Kurs hundertfünfzig Grad", befahl Nick dem Steuermann. Die *Magier* schwenkte herum und durchbrach die Nebelwand.

Eine halbe Meile entfernt schwamm unterhalb einer gläsernen, grünen Eiswand das gelbe Rettungsfloß. Die winzige Gestalt mit der hocherhobenen rotstrahlenden Fackel war ein kleiner Farbtupfen in der gewaltigen Szenerie aus Wasser und Eis. David Allen ließ ein letztes Mal triumphierend die Sirene aufheulen.

„Fertigmachen zur Bergung der Überlebenden, David", sagte Nick, doch gleich darauf riß er bestürzt den Kopf herum. Erst hielt er es für einen Schuß, doch dann verstärkte sich der Knall zu einem dröhnenden Getöse, dem unverkennbaren Donnern eines Eisabbruchs.

Wind, Wellen und rasch wechselnde Temperaturen hatten mit ihren ungeheuren Kräften an einer Schwachstelle im Innern des Eisberges gearbeitet, einer senkrechten, hundertsechzig Meter tiefen, wie von einer Riesenaxt gehauenen Spalte, die von der flachen Oberseite der Eistafel bis zu ihrem Fuß weit unter dem Wasserspiegel reichte. Die Schallwellen der dröhnenden Schiffssirene hatten im Inneren des Eisberges zu Resonanzschwingungen geführt, die dem abgespaltenen Teil seinen letzten Halt raubten und Millionen Tonnen Eis in Bewegung setzten.

„Großer Gott!" flüsterte Nick, als er sah, wie sich eine einzige, turmhohe Eisplatte vornüber neigte und vom Eisberg löste. Dabei wurden in den zahlreichen kleinen Spalten und Rissen Kräfte frei, die die Platte in Brocken auseinanderstieben ließen, als hätte man in ihrem Inneren Tonnen von Dynamit gezündet.

Gefährliche Eistrümmer, manche von der Größe einer Lokomotive, andere klein, scharf und tödlich wie Stahlschwerter, sausten durch die Luft.

Immer schneller fiel der Eiskoloß.

Splitter des berstenden Eises umhüllten ihn wie mit einer dichten wirbelnden Wolke, bis die Eismassen zuletzt pfeifend in die grünen Fluten stürzten und eine Druckwelle erzeugten, so daß sich der Bug der *Magier* hoch aufbäumte.

Seit Nicks Ausruf hatte auf der Brücke niemand mehr gesprochen. Alles suchte sich nur irgendwo einen Halt, als die schaumbedeckte Woge über das Schiff rauschte. Von dem gelben Floß war nichts mehr zu sehen.

„Näher", drängte Nick, „gehen Sie so nahe ran, wie Sie können." Wenn jemand durch ein Wunder diesen Eissturz überlebt hatte, dann blieben knappe vier Minuten, um ihn zu retten. Nick stieß die Tür zur Nock auf und trat in die Eiseskälte hinaus.

Etwa Rotes zog seinen Blick an; da war es wieder im grünen Wasser, wurde besser sichtbar, je weiter es an die Oberfläche stieg.

„Maschinen stopp!" schrie Nick. „Beide halbe Kraft zurück." Als die Zwillingsschrauben ihre Umdrehungsrichtung änderten und Gegenschub erzeugten, kam die *Magier* nach weniger als einer Schiffslänge zum Stillstand.

Nick sah eine Gestalt in einem roten Anorak, die von einer dick aufgeblasenen Schwimmweste getragen wurde. Der zurückgebeugte Kopf ließ das bleiche Gesicht eines jungen Burschen erkennen.

„Holt ihn heraus", dröhnte Nick, und Allen riß bereits Rettungsring und Leine vom Haken.

„Hier", rief er und warf den Ring mit einer geübten Armbewegung bis auf einen halben Meter neben die Stelle, an der der Kopf mit der Kapuze im schäumenden Wasser auf und nieder schwankte.

„Pack ihn!" brüllte Nick. „Halt dich fest!"

Der Junge griff zweimal erfolglos nach dem Ring, einmal stieß er zwar daran, konnte sich aber nicht festhalten. Langsam trieb er von ihm fort.

„Du verdammter Idiot", tobte Nick. „Pack ihn doch!"

Der Junge sah mit großen, grünen Augen resignierend zu ihm hinauf, den einen Arm noch steif erhoben – beinahe wie zu einem Abschiedsgruß.

Bevor Nick überhaupt wußte, was er tat, hatte er schon den Mantel abgestreift und die Schuhe fortgeschleudert. Er sprang in einem weiten Satz über die Reling, und als das Wasser über seinem Kopf zusammenschlug, durchzuckte ihn ein panischer Schrecken.

Die Kälte war unerträglich und preßte ihm den Brustkorb wie mit einem Schraubstock zusammen, daß ihm der Atem stockte. Ihn schwindelte, Arme und Beine schmerzten ihm bis ins Mark. Nur mit Mühe konnte er sie bewegen, und trotzdem schwamm er auf die treibende Gestalt zu.

Es waren nur etwa sieben Meter, aber auf halbem Weg überfiel ihn die schreckliche Angst, er könne es nicht schaffen. Er biß die Zähne zusammen und kämpfte gegen das eisige Wasser an, als wäre es sein Todfeind.

Sein Arm streifte den Jungen, bevor er merkte, daß er ihn erreicht hatte, dann hielt er ihn krampfhaft fest und spähte zum Deck der *Magier* empor. Allen hatte den Rettungsring an der Leine eingeholt und warf ihn jetzt erneut aus.

Die Kälte hatte Nick so sehr gelähmt, daß er nicht einmal mehr ausweichen konnte und ihn der Ring an der Stirn traf. Aber er fühlte den Schmerz nicht.

Mit jeder Sekunde, die verstrich, blieb ihnen weniger Zeit, diese Hölle zu überleben, und während Nick sich mit der reglosen Gestalt abmühte, verlor er immer mehr die Gewalt über seine eigenen Gliedmaßen.

Er versuchte, dem Jungen den Ring überzustreifen, schaffte es aber nicht ganz. Er bekam nur den Kopf und einen Arm durch, dann wußte er, daß er am Ende seiner Kraft war.

„Ziehen!" schrie er in wachsender Panik, schlang sich die Leine um den Arm, da seine Finger sie nicht mehr halten konnten, und klammerte sich voller Verzweiflung daran fest, als man sie zum Schiff zog. Kantige Eisbrocken streiften ihn, aber er hielt den Jungen sicher mit seinem freien Arm.

Dann schlugen sie dumpf gegen den stählernen Rumpf der *Magier* und wurden aus dem Wasser gehievt. Dabei schürfte das Seil Nick am Unterarm die nasse Haut auf. Blut tränkte seinen Ärmel. Unbeirrt hielt er den Jungen mit dem anderen Arm, um zu verhindern, daß er aus dem Ring herausglitt.

Er spürte die Hände nicht, die nach ihm griffen, seine Beine waren gefühllos, und er wäre zusammengebrochen, hätte ihn Allen nicht gerade noch stützen können.

Sie trugen Nick und den Jungen zu Angel in die warme, in Dampf gehüllte Kombüse.

„Zieht ihnen die Kleider aus", sagte der Schiffskoch.

Zwei Matrosen waren Nick beim Ausziehen behilflich. Angel legte den Jungen auf den Kombüsentisch. Er nahm ein Fleischermesser, schnitt den roten Anorak kurzerhand von oben bis unten auf und zog ihn herunter.

Nick fand seine Stimme wieder. Sie klang rauh und gequält, denn Krämpfe schüttelten seinen unterkühlten Körper. „Was, zum Teufel, machen Sie noch hier, David?" krächzte er. „Bringen Sie diesen Kahn auf Kurs, wir fahren zur *Golden Adventurer*..." Er wollte noch eine schärfere Bemerkung hinzufügen, aber da überfiel ihn erneut der Schüttelfrost. Allen war ohnehin bereits gegangen.

„Sie kommen schon wieder auf die Beine." Angel sah nicht einmal zu Nick hinüber, er arbeitete weiter mit dem Messer und schälte den Jungen Schicht um Schicht aus seinen Kleidern. „Ein zäher Seebär wie Sie..., aber ich glaube, bei dem hier haben wir es mit einem ausgewachsenen Fall von Hypothermie zu tun."

Plötzlich hielt Angel inne und pfiff überrascht durch die Zähne.

Nick drehte sich um und sah, wie Angel eine dicke Wolldecke über den nackten Körper breitete und ihn kräftig abfrottierte.

„Sie lassen uns Mädchen besser allein, Käpt'n", sagte Angel mit seinem honigsüßen Lächeln. Nick traute seinen Augen kaum, als er für den Bruchteil einer Sekunde den atemberaubend schönen Körper einer jungen Frau erblickte.

Drittes Kapitel

NICK saß in einem geliehenen Overall, einer weiten Strickjacke und eingehüllt in eine graue Wolldecke in seinem Segeltuchstuhl. Seine Füße steckten in dicken norwegischen Fischersocken und schweren Gummistiefeln.

Mit beiden Händen umfaßte er einen Becher mit heißem Kaffee. Er hielt sein Gesicht dicht über das Getränk gebeugt, um das aufsteigende Aroma ganz auskosten zu können. Es war schon sein dritter Kaffee innerhalb einer Stunde, trotzdem schüttelte es ihn noch alle paar Augenblicke vor Kälte.

Plötzlich klapperte der Morseapparat eine ganze Weile lang, und alle auf der Brücke lauschten mit angehaltenem Atem. Aber nur der Krebs fand den Mut, die Wahrheit auszusprechen. „Die *La Mouette* ist bei der Prise angelangt." Er schien einen perversen Gefallen daran zu finden, die Mienen der anderen zu beobachten. „Sie hat uns geschlagen, Jungs."

„Ich möchte es Wort für Wort hören", fuhr Nick ihn gereizt an, und der Krebs grinste schelmisch zu ihm hinüber, bevor er sich über seinen Block beugte.

> „*La Mouette* an Christy Marine. *Adventurer* liegt hoch am Strand. Schiffsrumpf voll Wasser. Lloyd's Open Form ist keinesfalls annehmbar. Betone Wichtigkeit unverzüglichen Beginns der Bergungsarbeiten. Wetter und Seegang verschlechtern sich. Letztes Angebot: achttausend Dollar Tagessatz plus zweieinhalb Prozent Anteil an allen geborgenen Gütern, gültig bis 14.35 Uhr GMT. Ich bleibe auf Empfang."

Nick zündete sich eine seiner Zigarren an und beschloß, in Zukunft sparsamer mit den Dingern umzugehen. Er hatte an diesem Morgen die letzte Kiste geöffnet.

Vermutlich fühlte sich Jules Levoisin sicher und nahm an, daß sein

Bergungsschlepper der einzige im Umkreis von zweitausend Meilen war. Ohne Zweifel veranlaßte ihn das, knallharte Bedingungen zu diktieren. Nicks Schweigen begann sich auszuzahlen. Levoisin hatte den Rumpf der *Golden Adventurer* gesehen. Wenn die Chancen für eine erfolgreiche Bergung auch nur fünfzig zu fünfzig gestanden hätten, wäre er auf die Open Form eingegangen. Also mußte es Schwierigkeiten geben. Wahrscheinlich saß die *Golden Adventurer* am Strand oder im Eis fest, und die *La Mouette* hatte nur neuntausend Pferdestärken. Hingegen konnte die *Magier* auf zweiundzwanzigtausend Pferdestärken zurückgreifen und ein Dutzend weiterer Trümpfe aufweisen.

Nick warf einen Blick auf seine Uhr und sah, daß Levoisin eine Frist von zwei Stunden gesetzt hatte. „Funkoffizier", sagte er ruhig, und alle auf der Brücke horchten auf und beugten sich vor, damit ihnen ja kein Wort entging. „Stellen Sie eine direkte Fernschreibverbindung zu Christy Marine her, und geben Sie durch: ‚Nick Berg, Kapitän der *Magier,* an Duncan Alexander, persönlich. Ich werde die *Golden Adventurer* in einer Stunde vierzig Minuten erreichen. Mache Ihnen ein Angebot auf Bergung nach Lloyd's Open Form. Bindend bis 13.00 Uhr GMT.'"

Der Krebs starrte ihn verdutzt an und blinzelte mit seinen entzündeten Augen.

„Na machen Sie schon", fuhr ihn Nick an und erhob sich. „Erster", wandte er sich an Allen, „ich erwarte Sie und den Oberingenieur in meiner Kajüte."

Ein erregtes Stimmengewirr entstand, noch ehe Nick die Tür hinter sich geschlossen hatte.

Allen folgte ihm drei Minuten später. „Was sagen die anderen?" fragte ihn Nick. „Daß ich verrückt bin?"

„Sie sind eben noch Jungs", antwortete Allen achselzuckend. „Was wissen die schon?"

„Die wissen sehr viel, und sie haben recht. Es ist verrückt, auf die Open Form einzugehen, ohne sich ein Bild von der Lage gemacht zu haben. Aber es ist die Verrücktheit eines Mannes, dem keine andere Wahl bleibt. Setzen Sie sich, David."

Nick konnte einfach nicht mehr länger schweigen. „Als ich auf den Schlepp für die Esso verzichtete, war das bereits verrückt. Meine ganze Gesellschaft hing von diesem Auftrag ab. Wenn es mir nicht gelingt, die *Golden Adventurer* da herauszuholen, habe ich nichts eingebüßt, was nicht schon vorher verloren war."

„Wir hätten einen günstigeren Tagessatz anbieten können als die *La Mouette*", brachte Allen hervor. Die plötzliche Vertraulichkeit seines Kapitäns ließ ihn rot werden.

„Nein, Duncan Alexander ist mein Feind, und er wird nur einen Vertrag mit uns abschließen, wenn wir ihm ein so verlockendes Angebot machen, daß er es einfach annehmen muß. Wenn er ein Angebot nach Lloyd's Open Form ablehnt, dann zitiere ich ihn vor den Ausschuß von Lloyd's und werde ihn vor seinen eigenen Aktionären zur Rede stellen." Nick brach ab, als es laut an der Kajütentür klopfte. „Herein!"

Vinny Baker erschien in einem frisch gewaschenen blauen Overall, aber sein Kopfverband war voller Maschinenöl, und er hatte seine Großspurigkeit seit der Begebenheit im Maschinenraum längst wiedergefunden.

„Wie ich höre, sind Sie soeben übergeschnappt", sagte er. „Erst springen Sie über Bord, und nachdem man Sie wieder herausgefischt hat, gehen Sie für einen Kahn, der sich am Kap Alarm den Schädel einrennt, auf die Open Form ein."

„Ich würde es Ihnen erklären", bot Nick ihm feierlich an, „bloß: Wie sag ich's meinem Kinde?"

Der Oberingenieur grinste unverschämt, und Nick fuhr rasch fort. „Glauben Sie mir nur soviel: Ich riskiere nichts, was ich nicht ohnehin schon verloren habe."

„Das ist ein gutes Geschäft", stimmte der Australier großmütig zu und verhalf sich zu einer von Nicks kostbaren Zigarren.

„Ihre zwölfeinhalb Prozent vom Tagessatz sind nichts als ein Klacks", fuhr Nick fort. „Aber wenn wir uns die *Golden Adventurer* schnappen und sie auf dreitausend Meilen über Wasser halten können, dann rollt hier der Rubel."

„Wissen Sie was?" brummte Vinny Baker. „In meinen Augen sind Sie noch immer nichts als ein dahergelaufener Einwanderer, aber ich fange schon an, mich an den lieblichen Klang Ihrer Stimme zu gewöhnen."

„Was ich jetzt von Ihnen brauche", erklärte ihm Nick, „ist ein Vorschlag, wie man die Pumpen und die Ankerwinden der *Golden Adventurer* mit Energie versorgen kann. Das Schiff muß vom Strand gewarpt werden, und dafür bleibt uns nicht viel Zeit."

Beim Warpen versucht man, zusätzlich die Anker und die Winden des gestrandeten Schiffes einzusetzen, um den Schlepper, der das

Wrack von Land ziehen soll, zu unterstützen. Baker fuchtelte mit der Zigarre in der Luft herum. „Machen Sie sich deswegen keine Sorgen. Dazu haben Sie ja mich."

In diesem Augenblick streckte der Krebs den Kopf zur Tür herein. „Eine dringliche und persönliche Nachricht für Sie, Käpt'n." Er blätterte das Fernschreiben auf den Tisch wie einen Royal Flush beim Poker.

Nick warf einen Blick darauf und las dann laut vor:

„CHRISTY MARINE AN KAPITÄN DER MAGIER. WIR NEHMEN LLOYD'S OPEN FORM AN. KEIN ERFOLG, KEINE BEZAHLUNG. HIERMIT SIND SIE HAUPTVERTRAGSPARTNER BEI DER BERGUNG DER GOLDEN ADVENTURER."

Nicks Mund verzog sich zu jenem seltenen breiten, unwiderstehlichen Grinsen, bei dem man seine schneeweißen Zähne blitzen sah. „Und damit, meine Herren, bleiben wir wohl im Geschäft."

DIE *Magier* umrundete das Vorgebirge, vor dem die drei schwarzen Serpentinfelsen im ruhigen grünen Wasser standen, und fuhr in die eisbedeckte Bucht ein. Dort lag die *Golden Adventurer* verlassen und bot einen majestätischen Anblick, dessen Schönheit nicht einmal durch das wilde Gebirge im Hintergrund geschmälert werden konnte.

„Sie ist ein Prachtstück", flüsterte Allen, und in seiner Stimme schwang die Sorge mit, die sie alle empfanden, wußten sie doch das schöne Schiff in großer Gefahr. Nick fühlte sich noch viel tiefer mit dem Luxusdampfer verbunden. Der Plan, die *Golden Adventurer* zu bergen, war seinem Gehirn entsprungen, und jetzt hing seine Zukunft von ihm ab.

Er sah zur gedrungenen, häßlichen *La Mouette* hinüber, die vor der Einfahrt zur Bucht wartete. Da das Vorgebirge ihr Radar abgeschirmt hatte, erfuhr Levoisin erst jetzt von der Anwesenheit der *Magier*. Nick konnte das aufgeregte Hin und Her auf ihrer Brücke sehen und sich gut die Bestürzung vorstellen, die dort herrschte.

„Nehmen Sie Sprechverbindung mit der *La Mouette* auf", befahl er und nahm das Mikrofon zur Hand, als der Krebs ihm zunickte.

„Jules, mein lieber dickbäuchiger, kleiner Pirat, haben sie dich noch nicht gefangen und aufgehängt?" fragte Nick auf französisch, so freundlich er nur konnte.

„Dort ist wohl James Bond persönlich, was?" erwiderte Levoisin, doch sein Lachen klang nicht überzeugend. „Was hat dich so lange aufgehalten? Ich bin schon da, wie du siehst."

„Und ich, alter Freund, bin ebenfalls da. Der Unterschied ist nur, daß ich den Kontrakt mit Christy Marine habe."

„Du machst Witze!"

„Das ist kein Witz", erklärte Nick. „Meine James-Bond-Ausrüstung erlaubt mir Geheimgespräche. Aber nur zu, frag ruhig bei Christy Marine an – doch während du das tust, räum deinen dreckigen, alten Kübel aus dem Weg. Ich habe zu tun." Nick warf dem Krebs das Mikrofon zu. Dann wandte er sich über die Sprechanlage an den Maschinenkontrollraum: „Chef, ich brauche Sie so bald wie möglich, in voller Taucherausrüstung. Wir gehen an Bord der *Adventurer* und sehen uns den Maschinenraum an." Er wandte sich an David Allen. „Erster, sagen Sie Angel, er soll uns beiden eine warme Mahlzeit zubereiten, bevor wir losziehen. Und lassen Sie unverzüglich alle Bergungsgeräte überprüfen. Die Notstromdiesel sollen zum Abtransport fertiggemacht werden. Bis morgen mittag brauche ich Strom auf der *Golden Adventurer*."

„Jawohl, Käpt'n."

Aber bevor er gehen konnte, fragte ihn Nick noch: „Was zeigt das Barometer?"

„Es steht auf 1018 Millibar", stellte Allen mit einem raschen Blick fest.

„Das ist zu hoch", sagte Nick. „Und es ist teuflisch ruhig hier. Wir werden einen Wettersturz erleben. Werfen Sie von Zeit zu Zeit Ihr Adlerauge auf das Barometer, und informieren Sie mich sofort, wenn es um mehr als ein Millibar fällt."

„Jawohl, Käpt'n." Damit verließ Allen die Brücke.

Der Krebs rief herüber: „Christy Marine hat soeben Levoisin bestätigt, daß wir Hauptkontrahent sind, aber Levoisin hat eine Tagesheuer vereinbart und wird so viele der Überlebenden von der Shackleton Bay nach Kapstadt schaffen, wie er unterbringen kann. Nun will er Sie noch einmal sprechen."

Nick griff zum Mikrofon. „Jules?"

„Du spielst nicht fair, Nick. Du hintergehst einen alten Freund, einen Mann, der dich wie ein Bruder liebt."

„Ich bin sehr beschäftigt. Hast du mich wirklich nur angerufen, um mir eine Liebeserklärung zu machen?"

„Ich glaube, es war in diesem Fall ein Fehler, auf die Open Form einzugehen, Nick. Dieses Schiff sitzt fest – und das Wetter! Hast du schon die Vorhersage von der Gough-Insel gehört? Du hast dir da einen elend harten Job eingehandelt, Nick. Hör auf einen alten Mann."

„Au revoir, Jules. Komm zum Schiedsgericht, dort siehst du mich wieder."

„Ich glaube immer noch, dein Kahn ist eine Luxusjacht und kein Schlepper. Schick mir doch ein paar Blondinen und eine Flasche Wein rüber. Also dann, bis gleich, Nick."

Eine Weile sah Nick dem abfahrenden Schlepper nach, der in der Dünung schaukelnd verschwand, klein, dickbäuchig und vorwitzig, genau wie sein Kapitän – dennoch lag ein wenig Niedergeschlagenheit in seinem Abdampfen. Nick empfand einen kurzen Augenblick lang Bedauern für den kleinen Franzosen, der ihm ein guter Freund und Lehrer gewesen war, aber er erstickte das Gefühl gleich im Keim. Der Kampf war hart, aber fair gewesen – und Jules würde sich revanchieren und ihm wahrscheinlich das nächste Geschäft vor der Nase weg-schnappen. Trotzdem, Jules hatte recht – es würde ein elend harter Job werden.

Der hohe Seegang, der die *Golden Adventurer* an den Strand gewor-fen hatte, war durch die Springtide des Mondwechsels noch verstärkt worden – beide hatten nun nachgelassen, und das Schiff saß fest. Auch war der Rumpf herumgeschwenkt, so daß er nicht mehr genau im rechten Winkel zum Ufer lag. Die *Magier* mußte die *Adventurer* also schräg herunterziehen.

Nick begutachtete das Eis. Es glich einem riesenhaften Kraken, der seine massigen, glänzenden Tentakel um das Heck der *Golden Adven-turer* schlang. Aber er hatte noch Zeit, das Eis in der Bucht war noch nicht zu dick. Außerdem war der Bug der *Magier* eigens für einen sol-chen Fall verstärkt worden.

Aber Nick wußte, daß er die Schwierigkeiten nicht unterschätzen durfte.

Die *Magier* steuerte mit gut zehn Knoten auf das Eis in der Bucht zu. Dann, eine halbe Schiffslänge vor den Eismassen, gab Nick den Be-fehl: „Beide Maschinen halbe Kraft zurück."

Ihr Bug stieg hoch, und sie glitt, langsamer werdend, mit einem nervtötenden Schrammen, das durch das ganze Schiff widerhallte, auf das Eis hinauf.

Es brach unter ihrem Gewicht krachend ein, riesige Platten bäumten sich auf und stürzten übereinander. Nick schwenkte das Heck erst nach Steuerbord, dann nach Backbord, und spülte geschickt mit den beiden großen Schrauben das gebrochene Eis fort. Dann fuhr er ein Stück zurück und nahm einen neuen Anlauf.

Mit jedem Vorstoß arbeitete sich die *Magier* weiter in die Bucht vor und bahnte sich mächtig stampfend und unter lautem Getöse eine Fahrrinne durch die Eisdecke.

David Allen kam atemlos auf die Brücke gestürzt: „Ich habe die ganze Taucherausrüstung überprüft, Käpt'n!"

„Übernehmen Sie", sagte Nick. „Ich gehe jetzt hinunter und lege sie mir an."

Er fand Baker gleich achtern im Rettungsraum. Angel tanzte um sie herum mit einem Tablett, auf das er einen kräftigen Imbiß geladen hatte.

„Nicht schlecht", sagte Nick, obwohl er kaum etwas hinunterbrachte. Seine Nerven wollten sich einfach nicht beruhigen, und schon gar nicht sein Magen.

„Samantha möchte Sie sprechen, Käpt'n."

„Wer zum Teufel ist Samantha?"

„Das Mädchen. Sie möchte Ihnen danken."

„Denken Sie auch mal zur Abwechslung, Angel. Sehen Sie nicht, daß ich andere Sorgen habe?"

Nick war dabei, seinen Taucheranzug über die wollene Untergarnitur zu ziehen. Er ließ sich von einem Matrosen helfen, als er die Halsöffnung des Anzuges mit einer doppelten Ringdichtung verschloß. Über die wasserdichten Taucherstiefel und die Handschuhe kam dann noch ein ganzer Anzug aus Polyurethan.

Schließlich sahen sie wie die aufgeplusterten Michelinmännchen aus, als man ihnen in die geschlossenen Vollvisierhelme mit den eingebauten Mikrofonen half.

„Alles in Ordnung, Chef?" fragte Nick.

„Klar zum Auslaufen", kam Bakers Stimme viel zu schrill über die Ohrlautsprecher.

Nick stellte die Lautstärke ein und ließ sich die Sauerstoffflaschen über die Schultern hängen.

„Gehen wir", sagte er und watschelte zur Leiter.

„Meine Herren, näher können wir leider nicht ran", erklärte der Steuermann des Schlauchboots. Das sechs Meter lange aufblasbare Fahrzeug lag umgeben von Packeis leicht schwankend in einer schmalen eisfreien Rinne, etwa fünfzig Meter vom Heck der *Golden Adventurer* entfernt.

Eine feste Eisdecke trennte sie von dem Schiff, und Nick musterte sie sorgfältig. Er hatte mit der *Magier* nicht auf gut Glück näher herankommen wollen, bevor er nicht den Meeresgrund in der Umgebung untersucht hatte. Erst mußte er wissen, ob hier nicht verborgene Felsen lagen, die den Rumpf der *Magier* aufreißen konnten. Auch wollte er erkunden, ob ein Grundanker hier festen Halt finden würde; vor allem aber wollte er sich das Leck im Rumpf der *Golden Adventurer* ansehen.

Nick überprüfte rasch seine Ausrüstung, öffnete das Flaschenventil und befestigte die Notleine am Schlauchboot. Mit ihrer Hilfe konnte er, wie einst Theseus im Labyrinth des Minotaurus, wieder zurückfinden.

„Also los", sagte er und ließ sich rückwärts ins Wasser fallen. Die Kälte drang sogleich durch die vielen Schichten, aus denen sein Taucheranzug bestand. Er wartete nur, bis Baker in einer wirbelnden Wolke silbriger Bläschen neben ihm eintauchte. Dann sank er, immer Leine gebend, in die dämmrig grüne Tiefe, auf den Meeresboden zu. Im trüben Licht erkannte er, daß dieser mit Kies und Geröll bedeckt war.

Er schaute auf seinen Tiefenmesser: fast sechs Faden. Er schwamm weiter, in Richtung Strand.

Hier wühlte die Strömung die Ablagerungen auf, und sie kamen nur mühsam voran.

Das Licht drang gedämpft durch die dicke Eisschicht, grün und gespenstisch, und Nick fühlte, wie sich tief in seinem Inneren Angst breitmachte – die Angst, plötzlich eingeschlossen zu sein.

Vor ihnen türmte sich der Rumpf der *Golden Adventurer* auf, die beiden Schrauben schimmerten in der düsteren Tiefe wie zwei bronzene Riesenflügel, und das Heck pochte schwer gegen den steinigen Grund, als schlage ein großer Hammer dem Ozean den Takt.

Nick bemerkte, daß sich das Schiff immer tiefer eingrub. Mit jeder Stunde wurde die Bergung also schwieriger. Er paddelte rascher mit seinen Schwimmflossen. Aus Reillys Berichten an Christy Marine wußte er genau, wo er den Schaden zu suchen hatte. Trotzdem stieß er eher zufällig auf die Stelle.

Das Leck sah aus, als hätte jemand mit einer ungeheuren Axt waagrecht in den Rumpf geschlagen. Der fünf Meter lange Schlitz, dessen

Ränder an der breitesten Stelle einen Meter weit auseinanderklafften, hatte die Form eines langgezogenen Tropfens und atmete wie ein lebender Mund. Die Stärke der Strömung, die in ihn eindrang, erzeugte im Innern des Rumpfes Druck, und sobald sie nachließ, schoß das eingedrungene Wasser wieder kräftig heraus.

„Da müssen wir durch", erklärte Nick. „Ich schwimme voraus."

Er legte sich etwa eineinhalb Meter vor dem Leck auf die Lauer und paddelte eifrig, um sich gegen die Strömung zu halten. Er beobachtete, wie das Wasser wirbelnd in die Öffnung hineinschoß und mit einer Wolke silbriger Bläschen wieder herausstrudelte – und als das Leck erneut einatmete, ließ er sich vom Sog mitreißen.

Die Strömung erfaßte ihn und trieb ihn auf die Spalte zu. Er hatte gerade noch Zeit, seinen behelmten Kopf einzuziehen und den empfindlichen Sauerstoffschlauch vor seiner Brust mit beiden Armen zu schützen. Sein Bein schlug gegen scharfkantigen Stahl. Er fühlte keinen Schmerz, aber fast augenblicklich spürte er, wie Meerwasser in seinen Anzug eindrang. Die Eiseskälte schnitt ihm ins Fleisch wie mit einem Rasiermesser, aber er hatte es geschafft und befand sich nun in der totalen Finsternis des Rumpfinnern. Er wurde gegen ein Gewirr von Stahlrohren geschleudert, doch konnte er sich mit einer Hand festklammern, während er mit der andern nach der Unterwasserlampe an seinem Gürtel tastete.

Sekunden später sah er hinter sich den matten Schein von Bakers Lampe im dunklen Wasser auftauchen.

„Wir müssen schnell arbeiten", wies ihn Nick an. „Ich habe einen Riß im Anzug."

Obwohl Baker kaum etwas sehen konnte und er sich in dem Maschinenraum überhaupt nicht auskannte, schwamm er doch mit sicherem Instinkt auf das Pumpensystem zu und kontrollierte die Ventilanlagen, bevor er sich bei den Hauptdieseln einfand.

Nick war schon vor ihm dort. Im Maschinenraum reichte das Wasser fast bis zur Decke hinauf. Auf der Oberfläche trieb in einer Ölschicht allerlei umher – im Strahl seiner Lampe konnte Nick einen Gummistiefel und eine Schmierfettbüchse vorbeischwimmen sehen. Die ganze widerliche, brodelnde dicke Brühe stieg und fiel im Rhythmus des Wasserstromes, der sich durch das Leck ergoß. Nick wischte sich die Schmiere vom Visier, besah sich die senkrechte dunkle Öffnung des Ventilationsschachtes und fragte dann kurz: „Alles klar, Chef?"

Bakers Stimme quäkte rauh: „Machen wir, daß wir hier rauskommen."

Nick ließ sich zu dem spärlichen Lichtschein hinuntersinken, der durch die Spalte drang. Er mußte den Augenblick der Rückkehr besonders vorsichtig wählen. Das harte Metall war vom Eis nach innen gedrückt worden, und seine Zacken glichen Zähnen in einem Haifischrachen. Geschickt nutzte er den Sog aus und schoß hinaus, ohne anzustoßen. Draußen wartete er paddelnd auf seinen Oberingenieur.

Der Australier kam mit dem nächsten Wasserschwall heraus – aber Nick mußte zusehen, wie ihn die Strömung zur Seite trieb und hart gegen die gezackten Metallkanten stieß. Sie rissen ihm den Atemschlauch auf, aus dem sogleich dicke Blasen quollen.

Baker verschwand völlig hinter einer Sauerstoffwolke. Der schwere Bleigürtel um seine Hüften, der dazu gedient hatte, den Auftrieb der Sauerstoffflaschen auszugleichen, zog ihn nun abrupt in die grüne Tiefe, und die Strömung trieb ihn unter den Rumpf, wo ihn zweiundzwanzigtausend Tonnen Stahl wie in einem riesigen Mörser zu zermalmen drohten.

Nick paddelte verzweifelt, um Baker zu erreichen. Für den Bruchteil einer Sekunde blickte er in sein Gesicht, das von Angst und Atemnot verzerrt war. Bakers Helm begann bereits mit Eiswasser vollzulaufen. „Den Gürtel runter", schrie Nick, aber Baker antwortete nicht. Das Wasser hatte seine Sprechanlage unterbrochen.

Nick erwischte ihn schließlich und kämpfte aus Leibeskräften mit seinen Schwimmflossen gegen den Abtrieb, aber sie wurden immer weiter in die Tiefe gerissen.

Nicks rechte Hand war steif vor Kälte, vergebens tastete er nach dem Verschluß an Bakers Gürtel.

Eng umschlungen, wie ein walzertanzendes Paar, wurden sie herumgewirbelt, und Nick sah bereits den Kiel, der sich wie ein Fallbeil über ihnen auftürmte.

Da er Bakers Auslösegriff nicht erreichen konnte, betätigte er in seiner Verzweiflung den eigenen, und der fünfunddreißig Pfund schwere Bleigürtel sank abwärts, mit ihm die Notleine, die sie zum wartenden Schlauchboot zurückgeleiten sollte.

Der plötzliche Gewichtsverlust bremste ihre Talfahrt, und mit aller Kraft vermochte Nick sie gerade noch aus dem Bereich des mächtigen abwärtsschwingenden Kiels zu halten. Mit solcher Wucht prallte der Stahl auf das Gestein, daß es Nick noch durch den Helm in den Ohren dröhnte. Er hatte nun seinen Arm fest um den sich windenden Baker geschlungen, und endlich fand er auch dessen Auslösegriff.

Er betätigte ihn, und noch einmal fielen fünfunddreißig Pfund Gewicht fort. Sie stiegen auf, entlang des stählernen Rumpfes. Immer schneller wurde ihre Fahrt, da sich der Sauerstoff in Nicks Schlauch mit dem Druckabfall ausdehnte. Jedoch war ihre Lage nicht weniger bedrohlich, denn bei der Geschwindigkeit, mit der sie jetzt auf die harte Eisdecke zu rasten, liefen sie Gefahr, sich die Köpfe einzuschlagen.

Nick leerte seine Lunge, indem er tief ausatmete. Gleichzeitig öffnete er das Ventil seines Sauerstoffschlauches und ließ, um den Aufstieg ein wenig abzubremsen, das kostbare, lebenswichtige Gas verströmen. Dennoch hätte sie der Stoß gegen das Eis ins Reich der Träume geschickt, hätte Nick sich nicht zusammengekrümmt und den Schlag mit der Schulter und seinem erhobenen Arm abgefangen.

Sie wurden nun vom Auftrieb ihrer Taucheranzüge und dem restlichen Sauerstoff in Nicks Flasche gegen das Eis gedrückt. Es ließ Nick ziemlich kalt, als er feststellte, daß die Unterseite des Packeises keine glatte Fläche war, sondern Wülste und Zacken aufwies, einer abstrakten Plastik aus hellgrünem Glas ähnelnd.

Er sah nur flüchtig hin, denn Baker neben ihm war dem Ertrinken nahe. Das Gesicht in dem vollgelaufenen Helm war bereits purpurrot, der Mund grauenhaft verzerrt.

Nick öffnete das Ventil an seiner Stahlflasche ganz und ließ das Gas in seinen Brustschlauch strömen. Dann schraubte er den Luftschlauch an Bakers Helm ab. Dabei atmete er kräftig und tief, wie ein Blasebalg, bis sein Blut mit reinem Sauerstoff angereichert war und er sich benommen und schwindlig fühlte. Nachdem er Bakers Luftschlauch abgezogen und einen letzten tiefen Atemzug genommen hatte, schraubte er seinen eigenen Schlauch ab. Das eisige Wasser drang durch die Öffnung, aber er hielt den Kopf schief, so daß etwas Sauerstoff oben in seinem Helm verblieb und Nase und Augen freihielt. Dann befestigte er seinen Luftschlauch an Bakers Helm und ließ den letzten Sauerstoff aus seiner Flasche strömen.

Der Druck reichte gerade, um das Wasser aus Bakers Helm zu verdrängen. Der Ingenieur würgte und keuchte, schluckte und schnappte nach Luft. Nick fühlte, daß er wieder atmete. Womit er besser dran ist als ich, dachte er grimmig.

Da er die Notleine mit dem Bleigürtel eingebüßt hatte, wußte Nick nicht, in welcher Richtung er zum Schlauchboot schwimmen sollte. Beinahe hätte ihn der selbstmörderische Drang überwältigt, gegen das grüne Eisdach seines nassen Grabes anzurennen.

Doch dann, kurz bevor die Panik über die Vernunft siegte, fiel ihm der Kompaß an seinem Handgelenk ein. Der Sauerstoffmangel ließ sein Gehirn bereits langsamer arbeiten, und er brauchte kostbare Sekunden, bis er die Richtung ermittelt hatte, in die er zurückschwimmen mußte. Immer noch hielt er Baker fest, der durch die dicke Nabelschnur seines Luftschlauchs mit ihm verbunden war, und so schwamm er los.

Seine Lunge rang nach Luft und fing an, mit unwillkürlichen krampfartigen Zuckungen zu pumpen. Er entdeckte die erlesene Schönheit des reich geschmückten Eisdaches, durch das ein matter Schein drang – und plötzlich war ihm, als stehe er Hand in Hand mit seiner Frau unter den Gewölben der Kathedrale von Chartres und blicke ehrfürchtig empor. Der Schmerz in seiner Brust ließ nach, der Drang zu atmen ebbte ab.

Dann sah er Chantelles Gesicht vor sich, ihr leuchtendes Haar, weich und glänzend wie Schmetterlingsflügel, ihre großen dunklen Augen voller Freude und Wärme. Ich habe dich geliebt, dachte er, ich habe dich wirklich geliebt.

Da wußte Nick, daß er starb, aber er verspürte keine Angst mehr, auch keine Kälte. Er merkte, daß sich seine Beine nicht mehr bewegten, er lag entspannt, ohne etwas zu fühlen und ohne zu atmen. Baker zog ihn mit sich, Baker, der den reinen, köstlichen Sauerstoff atmete und mit jedem Atemzug an Kraft gewann.

„Du bist so schön, Chantelle", flüsterte Nick träumerisch und fühlte, wie ihm Wasser in die Kehle drang, aber es schmerzte nicht.

Ein anderes Bild formte sich vor seinen Augen, eine große Jacht, die mit gesetztem Spinnaker leicht über das lichterfüllte Mittelmeer dahinflog, und sein Sohn stand an der Ruderpinne, das dichte Lockengewirr auf seinem hübschen Köpfchen flatterte im Wind.

„Laß sie nicht nach Lee laufen, Peter", wollte Nick seinem Sohn zurufen, aber das Bild verschwamm, und es war Nacht vor seinen Augen. Er dachte einen Augenblick lang, er hätte das Bewußtsein verloren, doch dann erkannte er plötzlich, daß es der schwarze Gummiboden des Schlauchboots war, nur wenige Zentimeter von seinem Visier entfernt, und daß die kräftigen Hände, die ihn hochzogen, keine Fata Morgana waren.

Nick schlang sich ein Handtuch um die Hüften, als er aus der Duschkabine trat. Die Schlafkabine war voller Dampf, und sein Körper glühte von dem kochendheißen Wasser. Baker, in einem frischen Overall, lümmelte sich im Lehnsessel am Fuße der Koje. Die Haare standen ihm wie kurze feuchte Borsten rund um die rasierte Stelle, wo Angels Katgutnaht die Wunde geschlossen hatte. In seiner linken Hand hielt er zwei Gläser und in seiner rechten eine große flache braune Flasche. Er füllte die Gläser nicht gerade sparsam, reichte Nick eines davon und wies dann auf das gelbe Flaschenetikett. „Bundaberg Rum", verkündete er, „der weckt Tote auf, Partner."

Nick erkannte, daß beides, der Zutrunk und die Anrede, wahrscheinlich die höchste Auszeichnung war, die der Oberingenieur jemals einem Mitmenschen zuteil werden ließ. Er roch an der dunklen, honigbraunen Flüssigkeit, dann stürzte er sie in einem Zug hinunter, schüttelte sich, atmete zischend aus und bestätigte pflichtschuldigst: „Es ist der beste Rum der Welt."

„Der Erste hat mich gebeten, Ihnen etwas auszurichten", sagte Baker, während er noch einen kräftigen Schluck für jeden nachschenkte. „Das Barometer ist zuerst auf 1035 gestiegen, aber jetzt saust's runter wie geschmiert. Ein Sturm ist im Anzug!" Sie sahen einander über ihre Gläser hinweg an. „Wie wollen Sie die *Golden Adventurer* dicht kriegen?"

„Zehn Mann sind schon dabei, aus Segeltuch eine Leckmatte anzufertigen."

Baker sah ihn ein paar Sekunden lang mit halb zugekniffenen Augen an, während er kurz über das Vorhaben nachdachte. Ein Segel wird zu einer Leckmatte, indem man Tausende Strähnen von ausgefasertem Werg hindurchzieht, bis sie einem gewaltigen groben Fußabstreifer gleicht. Zwängt man sie dann in ein Leck, läßt das Wasser die Fasern aufquellen, bis sie einen beinahe wasserdichten Verschluß bilden.

„Und wie wollen wir sie reinstopfen?" wandte Baker ein.

„Ich ziehe ein Kabel durch den Entlüftungsschacht und durch das Leck wieder hinaus. Wir werden die Matte dann mit einer Winde an Ort und Stelle befördern."

„Es könnte klappen", meinte Baker zurückhaltend.

Nick kippte den zweiten Rum, dann erhob er sich. Auf der Koje lag schon sein Kapitänsanzug bereit. „Wir wollen den Kahn dort drüben wieder mit Strom versorgen, bevor der Sturm losbricht", sagte er.

Nun, da Nick sicher war, daß die Bucht frei von Klippen war, manövrierte er die *Magier* viel kühner. Wie ein Kampfhahn fuhr sie auf die massive Eisdecke los, brach gewaltige Brocken los und schuf sich so ein freies Arbeitsfeld.

Zwei dicke schwarze Fender, aufblasbare Plastikballons, die Nick an ihren Seiten hatte anbringen lassen, verhinderten, daß Stahl gegen Stahl stieß, sobald der Schlepper am Heck des gestrandeten Dampfers anlegte. Baker und seine Arbeitskolonne, die in dicken Antarktisanzügen steckten, hatten auf der Laufbrücke des versenkbaren hydraulischen Krans gewartet, der sie zwanzig Meter über die Kommandobrücke hob. Von dort aus konnte man auf die stark geneigten Decks der *Golden Adventurer* hinabsehen. Sie legten nun die stählerne Enterleiter hinüber und stiegen unter Bakers Führung an Bord des Luxusdampfers.

Nick steuerte die *Magier* vorsichtig vom Heck des Dampfers weg und hielt sie in fünfzehn Meter Entfernung. Dann sah er zum Himmel auf.

Die Mitternachtssonne hatte ihn in ein bedrohliches trübes Gelb getaucht. Die Sonne selbst lag unheilvoll als dunkelroter Ball am Horizont, und es schien, als hätte man die Schneefelder und Felsspitzen von Kap Alarm mit Blut übergossen.

„Ein herrlicher Anblick." Erst als Nick die Stimme vernahm, merkte er, daß das Mädchen neben ihm stand. Ihr Kopf reichte ihm knapp bis an die Schultern, und das rötliche Licht verlieh ihrem dichten aufgesteckten Haar einen noch schöneren Glanz. „Ich wollte mich noch bei Ihnen bedanken", sagte sie schüchtern. „Ich hatte noch keine Gelegenheit dazu."

Sie trug viel zu weite, geborgte Männerkleidung und sah darin aus wie ein kleines Mädchen, das sich wie Papi kleiden wollte. Ihr Gesichtsausdruck war ernst, doch in ihren Augen glaubte Nick eine kaum verhüllte Heiterkeit zu erkennen.

Nick erschrak über die Heftigkeit, mit der er sich körperlich von ihr angezogen fühlte. Seit der schönen und glücklichen Zeit mit Chantelle hatte ihn keine Frau mehr so unmittelbar gereizt. Plötzlich wurde ihm bewußt, daß er sie schon eine ganze Weile anstarrte. Sie hielt seinem Blick unverwandt stand, und es schien etwas ins Rollen zu geraten, auf das er nicht im geringsten gefaßt war.

„Junge Dame", sagte er, „Sie haben ein großes Talent, zur falschen Zeit am falschen Ort zu sein." Sein Ton war kälter und abweisender, als er es eigentlich beabsichtigt hatte. Er las Enttäuschung in ihren grünen Augen und erkannte bestürzt, daß er sie gekränkt hatte. Er wollte noch irgend etwas Nettes hinzufügen, um die Situation zu retten, aber ihm fiel nichts ein. Statt dessen hob er das Mikrofon an den Mund und fragte seinen Oberingenieur über die UKW-Sprechfunkanlage: „Wie steht's, Baker?"

„Das Notstromaggregat ist ausgebrannt, wir werden also unsern Wechselstromgenerator brauchen."

„Wir können ihn jederzeit hinüberschaffen", erklärte Nick und rief dann Allen auf dem Vorderdeck an. „Fertig mit dem Aggregat, David?"

„Alles bereit."

Nick steuerte die *Magier* zum zweitenmal vorsichtig gegen das hochragende Heck des Dampfers, und nun endlich drehte er sich wieder nach dem Mädchen um, aber es war fort und mit ihm jene Wärme und Herzlichkeit, die es ausstrahlte.

Nicks Stimme klang schroff, als er Allen anwies: „Das muß jetzt laufen wie geschmiert, Erster."

Die *Magier* schmiegte sich noch einmal an das Heck der *Golden Adventurer*, von den großen Fendern vor Stößen geschützt. Auf ihrem Vorderdeck setzte sich schrill jaulend die Winde in Bewegung, Taue quietschten in den Blöcken, als der vier Tonnen schwere Generator aus der offenen Luke des Geräteraumes stieg. Man hatte ihn auf einen Schlitten montiert, um ihn besser befördern zu können. Die Brennstofftanks waren gefüllt und der große Diesel startbereit. Fünf Minuten später baumelte das Aggregat über dem Deck des Dampfers und setzte dann sanft auf. Es folgten zwei hochtourige Zentrifugalpumpen, die die Pumpleistung der *Golden Adventurer* steigern sollten. Schließlich wurden noch Säcke mit acht Tonnen Bergungsausrüstung hinübergehievt. Inzwischen war die Sonne hinter den Wolken verschwunden, am Himmel erstrahlte das unfaßbar schöne Feuerwerk eines Polarlichtes und erzeugte eine gespenstische, geheimnisvolle Stimmung.

Als Allen auf die Brücke kam, hatte Nick gleich wieder eine Aufgabe für ihn.

„Übernehmen Sie das Kommando, David. Ich gehe an Bord der *Golden Adventurer*."

DER Oberingenieur war für die Arbeiten verantwortlich und erledigte sie so rasch, daß es selbst dem überaus ungeduldigen Nick schnell vorkam. Das Aggregat hatte Baker an einem stählernen Schott auf dem B-Deck befestigt. „Sobald der Strom fließt, werden wir Löcher in das Deck bohren und das Ding festschrauben", erklärte er.

Auf dem Oberdeck sah Nick zu, wie einige von Bakers Leuten einen Zugang zum Entlüftungsschacht schafften. Der Schneidbrenner zischte wild, und rote Funken sprühten von der Stahlwand der hohen Schornsteinattrappe, als sie die letzten paar Zentimeter durchtrennten und damit eine quadratische, zwei mal zwei Meter große Luke öffneten, die zum völlig überfluteten Maschinenraum fünfzehn Meter tiefer führte.

Auf dem offenen Vorderdeck befestigte eine andere Partie schwere Ketten an den Doppelankern der *Golden Adventurer*. Die *Magier* sollte später die Anker hinausfahren und fern vom Ufer auswerfen, so daß sich ihre Flunken eingruben und Halt fanden. Durch diese Verankerung wollte Nick verhindern, daß die *Golden Adventurer* höher auf das Ufer hinaufgetrieben würde – selbst für den Fall, daß ein Sturm von der Windstärke zwölf aufkam. Sobald der Oberingenieur das Schiff mit Strom versorgt hatte, wollte er den Dampfer dann mit Hilfe der Ankerwinden vom Strand ziehen und auf diese Weise die Maschinen der *Magier* unterstützen.

Als die Arbeit an den Ankern beendet war, blies der Wind bereits heulend mit Stärke sechs. Die Männer waren steifgefroren und müde, und Flüche wurden laut. Nick brachte die Mannschaft zurück in den Schutz der Deckaufbauten. Seine Beine schienen ihm schwer wie Blei, und er stellte fest, daß er von den vergangenen sechsunddreißig Stunden kaum zwei geschlafen hatte.

Gerade als er über die Schwelle in den kalten, aber windgeschützten Hauptgesellschaftsraum des Dampfers trat, kehrte der Strom wieder. Schlagartig erstrahlte das ganze Schiff im grellen Schein seiner Lichter, und nur die leise Musik, die aus den Bordlautsprechern ertönte, schien ein wenig fehl am Platze.

„Wir haben Strom!" Nick stieß einen Freudenschrei aus.

Auf dem B-Deck fand er den Oberingenieur neben seinem brummenden Aggregat. „Was sagen Sie nun, Partner?" fragte Baker.

Nick klopfte ihm auf die Schulter. „Recht so. Jetzt müssen wir nur noch die Leckmatte anbringen. Jemand muß hinunter, um das Kabel durchzuziehen."

„Das ist Ihre Sache", erklärte Baker entschieden. „Sie bringen mich nicht mehr da runter, niemals mehr. Ich habe den Wassersport aufgegeben."

KNAPP eine Stunde später war Nick wieder in voller Taucherausrüstung. Bevor er hinunterstieg, sah er sich noch einmal auf dem offenen Deck um. Die Verankerung, mit der Allen eben fertig geworden war, hielt die *Golden Adventurer* sicher gegen die wachsende Dünung, die nun in die Bucht eindrang.

Tiefziehende, schmutziggraue Wolkenfetzen verhüllten die Sonne und die Felszacken von Kap Alarm. Der düstere kalte Morgen ließ einen stürmischen Tag erwarten.

Nick warf einen letzten Blick zur *Magier* hinüber. Allen hielt sie sauber auf Distanz. Das Arbeitsteam des Oberingenieurs stand bereit und drängte sich um das häßliche, schwarze, frisch herausgeschnittene Loch im Schornstein. Nick testete die Sprechanlage.

„*Magier*, hören Sie mich?"

Allens Stimme kam sofort zurück: „Das Barometer ist mittlerweile ins Bodenlose gefallen, Käpt'n. Es steht auf 996 und sinkt noch immer weiter. Windstärke sechs bis sieben. Es sieht aus, als wären wir bald mitten drin in diesem gefährlichen Unwetter."

„Danke, David", erwiderte Nick. „Mir wird's ganz warm ums Herz."

Er ging zu dem bereitstehenden Segeltuchsitz, und zwei Männer halfen ihm hinein. Einen Blick warf er noch auf den Flaschenzug, dann gab er das Zeichen, ihn hinunterzulassen.

Im Innern des Maschinenraumes war es nicht mehr dunkel, denn Baker hatte hoch oben im Entlüftungsschacht Scheinwerfer angebracht. Aber das Wasser war immer noch schwarz vor Maschinenöl, und als Nick mit baumelnden Beinen in seinem Sitz allmählich tiefer sank, tobte die Brühe heftig, wie ein verängstigtes Ungeheuer, das aus seinem Stahlkäfig auszubrechen droht. Der Wind peitschte die Wellen gegen den Rumpf der *Golden Adventurer*. Sie brandeten durch das Leck und ließen das Wasser im Innern aufwallen.

„Langsamer", befahl Nick durchs Mikrofon. „Stopp!"

Die Winde kam zum Stillstand. Er saß nun hüfttief im schäumenden Wasser.

„Schickt sie runter", befahl er, und die schweren stählernen Seilrollen wanderten baumelnd aus dem Dunkel ins Licht der Scheinwerfer.

„Stopp!" Nick versuchte, sie an die richtige Stelle zu dirigieren. „Halben Meter tiefer, stopp!"

Nun mühte er sich damit ab, die Rollen an den tragenden Teilen des Rumpfes zu befestigen. Alle paar Minuten ließ eine stärkere Welle das Wasser über seinen Kopf sprudeln, so daß er sich nur hilflos festklammern konnte, bis er wieder freikam und genug sah, um seine Arbeit fortzusetzen.

Er brauchte eine Stunde, bis er endlich soweit war, um mit der Anholleine durch das Leck hinauszuschwimmen.

Die Leine bestand aus feinstgeflochtenem Dacron, einem Kunststoff von enormer Widerstandskraft und Elastizität, und war hoch oben am Deck befestigt worden. Nick fädelte sie mit ihrem losen Ende vorsichtig durch die Rollen, so daß sie ungehindert durchlief. Die restliche Leine wickelte er auf und klemmte sie an seinen Gürtel.

Dabei merkte er, daß er der völligen Erschöpfung nahe war, und erwog, eine Pause einzulegen, aber das immer stärker brodelnde Wasser im Innern des Rumpfes warnte ihn davor, noch länger zu zögern.

Er tauchte hinunter auf das fahle Licht zu, das, noch gedämpft durch die widerliche Brühe des Öl-Wasser-Gemisches, durch das Leck hereinfiel.

Noch hielt er sich an einer der Längsversteifungen des Maschinenraumes fest, den Kopf zwei Meter von der Öffnung entfernt. Er spürte, wie das Wasser stieg und sank, und versuchte eine Gesetzmäßigkeit in den Bewegungen zu erkennen. Aber inzwischen schienen sie vollkommen ungeregelt abzulaufen – ein zischendes blubberndes Einsaugen, gefolgt von drei wilden Ausstößen, die so heftig waren, daß es ihn, wäre er durch das Leck getaucht, herumgewirbelt und gegen die ausgezackten, dolchartigen Blechzinken geschleudert hätte. Also mußte er einen sanfteren Schwall abpassen und mit ihm hinausschwimmen.

Er wartete den richtigen Moment ab, ließ kurz entschlossen los und wurde sogleich vom Wasser mitgerissen. Mit beängstigender Geschwindigkeit trieb er gegen den mörderischen Stahlrachen. Er konnte das Ablaufen der Dacronleine an seinem Bein spüren, die Spule an seinem Gürtel drehte sich rasend schnell.

Mit einem betäubenden Stoß streifte etwas seinen Kopf, so daß er Sterne sah. Dann drehte es ihn im Kreis, er verlor vollkommen die Orientierung und wußte nicht, ob er sich noch in der *Golden Adventurer* oder schon außerhalb befand. Die Schnur schlang sich ihm um Hals und Brust. Schließlich wickelte sie sich um den so wichtigen Luftschlauch und schnitt ihm die Sauerstoffzufuhr ab. Unwillkürlich mußte er an ein Neugeborenes denken, das sich an seiner eigenen Nabelschnur erdrosselt. Er schrie in seinem Helm, brachte aber keinen Ton hervor. Er schlug um sich, fühlte über seinem Kopf die rauhe unregelmäßige Eisschicht, und plötzlich brach er hindurch an die Luft und ans Tageslicht. Das Arbeitsboot der *Magier* war nur ein paar Meter entfernt und tuckerte nun eilig durch das gesplitterte, aufgebrochene Packeis zu ihm hin.

DIE Leckmatte ähnelte einem riesigen Airedaleterrier, der sich im Bug des Arbeitsbootes zum Schlafen zusammengerollt hatte, ein struppiges, zotteliges Etwas von ähnlich rehbrauner Farbe.

Nick hatte sich den Helm abnehmen lassen, sich den Antarktismantel über den Taucheranzug geworfen und die Kapuze über den Kopf gezogen. Er stand schwankend im Heck des Arbeitsbootes, das in der starken Dünung stampfte und schlingerte, als der Rudergänger es nahe unter das hohe Heck der *Golden Adventurer* steuerte. Die dünne weiße Dacronleine stellte jetzt die einzige Verbindung zu den Männern auf den hochragenden Decks dar, es war der Vorreiter für die schwereren Taue. Nick ließ die Schnur durch seine klammen Finger ablaufen, um so den leisesten Widerstand zu spüren, der ein Hängenbleiben oder Abreißen bedeuten konnte.

Mit Handzeichen dirigierte er das Boot so, daß die Schnur immer ungehindert in das Loch im Rumpf lief und schließlich über die Rollen, die er im Maschinenraum angebracht hatte, in den großen Entlüftungsschacht. Durch die Öffnung im Schornstein kam sie wieder heraus und wurde von einer Winde aufgespult. Der Oberingenieur überwachte das Einholen.

Bakers Stimme im Walkie-talkie war durch das dröhnende Brausen des Sturmes kaum zu verstehen. „Die Schnur läuft glatt."

„In Ordnung, wir schicken jetzt das Drahtseil nach", teilte ihm Nick mit. Dieses zweite Seil war etwa fingerdick und aus bestem schwedischem Edelstahl geflochten. Nick überprüfte die Verbindungsstelle der beiden Seile und ließ sie dann über den Bootsrand gleiten. Die weiße Dacronschnur verschwand im grünen Wasser, und nun lief das schwarze Drahtseil langsam von der sich drehenden Trommel.

Nick fühlte die Hemmung, als die Verbindung auf die Rollen im Maschinenraum stieß. Sein Herz schlug heftig. Wenn sich die Leine jetzt verfing, war alles vergeblich – niemand konnte noch einmal in diesen Rumpf eindringen, denn die See tobte zu wild.

Da ruckte die Trommel, machte noch eine halbe Umdrehung und blieb dann stehen. Irgendwo hatte sich das Seil verfangen. Nick signalisierte dem Rudergänger, das Boot näher an die *Adventurer* zu bringen, damit das Seil in einem anderen Winkel in den Rumpf lief.

Als die Winde wieder anzog, sah er im Geist, wie die Fasern der Dacronleine sich dehnten und zu zerreißen drohten. „Mein Gott, laß sie bitte weiterlaufen", betete er, und dann begann sich die Trommel plötzlich wieder zu drehen.

Nick wurde fast schwindlig vor Erleichterung, als Bakers Stimme triumphierend über das Walkie-talkie verkündete: „Drahtseil angekommen."

„Bleiben Sie bereit", wies ihn Nick an, „wir hängen jetzt das Kabel an."

Noch einmal wiederholte sich der ganze mühselige, riskante und nervenaufreibende Vorgang, als das starke, zwei Zoll dicke Stahlkabel an der dünneren, schwächeren Anholleine durchgezogen wurde – und es vergingen weitere kritische vierzig Minuten. Währenddessen wurden der Sturm und die Wellen immer stärker, doch endlich rief Baker: „Hauptkabel ist da – wir können mit dem Einziehen der Matte beginnen."

Nick gab seinen vier Matrosen ein Zeichen, und alle krochen sie, dick und schwerfällig in ihrem leuchtendgelben Ölzeug, zum Bug. Sie stellten sich rings um die zottige Leckmatte auf, die dort in einem hohen, wirren Haufen verstaut lag. Dann legte der Rudergänger den Rückwärtsgang ein und steuerte das Boot von der *Golden Adventurer* weg.

Die Wergmasse schwabbelte, als sich das Kabel spannte und sie sich abmühten, den ganzen Berg über Bord zu hieven. Langsam brachten sie einen Teil davon ins Wasser, und das Boot krängte gefährlich bei der Gewichtsverlagerung.

Plötzlich hakte die Matte irgendwo und war nicht mehr vom Fleck zu bringen.

Der Bug des Bootes tauchte tiefer, bis es in einem Winkel von zwanzig Grad vornübergeneigt stand. Ganz so, als ahne Nick die Gefahr, blickte er kurz aufs Meer hinaus. Die *Magier* lag ein paar hundert Meter weiter draußen, und hinter ihr erkannte er über dem Horizont eine riesige Welle, die rasch näher kam. Er schätzte, daß sie das Boot innerhalb von dreißig Sekunden erreicht haben würde. Da es durch Matte und Kabel mit dem Bug nach unten festgehalten wurde, mußte es zur Katastrophe kommen.

„Vinny!" gellte Nicks Schrei durch das Walkie-talkie. „Anhieven! Ziehen, verdammt noch mal, ziehen!"

Fast augenblicklich begann das Kabel zu laufen, von der starken Winde auf dem Deck der *Golden Adventurer* aufgespult. Das Boot wurde jäh vorwärts gerissen, und Wasserkaskaden spritzten über die Bordwand. Nick griff rasch nach einem Ruder, rammte es wie eine Brechstange unter die Matte und legte sein volles Gewicht darauf. Die Männer standen schon fast knietief im Wasser, als die Welle heranraste und mühelos riesige Eisbrocken beiseite schleuderte.

Plötzlich kam die Matte frei, und der ganze schwere Werghaufen rutschte über Bord. Das Arbeitsboot machte, von seiner Last befreit, einen Satz, und der Rudergänger schwenkte den Bug herum, um die Welle zu parieren. Mit einem Ruck riß sie das Boot hoch, und alle Insassen wurden auf die Bodenbretter geschleudert. Aber die Leckmatte schwamm auf die *Golden Adventurer* zu, von der Luft getragen, die zwischen den zähen Fasern eingeschlossen war.

„Es sieht gut aus", teilte Nick Baker mit. „Ziehen Sie sie langsam ein, mit fünfzehn Metern pro Minute."

„Fünfzehn Meter, in Ordnung", bestätigte der Oberingenieur.

Langsam verschwand die schwabbelnde Masse unter der Wasseroberfläche, als das starke Kabel sie in das Leck hineinzog.

„Geschafft", sagte Nick, „jetzt können Sie mit dem Leerpumpen beginnen."

VIERTES KAPITEL

UNTER Nicks Augen, die von der Kälte, dem Salz und dem Wind entzündet waren, lagen Ringe, die den Grad seiner Erschöpfung anzeigten. Sie waren ebenso blau unterlaufen wie die Abschürfungen und Quetschungen, die seinen ganzen Körper bedeckten. Seine Hände zitterten von den Anstrengungen, und die Beine trugen ihn kaum noch, als er sich zurück auf die Brücke der *Magier* schleppte.

„Gratuliere, Käpt'n", sagte Allen mit offensichtlicher Bewunderung.

„Was zeigt das Barometer an?" fragte Nick.

„990, und es fällt weiter, Käpt'n."

Nick schaute zur *Golden Adventurer* hinüber. Unter dem trüben tief-verhangenen Himmel lag sie da wie eine Mole, denn trotz der starken Dünung, die unaufhörlich gegen sie anbrandete, rührte sie sich nicht vom Fleck. Das Wasser in ihrem Rumpf wog schwer wie Blei, und sie saß immer noch auf Grund. Bakers große Zentrifugalpumpen liefen jedoch auf vollen Touren, und auf beiden Seiten strömte das Wasser aus den Rohren.

„Chef", rief Nick Baker auf dem Dampfer an. „Verständigen Sie mich, sobald sich ihre Lage ändert." Dann wandte er sich an Allen: „Es wird vier Stunden dauern, bis sie leicht genug ist und wir versuchen können, sie zu verholen. Aber schaffen Sie schon die Haupttrosse hin-über, damit wir bereit sind zum Schleppen, wenn es soweit ist." Er schwankte wie ein Betrunkener auf seine Kajüte zu. „Rufen Sie mich, wenn Sie alles erledigt haben oder wenn sich irgend etwas Neues er-gibt."

Er schaffte es gerade noch bis zu seiner Kajüte, bevor ihm die Knie einknickten und er in die Koje kippte, wie von einem Fausthieb nie-dergestreckt.

ALLEN rief die Kapitänskajüte schon seit drei Minuten vergeblich an. Ungeduldig schlug er mit der flachen Hand auf den Kartentisch und starrte durch die Scheiben nach draußen, wo die Welt verrückt zu spielen schien.

Zwei Stunden lang hatte der Wind beständig von Nordwesten mit einer Geschwindigkeit von dreißig Knoten geblasen. Obwohl immer höhere Wellen in die Bucht liefen, war die *Magier* leicht mit ihnen fer-tiggeworden. In dieser Zeit hatte Baker die Steuermaschine der *Golden Adventurer* an das Notstromnetz angeschlossen, und Allen hatte mit-tels eines Leinenwurfgerätes eine Nylonschnur auf ihr Heck geschos-sen. Bakers Männer fingen die Leine auf und zogen erst die Anholleine und dann die Haupttrosse hinüber. Sie wurde an den Pollern auf dem Hauptdeck der *Golden Adventurer* befestigt. Die weiße Nylontrosse war dreimal so dick wie der Oberschenkel eines Mannes und so ela-stisch, daß sie noch den stärksten Ruck aushalten konnte, der ein star-res Stahlkabel abgerissen hätte. Über ganze tausend Meter lief die Haupttrosse zurück zum Schlepper.

Aber nun war der Wind, der langsam auf Nord gedreht hatte, plötz-lich zum Sturm geworden. Er kam brüllend wie eine gierige Bestie daher und stürzte sich mit solcher Wucht auf die *Magier*, daß sie von der Haupttrosse am Heck scharf hinuntergezogen wurde und Wasser durch die Speigatts einströmte.

Endlich wurde Nick vom Summer geweckt. Er wälzte sich mühsam herum. Es schmerzte ihn in allen Gelenken, als er nach dem Hörer griff.

„Käpt'n, kommen Sie bitte auf die Achterbrücke!" Es lag etwas in David Allens Stimme, das Nick sofort auf die Beine brachte.

Als er die hintere Navigationsbrücke betrat, wandte sich Allen erleichtert um. „Gott sei Dank, daß Sie hier sind, Käpt'n."

Der Sturm verwandelte jede Welle in einen Schleier aus weißem Gischt, der, durchsetzt mit Graupeln und Schnee, über die Bucht jagte. Nick blickte auf den Windmesser und schüttelte ungläubig den Kopf. Die Nadel stand am oberen Anschlag. Das Instrument mußte bei den ersten Windböen beschädigt worden sein – wollte er ihm glauben, hätte er sich das Scheitern des Unternehmens eingestehen müssen, denn niemand konnte einen Ozeandampfer bei einer Windstärke abschleppen, die noch über der Beaufortskala lag.

Die *Magier* tanzte auf ihrem Heck wie ein spielender Delphin, denn das starke Kabel hielt sie achtern fest. Nick krachte gegen die Armaturen und klammerte sich an der Schlechtwetterstange fest.

„Wir werden die Trosse kappen und auf die offene See hinaus flüchten müssen", schrillte Allens Stimme durch das Toben des Sturmes.

Nick schaute zu dem weit entfernten Dampfer hinüber, der gerade als dunkle Silhouette aus dem heulenden, wirbelnden Schneetreiben auftauchte.

„Chef?" fragte er ins Handmikrofon, „wie steht's bei Ihnen?"

„Der Wind hat uns jetzt voll erfaßt und treibt den Dampfer hin und her. Sie werden uns bei dem Wetter nicht abschleppen können. Kappen Sie die Trosse, und halten Sie sich von der Küste fern. Wir werden versuchen, an Land zu kommen, wenn der Kahn zu Bruch geht." Dann fügte er mit Galgenhumor hinzu: „Vergessen Sie bloß nicht, uns abzuholen, wenn sich das Wetter bessert – das heißt, wenn dann noch jemand da ist zum Abholen."

Obwohl Nick noch recht benommen war, stieg in ihm jäh die Wut hoch – Wut darüber, daß das ganze Wagnis umsonst gewesen sein sollte, daß er die *Golden Adventurer* verlieren sollte und wahrscheinlich die Hälfte seiner Männer mit ihr. „Können Sie anfangen, mit den Ankerwinden zu warpen?" fragte er. „Wir ziehen jetzt an."

„Verdammich!" schrie Baker. „Die *Adventurer* ist immer noch halb voll Wasser. Sie werden auch noch die *Magier* auf Grund setzen…"

Nick schnitt ihm das Wort ab. „Hören Sie, Sie dämliches Känguruh, machen Sie, daß Sie an die Winden kommen!"

Im nächsten Augenblick war die *Golden Adventurer* hinter dem dichten weißen Schleier des Schneesturms verschwunden. „Maschinenraum, volle Kraft voraus", wies Nick energisch den Zweiten Ingenieur an, „und geben Sie die Motorsteuerung zu mir herauf. David, Sie übernehmen das Ruder."

„Steuerung auf die Brücke verlegt, Käpt'n", meldete der Ingenieur, und Nick griff nach dem glänzenden Hebel aus Edelstahl.

„Ankerwinden besetzt", kam Bakers Antwort betont gleichgültig zurück.

„Bleiben Sie bereit", befahl Nick. „Zehn Grad Steuerbord, David."

Der Bug der *Magier* stieg hoch, schien gegen den ungeheuren Sturm zu kämpfen.

„Chef", rief Nick ins Mikrofon. „Steuerbordwinde anholen, volle Kraft." Nick schob den Hebel langsam vor, bis die Höchstleistung von zweiundzwanzigtausend Pferdestärken erreicht war. Von der Trosse festgehalten, tobte die *Magier* wie ein Berserker. Sie wand sich und stampfte mit äußerster Kraft, und jedes Spant in ihrem Rumpf erbebte von der Vibration der Schrauben.

Nick brach in einen wilden Freudentaumel aus, als er sah, wie der Geschwindigkeitsmesser ausschlug. Der Schlepper machte Fahrt mit fünfzig Metern in der Minute!

„Wir haben sie in Gang", schrie Nick laut und griff nach dem Mikrofon. „Beide Winden, volle Kraft."

„Beide volle Kraft", bestätigte Baker noch im selben Augenblick.

Nick sah noch einmal auf das Instrument, die Nadel fiel zurück, und er erkannte mit einem Anflug von Verzweiflung, daß es nur die Dehnung der Nylontrosse angezeigt hatte.

Die *Magier* stand jetzt still. Von der Trosse und der Maschinenkraft unten gehalten, wurde sie kaum mehr mit den Wellen fertig, die über sie hereinbrachen, und wühlte sich immer noch tiefer und bedrohlicher ins Wasser. Mit beiden Fäusten hielt Nick die Steuerhebel umklammert und drückte sie bis zum Anschlag hinunter. Die großen Maschinen heulten auf, und die Zeiger auf den Instrumenten schlugen weit aus. Nick wußte, daß er die Motoren stark belastete.

„Um Gottes willen, Käpt'n!" Allen konnte sich nicht mehr länger zurückhalten. „Sie werden uns versenken."

„Chef?" Nick schien nicht auf seinen Ersten Offizier zu hören. „Machen Sie Fortschritte?"

„Sie bewegt sich nicht", erklärte Baker.

Nick nahm die Stahlhebel zurück, und die Zeiger der Instrumente fielen sofort wieder nach links. Die *Magier* reagierte erleichtert und tauchte aus der Wellenwüste auf.

„Kappen Sie die Trosse", ertönte Bakers Stimme teilnahmslos und gedämpft durch das Toben des Sturms. „Wir werden uns schon alleine durchschlagen, Partner."

Allen machte sich schon an der Auslösevorrichtung zu schaffen, mit
deren Hilfe man die Schlepptrosse kappen konnte.

„Unterlassen Sie das!" fauchte ihn Nick an, dann erklärte er Baker:
„Ich verkürze die Trosse. Fangen Sie mit dem Warpen wieder an, sobald ich soweit bin."

Nick trat vor die Windensteuerung. Er schob den grünen Hebel auf
Rückwärtsgang und fühlte die Vibration des Decks, als sich die großen
Trommeln im Kabelraum unter ihm drehten und die dicke, eisverkru-
stete Trosse über das Heck der *Magier* einholten.

Von den eigenen Winden zurückgezogen, kämpfte die *Magier* um
jeden Meter, wie ein wilder Hengst an seinem Halfter, und die Offi-

ziere beobachteten mit wachsendem Entsetzen, wie draußen im Toben des Schneesturmes der turmhohe, vereiste Rumpf der *Golden Adventurer* auftauchte.

„Nun können wir wenigstens sehen, was wir tun", erklärte Nick grimmig. Er erkannte jetzt, daß er eine ganze Menge Kraft dadurch vergeudet hatte, daß er die *Magier* schräg zum Kiel der *Golden Adventurer* hatte anziehen lassen. Im Schneesturm hatte er die Orientierung verloren. Das konnte jetzt nicht mehr passieren.

„Baker", sagte er, „ziehen Sie auf Biegen und Brechen!" und wieder drückte er die Hebel ganz hinunter.

„Sie bewegt sich nicht, Käpt'n", schrie Allen.

Nick fuhr ihn wütend an: „Geben Sie mir das Ruder."

Mit der vollen Kraft ihrer beiden Motoren, die aufbrüllten wie verendende Bullen, pflügte die *Magier* das Meer um und verwandelte es in weißen Schaum, während Nick das Ruder bis zum Anschlag nach Backbord schwenkte.

Wild kämpfend, schulterte die *Magier* die Wellen und neigte sich, daß das Wasser das Deck überspülte. Nick riß das Ruder sogleich wieder nach Steuerbord, der Schlepper sprang jäh herum und zog so mit noch einer Tonne zusätzlich an der Trosse.

Sogar durch den Sturm hörten sie die *Golden Adventurer* ächzen. Dann wurde das Ächzen zu einem lauten Knirschen, als das Geröll unter dem großen Dampfer nachgab.

„Verdammich, sie kommt!" schrie Baker auf.

Nick steuerte die *Magier* noch einmal voll nach Backbord. „Zieh, mein Schatz, zieh", flehte er sie an.

Mit einem zögernden, unwilligen Rumpeln kam die *Golden Adventurer* ins Rutschen und lief über den Grund, der sie festgehalten hatte.

„Beide Winden holen ein", rief Baker freudestrahlend, und der Tachometer der *Magier* schnellte hoch, da sie an Fahrt gewannen.

Das Heck der *Golden Adventurer* schwenkte herum, als die nächste hohe Welle an ihr vorbeirauschte. Der große Luxusdampfer war wieder frei.

Für ein paar Augenblicke starrte Nick wie gebannt auf das Schiff, und es kam ihm vor wie ein Wunder, daß er den Dampfer wieder zum Leben erweckt hatte. „Baker, ziehen Sie die Anker hoch", rief er ins Mikrofon. Es war Ehrensache, auch die Anker zu bergen. „Und Ruder mittschiffs."

„Ruder steht mittschiffs", meldete Baker.

Nick schob die Hebel zurück, um die Maschinen nicht über Gebühr zu strapazieren.

„Wir haben es geschafft", rief Baker.

„Mit den Ankern und all dem übrigen", erwiderte Nick.

SIE überstanden den Sturm, der acht Tage lang mit unverminderter Heftigkeit tobte, auf offener See.

Zunächst mußten sie noch die Schlepptrosse verlegen und am Bug der *Golden Adventurer* befestigen. Bei dem schweren Seegang gelang es ihnen erst nach fast vierundzwanzig Stunden und drei fehlgeschlagenen Versuchen, den Bug gegen den Wind zu bringen. Nun lag der Dampfer viel ruhiger, und die *Magier* brauchte nur die Funktion eines Treibankers zu übernehmen. Dann sprühten sie den Maschinenraum der *Golden Adventurer* mit Rostschutzmittel aus, das die Motoren und die wichtigsten Apparaturen vor weiteren Schäden bewahrte.

Nicht zuletzt stieg dadurch auch der Wert des geborgenen Schiffes gewaltig.

Nick verbrachte in diesen Tagen die meiste Zeit auf der Brücke, von der Furcht gequält, daß die Abdichtung des aufgerissenen Rumpfes nicht halten würde. Dann, an einem klaren, windigen Morgen, konnte die *Magier* die *Golden Adventurer* in das ruhige Wasser der Shackleton Bay schleppen. Es sah aus, als führe ein winziges Hündchen einen blinden Koloß.

Als die beiden Schiffe in die schützende Bucht einliefen, kamen die überlebenden Passagiere des Luxusdampfers aus ihrem Lager zum Strand und begrüßten sie durch Winken und laute Hurrarufe.

Bevor noch die Anker ins grüne klare Wasser klatschten, tuckerte das Boot von Kapitän Reilly auf die *Magier* zu. Als er an Bord kam, sah man ihm die Strapazen der letzten Tage an, aber er erwiderte Nicks Händedruck kräftig. „Meinen Dank, und herzlichen Glückwunsch, Käpt'n!"

„Es ist schön, Sie wiederzusehen", sagte Nick.

Er führte Reilly in seine Kajüte, um mit ihm die hundert Kleinigkeiten zu besprechen, die zwischen ihnen geklärt werden mußten. Es war eine heikle Situation, da Reilly inzwischen nicht mehr Kapitän auf seinem Schiff war.

Das Kommando war an Nick als Kapitän des Bergungsschiffes übergegangen.

Innerhalb einer halben Stunde hatten sie alle notwendigen Maßnahmen getroffen, um die Überlebenden an Bord des Dampfers zurückzubringen. Levoisin hatte nur hundertzwanzig Passagiere – die ältesten und schwächsten – auf seinem kleinen Schlepper mitnehmen können.

Nick ging nun an Bord der *Golden Adventurer*. Der geräumige Maschinenraum wurde vom grellen blauen Licht eines Schweißapparates erhellt, mit dem der Oberingenieur Stahlplatten über dem Leck anbrachte und verschweißte. Aber erst, nachdem sie die neuen Flicken mit schweren Balken versteift und abgestützt hatten, waren er und Nick zufrieden. Vor ihnen lag noch die schwere Durchfahrt durch die „Brüllenden Vierziger", die stürmische Westwindtrift am vierzigsten Breitengrad.

Sie saßen im ölverschmierten Maschinenraum und tranken dampfenden Kaffee mit einem kräftigen Schuß Bundaberg-Rum. „Wenn wir dieses Prachtstück erst in die Docks geschleppt haben, sind Sie ein gemachter Mann", sagte Nick.

„Ich war auch früher schon öfter reich. Es hält nie lange an, und ich bin immer erleichtert, wenn ich das Zeug ausgegeben habe." Baker schlürfte genußvoll seinen Kaffee mit Rum, bevor er pfiffig fortfuhr: „So brauchen Sie wenigstens keine Sorge zu haben, daß Sie den besten Ingenieur zur See verlieren."

Nick lachte vergnügt. Baker hatte seine Gedanken erraten.

Vier Tage später kamen die Offiziere in Nicks Kajüte und meldeten, daß die Reparaturarbeiten abgeschlossen seien. Die *Magier* war bereit, ihre gewaltige Schlepplast über dreitausend Meilen nach Kapstadt zu schaffen.

Als sich die Offiziere bereits wieder zur Türe wandten, ergriff David Allen noch einmal schüchtern das Wort: „Wir veranstalten heute abend in der Offiziersmesse eine kleine Feier und würden Sie gern als Gast bei uns begrüßen, Käpt'n."

DIE Offiziersmesse war der Klubraum der Offiziere. Nach altem Brauch hatte der Kapitän hier keinen Zutritt. Er durfte die kleine getäfelte Kabine nur als geladener Gast betreten, doch als die Offiziere Nick begrüßten, kam nicht der leiseste Zweifel auf, ihre Herzlichkeit könne nicht ehrlich gemeint sein. Sie erhoben sich und klatschten, als er eintrat, und Allen hielt eine kurze Ansprache. Dann brachte Angel eine mit Zuckerguß überzogene Torte, die die Form der *Golden Adventurer* hatte – ein kleines Kunstwerk, das am Rumpf die goldenen Zahlen 12¹/₂ % trug, den Prämienanteil der Mannschaft. Nachdem sie Angel Beifall gespendet hatten, baten sie Nick, eine Rede zu halten, und schon bald hatten seine heiteren Einfälle sie in fröhliche Stimmung versetzt.

Das Mädchen saß eingekeilt in einer Ecke, fast erdrückt von der Gruppe junger Offiziere, die sich um es drängten. Sie war fröhlich und unbeschwert, und ihr Lachen hob sich hell von den tiefen Männerstimmen der ausgelassenen Seeleute ab, so daß es Nick schwerfiel, nicht andauernd zu ihr hinüberzuschauen.

Sie trug ein enganliegendes grünes Kleid, und Nick fragte sich, wo sie es nur aufgetrieben hatte. Aber dann erinnerte er sich, daß er sie am selben Morgen mit Allen im Arbeitsboot gesehen hatte. Sie waren vom Dampfer zurückgekehrt, von wo sie ihre Sachen geholt hatte – und wahrscheinlich hätte sie an Bord des Dampfers bleiben sollen. Nick war froh, daß sie es nicht getan hatte.

Nick beendete seine kleine Rede, indem er jedem seiner Offiziere ein Lob aussprach. Allen drückte ihm noch einen zweiten Whisky in die Hand, dann verschwand er eilig und drängte sich in die Traube, die sich um das Mädchen gebildet hatte.

Nick beobachtete schmunzelnd den Wettstreit, der unter seinen Offizieren ausgebrochen war. Als sich der Kreis um das Mädchen für kurze Zeit öffnete, schaute sie durch den Raum zu ihm hinüber, und ihre Blicke trafen sich. Das Lachen auf ihren Lippen erlosch, und sie sah ihm ernst und rätselhaft in die Augen. Erneut bedauerte Nick im stillen, daß er ihr gegenüber so unhöflich gewesen war. Doch schon war Allen wieder zur Stelle, der ihr nachschenkte und ihm die Sicht raubte.

Ein paar Minuten später entschuldigte sich Nick und kehrte in seine Kajüte zurück. Dort setzte er sich an den Schreibtisch, um sich auf den unerledigten Papierkram zu stürzen. Der gedämpfte Lärm, der von der Feier heraufdrang, lenkte ihn jedoch zu sehr ab; er überraschte sich sogar dabei, wie er auf die Stimme des Mädchens horchte. Die Offiziere tanzten und veranstalteten ihre rauhen Spiele, bei denen sie sich durch Poltern und Stampfen und schallendes Gelächter verrieten.

Plötzlich wurde sich Nick bewußt, wie einsam er war. Er spielte mit dem Gedanken, in die Offiziersmesse zurückzukehren, doch als er sich sein Vorhaben ausmalte, erschien ein gequältes Lächeln auf seinen Lippen. Die Offiziere hätten ihn nun gewiß als Eindringling betrachtet. Also verwarf er den Plan wieder und ging statt dessen auf die

Brücke. Die Nachtbeleuchtung dort war so schwach, daß er Graham, den Dritten Offizier, erst bemerkte, als sich seine Augen an die Dunkelheit gewöhnt hatten.

„Guten Abend, Mr. Graham." Er trat an den Kartentisch und überprüfte die Eintragungen im Logbuch. Graham wartete verunsichert, und Nick suchte nach einem Anlaß für ein Gespräch. „Sie wären wohl auch gern auf der Party?" fragte er schließlich.

„Käpt'n."

Das war keine glückliche Eröffnung, und obgleich sich Nick noch vor ein paar Minuten einsam gefühlt hatte, wollte er plötzlich wieder allein sein. „Ich werde den Rest Ihrer Wache übernehmen. Gehen Sie und amüsieren Sie sich gut."

„Das ist famos anständig von Ihnen, Käpt'n", sagte Graham und verzog sich.

Nick beugte sich wieder über den Kartentisch und merkte, in seine Arbeit vertieft, eine ganze Zeitlang nicht, daß Samantha Silver auf die Brücke gekommen war. Sie wartete ruhig, bis er aufsah.

„Verzeihen Sie, daß ich Sie störe", sagte sie. „Ich habe Timmy Graham ein Stück von der Torte gebracht."

„Ich habe ihn gerade nach unten zur Party geschickt."

„Oh, dann muß ich ihn verfehlt haben." Sie machte keine Anstalten zu gehen. „Könnte ich Sie vielleicht für die Torte interessieren? Sie bleibt sonst übrig."

„Teilen wir sie uns?" schlug er vor, und sie kam zum Kartentisch. „Ich muß mich bei Ihnen entschuldigen", sagte er und merkte im selben Augenblick, wie schroff seine Stimme schon wieder klang. Er haßte Entschuldigungen.

„Ich habe damals einen schlechten Augenblick erwischt", erwiderte sie und schnitt sich ein Stück Torte ab. „Aber nochmals vielen Dank. Ich weiß jetzt, daß meine Rettung Sie beinahe die *Golden Adventurer* gekostet hätte."

Beide schauten durch die großen Panzerglasscheiben zu dem Luxusdampfer hinüber.

„Sie ist schön, nicht wahr?" stellte Nick fest, und seine Stimme hatte alle Schärfe verloren.

„Ja, sie ist schön", pflichtete sie ihm bei, und plötzlich waren sie einander sehr nahe im anheimelnden rötlichen Schein der Nachtbeleuchtung.

Er begann zu reden, anfänglich steif und befangen, aber es gelang ihr, ihn aus der Reserve zu locken, und sie bemerkte mit stiller Freude, daß er immer lebhafter und gelöster wurde. Später, als sie über die Universität sprach und über das Forschungsprojekt, an dem sie arbeitete, hatte sie den Altersunterschied, der zwischen ihr und Nick bestand, völlig vergessen.

Schließlich schienen sie es beide zu bedauern, daß mit dem Ende der Wache wieder jemand auf die Brücke kam und sie keinen Vorwand mehr hatten zusammenzubleiben.

„Gute Nacht, Kapitän Berg", sagte sie.

„Gute Nacht, Miß Silver", erwiderte er nachdenklich.

Während des langen folgenden Tages, an dem sie die *Golden Adventurer* in Schlepp nahmen, dachte Nick in den unpassendsten Augenblicken an das Mädchen. Als er am Abend entgegen seiner sonstigen Gewohnheit das Essen mit den anderen zusammen einnahm statt in seiner Kajüte, war Miß Silver von einer undurchdringlichen Phalanx eifriger junger Männer umgeben, und er war leicht schockiert, als er sich eingestehen mußte, daß er regelrecht eifersüchtig war. Zweimal mußte er während der Mahlzeit eine bissige Bemerkung unterdrükken, die ihm auf der Zunge lag. Er aß kein Dessert und ließ sich den Kaffee auf seine Kajüte bringen. Bakers Gesellschaft wäre ihm jetzt angenehm gewesen, aber der Australier befand sich drüben auf der *Golden Adventurer*, wo er die Hauptmaschine reparierte.

Um acht Uhr ging Nick spontan auf die Brücke, und wieder entband er Tim Graham von der Wache. Er machte langsam seine Runde und überprüfte alles peinlich genau, von den Positionslampen bis zur Spannung des Schleppkabels.

Plötzlich glaubte er einen Hauch von Parfüm wahrzunehmen. Erst jetzt war er wirklich ehrlich zu sich selbst. Er hatte seinen Dritten Offizier nur abgelöst, weil er unbedingt das Mädchen auf die Brücke lokken wollte.

„Da vorne sind Wale", sagte er und lächelte, was sonst selten geschah. „Ich hatte gehofft, Sie würden heraufkommen."

„Wo? Wo sind die Wale?" fragte sie voll ungekünstelter Erregung, und dann sahen sie die Fontänen zwei Meilen voraus, riesige Gischtstrahlen, die in der tiefstehenden Mitternachtssonne golden leuchteten. Nick hob den Arm, um ihn dem Mädchen um die Schultern zu legen, fing sich aber im letzten Augenblick, bevor er sie berührte. Sie war auf die Berührung bereits gefaßt gewesen und hatte sich erwartungsvoll leicht zu ihm hingeneigt – aber er ließ seinen Arm sinken und trat einen Schritt zur Seite. Erst in diesem Augenblick wurde sie sich bewußt, wie sehr sie sich nach diesem körperlichen Kontakt gesehnt hatte. Aber für den Rest des Abends hielt er den Abstand ein, den zu wahren er sich anscheinend auferlegt hatte.

Am nächsten Abend war sie keine fünf Minuten später auf der Brücke, nachdem Nick die Wache von Tim Graham übernommen hatte, und sie grinsten einander schelmisch an wie Schulkinder nach einem gelungenen Streich.

Sie bat Nick, ihr zu erklären, wie ein Vertrag nach Lloyd's Open Form funktionierte, und folgte aufmerksam seinen Ausführungen.

„Wenn man die mit der Bergung verbundenen Gefahren und Schwierigkeiten berücksichtigt", folgerte sie, „könnten Sie eine riesige Prämie verlangen."

„Ich werde zwanzig Prozent vom Wert des Geborgenen fordern – das sind sieben Millionen Dollar, vielleicht ein paar Cent mehr oder weniger –, aber ich werde sie nicht bekommen, höchstens drei bis vier Millionen."

„Aber...", Samantha schüttelte den Kopf, „was werden Sie mit dem vielen Geld anfangen?"

„Das ist bereits ausgegeben. Es wird gerade reichen, meine Kredite abzubezahlen und meinen neuen Schlepper vom Stapel zu lassen."

„Sie haben drei bis vier Millionen Dollar Schulden?" Sie starrte ihn fassungslos an. „Ich könnte nicht schlafen..."

„Für mich ist das eben ein Spiel", erklärte er, „das größte, aufregendste Spiel der Welt..."

Sie hörte ihm aufmerksam zu, glücklich, weil er lebhaft und eifrig über seine Pläne sprach und sie daran teilhaben ließ. „Wir kommen dann mit beiden Schleppern wieder hierher zurück und schnappen uns einen Eisberg", plauderte er weiter.

Sie lachte. „Oh, hören Sie auf!"

„Das ist kein Witz", versicherte er. Er ging zum Kartentisch. „Wir werden Schlepptrossen um einen großen Eisberg legen und ihn dann in die Westwindtrift ziehen." Er fuhr den Kurs mit dem Finger nach. „So dampfen wir die Ostküste Afrikas hinauf, um auf dem Südwestmonsunstrom weiterzuschwimmen – mitten in den Persischen Golf."

Er richtete sich auf und lächelte. „Hundert Milliarden Tonnen Süßwasser, das direkt in die trockenste, reichste Ecke des Globus geliefert wird."

„Aber, aber . . .", sie schüttelte den Kopf, „der Eisberg wird schmelzen."

„Wir besprühen ihn vom Hubschrauber aus mit einer reflektierenden Polyurethanhaut, die den Sonnenstrahlen die Wirkung nimmt, und verstauen ihn dann in einem Dock, wo er seine Umgebung selbst kühl hält. Sicher wird er schmelzen, aber nicht vor einem Jahr oder zweien, und dann werden wir wieder auslaufen, um einen neuen zu holen. In der Zwischenzeit schneiden wir ihn mit Laserstrahlen in viele kleine Brocken, die wir in ein Schmelzbecken befördern."

Sie dachte darüber nach. „Es könnte klappen", gab sie zu.

„Es wird klappen", erklärte er. „Ich habe die Idee an die Saudis schon so gut wie verkauft. Sie sind dabei, Pläne für Dock und Becken zu entwerfen. Wir werden ihnen das Wasser hundertmal billiger liefern, als sie der Bau einer nuklearen Meerwasserentsalzungsanlage kostet."

Sie war fasziniert von seiner Vision. Jede Nacht unterhielten sie sich nun in der langen Zeit bis zur Wachablösung, und sie kamen sich dadurch immer näher.

Obwohl sie beide diese gemeinsamen Stunden genossen, vermochte keiner von ihnen die schmale Kluft zwischen Zuneigung und Liebe zu überspringen. Es blieb ja noch Zeit – sagte sich Nick –, viel Zeit. Aber die *Magier* hielt ihren havarierten Schützling stets hinter sich, stur Kurs Nordnordost mit gut sechs Knoten, und die Tage verflogen im Nu. Auch Samantha wollte es nicht wahrhaben.

Selbst als eines Morgens der afrikanische Kontinent auf dem Radargerät erschien und Nick ihr das verschwommene Leuchtbild auf dem Schirm zeigte, redete sie sich noch ein, daß es so weitergehen würde – wenn nicht für immer, so zumindest so lange, bis sich etwas Entscheidendes ergab.

In dieser Nacht gerieten sie, als sie sich wie gewohnt während der ersten Wache trafen, in eine hitzige Diskussion über die Verschmutzung der Meere durch Öltanker.

„Wir haben sogar auf Kap Alarm verendete ölverkrustete Pinguine gefunden", sagte Samantha. „Die Tiere waren fünfzig Meilen vor dieser einsamen Küste in einen Ölteppich geraten."

„Das kann ich nicht glauben . . .", begann Nick, aber sie fiel ihm ins Wort.

„Das ist es ja gerade!" sagte sie. „Niemand will es glauben. Und genau das dürfte uns nicht mehr ruhig schlafen lassen, Nick!"

Sie hatte ihn zum erstenmal beim Vornamen genannt, und beiden kam es überdeutlich zum Bewußtsein. Sie verstummten und starrten durch die riesigen Scheiben.

„Die Welt braucht das Erdöl, und wir Seeleute müssen es transportieren", sagte Nick schließlich.

„Aber nicht nur nach Profit schielend, nicht so, daß das Meer in eine stinkende, verseuchte Jauchegrube verwandelt wird."

„Es gibt skrupellose Reeder...", begann er, und wieder unterbrach sie ihn ärgerlich.

„Die unter der Flagge der Bequemlichkeit segeln, ohne Kontrollen, mit Schiffen, gebaut nach mangelhaften Sicherheitsbestimmungen und ausgerüstet mit einem einzigen Antriebsaggregat..." Sie fuhr mit ihren Vorwürfen fort, und er unterbrach sie nicht. „Als man die Winterladegrenze für Tanker, die das Kap der Guten Hoffnung umschiffen, aufhob, damit sie zusätzlich fünfzigtausend Tonnen Rohöl..."

„Das war verbrecherisch", bestätigte er.

„Sie waren doch damals Vorstandsvorsitzender bei Christy Marine, Sie hatten einen Repräsentanten im Kontrollausschuß..."

Sie merkte, daß sie einen Fehler gemacht hatte. Sein Gesicht verzerrte sich plötzlich vor Zorn. Mit einem Schlag war die Atmosphäre gespannt. Samantha war dem Weinen nahe. Nick wandte sich ab und zündete sich eine Zigarre an.

Als er sich ihr wieder zuwandte, war sein Zorn ein wenig verflogen.

„Christy Marine erscheint mir jetzt wie ein anderes, früheres Leben." Er sprach leise, und sie konnte heraushören, wie sehr ihn die unverheilte Wunde noch schmerzte. „Als ich Christy Marine leitete, waren wir gegen den Wegfall der Winterladegrenze, und keiner von unseren Tankern lud über der Sommerfreibordmarke, wenn er das Kap umfuhr. Von Konstruktion und Ausrüstung her betrachtet, war jedes Schiff bei Christy Marine so sicher wie dieses Schiff dort", er zeigte auf die *Golden Adventurer*, „oder das hier", und er stampfte kurz auf dem Deck auf.

„Auch die *Golden Dawn?*" fragte sie.

„Vor allem die *Golden Dawn*, meine ‚Goldene Morgenröte'", sagte er träumerisch. „Der Name klingt lächerlich anmaßend, nicht wahr? Aber als ich sie entwarf, dachte ich wirklich so über sie. Der erste Tanker mit einer Million Tonnen, ausgerüstet mit allen Raffinessen und jeglicher Sicherheitseinrichtung, die die Menschheit bis dahin ersonnen und erprobt hatte." Er hielt inne und zog kräftig an seinem Stumpen. Als er wieder sprach, klang seine Stimme kalt und dumpf. „Doch ich bin nicht mehr Chef bei Christy Marine..."

Es war alles so falsch gelaufen. Samantha wünschte, ihn nicht verletzt zu haben, doch ihr Instinkt riet ihr, ihn jetzt besser allein zu lassen.

Er nickte eher gleichgültig, als sie sich plötzlich entschuldigte, sie sei müde. „Gute Nacht, Miß Silver!"

„Ich heiße Sam", sagte sie in dem Wunsch, ihn irgendwie zu erfreuen. „Oder Samantha, wenn Sie das vorziehen."

„Stimmt, das ist mir lieber", erwiderte er ohne ein Lächeln. „Gute Nacht."

Sie ärgerte sich über sich selbst, und auch über ihn. Sie ärgerte sich, weil das gute Einvernehmen zwischen ihnen nun gestört war. So fauchte sie ihn an: „Sie sind wirklich altmodisch!" und verließ rasch die Brücke.

WÄHREND der Fahrt hatte Samantha vom Heck der *Magier* ein feinmaschiges Netz ins Wasser gehängt und damit Krill und Plankton, mikroskopisch kleine Meerestiere, gesammelt. Angel hatte ihr eine Ecke in seiner Spülküche überlassen, als Gegenleistung für ihren freiwilligen Dienst als Küchenhilfe, und sie verbrachte jeden Tag viele Stunden dort, um ihren Fang zu klassifizieren und zu konservieren. Sie war auch am nächsten Morgen unten, als der Hubschrauber die *Magier* überflog. Sie hörte das Knattern der Rotorblätter und war versucht hinaufzugehen und zuzuschauen. Aber sie färbte gerade ein Präparat ein, also arbeitete sie weiter und hörte, wie der Hubschrauber wieder mit Getöse vom Deck abhob.

Angel kam vom Deck herunter und wischte sich die Hände an der Schürze ab. „Sie haben mir nicht erzählt, daß er abschwirrt, Kleine."

„Wen meinen Sie?" Samantha sah erschrocken zu ihm auf.

„Ihren Freund, Kleine." Angel beobachtete sie scharf. „Sagen Sie bloß nicht, daß er Sie zum Abschied nicht einmal geküßt hat."

Sie ließ das Präparat in die sauber geputzte Spüle fallen, wo es zerbrach.

Keuchend erreichte sie die Reling auf dem Oberdeck und starrte der schwerfälligen gelben Maschine nach, die bereits eilig auf die fernen blauen Berge zu flog.

Nick saß auf dem Schleudersitz zwischen den beiden Piloten des großen Sikorsky und sah nach vorn auf die flache Silhouette des Tafelberges, über dem in einem dicken Teppich die schneeweißen Wolken hingen.

Weit hinten war die *Magier* gerade noch zu erkennen. Als er sich nach ihr umwandte, regte sich in ihm plötzlich doch das Bedauern darüber, daß er sich so dickköpfig gegen seine Gefühle gewehrt hatte, und augenblicklich sah er das Mädchen deutlich vor sich mit seinen grünen Augen und dem goldenen Haar.

Es nagte an seinem Selbstbewußtsein, daß er feige gewesen war, und das machte alles noch schlimmer. Er war von Bord der *Magier* gegangen, ohne sich zu einem Abschied von Samantha aufzuraffen, und er wußte auch, warum. Er wollte sich nicht der Gefahr aussetzen, sich zum Narren zu machen. Schmerzlich verzog er das Gesicht, als er sich Wort für Wort an ihren Ausspruch erinnerte. „Sie sind wirklich altmodisch!"

Ein Mann mittleren Alters, den es nach jungem Blut gelüstet, hatte in der Tat etwas Widerwärtiges an sich.

Trotzdem war es feige von ihm gewesen. Sie hatten sich während dieser Wochen angefreundet, und er hätte ihr wenigstens zum Abschied etwas Nettes sagen können – aber er war sich nicht sicher gewesen, ob er sich darauf hätte beschränken können. Mit Schaudern stellte er sich ihr Erschrecken vor, wenn er mit einer Art Liebeserklärung herausgeplatzt wäre, ihre Enttäuschung, wenn hinter der Fassade des reifen und kultivierten Mannes nur ein billiger alter Schürzenjäger zum Vorschein kam.

Laß es bleiben, hatte er entschieden. Sie konnte schlimmstenfalls über seine Unhöflichkeit ein wenig verärgert sein, aber in einer Woche würde sie seinen Namen vergessen haben.

Entschlossen setzte er sich auf dem Schleudersitz gerade und blickte wieder nach vorn. Vorwärts blicken, das sollte man immer tun, wer vorwärts blickt, hat keinen Grund zur Reue, dachte er.

Auf dem Hubschrauberlandeplatz am Hafen gingen sie mit Geknatter nieder. Als Nick heraussprang und sich unwillkürlich unter den noch rotierenden Blättern duckte, kam ihm ein großer Mann mit einem rotem Gesicht entgegen. Er hatte eine sonnenverbrannte Glatze und Arme, die behaart waren wie die eines Bären.

„Larry Fry", brummte er. „Erinnern Sie sich noch an mich, Mr. Berg?"

„Hallo, Mr. Fry." Fry leitete das Kapstädter Büro von Nicks Agenten Bernard Wackie.

„Ich habe im ‚Mount Nelson' Zimmer für Sie reserviert, Mr. Berg, und die Presse gebeten, sich dort in zwei Stunden einzufinden. Gehen wir?"

Als sie den palmengesäumten Weg zu dem bezaubernden alten Hotel emporfuhren, fühlte Nick Erinnerungen in sich aufsteigen. Aber er unterdrückte sie rasch und lauschte weiter aufmerksam den Ausführungen Larry Frys, der von den Vorkehrungen berichtete, die er für das Eindocken der *Golden Adventurer* getroffen hatte.

Der Hoteldirektor empfing Nick persönlich am Eingang. „Schön, Sie wiederzusehen, Mr. Berg." Er verzichtete auf die Anmeldeprozedur. „Wir haben Ihnen dieselbe Suite gegeben…"

Nick wollte protestieren, aber sie geleiteten ihn bereits ins Empfangszimmer der Suite, das verschwenderisch mit kostbaren alten Möbeln, Ölgemälden und Blumen ausgestattet war. Aber nicht einmal die Blumen konnten Nick fröhlich stimmen, nur allzu schnell waren die bitteren Erinnerungen wieder in ihm erwacht.

Nick ging ins Schlafzimmer. Er erinnerte sich, daß man vom Himmelbett auf den Rasen hinaussah. Er erinnerte sich auch, wie Chantelle damals unter dem Baldachin gesessen hatte. Sie trug ein traumhaftes hauchdünnes Nachthemd, aß Toast mit Marmelade und leckte dann genüßlich ihre schlanken Finger ab.

Damals war er in das Hotel gezogen, um über die Verschiffung südafrikanischer Kohle nach Japan zu verhandeln. Vielleicht in der Vorahnung, daß er Chantelle verlieren würde, hatte er darauf gedrungen, daß sie ihn begleitete.

Vier herrliche Tage genossen sie damals miteinander, aber es waren auch ihre vier letzten. Denn obwohl er sie noch nicht in Verdacht hatte, teilte er sie bereits mit Duncan Alexander. Und plötzlich, ohne ersichtlichen Grund, stellte er sich Samantha Silver dort auf dem Bett vor, anstelle von Chantelle…

„Mr. Berg – Christy Marine am Apparat", rief Larry Fry vom Empfangszimmer herüber und riß ihn aus seinen Träumen. Erleichtert nahm Nick den Hörer ab.

„Guten Morgen, Mr. Berg. Mr. Alexander möchte mit Ihnen sprechen."

„Geben Sie ihn mir", sagte er ruhig.

„Nicholas, mein lieber Freund", säuselte Duncan Alexander, und

seine Aussprache verriet den Absolventen von Eton und Kings Col-
lege. „Ein tüchtiger Mann wie Sie ist eben nicht unterzukriegen. Ge-
statten Sie mir einen herzlichen Glückwunsch."

„Gestattet", erwiderte Nick. „Und worüber wollten Sie mit mir
sprechen?"

„Ich hoffe, wir können vermeiden, vor das Schiedsgericht zu gehen.
Handeln wir es im Kreise der Familie aus, Nicholas."

„Familie? Ich gehöre wohl nicht mehr dazu. Die Ozeanreederei als
Hauptkontrahent für die Bergung der *Golden Adventurer* erwartet ein
Angebot."

„Nicholas…"

„Machen Sie ein Angebot. Ich warte."

„Also, unser Aufsichtsrat hat die ganze Operation eingehend studiert und mich ermächtigt, Ihnen ein bindendes Angebot von einer
dreiviertel Million Dollar zu unterbreiten…"

Nick fiel ihm ins Wort: „Sie verschwenden Ihre Zeit."

„Nicholas, Sie wissen, daß die Gesellschaft Selbstversicherer ist
und nicht eines dieser großen Versicherungskonsortien. Es geht um
Christy Marine…"

„Duncan, Sie brechen mir das Herz. Wir sehen uns vor dem
Schiedsgericht wieder."

Nick legte den Hörer auf. Aus dem Nebenraum hörte er Gläser und
Flaschen klirren. Die Journalisten machten sich bereits über die Getränke her.

Er trat vor den Spiegel, um sich rasch zu kämmen und seine Züge zu
glätten, und war bestürzt über den harten, unnachgiebigen Ausdruck
in seinem Gesicht und den zornigen Blick.

Als er jedoch ins Empfangszimmer trat, war er vollkommen entspannt und lächelte.

Die *Golden Adventurer* lag am Pier im Kapstädter Hafen. Tags darauf sollte sie zur Reparatur ins Trockendock geschleppt werden.

Zwar hatte die *Globe Engineering & Co.* rechtlich die Verantwortung
für sie übernommen, aber David Allen, der auf der Brücke der *Magier*
stand und über das Hafenbecken zu dem Luxusdampfer hinübersah,
fühlte immer noch einen ungeheuren Besitzerstolz. Die Hände tief in
die Taschen gebohrt, pfiff er leise vor sich hin.

Der Krebs streckte seinen runzligen Kopf aus dem Funkraum. „Ich
habe einen Anruf für Sie auf der Landverbindung."

Allen nahm das Handmikrofon auf. „David?" dröhnte es aus dem Lautsprecher.

„Ja, Käpt'n." Er hatte Nicks Stimme sofort erkannt.

„Sind Sie bereit zum Auslaufen?"

„In zwölf Stunden", erwiderte Allen.

„Es gibt da einen Bohrturm zu schleppen, von Rio in die Nordsee. Bernard Wackie wird Ihnen über Fernschreiber alle Details durchgeben, aber ich möchte, daß Sie morgen in aller Frühe auslaufen und unverzüglich Rio ansteuern."

„Ja, Käpt'n. Wann kommen Sie an Bord?"

„Ich komme nicht", sagte Nick. „Sie sind der neue Kapitän. Ich fliege mit der Fünfuhrmaschine nach London. Die *Magier* ist jetzt Ihr Schiff, David."

„Danke, Käpt'n", stotterte Allen, „vielen Dank."

NICK saß in der Abflughalle des Kapstädter D.-F.-Malan-Flughafens und dachte daran, wie grundlegend sich seine Situation in den letzten vierzig Tagen verändert hatte, seit er den Entschluß gefaßt hatte, zur Bergung der *Golden Adventurer* auszulaufen. Er war wieder ganz oben auf der Welle des Erfolgs. Es schien, als sei das Schicksal gewillt, ihn mit reichen Gaben zu überhäufen – erst der Bohrturmschlepp für die *Magier* und dann die Nachricht, daß die französischen Werftarbeiter bei Construction Atlantique auf Streikmaßnahmen verzichteten und der neue Schlepper somit zwei Monate früher vom Stapel laufen konnte. Schließlich war er in der vergangenen Nacht noch um zwölf Uhr von einem Telefonanruf geweckt worden. Bernard Wackie hatte ihm mitgeteilt, daß man in Kuwait und Saudi-Arabien an seinem Eisbergprojekt interessiert war.

Das einzige, was mir noch fehlt, ist ein Sechser im Lotto, dachte er. Dabei hob er den Kopf – und plötzlich verschlug es ihm den Atem.

Sie stand bei der automatischen Eingangstür. Ihr Haar war vom Wind zerzaust, und einige Strähnen hatten sich aus ihrem dicken Dutt gelöst. Sie fielen ihr nun wie zarte Goldranken über die Wangen, die gerötet waren, als wäre sie schnell gelaufen. Ihre Brust flog, und sie hielt ihre Hand fest darauf gepreßt.

Ihre Erregung war so offensichtlich, daß Nick sich sogleich erhob und auf sie zuging. Sie erkannte ihn sofort, und ihr Gesicht leuchtete vor Freude. Sie rannte ihm entgegen und machte erst ganz knapp vor ihm halt.

„Ich fürchtete schon, ich hätte Sie versäumt", sagte sie. „David hat mir erzählt, daß Sie die Fünfuhrmaschine nach London nehmen." Sie wandte sich von ihm ab. „Sie haben mir nicht einmal auf Wiedersehen gesagt."

„Ich dachte, es wäre besser so." Aber nun flog ihr Blick, grünes Feuer sprühend, auf sein Gesicht zurück.

„Warum?" wollte sie wissen, und er vermochte ihr nicht zu antworten.

„Ich wollte nicht..."

Was konnte er vorbringen, ohne Dinge zu sagen, die sie beide in Verlegenheit gebracht hätten?

Über ihnen krächzte der Lautsprecher: „Letzter Aufruf South African Airways Flug Nummer zweihundertfünfunddreißig nach London. Die Passagiere werden zum Flugsteig zwei gebeten."

Sie sagte hastig: „Nick, morgen sind Sie in London, im tiefsten Winter. Ich fahre ans Kap Saint Francis zum Wellenreiten."

Sie hatten oft über das Wellenreiten gesprochen, und das Kap Saint Francis war ein Ort, den sie beide kannten. Er lag sechshundert Kilometer östlich von Kapstadt. Die Jugend der Welt traf sich dort zum Surfen, denn nirgends gab es schönere Wellen.

Die Menschenschlange am Ausgang wurde schon kürzer, und Nick rückte mit ihr vor, aber als sie ihre Hand auf seinen Arm legte, erstarrte er. Es war das erste Mal, daß sie ihn in voller Absicht berührt hatte, und ein Schauer lief ihm durch den ganzen Körper.

„Begleiten Sie mich, Nick", flüsterte sie, aber ihm schnürte es die Kehle zu, so daß er nicht antworten konnte. Er sah sie an. Die Hostessen am Ausgang hielten bereits nervös nach dem fehlenden Passagier Ausschau. Samantha mußte ihn überzeugen. Sie ergriff seine Hand und drängte: „Nick, ich möchte so gern, daß Sie mitkommen."

„Wer sagt denn etwas dagegen?" fragte er ruhig, und plötzlich, wie durch ein Wunder, lag sie in seinen Armen.

FÜNFTES KAPITEL

DIE Sonne war Samanthas Element. Sie ließ ihr Haar noch kräftiger leuchten und tauchte ihr Gesicht und ihren Körper in ein wunderschönes Braun. Wenn Samantha das Ufer entlanglief, schien sie zu gleiten, leicht wie eine Möwe im Flug. Nick wich nicht von ihrer Seite. Sie waren allein in einer Welt von Meer und Sonne und einem hohen, hellen Himmel.

Dann wieder paddelten sie auf ihren Brettern weit hinaus zu dem fünf Kilometer entfernten Riff, wo die Wellen einliefen. Hier draußen befanden sie sich mitten in einer langen Reihe von dreißig oder vierzig Wellenreitern, die mit ihnen auf einen der großen Brecher warteten.

Die Spannung stieg, und dann erscholl der Ruf: ,,Eine dreifache Welle!'' Die Wartenden machten sich bereit, verteilten sich, um genügend Platz zu haben, spähten eifrig zurück, lachten hell und neckten einander, als sich die dreifache Welle am Horizont erhob und mit achtzig Stundenkilometern auf sie zu lief.

,,Wir nehmen die dritte!'' rief Nick.

Die dritte Welle von dreien war erfahrungsgemäß die größte, und sie ließen sich von der ersten hochheben, um wieder ins Tal dahinter abzusinken. Die Hälfte der andern Wellenreiter war auf und davon, nur ihre Köpfe ragten noch über dem hohen, entschwindenden Wellenkamm empor.

Die zweite Welle kam herein, größer, stärker, und die meisten andern ließen sich von ihr davontragen. Zwei oder drei stürzten und verloren ihre Bretter.

,,Los jetzt!'' schrie Samantha begeistert, als die dritte Welle heranrauschte, eine hochragende, grün durchscheinende Wasserwand. Sie ruderten wie toll, bis ihre Bretter plötzlich von selbst an Fahrt gewannen. Steil nach vorn geneigt zischte das gewachste Fiberglas durch das Wasser.

Dann waren sie beide in voller Fahrt und konnten sich aufrichten. Sie machten tänzelnde Schritte, denn nur so konnte man das Brett geradehalten und steuern. Die Welle hob sie so hoch, daß sie vor sich den langen Strand und auf den beiden vorangegangenen Wellen in zwei Reihen die anderen Surfer sehen konnten.

Jetzt traf zu ihrer Rechten die Welle auf das Riff und überschlug sich. Ihr Kamm neigte sich über und behielt diese gefährlich schöne Stellung für mehrere Augenblicke bei, bevor er langsam in sich zusammenfiel.

,,Halt dich links'', rief Nick ihr mahnend zu. Sie trieben die Bretter herum, gingen in die Knie, um bei der rasanten Fahrt die Balance nicht zu verlieren, und schossen wie Raketen über die Wasseroberfläche dahin. Hinter ihnen kam die sich überschlagende Welle rasch näher, rascher, als sie ihr ausweichen konnten.

Zu ihrer Linken bildete der Brecher bereits eine schroffe senkrechte Wand. „Nick!" kreischte Samantha, als sich die Welle über ihrem Kopf wölbte und die Sonne verdunkelte. Sie flohen durch den langen, röhrenartigen Tunnel, den die Welle jetzt bildete, die Wände glatt wie Glas, durch das das Licht grün hindurchschimmerte. Vor ihnen öffnete sich der Tunnel, hinter ihnen, dicht hinter ihnen, brach er donnernd, brodelnd und schäumend zusammen. Angst und Jubel zugleich erfüllten Samantha, und sie war glücklicher als jemals zuvor in ihrem Leben.

„Wir müssen schneller sein als die Welle", schrie Nick.

Einige Augenblicke lang konnten sie nur gerade mithalten, dann gewannen sie allmählich einen Vorsprung, und schließlich schossen sie durch das offene Ende des Tunnels wieder in die Sonne hinaus und ließen den weißen Schaum hinter sich, der sich wie eine Spitzendecke über die Wasseroberfläche breitete.

„Jetzt nach rechts", rief Samantha, und sie schwenkten wieder in die alte Richtung, jagten auf der steilen Wasserfläche dahin, bis die Welle sich schließlich dem Strand näherte, wütend aufrauschte und sich wild überschlug. Sie wurden hochgehoben, blieben hinter dem Wellenkamm zurück, sprangen von ihren schwankenden Brettern ins Wasser. Sie rangen nach Luft und lachten einander zu, begeistert von dem schönen Abenteuer.

Seit Nick Samantha kannte, hatte er wieder lachen gelernt. Und er wußte wieder, was Liebe und Glück bedeuten, die schreckliche Zeit nach der Trennung von Chantelle schien vergessen. Wenn er Samantha dann nach einem langen Tag am Strand in die Arme nahm und sie hinauf zum Bungalow trug, flüsterte sie: „O Nick, Nick, ich bin glücklich, so glücklich, daß ich weinen könnte."

Dann kam ein Anruf von Larry Fry aus Kapstadt.

„Zwei Wochen", lamentierte er, „seit zwei Wochen geht hier ununterbrochen das Telefon – London, die Bermudas und die Schiffswerft von St-Nazaire –, ich werd noch verrückt! Ich habe alle Hotelverzeichnisse im Land durchstöbern müssen, um Sie zu finden!"

Samantha nahm Nick die Entscheidung ab: „Wir müssen jetzt fahren, heute noch, oder wir verderben alles."

Innerhalb einer Stunde hatte Nick eine zweimotorige Beechcraft Baron gechartert. Sie holte sie auf der schmalen Rollbahn in der Nähe des Hotels ab und setzte sie auf dem Flughafen Jan Smuts in Johannesburg wieder ab, eine Stunde bevor die Linienmaschine nach Paris startete.

In Paris blieben sie eine Nacht im Hotel George V. und flogen in aller Frühe nach Nantes. Von dort war es nicht mehr weit nach St-Nazaire, zur Schiffswerft. Jules Levoisin, der am Stadtrand von St-Nazaire wohnte, dem Heimathafen der *La Mouette*, erwartete sie bereits.

Er trug einen teuren Kaschmiranzug und eine Yves-St-Laurent-Krawatte. An Land sah er immer aus wie aus dem Ei gepellt.

„Nick!" rief er erfreut und reckte sich auf die Zehenspitzen, um ihn auf beide Wangen zu küssen, wobei er ihn in eine duftende Wolke von Eau de Cologne und Pomade einhüllte. „Habe ich dich nicht gewarnt, diesen Job anzunehmen?"

„Hast du, Jules, hast du."

„Und da stiehlst du mir das Schiff vor der Nase weg. Ich hasse dich!" sagte er und merkte in diesem Augenblick, daß Nick nicht allein war.

Er ließ sich Zeit, um Samantha eingehend zu betrachten, dann verbeugte er sich zum Handkuß und erklärte: „Sie ist zu gut für dich, Nick. Ich werde sie dir entführen."

„Auf gleiche Weise wie die *Golden Adventurer?*" fragte Nick. „Komm, ich möchte meinen neuen Schlepper sehen. Dann zahle ich dir ein Mittagessen im ‚Bon Accueil'."

Levoisin hatte seinen alten Citroën, der auf Hochglanz poliert und mit allerhand Kinkerlitzchen und baumelnden Maskottchen geziert war, auf dem Parkplatz stehen. Er half Samantha galant beim Einsteigen. Leider konnte er seine Aufmerksamkeit nicht zugleich ihr und der Straße vor sich widmen, also konzentrierte er sich ausschließlich auf das Mädchen, ohne die Höchstgeschwindigkeit, die der Wagen hergab, im geringsten zu vermindern. Nur gelegentlich wandte er sich kurz um und bedachte die anderen Fahrer mit einem lautstarken „*Cochon!*"

„Im Bon Accueil wird es Ihnen gefallen", sagte er zu Samantha. „Leider esse ich dort nur, wenn irgend so ein Reicher etwas von mir will."

„Woher weißt du, daß ich etwas von dir will?" fragte Nick, der sich auf dem Rücksitz am Haltegriff festklammerte.

„Drei Telegramme, ein Anruf aus Johannesburg..." Levoisin grinste breit und blinzelte Samantha zu. „Der gute Nicholas Berg ist also nur gekommen, um mit mir über alte Zeiten zu schwatzen?" Er sah nach hinten zu Nick. „Los, ich bin in guter Stimmung, du kannst mich ruhig fragen, ob ich dir's abnehme."

„Ich brauche einen Kapitän für meinen neuen Schlepper", sagte Nick. „Ich möchte, daß du diese Gauner, für die du arbeitest, sitzenläßt und zu mir kommst."

„Die Schiffe, die du baust, Nicholas, sind keine Schlepper. Es sind höchstens phantastische Spielzeuge voller Tricks und Mätzchen. Zweiundzwanzigtausend Pferdekräfte, *c'est ridicule!*"

„Ich habe alle bis zum Letzten gebraucht, als ich die *Golden Adventurer* vom Kap Alarm herunterzog..."

Das Geplänkel ging den ganzen Weg von Nantes nach St-Nazaire weiter. Es schneite, als sie auf dem schmalen Sträßchen fuhren und schließlich unter der Brücke durchkamen, die die ausgedehnten Werftanlagen der Construction Atlantique miteinander verbindet, einer der drei größten Schiffsbaugesellschaften Europas.

Die Stapelplätze für die größeren Schiffe, vor allem Frachtdampfer und Kriegsschiffe, lagen direkt an der weiten, ruhigen Mündung der Loire; aber die Hellingen für die kleineren Boote erstreckten sich bis in den inneren Hafen.

Dort parkte Levoisin den Citroën beim Werfttor. Sie wurden eingelassen und zu Charles Gras geführt, der sie in seinem Büro hoch über dem Hafenbecken erwartete.

„Nick, wie schön, dich mal wiederzusehen", sagte Gras. Er sprach Englisch mit starkem Akzent. Charles Gras war der Chefingenieur der Firma, ein großer Mann mit hängenden Schultern, einem blassen Gesicht und glattem schwarzem Haar. Seine scharfgeschnittenen verschlagenen Züge und die lebendigen hellen Augen wollten nicht so recht zu seinem bierernsten Auftreten passen. „Du wirst dir gleich deinen Schlepper ansehen wollen?"

Die *Seehexe* ragte hoch auf ihrer Helling auf, und obwohl sie das genaue Ebenbild der *Magier* war, erschien sie nun, da man den Rumpf in voller Größe sah, fast doppelt so groß. Levoisin murmelte einiges über „Bergs Kriegsschiff", konnte aber das Leuchten in seinen Augen nicht verbergen, als er über die noch unfertige Kommandobrücke stolzierte und aufmerksam den Erklärungen von Charles Gras über die elektronische Ausrüstung lauschte.

Nick merkte, daß die beiden Experten unter sich bleiben wollten, nahm Samantha beim Arm und führte sie hinauf zum Oberdeck. Durch einen Wald von Kränen sah man nun von der *Seehexe* aus weit über die Hellingen am Fluß, wo die ganz großen Schiffe auf Stapel gelegt wurden. „Wir haben über die *Golden Dawn* gesprochen", sagte Nick, „da ist sie."

Samantha brauchte einige Augenblicke, um zu begreifen, daß sie auf ein Schiff blickte. „Mein Gott", keuchte sie, „das sieht ja aus wie eine ganze Stadt!"

Das Stahlgerüst schien endlos. Der Rumpf war so hoch wie ein fünfstöckiges Haus, und der Brückenturm überragte ihn noch um dreißig Meter.

„Was du siehst, ist nur Tragkonstruktion, Deckshaus und Hauptmaschinenraum", erklärte Nick. „Daran werden die vier Außentanks befestigt. Sie sind in Japan in Bau, und jeder von ihnen kann eine Viertelmillion Tonnen Rohöl aufnehmen."

Er war mit seinen Ausführungen immer noch nicht fertig, als sie schon beim Essen saßen. Gras und Levoisin hörten ebenso interessiert zu wie Samantha.

„Ein starrer Rumpf von diesen Dimensionen würde bei hohem Seegang in Stücke brechen..." Er griff nach dem Gewürzständer zur Demonstration: „Aber die vier einzelnen Tanks sind so konstruiert, daß sie unabhängig voneinander starken Wellenbewegungen folgen und so deren Wucht abfangen können. Sie hängen am Hauptrumpf und lassen sich vom Schub der vier Schiffsschrauben über den Ozean befördern." Er fuhr mit dem Ständer rings um den Tisch herum, und alle sahen ihm fasziniert zu. „Wenn das Gespann achtzig bis hundertfünfzig Kilometer vor der Entladestelle die flacheren Küstengewässer erreicht hat, ankert der Hauptrumpf und gibt die Außentanks frei. In ruhigem Wasser und bei günstigen Wetterbedingungen können sie die letzte Strecke mit eigener Kraft zurücklegen." Nick löste das Salzfaß aus dem Ständer und schob es zu Samanthas Teller.

„Nick", unterbrach ihn plötzlich Gras, „wann hast du die Pläne der *Golden Dawn* das letzte Mal gesehen?"

Nick stutzte, ein wenig aus dem Konzept gebracht. Er runzelte die Stirn. „So etwa vor vierzehn Monaten."

Gras drehte den Stiel seines Weinglases zwischen den Fingern und schob die Unterlippe vor. „Das Schiff, das du gerade beschrieben hast, unterscheidet sich sehr von dem, das wir bauen."

„Worin, Charles?" Nick wurde merklich unruhig.

Gras zuckte mit den Achseln. „Wird wohl einfacher sein, es dir gleich nach dem Essen zu zeigen."

„*D'accord*", nickte Levoisin. „Wir sollten uns nicht beim Genuß dieses köstlichen Mahles stören lassen."

Als sie dann unter dem Rumpf der *Golden Dawn* standen, kam es Samantha vor, als türme sich ein gewaltiges stählernes Gebirge über ihr auf. Die Männer, die auf den Gerüsten in schwindelnden Höhen arbeiteten, waren klein wie Insekten, und während sie zu ihnen hinaufstarrte, zogen die tiefhängenden Wolken über das Schiff und verhüllten für Augenblicke den obersten Teil des Brückenturmes.

„Sie reicht bis in die Wolken", sagte Nick. „Sie sieht aus wie das Schiff, das ich entworfen habe..."

„Komm, Nick", sagte Gras.

Die kleine Gruppe wanderte über den Vorplatz. Nick blieb plötzlich stehen und starrte zu dem gewölbten Heck empor.

„Ja", nickte Gras, „das ist einer der Punkte, in denen der Tanker von deinen Plänen abweicht."

Die Schiffsschraube aus schimmernder Eisenbronze war sechsflügelig, jedes Blatt makellos und ebenmäßig, aber so riesig, daß es alle Maßstäbe sprengte.

„Eine!" flüsterte Nick. „Nur eine."

„Ja", bestätigte Gras. „Nicht vier, sondern nur eine Schraube. Außerdem, Nick, ist es nicht einmal ein Verstellpropeller."

Alle schwiegen, als sie mit dem Aufzug zum Hauptdeck hinauffuhren. Dort standen sie auf einem Laufsteg hoch über dem Kesselraum und blickten fünfzehn Meter weit in den Schacht hinab, der einmal die Turbinen beherbergen sollte. Nick stellte keine Fragen, sondern starrte nur fünf Minuten lang hinunter.

„Ist gut, Charles. Ich habe genug gesehen", sagte er. Sie fuhren weiter nach oben. Die Inneneinrichtung des Brückenturmes ähnelte einem modernen Bürogebäude – blitzende Chromleisten, Holzpaneele und Teppiche im Aufzug und auf den Gängen. Gras führte sie zur Kapitänssuite.

Sie nahm fast die Hälfte der Kommandobrücke ein und war groß genug für einen Diplomatenball. Levoisin schüttelte verwundert den Kopf. „Na, da läßt sich's leben", schnaufte er. „Nicholas, ich bestehe unbedingt darauf, daß die Kapitänskajüte der *Seehexe* auch so eingerichtet wird..."

Nicht einmal mit dieser Anspielung konnte Levoisin Nick ein Lächeln entlocken, obwohl Nick sich über das plötzliche Einverständnis hätte freuen müssen. Nick blieb stumm und ging langsam über den dicken grünen Teppich, in den die Buchstaben C und M für Christy Marine eingewoben waren. Vor dem Marmorkamin blieb er stehen. Dann wandte er sich um und sagte zu Charles Gras mit einer Handbewegung, die das ganze Schiff einschloß: „Das ist ein verbrecherischer, mörderischer Betrug; mit nur einer Schraube kann man einen Rumpf von dieser Größe in schwerer See nicht manövrieren. Und ein Dampfkessel bietet keine Sicherheit bei Betriebsstörungen – ein paar Liter Seewasser im System können das Riesending außer Gefecht setzen."

Er stockte plötzlich, als ihm ein neuer Gedanke kam. „Charles", sagte er, und seine Stimme wurde scharf, „die Außentanks – haben die noch Eigenantrieb?"

Gras holte tief Luft und stieß in einem Atemzug hervor: „Nein. Man wird jetzt immer einen Schlepper brauchen, wenn man sie in den Ölhafen bringen will."

Nick starrte ihn an. Seine Lippen wurden zu einem schmalen weißen Strich. „Nein, das kann ich nicht glauben. Nicht einmal Duncan…"

„Duncan Alexander hat durch die neuen Pläne zweiundvierzig Millionen Dollar gespart." Gras zuckte mit den Achseln. „Zweiundvierzig Millionen Dollar sind eine Menge Geld."

An einem Freitagnachmittag während der Schulferien saßen Samantha, Nick und der zwölfjährige Peter Berg im „Cockpit", einem Café in London, denn hier gab es die besten „Scones" in ganz England. Samantha hatte dem Jungen bereits anschaulich berichtet, wie die *Magier* die *Golden Adventurer* geborgen hatte. Natürlich hatte sie die Tollkühnheit des Kapitäns ganz besonders herausgestrichen, nicht zuletzt bei der Errettung von Samantha Silver aus den eisigen Wassern der Antarktis, und Peters Augen waren mit der Zeit immer größer geworden.

Später zeigte er Samantha, wie man Erdbeermarmelade und Schlagsahne auf die Kuchen strich, und während sie vergnügt ihre süßen Sachen aßen, wurden sie rasch Freunde. Nick beteiligte sich ein wenig an ihrem Geplauder, drängte aber schließlich zum Gehen. „Hör, Peter, wenn wir dich um fünf zu Hause abliefern wollen…" Der Junge machte ein ernstes Gesicht.

„Paps, kannst du nicht Mutter anrufen? Vielleicht läßt sie mich das Wochenende über bei dir in London bleiben."

„Das habe ich schon versucht." Nick schüttelte den Kopf. „Es hat nichts genützt."

Der Junge beugte sich in Nicks Mercedes zwischen die beiden Vordersitze vor, um möglichst nah bei seiner neuen Freundin und seinem Vater sitzen zu können.

Es dunkelte schon, als Nick durch das Steintor von Lynwood fuhr. Die Straße kletterte durch einen gepflegten Park in mehreren weiten Kurven den Hügel hinan, bevor das dreistöckige klassizistische Landhaus in Sicht kam, das für Nick so viele Erinnerungen barg. Licht strahlte aus allen Fenstern.

„Ich habe das Spitfire-Modell fertig, das du mir zu Weihnachten geschenkt hast, Paps", sagte Peter. „Willst du nicht hereinkommen und es dir anschauen?"

„Ich glaube nicht...", begann Nick, aber bevor er zu Ende sprechen konnte, platzte Peter heraus: „Du kannst schon, Onkel Duncan ist sicher nicht da. Er kommt freitags immer erst spätabends aus London." Und dann sagte er in einem Ton, der Nick einen Stich versetzte: „Bitte, Paps, ich seh dich doch nicht vor Ostern wieder."

„Geh nur", sagte Samantha, „ich warte hier."

Aber Peter ließ nicht mit sich reden. „Du kommst auch mit, Samantha, bitte."

„Gut, Peter, ich komme mit."

Nick folgte ihnen die breiten Stufen zur schweren Eichentür hinauf und merkte, daß er sich von Gefühlen hatte leiten lassen, was sonst selten geschah und was er meist gleich wieder bedauerte.

In der Eingangshalle schaute sich Samantha rasch um. Sie war so weiträumig, so großartig. Die Treppe ging durch alle drei Stockwerke, und zu beiden Seiten der Halle führten Türen in langgestreckte Empfangsräume. Mehr vermochte sie nicht zu sehen, denn Peter griff nach ihrer Hand und rannte mit ihr die Marmortreppe hinauf. Nick folgte ihnen zu Peters Zimmer, aber er hatte es weniger eilig.

Die Spitfire hatte einen Ehrenplatz auf dem Bord über Peters Bett. Er holte sie vorsichtig herunter, und sie bewunderten das Modellflugzeug gebührend. Peter strahlte vor Stolz.

Als sie schließlich wieder in die Halle hinuntergingen, hörten sie plötzlich jemanden aus dem Wohnzimmer rufen: „Peter, da bist du ja, mein Schatz!"

Chantelle Alexander stand in der Tür. Pflichtschuldigst ging Peter zu ihr hin. „Guten Abend, Mutter."

Sie küßte ihn zärtlich und hielt ihn dann so bei der Hand, daß er neben sie zu stehen kam, eine zarte Andeutung der Grenzen. „Nicholas." Sie neigte den Kopf zur Seite. „Du siehst so braun gebrannt und erholt aus."

Chantelle war nur einen halben Kopf größer als ihr Sohn, aber sie schien mit ihrem strahlenden Aussehen alles zu überragen. Ihr dunkles Haar war weich und glänzend, sie besaß eine makellose Haut und große dunkle Augen. Als sie Samantha anblickte, kniff sie die Augen ein wenig zusammen.

„Darf ich dir Miß Silver vorstellen...", begann Nick, aber Peter fiel ihm ins Wort.

„Ich habe Samantha mein Modell gezeigt. Sie ist Doktor für Meeresbiologie und Professor an der Universität von Miami..."

„Noch nicht", korrigierte ihn Samantha. „Das werde ich wohl erst später."

„Guten Abend, Miß Silver. Es scheint, als hätten Sie eine Eroberung gemacht..." Chantelle ließ diese etwas zweideutige Feststellung im Raum schweben und wandte sich an Nick: „Ich habe auf dich gewartet, Nicholas. Ich wollte dich um deinen Rat bei einer Angelegenheit bitten, die Christy Marine betrifft. Du wirst es mir doch nicht abschlagen?"

„Ich war wohl immer so ein gutmütiges Schaf, was?"

Jetzt legte sie ihre Hand auf seinen Arm. „Nein, Nicholas, werde nicht bitter." Sie hielt seinem Blick stand.

„Wie kann ich dir helfen?"

Ihre Hand griff nach der seinen, und die Berührung verunsicherte ihn. Er schien betört von ihrer berauschenden Schönheit.

„Triff dich mit Duncan Dienstag früh, und besprich mit ihm die Schiedsgerichtssache wegen der *Golden Adventurer*. Und ruf mich bitte am Eaton Square an, wenn ihr fertig seid. Ich werde am Telefon warten."

„Chantelle..."

„Nicky, ich habe niemand andern, an den ich mich in dieser Angelegenheit wenden kann."

Er hatte es nie übers Herz gebracht, ihr etwas abzuschlagen – was zum Teil mit daran schuld war, daß er sie verlor, dachte er verbittert.

„Ja, natürlich", sagte er.

Später, als er und Samantha nach London zurückfuhren, flüsterte sie: „Ich möchte dir näher sein, Nick. Ich fürchte um unsere Liebe..."

Ihre Stimme klang plötzlich beunruhigt. „Ich habe schreckliche Vor-
ahnungen."

„Das ist Unsinn..."

„Es war alles so schön, viel zu schön."

Und dann schwiegen beide, bis sie in Nicks Appartement am
Queens Gate anlangten.

JAMES TEACHER, von Salmon, Peters und Teacher, dem Anwaltbü-
ro, das Nicks Gesellschaft vertreten sollte, genoß als führender Ex-
perte im Seerecht einen gewaltigen Ruf in London. Er war eine auffal-
lende Erscheinung mit seiner roten Gesichtshaut und seiner Glatze. In
Teachers Bentley fuhren sie zu einer Vorbesprechung bei Christy Marine. Jetzt bemerkte Nick erst, wie klein James Teacher war, denn seine
Füße reichten im Fond des Wagens nicht einmal bis zum Boden.

Das Christy-Gebäude war einer jener altertümlichen, rußge-
schwärzten Steinpaläste in der Leadenhall Street, einem der Zentren
der britischen Schiffahrt.

Der Pförtner grüßte Nick. „Schön, Sie wieder einmal zu sehen,
Herr Direktor."

Das Taxi, mit dem James Teachers Partner mit ihren dicken Ak-
tenmappen ankamen, hielt hinter dem Bentley. In der Eingangshalle
versammelten sie sich, und der Pförtner verwies sie an einen älteren
Angestellten, der sie mit dem Aufzug in den obersten Stock brachte.

Das Besprechungszimmer war groß, holzgetäfelt und nur mit einem einzigen Gemälde geschmückt, dem Porträt des alten Arthur
Christy, eines Mannes mit kämpferischem Kinn und streng blicken-
den, schwarzen Augen unter buschigen weißen Brauen. Ein Holzfeuer
brannte im offenen Kamin, und auf einem Tischchen standen in Kri-
stallkaraffen Sherry und Madeira bereit. James Teacher und Nick
lehnten ab, als man ihnen Drinks anbot.

Sie warteten ruhig, der Tür zu den Direktionsräumen zugewandt.
Es vergingen genau vier Minuten, bevor die Türe aufgestoßen wurde
und Duncan Alexander hereintrat.

Sein Blick traf sich sogleich mit Nicks, und sie starrten sich an wie
zwei Büffel beim Kampf. Augenblicklich wurde es still im Raum.

Duncan war ein ausnehmend gutaussehender Mann, sehr groß –
fünf Zentimeter größer als Nick – und schlank. Sein blondes Haar war
verhältnismäßig lang und bedeckte die Ohren. Wenn er lächelte,
strahlten seine blendendweißen Zähne in dem breiten freundlichen

Mund. Aber in seinen Augen lag kein Lächeln. „Nicholas", sagte er, ohne näher zu treten.

„Duncan", gab Nick ruhig zurück und sah ihn unverwandt an, versuchte, ihn leidenschaftslos zu beurteilen. Jetzt erkannte er zum ersten Mal, wie es geschehen sein mochte. Der Mann hatte etwas Erregendes an sich, die Faszination einer Schlange.

„Fangen wir an." Nick merkte, daß seine Selbstbeherrschung eine Zerreißprobe durchzustehen hatte.

Es war bereits klar, daß an einen Vergleich nicht mehr zu denken war. Der Haß, der zwischen diesen beiden Herrschernaturen schwelte, war so groß, daß er alle anderen Beteiligten nur noch als Statisten erscheinen ließ. Umgeben von ihren Rechtsberatern saßen sie sich gegenüber, voneinander getrennt durch die glänzende Tischplatte aus Rosenholz, und fixierten sich gegenseitig mit ihren Blicken.

Erst nach einer halben Stunde kam Nick zur Überzeugung, daß diesen Mann andere Gründe leiten mußten als nur persönlicher Haß. Sein neues Angebot von zweieinhalb Millionen Dollar war immer noch viel zu niedrig, als daß er hätte hoffen können, Nick nehme den Vorschlag an. Duncan strebte offenbar einen Vergleich gar nicht an. Er wollte vor das Schiedsgericht gehen – und doch mußte er wissen, daß er dadurch nichts gewinnen konnte. Jedem am Tisch war klar, daß Nicks Forderung von vier Millionen gerechtfertigt war. Nick hatte sich mit vier begnügt – obwohl er wußte, daß ein Schiedsgericht ihm mit an Sicherheit grenzender Wahrscheinlichkeit mehr zubilligen würde. Ihm war aber auch klar, daß ihn die Verzögerung und ein Rechtsstreit bis zu einer Million kosten konnten. Duncan mußte außerdem wissen, daß man niemals und unter keinen Umständen vor Gericht ging, solange noch Aussicht auf eine Einigung bestand. Ein Prozeß machte nur die Anwälte fett.

Warum versuchte er es also nicht mit einem niedrigen, aber realistischen Angebot?

Nick unterdrückte die Versuchung, vor Zorn das Zimmer zu verlassen. Statt dessen zündete er sich eine Zigarre an. Forschend starrte er in Duncans stahlharte graue Augen und versuchte, die Absichten dieses Mannes zu ergründen.

Was hatte Duncan zu gewinnen, wenn es jetzt zu keiner Einigung kam? Dann wußte Nick es plötzlich. Chantelles rätselhafter Hilferuf fiel ihm wieder ein. Duncan Alexander brauchte Aufschub. So einfach war das.

„Gut." Zufrieden lehnte sich Nick in seinem tiefen Ledersessel zurück. „Wir sind immer noch meilenweit voneinander entfernt. Uns bleibt nur noch eine weitere Verhandlung, und zwar bei Lloyd's am siebenundzwanzigsten. Sind wir uns wenigstens über dieses Datum einig?"

„Natürlich." Alexander lehnte sich ebenfalls zurück, und Nick sah, wie sein Blick abglitt und ein leichtes nervöses Zucken auf seinen angespannten Kiefermuskeln erschien. Hätte Nick nicht schon mit einer Lüge gerechnet, wären ihm vielleicht diese kleinen verräterischen Zeichen entgangen. „Natürlich", wiederholte Duncan und erhob sich. Er log gekonnt.

Im Aufzug war James Teacher in Kampfstimmung und rieb sich die kleinen fetten Hände. „Wir werden es denen schon zeigen!"

Nick musterte ihn verdrossen. Ob er siegte, unterlag oder einen Vergleich erreichte, James Teacher hatte sein Schäfchen auf jeden Fall bereits im trockenen. „Die wollen auskneifen", belehrte ihn Nick grimmig. „Sie werden sehen, bevor es morgen zwölf Uhr schlägt, hat Christy Marine schon einen Antrag auf Verschiebung der Verhandlung gestellt."

„Ja, da könnten Sie recht haben", sagte James Teacher ein wenig ernüchtert. „Ich stand vor einem Rätsel . . ."

„Ich bezahle Sie nicht, damit Sie vor Rätseln stehen", erwiderte Nick langsam und nachdrücklich. „Ich bezahle Sie, damit Sie sie übertrumpfen. Ich will Christy Marine am siebenundzwanzigsten in der Verhandlung sehen. Sorgen Sie dafür, Mr. Teacher."

Das Empfangszimmer am Eaton Square war ganz in Cremefarbe und Blaßgold gehalten, geschickt als Rahmen für das einzige erlesene Kunstwerk gestaltet, das es enthielt – eine Gruppe Ballettänzerinnen von Degas. Sogar die Rosen auf dem großen weißen Flügel waren cremefarben. Vor diesem Hintergrund wirkte Chantelles flammendrotes Modellkleid doppelt elegant. Als sich Chantelle von dem riesigen, mit weißem Fell überzogenen Sofa erhob und Nick entgegenging, fühlte er, daß er gegen ihre Schönheit nie immun werden würde.

„Lieber Nicholas, ich wußte, daß ich auf dich zählen kann." Sie nahm ihn an der Hand und führte ihn zum Sofa. Dann ließ sie sich neben ihm nieder und griff nach der Teekanne aus Wedgwood-Steingut.

„Orange Pekoe." Sie lächelte ihn an. „Ohne Zitrone und ohne Zucker."

Ihm blieb nichts übrig, als zurückzulächeln. „Daß du das noch weißt", stellte er fest.

„Habe ich dir schon gesagt, daß du gut aussiehst?" erwiderte sie, während sie ihn eingehend und unbefangen musterte. „Es stimmt, Nicholas, du siehst wirklich fabelhaft aus."

„Worüber wolltest du mit mir sprechen?" fragte er ruhig und sah den flüchtigen Schatten einer Kränkung in ihren Augen.

„Nicholas", begann sie, „mit Christy Marine liegt es im argen. Da du und Vater die Gesellschaft aufgebaut habt und du ja immer noch mit alledem zu tun hast..."

Er machte eine ungeduldige Handbewegung. „Ich habe jetzt nur noch mit zwei Dingen zu tun, mit meinem Schlepp- und Bergungsdienst und mit Nicholas Berg."

„Wir wissen beide, daß das nicht wahr ist", flüsterte sie. „Du bist eben etwas ganz Besonderes, Nick. Ich habe lange gebraucht, um das zu erkennen." Sie seufzte. „Ich glaubte, deine Stärke und Vornehmheit wären weitverbreitete Eigenschaften. Aber manche Leute werden eben erst durch Schaden klug."

Er erwiderte im Augenblick nichts darauf, sondern dachte an all das, was diese Worte verrieten. Schließlich sagte er: „Erzähl mir, was du auf dem Herzen hast."

Sie wandte ihr Gesicht für einen Augenblick ab und sah ihn dann wieder an. Ihre Augen schienen dunkler und trauriger. „Es ist so schwer, nicht ungerecht zu sein. Ich weiß nicht, wie ich mich ausdrükken soll, aber ich habe seit einiger Zeit Zweifel und Befürchtungen..." Sie stockte und biß sich leicht auf die Oberlippe. „Nicholas, ich habe meine Anteile an Christy Marine auf Duncan als Geschäftsführer übertragen, einschließlich meines Stimmrechts." Nick starrte sie entsetzt an, und sie nickte. „Ich weiß, es war verrückt, aber vor einem Jahr war ich bereit, ihm alles zu geben, was er haben wollte."

Er ahnte, daß sie ihm noch nicht alles gesagt hatte, und wartete schweigend, während sie aufstand und zum Fenster ging, schuldbewußt hinaussah und sich ihm dann wieder zuwandte. „Ich bin auch als Treuhänderin des Trusts zurückgetreten."

Er antwortete nicht.

Der vom alten Arthur Christy gegründete Trust war das Rückgrat von Christy Marine, eine Million Anteile mit Stimmberechtigung, verwaltet von drei Treuhändern – einem Bankier, einem Anwalt und einem Mitglied der Familie Christy.

Chantelle kehrte zum Sofa zurück. „Hast du gehört, was ich gesagt habe?" fragte sie.

Er nickte. „Und die anderen Verwalter? Immer noch Pickstone von Barclay's Bank und Rollo?"

Sie schüttelte den Kopf und biß sich abermals auf die Lippe. „Nein, nicht mehr Barclay's, sondern Cyril Forbes von der London and European."

„Aber das ist doch Duncans eigene Bank", protestierte Nick. „Und Rollo?"

„Rollo hatte vor sechs Monaten einen Herzanfall. Er ist zurückgetreten, und Duncan hat ihn durch einen neuen, einen jüngeren Mann ersetzt. Du wirst ihn nicht kennen."

„Mein Gott, damit hat er sich jeder Kontrolle entzogen..."

„Ich weiß", flüsterte sie. „Es war verrückt. Ich kann es einfach nicht erklären."

„Laß gut sein, erzähl mir noch alles übrige."

„Ich habe versucht, der Umstrukturierung der Gesellschaft zu folgen. Es ist alles so kompliziert, Nicholas. Die London and European ist die neue Holdinggesellschaft und... und..." Die Stimme versagte ihr. „Es dreht sich alles im Kreis." Plötzlich lächelte sie ihn wehmütig an und fing an zu weinen. Sie schluchzte nicht, die Tränen quollen nur aus ihren großen dunklen Augen und rollten langsam über ihre Wangen. „Die Zeit, in der mich das alles wahnsinnig machte, ist vorbei, Nicholas. Das hat nicht lange gedauert, aber es war ein Opfergang."

Nick zog ein Stofftaschentuch aus der Innentasche seines Jacketts und reichte es ihr.

„Danke", sagte sie und tupfte die Tränen ab, immer noch sanft lächelnd. „Was muß ich tun, Nicholas? Ich habe Angst, so schreckliche Angst."

„Du könntest Buchprüfer bestellen...", begann er, aber sie schüttelte den Kopf und ließ ihn nicht ausreden.

„Du kennst Duncan nicht", meinte sie.

„Dagegen könnte er nichts unternehmen."

„Alles mögliche könnte er unternehmen", widersprach sie ihm.

Nick hielt es nicht länger auf dem Sofa. Er stellte seine Tasse ab, stand auf und ging stirnrunzelnd im Zimmer auf und ab.

„Nun gut", sagte er schließlich, „ich will tun, was ich kann, um herauszubringen, ob deine Besorgnis berechtigt ist."

„Wie willst du das machen?"

„Das sage ich dir besser nicht, noch nicht."

Er blieb vor ihr stehen.

Sie sprang rasch auf und fragte zögernd: „Du willst doch nicht schon gehen?"

„Wir haben nichts mehr miteinander zu besprechen."

„Ich begleite dich hinunter." In der Halle schickte sie das Dienstmädchen mit einer Kopfbewegung fort und nahm Nicks Mantel selbst vom Haken. „Soll ich meinen Wagen rufen? Du wirst jetzt um fünf Uhr kein Taxi bekommen."

„Ich gehe zu Fuß", sagte er.

„Nicholas, ich kann dir gar nicht sagen, wie dankbar ich dir bin. Ich hatte vergessen, wie sicher und ruhig man sich in deiner Gegenwart fühlt." Ganz dicht stand sie vor ihm, das Gesicht erhoben, mit ihren weichen, vollen Lippen und ihren strahlenden Augen, die immer noch feucht waren. Er wußte, daß er jetzt unverzüglich gehen mußte. Sie legte ihre schlanke Hand auf seinen Mantelaufschlag, strich ihn übereifrig glatt, wie es Mütter bei ihren Söhnen tun, und befeuchtete ihre Lippen. „Wir sind alle ein wenig verrückt, Nicholas, jeder von uns. Ich wünsche von ganzem Herzen, man könnte alles ungeschehen machen und neu beginnen."

„Leider geht das nicht." Es kostete ihn seine ganze Willenskraft, den Bann zu brechen, doch dann löste er sich von ihr und trat einen Schritt zurück. Er fürchtete sonst, rückfällig zu werden und sich im nächsten Augenblick zu diesen roten Lippen hinabzubeugen. „Ich rufe dich an, wenn ich etwas in Erfahrung gebracht habe", sagte er und trat hinaus in die Kälte.

IN NICKS Appartement am Queens Gate läutete am nächsten Morgen zwei Minuten nach neun das Telefon. Samantha war bereits fortgegangen, um ein paar Kollegen im Naturhistorischen Museum zu besuchen. Nick rauchte seine erste Zigarre.

„Guten Morgen, Mr. Berg." James Teachers Stimme klang scharf und geschäftlich. „Sie haben recht gehabt. Christy Marine hat gestern am frühen Nachmittag um eine Vertagung für drei Monate nachgesucht."

„So ein Schweinehund", knurrte Nick. „Was für Gründe hat er angegeben?"

„Sie wollten Zeit, um einen Kompromißvorschlag vorzubereiten."

„Unterbinden Sie das."

„Das habe ich bereits getan. Christy Marine muß am siebenundzwanzigsten bei der Verhandlung erscheinen."

„Gut so", lobte Nick.

Nachher zögerte er noch eine Weile, bevor er Monte Carlo anrief, ein Telefongespräch, das ihn wenigstens fünfzigtausend Dollar kosten würde.

Dennoch, das Beste ist immer das Billigste, sagte er sich.

Während er auf das Gespräch wartete, dachte er darüber nach, wie sich sein Leben von selbst immer wieder kompliziert gestaltete. Sehr bald würde er in London ein Zweigbüro für seine Ozeanreederei brauchen, mit Sekretärinnen, Akten, Buchhaltung – und dann in New York und in Saudi-Arabien den ganzen Zauber noch einmal. Plötzlich dachte er an Samantha, an ein unbeschwertes einfaches Glück, ein Leben ohne diese lästigen Verpflichtungen. Dann kam das Gespräch, er nannte der Sekretärin seinen Namen und erhielt sogleich die Verbindung.

„Mr. Berg? Hier Claud Lazarus." Die Stimme klang dünn und hoch, fast weiblich. Keinerlei Begrüßung, kein Ausdruck der Freude über Nicks Versuch, wieder Kontakt aufzunehmen. Nick sah Lazarus vor sich, wie er an seinem Schreibtisch hoch über dem Hafen saß, ein schmächtiges Männchen mit einem riesigen kahlen Kopf und einer dicken Brille auf einer viel zu kleinen Stupsnase.

„Mr. Lazarus, können Sie eine Studie für mich anfertigen? Ich hätte da etwas ,auszuloten'." „Ausloten" war der beschönigende Ausdruck für Industriespionage.

„Natürlich", piepste Lazarus.

„Ich brauche die Finanzen und die Verflechtung aller Unternehmen, die zu Christy Marine und zur London and European gehören. Ferner brauche ich jeweils das Land der Registrierung und die Versicherungsträger von allen Schiffen mit ihren jeweiligen Risikoanteilen."

„Wir werden dem nachgehen, Mr. Berg."

„Schön. Schließlich brauche ich noch eine genaue Schätzung der Kapitalreserven der London and European. Besonders interessiert bin ich an dem Schiff *Golden Dawn*, das zur Zeit auf der Werft der Construction Atlantique gebaut wird. Ich will wissen, ob für den Tanker schon Verträge mit einer Erdölgesellschaft abgeschlossen worden sind, und, wenn ja, für welche Routen und zu welchen Bedingungen."

„Ja?" preßte Lazarus gedämpft hervor.

„Schnelle Erledigung ist von ausschlaggebender Bedeutung – und

wie immer auch Diskretion. Mein Kontaktmann ist Bernard Wackie,
sobald Sie über Informationen verfügen."

„Ich werde Sie auf dem laufenden halten."

„Ich danke Ihnen, Mr. Lazarus."

VOR dem Eingang zu Lloyd's stieg Nick aus James Teachers Bentley und hängte sich bei Samantha ein. Obwohl er hergekommen war,
um das Urteil über seine Zukunft zu erfahren, blieb er einen Augenblick vor dem Gebäude stehen und schaute empor.

Als Seemann flößte ihm diese bedeutende Institution tiefen Respekt
ein. Nicht daß das Gebäude selbst besonders alt gewesen wäre. Nichts
erinnerte mehr an das einstige Kaffeehaus, außer einigen traditionellen
Zeremonien: Die Ausrufer verkündeten die Namen der Agenten so
salbungsvoll, als müsse man sie in irgendeinem exotischen Tempel als
Opfer darbringen. Jeder Versicherer führte seine Geschäfte in einer eigenen Box. Die Angestellten trugen Kellnerkleidung mit Messing-
knöpfen und roten Aufschlägen. Der wichtigste Brauch aber war, daß
man sich hier seit Jahrhunderten für Schiffe einsetzte und für die Männer, die auf ihnen fuhren.

„Komm", sagte er schließlich zu Samantha und führte sie die kurze
Treppe hinauf in die Vorhalle, wo einer der „Kellner" sie begrüßte.

„Die Verhandlung findet heute im Sitzungssaal statt, Sir."

Die früheren Stellungnahmen der beiden Parteien waren in kleineren Büros angehört worden, die an der oberen Galerie lagen, hoch über
dem riesigen Börsenraum, in dem die Versicherer ihre Boxen hatten.
Aber jetzt sollte die Entscheidung der beiden Schiedsrichter in einer
Umgebung verkündet werden, die der Bedeutung der Angelegenheit
angemessener schien. Sie betraten den großen Saal, der einst für Bo-
wood House, den Landsitz von Lord Lansdowne, entworfen worden
war. Man hatte dort die Holztäfelung sorgfältig Platte für Platte abgenommen, nach London geschafft und den ganzen Saal Stück für Stück
zusammengesetzt – mit solcher Sorgfalt, daß Lord Lansdowne, als er
ihn besichtigte, feststellte, daß die Bodenbretter noch genau an densel-
ben Stellen knarrten wie vorher.

An dem langen Tisch unter den drei wuchtigen glitzernden Kron-
leuchtern saßen bereits die beiden Schiedsrichter. Beide waren Seeka-
pitäne mit kantigen, von Wind und Wetter gegerbten Gesichtern. Sie
sprachen ruhig miteinander, ohne die gespannten Gesichter im Saal im
geringsten zu beachten – bis der Minutenzeiger der altertümlichen

Uhr auf dem Kamin die Zwölf erreichte. Dann blickte der Schiedsrichter, der zum Vorsitzenden bestimmt worden war, auf, und einer der „Kellner" schloß die Doppeltüre.

„Dieses Schiedsgericht wurde durch den Ausschuß von Lloyd's bestellt und ermächtigt, Aussagen in der Streitsache zwischen der Christy Marine GmbH und der Ozeanreederei, Schlepp- und Bergungsdienst GmbH entgegenzunehmen..."

Der Vorsitzende ließ keine Dramatik aufkommen, als er das Geschehen bei der Bergung zusammenfaßte. Er benötigte fast eine Stunde, um alles so trocken darzulegen, wie er nur konnte, und es gelang ihm, die katastrophale Lage der *Golden Adventurer* und die verzweifelten Bemühungen ihrer Retter langweilig klingen zu lassen. Sogar sein Kollege schien beim Zuhören in einen Dämmerzustand zu versinken.

Dann lehnte sich der Vorsitzende plötzlich in seinem Sessel zurück und hakte die Daumen in die Armlöcher seiner Weste. Sein Gesicht nahm einen entschlossenen Ausdruck an, und während er den überfüllten Raum musterte, wurde sein Kollege munter, öffnete die Augen, zog ein weißes Taschentuch hervor und schneuzte zweimal kräftig, daß es klang wie die Trompeten von Jericho.

Durch den Saal ging es wie ein Ruck, und alles war plötzlich hellwach. Die Zuhörer merkten, daß der Augenblick der Entscheidung nahte, und zum ersten Mal sahen Duncan und Nick einander über die Köpfe ihrer Anwälte hinweg direkt an. Ihre Gesichter blieben unbewegt, und sie lösten ihren Blick erst wieder voneinander, als der Vorsitzende erneut zu sprechen anfing.

„Unter Berücksichtigung der genannten Umstände ist das Schiedsgericht zur festen Überzeugung gelangt, daß die Bergung des Schiffes gut ausgeführt wurde und daß daher die Bergungsfirma eine Vergütung in einem angemessenen Verhältnis zu den Diensten beanspruchen kann, die sie dem Eigner geleistet hat..."

Nick spürte, wie Samanthas Hand nach der seinen tastete.

„Das Schiedsgericht hat, um den Wert der Dienste der Bergungsfirma abzuschätzen, folgendes in Betracht gezogen: erstens, die Situation und die Bedingungen, die an Ort und Stelle herrschten..."

Während der Vorsitzende mit seiner Zusammenfassung fortfuhr, wappnete sich Nick für das Urteil. Eineinhalb Millionen Pfund, also drei Millionen Dollar, waren das wenigste, was er benötigte, um die *Magier* in Betrieb zu halten und seinen neuen Schlepper *Seehexe* vom Stapel laufen zu lassen.

„Das Schiedsgericht hat sich auch die Protokolle der Globe Engineering & Co. angesehen, der Firma, die mit der Reparatur der *Golden Adventurer* beauftragt war. Es gab keinerlei Verluste an der Ausrüstung, die Bergungsfirma hat sogar die Hauptanker und Ketten geborgen…"

Und so ging es immer weiter. Warum kam er nicht endlich zum Wesentlichen?

Ich kann nicht länger warten, dachte Nick.

„Das Schiedsgericht hat die Meinungen von Experten eingeholt und ist zu der Überzeugung gelangt, daß die Bergungsfirma eine Vergütung beanspruchen kann, die zwanzig Prozent vom Restwert des geborgenen Schiffes…"

Etliche Sekunden lang zweifelte Nick, ob er richtig gehört hatte, und dann fühlte er, wie seine Wangen vor Erregung brannten.

Das waren sechs – sechs Millionen Dollar! Er hatte es geschafft und war frei, wie ein Albatros, der auf weitgespannten Schwingen über die Meere segelt.

Nick blickte zu Duncan hinüber, der mit seinem Anwalt sprach. Er sah leichenblaß aus, als wäre alles Blut aus seinem sonnengebräunten Gesicht gewichen. Nick hingegen hatte sich noch nie in seinem Leben so stark, so tatendurstig und quicklebendig gefühlt. Und Samantha schmiegte sich eng an ihn, dieses junge, lebensspendende Wesen, das ihm ewige Jugend zu verleihen schien.

SECHSTES KAPITEL

„JEDENFALLS, noch ein paar Tage, und du hättest wahrscheinlich angefangen, mich für ein lästiges kleines Püppchen zu halten." Samantha lächelte ihn an, aber es war nur noch ein klägliches, schiefes, kleines Lächeln und nicht mehr ihr entwaffnendes, helles Lachen.

Sie saßen nebeneinander im Warteraum der PanAm-Fluggesellschaft in Heathrow. Nick erschrak darüber, wie niedergeschlagen er plötzlich war.

„Samantha", sagte er, „bleib doch hier bei mir."

„Mein Lieber", flüsterte sie heiser, „das Semester hat bereits begonnen. Über kurz oder lang muß ich doch fort, das verlangt leider mein Beruf."

„Mach mich zu deinem Beruf."

Sie strich ihm über die Wange, während sie sein Angebot abwägte. „Ich habe eine bessere Idee, gib die *Magier* und die *Seehexe* auf. Vergiß deinen Eisberg und komm mit mir."

„Du weißt, daß ich das nicht kann."

„Ja", gab Samantha zu, „das stimmt, und ich würde es auch nicht von dir erwarten. Aber, Nick, ebensowenig kann ich mein Leben aufgeben."

„Verdammt!" Er schüttelte den Kopf. „Ich kann dich doch nicht allein herumlaufen lassen. Da taucht dann irgend so ein fünfundzwanzigjähriges Bürschchen auf, das vor Muskeln nur so strotzt, und du wirst…"

„Seit ich dich kenne, schwärme ich eher für die reiferen Jahrgänge", zerstreute sie lachend seine Befürchtungen. „Sobald du deine Geschäfte hier erledigt hast, komm nach Florida, und ich zeige dir, wie ich lebe."

Die Stewardeß kam auf sie zu, ein hübsches, lächelndes Mädchen in der schmucken blauen PanAm-Uniform.

„Dr. Silver? Flug 432 wird gerade aufgerufen."

Sie erhoben sich und sahen einander an, verlegen wie Fremde.

„Komm bald", sagte sie, und dann stellte sie sich auf die Zehenspitzen und schlang ihre Arme um seinen Hals. „Komm, sobald du kannst."

CHANTELLE hatte das „San Lorenzo" vorgeschlagen, nachdem Nick sich geweigert hatte, nochmals zum Eaton Square zu kommen. Er hatte begriffen, wie gefährlich es war, mit ihr allein zu sein, aber das Restaurant war ebensowenig gut gewählt als Treffpunkt. Es barg zu viele Erinnerungen an ihre schönsten Tage. Sonntags war dort ihr gemeinsames Mittagessen zu einem Familienritual geworden, sooft sie in London waren – Chantelle, Peter und Nick, vergnügt am Ecktisch sitzend. Auch diesmal hatten sie wieder den Ecktisch.

„Nimmst du Ossobuco?" fragte Chantelle und sah ihn über ihre Speisekarte hinweg an.

Nick hatte immer Ossobuco gewählt, und Peter immer Lasagne – das hatte mit zum Ritual gehört.

„Ich nehme lieber Seezunge. Und wir trinken den Hauswein." Früher hatten sie immer Sancerre bestellt. Nick wollte ihr Treffen dadurch ganz bewußt abwerten.

Als der Wein auf dem Tisch stand, nippte Chantelle an ihrem Glas.

„Er ist gut", sagte sie. „Ich soll dir Grüße von Peter bestellen", fuhr sie schließlich fort.

Sie unterhielten sich über belanglose Dinge, bis der Hauptgang serviert war. Dann fragte Nick geradeheraus: „Worüber wolltest du mit mir sprechen?"

Chantelle beugte sich vor. Ihr Parfüm roch verführerisch. „Hast du etwas herausgefunden, Nicholas?"

„Ich habe noch nichts erreicht", erwiderte er, „sonst hätte ich doch schon angerufen." Er schien sie mit seinem Blick zu durchbohren. „Um das zu erfahren, hast du mich sicher nicht herbestellt", schloß er brüsk.

Sie lächelte und schlug die Augen nieder. „Nein", gab sie zu, „das war nicht der Grund." Dann sah sie wieder auf, und ihre großen dunklen Augen verhießen ihm vieles, an das er kaum mehr zu denken wagte. „Duncan will, daß du wieder zu Christy Marine zurückkommst", sagte sie, „und ich auch."

„Hat dich Duncan geschickt?" Und als sie nickte, fragte er: „Warum will er mich zurückholen? Ihr beide habt doch weiß Gott keine Mühe gescheut, mich loszuwerden."

„Er sagt, er braucht dein fachmännisches Geschick." Sie zuckte mit den Achseln. „Aber das ist sicher nicht der wahre Grund."

„Was, glaubst du, veranlaßt ihn dann dazu?"

„Soweit ich es beurteilen kann, gibt es zwei Möglichkeiten." Manchmal überraschte sie ihn mit ihrer fast männlichen Logik. „Die erste ist, daß Christy Marine dir sechs Millionen Dollar schuldet, fällig am Zehnten des nächsten Monats, und Duncan sich einen Plan zurechtgelegt hat, wie er diese Zahlung umgehen kann."

„Ja", drängte Nick, „und die andere?"

„In London laufen seltsame und aufregende Gerüchte um über dich und deine Schlepper. Es heißt, du hättest ein Riesengeschäft mit Saudi-Arabien in Aussicht. Vielleicht will Duncan dabei mitmischen."

Nick kniff die Augen zusammen. „Und du? Was für einen Grund hast du?"

„Ich habe mehrere. Ich möchte die Befugnisse zurück, die ich an Duncan abgegeben habe, und ich möchte meinen angestammten Platz im Trust. Ich will, daß du mir wieder dazu verhilfst."

Nick lächelte, ein bitteres, frostiges Lächeln. „Du engagierst dir einen Revolverhelden. Duncan und ich allein auf einer verlassenen Straße, mit klirrenden Sporen..." Doch plötzlich sah er, wie Tränen aus diesen großen Augen quollen, und er hörte auf zu lachen. Waren die Tränen echt, oder gehörten sie auch zu ihren Intrigen?

„Hast du noch einen Grund?"

Sie antwortete nicht sofort, aber er konnte ihre Erregung spüren. Schließlich sagte sie so leise, daß er die Worte kaum verstand: „Ich will dich zurück. Das ist der andere Grund, Nicholas. Barmherziger Gott, du wirst nie begreifen, wie sehr ich dich vermißt habe – wie sehr ich gelitten habe..." Sie machte eine flüchtige Handbewegung. „Ich will alles wieder gutmachen, Nick, das schwöre ich dir. Wir beide, Peter und ich, brauchen dich dringend."

Für einen Augenblick konnte er nicht antworten. Sie hatte ihn vollkommen überrascht, und er fühlte, wie sein ganzes Leben wieder ins Schwanken geriet.

„Es gibt im Leben kein Zurück, Chantelle, nur ein Vorwärts."

„Ich bekomme immer, was ich will, Nicholas, das weißt du."

„Diesmal nicht, Chantelle." Er schüttelte den Kopf, aber im selben Augenblick war ihm klar, wie sehr ihn ihre Worte getroffen hatten.

NICK saß zurückgelehnt in dem schäbigen, alten braunen Ledersessel, einem der wenigen Zugeständnisse, die James Teacher an das menschliche Bedürfnis nach Bequemlichkeit machen wollte, und starrte durch einen Schleier von Zigarrenrauch auf das verschossene Tapetenmuster.

James Teacher legte den Telefonhörer auf und erhob sich hinter seinem Schreibtisch. „Ich meine, wir haben alle Eingänge zu dem Kaninchenbau verstopft", verkündete er gut gelaunt und begann, seine Erfolge an den Fingern abzuzählen. „Der Oberste Gerichtshof in Südafrika wird morgen Punkt zwölf Uhr Ortszeit den Kuckuck an den Rumpf der *Golden Adventurer* kleben lassen. Unser Korrespondenzanwalt in Frankreich hat das gleiche bei der *Golden Dawn* veranlaßt..." Er fuhr in diesem Ton drei Minuten lang fort, und obwohl Nick es nicht wahrhaben wollte, mußte er doch zugeben, daß der Anwalt sein großzügig bemessenes Honorar wenigstens zum Teil auch wirklich verdiente.

„Soweit sind wir also, Mr. Berg. Wenn Ihre Vermutung richtig ist..."

„Es ist keine Vermutung, Mr. Teacher, sondern Gewißheit. Die letzten beiden Wochen ist Duncan Alexander wie ein Wahnsinniger auf der Suche nach Geld durch London gehetzt. Mein Gott, er hat ja

sogar versucht, mich mit einem unglaubwürdigen Angebot auf Partnerschaft hinzuhalten. Nein, Mr. Teacher, es ist keine bloße Vermutung. Christy Marine wird nicht zahlen können."
„Das kann ich nicht begreifen", erwiderte Teacher. „Sechs Millionen Dollar sind für Christy Marine, eine der florierendsten Schiff-
fahrtsgesellschaften, ein Pappenstiel."
„Das war vor achtzehn Monaten", räumte Nick verdrossen ein.
„Aber seit jener Zeit hat man Alexander freie Hand gelassen." Er zog
an seiner Zigarre. „Ich werde seine Zahlungsunfähigkeit ausnützen
und eine vollständige Überprüfung des Geschäftsgebarens dieser Gesellschaft erzwingen. Ich werde Alexander unter die Lupe nehmen,
und wir werden uns alle seine Pickel genau anschauen. Und das Wichtigste, ich werde verhindern, daß er dieses Monstrum *Golden Dawn* in
Betrieb nimmt..."
James Teacher grinste und hob den Hörer beim ersten Läuten ab.
„Teacher", sagte er, und dann lachte er laut auf und nickte. „Ja", bestätigte er, und nochmals: „Ja." Er legte auf und wandte sich wieder an
Nick, krebsrot vor Freude: „Ich habe eine Enttäuschung für Sie, Mr.
Berg. Innerhalb der nächsten vierundzwanzig Stunden wird auf den
Bermudas eine Überweisung an die Ozeanreederei eingehen – und
zwar von Christy Marine. Sechs Millionen Dollar und ein paar Tau-
sender mehr, die volle, endgültige Zahlung."
Nick starrte ihn an, zwei Seelen rangen in seiner Brust – war er erleichtert, das Geld zu haben, oder enttäuscht, Duncan nicht auseinan-
dernehmen zu können?
„Es zahlt sich eben nicht aus, wenn man einen Mann wie Alexander
unterschätzt", sagte James Teacher.
Nick war um eine Antwort verlegen. „Vielleicht kann Ihre Sekretärin für mich herausfinden, wann morgen die erste Maschine nach
Miami abgeht."
„Sie wollen so schnell weg von hier? Ist es Ihnen recht, wenn ich
meine Honorarforderung direkt an Bernard Wackie auf den Bermudas
schicke?" fragte Teacher taktvoll.

BEVOR Nick zum Flughafen fuhr, telefonierte er lange mit Bernard
Wackie. James Teachers Honorarforderung war nur eine von vielen
Zahlungsverpflichtungen, die besprochen werden mußten. Die laufenden Kosten für die *Magier*, die Zinsen und Rückzahlungsraten für
seine Firmenkredite und die Honorare der Agenten räumten unter den

sechs Millionen rasch auf. Eine der wenigen Zahlungen, die Nicholas gerne leistete, waren die zwölfeinhalb Prozent Bergungsprämie für die Besatzung der *Magier*. David Allens Anteil betrug fast dreißigtausend, der von Vinny Baker fünfundzwanzigtausend Dollar. Nick bat Wakkie, Baker mit dem Scheck eine Notiz zu senden: „Einen doppelten Bundaberg auf Rechnung des Hauses!"

„Zur Abwechslung eine gute Nachricht", spottete Wackie. „Mr. Lazarus läßt dir ausrichten, du sollst dich mit ihm am Montag, den vierzehnten, in Paris treffen. Sieben Uhr früh auf der Place de la Concorde vor dem französischen Marinehauptquartier."

„Verdammt", fluchte Nick, „ich hatte gehofft, wenigstens eine Woche in Florida bleiben zu können."

„Ich habe noch eine gute Nachricht, die wird dir sogar diese Enttäuschung versüßen." Aus Wackies Stimme war deutlich die Erregung herauszuhören. „Die Scheichs haben sich entschlossen, dir ein Angebot für deine Reederei zu machen. Sie möchten den ganzen Laden selbst übernehmen. Natürlich sollst du ihn für sie schmeißen – zwei Jahre lang, bis sie ihre eigenen Leute eingearbeitet haben. Ein teuflisch hohes Gehalt..."

Diese Neuigkeit war in der Tat eine Überraschung. „Wie hoch?" platzte Nick heraus.

„Zweihunderttausend Dollar plus zweieinhalb Prozent vom Gewinn."

„Nicht das Gehalt. Wieviel zahlen die für die Gesellschaft?"

„Das sind Araber, Nick, die klopfen mit ihrem ersten Angebot immer erst auf den Busch – ich habe so etwas wie fünf Millionen herausgehört."

„Wie hoch werden sie nach deiner Ansicht noch gehen?"

„Sieben, siebeneinhalb."

Nick sah plötzlich ein neues Leben vor sich. Ein Leben, wie Samantha es ihm gezeigt hatte – ohne diese Hetzjagd und ohne lästige Plackerei. „Siebeneinhalb Millionen plus Spesen?" Seine Stimme klang heiser.

„Vielleicht nur siebeneinhalb", gab Wackie zu bedenken. „Aber ich würde es einmal mit acht versuchen."

SAMANTHA hatte ihr Haar zu zwei Zöpfen geflochten, und die abgeschnittenen Jeans ließen ihre langen braunen Beine frei. Die Füße steckten in Sandalen, und ihre Sonnenbrille hatte sie hochgeschoben.

„Ich dachte schon, du würdest nie kommen", maulte sie, als Nick auf dem Miami International durch die Sperre trat. Er ließ seine Reisetasche fallen, denn Samantha flog ihm in die Arme. Es dauerte eine ganze Weile, bis er sie schluchzen hörte und merkte, daß sie weinte.

„Was ist denn?" Er hob ihr Kinn und sah, daß ihre Augen in Tränen schwammen. „Was hast du denn?"

„Ich bin nur so glücklich", erklärte Samantha.

Noch als sie aus dem Gebäude in die helle Sonne Floridas hinaustraten, hielt sie seine Hüften mit beiden Armen umschlungen. Sie führte ihn zu ihrem Wagen.

„Großer Gott!" rief Nick aus und wich im Scherz ein paar Schritte zurück. Sie standen vor einem Chevrolet Caravan, der außen vollständig bemalt war. In den schillerndsten Farben prangten Phantasielandschaften auf der Karosserie. „Stammt das von dir?" fragte er.

„So schlecht ist es auch wieder nicht", protestierte sie. „Ich hatte Langeweile und Kummer, weil du nicht hier warst. Da habe ich eine Beschäftigung gebraucht, die mich aufheiterte."

Auf einem der Bilder sah man einen herrlichen grünen, heranrollenden Brecher und darauf zwei menschliche Gestalten auf Surfbrettern. Nick beugte sich vor. Die männliche Figur war eine Mischung aus Clark Gable und Superman.

„Das bist du", sagte sie stolz, „nach dem Gedächtnis gemalt."

„Ich finde es großartig", erklärte er, „nur habe ich einen größeren Bizeps und bin noch schöner."

Bevor sie den Motor anließ, schaute sie ihn ernsthaft mit ihren strahlenden, großen grünen Augen an.

„Wie lange, Nick?" fragte sie. „Wie lange haben wir diesmal füreinander Zeit?"

„Drei Tage", erwiderte er. „Tut mir leid, aber ich muß am Sonntagmittag abfliegen, um Montag früh in Paris zu sein. Ich erzähle dir noch…"

„Nein." Sie hielt sich die Ohren zu. „Ich will es nicht hören."

Samantha steuerte den Chevrolet in forschem Tempo über den Rikkenbackerdamm nach Virginia Key.

„Das ist das meeresbiologische Institut der Universität Miami – und dort am Ende des Damms siehst du mein Labor."

Mit unverminderter Geschwindigkeit rasten sie an den zahlreichen Gebäuden vorbei und über die lange Brücke nach Key Biscayne. Nach etwa fünf Kilometern bog Samantha scharf in einen schmalen holpri-

gen Weg ein, der sich durch den üppigen tropischen Wald aus Banyan-
bäumen wand und bei einer schindelgedeckten Hütte unmittelbar am
Meer endete. Sie führte ihn hinauf zur vergitterten Veranda.

„Gehört die dir?" fragte Nick. Zu beiden Seiten konnte man halb
verdeckt zwischen Palmen die Dächer der luxuriösen Appartement-
häuser erkennen. „Das Grundstück muß eine Million wert sein."

„Es hat keinen Preis", sagte sie energisch. „Pa hat es mir hinterlassen, und ich verkaufe es nicht."

Inzwischen hatte sie die Türe aufgeschlossen, und er folgte ihr hinein. „Willkommen in meinem Haus, Nick. Komm, ich will dir gleich
alles zeigen. Das ist also das Wohnzimmer." Es war ohne großen Lu-
xus eingerichtet und mit indianischen Teppichen und Töpferwaren
geschmückt. „Und das, die Überraschung der Überraschungen, ist
das Schlafzimmer."

Der winzige Raum ging auf den Strand hinaus. Von der See wehte
eine leichte Brise herüber und blähte die Vorhänge. Das Geräusch der
Brandung klang wie das Schnaufen eines schlafenden Riesen, ein tiefes
regelmäßiges Rauschen und Seufzen.

„Ich glaube, ich hätte es nicht einen Tag länger ohne dich ausgehalten", sagte sie und schlang die Arme um ihn.

Das Bett wirkte viel zu breit für den Raum. Eine altmodische Flik-
kendecke lag über die Kissen gebreitet. Nick zog sie sanft darauf nieder. Mit einem Schlag war sein Leben wieder ruhig und einfach.

Am nächsten Nachmittag zeigte ihm Samantha ihr Laboratorium.
Es war ein kleines quadratisches Gebäude, das auf Pfählen im Wasser
errichtet worden war. Das leise Summen der elektrischen Pumpen lag
im Wettstreit mit den kleinen Wellen, die gegen den Fußboden
platschten. Hier standen an die hundert Aquarien, und über jedem
hing ein Gewirr aus Spulen, Flaschen und Drähten.

Nick nahm sich das erstbeste Aquarium vor. Es enthielt eine einzige
große Salzwassermuschel, die ihre beiden Schalen zur Nahrungsaufnahme weit geöffnet hatte. Das zarte rosa Fleisch und die gekräuselten
Kiemen bewegten sich im sanften Strom des gefilterten Wassers.
Dünne Kupferdrähte waren an jeder der beiden Schalen befestigt.

Samantha hatte sich einen weißen Arbeitskittel angezogen. Nick
fragte sie: „Was tut sich da?"

Sie betätigte einen Schalter, und sogleich setzte sich der Papierschreiber über dem Behälter in Bewegung, und der Stift zeichnete ein

gleichmäßiges Muster auf. „Ich schicke einen elektrischen Impuls durch ihr Herz – mit jeder Zuckung ändert sich der Widerstand, und der Stift zeichnet das auf."

„Was ist so interessant an einem Muschelherzen?" fragte Nick.

„Das ist die einfachste und billigste Methode zum Messen der Meeresverschmutzung, die man entdeckt hat, das heißt", stellte sie ohne falsche Bescheidenheit richtig, „die ich entdeckt habe."

Sie nahm ihn bei der Hand und führte ihn durch die lange Reihe der Behälter zu ihrem Arbeitstisch. „Muscheln reagieren unglaublich empfindlich auf jede Verunreinigung in ihrer Umgebung. Ihr Herzschlag wird fast augenblicklich selbst von bloßen Spuren einer Fremdsubstanz beeinflußt. Hier..." Sie hob ein Reagenzglas hoch. „Quecksilber. Hast du Aufnahmen von den japanischen Kindern gesehen, denen sich das Fleisch von den Knochen löste? Daran war Quecksilber schuld." Sie griff nach einem anderen Röhrchen. „PCB, ein Abfallprodukt aus der Industrie. Der Hudson ist voll davon. Und dann hier, eine richtige Ausgeburt des Teufels – Cadmium. Es ist in manchen Rohölsorten enthalten."

Sie trug das Cadmiumröhrchen zu dem Aquarium. „Jetzt, schau dir das an." Sie träufelte die Lösung ins Wasser.

„Da!" sagte sie mit grimmiger Befriedigung, als der Stift im Papierschreiber doppelt ausschlug und dann noch einmal, aber bereits mit flacherer Kurve. „Das ist Cadmium, zehn Teile auf eine Million, bei hundert Teilen tötet es die Meeresfauna ab, bei fünfhundert sogar einen Menschen."

Nick fühlte, wie es ihn schauderte, als der Stift teilnahmslos die Qualen der Muschel aufzeichnete. „Es ist grausig", sagte er.

„Ja." Sie trat vom Aquarium zurück. „Glücklicherweise ist das Nervensystem dieser Organismen, wie wir wissen, noch so wenig differenziert, daß sie nicht wie wir Schmerz empfinden. Aber stell dir vor, ein ganzer Ozean würde mit cadmiumhaltigem Rohöl vergiftet. Denk an den unglaublichen Todeskampf der vielen Millionen von Seevögeln und Meeressäugern. Und die Folgen für die Menschheit..."

Sie arbeitete noch im Labor, bis es dunkel wurde. Dann sah sie ihn fragend an. „Meine Kollegen treffen sich heute abend auf einem Boot zum Krabbenessen – aber wir müssen nicht unbedingt hingehen. Wir können ebensogut zu Hause essen, wie gestern abend."

Aber er merkte, daß sie doch gerne hingehen wollte.

Das Boot war fünfzehn Meter lang, ein alter Fischerkahn, mit einem unansehnlichen Ruderverschlag im Bug, der wie ein Schilderhaus aussah. Es lag am Ende des Universitätsdammes vertäut, und schon als sie noch ein ganzes Stück davon entfernt waren, hörten sie das Gelächter an Deck.

„Wir sind alle richtig verliebt in unsern alten Kahn", sagte Samantha und führte ihn über die schmale Laufplanke. „Wir haben ihn *Tricky Dicky* getauft. Er gehört der Universität, und wir benutzen ihn zu kleineren Forschungsfahrten. Außerdem ist er das Klubhaus der Fakultät."

Die schlicht eingerichtete Kajüte – nackte Planken, rohe Bänke und ein einziger langer Tisch – war vollgestopft mit sonnengebräunten jungen Leuten in verwaschenen Jeans und dicken Strickjacken.

Die Krabben, die auf dem Rost schmorten, erfüllten den Raum mit ihrem würzigen Aroma, und auf dem Tisch standen große Krüge mit kalifornischem Wein.

„Hey!" schrie Samantha durch das Stimmengewirr, denn es wurden bereits erhitzte Diskussionen geführt. „Das ist Nick."

Es wurde einigermaßen still, als ihn die ganze Gesellschaft musterte. Nick erwiderte stumm die prüfenden Blicke. Am Kopfende des Tisches saß ein großer eindrucksvoller Mann, der älteste in der Kabine – vielleicht in Nicks Alter oder ein wenig darüber, denn in seinem Bart zeigten sich bereits Silberfäden, und sein Gesicht war von Wind und Wetter gegerbt.

„Hallo, Nick", strahlte er. „Ich will nicht behaupten, daß wir von dir noch nicht gehört haben. Sam hat uns bis zum Erbrechen von dir erzählt..."

„Hör auf, Tom Parker", unterbrach ihn Samantha scharf, und alle lachten. Die Spannung klang ab, und Nick wurde ringsum begrüßt.

„Grüß dich, Nick – Ich bin Sally Anne." Ein hübsches Mädchen mit stahlblauen Augen und einer Nickelbrille drückte ihm ein Wasserglas voll Wein in die Hand. „Wir haben zuwenig Gläser, du wirst deines wohl mit Sam teilen müssen."

Sie rückte auf ihrer Bank ein Stück auf und machte Platz. „Tom ist Professor an der biologischen Fakultät", flüsterte Samantha. „Nach dir ist er mir der liebste Mann auf Erden."

Eine große Frau mit dunklem Haar, das sie zu einem Zopf geflochten hatte, kam aus der Kombüse und stellte eine Schüssel mit zerlassener Butter und eine Platte auf den Tisch, die hoch mit Krabben beladen war. Sie stürzten sich mit unverhohlenem Appetit auf das Essen, aber das tat ihrer lebhaften Konversation, bei der sich Neckereien und ernste Gespräche abwechselten, keinen Abbruch.

Dann unterhielten sie sich über einen Schuft von einem Tankerkapitän, der in der vergangenen Woche mitten in der Floridastraße seine Tanks gereinigt und einen fünfzig Kilometer langen Ölteppich im Golfstrom hinerlassen hatte.

„Wir haben ihn ausfindig gemacht...", sagte Tom Parker empört.

Nick wußte, daß das durch ein Verfahren möglich war, bei dem eine Probe aus dem Ölfleck mit Restspuren aus den Tanks des verdächtigen Schiffes verglichen wurde. Eine Übereinstimmung genügte, um den Mann vor einem internationalen Gerichtshof anzuklagen.

„Aber es ist so schwierig, den Verbrecher vor den Richter zu bekommen. Sein Tanker ist in Liberia registriert."

„Wir haben versucht, derartige Fälle in unseren neuen Vorschlägen zur Sprache zu bringen, die ich auf der Seerechtskonferenz vortrug..." Nick nahm zum ersten Mal am Gespräch teil und erzählte von den Schwierigkeiten bei der Rechtsprechung auf internationaler Ebene.

Er sprach ruhig, prägnant, und Samantha stellte fest, daß alle zuhörten. Kaum hatte er jedoch seine Ausführungen beendet, überfielen sie ihn schon von allen Seiten mit Fragen. Sie setzten ihren hellen jungen Verstand an wie ein Seziermesser. Er antwortete ihnen auf die gleiche Weise, scharf und bestimmt, gerüstet mit seiner enormen Sachkenntnis, und er schien jeden Augenblick zu genießen.

Er erkannte, daß sie alle Qualitäten besaßen, die er an seinen Mitmenschen schätzte. Sie waren intelligent, interessiert, hingabefähig und frei von Habsucht.

Am Kopf des Tisches saß Tom Parker und hörte zu, nickte oder runzelte die Stirn, wenn er anderer Meinung war.

Tom Parkers Büro stand bis unter die Decke voll mit Bücherregalen, die sich unter den Hunderten in Flaschen aufbewahrten Proben und unzähligen Bänden wissenschaftlicher Veröffentlichungen bogen. Er saß bequem zurückgelehnt in seinem Drehstuhl, die Füße auf seinem Schreibtisch gekreuzt.

„Sam hat mir so viel von dir erzählt, daß ich Erkundigungen eingezogen habe über dich, Nick. Eine verdammte Unverschämtheit, nicht wahr? Ich entschuldige mich hiermit."

„Ist wenigstens etwas Interessantes dabei herausgekommen?"
fragte Nick nachsichtig.

„Es war ja auch nicht schwer, denn du hast ein eindrucksvolles
Kielwasser hinterlassen."

„Stimmt, ich habe immer irgendwo mitgemischt", gab Nick zu.

„Ein Bier?" Parker ging zum Kühlschrank in der Ecke, auf dem ein
Schild klebte: „Zoologische Proben. NICHT ÖFFNEN!"

„Es ist noch zu früh für mich."

„Das ist es nie", sagte Parker und riß eine Dose auf, dann fuhr er
fort: „Ja, du warst immer sehr beschäftigt. Wir brauchen hier einen
Mann wie dich, der Gedanken und Pläne in die Tat umsetzen kann."
Parker schlürfte an seiner Dose. „Ich weiß, was du schon alles gemacht
hast, und ich habe dich sprechen hören. Und vor allem weiß ich, daß
du tief drinnen mit dem, was wir hier tun, einverstanden bist."

„Das klingt, als wolltest du mir einen Job anbieten, Tom."

„Ich schleiche nicht lange um den heißen Brei, Nick. Ja, ich biete dir
einen Job an." Er winkte gleich mit seiner riesigen Pranke ab. „Teufel
noch mal, ich weiß, du bist ein vielbeschäftigter Mann, aber ich bin
nun mal verknallt in die Idee, dich zu einem außerordentlichen Professor zu machen. Wir würden nur ein bißchen von deiner Zeit beanspruchen, wenn es darauf ankommt, in Washington Krach zu schlagen. Du
sollst für uns den starken Mann spielen, der etwas durchzusetzen versteht." Parker spähte nach einer Reaktion von Nick und fuhr dann
noch beschwörender fort. „Was können wir dir als Gegenleistung bieten? Ich weiß, du bist nicht knapp bei Kasse, und es wären nur zwölf-
tausend Dollar im Jahr, aber gratis bekommst du von uns das wohlige
Gefühl im Bauch, daß du einen harten Brocken Arbeit erledigst, der
erledigt werden muß."

„Wann fange ich an?" fragte Nick. Als Parkers Gesicht sich zu einem breiten Grinsen verzog, streckte Nick die Hand aus: „Ich glaube,
ich nehme doch ein Bier."

DAS Wasser war gerade kühl genug, um erfrischend zu wirken.
Nick und Samantha schwammen so weit hinaus, daß sich die Küste
fast im dichten Dunst verlor. Dann kehrten sie um und schwammen
Seite an Seite zurück.

Der Strand lag verlassen. Die Lichter der nächstgelegenen Bunga-
lows hätten genausogut Sterne sein können.

Es war der richtige Augenblick, ihr alles zu erzählen, und zwar gleich mit allen Einzelheiten, angefangen mit dem Angebot der Scheichs, die Ozeanreederei aufzukaufen.

„Aber das wirst du doch nicht wollen?" fragte sie rasch. „Ich kann mir nicht vorstellen, wie du den Rest deines Lebens nur mit Bowling oder Golf verbringen willst."

„Das Angebot beinhaltet, daß ich die Gesellschaft für sie zwei Jahre lang leite, und außerdem wurde mir eine Teilzeitbeschäftigung angeboten, die jede Minute in Anspruch nehmen wird, die mir noch bleibt."

„Was für eine?"

„Außerordentlicher Professor an der Universität Miami."

Sie zog ihn an sich. „Du willst mich auf den Arm nehmen", rief sie.

„Tom Parker will mich als Feuerwehr bei den Gesetzgebern und Seerechtskonferenzen, sozusagen als Revolverhelden für die Umweltschützer..."

„Oh, Nick, Nick!" Sie war noch naß und voller Seesand, aber sie umarmte ihn in ihrer überschäumenden Freude. „Das bedeutet, daß wir alles gemeinsam machen können – arbeiten und spielen und vor allem leben wie Mann und Frau."

„Die Aussicht schreckt mich in keiner Weise", murmelte er leise und küßte sie.

Später, als sie zu Hause das Salz und den Sand abgewaschen hatten, lagen sie zusammen auf der Flickendecke in der Dunkelheit. Leise drang das Rauschen der Brandung herein, und sie verfielen ins Träumen.

Nick kam als erster auf den Boden der Tatsachen zurück. „Ich muß morgen nachmittag nach Paris fliegen, aber Freitag in einer Woche wird die *Seehexe* vom Stapel gelassen. Willst du die Schampusflasche an ihrem Bug zerschmettern und sie taufen?"

„Nick, ich kann zwar nicht mein ganzes Leben lang über dem Atlantik hin- und herpendeln, aber das will ich um alles in der Welt nicht versäumen." Sie rückte ihm auf der Decke näher, und ihre Lippen fanden sein Ohr. „Ich fühle mich geehrt."

„Ihr seid beide Seehexen", erklärte ihr Nick.

„Und du bist mein Magier."

„Seehexe und Magier", lachte er, „gemeinsam wirken sie Wunder."

SIEBTES KAPITEL

NICK war zu früh auf der Place de la Concorde. Als er sie überquerte, zeigte seine Armbanduhr sechs Uhr fünfzig. Aber Lazarus war sogar noch vor ihm zu ihrem morgendlichen Treffen gekommen, in einem dunkelblauen Anzug und den Hut so weit in die Stirn gezogen, daß man ihm kaum mehr in die Augen sehen konnte.

„Gehen wir irgendwohin, wo's warm ist", schlug Nick vor.

„Nein", piepste Lazarus und blickte kurz durch seine dicken Brillengläser zu ihm hinauf. „Wir bleiben besser auf der Straße."

Er lenkte ihn durch die Unterführung zur Promenade entlang des Seine-Ufers und dann weiter auf das Petit Palais zu. Zu dieser frühen Stunde waren sie die einzigen Spaziergänger. „Sie wissen, daß Sie nichts Schriftliches bekommen?" flötete Lazarus.

„Ich habe ein Bandgerät in der Tasche", versicherte ihm Nick.

„Sehr gut." Lazarus machte eine Pause, und als er wieder sprach, hörte es sich an, als hätte man in einen Computer ein neues Band eingelegt. Denn plötzlich hatte seine Stimme einen ganz anderen Tonfall angenommen, es klang elektronisch wie aus einem Automaten.

Zuerst spulte er ab, wie die Aktien innerhalb der dreiunddreißig Gesellschaften, die zusammen das Imperium von Christy Marine bildeten, hin und her geschoben worden waren, jede einzelne Transaktion in den vorangegangenen achtzehn Monaten, sogar die Übertragung des Schlepp- und Rettungsdienstes an Nick und den Transfer seiner Anteile an Christy Marine als Gegenleistung. Lazarus glänzte mit seinem Wissen und seinem ausgezeichneten Gedächtnis, Nick jedoch war alles zu kompliziert, als daß er im Augenblick daraus hätte Schlüsse ziehen können. Er wollte sich lieber später damit beschäftigen.

Dann legte ihm Lazarus detailliert auseinander, wie innerhalb der Gruppe Bargeld verschoben wurde, und Nick mußte abermals über den Spürsinn dieses Mannes staunen. Er schilderte mit knappen Worten, wie Alexander es geschafft hatte, die ungeheuren Summen Bargeld, die sich angestaut hatten, in einen gleichmäßig fließenden Strom zu verwandeln. Doch plötzlich flossen die Mittel nicht mehr gleichmäßig, es gab Stockungen und Lücken. Dennoch war es Alexander gelungen, am Vortag jenes Tages, an dem die sechs Millionen Dollar, die Überweisung an Nick, fällig waren, gerade noch rechtzeitig einen großen Kredit mit einer Frist von sechzig Tagen aufzunehmen, wobei er den Konzern natürlich an den Rand des Ruins brachte. Wie hatte er das nur fertiggebracht?

Lazarus machte an der Ecke kehrt, wo die Rue La Boétie die Champs-Élysées kreuzt, und sie gingen wieder den gleichen Weg zurück.

„Die Transport- und Schiffsversicherung für die im Besitz der Christy-Marine-Gruppe befindlichen Schiffe –", begann Lazarus wieder und zählte Namen, Zahlen und Daten auf. Alexander versicherte immer noch alle seine Schiffe, einschließlich der *Golden Dawn*, bei seiner eigenen Gesellschaft, der London and European Insurance and Finance Company.

„Christy Marine hat nicht einmal für die *Golden Dawn* eine Rückversicherung bei Lloyd's abgeschlossen", sagte Lazarus, „aber von Sachverständigen außerhalb Englands wurde sie als erstklassig eingestuft." Diese Klassifizierung war viel leichter zu erhalten und weniger bedeutend als ein „1 A" von Lloyd's. Lazarus sprach weiter, senkte jedoch seine Stimme ein wenig, als sie von zwei bärtigen algerischen Studenten in Parkas überholt wurden. „Am siebten dieses Monats hat übrigens Christy Marine einen Verschiffungsvertrag mit der Orient Amex abgeschlossen. Die Laufzeit beträgt zehn Jahre. Der Tarif ist zehn Cent für hundert Tonnenmeilen mit einer jährlichen Mindestgarantie von fünfundsiebzigtausend Seemeilen . . ."

Nick fiel das Datum auf, es war der Tag, bevor Duncan seinen großen Kredit aufgenommen hatte, und dann begann sich alles in seinem Kopf zu ordnen. Der Preis – zehn Cent für hundert Tonnenmeilen – würde jeden Kreditgeber beeindrucken. Aber da stimmte etwas nicht, er war für die derzeitige schlechte Marktlage unsinnig hoch. Außerdem gab es doch etwas, an das er sich bei dem Namen Orient Amex erinnerte!

Er blieb unvermittelt stehen, durchstöberte vergeblich sein Gedächtnis nach irgendwelchen Anhaltspunkten. Er legte dem kleinen Mann neben sich die Hand auf die Schulter und sagte: „Gehen wir einen Kaffee trinken."

Die Luft in der kleinen Kneipe, in die Nick ihn schließlich zog, war vom Dampf der Kaffeemaschine und dem Rauch der starken, schwarzen Zigaretten geschwängert. Sie setzten sich an einen winzigen Tisch am Fenster, von dem man auf den Gehsteig hinaussah. Schüchtern bestellte sich Lazarus ein Mineralwasser und nippte daran mit einer Unschuldsmiene, während Nick Sahne in seinen Kaffee goß.

„Die Orient Amex", fragte Nick, sobald der Kellner sich entfernt hatte, „was wissen Sie über die?"

„Die Orient Amex ist eine in Amerika registrierte Erdölgesellschaft, die gegenwärtig in beträchtlichem Umfang auf der ganzen Welt Versuchsbohrungen auf dem Festland und in den Küstengewässern durchführt. Sie hat eine Raffinerie in Galveston in Texas errichtet, die nach dem neuen nuklearen, katalytischen Krackverfahren arbeitet. Die Gesellschaft besitzt Ölquellen in Texas sowie vor der Küste von Santa Barbara, ferner im südlichen Nigeria, und sie kann Rohölreserven bei El Barras in Kuwait nachweisen, die in der neuen Krackanlage in Galveston verarbeitet werden sollen..."

„Großer Gott", Nick starrte ihn an, „das Öl von El Barras ist mit Cadmium verunreinigt. Es wurde für unbrauchbar erklärt..."

„Es hat von Natur aus einen hohen Cadmiumgehalt, und Cadmium ist ein idealer Katalysator für den neuen Prozeß."

„Wie hoch ist der Anteil an Cadmium?" fragte Nick.

„Im westlichen Teil des Feldes von El Barras hat das Rohöl etwa zweitausend Teile Cadmium auf eine Million, im nördlichen und östlichen Teil bis zu zweiundvierzigtausend." Lazarus gab die Auskunft mit pedantischer Genauigkeit.

In Nick stieg die lebhafte Erinnerung an die Kurven auf, die der Papierschreiber in Samanthas Laboratorium vom Todeskampf einer mit Cadmium vergifteten Muschel aufgezeichnet hatte. Dann schüttelte er ungläubig den Kopf. Kein Wunder, daß man Duncan zehn Cent je hundert Tonnenmeilen bezahlte! Mit diesem verletzlichen, schlecht gebauten Monstrum wollte er wagen, was jeder Schiffseigner bisher abgelehnt hatte – das stark cadmiumhaltige Rohöl aus dem Feld von El Barras über zwei Ozeane zu transportieren.

NACH seiner Rückkehr ins Ritz rechnete Nick rasch nach und stellte fest, daß es an der Ostküste von Nordamerika erst fünf Uhr morgens war. Trotzdem meldete er ein Gespräch an. Wenigstens würde er Samantha zu Hause antreffen.

Das Telefon läutete, und er hob ab. Zuerst kam ein verwirrtes Murmeln und dann: „Wer ist dort? Was wollen Sie um diese Zeit?"

„Sag dem andern Burschen, er soll seine Hose anziehen und heimgehen."

„Nick!" Dem freudigen Aufschrei folgte unmittelbar ein Krachen und Klirren, daß er zusammenzuckte und den Hörer weit vom Ohr weghielt. „Oh, verflixter Mist, ich hab den Tisch umgeschmissen. Nick, bist du noch da? Sag was, um Himmels willen!"

„Ich liebe dich. Jetzt wach aber auf, ich muß dich was fragen."

„Ich bin wach – wenigstens ziemlich."

„Samantha, was würde geschehen, wenn jemand eine Million Tonnen arabisches Rohöl mit einem Cadmiumgehalt von vierzigtausend Teilen auf eine Million in den Golfstrom kippt, sagen wir etwa dreißig Seemeilen vor Key West?"

„Das ist eine sonderbare Frage um fünf Uhr morgens."

„Was würde geschehen?" beharrte er.

„Das Rohöl fungiert in einem solchen Fall als Transportmedium für das Gift..." Sie kämpfte gegen ihre Schläfrigkeit an und versuchte, ein anschauliches Bild zu entwerfen. „Es würde sich über die Wasseroberfläche mit einer Dicke von etwa einem Zentimeter ausbreiten und schließlich einen Ölteppich von einigen tausend Kilometer Länge und sieben- bis achthundert Kilometer Breite bilden, der weitertreibt."

„Was wäre die Folge?"

„Auf den Bahamas und an der Ostküste der Vereinigten Staaten würde alles Leben ausgetilgt."

„Was geschieht den Menschen?" fragte er.

„Ja, es würden auch unzählige Menschen ums Leben kommen." Sie wurde allmählich wach, und plötzlich lag Besorgnis in ihrer Stimme. „In dieser hohen Konzentration würde das Cadmium allein durch Hautkontakt bei den Fischern, den Urlaubern und allen, die über den verseuchten Strand gehen, Gesundheitsschäden zur Folge haben. Es könnte Hunderttausenden von Menschen das Leben kosten, und wenn es im Golfstrom über Amerika hinausgetragen würde... Was hast du eigentlich vor mit mir, Rätselraten?"

„In wenigen Wochen läuft die *Golden Dawn* in St-Nazaire vom Stapel. Christy Marine hat einen Vertrag abgeschlossen, mit diesem Schiff eine Ladung von einer Million Tonnen cadmiumhaltigem Rohöl von El Barras im Persischen Golf zur Raffinerie der Orient Amex in Galveston zu bringen."

Samanthas Stimme schwankte vor Entsetzen. „Das ist Massenmord, Nick. Eine tödlichere Ladung hat es in der ganzen Seefahrtsgeschichte nicht gegeben. Du kannst das nicht zulassen, Nick. Du mußt sie einfach irgendwie hindern."

„Ich werde hier alle Hebel in Bewegung setzen, aber ihr drüben müßt auch mithelfen", sagte er. „Sag Tom Parker, er soll die in Washington mit dieser Neuigkeit überfallen, genauso alle Nachrichtenagenturen. Eine Konfrontation mit der Orient Amex wäre genau das Richtige..."

Samantha griff den Gedanken auf: „Wir werden alle Umweltschutzorganisationen im Land mobilisieren. Wir werden einen Stunk machen, daß denen Hören und Sehen vergeht."

„Gut", sagte er. „Ich melde mich morgen wieder, um zu erfahren, was ihr ausgerichtet habt. Küßchen."

Als nächstes rief Nick am Eaton Square an. „Kann ich Mrs. Alexander sprechen?"

„Leider nein, Mrs. Alexander ist in Cap Ferrat. Soll ich Ihnen die Nummer geben?"

„Danke, die habe ich." Er wählte nochmals.

„C'est Chantelle Alexander qui parle."

„Hier Nicholas. Ich bin in Paris."

„Oh, Nick, schön, deine Stimme zu hören. Wie geht's?"

„Bist du allein? Ist Duncan bei dir?"

„Nein, er ist in London. Er wird erst nächstes Wochenende wieder hier sein."

„Ich habe Neuigkeiten. Kannst du herkommen?"

„Das ist unmöglich, Nicholas. Ich helfe diese Woche bei einem Wohltätigkeitsball. Kannst du mich nicht hier besuchen? Um fünf Uhr geht ein Flugzeug."

Er überlegte kurz, dann sagte er: „Gut. Bestellst du mir ein Zimmer im ‚Negresco'?"

„Sei nicht albern, Nicholas. Unser Haus hier hat dreizehn tadellose Zimmer, das weißt du doch."

CHANTELLE war im Terrassenzimmer. Sie trug ein hauchdünnes elfenbeinfarbenes Seidenkleid, das elegant um ihren Körper floß. „Nicholas!" begrüßte sie ihn.

Das prachtvolle Haus stand in einem Pinienwäldchen hoch über dem Mittelmeer, das eben in der Dunkelheit versank. Die zauberhaften Lichter längs der Küste bildeten eine Kulisse, die für Chantelle wie geschaffen schien.

Sie gingen in das kleine Speisezimmer und setzten sich zu Tisch, wie sie es früher so oft getan hatten, aber das Hühnchen kreolisch und der Petit-Chablis waren ohne besonderen Bezug zur Vergangenheit.

Diesmal fiel Nick das Lachen leichter, und die Herzlichkeit schien ihm weniger gekünstelt.

Nach dem Essen brachte sie ihm einen Cognac ins Wohnzimmer.

„Sprechen wir jetzt über Duncan", begann er. „Unter welchen Voraussetzungen kannst du dein Stimmrecht und deine Anteile zurückfordern?"

„Duncan verfügt über sie nur als mein Treuhänder, ich könnte jederzeit beantragen, daß diese Vereinbarung annulliert wird, aber das würde gut ein Jahr in Anspruch nehmen..."

„Außer du kannst beweisen, daß er vorsätzlich das Treuhandverhältnis mißbraucht hat", warf Nick ein.

„Kann ich das, Nicholas?" Sie sah ihm in die Augen. „Hat er es mißbraucht?"

„Ich weiß es noch nicht", sagte Nick vorsichtig. Während er auf dem dicken, tannengrünen Teppich auf und ab schritt, brachte er ihr schonend alles bei, was er von Lazarus erfahren hatte.

Sie saß da wie ein Vogel, der gerade auffliegen will, ihr Blick hing an seinen Bewegungen, und ihre großen dunklen Augen schienen immer größer zu werden.

„Duncan könnte Christy Marine vollkommen zugrunde richten", flüsterte sie schließlich. „Vollkommen!" Sie sah sich langsam im Zimmer mit allen seinen Schätzen um, ohne die sie sich ihr Leben kaum vorstellen konnte. „Er hat alles, was mir und Peter gehört, für dieses ungeheuerliche Schiff aufs Spiel gesetzt. Was kann ich tun, Nicholas? Bitte, hilf mir. Was kann ich tun?"

„Du mußt ihm die Bücherrevisoren auf den Hals hetzen. Dann kannst du Duncan daran hindern, die *Golden Dawn* vom Stapel zu lassen, bevor nicht der Rumpf und der Antrieb geändert und das ganze Schiff abgenommen und versichert wurde – und bevor du nicht wieder die volle Kontrolle über Christy Marine von ihm zurückerhalten hast."

Seine Stimme war leise und voller Mitgefühl. „Das genügt im Augenblick, Chantelle. Wenn wir weiter darüber sprechen, drehen wir uns schließlich nur im Kreis. Hast du ein Valium für dich?"

Sie schüttelte den Kopf. „Ich nehme nie Medikamente, um vor den Tatsachen zu flüchten." Daß dies stimmte, wußte er, denn es hatte ihr nie an Mut gefehlt. „Wie lange kannst du bleiben?"

„Ich habe einen Platz in der Elfuhrmaschine nach London gebucht."

DIE Gästezimmer lagen im zweiten Stock. Vom Balkon, der über die ganze Front des Hauses lief, hatte man einen schönen Blick aufs Meer.

Nick ging nach hinten ins Badezimmer. Die Wände waren mit grünem Onyx gekachelt, die Armaturen bestanden aus achtzehnkarätigem Gold. Er drehte die Dusche weit auf, als versuche er, seine Müdigkeit einfach wegzuschwemmen.

In einem Wärmeschrank hingen ein halbes Dutzend dicker weißer Frotteebademäntel. Er nahm einen heraus, schlüpfte hinein und ging ins Schlafzimmer. In seiner Aktenmappe lag ein Entwurf für den Kaufvertrag, der zwischen seinem Schlepp- und Bergungsdienst und den Scheichs abgeschlossen werden sollte. Bernard Wackie hatte ihm das Schriftstück per Eilboten nach Paris gesandt und eine Kopie an James Teacher nach London. Nick wollte es bis zum Nachmittag des folgenden Tages durchgesehen haben, bevor er sich mit Teacher darüber unterhielt. Anschließend sollte er das erste Mal mit den Arabern zusammenkommen.

Er nahm das Papier heraus und ging in den Wohnraum seiner Suite. Dort goß er sich einen kleinen Whisky ein, ließ sich in einem mächtigen Ledersessel nieder und machte sich an die Arbeit.

Als erstes roch er ihr Parfüm und merkte, wie sein Blut bei diesem Duft in Wallung kam. Langsam drehte er sich um. Sie war vollkommen geräuschlos auf nackten Sohlen hereingekommen. Nun trug sie keinen Schmuck mehr und hatte ihr Haar gelöst, das ihr bis auf die Schultern herabfiel. Sie war nur mit einem Negligé bekleidet, das an Ärmeln und Kragen mit feiner weicher Spitze besetzt war, und erschien so viel jünger, verwundbarer.

Sie kam langsam auf ihn zu, ein wenig verunsichert, mit großen, weit aufgerissenen, gequälten Augen. Als er sich aus seinem Sessel erhob, blieb sie stehen und fuhr sich mit der Hand an die Kehle. „Nicholas", flüsterte sie, „ich bin so allein. Bitte, schick mich nicht fort. Nicht heute nacht, noch nicht. Ich weiß nicht mehr weiter. Bitte."

Da wußte er, daß es so hatte kommen müssen. Er hatte die Gewißheit darüber den ganzen Abend zu verdrängen versucht, aber nun war es soweit, und er konnte nichts dagegen tun. Es war, als schmelze seine Entschlußkraft dahin wie Wachs unter der Flamme ihrer Schönheit. Und als sie in seine Arme sank, schien es sich in seinem Kopf zu drehen, seine Gedanken überschlugen sich und wirbelten durcheinander wie Sturmwogen, die sich an Felsen brechen.

Nick erwachte langsam aus seinem tiefen Schlaf und fühlte, wie ihn die Reue überkam.

Ihr Parfüm duftete noch auf seiner Haut. Das Bett neben ihm war leer, aber es war noch warm und verriet, daß sie eben erst aufgestanden war.

Der lange Lichtstreifen, den die Morgensonne durch einen Spalt in den Vorhängen warf, glich einem goldenen Schwert. Der Anblick erinnerte ihn sogleich an Samantha – er sah sie wieder vor sich, wie sie den Sonnenschein gleich einem Mantel trug, barfuß im Sand – und ihm schien es, als werde ihm dieses Schwert aus Sonnenstrahlen langsam zwischen die Rippen getrieben.

Er stand auf und tappte hinüber ins Badezimmer. Während das heiße Wasser aus dem goldenen Delphinmaul in die Wanne lief, schaute er in den Spiegel. „Du Schwein", flüsterte er seinem Spiegelbild zu, „du elendes Schwein."

Das Frühstück wartete auf ihn auf der Terrasse unter einem bunten Sonnenschirm. Auch Chantelle wartete. Sie trug ein langes weites Hauskleid, und das Haar hing ihr immer noch so locker auf die Schultern herab, daß es sich wie Seide in der leichten Brise bewegte. Das gehörte alles zu ihrer Strategie. Chantelle tat nichts zufällig, die intime, elegante Aufmachung und der lose Fall des Haars erzeugten eine häusliche Atmosphäre – und Nick fühlte, wie er sich dagegen sträubte. Er wies mit Absicht das festliche Aufgebot an Köstlichkeiten zurück und wollte nur Kaffee.

Sie goß ihm ein. „Es ist ganz einfach, Nicholas", sagte sie zärtlich, „ich liebe dich und habe dich immer geliebt – mein Gott, schon als albernes Schulmädchen." Das war sie nie gewesen, aber Nick ließ es hingehen. „Duncan war ein dummer Irrtum, aber das ist jetzt unwichtig…"

„Nein, das ist nicht unwichtig. Seither hat sich vieles geändert. Wir können nie mehr sein wie früher. Außerdem…"

„Außerdem was?"

„Außerdem baue ich mir jetzt ein neues Leben auf, mit einem Menschen, der völlig anders ist als du."

„Mein Gott, Nicholas, das ist doch nicht dein Ernst." Sie lachte und schlug amüsiert die Hände zusammen. „Mein Lieber, dieses amerikanische Kind ist so jung, daß sie deine Tochter sein könnte. Du bist in der Midlife-Crisis, da hat man leicht einen Lolitakomplex…" Sie sah, daß er sich ärgerte, und beeilte sich, die Situation zu retten. „Tut mir leid, Nicholas, das hätte ich nie sagen dürfen. Doch wenn du bereit bist, und eines Tages wirst du es sein, werden Peter und ich und Christy Marine auf dich warten. Das ist deine Welt, und du wirst dich nie von ihr lösen können."

DEN Telefonhörer in der Hand, starrte Chantelle ungeduldig aus dem Fenster im Arbeitszimmer. Das Wetter hatte kurz nach Nicks Abreise umgeschlagen, und nun klatschte eisiger Regen gegen die Scheiben.

„Chantelle, meine Liebe!" Endlich erklang Duncans volle, wohlklingende Stimme im Hörer. „Was gibt's?"

„Ich muß dich dringend sprechen, Duncan. Ich möchte, daß du gleich herkommst."

„Das ist unmöglich", lachte er fröhlich, und es hörte sich sehr selbstsicher an. „Sag es mir jetzt."

„Also gut", erwiderte sie bedächtig. „Ich sage es dir. Ich will mich scheiden lassen. Außerdem will ich meine Anteile an Christy Marine zurück."

Langes Schweigen folgte, und Chantelle wartete, wie eine Katze auf den Fluchtversuch einer Maus wartet, die sie gefangen hat.

„Das kommt ziemlich plötzlich." Seine Stimme klang nun kalt und tonlos, jeder Klang, jedes Gefühl waren daraus gewichen.

„Wir wissen es doch beide schon eine Weile", widersprach sie ihm.

„Du hast keinen Grund dafür." Nun schwang eine gewisse Angst mit. „Eine Scheidung ist nicht ganz so einfach, Chantelle."

„Ich habe sehr wohl Gründe, und du wirst sie bald erfahren, Duncan", sagte sie, und nun lag eine boshafte Schärfe in ihrer Stimme. „Wenn du morgen nicht hier bist, werden meine Buchprüfer in der Leadenhall Street sein..."

Mehr brauchte sie nicht zu sagen. Er fiel ihr ins Wort, und nun verriet seine Stimme panische Angst: „Du hast recht, wir müssen gleich darüber sprechen. Ich kann morgen nachmittag um vier Uhr in Nizza sein."

„Ich schicke dir den Wagen", sagte sie und legte auf.

Bereits wenige Minuten später rief sie die Vermittlung an. „Ich möchte ein Gespräch nach Übersee anmelden", sagte sie in fließendem Französisch, als sich die Zentrale meldete. „Ich weiß die Nummer nicht, aber ich möchte mit Frau Doktor Samantha Silver sprechen, von der Universität Miami in Florida."

Seit Nicks Anruf am Montag hatte Samantha keine ruhige Minute mehr gefunden.

Nach einer Reihe Besprechungen mit den Leitern von Umwelt- und Naturschutzorganisationen hatten sie und Tom Parker versucht, die Orient Amex zu einer Stellungnahme herauszufordern. Die große Erdölgesellschaft ignorierte einfach ihre Einladung, im Rundfunk oder Fernsehen über die Vorwürfe zu diskutieren, die gegen sie erhoben wurden. Die Medien ihrerseits zeigten an dem Thema nicht das geringste Interesse. Energiekrise, Öltanker und Verschmutzung der Meere waren offenbar zu unerfreuliche Themen. Niemand hatte je etwas von einer Cadmiumverseuchung gehört, das Kap der Guten Hoffnung war am anderen Ende der Welt und eine Million Tonnen eine Zahl, unter der man sich nichts vorstellen konnte – das Ganze war eher langweilig.

Jetzt, am Dienstag vormittag, saß sie wieder vor dem Telefon in ihrem Laboratorium und versuchte, den Vizedirektor des Umweltschutzbüros in Washington anzurufen. Plötzlich wurde sie von der Zentrale unterbrochen: „Ein Gespräch aus Übersee für Sie."

Samantha fühlte, wie ihr Puls raste.

„Übernehmen Sie bitte", sagte die Telefonistin, und mit einem Klicken wurde die Verbindung hergestellt.

„Nick!" rief sie voll Freude. „Lieber Nick – bist du's?"

„Nein." Die Stimme klang sehr klar und ruhig, und ohne ersichtlichen Grund fühlte Samantha die Bedrohung. „Hier spricht Chantelle Alexander, wir kennen uns flüchtig."

„Ja." Samantha war jetzt kleinlaut.

„Ich dachte, es wäre besser, wenn ich es Ihnen selbst sage, bevor Sie es von andern erfahren. Nicholas und ich haben beschlossen, wieder zu heiraten."

„Das glaube ich Ihnen nicht", flüsterte Samantha. „Nick würde nicht..." Die Stimme versagte ihr, sie konnte nicht weitersprechen.

„Sie müssen ihn verstehen und ihm verzeihen, meine Liebe", erklärte Chantelle freundlich. „Nach unserer Scheidung war er verletzt und einsam. Ich bin sicher, er wollte Sie nicht ausnützen."

„Aber, aber...., wir haben unsere ganze Zukunft miteinander geplant." Samantha schüttelte wild den Kopf, eine dicke Strähne löste sich aus ihrem goldenen Haar und fiel ihr über das Gesicht. Sie strich sie mit gespreizten Fingern zurück. „Ich glaube es nicht. Ich werde es nicht glauben, bis er es mir selbst sagt."

Chantelles Stimme klang teilnahmsvoll. „Ich wollte es Ihnen eigentlich schonender beibringen, mein Kind, aber nun muß ich Ihnen eben leider erzählen, daß Nicholas die letzte Nacht mit mir verbracht hat. Ich habe bereits die Vorkehrungen für eine Scheidung von meinem derzeitigen Mann getroffen, und Nicholas wird seine frühere Stellung als Leiter von Christy Marine wieder einnehmen..."

Samantha ahnte, daß es die Wahrheit war. Langsam legte sie den Hörer auf.

Sie weinte nicht. Sie fühlte sich, als würde sie nie mehr im Leben weinen oder lachen können.

CHANTELLE ALEXANDER musterte ihren Gatten eingehend. Es entging ihr nicht, daß er sich nicht wohl fühlte in seiner Haut. Er rutschte auf seinem Stuhl hin und her, schlug immer wieder seine langen Beine übereinander, spielte mit seiner Zigarette und sah dem aufsteigenden blauen Rauch nach, nur um dem ruhigen, ausdruckslosen Blick ihrer dunklen unergründlichen Augen auszuweichen.

„Danke, daß du so rasch gekommen bist", sagte sie.

„Es schien mir sehr dringend." Er lächelte zum ersten Mal, glatt und weltmännisch – aber die angespannten Kiefermuskeln verrieten seine Furcht. „Was die Scheidung betrifft..."

Sie unterbrach ihn mit einer Handbewegung. „Das kann warten. Ich wollte dir nur vor Augen führen, daß es mir mit meiner Forderung ernst ist." Sie merkte, wie seine Besorgnis plötzlich schwand, aber sie fuhr fort. „Für mich steht der Trust an erster Stelle. Ich will alles überprüfen lassen..."

Er zuckte mit den Achseln. „Das wird seine Zeit brauchen, und du hast mich zum Sachwalter bestellt..."

„Kein Gericht würde diese Vereinbarung anerkennen."

„Vielleicht nicht, Chantelle, aber du willst doch nicht alles vor Gericht zerren, gerade jetzt."

„Ich habe nichts zu befürchten, Duncan." Sie stand rasch auf und wies anklagend mit dem Finger auf ihn. „Ganz im Gegenteil zu dir."

„Und was sollte ich zu befürchten haben?"

Rasch zählte sie ihm alle finanziellen Manipulationen auf, über die Nick sie informiert hatte. „Wenn meine Buchprüfer fertig sind, mein Bester, wird mir das Gericht nicht nur schleunigst die Kontrolle über Christy Marine zurückgeben, sondern es wird dich vermutlich zu fünf Jahren Zuchthaus verurteilen."

Er lächelte. Er lächelte tatsächlich! Sie fühlte Wut in sich hochstei-
gen. „Du wagst es, mich anzugrinsen", zischte sie. „Leugnest du
etwa…"
Er wehrte mit erhobener Hand ab. „Ich leugne gar nichts, meine
Liebe. Im Gegenteil, ich gebe es zu – und noch mehr, viel mehr." Er
drückte seine Zigarette aus, und während sie ihn sprachlos anstarrte,
nahm er sich aus seinem goldenen Etui eine neue und zündete sie an.
„Schon seit einiger Zeit war mir durchaus klar, daß jemand seine
Nase tief in meine Angelegenheiten steckte. Ich habe nicht lange gebraucht, um festzustellen, daß es der kleine Mann aus Monte Carlo
war, dieser Lazarus. Er leistet ganze Arbeit. Ich habe ihn schon selbst
zu Rate gezogen. Ich war sogar derjenige, der Nicholas Berg mit ihm
bekannt gemacht hat." Er lachte leise und schüttelte nachsichtig den
Kopf. „So dumme Schnitzer passieren uns manchmal. Die Verbindung war dann ganz einfach, Berg und Lazarus – ich habe meinerseits
untersuchen lassen, was sie ermitteln konnten, und schätze, daß selbst
Lazarus nicht mehr als fünfundzwanzig Prozent all meiner Anrufe abgehört haben kann."
„Du bestreitest also nicht…", begann Chantelle wieder.
„Sei endlich still, du naives kleines Ding – und hör mir zu. Ich werde
dir jetzt erklären, warum du mir keinen Buchprüfer schicken, sondern
genau das tun wirst, was ich dir sage." Er machte eine Pause, und sein
Blick schien sie zu durchbohren.
Er wollte sie also auf die Folter spannen. Sie schlug die Augen nie-
der, und er nickte befriedigt. „Sehr gut. Ich habe alles – jeden Cent von
Christy Marine – in die *Golden Dawn* gesteckt."
Chantelle wurde schwindlig, der Boden drehte sich unter ihren Füßen. Sie sank auf einen Stuhl. „Wie soll ich das verstehen?" flüsterte
sie.
Dann schilderte er ihr von Anfang an, wie es dazu gekommen war.
„Die ursprüngliche Kalkulation für die *Golden Dawn* basierte auf dem
Bedarf, der vor zwei Jahren an Großtankern bestanden hatte, und auf
den Baukosten von damals…"
Die Energiekrise und der Rückgang der Nachfrage nach Tankern
waren zusammengetroffen mit einem heftigen Ansteigen der Infla-
tionsrate, die die Kosten für den Bau auf mehr als das Doppelte anschwellen ließ. Duncan hatte als Gegenmaßnahme am Entwurf des gigantischen Tankers gespart und damit die 1A-Qualifikation von
Lloyd's verwirkt. Ohne den Rückhalt dieses hervorragenden Ver-

sicherungsschutzes war er gezwungen gewesen, anderswo eine Dekkung zu finden, um seine Geldgeber zufriedenzustellen. Die Prämien waren mörderisch. Er hatte Anteile von Christy Marine verpfänden müssen – Anteile des Trusts. Dann überrollten ihn erneut die steigenden Baukosten. Er hatte viel mehr Geld gebraucht und Kredite aufgenommen, wo man ihm welche gab, zu Zinssätzen, die man ihm diktierte. Also mußte er noch mehr Anteile von Christy als Sicherheit losschlagen. ,,Dann'', sagte Duncan und lächelte, als genieße er die Situation, ,,dann gab es diesen schrecklichen Reinfall, als ich sechs Millionen Dollar auftreiben mußte, um die Rettungsprämie für die *Golden Adventurer* zu bezahlen. Das war der letzte Schlag. Ich mußte nicht nur den Trust, sondern die ganze Christy Marine verpfänden.''

,,Ich lass' dich hochgehen'', flüsterte sie, ,,ich mach dich fertig.''

,,Du verstehst noch nicht?'' Er schüttelte bekümmert den Kopf, als wäre sie ein verstocktes Kind. ,,Du kannst mich nicht fertigmachen, du kannst nicht deine Buchprüfer herbeipfeifen, ohne Christy Marine und dich selbst hochgehen zu lassen. Du steckst drin, Chantelle, so tief wie ich. Du hast alles, jeden Penny, dieses Haus, den Smaragd an deinem Finger und die Zukunft deines Sprößlings auf die *Golden Dawn* gesetzt.''

,,Nein.'' Sie kniff die Augen ganz fest zusammen, und ihre Wangen verloren alle Farbe. ,,Mir wird übel, Duncan.''

,,Übel, wenn ich so etwas schon höre'', höhnte er.

Er stand auf und ging rasch zu ihr hinüber. Eiskalt schlug er ihr ins Gesicht, zwei harte Schläge mit der flachen Hand. Sie saß nur da und starrte ihn an.

,,Reiß dich zusammen'', knurrte er sie an. ,,Ich habe dir das Schlimmste geschildert, was passieren kann. Aber es hängt von dir ab, ob nicht genau das Gegenteil eintritt. Wenn wir jetzt zusammenhalten, werde ich den größten Coup des Jahrhunderts landen. Ich habe einen Verschiffungsvertrag mit der Orient Amex abgeschlossen. Eine einzige Fahrt der *Golden Dawn* zwischen dem Persischen Golf und dem Hafen von Galveston, und ich habe dein Vermögen verdoppelt. Nachher können wir den Tanker verkaufen. Wir werden ein Dutzend Interessenten für ihn finden.'' Er trat zurück und strich sich die Aufschläge des Jacketts glatt. ,,Die Leute werden sich an meinen Namen erinnern. Wenn man in Zukunft von Tankern spricht, wird man von Duncan Alexander sprechen.''

,,Ich hasse dich'', sagte sie leise, ,,ich hasse dich aus tiefster Seele.''

„Das spielt keine Rolle." Er winkte ab. „Wenn alles gelaufen ist, kann ich es mir leisten auszusteigen – und du kannst es dir leisten, mich gehen zu lassen. Aber nicht einen Augenblick früher. Im Gegenteil, es wird sich nicht vermeiden lassen, daß du nächsten Dienstag nach St-Nazaire zum Stapellauf der *Golden Dawn* kommst. Ich konnte ihre Bauzeit um wichtige Monate verkürzen. Ihre Außentanks werden direkt von der japanischen Werft in den Persischen Golf geschleppt. Inzwischen lassen wir den Rumpf bereits vom Stapel, während die Arbeiter noch mit den Aufbauten beschäftigt sind, und stellen das Schiff auf der Fahrt um das Kap der Guten Hoffnung fertig."

„Wenn dir das gelingt, dann meinst du wohl, du hältst einen Vergleich mit Nicholas Berg aus, nicht wahr?" Sie hatte sich wieder gefaßt, ihre Stimme klang fester. „Aber du wirst niemals ein Mann von Nicholas' Rang sein."

„Hol dich der Kuckuck." Plötzlich zitterte er vor Wut.

Sie schrie ihn an: „Du bist ein Lügner, eine Null, ein Wichtigtuer..."

„Ich habe Nicholas Berg bisher noch immer übertrumpft."

„Nein, das hast du nicht, Duncan, das habe ich für dich getan."

„Ich habe dich erobert."

„Ja, für kurze Zeit", höhnte sie, „nur für eine kleine Tändelei, Verehrtester. Aber als er mich wieder begehrte, gewann er mich zurück."

„Was meinst du damit?" fragte er.

„Letzte Nacht war Nicholas hier, und er hat mich in einer Weise geliebt, wie du es nie fertiggebracht hast. Ich gehe zu ihm zurück, und ich werde aller Welt erzählen, warum."

„Du bist eine Hure." Er wandte sich zum Gehen, drehte sich aber noch einmal um. „Nur das eine noch: Sei am Dienstag in St-Nazaire. Ich will, daß du nett bist zu den Gläubigern." Damit ging er.

„Du wirst der Verlierer sein, Duncan Alexander", schrie sie ihm nach, und ihre Stimme überschlug sich dabei. „Dafür werde ich sorgen, das schwöre ich dir."

ACHTES KAPITEL

DIE arabische Bank of the East in London hat ihren Sitz in der Curzon Street. Nick hatte seit Mittwoch jeden Tag von früh um zehn bis abends um sechs mit seinen Anwälten dort verbracht. Nun war es schon Freitag nachmittag. Hier lernte er aus erster Hand das uralte Geduldspiel orientalischer Verhandlungskunst kennen. Der einzige ruhende Pol unter den Kaufinteressenten für die Ozeanreederei war die Gestalt des Scheichs selbst, der auf einem niedrigen Ruhebett saß, in einem eleganten Maßanzug. Sein volles dunkles Gesicht wirkte leicht theatralisch unter dem feinen weißen Baumwolltuch, das von einer Goldkordel gehalten wurde. Um ihn herum bewegten sich seine Untergebenen wie Schatten, ein buntes Gewimmel flüsternder Gestalten. So oft Nick glaubte, über einen Punkt sei endlich Einverständnis erzielt, fuhren drei oder vier rosarote oder giftgelbe Rolls-Royce vor, denen weitere Araber entstiegen, und das Gewisper begann von neuem.

James Teacher zeigte keine Ungeduld, nippte an den winzigen Schälchen mit süßem, klebrigem Kaffee und wartete, bis ihm das endlose Getuschel ins Englische übersetzt wurde, bevor er ein gemessenes Gegenangebot machte.

„Wir kommen gut voran, Mr. Berg", versicherte er Nick ruhig. „Sie können es nun ganz mir überlassen."

Nick hatte Kopfschmerzen von dem starken Kaffee und konnte sich nur mit Mühe konzentrieren. Er machte sich Sorgen wegen Samantha. Vier Tage hatte er schon versucht, sie zu erreichen.

Er entschuldigte sich beim Scheich und ging zum Empfang in die Eingangshalle der Bank, doch die junge Dame dort bedauerte: „Ich habe es bei beiden Telefonnummern versucht, aber nirgends meldet sich jemand."

„Es muß jemand dasein", erklärte Nick. Unter der einen Nummer wollte er Samantha in ihrem Häuschen am Key Biscayne erreichen, unter der anderen in ihrem Laboratorium.

Sie schüttelte den Kopf. „Ich habe es jede Stunde einmal versucht."

„Können Sie ein Telegramm für mich aufgeben?"

„Gewiß."

Sie reichte ihm ein Formblatt, und er füllte es aus.

„Mit bezahlter Rückantwort. Fahre morgen nach Frankreich. Bitte, ruf mich an..." Er gab die Telefonnummern der Construction Atlantique und des Hotels Europe in St-Nazaire an, dann hielt er inne und rang nach Worten, mit denen er seine Besorgnis ausdrücken wollte, fand aber nicht die richtigen. Also schrieb er: „Ich liebe dich von ganzem Herzen."

Am Montag morgen starrte Nick aus dem Fenster des Baubüros. Der Blick in das innere Hafenbecken war vollständig von dem Rumpf seines Schleppers verdeckt, der bereits den endgültigen Anstrich in strahlendem Weiß erhalten hatte. Auf dem großen bauchigen Bug leuchtete der Name *Seehexe*. Darunter erschienen die Bermudas als Land, in dem das Schiff registriert war.

Er konnte Jules Levoisin auf der Nock der Kommandobrücke stehen sehen. Wie ein Kampfhahn stritt er mit dem Elektronikingenieur, der für die Installation der Bordlautsprecheranlage verantwortlich war, und deutlich konnte man den neuen Kapitän durch den Lärm der Niethämmer *„Sacré bleu!"* und *„Imbécile!"* rufen hören.

Plötzlich läutete das Telefon.

Der Vorarbeiter hob den Hörer ab und reichte ihn dann Nick: „Eine Dame ist am Apparat."

Samantha, dachte Nick und griff rasch danach.

„Nicholas?" Er fuhr bei dem Klang der Stimme schuldbewußt zusammen.

„Chantelle, wo bist du?"

„In La Baule." Der elegante Kurort mit weitem Blick über den Atlantik war in der Tat ein besserer Rahmen für Chantelle Alexander als der schmutzige Hafen mit seinen weiträumigen Docks. „Ich wohne im ‚Castille'. Komm und iß mit mir zu Mittag. Ich muß mit dir sprechen, es ist wichtig."

„Ich kann hier nicht fort." Er wollte nicht wieder in die Falle gehen. „Wenn es wichtig ist, dann komm her", sagte er brüsk.

Sie seufzte bei soviel Starrköpfigkeit. „Also schön, Nicholas. Wo finde ich dich?"

Eine halbe Stunde später hielt ihr Rolls-Royce vor den Toren der Werft. Nick kam heraus, und der Chauffeur hielt ihm bereits die Wagentür auf. Chantelle hob den Kopf, die Lippen feucht und halb geöffnet. Er ignorierte die Einladung und küßte sie nur flüchtig auf die Wange, bevor er sich ihr gegenüber in die andere Ecke setzte.

Sie sah ihn amüsiert von der Seite an. „Wie keusch wir doch heute sind, Nicholas."

Nick drückte auf einen Knopf, und die schalldichte Trennscheibe glitt zwischen ihnen und dem Fahrer hoch.

„Hast du die Buchprüfer bestellt?" fragte er.

„Du siehst müde aus, mein Lieber, und überanstrengt."

„Hast du Duncan deinen Standpunkt klargemacht?" Er ließ sich nicht ablenken. „Wie ich höre, soll die *Golden Dawn* morgen mittag vom Stapel laufen. Was ist geschehen, Chantelle?"

„Da drüben über der Brücke in Midin ist ein kleines Bistro."

„Verdammt noch mal, Chantelle, ich habe keine Zeit, um herumzutrödeln."

Der Rolls-Royce glitt bereits rasch durch die engen Straßen des Hafens, vorbei an den hohen Lagerhäusern.

„Man fährt keine fünf Minuten, und dort gibt es ausgezeichneten Hummer." Sie plauderte munter weiter, bis der Chauffeur an der Mautstelle anhielt und dann über die weitgespannte Loire-Brücke fuhr, die sich in hundert Meter Höhe in einer prächtigen Wölbung über den Fluß erstreckte. Der Fluß war hier fast fünf Kilometer breit, und vom höchsten Punkt der Brücke aus hatte man einen schönen Überblick über die Werftanlagen, die neben dem Riesenbau der *Golden Dawn* winzig wirkten.

„Sie arbeiten noch an ihr", sagte Nick. „Sie arbeiten noch immer." Er wiederholte es anklagend.

„Nicholas, nichts im Leben ist einfach."

„Du hast dich also noch gar nicht mit Duncan auseinandergesetzt", warf er ihr bitter vor.

„Warte doch, bis wir bei einem Glas Wein..."

„Jetzt", fiel er ihr ins Wort, „jetzt will ich es wissen, Chantelle. Ich habe keine Zeit für deine Spielchen."

„Ja, ich habe mit ihm gesprochen." Sie nickte. „Ich habe ihn nach Cap Ferrat bestellt und ihm alles an den Kopf geworfen, was du vermutest. Er hat nichts davon abgestritten, sondern mir gesagt, ich wisse sogar nur die Hälfte." Ihre Stimme wurde schneidend, und plötzlich sprudelte sie alles hervor, was sie zu der verwickelten Lage zu sagen wußte, in der sie sich befand...

„Jetzt haben wir ihn", sagte Nick schließlich frohlockend. „Das gibt ihm den Rest. Er hat den Trust betrogen. Wir werden den Bau der *Golden Dawn* stoppen können, einfach so..." Er schlug mit der Faust in seine Handfläche. „Du kannst bei Gericht eine einstweilige Verfügung erwirken."

Der Chauffeur hatte inzwischen vor dem Bistro angehalten. Es lag am Wasser mit Blick auf die Werft. Der Chauffeur hielt die Tür auf, und schon war Chantelle in das Restaurant entschwebt. Nick folgte ihr.

Der Besitzer kam aus der Küche, schwänzelte um Chantelle herum, führte sie zu einem Tisch am Fenster und blieb stehen, um die Speisekarte zu erläutern. Sie tranken Muscadet zum Essen.

„Auf uns, Nicholas, mein Lieber", sagte sie schließlich und hob ihr Glas.

Er trank schweigend und setzte das Glas wieder ab. „Chantelle, wann wirst du Duncan Einhalt gebieten?"

„Verdirb uns das Essen nicht, Nick."

„Ich platze gleich vor Wut, Chantelle. Also, wann wirst du ihm Einhalt gebieten?"

„Überhaupt nicht, mein Lieber."

Er starrte sie an. „Was sagst du da?"

„Ich werde ihm sogar noch dabei helfen, die *Golden Dawn* vom Stapel zu lassen."

„Du verstehst nicht, Chantelle. Es handelt sich um eine Million Tonnen einer hochgiftigen Substanz, eine ungeheure Gefahr..."

„Sei nicht albern, Nicky. Heb dir dieses hochtrabende Gerede für die Zeitungen auf."

„Es ist noch nicht zu spät, einen Umbau an dem Tanker vorzunehmen."

„Nein, du täuschst dich; du bist hier derjenige, der nicht verstehen will, mein Lieber. Duncan hat uns so tief in Schulden gestürzt, daß schon eine Verzögerung von nur wenigen Tagen tödlich für uns wäre. Es ist kein Geld mehr da für einen Umbau und auch keine Zeit mehr – ich fürchte, wir müssen die *Golden Dawn* in Betrieb nehmen. Ich hatte noch nie in meinem Leben solche Angst, Nicholas. Ich könnte alles verlieren." Sie schauderte bei diesem schrecklichen Gedanken. „Ich würde mich umbringen, wenn das eintritt."

„Ich werde trotzdem versuchen, Duncan daran zu hindern..."

„Nein, Nicholas, bitte, unternimm nichts, mir zuliebe – unserm Sohn zuliebe. Es geht doch um Peters Erbe. Laß die *Golden Dawn* eine Fahrt machen, nur eine einzige Fahrt. Nachher werden wir sie verkaufen, und ich kann mich von Duncan freimachen. Dann gibt es wieder nur noch dich und mich, Nicky. Ein paar kurze Wochen nur, bis es soweit ist."

Mit einem Schlag war ihm alles klar. Nun wußte er endlich, nachdem er sich eine Woche lang das Gehirn zermartert hatte, warum Samantha sich nicht mehr meldete. „Nur noch eine Frage, Chantelle. Wann hast du Samantha Silver angerufen?"

Sie sah ihn für einen Augenblick verständnislos an, als versuche sie sich an den Namen zu erinnern. „Samantha – ach, deine kleine Freundin. Warum hätte ich sie anrufen sollen?" Und dann mußte sie lachen, „Oh, Nicholas, du glaubst doch nicht im Ernst, daß ich so was tun würde? Du glaubst doch nicht, daß ich jemanden unnötig kränken könnte?"

„Nein", bestätigte Nick ruhig, als er wußte, daß sie log. „Du würdest höchstens eine Million Menschen auf einmal ermorden und dich auch mit einem einzigen Ozean begnügen, den du vergiftest." Er schob seinen Stuhl zurück.

„Bleib sitzen, Nicky. Iß deinen Hummer."

„Ich habe plötzlich keinen Hunger mehr." Er zog zwei Hundertfrancnoten aus seiner Brieftasche und warf sie neben sein Gedeck.

„Ich schicke dir den Wagen zurück", sagte er und ging.

„Tom? Tom Parker?"

„Am Apparat. Mit wem spreche ich bitte?" Seine Stimme war deutlich und laut, obwohl der Atlantik zwischen ihnen lag.

„Hier Nick, Nick Berg."

„Nick, wie geht's?" Man hörte deutlich seine Freude heraus. „Ich bin froh, daß du anrufst. Ich habe eine gute Nachricht für dich. Deine Anstellung wurde gestern vom Verwaltungsausschuß der Universität beschlossen. Du hast einen Lehrauftrag an der biologischen Fakultät. Ist das nicht großartig?"

„Freut mich wirklich."

„Es klingt aber nicht sehr danach", dröhnte Parker. „Mensch, wo beißt dich der Floh?"

„Tom, wo zum Teufel steckt Samantha?"

Nick fühlte den Stimmungsumschwung. Das Schweigen dauerte Nick ein paar Sekunden zu lang, und dann spielte Tom den Ahnungslosen. „Sie hat sich sechs Wochen Urlaub für die Studienfahrt in die Keys genommen."

„Sechs Wochen?" Nicks Stimme überschlug sich fast vor Enttäuschung. „Verdammt noch mal, Tom, sie hat mir doch versprochen, nächsten Freitag zum Stapellauf meines neuen Schleppers herzukommen. Ich versuche, sie schon seit einer Woche zu erreichen."

„Sie ist gestern aufgebrochen", berichtete Parker, „und wird nicht vor Anfang Juli oder so zurück sein."

Nick schwieg, und das Herz krampfte sich ihm zusammen.

„Hör mal, Nick", sagte Parker schließlich. „Ein guter Rat. Pack

deine Siebensachen und komm her, gleich nachdem sie zurück ist. Das
Mädchen braucht dringend Zuspruch. Das heißt, wenn dir noch was
an ihr liegt."

„Mir liegt sogar sehr an ihr", erwiderte Nick rasch. „Ich muß hier
während der nächsten paar Wochen die Probefahrten überwachen,
aber ich komme am Wochenende nach ihrer Rückkehr bestimmt rüber. Das verspreche ich dir."

„Ich glaub's dir."

„Und wenn du sie siehst, richte ihr das von mir aus – ja?"

„Ich werd's ihr ausrichten."

„Danke, Tom."

NICK versuchte, die Tortur mit stoischer Ruhe zu ertragen, aber die
dicke Schicht Schminke verklebte ihm die Poren der Haut, und er
wurde auf seinem Frisierstuhl unruhig.

„Bitte ruhig sitzen bleiben", fauchte die Kosmetikerin gereizt, während sie ihm zu guter Letzt auch noch die Lippen anmalte.

Im Stuhl daneben lümmelte sich lässig der Moderator der Sendung
„Zeit im Bild". Er war groß und elegant, mit gefärbtem, gewelltem
Haar und einer Nelke im Knopfloch. „Ich lasse Sie als ersten sprechen.
Wenn es interessant wird, gebe ich Ihnen vier Minuten vierzig Sekun-
den, andernfalls mache ich nach zwei Minuten Schluß, sagen Sie's also
kurz und schmerzlos."

Drei Tage nach dem Stapellauf der *Golden Dawn* und der *Seehexe*
war Nick von einem prominenten Londoner Journalisten interviewt
worden. Irgendwie hatte Nick es geschafft, das Gespräch auf seine Befürchtungen hinsichtlich des Tankers zu bringen. Die *Sunday Times*
veröffentlichte einen Artikel darüber, der genügend Aufsehen erregte,
um auch das Fernsehen für die Sache zu interessieren. Schließlich hatte
man Christy Marine und Orient Amex zu einer Diskussion mit ihrem
Ankläger eingeladen. Die Firmen hatten ihre besten Leute geschickt;
für Christy Marine kam Duncan Alexander und für Orient Amex
ein Direktor, der so markant und so ehrlich aussah wie Gary Cooper.

Das Fernsehstudio hatte die Größe eines Flugzeughangars, der Be-
tonboden war übersät mit dicken schwarzen Kabeln, und das Dach
verlor sich in dämmrigen Höhen. Wenigstens hatte man unten durch
einen kleinen Bühnenaufbau so etwas Ähnliches wie die Atmosphäre
eines Zimmers geschaffen. Ringsum freilich lauerten die großen fahr-
baren Kameras wie riesige mechanische Krabben. In den harten Ses-

seln konnte man weder bequem noch aufrecht sitzen, und unter dem gnadenlosen blendendweißen Licht der Scheinwerfer begann Nicks dicke Schminkschicht zu schmelzen. Es war ein schwacher Trost für ihn, daß Duncan, der ihm gegenübersaß, aussah wie ein japanischer Kabukitänzer, mit einem viel zu hellen Make-up für sein rötlichblondes Haar. Der Aufnahmeleiter in Jeans und Pullover klemmte Nick ein kleines Mikrofon ans Revers. Aus der Dunkelheit hinter den Scheinwerfern ertönte eine Stimme: „Vier, drei, zwei, eins – Aufnahme!" und auf der mittleren Kamera leuchtete das rote Lämpchen auf.

„Wir begrüßen Sie zu der Sendung ‚Zeit im Bild'." Die Stimme des Moderators klang plötzlich warm und herzlich. „Letzte Woche lief in der französischen Hafenstadt St-Nazaire das größte Schiff der Welt vom Stapel..." In wenigen Sätzen umriß er den Tatbestand, während Nick beobachtete, wie auf der Leinwand über den Kameras die Tagesschau-Aufzeichnungen vom Stapellauf der *Golden Dawn* eingespielt wurden. Er war so fasziniert vom Anblick des riesigen Schiffes, daß er überrascht zusammenzuckte, als die Kamera zu ihm herumschwenkte und er sich auf dem kleinen Bildschirm erkannte. Der Moderator stellte ihn vor, indem er kurz seinen Werdegang schilderte, und fuhr dann fort: „Mr. Berg, Sie haben ja sehr eindeutig zu diesem Schiff Stellung bezogen..."

„In seiner gegenwärtigen Ausführung und Bauweise ist der Tanker so wenig sicher, daß er nicht einmal normales Rohöl gefahrlos transportieren könnte", sagte Nick. „Er soll jedoch Rohöl befördern, das mit Cadmium verunreinigt ist, einem der tödlichsten Gifte der Natur."

„Was Ihre erste Behauptung betrifft, Mr. Berg, gibt es außer Ihnen noch jemanden, der Ihre Zweifel an der baulichen Sicherheit des Tankers teilt?"

„Das Schiff ist bei Lloyd's in der 1A-Klassifizierung durchgefallen", sagte Nick.

„Können Sie uns jetzt etwas über die cadmiumhaltigen Rohölsorten erzählen?"

Nick blieben etwa fünfzehn Sekunden für seine Erklärungen. Das war natürlich viel zu kurz bemessen, außerdem fiel ihm Duncan Alexander zweimal ins Wort und nahm seinen Ausführungen die Spitze. Bevor er zu einem Abschluß gekommen war, sagte der Moderator bereits: „Vielen Dank, Mr. Berg. Nun bitte Mr. Kemp, Direktor der Erdölgesellschaft..."

„Unsere Gesellschaft, die Orient Amex, hat im vergangenen Jahr zwei Millionen Dollar aufgewendet, um einen Beitrag zur wissenschaftlichen Erforschung der Umweltprobleme zu leisten. Ich kann allen Fernsehteilnehmern versichern, daß wir von der Orient Amex uns durchaus der Problematik der modernen Technologie bewußt sind..."

„Die Gewinne Ihrer Gesellschaft betrugen im vergangenen Jahr nach der Steuerfestsetzung vierhundertfünfundzwanzig Millionen", warf Nick klar und vernehmlich ein. „Das heißt, die Umweltforschung erhielt davon null Komma siebenundvierzig Prozent – und das noch steuerlich absetzbar. Meinen Glückwunsch, Mr. Kemp."

Mr. Kemp sah schmerzlich getroffen drein und fuhr fort: „Wir von der Orient Amex arbeiten also an einer besseren Lebensqualität für alle Menschen. Wir brauchen uns nicht von den romantischen Vorstellungen einiger weniger Freizeitumweltschützer beeinflussen zu lassen. Wenn es nach diesen ginge, müßten wir unsere Forschungen einstellen, und revolutionäre Technologien, wie etwa unser Cadmium-Krackprozeß, der uns eines Tages gestattet, die Erdölreserven der Welt ganze zwanzig Jahre länger auszubeuten, müßte..."

Der Moderator unterbrach nun auch den Erdölexperten mitten im Wort und wandte sich an Duncan Alexander. „Mr. Alexander, Ihr sogenannter Mammuttanker soll cadmiumhaltiges Rohöl befördern. Was haben Sie auf Mr. Bergs Vorwürfe zu erwidern?"

Duncan lächelte. „Als Mr. Berg meine Stellung als Vorstandsvorsitzender bei Christy Marine innehatte, war die *Golden Dawn* die beste Idee der Welt. Seit er gefeuert wurde, ist es plötzlich die schlechteste."

Alles lachte, und Nick merkte, daß er blutrot anlief vor Ärger.

„Wurde die *Golden Dawn* bei Lloyd's mit einem ‚1 A' bewertet oder nicht?" fragte der Moderator.

„Christy Marine hat sich wegen der Registrierung nicht an Lloyd's gewandt. Wir haben das Schiff anderweitig versichern lassen."

Trotz seines Ärgers mußte sich Nick eingestehen, daß Duncan sehr schlagfertig war.

„Wie sicher ist Ihr Schiff, Mr. Alexander?"

Jetzt blickte Duncan über den Tisch hinweg, Nick direkt ins Gesicht. „Ich glaube, es ist so sicher, wie die führenden Schiffskonstrukteure der Welt es bauen konnten." Er machte eine Pause, und in seinen Augen erschien ein böses Blitzen. „So sicher, daß ich beschlossen habe, diese lächerliche Kontroverse durch einen persönlichen Vertrauensbeweis zu beenden. Wenn die *Golden Dawn* auf ihrer Jungfernfahrt Mitte Juli vom Persischen Golf mit einer Ladung Rohöl zurückkehrt, werde ich mit meiner Familie – meiner Frau und meinem Stiefsohn – in Kapstadt für die letzten sechstausend Seemeilen zusteigen." Als Nick ihn sprachlos anstarrte, fuhr er gelassen fort. „So sehr bin ich davon überzeugt, daß die *Golden Dawn* ihre Aufgabe mit absoluter Sicherheit erfüllen kann."

„Ich danke Ihnen." Der Moderator erkannte den guten Abschluß, der sich ihm hier bot. „Danke, Mr. Alexander. Sie haben mich überzeugt – und ich bin sicher, auch viele unserer Fernsehteilnehmer. Wir schalten jetzt um nach Washington zu einer Satellitenübertragung der..."

In dem Augenblick, da die rote Kontrollampe an der Fernsehkamera ausging, war Nick auf den Beinen und stand vor Duncan. Sein Ärger darüber, daß man ihn so geschickt mundtot gemacht hatte, wurde durch die quälende Angst, Peter an Bord der *Golden Dawn* zu wissen, noch gesteigert.

„Sie werden Peter nicht an Bord Ihres Höllenschiffes nehmen", fauchte er ihn an.

„Das hat, glaube ich, seine Mutter zu entscheiden", sagte Duncan ungerührt. „Versuchen Sie, es zu verhindern, aber ich bin sicher, Sie werden ebensowenig Erfolg dabei haben wie mit Ihren Bemühungen, das Auslaufen der *Golden Dawn* zu unterbinden." Er wandte Nick den Rücken zu und sagte zu Mr. Kemp: „Ich finde, es ist recht gut für uns gelaufen."

JAMES TEACHER brachte fristgemäß beim Zivilgericht Nicks Dringlichkeitsantrag auf eine einstweilige Verfügung ein, durch die Chantelle Alexander untersagt werden sollte, ihren Sohn aus erster Ehe auf die Fahrt mit der *Golden Dawn* mitzunehmen.

Der Richter wies den Antrag mit der Begründung ab, daß damit der Mutter des Kindes unzulässige Beschränkungen auferlegt würden.

Nachher, auf dem Rücksitz seines Bentley, murmelte James Teacher entschuldigend: „Er hatte natürlich recht, Mr. Berg. Ich hätte an seiner Stelle das gleiche getan. Solche häuslichen Streitigkeiten sind immer..."

Nick hörte nicht zu. „Ich möchte, daß Sie den Abschluß mit den Scheichs verschieben", sagte er.

James Teacher brach mitten im Satz ab und starrte ihn an. „Großer

Gott, Mann, es hat mich vier Wochen Schwerarbeit gekostet, bis ich
die Burschen so weit hatte, daß sie unterzeichnet hätten.‘‘

„Ich muß meine Schlepper noch ein wenig länger zur Verfügung
haben.‘‘

„Mr. Berg, es handelt sich um sieben Millionen Dollar…‘‘

„Es handelt sich um meinen Sohn‘‘, entgegnete Nick ruhig. „Können Sie die Sache verschieben?‘‘

„Ja, natürlich kann ich das, wenn Sie es wirklich wollen. Auf wie
lange?‘‘

„Auf acht Wochen, denn bis dahin wird die *Golden Dawn* ihre
Wahnsinnsfahrt beendet haben, so oder so.‘‘

NICK verbrachte die nächsten vier Wochen in St-Nazaire und half
Jules Levoisin bei der Erprobung der *Seehexe*. Bevor er nach Miami
abflog, telefonierte er mit Bernard Wackie auf den Bermudas. Nach
seiner Entscheidung, den Verkauf der Ozeanreederei zu verschieben,
brauchte er dringend Informationen darüber, was sich auf den Welt-
meeren tat.

„Wo ist die *Golden Dawn?*‘‘ fragte er und zündete sich eine Zigarre
an.

„Sie hat El Barras genau vor einer Woche angelaufen, ihre Tanks
angekoppelt und sich innerhalb von drei Stunden wieder auf den
Rückweg gemacht. Wenn sie wirklich ihre zweiundzwanzig Knoten
schafft, müßte sie in den nächsten Tagen das Kap der Guten Hoffnung
umschiffen. Dann bekomme ich wieder Nachricht von ihr. Ein Hubschrauber wird ihr dort Post an Bord bringen.‘‘

„Und Passagiere‘‘, sagte Nick grimmig. Er wußte, daß Chantelle
Peter bereits aus der Schule genommen hatte und mit ihm nach Kapstadt geflogen war. Er hatte mit dem Jungen am Abend zuvor telefo-
niert. Peter war sehr aufgeregt gewesen vor Freude über seine bevor-
stehende Reise mit dem Mammuttanker.

„Wo ist die *Magier?*‘‘ fragte Nick Wackie.

„Die *Magier* ist noch in Mauritius. Ich mußte ihr per Flugzeug ein
neues Polrad für den Hauptgenerator schicken. Es war einfach Pech,
daß sie in diesem gottverlassenen Hafen eine Panne hatte, aber Allen
hat versprochen, daß sie morgen wieder einsatzfähig ist. Zwar wird er
die *Golden Dawn* kaum mehr einholen können, bevor sie das Kap um-
schifft, aber er wird vielleicht nur ein oder zwei Tage hinter ihr sein. Er
will sie dann den ganzen Weg hinüber nach Galveston beschatten.‘‘

„Gut. Hast du den Bereitschaftsvertrag für die *Seehexe* bestätigt?" Der Vertrag verpflichtete Jules Levoisin, mit dem neuen Bergungsschlepper bei drei Bohrtürmen in der Florida Bay in Bereitschaft zu stehen.

Wackie schnaufte entsetzt. „Nick, es ist lächerlich, einen Hochseeschlepper mit zweiundzwanzigtausend Pferdestärken als Bereitschaft für Bohrinseln zu verwenden. Die Tagesmiete deckt nicht einmal die anfallenden Kosten..."

„Der Kahn wird dort ankern, wo ich ihn haben will", sagte Nick.

„Hör doch", beschwor ihn Wackie, „wie groß sind die Chancen, daß die *Golden Dawn* auf ihrer Jungfernfahrt einen Schaden erleidet, der sie manövrierunfähig macht – eins zu hundert? Du hast bereits einen Schlepper beordert, der ihr um die halbe Welt herum nachfährt. Es wird dich eine Viertelmillion Dollar kosten, wenn du den Verdienstausfall der beiden Schiffe mitrechnest..."

„Es ist mein Geld", schnitt ihm Nick das Wort ab. „Und Peter ist mein Sohn. Also, gib sofort über den Fernschreiber die Bestätigung für den Kontrakt raus."

ALS das Flugzeug über der Biscayne Bay an Höhe verlor und zur Landung ansetzte, blickte Nick auf Miami Beach hinunter.

Er hatte ein unbehagliches Gefühl von Schuld und Ungewißheit. Es nützte ihm nichts, daß er sich einzureden versuchte, er sei in den Seitensprung mit Chantelle nur so hineingeschlittert. Für Samantha war es ein Treuebruch gewesen. Er fragte sich, wieviel er wohl kaputtgemacht hatte und wieviel ihm noch geblieben war, um darauf aufzubauen. Das einzige, was er noch sicher wußte, war, daß er sie brauchte, sie mehr als alles andere in seinem Leben brauchte. Er liebte sie fast bis zur Raserei.

Da er nur einen kleinen Handkoffer bei sich hatte, kam er rasch durch den Zoll. Er ging zur Telefonzelle und sah auf die Uhr. Es war gerade sechs.

Als er Samanthas Nummer zur Hälfte gewählt hatte, besann er sich jedoch eines anderen. „Warum zum Teufel rufe ich an?" sagte er ärgerlich vor sich hin. „Wenn ich ihr sage, daß ich da bin, wird sie sich gleich irgendwo verkriechen."

Er hängte den Hörer wieder ein, ging zum Hertz-Schalter am Ausgang des Flughafens und mietete sich einen Jaguar-Sportwagen.

Der buntbemalte Chevrolet Caravan stand unter dem angebauten

Schutzdach, und Nick parkte den Jaguar so, daß er mit der Schnauze fast an die hintere Stoßstange stieß. Jetzt gab es für Samantha keine Möglichkeit mehr zu entkommen, außer sie durchbrach die Rückwand. Er klopfte kurz an die Gittertür der Küche und trat gleich ein. Neben dem Herd stand eine Kaffeekanne, und er fühlte sie im Vorbeigehen an. Der Kaffee war noch warm. Er ging weiter ins Wohnzimmer und rief: „Samantha!"

Die Tür zum Schlafzimmer stand offen. Dort lag ein Baumwollkleid neben Samanthas Unterwäsche, die sie achtlos auf die Flickendecke geworfen hatte.

Der Bungalow war verlassen. Nick ging an den Strand hinunter. Die Flut hatte den Sand geglättet, und Samanthas Fußstapfen waren die einzigen. Bald fand er auch ihr Badetuch. Er mußte seine Augen gegen den rötlichen Schein der tiefstehenden Sonne abschirmen, erst dann entdeckte er Samanthas Kopf in den Wellen – fünfhundert Meter weit draußen.

Er setzte sich neben das Badetuch, zündete sich eine Zigarre an und wartete. Die Sonne ging in einer großartigen feurigen Lichtflut unter, und schließlich war Samantha in der Dunkelheit, die sich auf das Wasser senkte, nicht mehr zu sehen. Nicks Ungeduld legte sich, und es war fast völlig dunkel, als sie plötzlich im hüfttiefen Wasser der sanften Brandung aufstand und den Strand heraufkam.

Das Herz schlug ihm bis zum Hals. Er warf die Zigarre fort und erhob sich. Sie stutzte, blieb unvermittelt stehen und rührte sich nicht mehr vom Fleck. „Was willst du?" fragte sie tonlos.

„Dich", sagte er.

„Wozu? Willst du dir einen Harem zulegen?" Ihre Stimme wurde schneidend, störrisch zog sie die Schultern hoch.

Er ging auf sie zu. Steif und widerspenstig ließ sie sich umarmen, und ihre Lippen erwiderten seinen Kuß nicht. „Samantha, es gibt Dinge, die ich nie werde erklären können. Ich verstehe sie selbst nicht, aber eins weiß ich ganz genau, daß ich dich liebe, daß mein Leben ohne dich armselig ist..." Ihr verkrampfter Körper entspannte sich nicht, die Arme hielt sie steif an die Seiten gepreßt, und sie verharrte in ihrer abweisenden Haltung. „Samantha, ich wollte, ich wäre vollkommen – ich bin es nicht. Ich weiß nur, daß ich ohne dich nicht leben kann."

„Ich könnte es nicht noch einmal ertragen. Ich würde es nicht überleben", sagte sie mit erstickender Stimme.

„Ich brauche dich. Das jedenfalls weiß ich ganz sicher", beharrte er.
„Das möchte ich dir auch geraten haben. Wenn du mich noch ein
einziges Mal betrügst, werde ich dir keine Gelegenheit mehr dazu geben." Dann schlang sie ihre Arme um ihn und sagte: „O Nick, wie
habe ich dich gehaßt, und wie habe ich dich vermißt."
Ihre Lippen waren weich und schmeckten salzig. Auf kräftigen Armen trug er Samantha über den Sandstrand. Doch wagte er nichts
mehr zu sagen, wie leicht konnte ihm jetzt ein falsches Wort entschlüp-
fen.

Neuntes Kapitel

Peter Berg hatte sich so weit aus seinem Anschnallgurt befreit, daß er
sein Gesicht an das runde Plexiglasfenster des großen Sikorsky-Hub-
schraubers pressen konnte.
Draußen war nichts als tiefschwarze Nacht. Der Hubschrauber
legte sich leicht in eine Kurve, und Peter staunte aufgeregt das Schiff
an, das nun in Sicht kam.
Alle Lichter brannten, Reihe über Reihe. Die hell erleuchteten
Räume im Heck lagen bereits höher als die Flugbahn des Sikorsky.
Das Schiff war so riesig, daß es wie eine Stadt aussah. Es schien kein
Ende zu nehmen, erstreckte sich bis zum Horizont und ragte hoch in
den Himmel.
Der Hubschrauber sank ruhig und sicher auf den weißen runden
Fleck des Landeplatzes nieder. Peter konnte jetzt erkennen, daß die
Decks der Außentanks fast auf gleicher Höhe waren mit dem Meeres-
spiegel. Alle paar Sekunden überflutete sie ein Brecher. Der weiße
Gischt, der über die Seiten ablief, sah aus wie verschüttete Milch.
Die Maschine setzte sanft auf dem Deck auf, das mit einer dicken
Schicht aus grünem Kunststofflack überzogen war, der Funkenbil-
dung verhindern sollte. Die Schiffsbesatzung kam heran, unter die
kreisenden Rotorblätter gebückt, und Peter wurde heruntergehoben.
Er stand blinzelnd im blendenden Licht der Lampen und hielt sich die
Nase zu, als er den Ölgestank roch.
Dann half ein Matrose Chantelle aus der Kabine des Hubschraubers.
Mit ihr kam sogleich ein Hauch von Eleganz in diese Welt aus nüch-
ternem Stahl und grobschlächtigen Maschinen.
Duncan folgte ihr auf das Deck, wo ihn der Erste Offizier begrüßte:

„Kapitän Randle läßt sich entschuldigen, er kann leider die Brücke nicht verlassen, solange das Schiff in Küstennähe ist."

„Ich verstehe." Duncan dankte mit höflichem Lächeln. Das riesige Schiff hatte einen Tiefgang von fast zwanzig Faden, und es war gefährlich nahe an das Kap der Guten Hoffnung mit seiner Felsenküste und seiner berüchtigten Strömung herangefahren. Während der Hubschrauber wieder aufstieg und in einem weiten Bogen den fernen Lichtern von Kapstadt zu strebte, brachte ein Aufzug die Neuankömmlinge rasch und geräuschlos fünf Stock höher, zur weitläufigen, hell erleuchteten Kommandobrücke.

Duncan Alexander selbst hatte Randle, den Kapitän, unter den Bewerbern ausgewählt. Er war für die ihm übertragene Verantwortung noch jung, nur wenig über dreißig Jahre, besaß aber hervorragende Empfehlungsschreiben und hatte die Tankerschule in Frankreich, in der Spitzenkräfte in der Handhabung dieser riesigen Ungeheuer geschult wurden, mit Auszeichnung absolviert.

Er war ein kleiner stämmiger Mann mit einem Stiernacken und kräftiger Kinnpartie. Seine prominenten Gäste begrüßte er gerade mit der richtigen Mischung von Herzlichkeit und Respekt.

„Kann ich den Maschinenraum sehen, Käpt'n?" fragte ihn Peter sogleich.

„Sicher", erwiderte der Kapitän, „nur fahren wir während der Nacht mit automatischer Steuerung, und es ist niemand dort unten. Aber der Oberingenieur wird sich bestimmt freuen, dich gleich morgen nach dem Frühstück als Gast zu begrüßen."

Der Oberingenieur war ein Schotte, der selbst drei Söhne hatte, und er zeigte sich mehr als erfreut. Innerhalb von vierundzwanzig Stunden war Peter auf dem ganzen Schiff bekannt. Der indische Steward hatte einen blauen Overall der Gesellschaft extra für ihn kleiner gemacht und seinen Namen auf den Rücken gestickt. Dazu trug der Junge einen leuchtendgelben Schutzhelm. So ausgerüstet half er den Mechanikern, die Ölfilter zu reinigen, oder begleitete den Ersten Offizier auf seinem morgendlichen Inspektionsgang. Gemeinsam überprüften sie sämtliche Außentanks, jedes Ventil und all die schweren hydraulischen Andockklampen, die die Tanks mit dem Hauptrumpf verbanden. Von besonderer Wichtigkeit waren die Meßgeräte an den einzelnen Abteilen, auf denen man das Gasgemisch in den Lufträumen der Rohöltanks überwachen konnte. Die *Golden Dawn* arbeitete nach dem Schutzgassystem, das die Explosionsgefahr des eingeschlossenen Öldunstes verringerte. Die Auspuffgase der Schiffsmaschine wurden aufgefangen, durch Filter und Rieseltürme geleitet, um die korrodierenden Schwefelanteile abzuscheiden, und dann als fast reines Kohlenmonoxyd und -dioxyd in den Luftraum der Rohöltanks gepreßt. Die aus den flüchtigen Teilen des Rohöls bestehenden Dämpfe vermengten sich mit den Auspuffgasen zu einem ungefährlichen Gemisch.

Im Pumpenraum war ein Schrank mit Mustern der Ladung. Irgendwie hatte Peter immer gedacht, Rohöl wäre dickflüssig wie Teer – aber es sah eher aus wie Blut, dunkelrot und dünnflüssig.

„Einige Rohölsorten sind schwarz, einige gelb, und das nigerianische ist grün", belehrte ihn der Pumpeningenieur. „Das ist das erste rote, das ich gesehen habe."

„Das kommt wohl vom Cadmiumgehalt", sagte Peter.

„Vermutlich", bestätigte der Ingenieur. Alle an Bord sprachen bald mit Peter Berg wie von Mann zu Mann.

Innerhalb weniger Tage fand sich Peter in dem Labyrinth der meist verlassenen Korridore zurecht. Stundenlang konnte man auf diesen Tankern mit ihrem riesigen Rumpf und ihren wenigen Mann Besatzung wandern, ohne einer Menschenseele zu begegnen. Die einzige Stelle, auf der man immer jemanden antraf, war die Brücke. Sobald der wachhabende Offizier die Steuerautomatik abschaltete, hatte Peter Gelegenheit, die komplizierten Geräte für eine Weile unter die Lupe zu nehmen. Oder er durfte einem der jungen Deckoffiziere helfen, die von Zeit zu Zeit noch Sonnenstandsmessungen vornahmen, um die Satellitenpeilung zu überprüfen.

Die einzige unerfreuliche Zeit für Peter waren die Nächte, wenn er von nebenan erregte Stimmen hörte. Denn es entging ihm nicht, daß es zwischen seiner Mutter und seinem Stiefvater, den er, wenn er es auch nicht aussprach, nicht besonders mochte, in letzter Zeit häufig zu heftigen Auseinandersetzungen kam. Außer während der einen Stunde am Nachmittag, in der der Swimming-pool für Offiziere und Mannschaft gesperrt war, so daß sie baden und sich in die Sonne legen konnte, verließ Chantelle nie die Suite des Schiffseigners. Sie nahm alle ihre Mahlzeiten dort ein, zurückgezogen und schweigend, saß teilnahmslos an den Panoramafenstern ihrer Kajüte und wurde nur zur Cocktailstunde lebendig, wenn sie vor den Offizieren die Frau des Chefs spielte.

Duncan dagegen glich einem Tiger im Käfig. Er ging mit großen

Schritten auf dem offenen Deck auf und ab, verfaßte lange Berichte, die regelmäßig über Fernschreiber verschlüsselt an Christy Marine gesandt wurden. Dann stand er wieder auf der offenen Nock der Brücke, starrte unverwandt auf den nördlichen Horizont und wartete auf Antwort, von quälenden Zweifeln, von Ungeduld und Furcht gepeinigt. Oft schien es, als versuche er, durch die bloße Kraft seiner Person das mächtige Schiff rascher und rascher voranzutreiben.

So bahnte sich die mächtige *Golden Dawn* ihren Weg durch die Wellen; es ging durch den Kalmengürtel, immer nordwärts Richtung Äquator. Die heimtückische Wasserstraße durch die Karibischen Inseln war nicht geeignet für ein Schiff von ihrer ungeheuren Größe, ihrem Tiefgang und ihrer begrenzten Manövrierfähigkeit. So mußte sie weit hinauf bis zum Wendekreis des Krebses steuern, sich dann südlich der Bermudas nach Westen wenden und die breitere und sicherere Durchfahrt, vorbei an den Bahamas, durch die Floridastraße benutzen. Auf diesem Kurs mußte sie sich nur für wenige hundert Meilen durch schmale Seestraßen geringer Tiefe zwängen, bevor sie im Golf von Mexiko wieder aufs offene Meer gelangte.

Dann, achtundvierzig Stunden nachdem sie den Äquator überquert hatte, brach das Unglück herein. Das Hauptlager der einzigen Schraubenwelle war plötzlich heißgelaufen. Es war elf Uhr nachts, als die Maschinen auf Automatik geschaltet waren und sich niemand in der Nähe befand, der etwas bemerkt hätte. Beim Anstieg der Temperatur brannte in der Meldeeinrichtung ein winziger Transistor durch, und das Anzeigeinstrument fiel auf Null zurück. So sprach weder die Alarmglocke noch die automatische Notabschaltung an.

Die riesige Schraubenwelle, so dick wie ein Baumstamm und aus silbrig schimmerndem Stahl, drehte sich weiter, während das überhitzte Lager zu fressen begann. Der ganze Lagerbock wurde allmählich dunkelkirschrot vor Hitze, und die Rostschutzfarbe, mit der er außen gestrichen war, wurde schwarz und warf bereits Blasen. Aber noch immer trieb die ungeheure Kraft der Maschine die Welle herum.

Was noch an Öl zwischen die Oberfläche der sich drehenden Welle und das glühende Lager gepreßt wurde, erreichte die Entzündungstemperatur und flammte auf. Der Wellentunnel füllte sich mit dicken Rauchschwaden, und es stank nach allen möglichen Chemikalien. Erst jetzt hallte der Alarm eines Feuermelders durch das ganze Schiff.

Die große Maschine stampfte jedoch immer noch auf vollen Touren. Die Welle drehte sich weiter in dem zerstörten Lager und krümmte und verformte sich unter der unerträglichen Beanspruchung. Der Oberingenieur erreichte als erster den Maschinenraum und betätigte, ohne Anweisungen von der Brücke abzuwarten, kurzentschlossen sämtliche Notschalter.

Erst eine volle Stunde später hatte eine Arbeitsgruppe das Feuer im Wellentunnel unter Leitung des Ersten Offiziers unter Kontrolle gebracht. Der Oberingenieur stellte fest, daß die Lagerschalen ausgelaufen waren und daß die Welle selbst arg gelitten und Rillen davongetragen hatte.

Der halbe Vormittag verging, bis der Oberingenieur ein Ersatzlager aus den Reservebeständen geholt und ausgepackt hatte. Aber als die Männer es einbauen wollten, stellten sie fest, daß es nicht paßte. Die Halbschalen, die es enthielt, waren veraltete, nichtmetrische Typen und um fünf Millimeter zu klein für die Welle der *Golden Dawn*. Diese kleine Maßabweichung machte sie völlig nutzlos.

Erst jetzt bröckelte Duncans eiserne, weltmännische Selbstbeherrschung ab. Er tobte auf der Brücke minutenlang und beschimpfte Randle und den Ingenieur mit unerhörten, häßlichen Ausdrücken.

Peter hatte die Aufregung gespürt und sich unauffällig herbeigeschlichen. Fasziniert beobachtete er den Wutausbruch seines Stiefvaters. Er hatte noch nie gesehen, daß sich ein Mensch so gehenließ.

Schließlich gewann Duncan seine Beherrschung teilweise wieder. „Kapitän Randle", sagte er, „wir haben einen Ablieferungstermin an der Reede von Galveston, der eingehalten werden muß. Dieses Schiff, überhaupt unser gesamtes Konzept zur Beförderung von Rohöl, ist noch im Versuchsstadium. Ich will also, daß der Termin eingehalten wird."

In die plötzliche Stille hinein sagte Peter mit seiner hellen Stimme: „Du könntest dir neue Lagerschalen von den Bermudas schicken lassen. Sie sind nur fünfhundert Kilometer entfernt."

Duncan fuhr herum. „Wie bist du hier hereingekommen? Geh zu deiner Mutter zurück. Und Sie, Randle, rufen gleich bei der Construction Atlantique wegen der Ersatzteile an – und lassen Sie sie nach den Bermudas fliegen."

In der nordwestlichen Ecke des Karibischen Meeres ist die See sehr warm und relativ seicht, das Klima tropisch feucht. Auf der einen Seite wird die Karibik hier abgeschlossen durch die Inselkette der Großen Antillen, allen voran Kuba und Hispaniola, und auf der anderen Seite durch die Halbinsel Yukatan. Solange der Nordostpassat herüberweht, herrschen angenehme, nicht zu heiße Temperaturen. Wenn dieser jedoch ausbleibt, erwärmt sich die Luft sehr schnell und saugt das verdunstende Wasser auf. Wie eine rasch anschwellende Blase entsteht ein ungeheurer Wolkensturm.

Während die *Golden Dawn* hilflos dahintrieb, wurde beinahe viertausend Kilometer weiter südöstlich eine solche Blase geboren. Als sie erst hundertachtzig Kilometer breit war, wurde sie durch die Rotation der Erde in kreiselnde Bewegungen versetzt, so daß die Satelliten, die viele Kilometer über der Erde kreisten, eine streifige kleine Wolkenspirale registrierten. Die Satellitenfotos wurden zur Wetterstation in Miami in Südflorida gefunkt und landeten gleich in der Abteilung Hurrikan-Warnung.

„Sieht aus, als würde das einer", brummte der leitende Meteorologe zu seinem Assistenten. „Laß dir von Charlie durchgeben, wie er heißen soll."

Eine Minute später erhielt er die Antwort: „Charlie sagt, wir sollen das verflixte Ding ‚Bertha' nennen."

„NICK, ich habe Neuigkeiten von der *Golden Dawn*." Durch das Telefon klang Bernard Wackies Stimme scharf und geschäftlich. „Ich muß sie dir gleich durchgeben; du hattest den richtigen Riecher. Drei Ingenieure der Construction Atlantique sind heute abend per Flugzeug mit einem großen Verschlag angekommen, der anscheinend neue Lagerschalen für die *Golden Dawn* enthält. Sie sind so schnell an Bord des Sikorsky geflitzt, daß es wie ein Zaubertrick aussah. Die Jungs haben sich wahrscheinlich so beeilt, da eine Hurrikanwarnung vorliegt."

„Wo stehen die *Magier* und die *Seehexe?*" fragte Nick hastig.

„Die *Magier* hat vor drei Tagen den Äquator überquert", sagte Wackie. „Und die *Seehexe* wird Charleston morgen spätabends erreichen."

„Ist auf eurer Insel noch ein anderer Hubschrauber aufzutreiben, der mich zur *Magier* bringen kann?"

„Das läßt sich machen", erwiderte Wackie.

„Sehr schön. Von hier geht eine Maschine um sieben Uhr früh. Bitte, hol mich am Flughafen ab."

Samantha saß auf dem Bett, ihre Beine hielt sie mit den Armen umschlungen. Sie blickte drein wie ein alleingelassenes Kind, und von ihren Augen konnte man deutlich die Verzweiflung ablesen.

„Du gehst schon wieder fort", klagte sie leise. „Dabei bist du erst vor zwei Wochen gekommen, und jetzt verläßt du mich wieder. O Gott, Nick, dich zu lieben ist die härteste Probe, auf die man mich je gestellt hat."

Er zog sie rasch an sich, und sie klammerte sich an ihn und schmiegte ihr Gesicht an seine Brust.

„Es muß leider sein", sagte er, und sie hörte schweigend zu, als er von der Hurrikanwarnung berichtete.

Als sie am nächsten Morgen aufstanden, war es draußen noch dunkel. Dennoch wollte sie ihn nicht ohne Frühstück gehen lassen. Schließlich gab sie ihm durch das offene Wagenfenster des Jaguar einen Abschiedskuß. „Du hast noch eine Stunde bis zum Abflug, du schaffst es leicht." Er startete den Motor, und ihre Hand lag immer noch auf seiner Schulter. „Nick, eines Tages werden wir zusammen sein – ich meine die ganze Zeit, wie wir es geplant haben, nicht wahr?"

„Ich schwöre es dir."

„Komm bald wieder", sagte sie, aber er war bereits mit dem Jaguar über die sandige Auffahrt davongerast, ohne sich noch einmal umzusehen.

SECHSHUNDERT Meilen südwestlich von Miami geriet der Sturm in Bewegung, erst langsam, doch gewann er mit jeder Stunde mehr Kraft, wirbelte mit unglaublicher Geschwindigkeit um seinen Mittelpunkt, und die Wolkenkuppel stieg bis auf sechzehntausend Meter hoch. Plötzlich öffnete sie sich dort oben von ihrem Zentrum her wie eine Blüte. Darunter führte ein Trichter, das stillstehende Auge des Hurrikans, bis auf die windgepeitschte Wasseroberfläche hinab.

Dieser Unhold namens „Bertha" schickte sich an, über das Karibische Meer herzufallen.

Duncan Alexander stand vor dem Kamin im Salon der *Golden Dawn*. Seine Stirn war zerfurcht von Sorgenfalten, und dunkle Ringe unter seinen Augen zeugten von einer schlaflosen Nacht.

Auf der langen Couch neben dem Kamin saßen die wichtigsten Offiziere der *Golden Dawn* – der Kapitän, der Steuermann und der Oberingenieur –, und ihnen gegenüber hatte Charles Gras, der Ingenieur von Construction Atlantique, in einem Ledersessel Platz genommen.

„Meine Leute werden heute mittag mit dem Zusammenbau des Hauptlagers fertig sein. Ich habe die Welle nach bestem Wissen untersucht und getestet, ohne ein Anzeichen für einen Materialschaden feststellen zu können. Aber ich muß betonen, daß das nicht bedeutet, daß nicht doch Schäden vorhanden sind. Die Reparaturen sind bestenfalls als provisorisch zu bezeichnen..."

Er hielt inne und wandte sich ausdrücklich an Kapitän Randle.

„Ich muß Ihnen dringend raten, für eine gründliche Reparatur den nächsten Hafen anzulaufen und bis dahin nur mit der kleinstmöglichen Geschwindigkeit zu fahren, bei der Sie das Schiff noch steuern können."

Randle rutschte verlegen auf seinem Platz hin und her und schaute zu Duncan hinüber, der sich gewandt einschaltete. „Wir haben einen Tiefgang von zwanzig Faden, also zuviel für irgendeinen Hafen an der Ostküste von Amerika. Unser nächster sicherer Ankerplatz ist Galveston an der Küste von Texas."

Der Erste Offizier des Tankers war ein junger Mann, wenig über zwanzig, mit klaren, intelligenten Augen. „Verzeihung, Mr. Alexander", sagte er, und alle drehten sich nach ihm um. „Die Hurrikanwarnung aus Miami schließt bereits die Floridastraße und den Süden der Halbinsel ein. Wir würden direkt auf den Wirbelsturm zu steuern. Der nächste sichere Ankerplatz liegt demnach an der Leescite der Bermudas."

„Haben Sie eine Ahnung, wie hoch der Tageszins für diese Schiffsladung ist?" Duncans Stimme klang rauh. „Er liegt bei fünfundzwanzigtausend Dollar. Außerdem sehe ich auch auf den Bermudas keine Möglichkeit, eine größere Reparatur durchzuführen."

Charles Gras schaute Kapitän Randle an und wartete darauf, daß dieser sich auf die Befehlsgewalt berief, die ihm gesetzlich zustand. Doch als der junge Kapitän weiterhin schwieg, setzte der Franzose ein zynisches Lächeln auf und verzichtete mit einem müden Achselzucken auf jeden Versuch, sich noch einmal einzumischen. „Dann muß ich allerdings darauf bestehen", sagte er, „daß meine beiden Assistenten und ich das Schiff verlassen können, sobald die provisorischen Reparaturen beendet sind." Dabei betonte er das Wort „provisorisch".

Duncan nickte. „Sobald wir unseren Kurs wiederaufnehmen können, wird der Hubschrauber Sie und Ihre Leute auf die Bermudas bringen."

Duncan hatte während dieser Unterredung seine Augen nicht von den Offizieren der *Golden Dawn* gelassen, und nun fuhr er fort: „Ich bin durchaus bereit, das Abschiedsansuchen jedes Offiziers entgegenzunehmen, der sich diesem Flug anschließen will."

Er sah sie der Reihe nach an, und einer nach dem anderen senkte den Blick. Randle war der erste, der etwas sagte. „Entschuldigen Sie mich bitte, Mr. Alexander, ich muß Vorkehrungen treffen, um das Schiff wieder in Fahrt zu bringen."

Aᴄʜᴛ Menschen drängten sich in Parkers Büro, und da nur drei Stühle vorhanden waren, mußten sich die anderen an die Regale lehnen, die vollgepackt mit biologischen Proben und Nachschlagewerken waren. Samantha saß in Jeans auf einer Ecke von Parkers Schreibtisch und schlenkerte mit ihren langen Beinen, während sie die Fragen beantwortete, mit denen alle auf sie einstürmten.

„Angenommen, die *Golden Dawn* nimmt die Fahrt wieder auf, woher willst du wissen, daß ihr Kurs sie durch die Floridastraße führt?"

„Das ist ein begründeter Verdacht von Nick. Sie ist einfach zu groß und zu schwerfällig, um sich durch die Riffe vor den Inseln zu schlängeln."

„Die Straße ist hundertsiebzig Kilometer breit..."

„Ich weiß, was du sagen willst." Samantha lächelte und wandte sich nach einem der anderen Mädchen um. „Sally Anne wird diese Frage beantworten."

„Ihr wißt alle, daß mein Bruder bei der Küstenwache in Fort Lauderdale ist. Jedes Schiff, das durch die Straße will, wird dort gemeldet, und so bekommen sie unverzüglich seine Position. Wir haben sämtliche Küstenwachstationen der Staaten auf unserer Seite."

Sie diskutierten noch weitere zehn Minuten lang, bis Tom Parker mit der flachen Hand auf den Schreibtisch schlug und sie sich widerwillig zum Schweigen bequemten.

„Na schön", sagte er. „Wenn ich euch richtig verstanden habe, dann wollt ihr eine Demonstration starten, sobald der Tanker in amerikanische Hoheitsgewässer einfährt?"

„Genau das", stimmte Samantha zu und sah sich nach Unterstützung um. Alle nickten und murmelten zustimmend.

„Ausgezeichnet." Parker nickte. „Aber jetzt, wie kommen wir in die Floridastraße, um uns vor dem Schiff aufzubauen? Nehmen wir unsere Schwimmflossen und paddeln hinaus?"

Sogar Samantha schaute jetzt eher verlegen drein. Die anderen betrachteten eingehend ihre Fingernägel oder starrten plötzlich gebannt aus dem Fenster. „Also...", begann Samantha und zögerte dann.

„Sprich weiter", forderte Parker sie auf. „Ich hoffe, du denkst nicht daran, Universitätseigentum zu benützen, oder? Es gibt bei uns ein Gesetz gegen die Entwendung fremder Schiffe. Das nennt man nämlich Piraterie."

„Eigentlich..." Samantha zuckte hilflos mit den Achseln.

„Und von mir als Vorstand der Fakultät wirst du wohl nicht erwarten, daß ich eine kriminelle Handlung unterstütze." Alle schwiegen.

„Andererseits, wenn natürlich eine Gruppe hochqualifizierter junger Forscher ein Ansuchen stellte, würde ich durchaus nicht ungern eine größere Fachexpedition genehmigen. Diese könnte ja dann an Bord der *Tricky Dicky* hinüber zu den Bahamas..."

„Tom, du bist ein Schatz", sagte Samantha.

„Was, zum Teufel, ist das für eine Art, mit deinem Professor zu reden", schalt Parker und verbarg seine Freude hinter einem ärgerlichen Gesicht.

Es WAR gut, wieder Decksplanken unter den Füßen zu haben. Nick auf der Kommandobrücke der *Magier* strahlte. David Allen und Vinny Baker hatten ihn mit der Nachricht begrüßt, daß die *Golden Dawn* ihre Fahrt wiederaufgenommen hatte. Sie hatten den Funkverkehr zwischen den verschiedenen Flugzeugen der Küstenwache und dem großen Tanker abgehört. In den letzten zwei Tagen waren sie dem Kurs der *Golden Dawn* mit voller Kraft voraus gefolgt.

„Das wollen wir auch weiterhin tun", hatte Nick ihnen gesagt, „bis wir wissen, daß sie sicher verankert ist – und dieser Hurrikan kann uns egal sein."

Er wandte sich an David Allen: „Sind irgendwelche Konkurrenten in der Nähe?"

Allen schüttelte den Kopf. „McCormick hat einen Schlepper in New York und seinen anderen auf halbem Weg nach Rotterdam."

„Wir liegen wieder einmal goldrichtig", stellte Nick fest, als er die Positionen und die Geschwindigkeiten der Schiffe miteinander verglich.

Plötzlich streckte der Krebs seinen verrunzelten Schrumpfkopf aus der Tür des Funkraumes. „Käpt'n, die *Golden Dawn* wird wieder von der Küstenwache angerufen."

Nick stürzte hinein und hinter ihm gleich Allen. Das Gespräch über Funk hatte eben erst begonnen.

„Guten Morgen, *Golden Dawn*. Hier spricht das Flugzeug der Küstenwache November Charlie einsfünfneun. Haben Sie von der

Hurrikan-Warnung Kenntnis, die nach wie vor für dieses Gebiet gilt?"
,,Kenntnis bestätigt." Im Handumdrehen hatte der Krebs eine genaue Funkpeilung ermittelt, kritzelte sie auf seinen Block, riß das Blatt ab und reichte es Nick. Aus dem Lautsprecher tönte die höfliche, aber beharrliche Frage der Küstenwache: ,,Ich muß Sie leider angesichts Ihrer empfindlichen Ladung und der besonderen Wetterlage um weitere Angaben bitten. Wir brauchen Ihre voraussichtliche Ankunftszeit vor dem Leuchtfeuer bei den Dry Tortugas sowie den Zeitpunkt, wann Sie die Floridastraße wieder verlassen, einen nördlichen Kurs steuern und somit dem Hurrikan ausweichen können."

,,Bleiben Sie dran." Das Gerät summte kurz, während der Funker den diensthabenden Offizier befragte, dann meldete sich die *Golden Dawn* wieder: ,,Unsere Ankunftszeit bei den Dry Tortugas ist morgen früh, 0130."

Nun entstand eine lange Pause, während der sich die Küstenwache auf einer Geheimfrequenz mit ihrem Hauptquartier an Land in Verbindung setzte. Dann meldete sie sich erneut: ,,Ich soll Sie von höchster Stelle höflich darauf aufmerksam machen, daß Ihnen die gemeldete Ankunftszeit nur einen sehr geringen Sicherheitsspielraum läßt. Immerhin werden schwere Stürme erwartet."

,,Danke, Küstenwache einsfünfneun. Ihre Durchsage wird in das Logbuch eingetragen, Ende."

Nick gab Allen die Peilung. ,,Gehen Sie sogleich auf einen Kurs, der uns so rasch wie möglich in die Nähe der *Golden Dawn* bringt", wies er ihn kurz an. Allen sah einen Augenblick fragend zu Nick hinüber, dann verschwand er in Richtung Brücke, um die Kursänderung vorzunehmen.

,,BERTHA" hatte schon beinahe ihre volle Größe und Stärke erreicht. Ihr Scheitelpunkt lag nun hoch oben, in den kältesten Zonen der Atmosphäre, die ihr eine prächtige Mähne aus weißen Eisnadeln verliehen. Fünfhundert Kilometer lang, flatterte diese wie eine Fahne in den Strahlströmen der oberen Troposphäre vor ,,Bertha" her.

Zweihundertfünfzig Kilometer maß der Wirbelsturm nun im Durchmesser, und die Kräfte, die sich in seinem Inneren entfalteten, waren von grenzenloser Wildheit. Der Sturmwirbel riß das Wasser an der Meeresoberfläche mit und trug es mit Geschwindigkeiten von bis zu zweihundertfünfzig Stundenkilometern in die Höhe. Es gab keine klare Grenze mehr zwischen Luftraum und Meer. Wie ein blindwütiges Ungeheuer tobte der Hurrikan über die Karibik und riß Bäume und Häuser auf den winzigen Inseln mit, die auf seinem Weg lagen. Knapp siebenhundert Kilometer entfernt lag die Floridastraße, jenseits der Hurricane Flats mit ihren Untiefen und Sandbänken, die ihren Namen den unzähligen Wirbelstürmen verdanken, die seit Menschengedenken derselben Route folgen. Mit fünfunddreißig Stundenkilometern wälzte sich „Bertha", dieses verrückt spielende himmelhohe Gebilde aus Sturm und Wolken, darauf zu.

Der wachhabende Offizier auf der *Golden Dawn* ließ den Blick forschend über das Meer schweifen. „Was zum Teufel haben die da vor?" rief er gereizt. Zwei Meilen voraus näherte sich an Steuerbord ein Fischerboot, fast genau auf ihrem Kurs.

„Verdammte Bande, die sollen Platz machen!" Er hob die Hand und gab mit dem Nebelhorn drei lange Signale, die schauerlich über das Wasser hallten. Alle anwesenden Offiziere kamen nach vorn zu den Frontscheiben der Brücke, um das Geschehen besser verfolgen zu können. „Die schlafen wohl dort draußen."

Der wachhabende Offizier dachte mit Schaudern an die große Verantwortung, die demjenigen zufiel, der das Schiff in diesen engen Gewässern manövrieren mußte. Selbst bei ihrer gegenwärtigen Geschwindigkeit würde die *Golden Dawn* eine halbe Stunde und sieben Seemeilen brauchen, um anzuhalten. Und für jeden Richtungswechsel nach der einen oder anderen Seite mußten sie einen meilenweiten Bogen ausfahren. Er wollte den Kapitän eben auf die Brücke rufen, als dieser schon aus seiner Suite gestürzt kam.

„Was hatte das Signal zu bedeuten?" fragte er.

„Ein kleines Schiff ist auf Kollisionskurs, Käpt'n."

Randle griff nach dem Nebelhorn und ließ es lange aufheulen. „Um Himmels willen, was ist los mit denen?"

„Es sind welche an Deck", erklärte einer der Offiziere, ohne das Fernglas zu senken. „Es sieht aus, als hätten sie auf dem Dach des Ruderhauses eine Filmkamera aufgebaut. Und sie lassen eine Art Spruchband flattern. Kann es jemand lesen?"

Samantha im Ruderhaus der *Tricky Dicky* schien es, als fülle der Bug des Tankers den Horizont von einer Seite zur anderen restlos aus, und sie bekam es mit der Angst zu tun.

„Glaubst du wirklich, daß sie uns gesehen haben?" fragte Sally Anne.
„Natürlich", erwiderte Samantha. „Darum das Signal! Geh hinauf
und sieh nach, ob die Jungs vom Fernsehen ihr Zeug beisammenhaben."

Eine Minute später kam Sally Anne zurück. „Sie möchten uns noch
mit dem Spruchband vor dem Tanker als Hintergrund filmen."

„Diese Landratten", schimpfte Hank Petersen, der Steuermann.
„Ich spiele nicht gern Fangen mit so einem Ungeheuer."

„Keine Sorge. Wir werden im letzten Moment das Feld räumen.
Dreh um neunzig Grad nach Steuerbord, Hank. Ich helfe denen an
Deck."

Der Fernsehregisseur brüllte verworrene Anweisungen vom Dach
des Ruderhauses. Als die *Dicky* herumschwenkte, zerrte der Wind an
dem dünnen weißen Spruchband, so daß man nur noch das Ende der
Beschriftung lesen konnte. „Giftmischer", klagte es in scharlachroten,
flüchtig gepinselten Buchstaben an, dahinter war ein grinsender Totenkopf gemalt, mit gekreuzten Knochen darunter.

Während sich Samantha mit dem flatternden Stoff abmühte, bemerkte sie, wie der Motor plötzlich anders klang. Der Diesel der *Dicky*
hatte wild aufgeheult, als Hank die Drosselklappe geöffnet hatte, um
das kleine Schiff so schnell wie möglich aus dem Gefahrenbereich dieses gewaltigen Bugs zu bringen.

Das laute Knattern des qualmenden Auspuffrohrs, das senkrecht
neben dem Deckaufbau aufragte, hatte jede Unterhaltung erstickt –
aber jetzt erstarb es, und plötzlich war nichts mehr zu hören außer dem
Rauschen des Windes. Alle an Deck verstummten, und wie erstarrt
schauten sie auf die *Golden Dawn*, die majestätisch und unaufhaltsam
auf sie zu glitt.

ZEHN Sekunden lang stand Randle erstarrt, beide Hände um die
Schlechtwetterstange geklammert, am Fenster der Brücke, schaute auf
das Heck des schaukelnden Fischerbootes und wartete, ob sich dessen
Schraube wieder in Bewegung setzte. Er wußte, daß er weder den
Tanker rechtzeitig zur Seite steuern noch anhalten konnte, um eine
Kollision zu vermeiden. Das kleine Boot hatte nur eine Chance, wenn
es sich sofort in Bewegung setzte.

Hol sie der Teufel, dachte er grimmig, als er das scharlachrot be-
malte Spruchband mit seinem lächerlichen Totenkopf sah. Ein Boot
voller Narren, sagte er sich, die noch dazu grob gegen die Seegesetze

verstießen. Eigentlich verdienten sie, versenkt zu werden. Trotzdem mußte er alles versuchen, um eine Kollision zu verhindern, einerlei, wie unnütz diese Versuche auch waren.

„Steuer voll nach Backbord!" rief er dem Steuermann hastig zu. Mit zwei raschen Schritten hatte er den Maschinentelegraphen erreicht. Es klingelte schrill, als er den verchromten Griff auf „volle Kraft zurück" drückte.

Zu DIESER Zeit befanden sich der Oberingenieur und der diensthabende Maschinist der *Golden Dawn* auf einem Kontrollgang im Tunnel der Antriebswelle. Die Welle drehte sich in ihren Lagern mit einem schrillen Pfeifen, das von der stählernen Wandung des Tunnels verstärkt widerhallte, als wäre sie der Resonanzboden einer Violine.

Der Ingenieur kauerte sich nieder, nur wenige Zentimeter von der rotierenden Welle entfernt. Er streckte den Kopf vor und kniff ein Auge zusammen; so versuchte er abermals festzustellen, ob die leichte Unschärfe der Wellenkontur Wirklichkeit war oder nur seiner lebhaften Phantasie entsprang.

Sah er tatsächlich eine Verformung oder nur ein Abbild seiner Befürchtungen?

Plötzlich, ganz überraschend, kam die Welle zum Stillstand. Er hockte sich auf die Absätze, und noch im selben Augenblick begann sich die Welle wieder zu drehen, doch diesmal anders herum. Das Pfeifen verstärkte sich rasch zu einem durchdringenden Kreischen.

Sie hatten auf der Brücke auf „volle Kraft zurück" geschaltet, und das war Irrsinn, selbstmörderischer Irrsinn. Der Oberingenieur packte den Maschinisten an der Schulter und brüllte ihm ins Ohr. „Gehen Sie in den Maschinenraum vor und schauen Sie, was zum Teufel die auf der Brücke vorhaben."

Der Maschinist kroch den Tunnel entlang. Der Oberingenieur neigte wieder den Kopf, und nun konnte er genau erkennen, daß die Welle unrund lief. Es war keineswegs nur Einbildung gewesen.

„Mein Gott! Die machen noch alles kaputt!" schrie er und sprang auf. Er wollte den Gang entlang zurückrennen, aber der ganze Tunnel vibrierte so heftig, daß er sich an der Eisenversteifung festhalten mußte, um nicht das Gleichgewicht zu verlieren. Entgeistert sah er, wie sich die mächtige silbrige Welle in ihrem Bett aufbäumte und krümmte und das Hauptlager von seiner Befestigung losriß.

„Abschalten!" schrie er. „Um Gottes willen, abschalten!" Aber seine Worte gingen im gellenden Dröhnen des berstenden Metalls unter.

Das Hauptlager flog auseinander. Die Welle selbst begann zu schlagen und sich zu winden. Der Ingenieur fuhr gebückt zurück, aber die peitschende Welle erfaßte ihn gnadenlos wie ein Raubtier, schleuderte ihn zur Seite und zerquetschte ihn an der stählernen Tunnelwand.

Dann brach die Welle wie ein dürrer Zweig an der Stelle, wo sie durch die Überhitzung spröde geworden war, und die riesige rotierende Bronzeschraube mit dem abgerissenen Wellenstummel sank in die Tiefe.

Das Wasser rauschte durch das Loch herein und überflutete im Nu den Tunnel bis zum wasserdichten Schott.

Das unerträgliche Pochen der beschädigten Welle verstummte, und auf der *Golden Dawn* war es plötzlich totenstill. Sie glitt weiter und verlor langsam an Geschwindigkeit. Auf der Brücke standen die Offiziere wie vom Blitz getroffen und sahen der Kollision mit dem Fischerboot entgegen, das direkt in ihrer Fahrtrichtung lag.

SAMANTHA erholte sich als erste von dem Schock, der eingetreten war, als sie gemerkt hatten, daß der Motor der *Dicky* ausgefallen war. Sie rannte quer über das Deck zum Ruderhaus. „Warum haben wir angehalten?" schrie sie.

„Das Gestänge zur Drosselklappe ist ausgehakt", sagte Hank Petersen.

Nur noch eine halbe Meile von ihnen entfernt, kam der Tanker mit unverminderter Geschwindigkeit rasch näher. Samantha konnte das sanfte Plätschern des Wassers unter dem Rumpf, das Rauschen der schaumbedeckten Bugwelle hören.

Das Gestänge der *Dicky* war schon einmal vor einem Jahr zu Bruch gegangen, und Samantha hatte Parker geholfen, es zu reparieren. So wußte sie, daß man auch von Hand Gas geben konnte.

Sie hastete die steile Leiter in den Maschinenraum hinunter. Der Diesel lief, brummelte leise im Leerlauf vor sich hin, ohne das Schiff vorwärts zu treiben.

Auf dem ölverschmierten Maschinenraumboden glitt sie aus, stürzte und schrie vor Schmerz auf, als ihre haltsuchende Hand das glühendheiße Auspuffrohr berührte. An der Rückseite des Dieselmotors tastete sie verzweifelt unter dem Luftfilter nach dem Gashebel. Als sie ihn gefunden hatte, drückte sie ihn gegen die Federspannung – und sogleich donnerte die Maschine los. Sie spürte, wie sich das Schiff in Bewegung setzte. Die Angstschreie vom Deck über ihr hörte sie nicht und wußte auch nicht, wie nahe die *Golden Dawn* bereits war. Sie hielt nur die Drosselklappe offen und betete. Dann gab es einen gewaltigen Ruck. Sie prallte mit der Stirn hart gegen den heißen Zylinderdeckel, daß blendendweiße Funken vor ihren Augen tanzten. Sie war nur ein paar Sekunden lang bewußtlos. Ein Schwall eiskalten Wassers ergoß sich gleich darauf über ihr Gesicht und machte sie wieder munter. Als sie sich aufraffte, sah sie, daß durch die Planken neben ihr das Wasser hereinsprudelte.

Sie nahm kaum wahr, daß der Diesel wieder leer lief, im Maschinenraum Wasser stand und das Boot wild schwankte. Erst meinte sie, der Tanker hätte es unter Wasser gedrückt, aber dann erkannte sie, daß sie wohl nur im Kielwasser des riesigen Tankers so unbarmherzig umhergeschleudert wurden. Sie waren also noch nicht untergegangen!

Mühsam kletterte sie die Leiter hinauf und tappte zum Ruderhaus. Hank Petersen wirkte reichlich verstört.

„Alles okay, Sam?" fragte er.

„Es dringt Wasser ein", sagte sie. „Du wirst die Lenzpumpe einschalten müssen."

„Du hast uns das Leben gerettet", erklärte er.

„Ich habe nur die Drosselklappe aufgehalten", sagte sie, und dann fügte sie temperamentvoll hinzu, „aber mich soll der Leibhaftige holen, wenn ich es noch einmal tue. Da kann jetzt ein anderer runtersteigen, mir reicht's fürs erste."

„Zeig mir, wie's geht", sagte Petersen. „Und du übernimm das Steuer. Mir wird erst wohler sein, wenn wir wieder in Key Biscayne sind."

Samantha schaute dem entschwindenden Heck der *Golden Dawn* nach. „Mein Gott!" Sie schüttelte verwundert den Kopf. „Mein Gott, haben wir Glück gehabt!"

Zehntes Kapitel

„Wenn Schäfchenwolken am Himmel stehn, müssen große Schiffe langsam gehn."

Nick sagte den alten Seemannsspruch vor sich hin, während er auf der offenen Nock der Brücke seine Augen mit der Hand gegen die

Sonne abschirmte und den Himmel musterte, der aussah wie eine wunderschöne, feine Filigranarbeit. In zehntausend Meter Höhe zogen zahllose Wölkchen über einen blauen Himmel, und an der Raschheit, mit der sich ihre langen zarten Schleier verbreiteten, konnte man die Stärke der Höhenwinde erkennen. Die Luft war klar und kühl. Nur am westlichen Horizont türmten sich über der Landmasse Floridas, dessen niedrige Silhouette noch außer Sichtweite war, quellende Haufenwolken auf.

Die *Magier* jagte durch die kabbelige See des Golfstroms nur so dahin, daß der Gischt sprühte, als hätte man ganze Schwärme weißer Tauben aufgescheucht. Trotzdem ging es Nick noch zu langsam. Ungeduldig wandte er sich um und marschierte über die Navigationsbrücke zum Funkraum. Der Krebs blickte auf und schüttelte den Kopf. Seit dem ausführlichen Gespräch mit der Küstenwache am frühen Morgen hatte die *Golden Dawn* geschwiegen.

Nick trat an den Radarschirm und beobachtete einige Minuten lang die runde Scheibe. Der sonst so vielbefahrene Seeweg war eigenartig leer – nur ein paar kleine Schiffe kreuzten die Meerenge und flüchteten sich vor dem herannahenden Sturm in die Sicherheit der Häfen.

Er hatte die Tür zum Funkraum offengelassen, und auf der Brücke war es so ruhig, daß sie es alle klar hörten.

„Mayday! Mayday! Mayday! Hier ist der Öltanker *Golden Dawn*. Unsere Position ist 79° 59′ W 25° 43′ N . . .“

Nick wußte sogleich, daß sie noch hundert Meilen aufzuholen hatten, und als er sich über den Kartentisch beugte, fand er seine Schätzung bestätigt.

„Wir haben die Schraube verloren und treiben steuerlos. *Golden Dawn* ruft alle Schiffe, die in der Lage sind, Hilfe zu leisten.“

Im Nu war Nick im Funkraum. Der Krebs reichte ihm das Mikrofon.

„*Golden Dawn*, hier spricht der Bergungsschlepper *Magier*. Ich werde innerhalb von vier Stunden in der Lage sein, Beistand zu leisten. Ich biete Lloyd's Open Form an und wünsche unverzügliche Einwilligung.“

Er legte das Mikrofon fort und stürmte auf die Brücke zurück. „Fahren Sie die Abkürzung, und machen Sie ordentlich Dampf“, wies er Allen finster an. „Und fragen Sie über Fernschreiber Levoisin auf der *Seehexe,* wie schnell er bei Höchstgeschwindigkeit herüberkommen kann."

Levoisin antwortete fast noch im selben Augenblick. Wenn alles glatt lief, konnte er die *Golden Dawn* um sieben Uhr am folgenden Morgen erreichen, also genau eine Stunde nach der Zeit, in der der Hurrikan „Bertha" voraussichtlich die Meerenge passierte.

„David, ich kenne keinen Präzedenzfall – aber da mein Sohn an Bord der *Golden Dawn* ist, bleibt mir nichts anderes übrig, als das Kommando auf diesem Schiff vorübergehend zu übernehmen. Wenn die Bergung gelingt, gehört die Prämie des Kapitäns natürlich Ihnen."

„Es ist mir eine Ehre, wieder als Ihr Erster Offizier zu fahren, Käpt'n."

Nick dankte ihm stumm mit einer Handbewegung. „Machen Sie bitte das Leinenwurfgerät fertig."

Gerade als Allen die Brücke verließ, kreischte der Krebs: „Die *Golden Dawn* antwortet auf Ihr Angebot."

Nick eilte zum Funkraum und las die ersten ausgedruckten Zeilen des Funkspruches. „Biete einen Tagesheuervertrag für einen Schlepp von der gegenwärtigen Position dieses Schiffes zur Reede von Galveston."

„So ein Schweinehund", knurrte Nick. „Er glaubt, sein schäbiges Spiel mit mir treiben zu können, weil ein Hurrikan im Anzug ist und er meinen Sohn an Bord hat." Wütend schlug er sich mit der Faust in die Handfläche. „Schön!" stieß er hervor. „Dann werden wir eben auch mit harten Bandagen spielen! Geben Sie mir Kapitän Ramsden von der US-Küstenwache in Fort Lauderdale."

Der Krebs grinste vor Schadenfreude, als er die Verbindung herstellte. „Kapitän Ramsden für Sie, Käpt'n."

„Käpt'n", sagte Nick, „hier spricht der Kapitän der *Magier.* Ich bin das einzige Bergungsschiff, das die *Golden Dawn* vor dem Durchzug von ‚Bertha' erreichen kann. Wenn der Kapitän der *Golden Dawn* nicht binnen sechzig Minuten in Lloyd's Open Form einwilligt, sehe ich mich gezwungen, zur Sicherheit meines Schiffes den nächsten Ankerplatz anzulaufen. In Ihrem Hoheitsgebiet wird dann eine Million Tonnen hochgiftiges Rohöl ins Meer fließen, und das während eines Hurrikans."

Die Stimme des Kapitäns der Küstenwache klang tief und gemessen. Im ruhigen Ton eines Mannes, für den die mit seiner Stellung verbundene Autorität etwas Selbstverständliches war, erwiderte er:

„Bleiben Sie auf Empfang, *Magier*, während ich Kontakt zur *Golden Dawn* aufnehme." Zehn Minuten später notierte der Krebs einen Funkspruch von Duncan Alexander persönlich an Nick Berg, in welchem er Lloyd's Open Form annahm und ihn ersuchte, so rasch wie möglich die *Golden Dawn* in Schlepp zu nehmen.

Es WURDE zusehends dunkler, aber Nick konnte im letzten Licht noch den himmelhohen Trichter von „Bertha" erkennen, der über dem südlichen Horizont auftauchte.

In dieser Nacht war es vollkommen finster, weder Mond noch Sterne zeigten sich. Dann flammte der Himmel plötzlich auf wie eine Esse voll heißer Kohlen, und das Wasser erglühte in düsterfeurigem Schein, als hätte jemand die Luke eines Hochofens aufgerissen. Alles schwieg auf der Brücke der *Magier*. Voller Ehrfurcht, wie Andächtige in einer hochragenden Kathedrale, hoben sie den Blick und starrten zu den Wolken empor, die über sie hinwegjagten, Wolken, die in einem erschreckenden, unheilverkündenden Rot brannten und leuchteten. Allmählich verblaßte das Licht wieder und klang in einer fahlen, mattgrünen Tönung aus. Das war für einen Seemann das Leuchtfeuer des Teufels, das ein Schiff ins Verderben lockte. Obwohl sie natürlich alle wußten, daß es nur die Sonne war, die hinter dem westlichen Horizont versank und die Gipfel der Sturmwolken angestrahlt hatte, fanden sie diese nüchterne Erklärung nur wenig beruhigend – nicht einmal Nick.

Als das unheimliche Leuchten schließlich erlosch, erschien die Nacht vollends unheilschwanger. Um die abergläubische Stimmung zu durchbrechen, von der sie alle ergriffen waren, ging Nick zum Radargerät. Der umlaufende Strahl zeichnete wildwogende Wassermassen und unheimliche, von elektrischen Entladungen im herannahenden Sturm hervorgerufene Schattenbilder auf den Schirm. Dann entdeckte Nick mitten in diesem Durcheinander einen schärferen Umriß, den das Gerät gerade am Rande anzeigte. Er beobachtete das Bild genau während der nächsten Umläufe und fand, daß es konstant blieb und mit jedem Mal klarer wurde.

„Radarentfernung", stellte er fest. „Teilen Sie der *Golden Dawn* mit, daß wir auf fünfundsechzig Seemeilen herangekommen sind und sie noch vor Mitternacht in Schlepp nehmen können." Und dann fügte er leise den alten Seemannsspruch hinzu: „So Gott will und das Wetter."

SIE waren an die *Golden Dawn* bis auf zwei Meilen herangefahren, aber von der Brücke der *Magier* aus konnte man sie noch immer nicht sehen. In den zwei Stunden, seit sie sie auf dem Radarschirm beobachteten, war das Barometer jäh gefallen, und es fiel weiter. Nicht einmal die beiden Suchscheinwerfer zwanzig Meter über dem Hauptdeck der *Magier* vermochten die dichten Regenschleier zu durchdringen.

Nick pirschte sich mit der *Magier* ohne jede Sicht näher und gab seine Befehle an den Steuermann in einem kühlen, unpersönlichen Ton, zu dem die Blässe in seinem Gesicht jedoch nicht recht passen wollte. Dann, ganz plötzlich, fegte wieder eine Bö über die *Magier*, zerriß die Schleier und gab für einen Augenblick die Sicht auf die *Golden Dawn* frei.

Der Wind packte den Tanker an seinem hochragenden Brückenturm, der wie das Hauptsegel eines großen Schoners wirkte, und trieb ihn rasch achtern. An Deck brannten alle Lampen und am Mast die beiden roten Rundumlichter, die ein Schiff als manövrierunfähig kennzeichnen. Die nachlaufenden, vom Sturm aufgepeitschten Wellen tosten über die Tankdecks und hüllten sie in weißen Gischt.

„Halten Sie nach Steuerbord", befahl Nick dem Rudergänger.

Sie näherten sich so rasch, daß sie die geisterhaften Umrisse auch dann noch ausmachen konnten, als die Regenschleier wieder dichter wurden. „Wassertiefe?" fragte Nick, ohne seine Augen vom Tanker abzuwenden.

„Einhundertsechzehn Faden und schnell abnehmend", erwiderte Allen. Sie wurden bereits aus der Hauptfahrrinne herausgetrieben in die seichten Küstengewässer vor Florida.

„Ich werde sie zunächst am Heck ins tiefe Wasser ziehen", sagte Nick, und Allen nickte zustimmend. Er wußte, daß diese Maßnahme das einzig Richtige war, denn niemand wäre imstande gewesen, ein Schleppkabel am Bug zu befestigen, über den ständig hohe Wellen brausten.

„Ich werde nach achtern...", begann Allen, doch Nick unterbrach ihn.

„Nein, David. Bleiben Sie hier, denn ich gehe selbst an Bord des Tankers. Es ist unsere letzte Chance, die Besatzung auf die *Magier* zu bringen, bevor der Hurrikan uns erreicht."

Allen sah, daß jeder Einwand vergeblich war. Nick wollte seinen Sohn holen.

In einer dick aufgeblasenen Schwimmweste stand Peter Berg neben seiner Mutter in der hochgelegenen Kommandobrücke der *Golden Dawn*. „Sorg dich nicht", beruhigte er sie. „Paps ist da. Jetzt wird alles gut."

Die *Magier* schlingerte und schwankte in dem wütenden Sturm, als sie die Leeseite des Tankers erreichte. Im Vergleich zu ihr rollte die *Golden Dawn* viel gemächlicher, da ihre Tanks mit der schweren Last von einer Million Tonnen Rohöl gefüllt waren. Und die Wogen brandeten immer wilder gegen ihren Rumpf, als bringe dessen Trägheit sie auf. Die Magier schob sich langsam näher heran.

Duncan stürzte aus dem Funkraum. „Berg kommt an Bord", stieß er verärgert hervor. „Er vergeudet kostbare Zeit, die er dazu benützen sollte, uns in tieferes Wasser zu schleppen."

Peter fiel ihm ins Wort und deutete auf die *Magier* hinunter. „Schau!" rief er. „Da ist Paps! Ganz vorne."

Als sich die *Magier* am stärksten neigte, berührte ihre Enterbrücke beinahe die Reling am Zwischendeck des Tankers, drei Meter über den überspülten Öltanks. Nick stand als erster auf dem schmalen Steg, balancierte einen Augenblick hoch über den tobend dahinjagenden grünen Wogen, sprang dann am Ende der Leiter über den Abgrund hinweg und landete auf dem Zwischendeck der *Golden Dawn*. Der Schlepper drehte augenblicklich ab und hielt sich in fünfzig Meter Entfernung.

„Paps hat eine Leine herübergebracht", sagte Peter, und als Chantelle hinunterblickte, sah sie die dünne Nylonschnur, die von zwei Matrosen des Tankers eingeholt wurde. Eine Hosenboje aus Segeltuch folgte.

Die Aufzugtüre öffnete sich lautlos, und Nick erschien auf der Brücke des Tankers. Von seinem Ölzeug tropfte das Wasser auf das Deck.

„Paps!" Peter rannte auf seinen Vater zu, und Nick umarmte den Jungen ungestüm. Schließlich trat er Chantelle und Duncan Alexander gegenüber.

„Ich nehme alle mit, die an Bord nicht gebraucht werden", sagte er ruhig.

„Ihr Schlepper...", stieß Duncan hervor, „Sie haben zweiundzwanzigtausend PS und können sicher..."

„Ein Hurrikan rast auf uns zu", unterbrach ihn Nick. „Das da draußen ist nur das Vorspiel." Er wandte sich an Randle. „Sie übernehmen das Steuer. Ich überwache die Pumpen, auch brauche ich drei Freiwillige. Schicken Sie alle andern fort."

„Mr. Berg...", wollte Randle protestieren.

„Muß ich Sie daran erinnern, Käpt'n, daß ich als Kapitän des Bergungsschiffes das Kommando übernommen habe?" Nick wartete die Antwort nicht ab. „Peter, bring deine Mutter auf das Zwischendeck hinunter. Ich komme noch einmal, bevor ihr hinübergehievt werdet." Er wandte sich an Duncan. „Sie auch."

„Ich bleibe an Bord meines Schiffes", sagte Duncan schroff. „Das ist meine Pflicht. Ich will mich überzeugen, daß Sie Ihre Arbeit tun, Berg."

Nick musterte ihn eine ganze Weile lang und lächelte dann teilnahmslos. „Bleiben Sie, wenn Sie wollen. Vielleicht können wir noch einen Mann mehr gebrauchen, der Hand anlegt."

AUF dem Zwischendeck drückte Nick seinen Jungen noch einmal an sich, hob ihn dann in die Hosenboje und gab mit dem Arm ein Zeichen.

Sofort zog die Winde auf der *Magier* Peter über den Abgrund.

Da beide Schiffe stampften und schlingerten, spannte sich mal die Leine, mal hing sie so weit durch, daß der weiße Segeltuchsitz fast das Wasser streifte. Im nächsten Augenblick surrte sie wieder vor Spannung und drohte zu reißen. Schließlich war die Boje beim Schlepper angelangt, wo starke Arme den Jungen heraushoben. Er winkte zu Nick hinüber, dann wurde er schnell unter Deck gebracht, und der leere Sitz kam zurück.

Erst jetzt merkte Nick, daß Chantelle sich an seinen Arm geklammert hatte. Er schaute sie an und fand, daß sie sehr klein wirkte, aber schön wie immer, trotz des plumpen Ölzeugs und der Schwimmweste. Der Wirbelsturm drohte all ihr Hab und Gut zu vernichten, und sie hatte Angst.

„Du und dieses Schiff, das ist alles, was mir geblieben ist", schluchzte sie.

„Nein, nur das Schiff", erklärte er brüsk und war selbst erstaunt darüber, wie schnell er diesmal den Bann gebrochen hatte. Es war eine ungeheure Erleichterung zu wissen, daß er von ihr frei war, endgültig frei.

Sie fühlte es, und nun stand echte Angst in ihren Augen. „Nicholas, du kannst mich jetzt nicht allein lassen. Was soll aus mir werden?"

„Ich weiß es nicht", erwiderte er ruhig, fing die Boje an der Reling auf und hob Chantelle hinein. „Ich weiß es wirklich nicht." Dann trat er zurück und gab abermals das Zeichen. Während der Sitz noch über das Wasser glitt, wandte er sich den drei bereitstehenden Freiwilligen zu.

„Wir werden das Rettungsseil dazu benutzen", sagte er, „um die dicke Schlepptrosse nachzuholen, sobald diese Aktion hier abgeschlossen ist."

Die Männer waren diese Arbeit nicht gewohnt, auch verschlechterten sich die Wetterbedingungen zusehends. So verging fast noch eine weitere Stunde, bis sie die Haupttrosse von der *Magier* herübergehievt und an den Pollern im Heck der *Golden Dawn* festgemacht hatten.

Randle stand mit finsterer Miene am Steuer, als Nick wieder auf der Brücke erschien, und Duncan brauste vorwurfsvoll auf: „Das war aber auch allerhöchste Zeit."

Ein einziger Blick nach dem Digitalanzeiger des Tiefenmessers auf dem Steuerpult genügte, und Nick fand seine Befürchtungen bestätigt. Sie hatten nur noch achtzehn Faden Wasser unter dem Kiel der *Golden Dawn*. Trotzdem war Nick keinerlei Besorgnis anzumerken, als er das Handmikrofon aufnahm. „David", fragte er ruhig, „sind Sie soweit, uns abzuschleppen?"

„Alles bereit, Käpt'n."

„Ich lasse voll Backbord steuern, um Sie zu unterstützen, wenn Sie gegen den Wind schwenken", sagte Nick und gab Randle ein Zeichen.

„Vierzig Grad Backbord", meldete Randle.

Sie fühlten den leichten Ruck, als sich die Trosse spannte. Sacht drehte die *Magier* das riesige Schiff gegen den Wind und schleppte es dann mit dem Heck voraus in tiefere Gewässer der Meerenge, wo die Chance größer war, daß es den Hurrikan überstand.

DER Sturm wütete nun mit voller Gewalt, und die *Golden Dawn* lag direkt in seinem Weg. An jedem anderen Tag wäre gerade die Sonne aufgegangen, aber nun dämmerte es nicht, weil es keinen Horizont und keinen Himmel mehr gab. Hier herrschte nur noch ein Chaos aus Sturm und Wasser. Die Decks der Außentanks waren im tobenden Gischt verschwunden, selbst die Relings der Brückennocks sechs Meter vor den Fenstern waren nicht mehr zu sehen.

Natürlich fuhr auch die *Magier* außer Sichtweite, und die Funkverständigung ging in atmosphärischen Störungen beinahe unter. Der gesamte Aufbau ächzte, stöhnte und wimmerte unter der Gewalt des Sturmes und erzitterte unter den dröhnenden Donnerschlägen, während immer wieder grelle Blitze die Augen blendeten.

Randle hatte das Ruder mittschiffs blockiert und stand jetzt mit Duncan und den drei Matrosen am Kartentisch, an dem sie sich alle haltsuchend festklammerten. Nur Nick lief ruhelos auf der Brücke hin und her, hielt vergeblich von den Heckfenstern Ausschau, ob nicht doch etwas von der Trosse oder von den Umrissen des Schleppers zu sehen war, und studierte dann wieder die Leuchtanzeigen auf dem Kontrollpult, an denen er die Sicherheit der Außentanks und die Funktion der navigatorischen und mechanischen Einrichtungen überwachen konnte.

Er wurde etwas ruhiger, als er sah, daß nach den Instrumenten keiner der Tanks Öl verlor und daß sich bei allen die Zusammensetzung des Schutzgases nicht verändert hatte. Doch war es unmöglich geworden, die Position des Schiffes festzustellen. Die Satellitenpeilung und der Marineortungsfunk vom amerikanischen Festland waren vollkommen gestört. Nur das elektronische Log, das die Schiffsgeschwindigkeit angab, und das Echolot für die Messung der Wassertiefe funktionierten.

Zwei Stunden lang hatte die *Magier* das Schiff mit einer Geschwindigkeit von dreieinhalb Knoten in die Hauptfahrrinne zurückschleppen können, und langsam war das Wasser tiefer geworden, bis sie hundertfünfzig Faden unter sich hatten. Nun aber trieb der immer heftiger brausende Wind beide, Tanker wie Schlepper, über die Hundertfadenlinie zurück.

„Wo ist die *Seehexe*", sprach Nick vor sich hin und starrte auf die Instrumente. Sie war jetzt seine letzte Trumpfkarte, die das Spiel noch retten konnte.

Er tastete sich nach dem Funkraum, hielt sich mit einer Hand am Schott fest und griff mit der anderen nach dem Mikrofon. „*Seehexe*. Hier *Golden Dawn*, ich rufe die *Seehexe* . . ."

Er lauschte und versuchte die Störgeräusche auszuschalten. Plötzlich hörte er über seinem Kopf das Knirschen berstenden Metalls. Er ließ das Mikrofon fallen und stolperte auf die Brücke zurück. Auch dort dröhnte ein ohrenbetäubendes Krachen und Hämmern, und alle starrten zur stählernen Decke empor. Dann folgte ein Kratzen und Schleifen, und ein wirrer Knäuel aus Metall und Drähten rutschte über die Vorderseite der Brücke hinunter.

„Die Radarantenne!" schrie Nick. Er erkannte die ovale Antennen-
scheibe, kurz bevor der Wind sie mit sich riß. Die ganze Apparatur
flatterte fort wie eine gigantische Fledermaus und verschwand augenblicklich hinter den dichten weißen Schleiern des Unwetters. Der Radarschirm war tot, es war, als hätten sie ihre Augen verloren.
Dann rief Duncan Nick hastig etwas zu und zeigte auf die Instrumente des Steuerpultes. Nick erkannte, daß sich ihre Abtrift gewaltig
geändert hatte. Sie betrug nun fast acht Knoten, bei einer Tiefe von
zweiundneunzig Faden.
Nick fühlte, wie die Verzweiflung in ihm aufstieg, ihn packte und
schüttelte. Offenbar hatte die gleiche Bö, die den Radarmast weggeris-
sen hatte, noch weitere schwere Schäden angerichtet. Er wollte sich
selbst davon überzeugen, also raffte er sich auf und zog sich an der
Schlechtwetterstange vor zum Lift.
Einer der Matrosen hatte ihn von der andern Seite der Brücke beobachtet und schien plötzlich zu erraten, was Nick vorhatte. Er verließ
den Kartentisch und tastete sich an der Wand entlang zu ihm hin.
„Ein Mann mit Mut!" sagte Nick und packte den Schwankenden
am Arm. Sie stolperten in den Lift, als die *Golden Dawn* eben wieder
nach der andern Seite rollte.
„Das Schleppkabel", brüllte Nick dem Mann ins Ohr. „Wir müssen
das Schleppkabel überprüfen."
Unten im Rumpf des Schiffes gingen sie vorsichtig den Mittelgang
entlang nach hinten. Als sie das Sturmschott erreichten, versuchte
Nick es aufzustoßen, aber der Druck des Windes hielt es geschlossen.
„Helfen Sie mir", rief er dem Matrosen zu, und gleichzeitig warfen
sie sich mit ihrem vollen Gewicht dagegen. Kaum hatten sie es einen
Spalt geöffnet, fuhr der Sturm hinein, riß die acht Zentimeter starke
Mahagonitür mühelos aus den Angeln und wirbelte sie wie eine Spiel-
karte fort. Nick stand nun mit dem Matrosen ungeschützt im offenen
Türrahmen.
Der Wind stürzte sich auf sie, trieb sie auf das Deck hinaus und über-
schüttete sie mit einem Schwall eisigen Wassers. Nick rollte über die
Planken und krachte mit einer solchen Wucht gegen die Heckreling,
daß es ihm den Atem raubte.
Dann hörte er schwach die Schreie des Matrosen, und er kam wieder
zu sich. Er zog sich langsam auf die Knie und packte sogleich die Reling, um nicht vom Wind fortgerissen zu werden.
Zwei Meter von ihm entfernt – er konnte es gerade noch erkennen –

war die Reling gebrochen. Auf mehreren Metern Länge hing sie über die Seite des Schiffes hinunter, und der Matrose klammerte sich verzweifelt daran fest. Der Wind hatte ihn mit solcher Wucht gegen das Geländer geschleudert, daß es abgeknickt war.

Auf dem Bauch liegend, versuchte Nick den Mann zu erreichen, aber im selben Augenblick kam eine neue Windbö und trug den Matrosen mitsamt dem losgerissenen Stück fort.

Nick hielt sich mit aller Kraft an dem noch stehenden Teil der Reling fest. Dann hangelte er sich, noch immer auf den Knien, von der verhängnisvollen Bruchstelle fort zum linken Heckpoller. Der Wind traf ihn voll von vorn und raubte ihm Sicht und Atem.

Schließlich schlang er beide Arme um den Poller. Blind tastete er nach dem geflochtenen Stahlseil, dem Schleppkabel der *Magier*. Er fand es und mußte erkennen, daß seine Befürchtungen eingetroffen waren. Der Sturm hatte es abgerissen wie einen Bindfaden. Die *Golden Dawn* war ihrem Schicksal überlassen.

Langsam und mühevoll, wie ein angeschossenes Tier, schleppte er sich zum Aufzug zurück, in dem es so still und ruhig war wie in einer Kathedrale.

Auf der Brücke schien es, als hätten sich die Männer am Kartentisch in der Zwischenzeit nicht bewegt. „Wir haben einen Mann verloren", berichtete Nick. „Der Wind hat ihn über Bord gefegt." Noch immer rührte sich keiner, und Nick fuhr fort: „Das Schleppkabel ist gerissen. Die Leute auf der *Magier* werden es bei diesem Sturm unmöglich wieder anbringen können."

Alle sahen nun nach den Frontscheiben, hinter denen die undurchdringlichen weißen Gewalten brodelten.

Nick holte aus dem Kasten über dem Kartentisch eine Pappschachtel voll Notsignalfackeln und schob ein halbes Dutzend davon in die Innentaschen seines Ölzeugs. „Hören Sie zu." Er mußte schreien, obwohl die anderen in Reichweite standen. „Wir werden in zwei Stunden stranden. Dieses Schiff wird in dem Augenblick auseinanderbrechen, wo es auf Grund läuft."

Er machte eine Pause. Duncan hatte eine Handvoll Fackeln vom Tisch genommen und schaute ihn fragend an.

„Sobald wir die Zwanzigfadengrenze erreicht haben, gehen Sie von Bord. Wir werden versuchen, ein Floß zu Wasser zu bringen. Ich gebe Ihnen zwanzig Minuten Zeit, sich zu entfernen. Doch bis dahin werden die Öltanks aufgebrochen sein..." Er wollte nichts dramatisieren und suchte nach Worten, um seine Anweisungen weniger theatralisch klingen zu lassen, aber ihm fiel nichts ein. „Sobald der erste Tank aufbricht, werde ich das Rohöl mit einer Signalfackel in Brand setzen." „Verdammt!" Randle wurde bleich, und es schüttelte ihn. „Eine Million Tonnen Rohöl. Keiner von uns wird eine Chance haben. Das Ding wird hochgehen wie eine Atombombe."

„Besser als ein Ölteppich von einer Million Tonnen", rief Nick zurück.

Randle taumelte zur Fensterfront, klammerte sich an der Stange fest, beugte sich über die Geräte, die den Zustand der Ladung anzeigten, und prüfte, ob in den Tanks alles in Ordnung war.

In diesem Augenblick brauste eine Sturmbö mit ungeheurer Wucht gegen das Schiff. Es gab einen gewaltigen, ohrenbetäubenden Krach, und die Frontscheiben der Brücke brachen über dem Steuerpult herein.

Eine glitzernde Wolke von Glassplittern umhüllte Randle, der noch an den Instrumenten stand. Mit Entsetzen sah Nick, wie ein großer messerscharfer Splitter dem Kapitän den Kopf halb von den Schultern trennte und Randles Körper auf dem Deck aufschlug. Karten und Bücher wurden aus den Regalen gerissen und flatterten wie gefangene Vögel umher, als sich der Wind in dem Käfig aus Glas und Stahl verfing und alles herumwirbelte.

Nick eilte zu Randle hin, aber er konnte nicht mehr helfen. Also ließ er ihn auf dem Deck liegen und rief den beiden anderen zu: „Bleiben Sie von den Fenstern weg."

Sie eilten an die Rückwand der Brücke, an der sie sich festhalten konnten, während ringsum Wind und Regen tobten. Plötzlich flog irgendein losgerissenes Rohrstück, das wahrscheinlich vom unteren Tankdeck stammte, wie eine Kanonenkugel herein und durch das Dach der Brücke wieder in den Sturm hinaus. Es hinterließ ein großes ausgezacktes Loch, durch das sich der Regen in einer wahren Sintflut ergoß. Bald war die Brücke knöcheltief überschwemmt.

Randles Leiche schwamm bereits in dem hin und her schwappenden Wasser, als Nick die zweifelhafte Sicherheit der hinteren Wand verließ, den toten Kapitän unter den Armen faßte und in den Funkraum zerrte. Dann tappte er zu den Instrumenten zurück.

Benommen registrierte er, daß der Meeresgrund schon bis auf siebenundfünfzig Faden herangerückt war und daß das Barometer auf neunhundertfünfundfünfzig Millibar stand. So niedrig hatte er es noch nie erlebt. Tiefer konnte es kaum mehr fallen, sie mußten jetzt fast im Zentrum des Wirbelsturmes sein. Mühsam hob er den Arm und sah nach der Uhr – es war halb neun, also trieben sie erst seit zweieinhalb Stunden im Hurrikan...

Dann fiel plötzlich strahlendes Licht durch das aufgerissene Dach, und Nick hob die Hand, um seine Augen zu schützen. Er konnte dem Geschehen gar nicht richtig folgen und glaubte schon, er hätte sein Gehör verloren, denn plötzlich ließ das schreckliche Toben des Windes nach und erstarb völlig. Dann begriff er. „Das Auge", sagte er heiser. „Wir sind im Auge des Hurrikans."

Er stapfte in den vorderen Teil der Brücke. Zwar rollte die *Golden Dawn* noch immer schwerfällig, aber wenigstens war es jetzt windstill. Heller Sonnenschein strömte durch einen dunklen Trichter dicht kreisender Wolken auf sie herab. Über ihnen erstrahlte der Himmel in einem feurigen Purpurrot.

Das Meer kam im Auge des Hurrikans binnen einer Minute vollständig zur Ruhe.

Nick schätzte, daß sie höchstens eine Stunde Zeit hatten, bevor der Sturm wieder über sie herfallen würde.

Er schaute hinunter auf das Tankdeck und erfaßte mit einem Blick, daß die *Golden Dawn* bereits tödlich getroffen war. Der vordere Tank an Steuerbord war halb aus seinen hydraulischen Klampen gerissen und hing, schräg nach außen, nur noch mit seinem Bug am Mutterschiff. Aber schlimmer war, daß sich das ganze Tankdeck verkrümmt hatte wie ein gigantisches Gichtbein.

Das Rückgrat der *Golden Dawn* war also gebrochen, und zwar dort, wo Duncan am Rumpf mit dem Stahl gespart hatte. Nur der Auftrieb des Rohöls in den vier Tanks hielt das Schiff über Wasser. Nick war sofort klar, was geschehen würde. Sobald sie wieder vom Hurrikan erfaßt wurden, knickte das beschädigte Rückgrat vollständig ab, und wenn dies geschah, riß unweigerlich auch die dünne Haut der Tanks.

Doch noch im selben Augenblick fiel die schreckliche Hoffnungslosigkeit, die ihn so gequält hatte, von ihm ab. In etwa einer Meile Entfernung durchbrach die *Seehexe* plötzlich die graue Wolkenwand und glitt in den Sonnenschein heraus, eilig das Wasser mit ihrem Bug zerteilend.

„Jules", flüsterte Nick.

Seine Kehle war wie zugeschnürt. Unmittelbar darauf blendeten ihn die heißen Tränen der Erleichterung und Dankbarkeit, als eine halbe

Meile rechts von der *Seehexe* noch die *Magier* aus der Wolkenwand auftauchte. „David", sagte Nick laut, „du auch!"

Sie mußten ihn während dieser dramatischen Stunden im Wirbelsturm immer auf dem Radarschirm verfolgt haben und in der Nähe der havarierten *Golden Dawn* geblieben sein, um eine günstige Gelegenheit abzupassen.

Im Lautsprecher über ihm tönte Jules Levoisins Stimme durch das Rauschen und Knistern der Störungen: „Hier spricht die *Seehexe*. *Golden Dawn*, bitte melden."

Nick griff hastig nach dem Mikrofon.

„Jules." Er vergeudete keine Sekunde mit Begrüßung oder Glückwünschen. „Wir werden nur die Tanks losmachen und überlassen den Rumpf seinem Schicksal. Verstehst du?"

„Ja, ich soll die Tanks in Schlepp nehmen", erwiderte Jules.

„Die *Magier* wird die beiden Backbord-Tanks hintereinander wegziehen. Dann nimmst du die auf der Steuerbordseite..."

„Sie müssen auch den Rumpf bergen", unterbrach ihn Duncan wütend. „Verdammt noch mal, Berg. Ich verlange, daß Sie den Schiffsrumpf bergen."

Nick ignorierte ihn und gab seelenruhig weiter seine Befehle an die Kapitäne der beiden Schlepper durch. Dann legte er das Mikrofon beiseite und packte Duncan bei den Schultern.

„Sie verdammter Idiot", schrie er ihn an. „Begreifen Sie denn nicht, daß der Sturm in ein paar Minuten wieder losgeht? Sehen Sie denn nicht, daß diese Mißgeburt, die Sie da gebaut haben, erledigt ist?"

„Aber wir müssen den Rumpf bergen. Ohne ihn..." Duncan wand sich aus Nicks Griff. „Ich lasse mich von Ihnen nicht ruinieren!" Bei diesen Worten holte er unbeholfen aus und versuchte, Nick ins Gesicht zu schlagen.

Nick wich zur Seite und zielte, behende vorschnellend, nach Duncans Kinn – aber dieser drehte den Kopf, so daß ihn der Schlag nur an der Schläfe streifte.

In diesem Augenblick schwankte die *Golden Dawn* nach der anderen Seite, und Nick verlor das Gleichgewicht. Er taumelte gegen das Steuerpult zurück, und Duncan fiel über ihn her und trat nach seinem Unterleib.

„Ich werde Sie umbringen, Berg", brüllte er, und Nick fand gerade noch Zeit, sich auf die Seite zu wälzen und das Bein hochzuziehen, um sich zu schützen. Duncans Tritt traf ihn am Oberschenkel. Jäh schoß ihm der Schmerz bis in die Magengrube und lähmte sein Bein von der Hüfte an. Er stützte sich auf sein anderes Bein und startete einen Gegenangriff. Ein rechter Haken landete auf Duncans Rippen, daß ihm die Luft wegblieb und er zusammenklappte. Nick verlagerte geschickt sein Gewicht und traf mit der Linken auf Duncans Kinn. Duncan sackte zu Boden und blieb reglos liegen.

Nick ging hinüber zum Signalschrank. Er nahm drei kleine Walkie-Talkies heraus und gab den beiden Matrosen zwei davon. „Wissen Sie, wie die Außentanks für einen Tandemschlepp freigegeben werden?"

„Wir haben es geübt", antwortete der eine.

„Gehen wir", sagte Nick.

Für diese Arbeit war ein Dutzend Männer vorgesehen, und sie waren nur zu dritt. Mit Duncan war nicht zu rechnen, und Nick ließ ihn im Pumpenkontrollraum, nachdem er die Pumpen für das Schutzgas abgeklemmt, die Gasventile plombiert und die hydraulischen Klampen der Tanks zum Lösen vorbereitet hatte.

Bei ihrer Arbeit standen sie oft bis zum Hals im schäumenden grünen Wasser, das über das Tankdeck strömte. Sie holten das Schleppkabel der *Magier* an Bord, machten es fest und öffneten dann die hydraulischen Klampen, die den ersten Tank hielten. Nachdem David Allen ihn mit der *Magier* weggezogen hatte, kletterten sie auf dem vom Sturm verbogenen Steg zurück, um den ganzen mühseligen und kraftraubenden Vorgang beim zweiten Tank zu wiederholen.

Als die *Magier* schließlich von der schwankenden *Golden Dawn* wegsteuerte, hatte sie die beiden Backbordtanks im Schlepp. Sie ragten kaum aus der Wasseroberfläche und ähnelten zwei großen schwarzen Walen, die nur ihren glänzenden Rücken zeigten.

„*Seehexe*", sagte Nick in sein Handfunkgerät. „Seid ihr zum Schleppen bereit?"

Levoisin feuerte das Leinenwurfgerät persönlich ab. Die Rakete flog in hohem Bogen über das Tankdeck, und die dünne Nylonschnur fiel drei Meter von Nick entfernt nieder.

Sie versuchten, sorgfältig und rasch zugleich zu arbeiten, weil die Wolkenwand jetzt nicht mehr sehr fern war, höchstens noch zehn Meilen. Die Sonne war bereits wieder verschwunden.

Aus den Klampen des halb losgerissenen vorderen Steuerbordtanks war der hydraulische Druck gewichen. Nick mußte mit einem der

Matrosen langsam und mühselig an der Handpumpe arbeiten. Doch sie öffneten sich nicht.

„Zieh, Jules", befahl Nick verzweifelt, „zieh mit aller Kraft." Das Wasser wallte hinter dem Heck der *Seehexe* auf. Die Schlepptrosse spannte sich straff, eine halbe Minute lang geschah nichts, bewegte sich nichts. Dann gaben die Klampen mit einem weit hallenden metallischen Klicken den Tank frei, und er glitt schwerfällig aus seiner Verankerung. Schon wenige Sekunden später bemerkten sie erste Anzeichen, daß der Rumpf, den bisher nur die Tanks über Wasser gehalten hatten, langsam auseinanderbrach.

Der Steg, auf dem Nick stand, verbog sich und kippte auf die Seite. Nick mußte schnell nach einem Halt greifen. Gebannt und starr vor Entsetzen sah er zu, wie die *Golden Dawn* immer mehr zum Wrack wurde. Der ganze Rumpf klappte an der Stelle, wo das Rückgrat des Schiffes gebrochen war, wie ein riesiger Nußknacker zusammen – und umschloß mit seinen Kiefern den hinteren Steuerbordtank.

Taumelnd und stolpernd hastete Nick den schiefen, schwankenden Steg entlang. Die *Seehexe* und die tödlich getroffene *Golden Dawn* waren unerbittlich miteinander verbunden – wenn es ihnen nicht gelang, die beiden Tanks zu trennen und so die *Seehexe* mit dem vorderen Tank freizumachen.

„Abtrennen!" rief er über Funk dem Matrosen zu, der der Schalttafel am nächsten stand. „Das Tandemkabel abtrennen."

Nick sah, wie der Mann hastig über den Steg nach hinten stolperte. Seine Eile war verhängnisvoll, denn als er vom Steg auf das Deck sprang, auf dem die Schalttafel stand, klafften zwei Deckplatten auseinander wie die Kiefer eines stählernen Ungeheuers, und der Matrose fiel bis zur Hüfte in den Spalt. Während er sich mühsam herauszuwinden versuchte, schoben sich bei der nächsten Bewegung des Schiffes die Platten übereinander wie eine Schere.

Der Matrose schrie kurz auf, dann schwappte eine Welle über das Deck, und als das Wasser seitlich abfloß, war von dem Mann nichts mehr zu sehen. Das Deck war spiegelblank gewaschen.

Nick rannte zu derselben Stelle, besah sich das Öffnen und Schließen der Stahlplatten und sprang über die tödliche Falle hinweg. Er gelangte zur Schalttafel und schlug mit dem Handballen auf den Trennknopf.

Ein gewaltiger Stromstoß aus dem Schiffsgenerator ließ blaue Funken sprühen und schnitt die dicke Stahlkabelverbindung so sauber ab wie ein scharfes Messer ein Stück Käse. In einer halben Meile Entfernung spürte die *Seehexe* den befreienden Ruck und stampfte fort, den vorderen Steuerbordtank im Schlepp.

Nick starrte auf den letzten zurückgebliebenen Tank hinunter, der immer noch untrennbar in dem verbogenen, sich zusammenkrümmenden Rumpf der *Golden Dawn* steckte.

Plötzlich verpestete der scharfe Geruch von Chemikalien die Luft – er stammte von dem Rohöl, das aus dem geborstenen Tank ausfloß.

„Nick! Nick!" klang es aus dem Walkie-Talkie, das ihm über die Schulter hing, und er hob es an den Mund.

„Fahr weiter weg, Jules."

„Nick, ich drehe um, um dich aufzunehmen."

„Jules, du kannst mit diesem Schlepp nicht wenden. Du bist nicht bei Trost!"

„Das bin ich schon seit fünfzig Jahren nicht", gab Jules zu. „Ich stelle den Bug gegen die Zwischendeckreling an Steuerbord, direkt unter der vorderen Brückennock. Bereite dich auf einen Sprung an Bord vor."

„In Ordnung, Jules, aber Tank Nummer vier ist geplatzt. Mach die *Seehexe* feuerdicht. Wenn ich an Bord bin, werden wir die Ladung mit einer Rakete in Brand schießen."

„Ich höre, Nick, aber ich wollte, ich hätte es lieber nicht gehört."

Nick sprang über die klaffende Öffnung auf dem Deck und kletterte über die Stahlleiter zum mittleren Steg hinauf. Ein kurzer Blick über die Schulter zeigte ihm die ununterbrochene, glatte graue Wand aus wütenden, sturmgepeitschten Wolken, die nun schon so bedrohlich nahe war, daß er einen Augenblick zögerte, bevor er mit dem letzten ihm verbliebenen Matrosen zum Heck des Schiffes stapfte.

Die schweren Dämpfe des ausfließenden Öls brannten ihm beim Laufen in der heftig pumpenden Lunge und schnürten ihm die Kehle zu. Der Tank unter dem Steg war nun schon an hundert verschiedenen Stellen aufgeplatzt, und das dunkelrote Öl quoll daraus hervor wie Blut aus einem Schlachttier.

Nick erreichte das Heck und stürzte in den Pumpenkontrollraum. Als er eintrat, wandte sich Duncan nach ihm um. Sein Gesicht war bläulich und verschwollen, wo Nicks Faust ihn getroffen hatte. „Wir verlassen jetzt das Schiff", sagte Nick. „Die *Seehexe* nimmt uns auf."

„Ich habe Sie von Anfang an gehaßt." Duncan war sehr ruhig, sehr beherrscht. „Haben Sie das gewußt?"

„Dafür ist jetzt keine Zeit." Nick packte ihn am Arm, und Duncan
folgte ihm willenlos in den Mittelgang.

„Wir pokern um Macht und Reichtum und Frauen, stimmt's, Nicholas?"

Nick hörte ihm kaum zu. Sie standen nun an der Steuerbordreling
unter der Brücke.

Die *Seehexe* hatte gerade gewendet, nur fünfhundert Meter entfernt.
Sie würde in weniger als einer Minute zur Stelle sein.

„Macht und Reichtum und Frauen", sagte Duncan, immer noch
ganz ruhig. „So hieß das Spiel – und ich habe gewonnen. Ich habe
jedesmal gewonnen..." Er griff in seine Taschen, aber Nick achtete

nicht auf ihn. Er schaute nach unten, wo die *Golden Dawn* verblutete, ihr tödliches Gift in die See verspritzte.

Duncan zog eine Signalfackel aus der Tasche und hielt sie mit beiden Händen an die Brust gepreßt, den Zeigefinger im Metallring des Zünders. „Ich gewinne auch dieses Mal, Nicholas", sagte er.

Und mit einem scharfen Ruck zog er den Abreißzünder, trat zurück und hielt die Fackel hoch. Sie zischte kurz, dann flammte sie in einem strahlenden grellroten Licht auf, weißen phosphoreszierenden Rauch verbreitend.

Nun endlich wandte sich Nick nach ihm um. Einen Augenblick lang war er zu bestürzt, um etwas zu unternehmen. Dann machte er einen Satz und versuchte, Duncan die Fackel aus der erhobenen Hand zu reißen. Aber er war nicht schnell genug. Duncan wirbelte herum und schleuderte die sprühende Fackel in hohem Bogen hinaus auf das geborstene, stinkende Tankdeck.

Sie fiel auf den Stahl, sprang kurz hoch und rollte dann über die schrägen, ölbedeckten Platten abwärts. Nick stand wie gelähmt an der Reling und starrte auf das prächtige rote, heftig flackernde Licht hinunter.

„Es brennt nicht einmal!" schrie Duncan. „Warum brennt es nicht?" Er hatte eine heftige Explosion erwartet, aber das Rohöl hatte an der frischen Luft einen sehr niederen Flammpunkt. Erst wenn es warm wurde, setzten sich die brennbaren gasförmigen Bestandteile frei.

Die Fackel sprühte und zischte in dem dunklen Ölteppich, bis dieser schließlich mit einer roten, trägen Flamme zu brennen anfing, die rasch, aber nicht explosionsartig über das ganze Deck lief und schwarze Rauchwolken aufsteigen ließ.

Unterhalb von Nick schob die *Seehexe* ihren Bug nahe an die *Golden Dawn* heran.

Der Matrose neben Nick sprang und landete sicher auf dem Deck des Schleppers.

„Spring, Nick!" donnerte Levoisin durch das Sprachrohr.

Nick setzte zum Sprung an, aber Duncan fiel ihn von hinten an, schlang einen Arm um seinen Hals und zog ihn zurück, von der Reling weg.

„Nein!" rief Duncan. „Sie bleiben, mein Freund."

Der beißende ölige Rauch verschluckte sie, und Levoisins Stimme dröhnte an Nicks Ohr: „Spring, Nick, ich kann den Schlepper hier nicht lange halten."

Duncan hatte Nick aus dem Gleichgewicht gebracht und zerrte ihn nach hinten. Plötzlich wußte Nick, was er tun mußte. Anstatt sich gegen Duncans Arm zu sträuben, warf er sich nach hinten, und gemeinsam krachten sie gegen die Aufbauten.

Als Duncan nach Luft schnappte und losließ, hastete Nick wieder zur Reling. Unter ihm wuchs der Abstand zum Bug der *Seehexe* rasch, aber er schwang sich auf das Geländer, balancierte einen Augenblick und sprang dann. Hart landete er auf dem Deck. Seine Zähne schlugen aufeinander, als er sich abrollte, aber sogleich stand er wieder auf den Beinen.

Er sah zur *Golden Dawn* empor. Sie war völlig eingehüllt in den umherwirbelnden schwarzen Qualm, den jetzt schon das satanische dunkle Rot hoher, heißer Flammen erhellte. Als sich die *Seehexe* in schärfster Fahrt davonmachte, streifte sie der erste Windstoß, der für einen Augenblick den Rauch über dem hohen Zwischendeck des Tankers zerteilte.

Duncan stand an der Reling über der tobenden Feuersbrunst. Er hatte die Arme ausgebreitet und brannte – es sah aus wie ein gespenstisches Flammenkreuz.

Dann schien er langsam zu schrumpfen, und er kippte nach vorn über die Reling in die brodelnde, brennende Fracht des ungeheuerlichen Schiffes, das er gebaut hatte. Der schwarze Rauch schlug über ihm zusammen wie ein Leichentuch.

„Kannst du uns nicht weiter fortbringen?" überschrie Nick das Toben des Hurrikans. Er stand nur wenige Zentimeter von Levoisin entfernt. Beide hielten sich an den Deckengriffen auf der Brücke fest.

„Wenn ich voll Gas gebe, reiße ich das Schleppkabel ab", brüllte Levoisin zurück.

Die *Seehexe* stand abwechselnd auf ihrer Nase und dann wieder auf ihrem Hinterteil. Außer grünen Wasserfluten und Sprühnebelbänken war nichts zu sehen. Wieder fiel der Hurrikan mit aller Wucht über sie her, und ein Blick auf den Radarschirm zeigte das flackernde Bild der gelähmten und blutenden *Golden Dawn* nur eine halbe Meile hinter ihnen.

Plötzlich verdunkelte undurchdringlicher schwarzer Rauch das Glas der Scheiben. Auf der Brücke roch man das Kohlenwasserstoffgas jedoch nicht, denn auf der *Seehexe* war man auf eine Brandkatastrophe vorbereitet – alle Schotten und Ventilatoren waren hermetisch geschlossen, und die Klimaanlage reinigte die Luft und reicherte sie mit Sauerstoff an.

Eine wilde Sturmbö legte die *Seehexe* so stark auf die Seite, daß die leeseitige Reling tief in die tobenden grünen Wogen eintauchte. Aber das Schiff war so gebaut, daß es sich in jeder See behaupten konnte, und sobald die Bö wieder nachließ, kämpfte es sich aus dem Wasser und schwang zurück.

Plötzlich wich der brodelnde Rauchvorhang einem grellweißen Lichtschein, der alle auf der Brücke blendete wie ein Blitzlicht.

„Ein Feuerball!" schrie Nick und tastete geblendet nach der Fernbedienung der Wasserkanonen. Minuten vorher hatte er sie alle in ihre tiefste Stellung gebracht, so daß sie nun, als er den Auslösehebel herabdrückte, den eigenen Schiffskörper mit Kaskaden von Meerwasser überspülten.

Die Luft schien zu glühen wie in einem Backofen. Trotz der Wasserströme brannte der Anstrich der *Seehexe* augenblicklich ab. Die Hitze auf dem nackten, verfärbten Metall der oberen Aufbauten war so groß, daß sie selbst den isolierten Rumpf und die Fensterfront mit ihren doppelten, fünf Zentimeter dicken Panzerglasscheiben auf der Brücke durchdrang. Sie versengte Nicks Augenwimpern, als er zum Fenster trat, und seine Lippen bekamen Blasen.

Die Scheiben wellten sich, wurden im Nu undurchsichtig und weich – und dann war auf einmal aller Sauerstoff verbraucht. Der Feuerball hatte alles, was an jenem Gas zwischen der Wasseroberfläche und zehntausend Meter Höhe vorhanden war, in seinem nur zwanzig Sekunden dauernden Leben verzehrt und sich damit selbst vernichtet, ein kurzes Aufwallen einer verheerenden Zerstörungswut.

Er hinterließ ein Vakuum, eine Schwachstelle in der dünnen Lufthülle der Erde, erzeugte ein neues Tiefdrucksystem, das zwar klein war, aber ungeheuer kraftvoll nach Wiederauffüllung verlangte.

Durch die riesige Explosion wurde dem großen Wirbelsturm „Bertha" buchstäblich das Lebenslicht ausgeblasen, denn es waren mitten im Zentrum des Sturmtiefs Gegenwinde und Luftwirbel entstanden, die es sprengten.

Neue Winde wurden jetzt überall im Vakuum des Feuerballs geboren und wirbelten ihrerseits wie tanzende Derwische herum. Zwanzig Meilen vor der Küste Floridas beendete der Hurrikan „Bertha" seine blindwütige Attacke, löste sich in fünfzig verschiedene herrenlose Böen und Luftwirbel auf, die sich gegenseitig hemmten und vernichteten und allmählich in sich zusammenfielen.

EINES Morgens, spät im Juli, gab das Bergungsschiff *Seehexe* in der Galveston Bay den letzten Öltank der *Golden Dawn* an vier kleinere Hafenschlepper weiter, die ihn durch die Meerenge nach Houston in den Ölhafen der Orient Amex brachten.

Ihr Schwesterschiff *Magier* unter dem Kommando von Kapitän David Allen hatte seine beiden Tanks den gleichen Hafenschleppern achtundvierzig Stunden zuvor übergeben.

Gemeinsam hatten die beiden Schiffe eine erfolgreiche Bergung von einer dreiviertel Million Tonnen Rohöl im Werte von 85,50 Dollar pro Tonne durchgeführt. Zum Wert des Öls kamen noch die drei Tanks selbst: alles in allem nicht weniger als fünfundsechzig Millionen Dollar, rechnete sich Nick aus, und ihm gehörten die beiden Schiffe und der volle Anteil an der Bergungsprämie.

Er hatte die Ozeanreederei noch nicht an die Scheichs verkauft, obwohl während ihrer Fahrt von der Floridastraße nach Texas jeden Tag dringende Telegramme von James Teacher aus London eintrafen. Die Scheichs waren jetzt höchst erpicht darauf zu unterschreiben, aber Nick hatte es nicht eilig.

Er stand auf der offenen Nock der *Seehexe* und sah zu, wie sich die vier kleinen Hafenschlepper geschäftig um ihre unförmige Last bemühten.

Vorsichtig führte er die Zigarre zum Mund, da seine Lippen immer noch aufgesprungen waren – und sann darüber nach, wieviel er doch erreicht hatte, abgesehen von seinem beträchtlichen Reichtum.

Von einer Million Tonnen cadmiumhaltigem Rohöl war nur ein Viertel ausgeflossen und davon noch das meiste bei der Explosion vernichtet worden. Zwar war es dennoch zu schweren Schäden gekommen, Giftstoffe waren in die oberen Luftschichten gelangt und über dem südlichen Florida und selbst noch über Tampa und Tallahassee niedergegangen. Weiden wurden vergiftet und viele tausend Stück Vieh getötet. Aber die amerikanischen Behörden hatten rasch Notstandsmaßnahmen ergriffen und somit Todesopfer unter der Bevölkerung vermieden. Das alles war zum größten Teil sein Verdienst gewesen.

Nun waren die geborgenen Öltanks an die Orient Amex übergeben. Das neue Krackverfahren würde der Menschheit nützen, und Nick konnte nicht generell verhindern, daß man cadmiumhaltiges Rohöl von El Barras über den Ozean verschiffte.

Aber würde sich jemals wieder jemand getrauen, einen ähnlich verantwortungslosen Versuch zu starten, wie Duncan Alexander ihn unternommen hatte?

Er wußte jetzt mit absoluter Sicherheit, daß er dazu berufen war, sein Leben in Zukunft der Aufgabe zu widmen, solche Vorfälle zu verhindern. Er wußte, wie er diese Arbeit angehen mußte. Er besaß die notwendigen finanziellen Mittel, und Tom Parker hatte die übrigen Voraussetzungen geschaffen, um ihm ein erfolgreiches Wirken zu ermöglichen.

Mit der gleichen Sicherheit wußte er auch, wer ihm bei seinem Lebenswerk helfen würde – und während er auf dem feuerversengten Deck des stattlichen kleinen Schiffes stand, schwebte ihm lebhaft das Bild jener blonden, jungen Frau vor, die von nun an für immer an seiner Seite gehen sollte und mit der er glückliche, unbeschwerte Tage verbringen würde.

„Samantha."

Er sprach ihren Namen laut vor sich hin, einmal nur, doch plötzlich brannte er darauf, sein neues Leben zu beginnen.

Wilbur Smith

Eigentlich verwundert es kaum, daß Wilbur Smith mit seiner Familie unmittelbar am Meer wohnt – auf einer Landzunge in der Nähe von Kapstadt am südlichsten Punkt Afrikas. Denn die See hat auf Wilbur Smith immer schon eine ungeheure Faszination ausgeübt.

Und dabei hätte der Schriftsteller eher Grund, sich vor dem Meer und seinen Gefahren zu fürchten. Als er nämlich eines Tages in den Gewässern vor der südafrikanischen Küste kreuzte, um von seiner kleinen Jacht aus Thunfische zu angeln, geriet er in eine dichte Nebelwand. Durch die dicken Schwaden drangen plötzlich Geräusche an sein Ohr, die unzweifelhaft von einem jener Riesenschiffe stammen mußten. In panischer Angst umklammerte er sein Ruder und versuchte, aus dem Nebeldickicht zu entkommen.

„Von einer Sekunde auf die andere trat ein riesiger Öltanker aus dem Dunkel", erzählt Wilbur Smith. „Unerbittlich, wie eine mächtige Stahllawine, glitt er auf meine kleine Nußschale zu. Mit der ganzen Kraft meines schwachen Außenbordmotors und einer Menge Glück konnte ich um Haaresbreite entkommen und war direkt froh darüber, ‚nur' von den Bugwellen des Tankerriesen umhergeworfen zu werden."

Der Schrecken jenes Augenblicks steckte Wilbur Smith noch lange in den Gliedern, aber das Erlebnis hatte auch seine gute Seite: Die Idee für einen neuen Roman war geboren.

Freilich war damit noch nicht die ganze Geschichte erzählt. Es folgten ausgedehnte Recherchen auf Tankern und Bergungsschleppern, Hubschrauberflüge bei Wind und Wetter, Gespräche mit Kapitänen und Matrosen. Überall empfing man den Autor mit großer Herzlichkeit und ließ ihm reichlich Unterstützung zuteil werden.

„Bleibt mir nur noch zu hoffen", lacht Wilbur Smith, „daß meine Leser ebensoviel Spaß bei der Lektüre meines Buches haben wie ich beim Schreiben."

Eine Kurzfassung des Buches von
Sheila Hocken

Ins Deutsche übertragen von
Christiane Kashin

Fotos von Oliver Hatch
und aus der
»Nottingham Evening Post«

EMMA UND ICH

„An jenem Abend stieg ich wie gewöhnlich an der Bushaltestelle aus. Urplötzlich stieß ich mit jemandem zusammen. ‚Entschuldigen Sie‘, murmelte ich und prallte im Weitergehen prompt noch einmal gegen das seltsame Hindernis, das mir da im Wege stand. Erst jetzt wurde mir klar, daß ich mich bei einer Straßenlaterne entschuldigt hatte.“

Solch schlimme Erlebnisse waren für Sheila Hocken gar nichts Außergewöhnliches mehr – hatte sich doch ihre Sehkraft so sehr verschlechtert, daß sie mit neunzehn Jahren gerade noch Hell und Dunkel unterscheiden konnte. Mr. Brown, ihr verständnisvoller Hauslehrer, erkannte den Ernst der Lage und brachte Sheila auf eine Idee: Ein Blindenhund wäre für sie doch genau das Richtige. So trat Emma, die schokoladenbraune Labradorhündin, in Sheilas Leben, und von der ersten Stunde an waren die beiden ein Herz und eine Seele.

EIN KIND, DAS IMMER ABSEITS STEHT

„WARUM schnupperst du denn an deinem Buch herum, Sheila?"
„Ich schnuppere nicht dran rum. Ich lese es."
Trudy kicherte. „Du bist dumm", sagte sie und hielt ihr Buch auf
Armeslänge von sich ab. „Ich kann mein Buch sogar so lesen."
Natürlich streckte nun auch ich das Buch von mir weg, aber mir
verschwammen die Buchstaben gleich vor den Augen. Ich hielt es mir
wieder dicht vor die Nase und stellte zu meiner Erleichterung fest, daß
alles so war wie vorher. „Ich bin nicht dumm", sagte ich.
Damals war ich sechs Jahre alt. Sobald ich zu Hause war, ging ich
schnurstracks zu meiner Mutter. „Mami, warum kann ich nicht wie
die andern Kinder das Buch ganz weit weghalten und lesen?"
„Ach, weißt du", sagte sie, „die andern Kinder haben nur ein bißchen bessere Augen als du, das ist alles." Und sie holte mir meinen
Teddybären zum Spielen und brachte mich damit von diesem Thema
ab. So reagierte sie immer. Sie wollte mich nie merken lassen, wie sehr
ich mich von andern Kindern unterschied.
Ich wurde 1946 geboren, in Beeston bei Nottingham. Wenig später
zog meine Familie in eine kleine Stadt namens Sutton-in-Ashfield. An
das Haus, in dem wir wohnten, habe ich aber keine bildhaften Erinnerungen mehr – zum Heim wurde es mir durch Essensgeruch, durch die
Wärme und das Knistern des Kohlenfeuers. Selbst die Erinnerung an
meinen Vater und meine Mutter aus dieser Zeit lebt nur in Form von
Berührungen und Geräuschen. Sie waren freundliche, warme Gestalten, die ich liebte.
Wir alle hatten ein mangelhaftes Sehvermögen. Mein Bruder Graham, der drei Jahre älter war als ich, litt wie ich an angeborenem
grauem Star – ein erbliches Leiden, das aus der Familie meines Vaters
stammte. Das Augenleiden meiner Mutter hatte andere Ursachen: ihre
Sehkraft war in der Kindheit durch Masern geschwächt worden. Die
Vorstellung von einer vierköpfigen Familie, in der keiner richtig sehen
kann, mutet einen Menschen mit guten Augen sicher seltsam an, doch
bei uns wurde über Blindheit nie gesprochen. Sie wurde einfach

als Tatsache akzeptiert. Vielleicht waren meine Eltern auch Graham und mir zuliebe übereingekommen, dieses Thema mit Stillschweigen zu übergehen, und wenn das zutrifft, so war es weise von ihnen gehandelt. Denn dadurch blieb uns erspart, daß wir glauben mußten, wir seien anders als die übrigen Kinder, und unser Selbstvertrauen nahm keinen Schaden.

Erst heute wird mir rückblickend klar, daß andere Menschen vieles von dem, was wir für selbstverständlich hielten, ungewöhnlich gefunden hätten. Beim Essen geschah es häufig, daß einer von uns nach dem Salz tastete und dabei eine Soßenschüssel umstieß, ohne daß jemand ein Wort über einen solchen Vorfall verloren hätte.

Ich glaube, ich war schon sieben Jahre alt, als ich endlich anfing, mir Gedanken darüber zu machen, warum andere Kinder nicht so oft wie ich gegen Mauern rannten oder auf Treppen fehltraten. Das Hinfallen machte mir in meiner Kindheit nicht sonderlich viel aus. Undeutliche Bilder umgaben mich und Farben, die mir verschwommen erschienen, als stände ich im Nebel. Doch ich glaubte, jeder sehe die Welt so. Und meine Sehkraft sollte sich im Laufe der Jahre noch verschlechtern; mit achtzehn oder neunzehn Jahren konnte ich schließlich nur noch Hell und Dunkel unterscheiden, aber das war auch alles. Selbst in meinen Träumen hatten die Menschen keine Gesichter. Sie waren nebelhafte Gestalten.

Aus meinen frühesten Erinnerungen ragt ein Ereignis heraus. Eines Tages machten meine Mutter und ich einen Ausflug ans Meer nach Skegness. Ich saß auf einem Karussell, fühlte mich ganz sicher und flog glückselig rundherum. Als das Karussell anhielt, blieb ich sitzen und wartete, bis meine Mutter mich entdeckte und mich holte. Mir selbst war es kaum mehr möglich, andere Menschen zu finden, daher wartete ich immer, bis man mich holte – und auch dies hielt ich für normal.

So saß ich also wartend auf dem Karussell. Plötzlich hob mich eine Dame herunter, die sehr vornehm sprach, und kurz darauf stand ich da mit einem Schild am Mantel, auf dem zu lesen war, daß ich verlorengegangen sei. Ich weinte bitterlich. Nach einiger Zeit erkannte ich durch meinen Tränenstrom eine Gestalt, die auf mich zukam. Als sie nah an mich herantrat, stellte ich fest, daß es eine Frau war, und glaubte erst, es sei meine Retterin. Doch dann merkte ich, zum Teil am Geruch, daß es meine Mutter war. „Oh, Mami", sagte ich, „ich hab gedacht, du wärst eine Dame." Dieser Ausspruch wurde später in unserer Familie zum geflügelten Wort.

Warum hatte man nie den Versuch unternommen, mich an den Augen zu operieren? Das ist einfach zu beantworten, denn die Augenchirurgie war damals noch nicht auf dem Entwicklungsstand von heute, und jeder in unserer Familie hatte schon eine ganze Reihe erfolgloser Operationen hinter sich. Als mein Bruder aus der Klinik nach Hause kam, hatte er, als Folge der Operation, auf einem Auge die Sehkraft völlig eingebüßt (sein anderes allerdings war besser als meine beiden Augen zusammengenommen). Auch ich unterzog mich schließlich einer Operation, aber sie blieb erfolglos, und meine Eltern beschlossen daher, auf weitere Versuche zu verzichten.

Mein Vater war viel von zu Hause fort; er bereiste die Märkte auf dem Land und verkaufte Stoffe. Sicherlich war sein eingeschränktes Sehvermögen ein schweres Handikap für ihn, aber er versuchte, sich nichts anmerken zu lassen. Nur gelegentlich berichtete er uns, was ihm so an komischen Begebenheiten zugestoßen war. Eines Abends kam er nach Hause und erzählte, wie er in ein Bahnhofscafé gegangen sei, um eine Tasse Tee zu trinken, während er auf seinen Anschlußzug warten mußte. Als er einen Platz gefunden hatte, bemerkte er einen Gegenstand, den er für einen Aschenbecher hielt. Er beugte sich vor und drückte seine Zigarette darin aus, doch dabei stellte sich zur Belustigung seiner Mitreisenden und zu seiner eigenen Verlegenheit heraus, daß es kein Aschenbecher, sondern ein Stück Gebäck war.

Schon bald darauf mußte mein Vater, da seine Sehkraft sich zunehmend verschlechtert hatte, das Reisen aufgeben. Wir hatten sehr wenig Geld, und es dauerte nicht lange, da waren wir pleite. Wir zogen nach Nottingham, und meine Eltern eröffneten im häßlichsten und ärmsten Stadtviertel einen kleinen Stoffladen. Meine Mutter, die wesentlich besser sehen konnte als mein Vater, ordnete die Ware, zeichnete sie aus und gab die Preise meinem Vater an. Wir waren immer gewohnt gewesen, daß er viel unterwegs war, doch nun blieb er zu Hause, und wir hörten sehr viel Radio. „Setzt euch her", pflegte er zu sagen, „jetzt kommt die Sendung mit Jet Morgan", und dann ließen wir uns vor dem Radio nieder. Jet Morgan fanden wir viel spannender als Fernsehsendungen, weil wir uns ihn auch ohne Bild vorstellen konnten. Beim Fernsehen saß immer einer von uns ganz dicht am Bildschirm; die anderen versuchten, sich die Handlung allein nach dem, was sie hörten, zusammenzureimen.

Doch der Umsatz im Laden war gering, und schließlich sah sich mein Vater gezwungen, das Leben eines Blinden zu führen und, was sehr an seinen Stolz rührte, in einer Blindenanstalt Bürsten anzufertigen. Glücklicherweise konnte er diese Tätigkeit schon bald wieder aufgeben, denn kurz nachdem er im Blindenheim zu arbeiten begonnen hatte, nahm er zum erstenmal eine Gitarre zur Hand. Wie sich herausstellte, war er ein Naturtalent, und heute verdient er seinen Lebensunterhalt als Gitarrist in Folkloreclubs und als Ansager eines Musikprogramms bei Radio Nottingham.

Meine Mutter spielte viel mit mir und nahm mich auch zum Einkaufen mit. Wenn wir zu Woolworth gingen, wollte ich immer die Spielsachen betasten. Ich konnte sie als verschwommene Gegenstände erkennen, vermochte sie aber erst zu identifizieren, wenn ich sie berührt hatte. Ich besaß auch ein kleines Dreirad, das ich allerdings nur im Garten benutzen durfte.

Als ich fünf Jahre alt war, wurde die Frage akut, welche Schule für mich die beste war. Bei den Behörden wurde ich als Blinde geführt, und das Schulamt bestand unerbittlich darauf, mich weit fort in eine Sonderschule zu schicken. Meine Eltern waren strikt gegen eine solche Verpflanzung. Meinem Vater, der selbst eine Sonderschule besucht und eine allzu behütete Kindheit gehabt hatte, war es später schwergefallen, sich in die Welt der normal sehenden Menschen einzugliedern.

Das Schulamt in Nottingham versuchte es zunächst mit Überredung, dann drohte man mit gerichtlichen Schritten, falls meine Eltern mich nicht „freiwillig" in eine Blindenschule schicken wollten. Darauf erwiderte meine Mutter: „Wenn ich erreiche, daß Sheila in einer normalen Grundschule aufgenommen wird, werden Sie dagegen nichts unternehmen können." Wir hatten Glück. Es stellte sich heraus, daß der Rektor unserer Grundschule auf einem Auge blind war. Daher hatte er Verständnis für unser Problem, ja, er zeigte sogar Mitgefühl. Er erklärte sich bereit, mich aufzunehmen und abzuwarten, wie ich zurechtkäme. Heute noch danke ich den Sternen für diese Entscheidung, die so große Bedeutung für mein ganzes Leben hatte.

Von nun an ging ich also in die Bluebell-Hill-Grundschule. Ich erinnere mich kaum mehr an diese Zeit, nur weiß ich noch, daß ich mich vor den Scharen von Kindern im Schulhof fürchtete. Mir kam es vor, als liefen sie wer weiß wohin und kreischten alle zur selben Zeit. Das machte mir angst, daher saß ich in den Pausen stets auf der Mauer, um ihnen nicht ins Gehege zu kommen, lauschte dem mir gespenstisch erscheinenden Lärm und nahm mit meinen schwachen Augen zahllose, sich wild gebärdende Schatten wahr.

Mit elf Jahren wechselte ich in die Pierpont-Realschule über. Ein großes Problem war es für mich beim Unterricht, daß ich, obwohl ich gerade genug sah, um lesen und schreiben zu lernen, nie die Tafel erkennen konnte – nicht einmal, wenn ich in der ersten Reihe saß. Trotzdem gelang es mir dank einiger kluger und verständnisvoller Lehrer, mit der Klasse Schritt zu halten. Die Frage, ob ich nicht doch abgehen und besser eine Blindenschule besuchen sollte, tauchte eigentlich gar nicht erst auf – obwohl mein Sehvermögen sich verschlechterte. Ich schaffte es sogar, meine Leistungen über dem Durchschnitt zu halten und fast immer gute Noten zu bekommen, vor allem in Fächern, in denen der Unterricht zum größten Teil mündlich ablief und ich mich auf mein Gedächtnis verlassen konnte. Besonders gut war ich in Geschichte. Auch lagen mir die naturwissenschaftlichen Fächer, weil wir einfache Experimente selbständig durchführen durften. Nur in Mathematik war ich ein hoffnungsloser Fall – wie ich mich mit Dezimalstellen herumquälte, kann man sich vorstellen. Ich schloß zwar Freundschaften in der Schule, doch fiel mir das nicht so leicht wie anderen Kindern, hauptsächlich deshalb, weil ich bei ihren Spielen nicht immer mitmachen konnte.

Auch außerhalb der Schule war für mich vieles schwierig. Meine Freundinnen waren wie ich Teenager, und in diesem Alter hat man noch nicht viel Verständnis für die Nöte einer blinden Freundin, um die man sich kümmern muß. Wenn die andern abends ausgingen, ins „Nottingham Palais" zum Beispiel, wäre ich gern mit von der Partie gewesen. Doch auf den Tanzveranstaltungen saß ich jedesmal wie versteinert da, wenn ein Junge mich zum Tanz aufforderte, denn ich konnte dem Geschehen nicht richtig folgen. Ein besonders schrecklicher Abend ist mir noch in Erinnerung: Als die Musik verstummte, ließ mein Tanzpartner mich mitten auf der Tanzfläche stehen, und ich hörte, wie alle andern sich wieder an ihre Tische zurückbegaben. Ich tat so, als müsse ich mein Haar in Ordnung bringen, doch innerlich ergriff mich heftige Panik, bis eine meiner Freundinnen mir endlich zu Hilfe kam. Nach diesem Erlebnis verzichtete ich auf den Besuch von Tanzveranstaltungen, weil sie einfach eine Qual für mich waren. Doch das bedeutete zugleich, daß ich mich von den jungen Leuten meines Alters isolierte und keine Gelegenheit mehr hatte, Jungen kennenzulernen.

Wenn ich es auch oft schwer hatte im Leben, weil ich es ablehnte, mich von den Menschen mit gutem Sehvermögen absondern zu las-

sen, zu Hause wurde ich dafür entschädigt – durch Eltern, die die
Blindheit und die damit verbundenen Probleme aus eigener Erfahrung
kannten und die wußten, daß man nur damit fertigwerden konnte,
wenn man nicht klein beigab. Viele Tätigkeiten, die man nur verrichten kann, wenn man sieht, lehrte meine Mutter mich mit dem Tastsinn
bewältigen. Zum Beispiel brachte sie mir bei, wie man Knöpfe annäht.
Sie lehrte mich sogar, beim Kehren allein durch Tasten zu spüren, wo
Schmutz lag. Ähnlich war es beim Bügeln. Knitter und Falten kann
man fühlen. Wäre ich ein blindes Kind in einer normalen Familie gewesen, so hätte man mich aus Angst, ich könnte mich verbrennen, sicher nie an ein Bügeleisen herangelassen.

Einmal fragte ich meine Mutter, ob ihr eigentlich vor meiner Geburt
nie der Gedanke gekommen sei, ich könne einmal nicht richtig sehen.
Ich war bestürzt, als sie antwortete, sie habe diese Frage nie mit Sicherheit beantworten können, sei aber bereit gewesen, das Risiko zu tragen. Als sie merkte, wie entsetzt ich war, fragte sie mich, ob ich denn
bisher gern gelebt hätte, und das mußte ich natürlich bejahen.

Mein letztes Schuljahr war herangekommen, und ich hatte die Qual
der Wahl, was ich werden wollte. Ich selbst wünschte mir nur eins: mit
Hunden zu arbeiten, denn ich liebte Hunde sehr. An den Wochenenden hatte ich regelmäßig in einer Hundepension gearbeitet und es dabei immer irgendwie fertiggebracht, mein schlechtes Sehvermögen zu
vertuschen. Doch als ich bei einem Gespräch mit der Berufsberaterin
erklärte, daß ich mit Hunden arbeiten wollte, lehnte sie diese Idee als
undurchführbar ab.

„Sheila", fragte sie mich, „können Sie mir sagen, wo Edinburgh
liegt?"

Ich war sehr verwirrt, und nachdem ich die Lage von Edinburgh angegeben hatte, nahm ich meinen Mut zusammen und fragte sie,
warum sie das wissen wolle.

„Nun, wenn ich Sie als Telefonistin empfehlen will, muß ich sicher
sein, daß Sie gute Kenntnisse von der geographischen Lage der verschiedenen Städte haben."

Ich war bestürzt. Telefonistin! Das war wirklich der letzte Beruf,
den ich mir gewünscht hätte. Mir war klar, daß ich nur eine begrenzte
Auswahl hatte, doch selbst in meinen schlimmsten Alpträumen wäre
ich nicht auf die Idee gekommen, daß ich meinen Lebensunterhalt
einmal mit dem Durchstellen von Anrufen verdienen müßte. Und
doch war ich nach Ende des Schuljahres unterwegs zum Staatlichen

Ausbildungszentrum in Long Eaton, wo ich einen Vermittlungsschrank bedienen lernte.

Meine Lehrer im Ausbildungszentrum verhalfen mir schließlich
zu einer Anstellung in einem großen Textilgeschäft im Zentrum von
Nottingham. Zu diesem Zeitpunkt sah ich noch so gut, daß ich die
Lämpchen am Vermittlungsschrank unterscheiden konnte, aber ich
haßte meine Arbeit. Es herrschte kein gutes Betriebsklima dort, und
meine Mutter machte sich Sorgen, wenn ich mich allein auf den Straßen von Nottingham bewegte. Immerhin hielt ich es ein Jahr bei dieser
Firma aus.

Als ich eines Abends von der Arbeit nach Hause kam, hörte ich
meine Mutter rufen: „Bist du's, Sheila? Ich habe von einer Stellung gehört, die sicher etwas für dich wäre. Und die Fahrt dorthin ist nicht so
umständlich."

Es handelte sich um eine Anstellung als Telefonistin bei einer Firma,
die Pumpen herstellte.

Ich rief am nächsten Tag an und wurde mit einem Herrn Dickson
verbunden, der zunächst nicht sehr ermutigend klang. Erst als ich ihm
erzählte, daß die Behörden mich als Blinde führten, wandelte sich seine
Haltung ganz unvermittelt.

„Warum haben Sie das nicht gleich gesagt? Kommen Sie um halb
sechs zu mir, dann unterhalten wir uns."

Zu meiner Überraschung bekam ich die Stellung dann sofort, doch
erst später erfuhr ich den Grund. Herr Dickson war selbst behindert.
Sein rechtes Bein war kürzer als das linke, und er hatte beim Gehen
Schwierigkeiten. Er war ein fabelhafter Mann, ein Mensch, der stets
ein Ohr für die Probleme anderer hatte.

Im Lauf der Monate verschlechterte sich mein Sehvermögen weiter,
und als ich neunzehn war, konnte ich kaum noch erkennen, wohin ich
ging. Ich konnte nicht mehr lesen und war gezwungen, die Brailleschrift zu erlernen und das Tippen an einer Punktschriftmaschine. Sie
ähnelt einer gewöhnlichen kleinen Schreibmaschine, hat aber Tasten,
mit denen man die verschiedenen Punktekombinationen, aus denen
die Brailleschrift besteht, auf dickes Spezialpapier stanzt. Damals fiel
mir zum erstenmal auf, wie sehr der Alltagswortschatz von der Welt
der sehenden Menschen geprägt ist. Die Sprache ist relativ arm an
Wendungen, mit denen sich Eindrücke präzise beschreiben lassen, die
nicht von den Augen aufgenommen werden, und aus diesem Grund
können blinde Menschen ihre Wahrnehmungen oft nicht sehr genau

mitteilen. Bisher hatte ich immer noch ein relativ breites Angebot an
Möglichkeiten im Leben gehabt, doch wurde dies nun merklich enger.
In dieser Phase trat Emma in mein Leben und krempelte es völlig
um. Eine neue Welt tat sich vor mir auf.

EMMA TRITT AUF

UM EHRLICH zu sein – ich schämte mich meiner Blindheit. Ich mochte
keinen weißen Stock benutzen, und es war mir unangenehm, jemanden um Hilfe zu bitten. Rückblickend glaube ich, zugeben zu müssen,
daß ich häufig mich selbst und andere in Gefahr brachte, wenn ich unsicher durch den Straßenverkehr wanderte.

An jenem Abend, der mein Leben so von Grund auf ändern sollte,
stieg ich wie gewöhnlich an der Bushaltestelle aus und ging forsch zu
einer anderen, nahe gelegenen Haltestelle, wo ich in den nächsten Bus
umsteigen mußte. Urplötzlich stieß ich mit jemandem zusammen.
„Entschuldigen Sie", murmelte ich und prallte im Weitergehen
prompt noch einmal gegen das seltsame Hindernis, das mir da im
Wege stand. Erst jetzt wurde mir klar, daß ich mich bei einer Straßenlaterne entschuldigt hatte. Genau dies waren die verrückten Dinge, die
mir ständig passierten, und ich hatte längst gelernt, mich damit abzu-
finden.

Ich ging also weiter bis zu meiner Haltestelle, bei der die Busse nur
anhielten, wenn man dem Fahrer ein Handzeichen gab. Außer mir war
da niemand, und so stand ich vor der schrecklichen Aufgabe zu erraten, welcher der vorbeifahrenden Busse der richtige war. Normalerweise schluckte ich in einer solchen Situation meinen Stolz hinunter
und bat jemanden, mir zu helfen. Aber an diesem Abend wartete ich
mutterseelenallein an der Haltestelle. Ich hörte das Geräusch vieler
Busse, aber aus Angst, mich lächerlich zu machen, ließ ich sie alle vor-
beifahren. Nachdem ich eine halbe Stunde allein herumgestanden hatte, beschloß ich, zur nächsten Haltestelle zu gehen, in der Hoffnung,
dort jemanden anzutreffen.

Ich trottete auf dem Gehsteig weiter, so gut ich konnte – auch dies ist
ein beängstigendes Erlebnis, das man Menschen, die niemals blind
gewesen sind, nur schwer beschreiben kann. Denn obwohl von allen
Seiten Geräusche auf einen eindringen, kann man sich doch kein zu-
sammenhängendes Bild von seiner Umgebung machen. Ich wanderte

in einer kleinen grauen Welt dahin, in einem Raum aus Geräuschen, nicht größer als ein halber Quadratmeter. Schließlich gelangte ich zur nächsten Bushaltestelle. Aber auch dort stand niemand, und kein Bus hielt. Also ging ich zur nächsten weiter. Inzwischen war ich schon ziemlich durcheinander und wußte nicht mehr, ob ich nun vor einer Bushaltestelle stand oder vor einem Halteverbotsschild.

Es endete damit, daß ich mich bis zurück zur Endhaltestelle in der Stadtmitte durchschlug, weil ich wußte, wenn ich erst einmal dort war, bekam ich auch den richtigen Bus. Mit zweistündiger Verspätung war ich dann endlich zu Hause.

Ich bin zutiefst überzeugt, daß über uns Schicksalsmächte walten, und ich bin sicher, es war ein Ratschluß des Schicksals, daß mein Hauslehrer, Herr Brown, noch immer auf mich wartete, als ich schließlich ziemlich aufgelöst daheim anlangte. Blindenlehrer besuchen ihre Schüler zu Hause. Sie kommen in regelmäßigen Abständen, um Probleme zu besprechen und ihre Schützlinge mit allen möglichen Hilfsmitteln zu versehen – Braillepapier, Brailleuhren, klingelnden Eieruhren. Herr Brown war ein sehr netter Mann und fast so etwas wie ein Onkel für mich.

Er hatte nahezu eine Stunde auf mich gewartet. Ich erklärte, warum ich so spät kam, und schilderte den Alptraum meiner Heimfahrt in allen Einzelheiten. Unvermittelt fragte er mich: „Aber warum haben Sie denn keinen Blindenhund? Es scheint doch ganz so, als brauchten Sie einen, und Sie sind auch genau im richtigen Alter."

Das waren die wichtigsten Worte meines Lebens. Doch der Vorschlag kam für mich überraschend. Der Gedanke, einen Blindenhund zu besitzen, war mir bisher einfach nie in den Sinn gekommen, erstaunlicherweise – da ich doch Hunde immer so gern gehabt und gehofft hatte, mit ihnen arbeiten zu können. Vielleicht lag es daran, daß ich mir meine Blindheit nicht eingestehen wollte. Auf jeden Fall war die Wirkung dieses Vorschlags auf mich ungeheuerlich, so als habe jemand plötzlich in den Lauf der Welt eingegriffen.

„Und wie muß ich das beantragen?" fragte ich.

Seine Antwort klang ermutigend: „Ich besorge Ihnen die Formulare, und wir füllen sie dann gemeinsam aus."

Als er gegangen war, lehnte ich mich zurück und dachte über den Vorschlag nach. Ich erinnerte mich an die Bücher über Blindenhunde, die ich gelesen hatte. Und mir wurde klar, was der Besitz eines solchen

Hundes für mich bedeuten würde. Nie wieder müßte ich in der eintönigen Dunkelheit von Haltestelle zu Haltestelle tappen, ohne eine Vorstellung, wo ich mich befand. Und ich würde abends ausgehen können, wäre unabhängig! Wenige Tage später kam Herr Brown mit Formularen wieder – Seite um Seite nichts als Fragen. Wie groß war ich? Wie verdiente ich meinen Lebensunterhalt? In was für einem Haus wohnte ich? Man wollte sogar wissen, wieviel ich wog. Wir schickten die Formulare ab, und vom Ausbildungszentrum in Leamington Spa erhielt ich die Antwort, man würde einen Ausbilder für Blindenhunde schicken, um sich ein Bild von meiner Persönlichkeit machen und den geeigneten Hund für mich aussuchen zu können. Ich war freudig erregt, aber auch etwas beunruhigt, denn in meinem Innern beschäftigte mich der Gedanke, was wohl geschehen würde, wenn sie mich nicht für geeignet hielten.

Als der Mann kam, schaute er sich in meiner Begleitung alles genau an – wo ich arbeitete und was ich tat. Er machte mit mir einen Spaziergang, um zu testen, wie schnell ich ging, und um festzustellen, ob ich irgendwelche ausgefallenen Angewohnheiten hatte. Er erklärte mir, es gebe eine Warteliste und es würde etwa neun Monate dauern, bis ich schließlich einen eigenen Hund bekäme.

Das war im November 1965. Die folgende Wartezeit war eine Qual für mich. Aber ich hatte in diesen Monaten Zeit genug, einiges über die ,,Gesellschaft für Blindenhunde'' in Erfahrung zu bringen. Der Gedanke, Hunde als Führer für blinde Menschen einzusetzen, tauchte ursprünglich im Ersten Weltkrieg in Deutschland auf. In einem Lazarett an der Front hatte ein Arzt einem erblindeten Soldaten seinen Schäferhund überlassen. Das Tier sollte auf den Mann aufpassen, und der Arzt war zutiefst beeindruckt davon, wie der Hund seine Aufgabe durchführte. Die Idee verbreitete sich bis jenseits des Atlantiks und kam von dort nach England, wo 1934 eine Gesellschaft für Blindenhunde gegründet wurde. Im Lauf der Zeit wurden vier Ausbildungszentren für Blindenhunde und ihre Besitzer eingerichtet.

Ich erfuhr auch, daß gelegentlich blinde Anwärter aus verschiedenen Gründen abgelehnt werden mußten, und das beunruhigte mich. Doch der Brief, auf den ich so sehnlich wartete, kam im Mai. Ob ich bereit sei, mich am 1. Juli im Ausbildungszentrum in Leamington Spa einzufinden? Ob ich bereit war? Ich war bereit, dort auf der Türschwelle zu übernachten, nur um diesen Tag nicht zu versäumen.

Endlich brach der besagte Tag an, mit strahlendem Sonnenschein, was ich sehr passend fand. Geoff, ein Vertreter der Firma, bei der ich arbeitete, hatte mir angeboten, mich in seinem Wagen hinzubringen. Ich stand, lange bevor er mich abholte, schon gestiefelt und gespornt mit meinen Koffern da. Als es auf der Autobahn südwärts nach Leamington ging, beschrieb Geoff mir die Landschaft. Aber ich konnte mir die wenigsten Dinge, die er schilderte, ausmalen. Ich hatte keine Vorstellung, wie ein Feld aussah, da ich mich nicht erinnern konnte, je eines erblickt zu haben, von Kühen ganz zu schweigen.

Die Ausbildungsstätte war, wie Geoff mir bei unserer Ankunft berichtete, ein großes Haus im Tudorstil, das, von Bäumen umgeben, in einem ausgedehnten Parkgelände stand. Während wir darauf warteten, daß jemand kam und sich um mich kümmerte, überfiel mich plötzlich wieder die Angst. Was ist, dachte ich, wenn ich den Kursus mitmache und nichts von dem, was hier gelehrt wird, zustande bringe und sie sagen, ich bin nicht gut genug für einen Blindenhund?

Als die Heimleiterin kam, zitterte ich am ganzen Leib. Aber sie zerstreute meine Ängste sofort. ,,Guten Tag, Sheila. Geben Sie mir bitte Ihren Arm, dann zeige ich Ihnen Ihr Zimmer.'' Geoff verabschiedete sich, und die Heimleiterin führte mich durch viele Korridore und mehrere Treppen hinauf. Das Haus kam mir gewaltig vor, als sie mich durch die Räume führte und mir die Anlage des Gebäudes erklärte – den Weg zum Speisesaal, zum Aufenthaltsraum, zu den Badezimmern und den Toiletten. Schließlich kamen wir zu meinem Zimmer. ,,Da sind wir'', sagte sie, ,,Nummer zehn.'' Sie blieb stehen und forderte mich auf, die Hand zur Tür hin auszustrecken. Ich war maßlos überrascht, als ich ,,Nr. 10'' in Brailleschrift auf der Tür ertastete. ,,Alle Türen sind so gekennzeichnet'', sagte sie, ,,Sie werden also keine Mühe haben, sich zurechtzufinden.''

Ich war überwältigt. Endlich einmal ein Ort, wo man wußte, was es hieß, blind zu sein!

Die Heimleiterin führte mich in mein Zimmer und erklärte mir die Einrichtung. Natürlich mußte ich mir das Ganze auch selbst durch meinen Tastsinn ,,vorstellen''. Gleich neben der Tür waren ein Lehnstuhl und ein Einbauschrank. Ich suchte den Weg an der Wand entlang, fand mein Bett, tastete mich am Bett entlang, dann weiter bis zum Radio und zum Tisch. In der Ecke befand sich ein Waschbecken, und daneben stand auch ein Frisiertisch. Über ihm entdeckte ich einen Spiegel. ,,Ach ja'', hörte ich die Heimleiterin sagen, ,,der Spiegel.

Wenn unsere Zimmer nicht mit Spiegeln und Lampen ausgestattet wären, käme es den Nichtblinden recht merkwürdig vor, besonders denen, die hier arbeiten. Wir erwarten ja von Ihnen, daß Sie sich in die Welt der nichtblinden Menschen integrieren können und auch solche Gegenstände akzeptieren."

Fabelhaft, dachte ich – wir lernen also, uns einzugliedern . . . Ein einziges Möbelstück war mir zur Begutachtung übriggeblieben, aber es war das wichtigste. Neben dem Frisiertisch stand der Hundekorb. Er kam mir sehr geräumig vor – und fühlte sich so bequem an, daß er auch mir gefallen hätte. Als ich ihn genügend betastet hatte, sagte die Heimleiterin: „Das wär's, Sheila. Ich gehe jetzt, und Sie können Ihre Sachen auspacken. In einer halben Stunde gibt's Mittagessen."

Ich hörte die Tür zuklappen und machte mich daran, meine Koffer auszupacken. Auf dem Weg zum Wandschrank ging ich am Hundekorb vorbei. Sehnsüchtig fragte ich mich, was für ein Hund wohl bald darin schlafen würde.

Ein Klopfen an der Tür riß mich aus meinen Gedanken. Als ich öffnete, sagte eine Stimme: „Guten Tag, ich bin Brian Peel. Ich bin Ihr Ausbilder." Brian bildete nicht nur die Hunde aus, sondern brachte auch den Menschen bei, wie sie mit den Tieren umgehen mußten. Sein Händedruck war fest und freundlich. Er führte mich zum Aufenthaltsraum hinunter und erklärte mir, wie der Raum gestaltet war. Als wir zum Speisesaal weitergingen, ahnte ich die mir wohlbekannten Qualen voraus. Ich nahm Mahlzeiten nur ungern mit nichtblinden Menschen ein, denn es zermürbte mich jedesmal, wenn ich auf meinem Teller an den Kartoffeln, dem Fleisch und allem anderen vorbeistocherte und regelmäßig auf das Metall der leeren Gabel biß.

Doch hier im Ausbildungszentrum war es ganz anders. Brian saß neben mir und stellte den Teller vor mich. „Hier ist es schon – Ihr Essen", sagte er. „Fisch, Pommes frites und Erbsen. Im Uhrzeigersinn liegen die Pommes frites bei zwölf Uhr, die Erbsen bei drei Uhr und der Fisch zwischen sechs und neun."

Ich hatte noch kaum etwas gegessen, da stellte ich schon die Frage, die mir auf der Seele brannte: „Wann bekomme ich meinen Hund?"

„In ein oder zwei Tagen, wenn wir etwas mehr über Sie wissen und Sie etwas mehr über die Hunde. Viele von den Menschen, die zur Ausbildung herkommen, haben noch nicht einmal einen gewöhnlichen Hund besessen. Deshalb zeigen wir ihnen zuerst, wie man mit einem Hund umgeht. Denn kein Mensch kann mit einem Hund arbeiten, wenn er nicht auch weiß, wie er ausgebildet wurde und auf welche Befehle er reagiert."

„Ich verstehe", sagte ich. Nach einer Pause fragte ich: „Haben Sie meinen Hund schon ausgesucht?"

„Ja, ich glaube, ich habe meine Wahl schon getroffen", antwortete Brian, „aber im Lauf der nächsten zwei Tage werde ich mir endgültig schlüssig werden. Die Hunde kenne ich, aber die Schüler kenne ich noch nicht genau, obwohl Sie alle Ihre Fragebogen ausgefüllt haben. Wir bemühen uns, dafür zu sorgen, daß der Hund und sein zukünftiger Besitzer so gut wie möglich zusammenpassen. Zum Beispiel – wenn der Besitzer jung ist und sich rasch fortbewegen kann, möchten wir ihm einen Hund geben, der sich auch rasch fortbewegt. Wenn der Besitzer schon älter ist, braucht er einen Hund, der auch langsam gehen kann."

Nach dem Essen gingen wir wieder in den Aufenthaltsraum und trafen dort drei weitere Schüler von Brian, die gerade angekommen waren. Zwei von ihnen sollte ich sehr gut kennenlernen. Die eine hieß Dotty (eigentlich Dorothy); sie war vierunddreißig Jahre alt und brauchte schon ihren zweiten Blindenhund. Der andere hieß Harry, ein Mann im Alter von neunundvierzig, der im Krieg sein Augenlicht verloren hatte. Er hatte jetzt schon seinen dritten Blindenhund beantragt.

Am Nachmittag erklärte uns Brian, was in dem kommenden Monat auf uns wartete. In der Gesellschaft von zwei Schülern, die bereits Blindenhunde gehabt hatten, fühlte ich mich als blutige Anfängerin. Doch Brian sagte, auch Menschen, die bereits Blindenhunde gehabt hätten, müßten mit ihrem neuen Hund wieder üben. Die Ausbildungsmethoden waren nämlich inzwischen verbessert worden, und außerdem mußte man dem Hund einen Monat Zeit lassen, um seine Treue und Liebe vom Ausbilder auf seinen neuen Besitzer übertragen zu können.

Abends erzählten mir Dotty und Harry von ihren früheren Hunden, und ich hörte ihnen gespannt zu. Schließlich war es Schlafenszeit, und ich ging in mein Zimmer hinauf.

Am nächsten Morgen weckte mich ein ganzer Chor bellender Hunde. Das war für mich die lieblichste Musik seit Jahren. Welcher wird wohl meiner sein? dachte ich, während ich noch schlaftrunken im Bett lag.

Ich schlang eilig das Frühstück hinunter. Ich wollte möglichst als erste unten sein und mit dem Unterricht anfangen.

Als alle versammelt waren, bekam jeder ein Geschirr für seinen Hund, und wir konnten die Handhabung des Geschirrs an dem lebensgroßen Plastikmodell eines Blindenhundes ausprobieren, das vor uns stand. Wir nannten es Fred.

„Die Hunde", begann Brian, „sind gewöhnt, mit erfahrenen, nichtblinden Hundeführern zu arbeiten. Sie werden es deshalb nicht ohne weiteres hinnehmen, wenn Sie beim Anlegen des Geschirrs ungeschickt herumtappen. Aus diesem Grund haben wir Fred hier. Sie können zuerst an ihm üben."

Nachdem wir alle nacheinander das richtige Ende von Fred gesucht hatten, gab uns Brian den Rat, uns immer rechts vom Hund aufzustellen. „Diese Übungen", fuhr er fort, „erscheinen Ihnen vielleicht kindisch. Aber Sie werden einen gut abgerichteten Hund bekommen. Und das mindeste, was Sie tun können, ist, ihm den Eindruck zu vermitteln, daß Sie ein gut ausgebildeter Besitzer sind."

Als ich neben Fred stand, zeigte mir Brian, wie ich ihm Anweisungen geben sollte. „Nehmen wir einmal an, Sie wollen Ihrem Hund befehlen loszugehen. Zeigen Sie immer mit Ihrem rechten Arm die Richtung an, die Sie einschlagen wollen. Das ist dem Hund eine Hilfe."

Mein erster Versuch fiel eher kläglich aus. Brian mußte lachen. „Wenn Sie wirklich in die Richtung gehen wollten, die Sie angezeigt haben, dann würden Sie über Ihren Hund stolpern. Versuchen Sie's noch mal. Nein. Stellen Sie sich nicht hinter ihn. Sonst treten Sie ihm auf den Schwanz." Es war nur gut, daß wir Fred zum Üben hatten. Sein Schwanz war wenigstens aus Plastik.

Als nächstes mußten wir lernen, dem Hund zu folgen. Mit einem provisorischen Geschirr und Brian als „Hund" machten wir uns auf dem Rasen des Ausbildungszentrums an unsere Aufgabe. Es war sehr schwierig, ihm zu folgen und gleichzeitig mit ihm stehenzubleiben und wieder weiterzugehen, aber ich war entschlossen, es zu lernen.

Am folgenden Tag herrschte nach dem Frühstück im Aufenthaltsraum eine Atmosphäre gespannter Erwartung, denn heute sollten wir endlich unsere Hunde kennenlernen. Brian gab uns noch ein paar abschließende Anweisungen und bat uns dann, in unsere Zimmer zu gehen. „Dort sind Sie weniger abgelenkt", sagte er, „und Sie können Ihren Hund und Ihr Hund kann Sie in aller Ruhe kennenlernen."

Ich ging zum Zimmer Nr. 10, das ich nun schon ohne Hilfe fand. Als ich wartend auf dem Bettrand saß, überfiel mich ein beunruhigender Gedanke: Und wenn mein Hund mich nun nicht mag? Wenn er mich anknurrt? Dann hörte ich Brians Schritte auf dem Korridor näher kommen und gleichzeitig das Geräusch tappender Hundepfoten. „Wir sind's, Sheila", sagte Brian, als er mein Zimmer betrat, „dies ist Emma. Sie ist ein schokoladenbrauner Labrador Retriever."

In diesem Augenblick hörte ich Schwanzwedeln und dann wie Brian die Tür hinter sich schloß. „Emma!" rief ich. Sie kam sofort durchs Zimmer gesprungen, und plötzlich wurde ich fast vom Bett geschubst. Dann versuchte mich jemand von Kopf bis Fuß abzulecken. „Hallo, Emma", sagte ich, „hallo." Ich konnte es kaum glauben. Sie fuhr fort, mich zu lecken, und rieb ihre kalte Schnauze an meinen Händen. Sie mag mich, dachte ich. Ich wäre am liebsten im Zimmer herumgetanzt.

Ich versuchte, ihre Kopfform abzutasten, aber sie sprang unaufhörlich vor mir auf und nieder, wand und drehte sich und schnaubte in meine Hände. Hin und wieder stieß mir eine feuchte Nase ins Gesicht. Schließlich aber beruhigte Emma sich und setzte sich zu meinen Füßen hin, und so konnte ich sie abtasten. Ihr Fell war sehr dicht und rauh und erinnerte mich an einen Teddybären. Für einen Labrador war sie klein und gedrungen. Sie hatte einen buschigen Schwanz und Ohren weich wie Samt. Und lebhaft war sie!

Emma ließ mir nicht viel Zeit, sie zu befühlen. Sie machte sich daran, mir Gegenstände zu bringen. Unter dem Frisiertisch hatte ich meine Schuhe abgestellt. Sie brachte mir jeden einzeln. Was sie damit sagen wollte, war klar: „Hier bin ich. Ich bin Emma. Ich bin dein neuer Hund."

Nie im Leben war ich so glücklich gewesen.

Mein erster Spaziergang mit Emma fand an diesem Nachmittag statt. Binnen kurzem war klar, warum wir einen Monat lang mit den Hunden üben mußten. Ich legte Emma das Geschirr an, und wir gingen einen ruhigen Weg beim Haus hinunter. Brian stand in der Nähe. Er gab den Befehl zum Aufbruch, doch kaum hatte er ihn ausgesprochen, da waren wir schon unterwegs, und ich rannte dahin und klammerte mich verbissen ans Geschirr.

„Das halte ich nicht durch", stieß ich hervor.

„Ach, daran gewöhnen Sie sich bald", sagte Brian. „Das sind nur

die Anfangsschwierigkeiten, weil Sie so ein langsames Tempo gewöhnt waren."

Die Laufgeschwindigkeit eines Hundes beträgt durchschnittlich
knapp sieben Kilometer in der Stunde. Ein Mensch mit normalem
Sehvermögen legt drei bis fünf Kilometer pro Stunde zurück. Meine
Geschwindigkeit aber konnte es offensichtlich kaum mit der einer
Schnecke aufnehmen.

Nach einer Weile gewöhnte ich mich an das schnelle Tempo und
begann gerade zu glauben, daß es mir sogar gefallen könnte, da blieb
Emma ohne jede Vorwarnung plötzlich stehen. Bevor ich bremsen
konnte, landete ich auf der Straße. Emma hatte sich am Bordstein nie-
dergesetzt, und ich hörte Brian lachen.

„Gehen Sie nicht ohne Ihren Hund", sagte er. „Wenn Sie so weiter-
segeln, sobald Emma am Bordstein stehenbleibt, werden Sie überfahren."

„Ich habe ja nicht gewußt, daß sie haltmachen würde! Und Sie haben es mir auch nicht gesagt."

„Nein. Sie müssen lernen, Ihrem Hund richtig zu folgen."

Brian war achtundzwanzig, außerordentlich liebenswürdig und besaß viel Sinn für Humor. Ich mochte ihn auch deshalb ganz besonders,
weil er keinerlei Zugeständnisse an unsere Blindheit machen wollte.
Ich ging also zu Emma zurück, ergriff das Geschirr und fragte: „Was
jetzt?"

„Sie sollen diese Straße überqueren. Zuerst horchen Sie, ob Autos
vorüberfahren. Wenn alles ruhig ist, geben Sie Emma den Befehl los-
zumarschieren."

Mit einem Blindenhund über die Straße zu gehen bedeutet Gemein-
schaftsarbeit. Was man auch macht, man macht es zusammen. Meine
Aufgabe war es zu horchen, und Emmas zu schauen. Nur wenn ich
nichts hörte, sollte ich ihr den Befehl zum Hinübergehen geben. Doch
wenn ich den Verkehr falsch einschätzte und sie irgend etwas kommen
sah, wartete sie, bis der Weg frei war.

Blindenhunde sind darauf abgerichtet, an jedem Bordstein stehenzubleiben, sich zu setzen und auf den nächsten Befehl zu warten. Die
vier grundlegenden Befehle sind: „Rechts", „Links", „Zurück" und
„Vorwärts". Man muß sich so zu seinem Hund stellen, daß man es
ihm so leicht wie möglich macht, den Befehl zu befolgen. Es ist auch
wichtig, laufend mit dem Hund zu sprechen. Auf unserem ersten Spaziergang erinnerte mich Brian immer wieder daran.

„Hören Sie nicht auf zu sprechen, sonst glaubt Emma, daß Sie eingeschlafen sind."

„Was soll ich denn sagen?" fragte ich etwas dümmlich.

„Das spielt keine Rolle, solange es nicht zu eintönig klingt. Erzählen Sie ihr meinetwegen, was Sie zum Frühstück hatten."

Da marschierte ich also im Geschwindschritt eine Straße in Leamington entlang und erzählte einem schokoladenbraunen Labrador etwas von Eiern mit Speck. „Wenn Sie aufhören zu sprechen", hatte mir Brian erklärt, „hört sie auf zu arbeiten. Sie müssen ihr Interesse wachhalten. Überall gibt es schöne, interessante Gerüche für sie zu schnuppern, und unzählige Dinge fliegen an ihr vorbei, die Sie nicht sehen können. Wenn Sie also nicht mehr mit ihr reden, wird sie abgelenkt."

Als wir unseren ersten gemeinsamen Spaziergang beendet hatten, war ich stockheiser.

Brian verdanke ich sehr viel, nicht nur im Zusammenhang mit der Ausbildung, sondern auch wegen seiner Bemühungen, Emma und mich aufeinander abzustimmen. Er beurteilte Emma und mich mit großer Treffsicherheit und machte so, wie sich mit der Zeit erweisen sollte, ein gutes Paar aus uns.

Als ich Brian fragte, wo Emma eigentlich herkäme, erzählte er mir alles über die Aufzucht von Blindenhunden. Die zukünftigen Blindenhunde werden erst zu einer Ausbildungsstätte gebracht, wenn sie schon als Welpen abgerichtet worden sind. Die Gesellschaft für Blindenhunde betreibt in der Nähe von Warwick eine große Zucht. Sie besitzt eine Reihe von Hündinnen und Rüden, die als „Haustiere" zu Privatpersonen geschickt werden, da man die Tiere nicht ständig im Zwinger einsperren will. Wenn Nachwuchs zur Welt kommt, wählt die Gesellschaft die Welpen aus, die zur Ausbildung gebraucht werden. Im Alter von etwa acht Wochen wird jeder Welpe getestet, wobei man festzustellen versucht, ob er von Natur aus mutig und zutraulich und daher für die Abrichtung als Blindenhund geeignet ist. Etwa sechzig Prozent aller Blindenhunde werden auf diese Weise aufgezogen, die übrigen vierzig Prozent werden entweder von der Gesellschaft gekauft oder ihr geschenkt. Aber die Zahl der abgelehnten Hunde ist hoch. Die meisten der ausgewählten Hunde sind weiblichen Geschlechts, da Rüden nicht so folgsam sind wie Hündinnen. Die Hündinnen werden grundsätzlich sterilisiert, wenn sie Blindenhunde werden sollen. In England gibt es etwa zweitausend Blindenhunde, in der

Mehrzahl Labradorhunde, aber auch andere Retriever, Schäferhunde, Collies und Kreuzungen aus all diesen.

Die Welpen werden, wenn die Wahl auf sie gefallen ist, zu Ausbildern geschickt, die in der Nähe der Ausbildungsstätte wohnen und die die künftigen Blindenhunde etwa ein Jahr lang bei sich aufnehmen. In dieser Zeit bringen sie den Hunden gute Manieren bei, machen sie stubenrein und lehren sie, Befehle wie „Sitz", „Fuß", „Platz", „Komm" und so weiter zu befolgen. Man lehrt sie, an der Leine zu gehen, aber nicht bei Fuß, da sie ja später vor einem Blinden hergehen müssen. Die Ausbilder der Welpen sollen die Hunde überallhin mitnehmen, damit sie keine Scheu vor dem Straßenverkehr, vor Bussen oder Zügen oder vor plötzlichem Lärm haben. Zu ihrem Programm gehört es auch, die Hunde zum Einkaufen mitzunehmen. In dieser Phase gewöhnen sich die Welpen an das Leben in der Stadt, die Tiere müssen aber unerschrocken und zutraulich bleiben.

Anschließend werden die jungen Hunde zu den Ausbildungsstätten für Blindenhunde geschickt, wo sie etwa fünf Monate bleiben. Die Hundeführer leisten hervorragende Arbeit, und als Brian mir all das erzählte, wollte ich wissen, wer Emma als Welpe ausgebildet hatte. „Paddy Wansborough heißt die Dame", sagte er. „Sie ist eine wunderbare Frau, hat schon neun oder zehn Hunde als Welpen abgerichtet und sie der Gesellschaft übergeben. Sie hat Emma als Welpe gekauft, ihr die Grundausbildung angedeihen lassen und sie dann der Gesellschaft geschenkt."

Am nächsten Tag war ich wieder mit Emma unterwegs. Wir fuhren mit einem Kleinbus in Leamington herum und lernten so, öffentliche Verkehrsmittel zu benutzen. Als wir im Bus saßen, die Hunde unter den Sitzen, hörte ich Brian rufen: „Da ragen zwei braune Pfoten heraus!" Braune Pfoten, dachte ich, das muß Emma sein.

„Wollen Sie, daß jemand drauftritt?" fragte er mich.

„Nein, natürlich nicht."

„Also, dann unternehmen Sie was. Außer mir wird Ihnen später niemand solche Dinge sagen, Sheila. Wenn Sie es nicht von mir lernen, muß Emma leiden und nicht Sie."

Mein Vertrauen zu Emma wuchs täglich, und bereits am zehnten Tag im Ausbildungszentrum wußte ich mit Sicherheit, daß wir es geschafft hatten. Bis dahin hatte sie immer in ihrem Korb am andern Ende des Zimmers geschlafen. Aber an diesem Abend rollte sie sich auf dem Fußboden zusammen, so nah wie möglich bei meinem Kopfende. Da wußte ich, daß wir zusammengehörten, daß jeder die Gesellschaft des anderen brauchte. Am nächsten Morgen wachte ich mit einem Gefühl auf, als liege eine Dampfwalze auf meiner Brust. Emma saß auf mir und stieß mich mit der Schnauze an. Sie war voll überschwenglicher Lebendigkeit und konnte kaum den Tagesanbruch erwarten. Als ich aufstand, hörte ich, wie sie sich schüttelte und an der Tür mit dem Schwanz wedelte.

Im Institut hatte man vielerlei Lehrmethoden ersonnen, mit denen man uns das Tagesprogramm vermittelte – unter anderem gab es ertastbare Landkarten. Bürgersteige, Gebäude, Zebrastreifen und Bushaltestellen ragten aus einem Kartenrelief von Leamington empor, so daß wir unsere Route vorher abtasten konnten. Unsere Spaziergänge wurden immer komplizierter, und Brian suchte eigens Straßen aus, auf denen sich eine Straßenbaustelle befand, um sich zu vergewissern, daß wir derartige Hindernisse meisterten. Auch Einkaufsgänge standen auf dem Stundenplan, und das genossen Emma und ich ganz besonders. Sie machte nicht nur den Laden ausfindig, sondern brachte mich auch zum Ladentisch.

Allmählich vergaß ich immer mehr, daß ich blind war. Um meine Person wurde nun kein Aufhebens mehr gemacht. Das Interesse an Emma war zu groß.

Nach und nach lernte ich auch, wie man mit Fingerspitzengefühl am Geschirr erkennen konnte, was Emma gerade tat. An ihm merkte ich, ob sie ihre Ohren gespitzt oder angelegt hatte, ob sie den Kopf nach links oder nach rechts wandte – alle ihre kleinen Bewegungen spürte ich.

Nicht immer ging alles glatt. Auf der Hindernisroute, die wir bewältigen mußten, reagierte Emma sehr rasch, und meist konnte ich ihr nicht schnell genug folgen. Sie sah das Hindernis, taxierte es und entschied blitzschnell, welchen Weg sie einschlagen mußte. Bevor ich erkannte, was los war, hatte sie schon den Kurs geändert, und ich kam in meiner Verwirrung den neuen Signalen des Geschirrs gar nicht mehr nach. Bei solchen Gelegenheiten setzte Emma sich dann sofort hin. Sie schien sagen zu wollen: ,,Es führt zu nichts, wenn ich meine Arbeit erledige, du aber nicht mehr zustande bringst, als mir nachzuhinken und dich zu verheddern.''

Eines Abends, als wir im Aufenthaltsraum saßen, stellte ich Brian die Frage, die mich immer stärker beschäftigte, je länger der Kurs dauerte. Wie brachte man den Hunden bei, die erstaunlichen Dinge zu vollbringen, die sie für uns taten? Es ist zwar nicht sonderlich schwierig, einen Hund so abzurichten, daß er sich am Bordstein niedersetzt, aber wie lehrt man ihn, dem Blinden *nicht* zu gehorchen? „Zum Beispiel", sagte ich zu Brian, „habe ich Emma gestern befohlen, vorwärts zu gehen, aber hatte ein Auto nicht kommen hören – doch Emma ging nicht los, weil sie es gesehen hatte. Wie stellen Sie es nur an, den Tieren das beizubringen?"

„Wenn wir bei einem Hund erst einmal die Grundausbildung abgeschlossen haben", antwortete Brian, „versuchen wir, mit ihm eine Straße zu überqueren. Obwohl wir ein Auto kommen sehen, befehlen wir dem Hund loszugehen. Der Hund gehorcht sofort, aber wir bleiben stehen, und der Wagen – der von einem anderen Ausbilder eigens für diese Übungen gesteuert wird – hupt und bremst, daß die Reifen quietschen, und der Hund kehrt zum Bürgersteig zurück. Wenn wir das Tier durch ähnliche Versuche an diese Erfahrung gewöhnt haben, verbindet es in Gedanken den fahrenden Wagen mit Gefahr. Deshalb weigert es sich schließlich, trotz seines instinktiven Drangs zum Gehorsam, loszugehen, auch wenn man es ihm ausdrücklich befiehlt. Natürlich reagieren nur intelligente Hunde auf diese Weise, und das ist der Grund, warum wir bei unseren Eignungstests sehr strenge Maßstäbe anlegen müssen."

„Und wie ist das mit den Hindernissen?"

Brian erklärte, dabei müsse man den Hund so weit bringen, daß er ein Hindernis innerlich mit Mißbehagen verbinde. Man beginnt mit einem einfachen Gegenstand, zum Beispiel einer Stange. Der Hund zieht seinen Führer auf die Stange zu, aber er wird sofort angehalten. Man schlägt an die Stange, um seine Aufmerksamkeit darauf zu lenken, und zeigt ihm den richtigen Weg um das Hindernis herum. Das nächstemal ruft der Ausbilder, wenn er mit einer Stange zusammenstößt, ein lautes „Nein" und zeigt dem Hund abermals den richtigen Weg. Nach mehrmaliger Wiederholung versteht der Hund schließlich seine Aufgabe und muß das Gelernte auf schwierigere Hindernisse übertragen können.

„Sobald die Ausbilder davon überzeugt sind, daß die Hunde einen gewissen Leistungsstand erreicht haben", fuhr Brian fort, „arbeiten sie etwa zwei Wochen lang mit einer Binde um die Augen. Somit gewöhnen sich die Hunde an ihre späteren Arbeitsbedingungen und lernen, auf sich selbst zu vertrauen."

Brians Ausführungen waren für mich äußerst interessant – vor allem ahnte ich jetzt auch schon, was im letzten Teil des Kurses noch folgen sollte: die Gehorsamsverweigerung. Der Monat in Leamington näherte sich seinem Ende, als Brian uns eines Tages mitteilte, heute gingen wir zum Bahnhof.

Bahnhöfe waren mir immer zuwider gewesen, hauptsächlich wegen des Lärms, der vielen Hindernisse und dem Eindruck allgemeiner Hast, der einem Blinden Angst einjagt. Ich hatte einen solchen Horror vor Bahnhöfen, daß ich niemals einen betrat und selbst dann nicht mit dem Zug fuhr, wenn mich jemand begleitete, der sehen konnte. Doch Brian ließ sich nicht erweichen. „Sie müssen sich an solche Orte gewöhnen", sagte er. „Sie haben Emma, die Sie führt. Sie kennt sich aus." Ich war davon nicht so überzeugt. Am Bahnhof legte ich Emma das Geschirr an. „Gut so", sagte Brian. „Ich parke nur eben den Wagen. Gehen Sie schon hinein, Emma kennt den Weg. In ein, zwei Minuten bin ich bei Ihnen."

Emma führte mich durch die Türen, einige Treppen hinunter, zwischen den Passagieren auf dem Bahnsteig hindurch, und schließlich setzte sie sich. Ich hatte keine Ahnung, wo ich mich befand. Ich stand einfach da und wartete auf Brian. Ein paar Minuten später kam er. „Gut so", sagte er. „Emma sitzt jetzt direkt am Rand des Bahnsteigs. Vor Ihnen geht es senkrecht hinunter zu den Bahngleisen. Befehlen Sie ihr jetzt loszugehen."

Ich war wie gelähmt vor Schreck. „Sie machen Witze."

„Nein, keineswegs. Befehlen Sie ihr zu gehen."

Ich stand völlig entgeistert da. Das war wirklich ein furchtbarer Test. Ich hatte Angst, und mir war übel. Doch mit einer rauhen Flüsterstimme hörte ich mich sagen: „Vorwärts." Emma stand sofort auf und schob sich im selben Augenblick vor meine Beine. Dann stieß sie mich zurück, vom Bahnsteigrand fort.

Nie im Leben war ich so beschämt gewesen. Wie hatte ich nur zweifeln können. „Da sehen Sie's", sagte Brian. „Ich habe Ihnen doch gesagt, daß Emma auf Sie aufpaßt. Ganz gleich, was Sie ihr befehlen. Wenn es in Ihrer Nähe gefährlich wird, stößt sie Sie weg."

So standen die Dinge also. Wir hatten es geschafft. Das Gefühl der Freiheit, das ich empfand, war unsagbar. An diesem Nachmittag ging ich mit Emma auf der belebten Hauptstraße von Leamington spazieren. Lächelnd wanderte ich vor mich hin, schlängelte mich durch die vielen Menschen und dachte: Es ist mir ganz egal, ob ihr es *sehen* könnt, daß ich blind bin. Ich habe Emma, und mehr brauche ich nicht.

Der Tag, an dem Emma und ich nach Hause fahren sollten, kam nur zu bald. Es regnete in Strömen, und trübe wie das Wetter war auch meine Stimmung. Der Gedanke, daß ich das Ausbildungszentrum und all meine neuen Freunde verlassen sollte, machte mich traurig. Ich wollte gar nicht nach Nottingham zurück, obwohl ich nun Emma hatte. Ich hatte Angst, wieder in die altbekannten Schwierigkeiten verwickelt zu werden. Ich hatte noch nicht begriffen, in welch ungeheurem Ausmaß Emma mein Leben ändern sollte.

Von schweren Zweifeln bedrückt, verließ ich Leamington, Emma am Geschirr dicht neben mir. Als wir in Nottingham ankamen, wurden wir abgeholt und gleich nach Hause gefahren. Alle mochten Emma sofort. Sie sprang im Haus herum, durch alle Zimmer, hinein und hinaus; ich konnte hören, wie sie herumsauste, daß die Teppiche nur so rutschten. Das war eine so ganz andere Emma als das nüchterne, verantwortungsbewußte Tier im Geschirr. Das ganze Haus schien erfüllt von dem Peitschen ihres wedelnden Schwanzes, von ihrem Schnüffeln und Schnauben.

In unserer ersten Nacht zu Hause schlief Emma am Fuß des Bettes; sie hatte entschieden, daß kein anderer Platz gut genug für sie war, und morgens weckte sie mich mit der gewohnten Eindringlichkeit. Mir wurde plötzlich klar, daß wir an diesem Morgen wirklich ein neues gemeinsames Leben begannen. Wir beide würden ganz allein nach Nottingham fahren. Ich stand auf und zog mich an. Normalerweise bin ich ein richtiger Morgenmuffel, aber an diesem Tag der Tage brannte ich viel zu sehr darauf festzustellen, wie Emma und ich, auf die Probe gestellt, gemeinsam vorankommen würden.

Beim Frühstück beschloß ich, alte Freunde zu besuchen, Norman und Yvonne, gute Kunden aus der Zeit unseres Stoffladens, die ganz in der Nähe wohnten und bei denen ich gelegentlich vorbeigeschaut hatte, als ich noch besser sah. Schon in dieser Entscheidung lag ein Hauch von Freiheit. Mit Emma würde ich in ganz Nottingham herumspazieren können!

Nach einer telefonischen Rücksprache arbeitete ich den Weg in Gedanken aus. Er war nicht schwierig: Ich brauchte bloß aus unserem Tor zu gehen, Emma nach rechts zu dirigieren bis zum Ende der Straße, abermals rechts einzubiegen in die Hauptstraße, sie ganz hinunterzugehen, links abzubiegen und Emma die erste Hofeinfahrt finden zu lassen. Wir zogen also los.

Zwanzig Minuten später standen wir unter dem kleinen Vordach von Normans und Yvonnes Haus, und ich tastete nach der Glocke. Wir hatten es geschafft. Es war ein großer Triumph für mich: der erste wichtige Meilenstein war erreicht. „Guter Hund, Emma", sagte ich immer wieder.

Ich war sehr stolz auf sie.

Norman und Yvonne waren begeistert von Emma. Ein paar Stunden später machten wir uns auf den Heimweg. Doch da kam mir eine schreckliche Einsicht. Auf dem Hinweg war es nicht nötig gewesen, die Kreuzungen, die wir überquert hatten, zu zählen, da wir einfach die Straße bis zum Ende hinuntergegangen waren. Ich hätte sie aber trotzdem zählen müssen, und zwar für den Rückweg. Die Folge war, daß ich keine Ahnung hatte, wo ich Emma einbiegen lassen mußte. Nach einem ganzen Monat Ausbildung hatte ich eins der obersten Prinzipien glatt vergessen: unterwegs alle Straßen zu zählen!

Was sollte ich nun machen? Da stehe ich, dachte ich, und kein Ausbilder da, der mir hilft. Emma zog mich ahnungslos mit ihrem temperamentvollen Geschwindschritt vorwärts. Ohne auf meine Befehle zu achten, schleppte sie mich plötzlich nach links in eine Nebenstraße. Ich versuchte, sie zum Anhalten zu bewegen. „Nein, Emma. Nein! Geh zurück, geh zurück!" Aber sie hörte nicht auf mich. Ich wagte nicht, das Geschirr loszulassen, und mußte ihr folgen. Schließlich wandte sie sich nochmals nach links und setzte sich. Instinktiv streckte ich die Hand aus. Ich fühlte bleigefaßte Laternen und lackiertes Holz mit ein paar Blasen auf der Oberfläche. Ich stand vor unserer Haustür! Wenn ich auch vergessen hatte, die Straßen auf dem Hinweg zu zählen, Emma hatte daran gedacht!

KURZ nach meiner Rückkehr kaufte ich Emma ein Kätzchen als Spielgefährten. Wir gingen zur Tierhandlung, und nachdem der Verkäufer mir alle Kätzchen beschrieben hatte, hielt ich einen rötlichbraunen Kater für den nettesten. Der Mann holte das kleine Bündel Fell aus dem Käfig und legte es mir in die Hände: Es war warm und winzig, und sein kleines Herz klopfte darin. Emma stieß das Tierchen mit der Schnauze an, und sogleich spürte ich, daß die beiden einander gern haben würden.

So kam „Tiss" in unser Haus, ein flaumiges, gutmütiges und zutrauliches Bällchen. Mit seiner rauhen kleinen Zunge putzte er Emmas Ohren und leckte ihre Schnauze, während sie zusammen vor dem Kamin saßen.

Doch dann zeigte Tiss auch noch eine andere Seite seines Charakters. Abwartend saß er auf einer Sessellehne, und wenn Emma vorbeiging, sprang er auf sie herunter, krallte sich fest und baumelte an ihrem Ohr. Emma protestierte nie.

Tiss bewegte sich im Haus so lautlos, daß ich nicht erhorchen konnte, wo er war, und ständig Angst hatte, auf ihn zu treten. Daher kaufte ich ihm ein Halsband mit einer kleinen Glocke. Doch schon bald wußte er sich so zu bewegen, daß das Glöckchen nicht klingelte. Abgesehen von ein paar Streichen betete Tiss Emma an. Nie ging er ohne sie schlafen, und meist rollte er sich im Hundekorb auf ihr zusammen, sobald sie sich hingelegt hatte.

Schon bald nach unserer Rückkehr aus Leamington sandte ich eine von mir besprochene Kassette an Paddy Wansborough, die bewundernswerte Frau, die Emma als Welpen abgerichtet hatte. Ich erzählte ihr, wieviel Emma mir bedeutete. Das war der Anfang einer Freundschaft, die bis auf den heutigen Tag fortdauert.

Von Paddy erfuhr ich viel Wissenswertes über Emma. Sie beschrieb mir, wie sie sich als Welpe benommen hatte. Sie sagte, Emma sei immer ein fleißiger Hund gewesen, von Anfang an daran interessiert, Nützliches zu tun, und sie habe stets den Eindruck erweckt, als mache sie sich eigene Gedanken. Paddy schickte mir auch ein Foto von Emma im Alter von acht Wochen. Obwohl ich mir das Bild von anderen beschreiben lassen mußte, fand ich es doch schön, ein Bild von Emma aus der Zeit, als man sie als zukünftigen Blindenhund auswählte, zu besitzen.

Paddy erzählte mir eine Geschichte, die ich vermutlich amüsanter fand, als sie ihr damals erschienen war. Eines Tages pflanzte Paddy hundertfünfzig Blumenzwiebeln in ihrem Garten ein. Dann ging sie ins Haus und ließ Emma weiter im Garten spielen. Etwa eine halbe Stunde später kam Emma herein und sah aus, als sei sie äußerst zufrieden mit sich. Als Paddy aus dem Fenster schaute, erblickte sie einen großen Berg Blumenzwiebeln, die an der Hintertreppe aufgestapelt waren. Emma hatte jede einzelne mit liebevoller Sorgfalt und ungeheurer Energie wieder ausgegraben und war ganz stolz darauf, daß sie eine solche Hilfe gewesen war und Paddy wieder in den Besitz ihrer Zwiebeln gebracht hatte.

Nach einiger Zeit lud Paddy mich ein, sie in Yorkshire zu besuchen. Durch unsere Kassettenkorrespondenz hatte ich das Gefühl, sie bereits gut zu kennen, aber mich interessierte brennend, ob Emma sich an sie erinnerte. Als wir aus dem Bus stiegen, hörte ich Paddys Stimme, die uns begrüßte: „Hallo, Sheila. Schön, Sie endlich zu sehen." Das war wie ein Signal für Emma. Stürmisch sprang sie an Paddy hoch. Doch obwohl Emma entzückt war, ihr früheres Frauchen wiederzusehen, kam sie immer wieder zu mir, als wolle sie sagen: „Weißt du, ich freue mich hierzusein, aber ich habe nicht vergessen, daß ich dein Hund bin."

SOBALD ich mich zu Hause etwas eingewöhnt hatte, gingen Emma und ich zusammen zur Arbeit. Als wir an diesem ersten Morgen das Büro betraten, erwartete uns ein Empfangskomitee voll Neugier auf Emma. Sie zeigte sich begeistert, und als ich ihr das Geschirr abgenommen hatte, trug sie es schwanzwedelnd von einem zum andern, um es jedem zu zeigen.

Sie stieß sofort auf große Sympathie. Als alle gegangen waren, erforschte sie ihren Korb, spielte eine Zeitlang mit einem Gummispielzeug, das ich mitgebracht hatte, und legte sich dann nieder. Das Telefon hielt mich bereits in Atem, und bald war es ganz wie in alten Zeiten – mit dem gewaltigen Unterschied, daß unter meinem Pult ein Wesen schlief, das Sicherheit ausstrahlte.

In einer Pause, als ich gerade daran dachte, was für ein lieber, stiller Hund Emma doch war, streckte ich die Hand nach unten aus, um sie am Hals zu tätscheln. Aber da, wo Emma hätte sein sollen, war nichts. Ich tastete die weitere Umgebung ab. Emma war verschwunden. Hastig stand ich auf und vergewisserte mich, ob meine Bürotür offenstand – und tatsächlich, sie stand offen. Ich rief Emma. Keine Antwort. Alle möglichen Befürchtungen gingen mir durch den Kopf. Wenn sie nun verlorengegangen war... Dann hörte ich das Tappen von Pfoten, die den Gang herunterkamen. „Emma", sagte ich, „wo warst du denn?" Statt einer Antwort legte sie mir etwas in den Schoß. Ich war entsetzt. Es war ein Portemonnaie. „Emma! Wo hast du das her?"

Diesmal antwortete sie, indem sie auf und nieder sprang und mich heftig mit ihrem Schwanz beklopfte. Ich legte das Portemonnaie weg in der Hoffnung, daß jemand es zurückfordern und meine Entschuldigung akzeptieren würde.

Der Besitzer kam auch wirklich bald, um sich das Portemonnaie zu holen. Doch niemand wollte mir glauben, daß ich Emma diesen Streich nicht beigebracht hatte. Ich war froh, als ich sie zu einem

Rundgang im Stadtpark mitnehmen konnte. Ich hatte mir überlegt, daß ihr dieser tägliche Spaziergang nicht schaden konnte.

Ich setzte mich mit meinen Butterbroten auf eine Bank, klinkte die Leine ab, und Emma stürmte über den Rasen. Bald hörte ich sie in einiger Entfernung bellen, doch von Zeit zu Zeit kam sie zu mir zurück, stupste meine Hände mit der Schnauze an und sprang dann wieder davon. Das tat sie von da an immer, wenn wir zusammen in den Park gingen. Sie versicherte mir dadurch: ,,Ich bin hier, und ich habe dich nicht vergessen.''

Nachmittags saß ich dann wieder am Vermittlungsschrank und wartete zwischen den Anrufen unruhig auf Geräusche, die mir anzeigten, daß Emma ein weiteres Geschenk anschleppte. Doch sie legte sich bald nieder und schlief, und von da an brachte sie keine Geschenke mehr.

Die erste Woche verging sehr harmonisch. Der Hin- und Rückweg zum und vom Büro machte von Tag zu Tag weniger Schwierigkeiten. Mir wurde klar, was für ein Vorteil es war, daß Emma einen Weg nur einmal zu gehen brauchte, um ihn auswendig zu wissen. Doch kaum hatte ich das erkannt, da merkte ich, daß es auch Nachteile mit sich brachte, einen so klugen Hund zu haben.

Etwa Mitte der zweiten Woche machten wir uns wie gewöhnlich auf den Weg zum Büro. Ich sagte zu Emma nur, daß wir zur Arbeit gingen, und wußte inzwischen, daß sie diese Aufgabe ohne weitere Aufforderungen bewältigte. Aber als wir zu der ersten Straße gelangten, die wir überqueren mußten, wandte sich Emma statt dessen nach rechts und zog mich auf dem Gehsteig mit. ,,Emma'', sagte ich verzweifelt, während ich hinter ihr her stolperte, ,,wohin führst du mich?'' Aber sie nahm keine Notiz davon. Wir gingen weiter, über eine andere Straße, bogen scharf nach links ab und überquerten noch eine Straße. Dann setzte sie sich hin. Ich hatte jedoch die Orientierung völlig verloren und war ganz durcheinander.

Ich war enttäuscht von Emma, ich war sogar wütend auf sie. Schritte näherten sich. ,,Entschuldigen Sie'', sagte ich. ,,Würden Sie mir bitte sagen, wie ich zur Haltestelle der Buslinie dreiundvierzig komme?'' Sekundenlang herrschte Schweigen, dann sagte ein Mann, dessen Stimme offenkundige Verwunderung verriet: ,,Die Bushaltestelle der Linie dreiundvierzig? Da stehen Sie doch. Ihr Hund sitzt direkt neben dem Schild.'' Ich war erleichtert, erstaunt und völlig verwirrt. Als der Bus kam, stiegen wir ein, und ich vergaß das Ereignis.

Bis zum nächsten Morgen. Diesmal bog Emma statt nach rechts nach links ab, überquerte eine Straße, bog nach rechts ab, überquerte wieder eine Straße, ging geradeaus und setzte sich. Und wieder waren wir bei der Bushaltestelle.

Ich konnte mir keinen Vers darauf machen. Im Büro fragte ich eine Freundin, ob sich auf dem Weg, den ich mir ursprünglich zusammengestellt hatte, irgendwelche Baustellen befänden. Sie sagte, es gebe dort keine und auch sonst keinerlei Hindernisse.

Schließlich kam ich auf die einzig mögliche Erklärung: Emma kannte den Weg auswendig, hatte es aber satt, ihn jeden Tag wieder zu gehen. So suchte sie sich neue Wege. Von da an machte sie, unabhängig von meiner Führung, eine ganze Reihe neuer Routen ausfindig. Bald fand ich mich damit ab und stand einfach zehn Minuten früher auf, für den Fall, daß Emma einen Fehler machte. Aber sie machte nie einen.

Nach und nach kam mir zum Bewußtsein, daß ich mit Emmas Hilfe nicht nur die Freiheit erlangt hatte, beinahe überall hinzugehen, wohin ich wollte, sondern auch fast alles tun konnte, was ich wollte. Ich beschloß, einen Abendkurs für Schriftstellerei zu besuchen.

Bei diesem Kurs lernte ich Anita kennen. In einer Pause hörte ich eine warme, freundliche Stimme sagen: ,,Hallo... bist du nicht ein schöner Hund?" Und dann zu mir: ,,Sie haben doch nichts dagegen, daß ich Ihren Hund anspreche? Ich bin noch nie einem Blindenhund begegnet. Sein Fell hat wirklich eine sehr schöne Farbe." Die junge Dame, der die Stimme gehörte, stellte sich dann als Anita vor. Und das war der Beginn einer festen Freundschaft.

Anita war im gleichen Alter wie ich, also neunzehn, und war aus Hull gekommen, um in Nottingham eine Stellung anzunehmen. Einige Zeit nach unserem ersten Treffen, als wir feststellten, daß wir uns sehr gut verstanden, erzählte sie mir, daß sie ihr Zimmer aufgeben und sich nach etwas Größerem umsehen wolle – am liebsten nach einer richtigen Wohnung, doch das hing davon ab, ob sie jemanden fand, der sie mit ihr teilte. Sie sagte, es mache ihr nichts aus, auch noch einen Labrador und einen Kater in der Wohnung aufzunehmen, und ob ich nicht zu ihr ziehen wolle? Ich konnte mich nicht sofort entscheiden. Mich unter Emmas Führung mehr oder weniger freizügig außerhalb des Hauses zu bewegen war für mich kein Problem mehr, zumal ich daheim von manchen Hausarbeiten befreit war. Doch es war etwas ganz anderes, verantwortliches Mitglied eines Haushalts zu sein. Ein so kühner Schritt wollte gut überlegt sein.

Zunächst mußte ich die Idee meiner Mutter schmackhaft machen. Sie sorgte sich zwar um mich, aber ich hoffte doch auf ihre Zustimmung, denn es war immer ihre feste Überzeugung gewesen, daß blinde Menschen sich so weit in die sehende Welt eingliedern sollten, wie sie nur konnten. Als ich ihr den Plan auseinandersetzte, sagte sie: ,,Bist du sicher, daß du es schaffst? Es bedeutet eine große Umstellung."

,,Ja, ich bin ganz sicher. Und es ist wirklich eine Chance, unabhängig zu sein."

Sie schwieg, hin- und hergerissen zwischen ihrer natürlichen mütterlichen Sorge und dem Wunsch, daß ich das, was sie mich immer gelehrt hatte, in die Praxis umsetzte. Schließlich sagte sie: ,,Nun, du mußt selbst am besten wissen, wieviel du dir zutrauen kannst, Sheila, und wenn es nicht klappt, ist hier immer ein Bett für dich frei."

Also machten wir uns auf die Suche nach einer Wohnung. Das war gar nicht so leicht. Schwierigkeiten ergaben sich vor allem aus meiner Blindheit. Mehrmals trafen wir mit Vermietern eine Verabredung, und jedesmal verdüsterte sich, wie Anita mir hinterher erzählte, die Miene der zukünftigen Hauswirtin, wenn sie merkte, daß ich nicht sehen konnte. Was befürchteten sie wohl von mir? Daß ich herumstolperte, die Möbel zerschlug, die Badewanne überlaufen ließ und den Verputz beschädigte oder daß ich gar das ganze Haus in Flammen aufgehen ließ? Und die Vermieterinnen, die nichts gegen mich einzuwenden hatten, lehnten Emma oder Tiss ab.

Es schien aussichtslos.

Schließlich, nach fast drei Monaten, fanden wir eine kleine Dreizimmerwohnung in einer ziemlich verwahrlosten Straße mit Häusern aus dem neunzehnten Jahrhundert. Die Wohnung war mit einem Minimum an knarrenden Stühlen und gebrechlichen Tischen möbliert, und aus einem Schrank, der in besseren Zeiten zum Aufbewahren von Schuhen gedient haben mochte, hatte man eine Kochnische gemacht.

Mit Anita zusammen zu leben machte viel Spaß, und mir war klar, wie gut ich es hatte mit meiner eigenen Wohnung, denn eine solche besaßen nicht einmal alle Menschen, die sehen konnten.

Anita war an den Wochenenden häufig fort, und ich war dann auf mich selbst gestellt. Zuerst machte mich das nervös, doch schon bald gewöhnte ich mich daran, allein mit dem Haushalt fertigzuwerden. Es schien mir ein gewaltiger Schritt vorwärts zu noch größerer Unabhängigkeit.

Ich überlegte mir, ob Anita, als sie mich fragte, ob ich die Wohnung mit ihr teilen wolle, nicht der Gedanke gekommen war, daß das Zusammenleben mit mir zahlreiche Nachteile brachte. Was mich betraf, so war ich entschlossen zu beweisen, daß meine Behinderung nicht so schlimm war, wie man für gewöhnlich annimmt. Ich glaube sogar, Anita war überrascht, wieviel ich zustande brachte. Während sie Staub wischte, saugte ich. Manchmal hörte ich sie durch das Staubsaugergeräusch hindurch lachen. Ich schaltete das Gerät ab und fragte: ,,Worüber lachst du?" Sie kicherte. ,,Ach, dieses kleine Stück Teppich hast du nun schon sechsmal gesaugt – und gleich daneben ist ein riesiger Fleck, den du noch gar nicht gesaugt hast." So fing ich denn wieder von vorne an.

Die Speisekammer war häufig eine Quelle der Erheiterung, denn wenn ich mit dem Einkaufen an der Reihe war, besorgte ich nur Lebensmittel für die nächsten vierundzwanzig Stunden, da ich zu viele Dosen und Pakete verwirrend fand. Jeden Abend kaufte ich die Vorräte, die wir fürs Abendbrot, fürs Frühstück und für den Nachmittagstee brauchten, und versuchte auch immer, die einzelnen Lebensmittel im Schrank voneinander getrennt zu halten. Doch manchmal ging meine Rechnung nicht auf. Ich fürchte, Emma fraß eines Abends mit Genuß unser gutes Dosensteak; die Frage, was aus der Dose Hundefutter wurde, die sie eigentlich hätte bekommen sollen, habe ich dann auf sich beruhen lassen...

Anita war sehr beeindruckt, als sie merkte, daß ich kochen konnte. Ich versuchte ihr klarzumachen, daß man einen großen Teil des Kochens tatsächlich mit dem Tastsinn bewältigen kann. Wenn man Kartoffeln kocht, spießt man eine Gabel hinein, um festzustellen, ob sie weich sind.

Den Herd konnte ich mit Fingerspitzengefühl anstellen, und am Backofen ließ ich noch zusätzlich einen Brailleregler anbringen. Das einzige, was ich ungern tat, war braten, weil das Fett meistens spritzte, und ich konnte natürlich auch nicht mit einer Gabel feststellen, ob ein Spiegelei fertig war oder nicht.

Beim Kleidereinkauf mußte ich mich weitgehend auf Anita verlassen. Sie war mir eine große Hilfe. Es ist sehr schwierig, die richtigen Kleider auszuwählen, wenn man die Farben nicht sehen und die Kleidungsstücke nur betasten kann, um eine Vorstellung von Material und

Emma heute

Schnitt zu bekommen. Doch Anita beriet mich, und es war wunderbar, daß ich nun Kleider tragen konnte, von denen ich wußte, daß sie modisch waren. Sie begleitete mich entweder in die Geschäfte, oder ich nahm, wenn ich mit Emma ging, die Sachen zur Anprobe mit nach Hause. „Nein, das paßt nicht richtig zu dir“, sagte Anita dann, oder: „Nein, in dem siehst du aus wie neunzig.“ Und die Kleider wanderten zurück in den Laden. Ich glaube, ich trug wohl die Kleider, die Anita gefielen, doch trotzdem empfand ich es als einen großen Fortschritt.

Anita half mir nicht nur bei der Wahl meiner Kleider, sondern sagte mir auch, ob mein Haar in Ordnung war. Sie war mein Spiegel. Doch ihre beste Eigenschaft war, daß sie mich als vollwertiges Mitglied der Gesellschaft behandelte und mich in diesem Gefühl bestärkte. Sie hatte einen ausgeprägten Sinn für Ehrlichkeit und kam nie in Versuchung, peinliche Rücksichtnahme auf meine Blindheit zu üben.

In dieser Zeit ging mir auf, wie eng die Bindung zwischen Emma und mir geworden war. Einen großen Teil unserer Zeit waren wir nun auf uns selbst gestellt, und Emma folgte mir überallhin, was sie vorher nicht immer getan hatte, und ließ mich nie aus den Augen – nicht einmal im Badezimmer. Und mit der Zeit gingen wir nicht nur genau im gleichen Tempo und Takt, sondern schienen auch einen sechsten Sinn für die Gedanken des andern zu entwickeln – eine Art telepathische Verständigung.

Die Firma, bei der ich arbeitete, war umgezogen, und ich erledigte die Einkäufe für das Wochenende nun freitags in der Mittagspause in einem Stadtteil, der Netherfield hieß. Emma wußte immer, wann Freitag war. Ohne daß ich auch nur ein Wort sagte, brachte sie mich nach Netherfield, während wir an allen anderen Tagen unseren gewöhnlichen Spazierweg einschlugen. Eines Montags wollte ich meine Uhr zur Reparatur wegbringen, zu einem Juwelier in Netherfield, bei dem ich noch nie gewesen war. Wir verließen das Büro wie immer, ich in der Annahme, Emma glaube, daß wir unseren normalen täglichen Spaziergang machen würden. Doch statt den Weg einzuschlagen, den wir sonst montags gingen, bog sie, ohne zu zögern, nach rechts zum Einkaufszentrum von Netherfield ein, führte mich zwei Häuserblocks weiter, betrat einen Laden und setzte sich hin. Ich war erstaunt. Wir waren in dem Juweliergeschäft. Woher konnte sie wissen, daß wir an einem Montag nach Netherfield gingen? Und, was noch erstaunlicher war, woher wußte sie, daß ich zu diesem Laden wollte? Ich hatte ganz bestimmt kein Wort darüber zu ihr gesagt.

DON

ZU DER Zeit, als ich mit Anita zusammen wohnte, nahm ein neuer regionaler Rundfunksender, Radio Nottingham, den Betrieb auf. Eine Sendung wöchentlich, der „Mittwochklub", war speziell für Blinde. Das Programm gestaltete George Miller, ein Blinder, der auch schon als Zeitungsreporter gearbeitet hatte. Ich wunderte mich oft, daß er eine solche Tätigkeit ausüben konnte, doch der Journalismus war ihm eben nicht nur Brotberuf, er ging darin auf und leistete hervorragende Arbeit. Eines Tages setzte er sich mit mir in Verbindung und fragte mich, ob ich in seinem Programm über Blindenhunde sprechen wolle. Die Vorstellung, vor einem Mikrofon zu sitzen und nur eine Menge Fakten und Daten abzuspulen, sagte mir nicht besonders zu – ich hätte eine praktische Demonstration der Zusammenarbeit von Emma und mir für viel wirkungsvoller gehalten, wenn man zeigen wollte, was Blindenhunde leisteten. Daher schlug ich eine Wette vor, daß ich mit Emma schneller von irgendeinem Punkt in Nottingham zu einem andern gelangen könnte als ein Mensch mit normalem Sehvermögen.

Ein oder zwei Tage später rief George mich abermals an und stimmte dem Vorschlag zu, obwohl mich wohl jeder bei Radio Nottingham für verrückt hielt und glaubte, Emma und ich hätten etwa die gleichen Gewinnchancen wie ein dreibeiniges Pferd bei einem Galopprennen.

Als ich mich mit Emma vor dem Rundfunkgebäude einfand, wartete Tony Church, der Produzent, der die Wette mit mir eingegangen war, schon auf uns, mit Tonbandgerät und Mikrofon bewaffnet.

„Das ist also die berühmte Emma, der Hund, der mich schlagen soll. Also, wohin wollen Sie gehen?"

Ich dachte einen Augenblick nach. „Zur Haltestelle der Buslinie neunundvierzig am Trinity Square", sagte ich.

„In Ordnung", sagte Tony, und wir brachen auf. Wir mußten eine ganze Reihe befahrener Hauptstraßen überqueren, um diesen Platz zu erreichen, und hinter mir hörte ich Tony, der seinen Kommentar ins Mikrofon sprach. Doch schon nach einer Weile wurde seine Stimme vom Verkehrslärm verschluckt.

Emma und ich stürmten weiter, Emma flinker denn je, und schließlich kamen wir zu unserem Zielpunkt auf dem Trinity Square. Tony tauchte erst ein paar Minuten nach uns auf. Ziemlich außer Atem stieß er hervor: „Glückwunsch. Sie hatten recht, und wir müssen uns geschlagen geben."

Erst als ich im Studio das Tonband abhörte, erfuhr ich, was geschehen war, und bekam Aufschluß über Emmas „Arbeitsweise". Ich war überrascht, um wie viele Hindernisse sie mich herumdirigiert hatte, ohne daß ich davon ahnte. Sie hatte mich auch über einen Zebrastreifen geführt. Ich war stehengeblieben, als Emma sich setzte, und wir warteten, bis ich hörte, daß die Autos vorbei waren. Ich wußte aber nicht, daß ein Bus an den Zebrastreifen herangefahren war, daß der Fahrer sich aus dem Fenster gelehnt und Emma hinübergewinkt hatte. Als wir auf der anderen Straßenseite waren, tauchte Tony keuchend auf. Doch in diesem Augenblick fuhr der Bus wieder an, und er mußte vor dem Fußgängerüberweg stehenbleiben. Also lief er auf seiner Straßenseite weiter und versuchte, mit uns Schritt zu halten. Als er die Straße dann endlich überqueren konnte, waren wir so weit vor ihm, daß Emma, wie Tony auf dem Band vermerkt hatte, sogar Zeit hatte stehenzubleiben und ein Schaufenster zu betrachten, das sie offenbar interessierte. Drinnen hing ein großes Schild: AUSVERKAUF.

Durch das Blindenprogramm von Radio Nottingham befreundete ich mich mit George Miller. Von jenem Tag an rief er mich häufig an und besprach mit mir die Programmgestaltung des „Mittwochklubs".

Eines Abends war George wieder am Telefon und sagte, er habe gerade einen Freund da, Don Hocken. Ob ich mit ihm auch sprechen wollte? Don kam an den Apparat und begrüßte mich – und wenn es stimmt, daß man sich am Telefon verlieben kann, so hatte es mich bereits „erwischt". Als er mir erzählte, er sei Spezialist für Fußpflege, stellte ich mir damals, fürchte ich, jemanden vor, der dazu verdammt ist, pausenlos die Fußnägel anderer Leute zu schneiden. Doch diesen Irrtum räumte er gleich aus. Die Sache sei, so sagte er, schon ein wenig komplizierter. Später merkte ich, wieviel ihm seine Arbeit bedeutete und wieviel menschliches Interesse er seinen Patienten entgegenbrachte.

Don mochte Hunde und hatte von Emma gehört, und so plauderten wir eine Zeitlang über sie.

Als wir aufgelegt hatten, konnte ich den Klang von Dons weicher, tiefer Stimme nicht vergessen, und immer wieder ging ich in Gedanken unsere Unterhaltung durch.

Ein paar Tage später rief George abermals an, und auch Don war

wieder da. Ich war wie elektrisiert. Als er an den Apparat kam, überlegte ich, wie er wohl aussehen mochte, und ich fühlte mich, da wir uns
bisher ja nur am Telefon „getroffen" hatten, ihm irgendwie ebenbür-
tig. Das wäre wahrscheinlich nicht der Fall gewesen, wenn wir uns
von Angesicht zu Angesicht kennengelernt hätten.

Don erzählte mir, er sei am kommenden Samstag zum Tag der offenen Tür bei Radio Nottingham eingeladen, und plötzlich war ich nervös. Denn auch ich hatte eine Einladung erhalten und überlegte, ob ich
jetzt noch den Mut hatte hinzugehen. Ich wollte Dons Enttäuschung
nicht miterleben müssen, wenn die Illusionen, die er sich vielleicht
über mich gemacht hatte, zerrannen, sobald er mich sah. Außerdem
konnte ich mir nicht vorstellen, daß ein Mann mit normalem Sehvermögen sich je von einer blinden Frau angezogen fühlen könnte. Ich
ließ mir das alles durch den Kopf gehen, und schließlich gewann meine
Neugier die Oberhand.

Ich erinnere mich genau an diesen Tag im August 1968. Ich unterzog meine Garderobe einer eingehenden Prüfung und wählte schließlich mein bestes grünes Kleid und meine neuesten Schuhe. Ich war
beim Friseur gewesen und fragte Anita immer wieder: „Sehe ich gut
aus, ist mein Haar in Ordnung?" Und Anita versicherte mir ein übers
andere Mal: „Ach, Sheila, du siehst prima aus, wirklich, sei nicht albern." Doch wenn die Leute – von Anita einmal abgesehen – immer
sagten: „Sie sehen nett aus", war ich nie ganz sicher, ob sie nicht Rücksicht auf meine Blindheit nahmen.

Emma und ich brachen auf, und unterwegs erzählte ich ihr alles über
Don. „Seine Stimme klingt sehr sympathisch, Emma", sagte ich,
„aber ich weiß nicht, was er von uns halten wird, ich weiß es einfach
nicht." Emma wedelte mit dem Schwanz, doch je mehr wir uns dem
Ziel näherten, desto nervöser wurde ich. Diese Begegnung schien mir
etwas ganz Besonderes zu sein, weshalb ich ihr eine ungeheure Bedeutung beimaß.

Als wir das Gebäude von Radio Nottingham betreten hatten, hörte
ich, daß dort eine große Menschenmenge versammelt war. Endlich
fand ich jemanden, der George holte. Wir zogen uns in eine Ecke zurück, um zu plaudern, doch immer wieder traten Besucher auf ihn zu,
um mit ihm zu sprechen und auch ein paar Worte an Emma zu richten.
Inmitten all der Menschen hörte ich eine unverkennbare Stimme, die
aus einiger Entfernung zu mir herüberklang. Ob er mich wohl gesehen hat? fragte ich mich. Wenn ich nur wüßte, was er denkt.

Schließlich hörte ich Schritte näher kommen, und die Stimme sagte: „Tag, Sheila." Und ich wußte sofort, daß Don lächelte. Emma stand auf und begrüßte ihn lebhaft. Er ging mit großem Hallo auf sie ein, doch dann wandte er sich rasch mir zu. Wir setzten uns und unterhielten uns, und es war, als kannten wir einander schon seit Jahren. Er beschrieb mir das Studio in allen Einzelheiten und auch die Leute, die in unserer Nähe standen. Doch das Wunderbare daran waren nicht seine Beschreibungen selbst – obwohl sie ausgezeichnet waren –, sondern die Tatsache, daß Don wußte, wie isoliert ich war, und sich sofort bemühte, das zu ändern.

„Würden Sie gern einen Rundgang durchs Studio mit mir machen?" fragte er mich schließlich. Ich bejahte und war sehr froh, daß er mich nicht gleich an der Hand packte und versuchte, mich überall herumzuschleifen. Statt dessen bot er mir seinen Arm, so daß ich mich bei ihm einhängen konnte – besser und leichter kann man einen blinden Menschen nicht führen. Er zeigte keinerlei Verlegenheit, und als wir zum Regiepult kamen, bestand er darauf, daß ich die Skalen und Knöpfe betastete. „Dies ist das Regiepult, Sheila, und das ist das Fenster, von dem man das Studio überblickt..." Don schien eine Naturbegabung dafür zu haben, wie man einem blinden Menschen Dinge veranschaulicht.

Am Nachmittag machte er George den Vorschlag, daß wir alle zusammen essen gehen sollten. Im ersten Augenblick behagte mir dieser Gedanke nicht sehr, da ich fürchtete, ich könnte in Dons Augen verlieren, wenn ich mich ungeschickt anstellte. Ich brachte Entschuldigungen vor, aber er wollte nichts davon hören. „Ach, kommen Sie", sagte er, „ich kenne ein nettes Lokal gleich um die Ecke." Es gelang ihm, mich zu überreden, und Emma und ich wanderten hinter George und Don her, der den Führer machte.

Als wir bei dem Restaurant angekommen waren, erhielten wir glücklicherweise die Erlaubnis, Emma mit hineinzunehmen (was stets ein Problem darstellte, welches selbst das magische Wort „Blindenhund" nicht unbedingt löste). Emma rollte sich gleich unter dem Tisch zusammen, und Don beschrieb mir in seiner fürsorglichen Art die Umgebung, so daß ich mich bald ganz heimisch fühlte. Wir bestellten Steaks. Don bot mir an, das Fleisch für mich zu zerschneiden. Das lehnte ich ab, doch später mußte ich für den Ehrgeiz, unabhängig sein zu wollen, büßen. Als ich zum zweitenmal eine leere Gabel zum Mund führte, hörte ich Don lachen und sagen: „Sie haben wieder danebengetroffen." Das war mir so peinlich, daß ich buchstäblich bis in die Haarwurzeln errötete. Ich wünschte mir so sehr, von ihm als ganz normaler Mensch akzeptiert zu werden. Doch an seinem Lachen war nichts Unfreundliches. Nach dem Essen fuhr Don mich zu meiner Wohnung. Als wir uns vor dem Haus verabschiedeten, drückte er mir, bevor er wieder ins Auto stieg, etwas in die Hand. Ich betastete es. Es war eine Rose. Ich stellte sie in eine Vase und hegte und pflegte sie sorgfältig. In den nächsten Tagen rief ich mir diesen Samstag immer wieder in allen Einzelheiten ins Gedächtnis. Dabei kam mir plötzlich die Befürchtung, daß ich nie wieder von Don hören würde. Ich versuchte, mir eine Vorstellung von seinem Aussehen zu machen. Danach war er groß und gut aussehend und trug einen Schnurrbart. Daß er groß war, wußte ich, weil seine Stimme von oben zu mir herunterklang, und daß er ziemlich breitschultrig war, wußte ich auch, denn ich hatte mich ja bei dem Rundgang durchs Studio bei ihm eingehängt. Ich war froh, daß Anita nicht dabeigewesen war und daß mir auch sonst niemand eine Beschreibung von Don geben konnte, denn mir gefielen die Menschen besser so, wie ich sie mir vorstellte, als wie sie von andern beschrieben wurden.

Einige Tage vergingen, und ich begann nun zu glauben, daß sich meine schlimme Ahnung, Don werde sich nicht mehr melden, bewahrheitete. Doch dann rief er an. Er wollte an diesem Abend mit mir ausgehen. Ich war so aufgeregt, daß ich an diesem Nachmittag eine Menge Anrufe im Büro auf die verkehrten Apparate durchstellte.

Freunde hatten mir schon erzählt, daß Don verheiratet war, daß er und seine Frau sich aber auseinandergelebt hätten. Sie sagten mir aber auch, er sei nicht der Typ Mann, der nur oberflächliche Affären im Sinn hatte. Mir war daher klar, daß er sich über die Verwicklungen, die seine Einladung möglicherweise mit sich brachte, ernsthafte Gedanken gemacht haben mußte. Ich wäre ohnehin die letzte gewesen, die einen Mann dazu ermuntert hätte, seine Frau zu verlassen. Ich hatte ziemlich strenge Ansichten in diesem Punkt, und mein Gewissen rührte sich nur deshalb nicht, weil ich wußte, wie Don war, und weil ich von meinen Freunden über seine Ehe gehört hatte.

Als ich an diesem Sommerabend ausging, dachte ich: Jemand möchte mit mir zusammen sein, möchte wirklich mit mir zusammen sein. Meine Schuhe schienen kaum den Gehsteig zu berühren, als Emma mich zu Don führte.

An diesem ersten Abend, den wir zusammen verbrachten, suchten wir ein kleines Gasthaus auf, das „Zu den drei Weizengarben" hieß und in einem Vorort von Nottingham lag. Es roch einladend, und es herrschte eine gemütliche Atmosphäre. Während wir plauderten, lag Emma zusammengerollt unter dem Tisch. Einmal nahm Don vorsichtig meine Hand. Er gab mir das Gefühl, daß ich auf der ganzen Welt der einzig wichtige Mensch sei. Mir kam es vor, als hätten wir erst ein paar Minuten in dem Lokal gesessen, als ich den Wirt „Wir schließen!" rufen hörte. Er hatte eine auffallend tiefe Stimme, und es klang sehr ulkig. Von da an nannten wir das Gasthaus immer „Zur tiefen Stimme", und das wurde unser Deckname für diesen so besonderen Ort.

Ich war erst einundzwanzig, und Don war fünfzehn Jahre älter. In den folgenden Tagen wurde mir bewußt, daß ich ihn liebte. Aber liebte er mich auch? Ich fand es nicht ganz fair von mir, so etwas von ihm zu erwarten. Doch Don hatte nie die leiseste Andeutung gemacht, daß meine Blindheit ihn störte. Daß er mich so vollkommen akzeptierte, bedeutete für mich die größte Ermutigung meines Lebens.

Immerhin, die Zweifel blieben. Die Vorstellung, daß ein Mensch, der sehen konnte, mich liebte, lag so weit außerhalb all meiner Erwartungen, daß für mich die ganze Welt auf den Kopf gestellt schien. Liebe war etwas, worüber ich in Brailleromanen gelesen hatte, und sie berührte nur Menschen, die sehen konnten. Wie sollte mir so etwas zustoßen?

Eines Abends rief Don mich an, sagte, sein Auto sei kaputt und er könne mich nicht treffen. Ich hörte kaum zu, als er hinzufügte: „Ich habe die Werkstatt angerufen; sie schicken jemanden. Falls sie den Wagen wieder in Ordnung bringen, rufe ich dich an." Ich dachte nur: Das ist das Ende. Er hat sich entschieden, daß er mich nicht wiedersehen möchte.

„Ja", antwortete ich, „in Ordnung." Ich legte den Hörer auf und ging im Zimmer auf und ab, entschlossen, nicht zu weinen. Als ich mir schließlich eine Tasse Kaffee machte und mich hinsetzte, kam Emma zu mir und legte ihre Schnauze auf mein Knie. So saßen wir stundenlang.

Dann läutete das Telefon, wieder war es Don. „Es tut mir so leid, Sheila, die Lichtmaschine ist kaputt, und vor morgen können sie keine neue besorgen. Es tut mir wirklich leid…" Ich war froh, daß Anita gerade nicht da war. Ich wollte mit niemandem sprechen.

Am nächsten Tag erledigte ich meine Arbeit wie ein Automat. Bis
Don kurz nach zehn anrief. Als sei nichts geschehen, sagte er, der Wagen sei wieder in Ordnung und ob ich ihn nicht heute abend treffen
wolle? Von da an wußte ich, wie sehr ich Don liebte. Eine Woche später saßen wir in seinem Wagen, und der Dezemberregen strömte an
den Scheiben herab – irgendwie gab uns das ein noch stärkeres Zu-
sammengehörigkeitsgefühl. Plötzlich wandte sich Don zu mir und
sagte: ,,Es wird nicht immer so sein wie jetzt, weißt du. Willst du auf
mich warten, bis ich frei bin?''

Da hätte ich am liebsten die Tür aufgerissen und mit Emma auf der
Straße einen Freudentanz vollführt, mitten im Regen.

Ob ich warten wollte?

Natürlich wollte ich!

MEIN Leben war nun ganz auf Don eingestellt. Ich traf ihn, sooft es
ging, und empfand eine furchtbare Leere, wenn wir getrennt waren. In
dieser Zeit spürte ich auch, daß ich einen beruflichen Wechsel brauchte. Die Firma, bei der ich arbeitete, war von einem anderen Unternehmen aufgekauft worden. Ich hätte zwar ohne weiteres weiterarbei-
ten können, aber die endlose Hin- und Rückfahrt strengte mich doch
sehr an. Mit dem Einzug der neuen Firmenleitung beschloß ich, mich
nach einer anderen Stellung umzusehen.

Monate der Enttäuschung und Niedergeschlagenheit vergingen auf
der Suche nach Arbeit. Erst in dieser Zeit wurde mir wirklich bewußt,
wie groß die Benachteiligung ist, die blinde Menschen zu überwinden
haben. Ich konnte jahrelange Berufserfahrung an einem stark bean-
spruchten Vermittlungsschrank geltend machen und war ebenso tüchtig wie jede andere Telefonistin. Das genügte aber offenbar nicht.
Wenn Anita abends nach Hause kam, las sie mir die Stellenangebote in
der *Nottingham Evening Post* vor, und ich notierte mir die Telefonnummern in Brailleschrift. Doch wie durch ein Wunder waren die
freien Stellen immer in dem Augenblick schon besetzt, wenn ich er-
wähnte, daß ich blind sei. Schließlich kam ich zu dem Schluß, daß es
nur einen Weg gab, dieses Problem zu lösen. Ich würde eben nicht
mehr erwähnen, daß ich blind war. Ich würde nur noch meine Befähi-
gungen angeben und, falls ich mich vorstellen sollte, meinen zukünftigen Arbeitgeber vor vollendete Tatsachen stellen.

Das Ergebnis war, daß sich zwei Firmen sofort für mich interessierten. Bei der ersten Firma war man überrascht, als ich mit einem Blin-

denhund auftauchte. Doch sowie ich vor dem Mann, der mich befragte, Platz genommen hatte, kauerte sich Emma neben mir nieder. Es
ging alles glatt. Dann führte man mich zum Vermittlungsschrank.
„Aber", gab der Mann zu bedenken, „wie wollen Sie ihn denn bedienen? Er ist nicht für einen Blinden eingerichtet." Ich erklärte, daß die
Post die Anlage kostenlos umbaue – ein hervorragender Service, den
man lobend hervorheben sollte –, und die Stellung wurde mir prompt
angeboten.

Als nächstes mußte ich mich bei Whytecliffe vorstellen, einer großen Autoreparaturwerkstatt in Zentrumsnähe. Auch hier war man
zunächst etwas erstaunt über Emma, doch mußte ich mich gleich der
üblichen Befragung unterziehen. Emma rollte sich wieder still unter
meinem Stuhl zusammen, spielte bei der Unterhaltung aber trotzdem
eine wichtige Rolle.

Der Personalchef züchtete Springer-Spaniels, und er fragte mich fast
soviel über Emma aus wie über meine Erfahrungen am Vermittlungsschrank. Ich bin sicher, bei dieser Unterredung gab all das mit den
Ausschlag, was ich ihm über Emma und ihre große Bedeutung für
mich berichten konnte. Man bot mir die Stellung an, und ich griff zu,
zum einen, weil sie besser bezahlt war als die erste, aber auch, weil
Whytecliffe von meiner Wohnung nur eine Viertelstunde zu Fuß entfernt lag.

Als ich an meinem ersten Arbeitstag bei Whytecliffe mit einem großen Labradorhund auftauchte, waren die andern Mädchen höchst erstaunt. Die meisten begriffen zwar, daß Emma ein Blindenhund war,
aber ein oder zwei Mädchen hatten Zweifel, ob ich überhaupt blind
war. Sie hatten beobachtet, wie Emma und ich die Straße heraufge-
kommen waren, den Zebrastreifen überquert hatten und schnurstracks auf die Eingangstür zugegangen waren. Emma führte mich so
ausgezeichnet, ganz gleich, wohin ich wollte, daß ich bald imstande
war, mich selbständig im Büro zu bewegen. Obwohl die Mädchen gesehen hatten, daß ich den Vermittlungsschrank mit Hilfe meines Tastsinns bediente, wichtige Nachrichten in Brailleschrift notierte und
mein Notizbuch nach Zahlen abtastete, glaubten sie, daß etwas faul
daran war.

Sie beschlossen, diese Frage zu klären. Ich arbeitete am oberen Ende
eines langgestreckten Büroraums, an dessen beiden Seiten Schreibti-
sche aufgereiht standen, dazwischen verlief ein schmaler Gang. Am
anderen Ende lag die Kantine. Nachdem Emma mich in den ersten

Tagen dorthin geführt hatte, machte ich mir nun nicht mehr die Mühe, ihr für dieses kurze Stück das Geschirr anzulegen; ich kannte Richtung und Art des Weges selbst gut genug: den Gang zwischen den Schreibtischen geradeaus hinunter, dann rechts.

Was sich an dem Morgen zutrug, als mich die Mädchen auf die Probe stellen wollten, mag gemein, ja sogar grausam anmuten. Auf jeden Fall war ihr Handeln gedankenlos, doch ich bin sicher, daß es echtem Argwohn entsprang. Sie schoben mir Stühle und andere Gegenstände in den Weg, und als ich zur Vormittagspause in die Kantine gehen wollte, stolperte ich von Hindernis zu Hindernis und stieß schließlich eine Treppenleiter um, die zu Bruch ging. Das Schweigen, das folgte, nachdem ich in meiner Wut so richtig Dampf abgelassen hatte, war Schweigen aus tiefer Verlegenheit. Doch letzten Endes ließ mich dieses Ereignis nur noch stolzer auf Emma werden, da sie die anderen zu der Überzeugung hatte verleiten können, daß ich gar nicht blind war.

Emma fühlte sich mit der Zeit in der Innenstadt von Nottingham wie zu Hause. Sie lernte die Namen aller Läden, in denen ich einkaufte, und aller Bushaltestellen, an denen meine Busse hielten. Ich sprach einfach das Wort aus, und im Handumdrehen waren wir dort. Wir kauften viel in dem großen Co-op-Markt ein, und ich brauchte ihr nur das Geschirr anzulegen, ,,Such den Co-op, Emma", zu sagen, und schon zog sie los, eifrig mit dem Schwanz wedelnd.

Einkaufen liebte sie.

Im Frühjahr 1969 kam Anita eines Abends mit sehr gedämpfter Stimmung nach Hause. ,,Sheila", sagte sie, ,,ich muß dir etwas sagen. Die Firma will mich im Juli nach Grantham versetzen. Mir ist ganz mies zumute, weil ich doch weiß, daß du dir diese Wohnung allein nicht leisten kannst."

Das entsprach der Wahrheit. Ich verdiente damals neun Pfund pro Woche, und die wöchentliche Miete, die wir uns teilten, betrug sechs Pfund. Anitas Eröffnung war daher ein Schock für mich, und der Gedanke, daß unsere nette Partnerschaft ein so jähes Ende finden sollte, stimmte mich traurig.

Natürlich wünschte ich mir nichts sehnlicher, als Don zu heiraten. Doch seiner kleinen Tochter Susan zuliebe wollte er noch warten; er glaubte es nicht verantworten zu können, sich von seiner Familie zu trennen, ehe Susan etwas älter war und das Ganze verstehen konnte.

Diese Wartezeit war hart für uns beide, aber ich respektierte seine Gründe.

Die Aussicht, nun allein leben zu müssen, erfüllte mich mit mancher Angst. Zwar mußte ich nicht gerade befürchten, völlig einsam zu sein, denn Emma war ja da. Aber ich hatte dann niemanden mehr, der mir meine Briefe vorlas oder ein neues Rezept für einen Kuchen. Und was sollte ich machen, wenn eine Sicherung durchbrannte? Elektrisches Licht spielte für mich zwar keine Rolle, aber das Bügeleisen oder eine Steckdose wohl.

Es blieb mir nichts anderes übrig, als mich nach einer anderen Wohnung umzusehen. Glücklicherweise stand ich schon seit einigen Monaten auf der Liste des Wohnungsamtes, und eines Tages, als die Zeit für mich schon knapp wurde, bekam ich endlich einen Brief, in dem mir eine Wohnung angeboten wurde, die etwa sechseinhalb Kilometer von meiner jetzigen entfernt lag. Ich atmete auf, doch der Pferdefuß folgte sogleich. Tiere waren in dem Wohnblock nicht zugelassen. Obwohl man mit Emma eine Ausnahme machen konnte, weil sie ein Blindenhund war, mußte ich mich von Tiss trennen, worüber ich sehr traurig war. Doch ich fand ein gutes neues Heim für ihn und hörte später, daß er sich eingewöhnt hatte und einen ganz zufriedenen Eindruck machte.

Als der Umzug heranrückte, stand die ganze Wohnung voller Kartons, und Emma wollte an dem aufregenden Spiel unbedingt teilhaben. Jedesmal, wenn ich einen neuen Karton vollpacken wollte, brachte sie all ihre quietschenden Gummispielsachen und Knochen herbei und warf sie in den Karton. Das war zwar ein schöpferischer Einfall, solange es nur einmal vorkam, doch sobald ich einen Karton gefüllt hatte und den nächsten in Angriff nahm, mußte ich beim Tasten feststellen, daß ich gar keinen leeren Karton vor mir hatte, sondern einen, den Emma auch schon wieder mit Spielzeug gefüllt hatte.

Sowie meine Vorgänger aus der neuen Wohnung ausgezogen waren, kam meine Mutter, um mir putzen zu helfen. Als wir bei dem großen Wohnblock angelangt waren, brauchte sie lange, bis sie die Nummer 103 gefunden hatte, und als wir dann endlich in der Wohnung standen und unser Gepäck und die Putzmittel abgestellt hatten, sagte sie: ,,Sheila, ich mache mir solche Sorgen. Du wirst dich in diesem Block hoffnungslos verlaufen. Was ist bloß in die Leute vom Wohnungsamt gefahren, daß sie einem blinden Menschen eine Wohnung im fünften Stock geben?"

„Aber Mami", sagte ich, „ich brauche doch keine Spezialwohnung, nur weil ich blind bin. Emma wird mühelos herein- und wieder hinausfinden."

Davon überzeugte ich meine Mutter schließlich, und wir machten uns daran, die Wohnung herzurichten, bevor wir die Möbel aufstellen konnten. Als wir die Reinigungsarbeiten zur Zufriedenheit meiner Mutter erledigt hatten, wollten wir eine Teepause einlegen. Natürlich hatte ich noch keine Vorräte, also mußte eine von uns beiden zu einem Lebensmittelgeschäft gehen.

„Ich gehe mit Emma", sagte ich. „Dabei lerne ich dann gleich die Umgebung etwas kennen."

Meine Mutter wehrte entsetzt ab. „Nein, Sheila", sagte sie, „ich lasse dich in diesem Haus nicht allein herumlaufen."

Also wieder das gleiche Thema. „Aber Mami, ich bin nicht allein, ich habe doch Emma."

Ich wußte, daß Emma sich in Wirklichkeit besser zurechtfand als meine Mutter und ich zusammen, aber das sprach ich nicht aus. Ich muß allerdings zugeben, daß meine Mutter bis dahin noch nie Gelegenheit hatte, Emmas Leistungen in einer neuen Umgebung zu beobachten, zumal sie mich ja zu der Wohnung begleitet und dadurch Emma für kurze Zeit sozusagen außer Dienst gestellt hatte. Wir machten uns auf den Weg. Emma fand mühelos den Aufzug, und wir stiegen im Erdgeschoß aus. Da ich mich überhaupt nicht auskannte, konnte ich nicht wie sonst Emma befehlen, zu einem bestimmten Laden zu gehen. Statt dessen mußte ich sie bitten, irgendein Geschäft zu finden. Als wir losgingen, sagte ich zu ihr: „Emma, wir wollen Tee kaufen und Zucker und Milch." Ob es ein glücklicher Zufall war oder ob Emma den Laden wirklich richtig erkannte, weiß ich nicht, aber das erste Geschäft, das wir betraten, war ein Lebensmittelladen an der Ecke. Als wir alles eingekauft hatten, was wir brauchten, machten wir uns auf den Rückweg, betraten den Aufzug (ich mußte die Knöpfe bis zum fünften Stock zählen), wanderten den Korridor entlang und erreichten ohne Zögern die richtige Tür. Meine Mutter staunte nicht schlecht.

DER Abendkurs, bei dem ich Anita kennengelernt hatte, hatte gezeigt, wieviel Freude wir alle am Schreiben und Lesen fanden. Lesen – das waren für mich in der Hauptsache auf Band gesprochene Bücher. Es gab da eine fabelhafte Kassettenreihe für Blinde, in welcher eine

▲ In der Telefonzentrale
Bei unserem Dreißigkilometermarsch ▶

Urlaubsfreuden mit Don und Emma 1973 in Cornwall

große Auswahl an Autoren von Thomas Hardy bis Ian Fleming vertreten war.

Einige Zeit später tat sich eine weitere Möglichkeit auf. Kath Hill, ebenfalls Besitzerin eines Blindenhundes, rief mich eines Abends an und sagte: ,,Sheila, was halten Sie von Abendkursen eigens für Blinde?"

,,Klingt verlockend", erklärte ich spontan. ,,Aber was für Abendkurse?"

,,Make-up und Schönheitspflege", antwortete sie. ,,Ich kenne jemand, der gerne so einen Kurs abhalten würde, vorausgesetzt, es melden sich genügend Teilnehmer."

,,Oh", sagte ich, ,,ich hätte bestimmt Interesse daran. Und ich bin sicher, daß sich da auch noch andere finden."

Je eingehender wir uns darüber unterhielten, desto attraktiver erschien uns der Gedanke. Ich trug zwar gewöhnlich ein wenig Make-up, hatte aber nie etwas Besonderes zuwege bringen können. Ich benutzte eine Tönungscreme und Lippenstift – die Tönungscreme war leicht aufzutragen, da man sie über das ganze Gesicht verteilen mußte, und auch Lippenstift bereitete keine allzu großen Schwierigkeiten, da ich meine Lippen fühlen konnte und deshalb nichts verschmierte. Ich verliebte mich richtig in den Gedanken, noch weitere Schönheitsmittel anwenden zu lernen.

Ich rief also alle meine blinden Freundinnen an und stieß auf viel Zustimmung. Das Nottinghamer Blindeninstitut organisierte für uns einen Fahrdienst mit einem Kleinbus, der uns zum Ort des Kurses bringen sollte.

Am ersten Abend gab es viel Aufregung. Es hatten sich zehn Teilnehmerinnen eingetragen, davon sechs mit Blindenhunden, und als wir mit den Hunden nacheinander in den Kleinbus stiegen, gab es lebhafte Begrüßungsszenen. Vor allem Emma und Kaths Hund Rachel sagten sich mit viel Schwanzwedeln guten Tag.

Unsere Lehrerin hieß Joan Dickson, und obwohl sie keine Erfahrung mit Blinden hatte, machte sie uns viel Mut. Sie klärte jede einzelne von uns über ihren Hauttyp und ihre Haarfarbe auf; sie erläuterte, welche Tönungscreme zu Augen- und Haarfarbe paßte.

Der beste Teil des Kurses kam später, denn da benutzten wir Make-up, von dem wir früher nicht zu träumen gewagt hätten, Lidschatten, Wimperntusche und Eyeliner. Ich hatte keine Ahnung, wie ich sie anwenden mußte. Joan führte es jeder Teilnehmerin vor, und mit Hilfe des Tastsinns lernten wir es schließlich. Sie legte mir Lidschatten auf, und dabei stellte ich fest, daß ich es tastend auch selber tun konnte, wenn ich mich an den Knochen über und neben den Augen orientierte. Als Grenze für den Lidschatten konnte ich mich nach den Wimpern richten. Wir mußten viel üben, bevor wir es richtig machten, und häufig mußten wir alles wieder abwischen und von neuem beginnen.

Der Kurs war ein Riesenerfolg. Wenn ich jetzt mit Don ausging, war ich glücklich, daß ich mich auch hübsch zurechtzumachen verstand. Dieser erste Kurs hatte uns alle so sehr beflügelt, daß wir später sogar Schneidern in Angriff nahmen, was ein noch größeres Abenteuer war. In der Schule hatte man mich nie an eine Nähmaschine herangelassen, da die Lehrerinnen keine Erfahrung im Unterricht mit blinden Schülern hatten.

Da war der Abendkurs mit unseren zwei Lehrerinnen Irene und Hazel schon etwas ganz anderes!

Wir begannen mit den grundlegenden Arbeitsgängen. Jede Teilnehmerin bekam ein kleines Stück Stoff, dann wurde uns das Heften Stich für Stich gezeigt, wobei wir statt eines normalen dünnen Baumwollfadens einen Wollfaden benutzten, um besser fühlen zu können, was wir taten. Danach gab man uns ein Rockschnittmuster. Dieses war aus viel dickerem Papier als die gewöhnlichen Schnittmuster, die man im Laden kauft, damit wir leichter selbst zuschneiden konnten. Hazel und Irene hatten den Schnitt rundum in etwa zwei Zentimeter Abstand vom Rand punktiert. Nachdem wir den Stoff zugeschnitten hatten, wurde der Rand des Schnittmusters einfach entlang der Punktierung zurückgeschlagen. Nun konnten wir uns beim Heften ohne Mühe nach den kleinen erhabenen Punkten richten, die auf dem neu entstandenen Rand des Schnittmusters lagen.

Als nächstes kam das Nähen auf einer elektrischen Nähmaschine. Auf allen Einstellhebeln standen Instruktionen in Brailleschrift, es gab einen Sicherheitsfuß vor der Nadel und eine Parallelführung – in Form einer langen Metallschiene –, damit die Nähte auch gerade ausfielen. Nach einiger Zeit beherrschte ich die Technik, machte allerdings trotzdem noch Fehler.

Ich nähte zum Beispiel eine Hose und saß allein vor der Maschine. Doch als ich das Ergebnis meiner Mühe befühlte, hatte ich statt einer Hose einen langen Rock geschneidert! Ich hatte die einzelnen Teile falsch zusammengenäht. Trotzdem war es, fand ich, eine herrliche

Zeit, und die andern waren der gleichen Meinung. Wir alle brauchten
Unterstützung von einem Menschen, der sehen konnte (mir war Don
behilflich, wenn ich Säume abstecken oder etwas ausmessen mußte),
aber wir hatten trotzdem das Gefühl, einen wichtigen Schritt vorwärts
gemacht zu haben.

Zu dieser Zeit wurde ich auch Avon-Beraterin. Eines Abends besprach ich mit Don meine Finanzen (die sich meist in der Nähe der roten Zahlen bewegten), und ich fragte ihn, wie ich auf irgendeine Weise
noch etwas über meinen Bürolohn hinaus verdienen könne. Zufällig
war am selben Abend eine Avon-Beraterin bei Don aufgetaucht, und
er schlug mir diese Tätigkeit vor.

Erst hatte ich Zweifel. „Ach, Don", sagte ich, „ich glaube nicht, daß
ich von Haus zu Haus gehen und den Leuten Sachen verkaufen kann;
außerdem muß man da ständig Formulare ausfüllen, was ich nicht
kann."

„Doch, du kannst", sagte Don. „Die Formulare kann ich für dich
ausfüllen. Warum bittest du nicht eine hiesige Beraterin, dich mal zu
besuchen?"

Schließlich ließ ich mich überzeugen, zumal mir einfiel, daß ich ja
einen kleinen Kassettenrecorder mitnehmen und alle Einzelheiten auf
Band sprechen konnte. Ich rief also eine Avon-Beraterin an, und sie
kam zu mir und erzählte mir etwas über ihre Verkaufstechnik. Für den
Anfang wollte ich mich auf die dreihundert Wohnungen in meinem
Block und in den angrenzenden Blocks beschränken. Wir machten uns
also auf den Weg. Ich glaube, Emma wußte nicht recht, was sie davon
halten sollte, da wir bei jeder Tür stehenblieben. Aber alles lief gut. Die
Apartmentnummern an den Türen waren leicht erhaben, so daß ich
fühlen konnte, wo ich war, und wenn gerade niemand zu Hause war,
hielt ich die Nummer auf dem Band fest und kam am nächsten Abend
wieder.

Der Erfolg war weit größer, als ich für möglich gehalten hatte. Viele
Frauen zeigten Interesse an den Schönheitsmitteln, die ich anbot, und
sehr oft wurde ich auch zu einer Tasse Tee eingeladen. Doch ich verdanke diesen Erfolg zum großen Teil Emma. Die meisten Frauen hatten mich schon einmal auf der Straße mit ihr gesehen und ergriffen nun
die Gelegenheit, sie zu streicheln. Vielleicht saß Emma auch mit der
stummen Bitte da: Bitte kauft etwas, sonst hat sie morgen kein Futter
mehr für mich. Wie dem auch sei – ich bekam viele Bestellungen. Jede
Woche hörten wir die Kassetten ab, und Don füllte die Formulare aus.

Diese Tätigkeit bedeutete eine echte Bereicherung für mich, und ich gewann einen ganz neuen Freundeskreis. Außerdem traf ich Menschen, die ihre Wohnung meist nur zum Einkaufen verließen und kaum jemanden hatten, der sie besuchte. In diesen Wohnungen gab es viele einsame Menschen, und ich glaube, sie waren froh, daß jemand kam, mit dem sie reden konnten. Mit Erstaunen stellte ich fest, daß ich noch auf andere Weise hilfreich sein konnte. Da ich den Schönheitspflegekurs mitgemacht hatte, war ich in der Lage, meinen Kundinnen Tips zu geben.

Erstaunlich viele Frauen fragten mich um Rat, wenn es darum ging, einen farblich passenden Lidschatten für sie auszuwählen. Für mich war das wunderbar; es gab mir großes Selbstvertrauen. Ich dachte: Ich bin blind, aber ich kann diesen Menschen helfen!

Als Emma und ich unser erstes gemeinsames Jahr hinter uns hatten, beschloß ich, Vorträge über Blindenhunde zu halten. Die erste Rede, die ich hielt, kam durch Anita zustande. Sie lud mich zu einem Treffen in ihrer Kirchengemeinde ein. Sie hatte den Leuten in ihrem Kreis so viel über Emma erzählt, daß alle gespannt darauf waren, sie kennenzulernen. Auf dem Weg zur Kirche fühlte ich mich wie im siebten Himmel, denn gleich würde ich etwas tun, was mir unsagbar am Herzen lag. In der Kirche begrüßte uns Anita, und wir setzten uns in eine der hinteren Reihen. Ich spürte, daß viele Menschen anwesend waren (etwa hundertfünfzig, wie man mir später erzählte), und plötzlich merkte ich, daß ich mich vor Aufregung nicht rühren konnte. Eine schreckliche Stille verriet die Spannung, mit der ich erwartet wurde, und dann hörte ich, wie jemand ankündigte, daß die Sprecherin eingetroffen sei. Man bat mich, nach vorn zu gehen.

Emma führte mich durch das Kirchenschiff und hinauf zum Podium. Ich hatte mir von ihr moralische Unterstützung erhofft, aber bald wurde mir klar, daß von ihrer Seite kaum etwas zu erwarten war. Sie ging hinter mich, rollte sich am Boden zusammen und legte ihren Kopf zwischen meine Füße.

Ich glaube, ich sprach nur etwa fünf Minuten lang, doch mir kam es vor wie fünf Stunden. Ich stammelte einen Bericht über die Ereignisse im Ausbildungszentrum von Leamington und versuchte darzulegen, was Emma für mich bedeutete. Mein einziger Vorteil war, daß ich die Gesichter der Anwesenden nicht sah und sie mich daher auch nicht wie einen Menschen mit normalen Augen verwirren konnten. Doch hatte ich andererseits auch keine Möglichkeit, die Reaktion der Zuhörer aus ihren Mienen abzulesen.

Als mir schließlich der Stoff ausging, stand ich zitternd da, doch zu meinem Erstaunen brach lauter Applaus los. Ich konnte es kaum glauben!

Das einzige, was mir bei meinen öffentlichen Auftritten nicht gefiel, waren die Essen, zu denen ich manchmal im Anschluß daran eingeladen wurde. Ich erinnere mich an eine besonders unangenehme Mahlzeit, bei der ich mit einem Fruchtcocktail fertigwerden mußte, der Ananasstücke enthielt.

Man kann sich dieses Problem am besten vorstellen, wenn man sich einmal die Augen verbindet und versucht, mit einem Löffel Ananasstücke auf einem Teller zu erwischen. Sie glitschen einem sehr leicht weg. Endlich fischte ich ein Stück heraus und hob es mit dem Löffel zum Mund, da merkte ich plötzlich, daß noch mehrere andere Stücke daranhingen wie Glieder einer Kette. Doch was am schlimmsten war, vor Schreck darüber ließ ich den Löffel fallen – und sämtliche Ananasstücke rutschten mir vorn in den Ausschnitt.

Ein positives Ergebnis meiner Ansprachen war, daß die Organisationen, vor denen Emma und ich auftraten, sich häufig entschlossen, neben einer Spende an die Gesellschaft für Blindenhunde bei ihren Mitgliedern auch noch den vollen Betrag für den Kauf eines Blindenhundes zu sammeln. Ein Blindenhund kostet 500 Pfund. Darin sind dann die Aufzucht des Welpen, die Abrichtung des ausgewachsenen Hundes im Ausbildungszentrum und das Training des Blinden mit dem Hund eingeschlossen. Von Blinden erwartet man natürlich nicht, daß sie diese Summe aufbringen. Sie brauchen nur einen symbolischen Beitrag von fünfzig Pence zu bezahlen, und auf diese Weise kann jeder Blinde, ganz gleich, wie seine finanziellen Verhältnisse sind, einen Hund haben.

Einmal organisierte ich selbst eine Wohltätigkeitsveranstaltung. Ich entschloß mich zu einem Dreißigkilometermarsch (natürlich mit Emma als Führerin), für den ich zahlungswillige Gönner gewann. Don und ich verbrachten viel Zeit damit, die Route gemeinsam zusammenzustellen und genau zu planen, wie ich die einzelnen Schwierigkeiten bewältigen sollte. Dabei hatten wir Glück. In der Universität von Nottingham gibt es eine Abteilung, die sich mit der Mobilität von Blinden befaßt. Unter anderem arbeitet man dort mit Kleintonbandgeräten, mit deren Hilfe man eine Route genau nach der Landkarte mündlich festlegen kann. Der Blinde kann das Bandgerät mitnehmen und unterwegs abhören.

Wir liehen uns ein solches Gerät von der Universität aus, und Don und ich machten uns daran, meine Route zu beschreiben und auf Band zu sprechen. Don ging den ganzen Weg genau ab und vermerkte, wie viele Straßen ich überqueren, wo ich links oder rechts abbiegen mußte, welches Pflaster ich unter den Füßen hatte, was ich im Vorbeigehen hörte. Er meisterte die Aufgabe, die richtigen Informationen auf Band zu sprechen, ausgezeichnet. Er diktierte nicht etwa: ,,Und bei der Post biegst du links ab", sondern formulierte es so deutlich, wie es für mich nötig war. Er entwickelte dafür einen unglaublich guten Instinkt.

Don wollte Emma und mich nur ungern einen so weiten Weg machen lassen. Ich konnte seinen Standpunkt verstehen, wollte aber auch nicht, daß er uns begleitete, denn das hätte das ganze Unternehmen entwertet. Also schlossen wir einen Kompromiß: Don würde uns an verschiedenen Punkten der Route treffen.

Bei dieser Veranstaltung sollte mich eine blinde Freundin namens Wendy begleiten, die mit ihrem Blindenhund Candy zu mir kommen wollte. Wir hatten für den Marsch einen Sonntag gewählt, der dann mit strahlendem Sonnenschein anbrach. Ich nahm das Kleintonbandgerät, und wir vier brachen auf.

Wir waren übereingekommen, daß wir sofort aufgeben würden, falls die Hunde zu müde wurden. Wendy und ich trugen Provianttaschen mit Broten, den Freßnäpfen für die Hunde, sowie Futter und einem reichlichen Wasservorrat. Im Handumdrehen lag Nottingham hinter uns, und wir waren draußen in der Landschaft von Derbyshire. An den ausgemachten Punkten tauchte Don auf und vergewisserte sich, daß es uns gutging. Bis in den Nachmittag hinein schritten wir tüchtig aus. Ich schaltete das Bandgerät ein, um mich über den nächsten Abschnitt der Route zu informieren, und sagte zu Wendy: ,,Und jetzt horch auf eine Brücke. Wir gehen unter ihr durch, biegen rechts ab und befinden uns dann auf der Hauptstraße zurück nach Nottingham."

,,Gut", sagte Wendy, und wir marschierten weiter. Wir waren schon ein ganzes Stück gegangen, waren uns aber nicht sicher, ob wir schon unter einer Brücke durchgekommen waren oder nicht. Dann blieben die Hunde stehen. ,,Es hat keinen Sinn, wenn wir uns beide verirren", sagte ich zu Wendy. ,,Bleib du hier, ich werde mal die Gegend erforschen."

Emma ging nur zögernd vorwärts, doch schließlich brachte ich sie dazu, auf die andere Straßenseite hinüberzuwechseln. Doch dort spürte ich seltsamerweise Gras unter den Füßen. Emma blieb stehen und wollte sich nicht von der Stelle rühren. Ein starker Atemhauch wehte plötzlich an meinen Hals, und ich erschrak heftig. Dann dröhnte mir ein donnerndes „Muuuuh…" ins Ohr. Wir waren auf einer Wiese voller Kühe. Oder waren es Bullen? Wer weiß? Ich nahm mir nicht die Zeit, das festzustellen. Wie der Blitz waren Emma und ich von der Wiese herunter und wieder bei Wendy und Candy. Wir gingen ein Stück zurück – was wir gleich hätten tun sollen –, fanden die Brücke und waren bald auf dem richtigen Weg.

Die Hunde zeigten keinerlei Anzeichen von Ermüdung. Als wir zu Hause anlangten, waren sie so frisch, als könnten sie weitere dreißig Kilometer laufen. Wendy und ich dagegen stolperten vor Erschöpfung. Aber unser Unternehmen war die Mühe wert gewesen, denn wir konnten fast zweihundertfünfzig Pfund an Spenden verbuchen.

Ich freute mich immer, wenn ich Kindern über Blindenhunde erzählen konnte. Sie waren so offen und ohne jede Verlegenheit. Ihre Fragen waren phantasievoll, und mich akzeptierten sie ohne Vorbehalte. Ich hatte nie das Gefühl, daß sie dachten: Die Arme, sie kann nicht sehen, sondern wußte, daß sie meine Blindheit als Tatsache hinnahmen. Am meisten beeindruckten sie Emma und ihre Leistungen. Sie wollten immer, daß ich mit Emma Kunststücke vorführte. Doch das war nicht ganz unproblematisch. Als mich die Gesellschaft für Blindenhunde zu einer ihrer offiziellen Sprecherinnen ernannte, schärfte man mir ein, daß ich auf keinen Fall etwas vorführen sollte. Die Gründe sind leicht zu verstehen. Die Hunde wären bei Veranstaltungen dieser Art durch zu viele Dinge abgelenkt worden, sie hätten unter unnatürlichen Bedingungen gearbeitet, und das wäre den Tieren gegenüber nicht fair gewesen.

Emma allerdings hielt offenbar nichts von dieser Theorie, denn sie setzte sich liebend gern in Szene. Und um sie davon abbringen zu wollen, hätte ich mehr Willenskraft besitzen müssen. Also hielt ich es für das beste, die Neugier der Kinder mit einer einfachen Vorführung zu stillen. Ich sagte: „Ich werde jetzt Emma bitten, mich zur Tür zu bringen, den Mittelgang hinunter. Aber wenn ihr mir ein paar Sachen in den Weg stellt, dann könnt ihr sehen, wie Emma mich um sie herumführt."

Die Kinder verstreuten Mäntel und andere Gegenstände auf dem Mittelgang. Und Emma machte es sichtlich Spaß, die Hindernisse schlau zu umgehen, die die Kinder ausgeklügelt hatten.

Obwohl ich so gern vor Kindern sprach, kamen mir gewisse Bedenken, als ich eine Einladung erhielt, in einer Schule für behinderte Kinder am Stadtrand von Nottingham zu sprechen. Vermutlich fühlte ich mich wie ein Mensch mit gesunden Augen, wenn er sich mit einem Blinden auseinandersetzen soll. Schließlich hielt ich es für besser, doch hinzugehen.

Viele Kinder saßen in Rollstühlen – sie litten an multipler oder diffuser Sklerose und Spina bifida. Manche saßen auch in kleinen motorisierten Wagen, da ihre Lähmung schon so weit fortgeschritten war, daß sie nur noch imstande waren, einen Knopf zu drücken, wodurch die Räder in Bewegung gesetzt wurden.

Die Leiterin der Schule erzählte mir, daß die Kinder sehr gern Emma sehen würden und erfahren wollten, wie ein blinder Mensch mit dem Leben fertig wurde. Sie sagte: ,,Wir haben im Unterricht über Blindheit gesprochen, und die Kinder sind der Meinung, daß es viel schlimmer ist, blind zu sein als gelähmt.''

Dem konnte ich schwerlich zustimmen. Als ich das Klassenzimmer betrat, hörte ich die Kinder in ihren Rollstühlen hereinfahren. Als ich ihnen von Emma erzählte, waren alle sehr still. Ihre Fragen beeindruckten mich. Die Kinder waren sehr intelligent und konnten sich besser als andere Kinder in Blindheit einfühlen, wohl wegen ihrer eigenen Gebrechen.

Nach meiner Rede kamen zwei Kinder auf mich zu und sagten: ,,Sie müssen unser Schwimmbecken anschauen.'' Die beiden Jungen erklärten mir, daß das Schwimmen ein Teil der Therapie sei. Manche Kinder, die sich auf dem Trockenen nicht bewegen konnten, waren im Wasser dazu fähig.

Einer der beiden kleinen Jungen saß im Rollstuhl, der andere ging an Krücken. Emma und ich folgten dem Geräusch der Krücken, das uns den Korridor hinunter zu der großen Schwimmabteilung führte. Dann erklang das Klicken der Metallkrücken immer schneller, und es wurde schwierig für Emma und mich und den Jungen im Rollstuhl, Schritt zu halten. Plötzlich ging mir auf, daß sie ein Wettrennen veranstalteten!

Ich war tief entsetzt, als ich den kleinen Jungen auf Krücken, der Robin hieß, plötzlich mit einem furchtbaren metallischen Klirren stürzen hörte. Ich kam zur Unglücksstelle, wußte aber nicht, was ich tun sollte. Und ich konnte einfach nicht verstehen, warum der Junge im Rollstuhl sich vor Lachen schüttelte. Robin lag auf dem Boden und gab seltsame Laute von sich. Ich kniete neben ihm nieder. Da erst wurde mir klar, daß auch er sich halbtot lachte. Das war ansteckend, und als ich ihn aufgehoben und wieder auf seine Krücken gestellt hatte, gingen wir den Korridor entlang weiter, konnten aber nicht aufhören zu lachen.

Als wir am Schwimmbecken angelangt waren, beschrieben die Kinder mir die kleinen Boote, in denen sie sich auf dem Wasser bewegten. Ihre unglaubliche Lebensfreude war nicht zu verkennen. „Wir tun dies... wir tun das... und wir können *sehen*. Wir können lesen und..."

Ich tat ihnen leid, weil ich nicht sehen konnte. Das war sehr demütigend.

Ein weiteres Behindertenzentrum, das ich besuchte, war Clifton Spinney in der Nähe von Nottingham. Es ist Wohnheim und Umschulungsstätte zugleich für blinde Menschen, die ihr Augenlicht erst vor kurzem verloren haben.

Ich hatte es immer besonders schwierig gefunden, mit jemandem zu sprechen, der erst seit kurzem blind war. Die Menschen sind so sehr von ihrem Sehvermögen abhängig. Es plötzlich zu verlieren ist schrecklich und ist wohl die schlimmste Art zu erblinden überhaupt. Es hat nicht nur physische Blindheit zur Folge, sondern bedeutet auch eine seelische Einkerkerung.

Bereits bei meiner Rede vor den behinderten Kindern hatte ich starke Zweifel bekämpfen müssen, und bei der Vorstellung, daß ich zu den Blinden in Clifton Spinney sprechen sollte, kamen mir noch größere Bedenken.

Als ich auf dem Podium saß, Emma neben mir, konnte ich meine Zuhörer plaudern hören. Mir fiel auf, daß ihre Stimmen einen charakteristischen, sehr monotonen Klang hatten, in dem sich die Vorstellung zu spiegeln schien, daß mit dem Verlust ihres Sehvermögens auch alle Hoffnung und Lebensfreude geschwunden seien.

Ich begann meine Ansprache in der üblichen Weise. Schon nach wenigen Minuten merkte ich, daß von meinen Zuhörern keinerlei Echo kam. Ich redete wie gegen eine Wand. Doch ich brachte meinen Vortrag zu Ende, wenn es mich auch viel Mühe kostete.

Auch während der Fragestunde blieb die Atmosphäre bedrückend.

Die Fragen wurden nicht nacheinander gestellt, dafür wurden manchmal gleich drei auf einmal ausgesprochen. Daran konnte man deutlich erkennen, daß kürzlich erblindete Menschen mit besonderen Schwierigkeiten zu kämpfen haben, da sie sich ausgeschlossen fühlen. Sie sind plötzlich auf einer dunklen Insel und müssen alles daransetzen, um von dort fortzukommen. Viele meiner Zuhörer litten noch unter dem Schock, den der Verlust ihres Augenlichts nach sich gezogen hatte, unter dem Zwang, ein vollkommen anderes Leben beginnen zu müssen. Als ich die Fragen etwas geordnet hatte, stellte sich heraus, daß mein Publikum ganz besonders an Blindenhunden interessiert war. Emma trug nun ihren Teil dazu bei, diese Menschen davon zu überzeugen, daß sie auch als Blinde nicht auf weitgehende Beweglichkeit und Freiheit verzichten mußten.

Wie dankbar ich sein mußte, daß ich Emma hatte, wurde mir ein paar Wochen nach diesem Erlebnis klar. Eines Tages brachte sie mich an einer verkehrsreichen Stelle zu einem Zebrastreifen, und ich hörte, wie ein Bus oder Lastwagen anhielt, um uns vorbeizulassen. Ich gab Emma das Signal zum Vorwärtsgehen, aber wir waren erst ein oder zwei Schritte gegangen, da machte sie plötzlich kehrt, heftig am Geschirr zerrend. Ich verstand ihr Verhalten nicht und vergaß völlig, ihr zu vertrauen. „Komm doch, Emma, es ist ja alles in Ordnung, sie haben doch extra für uns angehalten." Ich drängte sie vorwärts, aber sie rührte sich nicht, und da glaubte ich losgehen zu müssen, um zu zeigen, daß alles in Ordnung war – denn ich konnte hören, daß der Motor des Busses oder Lastwagens im Leerlauf summte und daß man auf uns wartete. Als ich losmarschieren wollte, tat Emma etwas ganz Unglaubliches. Sie sprang mich plötzlich an und stieß mich zum Bordstein zurück. Im selben Augenblick hörte ich plötzlich ein immer lauter werdendes Geräusch, und ein Wagen brauste vor mir über den Zebrastreifen hinweg und die Straße hinunter. Einen Schritt weiter, und ich wäre überfahren worden.

Das Ganze hatte sich in Sekundenschnelle abgespielt – ich stand wie versteinert auf dem Fußgängerüberweg. Ich hörte, wie der Motor neben mir abgestellt und eine Tür geöffnet wurde. Dann erklang eine besorgte Stimme. Sie gehörte einem Busfahrer.

„Alles in Ordnung?"

„Ja", sagte ich.

„So was habe ich noch nie gesehen. Ich hab seine Nummer nicht mehr erkennen können. Der muß glatte achtzig gefahren sein."

„Ja", sagte ich, noch immer zu erschrocken, um mehr von mir zu geben.

Und der Fahrer fügte hinzu: „Aber so was wie Ihren Hund hab ich auch noch nie gesehen. Ein Glück, daß er so schnell reagiert hat. Sie haben da wirklich einen guten Hund."

Damit stieg er wieder in seinen Wagen, startete und fuhr davon. Emma wollte nun unbedingt weitergehen, und während sie gelassen vor sich hin trottete, dachte ich immer wieder an das, was der Busfahrer gesagt hatte. Ja, ich hatte wirklich einen guten Hund. Er hatte mir das Leben gerettet.

EINE Sache machte mir immer öfter Kopfzerbrechen: Zwar gab es in der Nähe einige Parks, in denen ich Emma frei laufen lassen konnte, aber zu meiner Wohnung gehörte kein Garten. Dann hatte ich einen Einfall. Es war zwei Monate vor Emmas Geburtstag am 16. Oktober, und ein Garten wäre doch das schönste Geschenk, das ich ihr machen konnte.

Also rief ich das Wohnungsamt an, denn ich hatte vor, meine Wohnung gegen ein Haus einzutauschen. Ich bekam zur Antwort, man halte es für sehr unwahrscheinlich, daß jemand eines der städtischen Häuschen gegen eine Wohnung eintauschen wolle, daß ich aber gerne versuchen könnte, den Tausch auf eigene Faust zuwege zu bringen, falls mir das glückte. Mir fiel ein, daß Emma eine Freundin bei der Stadtverwaltung hatte, eine sehr nette Frau namens Brenda Borritt, die wir häufig im Park trafen. Bei unserem nächsten Zusammentreffen erzählte ich ihr von meinem Problem, und ein oder zwei Wochen später rief sie mich an und erzählte mir, sie habe jemanden gefunden, der aus einem der städtischen Häuschen gern in eine Wohnung ziehen würde. Es war, sagte sie, ein Fertighaus, eher klein und nicht mehr ganz neu – aber es hatte einen Garten!

So bekam Emma ihr Geschenk. Das Haus gefiel ihr sofort, und der Garten noch mehr. Er war nicht sehr groß, aber es standen Apfelbäume darin, und er bot genug Raum, daß sie sich darin tummeln konnte, sooft sie wollte.

Don half mir beim Umzug, und es war eine ziemlich hektische Zeit. Während ich auspackte, brachte er Gardinenstangen an und baute neue Steckdosen ein. Um zwei Uhr früh fielen Emma und ich todmüde ins Bett. Es kam mir vor, als sei kaum Zeit vergangen, als ich draußen jemand klopfen hörte (es war Don), und rasch sprang ich aus dem Bett.

Dann merkte ich, daß ich nicht mehr wußte, wo die Tür war. Ich tastete mich an einer Wand entlang, dann an einer anderen und öffnete eine Tür. Ich stand vor einem Einbauschrank. Nachdem ich es mit einer dritten versucht hatte, fand ich schließlich die richtige Tür. Im Wohnzimmer stolperte ich über das kleine Sofa, das wir, wie ich ganz vergessen hatte, mitten im Raum abgestellt hatten, und gelangte endlich zur Vordertür. Aber draußen war niemand. Mir fiel ein, daß es auch eine Hintertür gab; dort stand Don und wartete geduldig. Ich brauchte lange Zeit, bis ich mit den vielen verschiedenen Türen vertraut war, da ich so an meine Wohnung mit ihrem einen Eingang und den wenigen Zimmern gewöhnt war.

Zwar verirrte ich mich in der ersten Zeit in dem kleinen Garten, aber Emma gewöhnte sich sehr rasch an ihn. Sie konnte es gar nicht erwarten, bis ich sie hinausließ, und rannte dann rundherum und schnüffelte am Fuß der Hecke den Spuren von Katzen nach, die sich vor langer Zeit einmal dort herumgetrieben hatten.

MANCHMAL wurde ich gefragt, woran ich immer erkannte, wenn mit Emma etwas nicht in Ordnung war. Ich konnte es ihrem Fell ja nicht ansehen, ob ihre Gesundheit sich verschlechterte. Doch das war für mich auch nicht nötig. Die Menschen konnten es sich eben nur schwer vorstellen, wie außerordentlich stark das Band zwischen uns beiden war.

Ich merkte schon morgens, wenn wir aufstanden und sich Emma zum erstenmal kräftig schüttelte, wie es ihr ging, ja sogar, in welcher Stimmung sie war.

Außerdem wurde sie als Blindenhund alle halbe Jahre von einem Tierarzt untersucht. Das kostet den Besitzer keinen Pfennig, und es ist eine gute Vorsorgemaßnahme, bei der gesundheitliche Störungen erkannt werden sollen. Doch zwischen zwei halbjährlichen Untersuchungen spürte ich eines Tages unter Emmas Brust ein kleines Knötchen. Ich tastete es während der nächsten Zeit immer wieder ab, und da es zu wachsen schien, beschloß ich, mit Emma zur Tierklinik zu gehen.

Dort hatte gerade Dr. Davidson Dienst, ein sehr netter Mann. Er untersuchte das Knötchen und erklärte mir, man solle es vorsichtshalber entfernen. Das bedeutete, daß ich Emma am nächsten Morgen zur Klinik bringen mußte. Normalerweise blieben frisch operierte Hunde den Rest des Tages dort, aber Emma war ja wohl ein Sonderfall. Wir kamen überein, daß sie, falls ich einen Wagen auftreiben konnte, der mich zur Tierklinik brachte, nur ein paar Stunden bleiben müsse. Am nächsten Morgen brachte ich Emma in die Klinik und blieb bei ihr, bis Dr. Davidson ihr die Betäubung verabreicht hatte. Dann holte mich einer der Fahrer aus der Werkstatt meines Arbeitgebers, wo alle großes Verständnis zeigten, zur Arbeit. Diese zwei Stunden waren ganz ungewöhnlich. Ich war nicht nur voll Sorge, weil Emma in der Tierklinik betäubt dalag, sondern tastete auch instinktiv immer wieder nach ihrem Korb unter dem Vermittlungsschrank, lauschte und erwartete jeden Augenblick, daß sie mit ihrer Schnauze an mein Knie stupste. Ich fühlte mich, als hätte ich irgendwo ein Stück von mir liegengelassen. Es war ein sehr beunruhigendes Gefühl der Leere.

Endlich wurde es zwölf Uhr, und der Fahrer brachte mich wieder zur Tierklinik, parkte und wartete, bis ich mit Emma zurückkam. Ich tastete mich die Stufen zur Tür hinauf, läutete und wurde in den Wartesaal geführt. Dann brachte Dr. Davidson Emma herein. Sie hatte erst kurz zuvor das Bewußtsein wiedererlangt, und an ihrem Gang erkannte ich, daß sie noch wacklig auf den Beinen war. Aber welch eine Begrüßung! Sie wedelte so heftig mit dem Schwanz, daß sie beinah umfiel; ich hörte, wie sie ins Torkeln und Rutschen kam, als sie mich sah.

Ich bedankte mich bei Dr. Davidson und legte Emma anstelle des Geschirrs die Leine an. Langsam gingen wir hinaus. Als uns jemand die Haustür aufgemacht hatte, drehte Emma sich um, verkürzte die Leine, indem sie ein Stück davon ins Maul nahm, und trottete vor mir her. Da wurde mir klar, daß wir oben an der Treppe standen und Emma mir etwas sagen wollte. Da sie ihr Geschirr nicht trug und mir deshalb nicht wie sonst helfen konnte, hatte sie die Leine ins Maul genommen, um mir zu bedeuten, daß sie mich auch so noch führen konnte.

Zu Hause verschlief Emma friedlich den Rest des Tages, bis die Wirkung des Betäubungsmittels verflogen war. Ich aber machte mir furchtbare Sorgen, was sich bei der Untersuchung des Knötchens herausstellen würde. Das Warten kam mir endlos vor. Zwei Tage später erfuhr ich dann, daß die Ergebnisse des Labors negativ waren. Es war nur ein Fettknoten gewesen und nichts Bösartiges. Meine Erleichterung war grenzenlos.

NACHDEM ich in mein neues Häuschen umgezogen war, fiel mir ein, daß ich nun eigentlich wieder eine Katze halten könnte, und ich dachte an eine Siamkatze. In der Tierklinik hatte ich so ein Kätzchen auf dem Schoß gehalten, und seine zarte, anmutige Gestalt hatte mich beeindruckt. Ich bat Don, in der Zeitung die Annoncen durchzusehen. Eines Abends entdeckte er eine Anzeige, in der angeboten wurde, was wir haben wollten. „Red-Point-Siamkatzen", sagte er, „kannst du dir darunter etwas vorstellen?"

„Keine Ahnung, klingt aber hübsch, nicht?"

Ich rief sofort den Züchter an, und er beschrieb mir die Katzen: Pfoten, Ohren, Schwanz und Gesicht sind rotgolden, die Augen saphirblau und das Fell am Körper fast weiß. Das klang großartig. Wir machten eine Zeit aus, wann wir die Tierchen begutachten wollten. Emma begleitete uns natürlich, denn sie mußte mit der Katze auch einverstanden sein. Wir wählten uns schließlich einen vier Monate alten kleinen Kater aus und nannten ihn Ohpas, was auf siamesisch Sonnenschein bedeutet.

Das verblüffendste an Ohpas war, daß er Emma anbetete. Er hielt es für seine Aufgabe, ihr Gesicht und Ohren sauberzulecken. Wie damals Tiss schien auch Ohpas zu wissen, daß Emma unter den Hunden eine Sonderstellung einnahm, und alle Katzen, die wir später noch hatten, zeigten die gleiche Haltung.

Bald kaufte ich noch ein zweites Siamkätzchen als Gesellschaft für Ohpas. Es war ein sehr kluges und edles Tier und wurde Ming genannt. Emma aber, die bei Ming eine Seelenverwandtschaft erkannte, machte sich sofort daran, sie zu ihrer Komplizin zu erziehen. Emmas Freßgier stand im Haus nur ein wesentliches Hindernis entgegen: Sie reichte nicht bis zum Küchenbüfett hinauf. Irgendwie brachte Emma Ming dazu, auf das Büfett zu springen und ihr eßbare Brocken hinunterzuwerfen. Don beobachtete diese ungewöhnliche Vorstellung häufig und erzählte mir, Ming sei in erster Linie darum bemüht, Emma mit Futter zu versorgen, und behalte kaum einen Bissen für sich selbst.

UM DIESE Zeit machte ich mir erneut Sorgen um Emma. Jahr um Jahr mußte sie von der Gesellschaft für Blindenhunde für arbeitstauglich erklärt werden. Nun war die Überprüfung abermals fällig, und da Emma schon über zehn Jahre alt war, war ich ein wenig beunruhigt. Vielen meiner Freunde, die Blindenhunde in diesem Alter hatten, war geraten worden, sie wegzugeben und einen neuen Hund zu beantragen. Diese Vorstellung war mir unerträglich. Als der Ausbilder von der Gesellschaft für Blindenhunde kam, um Emma zu prüfen, zeigte sie sich von ihrer besten Seite. Ich legte ihr das Geschirr an und konzentrierte mich auf die Aufgabe. Insgeheim hoffte ich, daß ihm an ihrer Arbeit nichts Negatives auffallen würde, was mir vielleicht bisher entgangen war. „Ich werde einen Stadtgang machen", sagte ich, „wenn Sie damit einverstanden sind. Es ist unser normaler Weg zur Bushaltestelle."

Der Ausbilder, Herr Soames, war ein liebenswürdiger Mann und hatte keine Einwände. Wir hatten uns nicht gerade den günstigsten Tag ausgesucht. Ein starker Wind schlug uns entgegen, als wir aufbrachen, und kurz darauf wirbelten uns auch Schneeflocken ins Gesicht. Doch wir gingen zur Bushaltestelle weiter, und Emma war die gelassenste von uns dreien. Sie trabte in ihrer gewohnten Art den Gehsteig entlang.

Als wir die Bushaltestelle – und damit das Ende der Prüfung – erreicht hatten, wartete ich auf Herrn Soames' Entscheidung. „Ich habe Emma zuletzt vor vier oder fünf Jahren gesehen", sagte er, „Sie haben ihr doch wohl keine braune Schuhcreme auf die Schnauze geschmiert?"

„Schuhcreme? Nein, natürlich nicht."

„Weil sie nämlich kein bißchen grau geworden ist."

Ich hatte gerade noch Zeit zu denken: Er will dir jetzt schonend beibringen, daß sie zwar jung aussieht, er aber weiß, daß sie nicht mehr die Jüngste ist..., da fuhr er fort: „Nein, sie hat sich überhaupt nicht verändert. Sie sieht wirklich nicht einen Tag älter aus als letztesmal, und nach dem, was sie uns heute vorgeführt hat, glaube ich fast, daß sie noch mit achtzehn Jahren arbeiten kann!"

Mir war, als komme die Sonne plötzlich heraus und scheine mir ins Gesicht: Es war wunderbar. Ich verabschiedete mich von Herrn Soames, und Emma und ich gingen wieder nach Hause. Auf dem Rückweg kaufte ich ihr einen neuen Gummiknochen. Und abends gingen Don und ich aus, um zu feiern.

Nicht lange danach hatten wir noch mehr Grund zum Feiern. Nach all den langen Jahren des Wartens konnten Don und ich nun heiraten. Emma führte mich die Stufen zum Standesamt hinauf (sie hatte eine Sondererlaubnis erhalten – ich hätte doch nicht ohne Emma heiraten können!). Als ich die schwere Tür aufstieß, merkte ich, daß ich zitterte.

Ich konnte nicht glauben, daß es nun endlich soweit war. Im Standesamt hörte ich Dons Stimme: „Hallo, Liebling." Er nahm meine Hand.
„Du siehst wunderschön aus", sagte er. Ich hatte ein grünes Kleid gewählt, denn im Geist verband ich Grün mit der Vorstellung von Frühling und von lauter neuen, schönen Dingen. Und auf dem Kleid trug
ich eine Nelke.

Als Don meine Hand hielt, merkte ich, daß auch er zitterte, und ich
war kaum imstande, vor dem Beamten die einfachen Worte „Ja, ich
will" zu sagen. Dann war alles vorüber, und Don und ich gingen Hand
in Hand hinaus. Ich spürte, wie Konfetti auf mich herabrieselte. Dann
umarmten mich meine Mutter und mein Vater, aber ich glaube, weder
Don noch ich merkten so richtig, was um uns geschah. Wichtig war
nur, daß wir – endlich – Herr und Frau Hocken waren.

NEUE HOFFNUNG

AN EINEM trüben Januartag des Jahres 1975 rief mich mein Bruder
Graham an.

Graham, der als Klavierstimmer arbeitete, hatte ähnliche Seh-
schwierigkeiten wie ich, doch obwohl er wegen einer mißglückten
Operation in seiner Kindheit die Sehfähigkeit auf einem Auge völlig
eingebüßt hatte, konnte er, im Gegensatz zu mir, auf dem andern noch
etwas sehen. Er war ständig auf der Suche nach Möglichkeiten, sein
Sehvermögen zu verbessern, und wollte mir nun über seine jüngsten
Bemühungen berichten. Er hatte einen Augenchirurgen aufgesucht,
den ich „Dr. Shearing" nennen will. Dieser Arzt bediente sich vieler
neuartiger Operationstechniken.

Ich hatte daher viel an Graham denken müssen, und er hatte am Telefon kaum „Hallo" gesagt, da fragte ich schon: „Was weißt du Neues
von deinem Arzt? Hat sich was ergeben?"

„Tja", antwortete er, „ich habe gute und schlechte Nachrichten. Er
sagte, es wäre ziemlich einfach, die Linse, die vom Star befallen ist,
operativ zu entfernen, aber in meinem Fall würde er das Risiko nicht
gern übernehmen, weil die Erfolgsziffer nur bei etwa fünfundachtzig
Prozent liegt. Und er sagte, da ich ja noch etwas sehen könne, wäre es
furchtbar, wenn die Operation mißlinge."

Ich war etwas niedergeschlagen, doch er fuhr fort: „Aber ich meine,
du solltest ihn unbedingt aufsuchen. Er ist ein sehr netter Kerl, ein

Praktiker und sehr sympathisch. Man weiß ja nicht, ob er nicht vielleicht für dich etwas tun kann."

Graham hatte recht. Was konnte es schaden, wenn ich meinen Fall einem Spezialisten vortrug? Ich rief am nächsten Tag dort an und vereinbarte einen Termin, und als ich den Hörer auflegte, merkte ich, daß ich am ganzen Körper zitterte.

Der Grund war wohl, glaube ich, daß ich unbewußt wie alle blinden Menschen meine Blindheit nie endgültig akzeptiert hatte. Eine leise Stimme flüsterte stets beharrlich: Du mußt sehen können. Du kannst so nicht weiterleben. Doch diese Stimme muß man grundsätzlich unterdrücken, denn wenn man zu sehr auf sie hört, wird man nie mehr sein als ein Häufchen Selbstmitleid, unfähig, eine sinnvolle Rolle im Leben zu spielen.

Nur in den Augenblicken, wo ich an die Möglichkeit dachte, wieder sehen zu können, schlugen Erbitterung und blanker Haß auf meine Blindheit in mir hoch.

Ich mußte drei Wochen warten, bevor ich mit Dr. Shearing sprechen konnte. Alle möglichen Erwartungen tauchten in mir auf. Als ich den Termin ausgemacht hatte, sagte ich zu Don: „Ist es nicht fabelhaft? Ich werde in die Stadtbücherei gehen können. Ich werde alles lesen können, was ich will."

„Ja", sagte Don, „wunderbar." Doch seine Stimme klang nicht so begeistert wie seine Worte. Er versuchte, mir so taktvoll und schonend wie möglich beizubringen, daß ich mir keine übertriebenen Hoffnungen machen dürfe. Er wollte mir zwar Mut machen, wollte aber auch nicht, daß ich zu niedergeschlagen war, wenn nicht alles so kam, wie ich hoffte. Trotzdem konnte ich nicht aufhören zu träumen.

Endlich kam der Freitag, für den ich einen Termin vereinbart hatte. Graham sagte, er würde mich begleiten, da wir nach Derby fahren mußten, und er meinte, daß es sogar mit Emma schwierig für mich sein würde, mich in den unbekannten Straßen zurechtzufinden. Ich glaube aber, er wollte mich auf jeden Fall begleiten, um der erste zu sein, der erfuhr, wie die Dinge standen.

Wir trafen uns an der Bushaltestelle. Als der Bus kam, führte Emma mich hinein, suchte einen Platz für mich und legte sich dann still unter den Sitz; Graham setzte sich neben mich. Graham ist kein großer Plauderer, daher sprachen wir unterwegs nur wenig. Ich dachte über Emma nach. Mir war zum erstenmal klargeworden, daß sie mich, wenn ich sehen konnte, nicht mehr führen mußte; ich konnte sie dann wie jeder andere Hundebesitzer einfach zu einem Spaziergang mitnehmen. Das war eine wunderbare Vorstellung.

Graham brachte mich zu den Untersuchungsräumen, dann ließ er mich allein, weil er einiges einkaufen mußte.

Die Tür ging auf, und ich erkannte die Geruchsmischung aus Desinfektionsmitteln und Bohnerwachs, die für Krankenhäuser typisch ist. Emma führte mich durch das Wartezimmer in einen Raum, der mit Teppichboden ausgelegt war und mich sehr groß anmutete. Vor mir spürte ich Feuer, das wohl von einer Gasheizung herrührte; Emma war entschlossen darauf zu gegangen.

„Nun, junge Dame", hörte ich eine Stimme sagen, „was kann ich für Sie tun?"

„Ich würde gern wissen, ob Sie mir vielleicht helfen können."

„Mmmm. Nun ja. Nehmen Sie bitte Platz."

Ich nahm Emma das Geschirr ab und setzte mich. „Na, wie heißen wir denn, Mädchen?"

Was für ein schlechtes Gedächtnis er hat, dachte ich, er kann sich noch nicht mal an meinen Namen erinnern. „Sheila Hocken", sagte ich.

„Nein, nein. Ich meine das hübsche Geschöpf, das neben Ihnen sitzt."

„Oh", sagte ich, „Emma."

„Emma. Ja, das paßt zu dir." Und ich hörte, wie er Emma tätschelte. „Ich besitze einen Bluthund. Bluthunde sind sehr eigenwillig, ja, ja, sehr eigenwillig."

Ich unterhielt mich zwar gern über Hunde, fragte mich aber doch, ob wir nicht einen Bogen um das eigentliche Thema machten, weil es vielleicht zu heikel war. Schließlich bat er mich, ihm etwas über meine Augen zu erzählen.

Als ich geendet hatte, träufelte er Tropfen in meine Augen, um die Pupillen zu erweitern, da er so besser untersuchen konnte. „Ich lasse Sie jetzt eine Weile allein, bis die Tropfen wirken. In zehn Minuten bin ich wieder da." Er verließ das Zimmer und schloß die Tür hinter sich. Jetzt hörte ich nur noch das Ticken einer Uhr und das Zischen der Gasheizung.

Als er zurückkam, um sich meine Augen anzusehen, summte und brummelte er vor sich hin.

„Tja, junge Dame", sagte er schließlich, „was wollen Sie denn jetzt von mir hören?"

Was durfte ich erwarten? Der Gedanke an die Möglichkeit, von der ich zu hören wünschte, war so überwältigend, daß ich ihn nicht in Worte fassen konnte.

„Ich weiß nicht", sagte ich. „Nachdem mein Bruder bei Ihnen war, hatte ich gehofft..."

„Tja", sagte Dr. Shearing, „Sie wissen ja, daß Sie grauen Star haben. Und Sie wissen sicher auch Bescheid über Ihre Retina, nicht wahr?"

Natürlich wußte ich über den schlimmen Zustand meiner Retina Bescheid, aber wie die menschliche Natur nun einmal ist, hatte ich diese schreckliche Gewißheit in den vergangenen Wochen verdrängt. „Ja", antwortete ich etwas zögernd, „aber was für Konsequenzen hat das eigentlich? Würden Sie es mir bitte erklären?"

„Ich werd's versuchen. Sie haben angeborenen grauen Star. Wenn der Star sehr dick ist, wie in Ihrem Fall, dringt das Licht nicht bis zum Augenhintergrund durch, und die Netzhaut kann sich nicht entwikkeln."

„Ja", sagte ich mit sinkendem Mut, „aber kann man denn da gar nichts machen?"

Er saß eine Weile, die mir wie eine Ewigkeit vorkam, schweigend da. Ich fühlte, wie mir im Kopf ganz kalt und leer und seltsam taub wurde.

Aber dann sagte er zu meiner großen Überraschung: „Doch. Ich glaube, doch. Ich könnte die Linse entfernen oder einen Teil der Linse und den Erfolg abwarten."

Das war's also, dachte ich. „Und wie gut werde ich dann sehen können?" fragte ich rasch.

Seine Antwort brachte mich sofort wieder auf den Boden der Tatsachen zurück. „Das ist eine sehr schwierige Frage. Ich weiß es einfach nicht."

„Wenn die Operation erfolgreich ist", sagte ich, „muß Emma mich dann immer noch führen? Werde ich zum Beispiel lesen können?"

„Oh", sagte er, „ich glaube, Sie werden Emma noch brauchen, und was das Lesen angeht, nun ja, junge Dame, ich kann keine Wunder tun."

Ich war verzweifelt. Ich hatte ein Wunder erwartet und hätte es doch besser wissen müssen.

An meinem Gesicht hatte er wohl meine Enttäuschung abgelesen. „Tja, junge Dame, ich kann Ihnen nichts versprechen", sagte er mitleidig. „Vielleicht können wir Ihnen wieder ein gewisses Sehvermögen geben, vielleicht auch nicht. Aber einen Versuch wäre es doch wert, nicht wahr?"

Natürlich hatte er recht. „Ja", sagte ich. „Ich habe nichts zu verlieren."

„Wir brauchen aber nichts zu übereilen. Gehen Sie erst mal nach Hause, denken Sie darüber nach und lassen Sie mich Ihre Entscheidung am Montag wissen."

Ich war zutiefst entmutigt.

Auf dem Weg zur Haltestelle erzählte ich Graham, was ich mit Dr. Shearing besprochen hatte.

Graham stieß einen tiefen Seufzer aus. „Das ist wirklich ein Jammer. Ich dachte, du würdest vielleicht wieder richtig sehen können. Was willst du jetzt tun?"

„Ich werde die Operation vornehmen lassen."

Als Don nach Hause kam, versuchte er mich zu trösten und erinnerte mich daran, daß ich vor Jahren, als ich noch viel jünger war und noch etwas sehen konnte, bei Augenspezialisten gewesen war, die mir völlige Erblindung vorhergesagt hatten. Damit hatten sie absolute Dunkelheit gemeint, ich konnte aber heute immerhin noch Hell und Dunkel unterscheiden, wenn mir das auch wenig nützte. Und ich dachte: Und wenn Dr. Shearing sich nun auch irrt?

Am Montag rief ich Dr. Shearing an und sagte ihm, ich wolle mich der Operation unterziehen, und als ich den Hörer auflegte, war ich voll Hoffnung.

Ich mußte neun Monate bis zur Operation warten – neun Monate, die ich nicht noch einmal durchleben möchte.

Als die Nachricht von der Klinik endlich kam, blieben mir nur noch vier Tage Zeit, und das war gut so. Ich mußte meinen Aufenthalt in der Klinik so rasch vorbereiten, daß mir zum Grübeln nur wenig Zeit blieb.

Ich sollte am Dienstag, dem 3. September, aufgenommen werden. Der Tag davor war für mich fast wie ein Silvestertag, an dem man immer wieder denkt: Das ist nun das letztemal, daß ich dies im Jahr neunzehnhundertsoundsoviel tue. Und die Vorstellung war seltsam, daß ich vielleicht zum letztenmal das Büro als Blinde verließ.

Um Emma wollte sich Don während meines Klinikaufenthalts kümmern. Er wollte sie in seine Praxis mitnehmen, und in der Tat begleitete sie ihn überallhin. Da die Klinik mir so kurzfristig Bescheid gesagt hatte, war ihm nicht genügend Zeit geblieben, sich Urlaub zu nehmen, um mich hinzubringen. An seiner Stelle wollte mich Deirdre, eine Krankenschwester, mit der ich befreundet war, begleiten.

Am nächsten Morgen standen wir schon früh auf, und meine Gedanken waren so von den praktischen Dingen des Lebens in Anspruch genommen, daß ich nur einen leichten nervösen Druck in der Magengrube spürte. Bevor Don ging, küßte er mich und sagte: ,,Also, viel Glück." Ich sagte etwas Keckes wie ,,Kann ich gebrauchen", aber diese Worte verbargen nur die wahren Gefühle, die uns beide überwältigten.

Glücklicherweise kam bald darauf Deirdre und sagte vieles, was mir wieder Selbstvertrauen gab. Auf der Fahrt plauderten wir fröhlich, und als wir in der Klinik angekommen waren, meldete sie mich an, brachte mich zur Krankenstation und verabschiedete sich von mir mit den gleichen Worten wie Don: ,,Also, viel Glück."

Eine junge Lernschwester namens Jasmine kümmerte sich um mich. ,,Ach ja, Frau Hocken", sagte sie, ,,würden Sie bitte mitkommen?"

Als wir in meinem Krankenzimmer waren, bat mich Jasmine, die Kleider abzulegen und meinen Morgenmantel anzuziehen. Dann brachte sie mich den Gang entlang zum Aufenthaltsraum der Station.

Ich mußte zwei Tage bis zu meiner Operation warten. Am zweiten Tag besuchte mich Dr. Shearing bei seiner täglichen Visite und blieb eine Zeitlang. Er erklärte mir nun noch sein Vorgehen bei der Operation. Er hatte vor, den mittleren Teil meiner Linsen wegzuschneiden. Die Linsen, sagte er, waren wie Zwiebeln und bestanden aus verschiedenen Gewebsschichten. Wenn der mittlere Teil entfernt wurde und der äußere bestehen blieb, war die Retina geschützt, und Licht konnte durch die Mitte einfallen. Allerdings wußte er natürlich nicht, wie meine Retina aussah.

Am Freitagmorgen wachte ich mit einem ganz ungewöhnlichen Hochgefühl auf. Alle Sorgen schienen wie weggeblasen. Gegen neun Uhr wurde ich zum Operationssaal hinuntergebracht. Ich war erfüllt von dem sicheren Gefühl, daß gleich etwas wirklich Bedeutsames geschehen würde und daß ich keine Angst zu haben brauchte. Im Vorraum gab mir der Anästhesist die Spritze, und ich erinnere mich, daß ich das Bewußtsein verlor, während ich dachte: Dies ist der Augenblick... der Augenblick, der... Den Rest konnte ich nicht mehr in Worte fassen.

GEGEN halb fünf am Nachmittag kam ich im Krankenzimmer wieder zu mir. Mein erster Gedanke war: Es ist vorbei, Gott sei Dank.

Aber ich erwartete nicht, daß ich gleich erfahren konnte, ob die Operation ein Erfolg war, denn ich wußte, daß meine Augen ein paar Tage lang unter einem Verband bleiben mußten.

Am Abend kam Don mich besuchen, und ich erinnere mich, daß ich mir große Mühe gab, nicht zu benommen, sondern einigermaßen vernünftig und munter zu erscheinen. Als ich seine Schritte erkannte, wie er in das Zimmer trat, war ich plötzlich sehr beruhigt. Er setzte sich an mein Bett und fragte: „Wann nehmen sie den Verband ab?"

„Am Montag", antwortete ich.

„Weißt du", sagte er, „falls die Operation mißlungen ist und du immer noch nicht sehen kannst, spielt das für uns beide keine Rolle. Es hat ja auch bisher keine Rolle gespielt, und es gibt so viele Dinge, die wir zusammen tun können."

Wir wußten beide, wie endlos uns das Wochenende erscheinen würde, aber wie alles im Leben ging auch das vorüber. Am Samstag bekam ich Besuch von meinen Eltern und von Graham. Und am Sonntagabend kam Don abermals. „Du rufst mich doch an, sobald du es weißt, ja?" sagte er.

„Natürlich tu ich das." Ich wußte, wie gern er dabeigewesen wäre, wenn der Verband abgenommen wurde, aber das war aus Rücksicht auf seine Praxis unmöglich.

Als er mich an jenem Sonntagabend verließ, begannen endlose Stunden des Wartens. Es war, als hätte man die Zeit auf die Streckbank gespannt und mich gleich mit. Immer wieder tastete ich nach meiner Brailleuhr, klappte den Deckel auf und fühlte die hervorstehenden Punkte ab. Ich konnte hören, wie sie tickte, aber es ging mir nicht schnell genug.

In dem Bett links neben mir lag May, rechts Muriel. Am Montagmorgen, als ich darauf wartete, daß es endlich zehn Uhr würde, halfen sie mir mit ihrem Geplauder, die Zeit zu vertreiben. Ich tastete so oft nach meiner Uhr, immer wieder und wieder, bis die Punkte schier abgeschliffen waren.

ALS endlich die Schwester in das Zimmer kam und mich rief, saß ich nur wie gelähmt da, am ganzen Körper bebend, und merkte, wie mein Herz hämmerte.

„Kommen Sie, Sheila", hörte ich die Schwester wieder mit fröhlicher Stimme sagen, „wir sind soweit." Ich dachte: Darauf habe ich nun all die Zeit gewartet; das müßte der Anfang des großen Augenblicks sein..., vielleicht ist's aber auch nichts... Ich war voll Angst. Schließlich ging ich in das Behandlungszimmer, und helfende Hände brachten mich zum Stuhl. Ich erinnere mich, daß ich dachte, für eine Klinik sei es ein merkwürdiger Stuhl, viel eher ein Bürostuhl. Die Lehnen fühlten sich lederartig an, und er hatte eine Kopfstütze. Ich umklammerte die Lehnen, und meine Fingernägel gruben sich ins Leder. Dann spürte ich, wie der Verband abgenommen wurde, und plötzlich wollte ich rufen: „Nicht, bitte tun Sie's nicht!"

Dann war der Verband ab, aber noch immer wußte ich kein Ergebnis, da ich die Augen fest geschlossen hielt. Ich hörte die Schwester sagen: „Kommen Sie, Sheila, machen Sie die Augen auf. Der Verband ist ab..." Ich umklammerte die Lehnen noch fester und öffnete die Augen.

Was darauf geschah, kann ich nur so beschreiben: ich wurde plötzlich von Helligkeit getroffen, regelrecht physisch geschlagen, als zucke ein ungeheurer Elektroschock in mein Gehirn und durch meinen ganzen Körper. Diese unvorstellbare weißglühende Helligkeit überflutete mich ganz: Vor mir war Weiß, ein blendendes Weiß, das ich kaum ertragen konnte, und ein Blau, so leuchtend, daß ich es nicht für möglich gehalten hätte.

Es war phantastisch, wunderbar, unglaublich.

Ich drehte mich um und schaute in die entgegengesetzte Richtung, und da war Grün, in unendlich vielen verschiedenen Schattierungen, und gleichzeitig fluteten Töne auf mich zu, der Klang von Stimmen, die fragten: „Können Sie sehen, können Sie sehen?" Doch ich war so überwältigt und gebannt von den Eindrücken, die mich ganz und gar erfüllten, als sei die Sonne selbst mir tief in Kopf und Körper gedrungen und verbreite dort gleißende Teilchen ihres Lichts und ihrer Farbe, daß es einige Zeit dauerte, bis ich ein Wort herausbrachte.

Ich schaute wieder auf das Blau und sagte: „Oh, es ist blau, es ist so schön."

„Das bin ich", sagte die Schwester und trat auf mich zu. Das Blau, das ich sah, war ihre Schwesterntracht. Ich konnte mich noch immer nicht klar ausdrücken, wandte den Kopf ab und sagte: „Grün, es ist wundervoll." Das waren die Trachten der andern Schwestern.

Zu meiner Linken war in einiger Entfernung etwas, was mir wie eine Art Gelb erschien. Ich wußte nicht, was es war, und fragte: „Was ist das gelbe Ding da drüben?'', und sie antworteten mir: ,,Das ist eine Lampe.'' Nun wußten sie mit Sicherheit, daß ich sehen konnte. All das hatte sich in wenigen Sekunden zugetragen, alles war auf mich eingestürmt. Doch dann begannen die Farben ebenso rasch zu verblassen und ineinander zu verlaufen, und ich dachte: Nein, o nein, jetzt geht alles wieder weg. Das war also schon alles..., aber das kann ich nicht ertragen...

Schrecken überfiel mich, und ich hob die Hand unwillkürlich an meine Augen und merkte, daß mir Tränen übers Gesicht liefen. Gott sei Dank, dachte ich, es geht gar nicht weg, es sind nur die Tränen. Und ich weinte hemmungslos, vor Freude und wegen des Schocks, den ich noch nicht ganz verkraften konnte. Gleichzeitig schüttelten mir alle die Hand, die Schwestern und alle möglichen andern Leute, die ich nicht kannte – ich konnte gerade genug sehen, um zu erkennen, daß auch sie weinten und kein Wort herausbrachten.

Schließlich mußte ich mir den Verband wieder anlegen lassen, aber das machte mir nichts aus. Ich wußte nun, daß es draußen eine wahre Flut von Licht gab. Und als der Verband meine Augen wieder bedeckte und ich mich an die ersten, kurzen Wahrnehmungen dieser leuchtenden Helligkeit erinnerte, stellte ich fest, daß mir die Tiefe der Dunkelheit, in der ich früher gelebt hatte und der ich nun entronnen war, nie völlig zu Bewußtsein gekommen war.

Ich ging zum Krankenzimmer zurück, und meine Schritte waren unsicherer als auf dem Hinweg zum Behandlungsraum. Am liebsten hätte ich jedermann zugerufen: ,,Ich kann sehen, ich kann sehen!'' Doch ich brachte kaum mehr als ein Flüstern heraus. Im Zimmer wußten es ohnehin schon alle. Die Nachricht war mir vorausgeeilt, und ich spürte, wie sehr sich alle mit mir freuten. Es war, als umfinge mich eine strahlende Wärme. Ich saß im Krankenzimmer und war nicht fähig, irgend etwas aufzunehmen. Auf dieses Erlebnis hatte ich immer gewartet und andauernd versucht, es mir vorzustellen, doch die Wirklichkeit war ganz anders als alles, wovon ich geträumt hatte.

Das Telefon war schon gebracht und eingesteckt worden, und ich rief sofort Don an. Doch in seiner Praxis meldete sich niemand. Er machte gerade Kundenbesuche. Daher hinterließ ich eine Nachricht bei seinem telefonischen Auftragsdienst. Zwar wäre es schöner gewesen, wenn ich es ihm hätte selbst berichten können, aber so würde er es wenigstens so schnell wie möglich erfahren.

Ich rief meinen Bruder an und sagte nur immer wieder: ,,Ich kann sehen, es ist so wunderbar. Ich habe nicht gewußt, daß die Welt so strahlend ist", und dann rief ich alle Nummern an, auf die ich mich nur besinnen konnte, steckte haufenweise Münzen in den Schlitz und erzählte immer wieder das gleiche.

Erst gegen Mittag hörte ich von Don. Er erklärte mir, er habe einen Patienten besucht und sei gerade zum Wagen zurückgekommen, als das Lämpchen seines Autotelefons aufflammte. Eine Zeitlang saß er da und wappnete sich für die Nachricht, ob gut oder schlecht. Und als er dann endlich den Hörer abnahm und ihm das Ergebnis durchgegeben wurde, saß er nur auf seinem Sitz und konnte das Wunderbare dieses Augenblicks nicht fassen.

Als er mich am Abend besuchte, sprachen wir erst nicht viel. Don und ich sind einander so nahe, daß es wohl auch in diesem Augenblick eine ganze Weile dauerte, bis wir anfingen, alle Möglichkeiten in Worte zu fassen.

Seine Sätze begannen immer gleich: „Wenn du nach Hause kommst..." Und jedesmal fiel ihm etwas Neues ein, was er mir zeigen wollte. Er erzählte mir, die Farbe der Blätter wandle sich nun von Gold in Rot, und zum erstenmal bedeutete das etwas für mich. Er hatte einen neuen Kamin gemauert und konnte kaum abwarten, ihn mir zu zeigen. Wir würden in Urlaub fahren..., ein weites Feld von Möglichkeiten breitete sich vor mir aus, und alles war voll Licht.

Ich wollte Dr. Shearing sehen. Er hatte beim Abnehmen des Verbandes nicht dabeisein können, da er operieren mußte. Ich dachte immer wieder an seine Worte: „Ich kann keine Wunder vollbringen, junge Dame." Aber er hatte ein Wunder vollbracht, und er sollte meine Gefühle mit mir teilen. Endlich hörte ich die vertrauten Schritte, als er das Krankenzimmer betrat, und ich setzte mich auf. Und als ich Dr. Shearing dann sagen hörte: „Hallo, junge Dame, wie geht's?", verhaspelte ich mich in einen Schwall von Worten und Empfindungen: „Ach, es ist so phantastisch, ach, ich kann es Ihnen gar nicht sagen, es ist wunderbar..."

Sein einziger Kommentar war: „Ja, es ist wunderbar." Er tätschelte mir verlegen die Schulter.

Als er gegangen war, kam Muriel zu mir und sagte: „Sie hätten sein Gesicht sehen sollen. Es sah aus wie erleuchtet. Er stand bloß da und lächelte Sie an."

Da wurde mir klar, daß er nach Worten gesucht hatte, aber zu bewegt gewesen war, um auszudrücken, was er empfand.

Von nun an wurde der Verband jeden Morgen einige Minuten lang abgenommen, ich bekam Tropfen in die Augen geträufelt, und ein frischer Verband wurde angelegt. Von diesen zwei Minuten voll gleißenden Lichts abgesehen, lebte ich in meiner alten Welt. Doch diese vertraute, eng umschränkte Welt wurde sich selbst immer unähnlicher, da ich mir jeden Tag etwas anderes vornahm, was ich in diesen kurzen Augenblicken, in denen ich sehen konnte, anschauen wollte. Eines Morgens betrachtete ich mich. Mein Morgenrock hatte eine wundervolle Türkisfarbe. Mein Nachthemd war purpurrot. Diese Kombination klingt schrecklich, aber das wurde mir zunächst gar nicht erst richtig bewußt, schon deshalb nicht, weil ich über eine ganz andere Entdeckung erschrak. Als ich nämlich hinabschaute, fiel mein Blick auf meine Hände. Ich war entsetzt. Sie sahen furchtbar aus, die Adern und die Knöchel. Und die Knochen standen hervor.

Ich sagte zu einer Schwester: ,,Annette, schauen Sie doch mal meine Hände an. Sind sie nicht entsetzlich?''

Sie kam zu mir, schaute sich meine Hände genau an und antwortete: ,,Sie sind vollkommen normal. Sehen Sie meine an. Ihre Hände sind genau wie die der anderen.''

Ich betrachtete ihre Hände, sah, daß die Venen durchschimmerten, und sagte: ,,Du meine Güte, sind das nicht scheußliche Dinger?'' Nach der Art, wie Hände sich anfühlten, hatte ich erwartet, daß sie auch weich und hübsch aussehen würden.

Ich war um eine Illusion ärmer.

Am nächsten Tag besuchte mich Dr. Shearing wieder. Er sagte, ich dürfe morgen nach Hause gehen.

Es war, als würde man für ein Verbrechen begnadigt, das man gar nicht begangen hat.

DON wollte mich um halb eins abholen. Die ganze Woche über hatte er Scherze gemacht, daß er sein graues Haar färben wolle: ,,Mit dir ist das schließlich etwas anderes, ich wußte ja immer, wie du aussiehst. Aber du hast mich nie gesehen. Vielleicht kriegst du einen Schock.''

Und ich antwortete: ,,Ganz gleich, wie du aussiehst, für mich macht das keinen Unterschied.''

Wartend saß ich im Krankenzimmer. Ich trug eine Sonnenbrille, da meine Augen vorläufig noch geschützt werden mußten. Dann hörte ich, wie die Tür aufging – sie quietschte immer auf eine bestimmte Weise –, und hörte Dons Schritte näher kommen. O Gott, jetzt ist es

soweit, dachte ich und schaute auf. Ich sah einen Fremden auf mich zu-
kommen, dachte flüchtig: sonnengebräunt und gut aussehend, und
dann wußte ich, es war Don. Ich konnte das alles aber noch nicht voll
begreifen. Einen so eleganten Mann hatte ich mir nicht vorgestellt.
Er trat zu mir. Ich bin sicher, von meinem Gesicht konnte er genau
ablesen, wie er mir gefiel. Ich muß wohl gestrahlt haben wie ein Ho-
nigkuchenpferd.

Er nahm meine Koffer und sagte: „Also, dann wollen wir mal.
Emma wartet im Auto."

Ich dachte: Emma, liebe Emma. Auch sie werde ich jetzt zum erstenmal sehen! Ich hatte es nun sehr eilig, das Krankenzimmer zu verlassen, und alle winkten mir nach und wünschten mir viel Glück. Ich
verabschiedete mich von den Schwestern, und dann traten wir Arm in
Arm durch die Tür ins Freie, und wie beim erstenmal wirkte das
Schauen auf mich elektrisierend.

Das Sonnenlicht durchstrahlte mich, und es war so, wie ich mir die
Erschaffung der Erde vorstellte. Natürlich wußte ich, daß das alles
schon seit Millionen von Jahren so war, dennoch erschien mir die Welt
wie am ersten Schöpfungstag, der noch einmal nur für mich angebro-
chen war.

Durch das Sonnenlicht und all die strahlende Helligkeit vor mir sah
ich eine große grüne Fläche leuchten. Natürlich, es war Gras. Das
mußte es sein. Etwas, was ich durch die Sohlen meiner Schuhe gespürt
hatte. „Aber es ist ja so grün. Ist es immer so?"

Don sagte, es sei immer so, aber ich mußte mich hinknien und es berühren, um mich zu vergewissern, daß es das war, was ich früher als
Gras registriert hatte. Wir gingen zum Auto, und Don ließ Emma heraus. Ehe ich mich dessen versah, kam sie schon aus dem Wagen ge-
rannt, und als sie an mir emporsprang, sah ich, wie die Sonne auf ihrem
Fell leuchtete und glänzte. Ich umarmte sie und betrachtete ihren wedelnden Schwanz, der ihren ganzen Körper in Bewegung versetzte
und ihre Ohren schlappen ließ. Ich rief: „Ach, Don, ist sie nicht *wunderschön?*"

Man hatte mir erzählt, sie sei schokoladenbraun und habe einen
weißen Fleck auf der Brust, aber ich hatte mir nie etwas darunter vorstellen können. Ihre Ohren waren goldbraun. Ihre hübsche braune
Nase glänzte. Ein gelbbrauner Streifen zog sich von der Nase zu den
Augen hin, und ihr Rücken war von einem tiefen Kastanienbraun, das
sich an den Flanken zu einem weicheren Braun aufhellte. „Ach,

Emma", sagte ich, „du bist so schön! Davon hat mir niemand etwas erzählt. Alle haben gesagt, du bist braun, aber nie hat jemand entdeckt, daß du hundert Schattierungen von Braun hast." Als Antwort wedelte sie noch heftiger und drehte auf dem Rasen ihre Runde. Wir waren zehn Tage lang nicht zusammen gewesen, und sie war begeistert, mich wiederzuhaben. Ich war mindestens ebenso froh darüber, denn ich konnte sie zum erstenmal sehen.

Emma rannte zum Auto und sprang auf den Rücksitz. Ich stieg ein, und Emma stieß mich immer wieder mit der Schnauze an, während ich ihren Kopf streichelte. Es war seltsam, Don beim Fahren zu beobachten, wie er die Gänge einlegte und lenkte. Ich hätte mir nie gedacht, daß so viel dazu gehörte. Ich schaute ihn unverwandt an und sagte mir: Er ist wirklich großartig! Hab ich ein Glück!

Als wir das Klinikgelände verlassen hatten, blickte ich aus dem Wagenfenster. „Diese orangefarbenen Linien dort am Straßenrand, wofür sind die da?"

„Ach, das sind doppelte gelbe Linien. Sie zeigen an, daß man hier mit dem Wagen nicht anhalten darf."

„Wann sind die denn aufgemalt worden?"

„Sie sind schon seit Jahren dort."

Natürlich, dachte ich, warum sollte mir auch jemand von Linien auf den Straßen erzählen; niemand hätte angenommen, daß mich das interessieren könnte. Doch nun, als ich sie sah, fand ich sie faszinierend. Ähnlich verhielt es sich mit den Bäumen. Ich konnte es nicht fassen, wie viele Formen es gab, manche rund, manche emporgereckt und alle in atemberaubend vielen verschiedenen Grün-, Gelb- und Rottönen. Ich konnte den Blick nicht von den Bäumen losreißen, während wir dahinfuhren. Sie waren einfach zu schön, wie die Sonne auf sie fiel und sich in den Zweigen verfing, die sich bewegende Schatten warfen.

Als wir vor unserem Tor hielten, stieg ich aus, und Emma sprang über den Sitz und rannte mit wedelndem Schwanz an mir vorbei. Wir öffneten die Tür, und Emma stürmte zuerst ins Haus. Sie schleppte gleich die verschiedensten Geschenke für mich heran, um mir zu zeigen, wie sehr sie sich über meine Rückkehr freute.

Ich ging ins Wohnzimmer, mein Wohnzimmer, und sah es nun zum erstenmal. Wie so vieles sah es anders aus, als ich es mir im Geiste ausgemalt hatte. Ich hatte mir nicht vorgestellt, was für ein hübscher Raum es war. Plötzlich dachte ich, Don habe wohl den dicken roten Teppich eigens für mich hingelegt, doch als ich niederkniete und ihn betastete, merkte ich, daß es derselbe Teppich war, den wir immer gehabt hatten. „Wie findest du den Kamin?" fragte Don. Er war sehr schön mit seinen sorgfältig gemauerten lehmfarbenen und rosa Steinen, die hie und da hervorstanden und Schatten warfen. Gleich darauf kam Ming durch die Tür. Besonders beeindruckt war ich von dem leuchtendhellen Blau ihrer Augen, und als ich alle übrigen Einzelheiten wahrnahm – ihr glänzendes, dunkles Gesicht, ihre Pfoten, ihre Ohren –, da ging es mir genauso wie eine Stunde zuvor, als ich Emma zum erstenmal gesehen hatte. Nie hätte ich geglaubt, daß Ming und meine anderen Katzen eine solche Vielfalt an Farben und Schattierungen besitzen könnten, von denen kein Mensch und kein Buch mir je berichtet hatten.

Später mußte Don wieder zurück in seine Praxis, und so war ich im Haus ganz auf mich selbst gestellt; nur die Tiere hatte ich um mich. Das gefiel mir ganz gut, denn nun bot sich mir die Gelegenheit, alles genau anzusehen. Ich saß auf dem Sofa und betrachtete Emma, die sich neben mir niedergelassen hatte. Don hatte oft gesagt, Emma sehe merkwürdig altmodisch aus, und als wir so zusammen dasaßen, begriff ich, was er meinte: sie besaß einen Ausdruck großer moralischer Rechtschaffenheit. Ich lächelte sie an und streckte die Hand aus, um sie zu streicheln. Sie schob den Kopf meiner Hand entgegen, und ich dachte: Das hat sie nun in den vergangenen zehn Jahren ständig getan, wenn ich die Hand ausstreckte und nicht genau wußte, wo sie war.

Ich schaute mich abermals im Zimmer um. Daß Bilder an der Wand hingen, darüber hatte ich nie viel nachgedacht – sie waren von Don, denn er malte gern in seiner Freizeit. Ich hatte zwar gewußt, daß er sie aufgehängt hatte, aber Gegenstände, die blinde Menschen nicht ständig berühren, werden im Bewußtsein in den Hintergrund gedrängt. Auf einem Bild konnte ich nichts Bestimmtes erkennen, und damit begegnete ich zum erstenmal einer Schwierigkeit, die in diesen ersten Tagen noch häufiger auftauchen sollte. Es war das Problem, wie ich die Wirklichkeit meiner optischen Wahrnehmungen mit dem in Einklang bringen sollte, was für mich von früher her in der Vorstellung wirklich war und vom Tastsinn oder von mündlicher Beschreibung geprägt war. Später erfuhr ich, daß das Bild eine Seelandschaft darstellte.

Ich überlegte mir, was ich alles tun wollte, nun da ich zu Hause war. Als erstes wollte ich in einen Spiegel schauen. Ich hatte mich ja noch nicht gesehen! Das hätte ich zwar schon in der Klinik tun können, aber ich wollte mir diese sehr persönliche Erfahrung aufsparen, bis ich allein war, denn ich hatte ziemliche Angst davor. Natürlich gab es in unserem Haus nicht übermäßig viele Spiegel. Ich stand auf und ging ins Badezimmer, da ich annahm, daß dort ein Spiegel hing, damit Don sich beim Rasieren sehen konnte. Und so trat ich mir endlich selbst gegenüber. Ich erblickte – und das war niederschmetternd – einen völlig fremden Menschen. Und doch bewegten sich die Lippen, wenn ich meine bewegte, und die Augen blinzelten, wenn ich blinzelte. Ich sah mein Haar und dachte: Nicht schlecht, es hat wirklich fast die gleiche Farbe wie Emmas. Dafür war meine Nase ein schlimmer Schock für mich. Ich betastete sie, weil ich es nicht glauben konnte. Sie fühlte sich genauso an wie immer, aber sie sah grotesk aus und hätte wohl besser zu einem Clown gepaßt. Warum hatte mir niemand gesagt, was für eine Nase ich hatte? Bestimmt hatten Don, meine Mutter, alle meine Freunde nur aus Höflichkeit darüber geschwiegen. Ich regte mich so auf, daß ich nicht länger hinschauen konnte. Ich war sehr unglücklich, eine Nase zu haben, die so weit herausragte, und ich brauchte lange, bis ich den Versicherungen, sie sei keineswegs ungewöhnlich, Glauben schenkte.

Um meine Nase zu vergessen, ging ich ins Schlafzimmer und schaute mir all die Kleider an, bei deren Kauf mir Freundinnen oder Verkäuferinnen geholfen hatten. Manche waren schrecklich. Sie hatten Farben, die überhaupt nicht zueinander paßten, und dann gab es wieder andere, die viel zu grell oder bunt für meinen Geschmack waren. Dafür gefielen mir jetzt einige Kleider, die ich vorher nicht gemocht hatte. Die Webart der Stoffe hatte mir nicht gefallen, und ich stellte nun zu meiner Überraschung fest, daß diese Kleider sehr hübsch aussahen.

Mittlerweile war ich ziemlich hungrig. Ich brannte darauf, auf eigene Faust auszugehen und etwas einzukaufen. Die Läden waren nicht weit entfernt, und ich kannte sie genau. Ich holte aus der Diele meine Einkaufstasche und trat zur Haustür; Emma hatte schon gemerkt, daß wir ausgingen, und war voller Vorfreude. Ich fragte mich, wie lange es wohl dauern würde, bis ihr klar wurde, daß ich sehen konnte. Bisher hatte sie diese Tatsache offensichtlich noch nicht begriffen. An der Tür überfiel mich die Angst. Ursprünglich war meine Absicht gewesen, mit Emma an der Leine zu gehen. Nun aber beschloß ich, ihr bei diesem ersten Mal doch lieber das Geschirr anzulegen und mich von ihr führen zu lassen.

Ich nahm das Geschirr vom Haken, und Emma wurde gleich sehr
stürmisch. Für sie würde dieser Gang wie früher sein, für mich aber
nicht. Ich bat Emma, mich zum ersten Laden zu bringen, und sie führte
mich aus dem Tor und den Fußweg entlang. Doch sobald wir unterwegs waren, sah ich, wie unter mir der Gehsteig vorüberflog. Das
hatte ich nicht erwartet, und es war so beängstigend, daß ich Emma
befehlen mußte stehenzubleiben. Bald hatte ich mich erholt, und wir
gingen weiter. Doch dann sah ich einen Zaun auf uns zu stürzen, und
Bäume schienen uns entgegenzufliegen, als wollten sie uns nieder-
knüppeln. Und wenn ich zu Boden blickte, sah ich die Schatten der La-
ternenpfähle. Sie kamen mir wie massive schwarze Stangen vor, die
mich wegzufegen schienen, und ich fürchtete hinzufallen. Es war
schlimm. Abermals mußte ich Emma anhalten. Panik erfüllte mich.
Schließlich empfand ich es als Erleichterung, die Augen zu schließen
und mich von Emma führen zu lassen wie sonst.

Dann blieb Emma stehen. Ich öffnete die Augen. Wir waren schon
vor dem Gemüseladen angekommen. Ich war überrascht vom Anblick der vielen Früchte und Gemüsesorten: Jeder Apfel mit seiner roten oder grünen Schale sah wieder anders aus, und keine Kartoffel
glich der anderen, auch kein Salatkopf; welch eine Vielfalt war in der
Auslage zu entdecken!

Hinzu kam, daß im Fenster eine Menge Dinge standen, die ich überhaupt nicht identifizieren konnte. Abermals stieß ich auf das Problem,
daß ich meine früheren Tasteindrücke nicht mit meinen neuen Sehein-
drücken in Einklang bringen konnte. Vielleicht hatte ich an diesem
Tag meinem Gehirn auch schon genug zugemutet. Sehen können war
wunderbar, aber in gewisser Weise mußte ich auch erst sehen *lernen*.

Irgendwie gelangten wir auch wieder nach Hause, und es machte
mir viel Spaß, daß ich nun sehen konnte, wie ich eine Mahlzeit zuberei-
tete. Ich fand, es erforderte viel Konzentration, Gegenstände anzusehen. Es war, als wüchse einem von heute auf morgen ein zusätzlicher
Körperteil und als müsse man hart arbeiten, um ihn gebrauchen zu lernen. Diese geistige Anstrengung, die das Sehen mit sich brachte, war
etwas ganz Neues für mich. Aber es war auch spannend.

Als ich zum erstenmal in die Speisekammer schaute, entdeckte ich
ganze Berge von Dosen und Paketen und Gefäßen, die ich vom Sehen
her nicht erkannte. Ich stieß auf eine Packung, auf der SALZ stand, und
dachte: Was ist denn das? Obwohl ich vor Jahren Gedrucktes hatte lesen können, brauchte ich lange, bis ich diese Fähigkeit zurückgewann,

und zuerst war das Wort SALZ für mich nur eine Ansammlung verschieden geformter Buchstaben. Um festzustellen, was in den Paketen war, mußte ich den Inhalt probieren. Trotzdem machte mir das Kochen Spaß, ja, selbst eine so einfache Verrichtung wie Wasser aus dem Hahn über den Salat laufen zu lassen: Die Art, wie sich das Licht in den Tropfen brach, wie das Wasser spritzte und als Wasserfall in den Ausguß stürzte, faszinierte mich. Nachdem ich dann den Tisch gedeckt hatte und nur noch darauf zu warten brauchte, daß Don nach Hause kam, ging ich mit Emma in den Garten.

Als ich noch blind war, hatte ich die Apfelbäume im Garten manchmal gehaßt, denn die Zweige hakten sich immer in meinem Haar fest. Sie waren abscheuliche Hindernisse gewesen. Nun sahen sie für mich nicht nur unschuldig und harmlos aus, sondern auch schön.

Als Don nach Hause kam, trat er zu mir auf den Rasen und fragte: „Na, was hast du so den ganzen Nachmittag gemacht?"

„Oh, ich hab mir alles angeschaut. Und jetzt warte ich auf den Sonnenuntergang."

Don hatte mir den Sonnenuntergang oft beschrieben. Doch über Dinge zu lesen oder sie nur beschrieben zu bekommen (und ich möchte Dons Bemühungen wirklich nicht schmälern) war bloßer Ersatz, und deshalb hatte ich bis zu diesem Tag höchstens Sonnenuntergänge aus zweiter Hand erlebt.

An jenem Freitag standen wir da und betrachteten ihn gemeinsam. Die Sonne verschwand am Horizont und färbte Wolken und Himmel golden und purpurn. Der Sonnenuntergang war vollkommen, und ich hätte mir für diesen Tag keinen schöneren Abschluß denken können.

ALS ich am nächsten Morgen erwachte, erschien mir in den ersten Augenblicken alles wie gewohnt. Vor mir war die vertraute Leere, der graue Nebel. Dann fiel es mir wieder ein. Ich brauchte nur die Augen aufzumachen, und ich konnte sehen! Doch da ich noch recht schläfrig war, mußte ich mich erst fragen: Ist das auch wirklich wahr? Kann ich es wagen, die Augen zu öffnen?

Am Abend zuvor hatte ich, obwohl ich sehr müde war, nicht schlafen gehen wollen. Es schien mir eine solche Verschwendung, acht Stunden mit geschlossenen Augen zu verbringen. Ich hatte bei eingeschaltetem Licht dagelegen und mich so glücklich gefühlt wie nie zuvor. Ich hatte die Tapete betrachtet und mich nicht von ihr losreißen können. Sie war so schön – Kaskaden von Blüten auf einem tiefrosa Hintergrund.

Nun öffnete ich die Augen. Ich stellte sofort fest, daß die Tapete noch da war. Ich konnte sie sehen. So fühlt sich wohl ein Astronom, der einen neuen Planeten entdeckt, dachte ich, oder ein Forschungsreisender, der an den Rand einer Hochebene gelangt und unter sich meilenweit unerforschtes Gebiet erblickt.

Jetzt rührte sich Don und sagte, er würde aufstehen und Tee machen. Dann geschah etwas sehr Seltsames. Während ich ihm beim Anziehen zuschaute, fielen mir seine Beine auf. Ich schaute sie genau an und sagte: „Don, deine Beine! Die sind aber merkwürdig!" Und ich mußte kichern.

Der arme Don war ganz verwirrt. Er sah an sich hinunter und antwortete mit tiefem Ernst: „Es sind ganz normale Beine."

„Aber irgendwie sind sie ganz verkehrt. Sie passen gar nicht zu deinem übrigen Körper."

Er drehte sich um und zog rasch eine Hose an, um seine Beine vor meinem kritischen Blick zu verbergen. Ich weiß nicht, wie nach meiner Vorstellung Beine auszusehen hatten, aber als ich aus dem Bett stieg, blieb mir das Lachen im Halse stecken – ich stellte fest, daß auch meine Beine recht sonderbar aussahen.

Don hatte es so eingerichtet, daß er eine Woche freinehmen konnte, und wir machten viele Ausflüge im Auto. Wir fuhren nach Newstead Abbey, wo Lord Byron einst gewohnt hatte und wo ich während der Jahre meiner Blindheit oft gewesen war. Damals war ich überall herumgegangen und hatte die Bäume betastet und dem Geräusch der Springbrunnen gelauscht.

Nun konnte ich die Bäume sehen und auch die Springbrunnen, die in der Sonne aussahen, als würden Tausende von Diamanten versprüht, und einen See, der wie ein riesiges Vergrößerungsglas dalag und auf dem Teichhühner und Schwäne dahinsegelten, unter ihnen ihre schimmernden Spiegelbilder.

Jeden Morgen ging ich in unseren Garten. Eines Tages rief ich Don zu: „Komm mal her und schau dir diesen Vogel an!"

Er kam aus dem Haus gestürzt, vermutlich in dem Glauben, daß sich irgend etwas Seltsames zutrug.

„Schau", sagte ich, „dieser Vogel da, er sitzt auf dem Baum."

„Ja", sagte er verwirrt, „was ist mit ihm?"

Er verstand meine Aufregung nicht, ich mußte es ihm erklären. Ich wußte, entweder aus Erzählungen oder weil ich es gelesen hatte, daß Vögel auf Bäumen sitzen. Aber in Gedanken hatte ich die Vorstellung eines Vogels mit der eines Baumes nie verknüpfen können. Das klingt verrückt, doch obwohl man es mir gesagt hatte, konnte ich im Geist die Verbindung nicht herstellen. Und nun sah ich wirklich einen Vogel auf einem Baum.

Am letzten Morgen unseres Urlaubs schlug Don vor, nach Flamborough zu fahren. Don parkte den Wagen beim Leuchtturm, und wir stiegen aus. Emma lief voran. Ich hörte ein lautes Brausen und Donnern, und gleich darauf sah ich das Meer. Nie hatte ich mir eine solche unendliche Bewegung, eine solche Naturgewalt vorstellen können. Das Meer schien Kräfte zu sammeln, in einem Augenblick der Ruhe innezuhalten und dann gegen den Fuß der Klippen zu donnern. Als das zum erstenmal vor meinen Augen geschah, packte ich Don am Arm. Ich war sicher, daß die Klippen schon zitterten und unter diesem Ansturm einstürzen müßten. Doch als sich die Wogen von dem zerwaschenen Fuß der Klippen wieder zurückzogen, wurde mir klar, daß sich dieses Spiel seit Jahrhunderten ständig wiederholte und daß ich in Sicherheit war.

Unter all den sich überstürzenden Eindrücken dieser Woche gab es auch Momente der Enttäuschung. Natürlich war ich ganz besonders überrascht, als ich feststellte, wie anders meine Familie und meine Freunde aussahen, als ich mir vorgestellt hatte. Eines Tages stand ein Mann vor der Tür, den ich nicht kannte. Erst als er zu sprechen begann, merkte ich, daß es mein Bruder Graham war. Und als meine Mutter mich besuchte, schaute ich sie an und sagte: ,,Du liebe Güte, sind deine Haare grau geworden! Wann ist denn das passiert?" Ich war bei solchen Begegnungen sicher taktlos, vielleicht gar lieblos, allerdings, ohne es zu wollen.

Und wenn ich mir alte Fotos anschaute, dann kam mir manchmal zum Bewußtsein, daß es Dinge gab, von denen ich vielleicht lieber nicht gewußt hätte. Reizende Fotos von Emma zum Beispiel, die sie im Alter von wenigen Wochen zeigten. Nachdem ich sie mir der Reihe nach angeschaut hatte, mußte ich feststellen, daß sie doch schon recht alt war, und ich wurde sehr traurig.

Eines Nachmittags machte ich mich mit Emma auf den Weg, um in Nottingham einige Einkäufe zu erledigen. Dieser Ausgang zeigte mir auf erschreckende Weise, wie sehr ich noch lernen mußte, mein Sehvermögen richtig einzusetzen. Wir stiegen aus dem Bus, Emma ging an der Leine. Als wir uns von der Haltestelle entfernten, sah ich Menschen, Tausende von Menschen, alles war in Bewegung, Autos und Busse und Radfahrer, die in einem einzigen lärmenden Gewirr durcheinanderwirbelten. Ich wurde geschubst und gestoßen, und da ging mir erst auf, daß ich keine Anstalten machte, jemandem aus dem Weg zu gehen.

Das machte mir angst, aber wir eilten weiter. Da schaute ich zufällig auf und erblickte ein ungeheuer hohes Bürogebäude. Noch nie war mir etwas so drohend erschienen. Es schien zu schwanken. Ich wußte, daß die Wolken oben vorüberzogen, aber es sah aus, als ob sich das Gebäude bewegte und nicht die Wolken. Mir war schwindlig, und es gelang mir schließlich, den Blick abzuwenden.

Emma trabte natürlich ruhig dahin, und obwohl sie sich noch nicht ganz daran gewöhnt hatte, ohne Geschirr mit mir auszugehen, war sie doch ganz wie jeder andere Hund, der an der Leine spazierengeht. Das heißt, sie war es meistens. Es gab nämlich Augenblicke, in denen sie spürte, daß ich in Schwierigkeiten war. Da besann sie sich unverzüglich wieder auf die Rolle, die ihr am vertrautesten war.

Wir kamen an eine Straßenkreuzung, an der eine Ampel den Verkehr regelte. Ich wartete auf Grün, horchte aber auch – was für mich genauso wichtig war – auf das Hupen und Bremsen von Autos, denn ich verließ mich immer noch zum großen Teil auf mein Gehör. Mitten auf der Straße merkte ich, daß mir etwas im Weg stand. Ich hatte keine Ahnung, was es war, ich sah zwar das Bild, aber mein Gehirn übersetzte es mir nicht. Ich blieb mit Emma mitten auf der Kreuzung vor diesem Gegenstand stehen. Da kam mir Emma zu Hilfe. Sie war bei Fuß gegangen, drängte sich nun aber vor mich und zerrte an der Leine nach links. Ich folgte ihr. Sie zog mich von der Kreuzung weg auf den gegenüberliegenden Gehsteig. Als ich mich umdrehte und zur Kreuzung zurückschaute, sah ich den verwirrenden Gegenstand aus einem anderen Winkel und erkannte, daß es ein langer, niedriger unbeladener Lastwagenanhänger war. Ein Sattelschlepper hatte ihn wohl hier abgestellt, und so stand er nun da und versperrte die Kreuzung.

Ich brauchte auch einige Zeit, bis ich mich an das Mienenspiel meiner Mitmenschen gewöhnte. Ich schaute Don von Zeit zu Zeit an und dachte dabei: Die Menschen haben nicht ein Gesicht, sondern Hunderte. In der Welt des Blinden gibt es die Vorstellung nicht, daß ein Gesicht sich durch Lachen, Traurigkeit oder eine andere Empfindung verändern kann. Auch in mein Gesicht kam nun wieder etwas mehr

Leben. Freunde erzählten mir, es sehe immer lebhafter aus, da es jetzt mehr Mienenspiel habe. Ich hatte irrtümlicherweise gedacht, die leichte Verkrampfung, die ich im Gesicht spürte, rühre von der Operation her. In Wirklichkeit war der Grund dafür, daß ich jetzt Muskeln anspannte, die ich früher nicht gebraucht hatte.

Der Tag, an dem Don nach dieser wunderbaren Woche wieder in die Praxis mußte, kam nur zu rasch. Auch ich kehrte an meinen Arbeitsplatz in der Reparaturwerkstatt zurück, den ich beibehielt, bis ich beschloß, dieses Buch zu schreiben. Nach und nach gelang es mir auch, den Vermittlungsschrank visuell zu bedienen und Nachrichten aufzuschreiben, und wie das im Leben oft der Fall ist, hatte ich die alten, vertrauten Gewohnheiten und Verhaltensmuster, einmal abgelegt, schon bald vergessen.

Schließlich merkte Emma, daß ich sehen konnte, und zwar als Folge eines besonderen Ereignisses. Sie hatte sich angewöhnt, jeden Abend geduldig abzuwarten, bis die Katzen mit Fressen fertig waren, und sich dann in die Küche zu schleichen und die Reste zu verputzen, ohne daß ich es hörte. Ich merkte es immer erst am Klappern der leeren Näpfe. Eines Abends sah ich, wie Ming ihren Napf verließ, in dem sie wie üblich etwas Fleisch zurückgelassen hatte, und wie Emma sich ganz sachte auf den Napf zubewegte. Sie wollte gerade ihre große braune Schnauze hineinstecken, da rief ich ihr zu: „Emma, laß das!"

Es war, als hätte jemand hinter ihr einen Schuß abgegeben. Sie wirbelte herum und starrte mich verdutzt an. „Ja", sagte ich, „ich kann sehen. Du wolltest das eben auffressen, nicht wahr?" Sie kam zu mir herüber, steckte ihre Schnauze in meine Hand und wedelte fragend mit dem Schwanz, als könne sie nicht verstehen.

Aber ich bin sicher, daß sie es doch verstand und von da an wußte, daß ich sehen konnte. Denn wenn sie nun an der Leine ging, zerrte sie, bellte andere Hunde an, blieb an Laternenpfählen stehen, um zu schnüffeln, alles Dinge, die die korrekte, würdevolle, pflichtbewußte Emma nie getan hätte. Doch nun brauchte sie nicht mehr zu arbeiten, und da sie schon elf Jahre alt war, stand es auch außer Frage, daß sie noch einen anderen blinden Menschen hätte führen müssen. Sie hatte ihre Freiheit verdient. Es ist eine Freude zu sehen, wie sie sich ohne Leine benimmt: Sie läuft los, die Schnauze am Boden, bleibt immer wieder stehen, da sie jeden Baum und jedes Grashälmchen erforschen muß, und ihr hocherhobener Schwanz wedelt. Von manchen Eigentümlichkeiten Emmas hatte ich nichts gewußt. Zum Beispiel, wie ihre

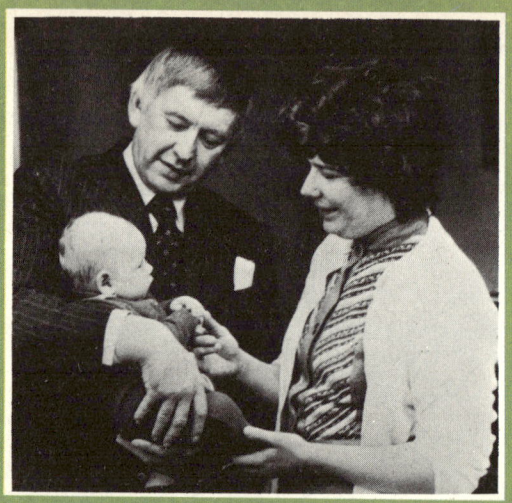

Kerensa Emma Louise

Sheila bei unserem Besuch

Ohren auf und nieder hüpfen, wenn sie läuft. Ich liebe ihre Entschlossenheit und ihre Lebenslust, und ich glaube, sie freut sich mit mir, daß ich sehen kann.

Eins habe ich bisher noch nie gesehen: einen Regenbogen. Don rief mich einmal aufgeregt herbei, als es gleichzeitig ein Gewitter und Sonnenschein gab, doch bis ich draußen war, hatte der Himmel sich schon wieder verändert. Außer einem schwachen violetten Streifen an der Stelle, wo der Regenbogen geleuchtet hatte, war schon alles verblaßt. Ich warte immer noch darauf, endlich einen zu sehen.

Immerhin habe ich nun erlebt, wie Weihnachten wirklich ist. Früher war ich jedesmal traurig gewesen, weil ich die Kerzen und den Weihnachtsbaum nicht sehen konnte. Und in den Geschäften gab es unendlich viele Dinge, die meine Mutter mir zwar beschrieb, die ich aber nicht mit Genuß in den Schaufenstern betrachten konnte. Trotzdem hatte ich zu Hause immer Weihnachtsschmuck aufgehängt. Ich wußte genau, wo jedes einzelne Stück war, freute mich, daß das Haus richtig geschmückt war und daß ich das gemacht hatte. Doch daß ich nun Weihnachten richtig sehen und genießen konnte, war gewissermaßen das Tüpfelchen auf dem i.

Ich kaufte einen riesigen Weihnachtsbaum und schmückte ihn mit märchenhaften elektrischen Kerzen. Als wir sie anknipsten – blau, orange, grün –, war mir wieder zumute wie mit sechs Jahren, nur noch wunderbarer. Und es machte mir unsagbare Freude, Don beim Auswickeln der einzelnen Geschenke zuzuschauen, denn ganz gleich, ob es nun ein Hemd war oder Rasierwasser, ich hatte es selbst ausgewählt.

Inzwischen ist ein weiteres Jahr vergangen, ein Jahr, in dem ich nach und nach mehr Übung im Umgang mit meinem Sehvermögen erlangt habe. Aber meinen Sinn für das, was wunderbar ist, habe ich bis heute nicht verloren. Wenn ich höre, wie die Leute auf der Straße über die Kartoffel- oder Kohlenpreise klagen, die mal wieder steigen, dann möchte ich sie immer daran erinnern, wieviel Glück sie doch haben, einfach nur, weil sie den Himmel und die Wolken sehen können.

Don und ich halten uns für ganz besonders glücklich. Am 21. Dezember 1976 bekam ich eine kleine Tochter, Kerensa Emma Louise. (Den mittleren Namen wählten wir natürlich aus einem bekannten, schokoladenbraunen Grund.) Gott hat uns ein sehr hübsches Baby geschenkt. Don und ich sind unsagbar glücklich und warten nur noch auf die Erfüllung eines Wunsches: daß Kerensa sehen kann.

Nachschrift der Redaktion, November 1977

Als ich beim Hause Hocken am Rande von Nottingham anklopfte, war das erste, was ich hörte, Emmas Gebell. Und als Sheila Hocken mich begrüßte, hieß mich auch Emma willkommen, und ihr brauner Körper wand sich dabei hin und her. Emma ist mit ihren dreizehn Jahren eine noch sehr jugendlich wirkende alte Dame. Das einzige, was ihr wirkliches Alter verrät, ist eine leichte Steifheit in den Hinterbeinen. In dem gemütlichen Wohnzimmer brabbelte Kerensa, ein fröhliches, hübsches Baby, in ihrem Laufstall vergnügt vor sich hin. Emma machte sich auf dem Sofa breit und schlief ein. Dann spazierten zwei elegante Siamkatzen herein, inspizierten alles und gingen wieder.

Die Hockens sind vor einem Jahr in ihr neues Heim gezogen. Don hat sich in einem Teil des Hauses seine Praxis eingerichtet, worüber Sheila sehr froh ist. Er ist der geborene Schwerarbeiter und empfängt praktisch jeden Tag Patienten, sogar sonntags. ,,Seit wir hier wohnen, kann er zwischen zwei Behandlungen mal zu uns herüberschauen, und dadurch sehe ich ihn öfter'', erzählt Sheila. An den Wänden hängen Dons Ölgemälde und auch ein Teil seiner Waffensammlung: ,,Obwohl er noch nicht mal ein Kaninchen schießen würde'', wie Sheila kommentiert.

Seit der Veröffentlichung von *Emma und ich* haben Sheila und Emma in Dons Begleitung ganz Großbritannien bereist. Sheila fand es sehr spannend, so viele neue Orte zu sehen, und Emma hat die Aufmerksamkeit und die Liebe, mit der sie förmlich überschüttet wurde, sehr genossen.

Als Reaktion auf die Veröffentlichung dieses Buches erhielt Sheila zahlreiche Briefe von Blinden, denen ihre Geschichte neue Hoffnung gegeben hat. Was sie erlebte, ist allerdings außergewöhnlich; sie findet es daher schwer, so zu schreiben, daß sie einerseits Hoffnungen nicht zerstört, andererseits aber auch nicht zuviel Mut zuspricht. Ihr Chirurg, Dr. Shearing (der Name ist ein Pseudonym), lebt nun im Ruhestand, doch vor seiner Pensionierung hat er noch mit Erfolg Sheilas Bruder Graham operiert und das Sehvermögen an seinem kranken Auge wiederhergestellt.

Den ungewöhnlichen Vornamen ihrer Tochter fanden die Hockens in einem Buch. Es ist ein kornischer Name, der zur Familientradition gut paßt, denn Dons Familie stammt aus Cornwall. Emma zeigt dem

Baby gegenüber zwar keine Eifersucht, ignoriert es aber meist. Noch immer ist Freßgier ihre liebste Sünde, und häufig sieht man sie um Kerensas Stuhl schleichen, in der Hoffnung, ein herunterfallendes Stück Zwieback oder einen anderen Leckerbissen aufschnappen zu können.

Sheila besitzt nun fünf Siamkatzen und hat gerade im Garten eine Pension für Katzen eingerichtet. Einige Katzengäste waren schon da, und sie hat deshalb vor, ein Buch über ihre Erfahrungen mit Katzen zu schreiben, denn sie sagt, einige von den Tieren seien schon sehr komisch gewesen. Lesen bereitet ihr noch immer viel Mühe; sie zeigte mir eine Anzahl Brillen verschiedener Stärke, die ihr Sehvermögen verbessern sollen. Sie kann kleingedruckte Schrift, etwa in einem Telefonbuch, zwar lesen, doch es kommt immer wieder vor, daß ihr ein Wort nur wie ein Gewirr verschiedener Formen erscheint. Obwohl sie ihre Sehkraft schon vor fast drei Jahren wiedererlangte, gibt es für sie noch immer Überraschungen. Als Sheila vor kurzem einmal nachts mit Don im Auto fuhr, war sie sehr erstaunt, als sie am Himmel aufflammende farbige Lichter erblickte. Sie hielt sie im ersten Augenblick für Ufos, bis Don ihr erklärte, daß es die Positionslichter eines Flugzeuges waren.

Die Hockens wissen inzwischen, daß Kerensa nicht die dunkelbraunen Augen der Mutter, sondern die blauen Augen des Vaters, und damit auch Dons gutes Sehvermögen, geerbt hat. Und so sagt Sheila jetzt: „Ich kann mir wirklich nichts vorstellen, was mich in Zukunft noch traurig machen kann."

FLUG
IN DIE
HÖLLE

EINE KURZFASSUNG
DES BUCHES VON
HANS BERTRAM

MIT DOKUMENTARISCHEN FOTOS

*Begonnen hatte die Tragödie mit den Verlockungen
einer Südseenacht. Das Wagnis eines Fluges durch das
sternenklare Dunkel über die schimmernde Timorsee – dieser Gedanke ließ den hochbegabten jungen
Piloten Hans Bertram und seinen Monteur
Adolf Klausmann nicht wieder los.*

*Funk gab es zwar nicht – in den dreißiger Jahren
steckte die Fliegerei noch in den Kinderschuhen –,
aber schließlich hatte man mit dem zuverlässigen
Wasserflugzeug Atlantis die riesige Strecke
Berlin – Kupang bewältigt; dagegen war ein Flug
über die Timorsee nach Port Darwin an der australischen Nordküste nur ein Katzensprung!*

*Es gab Versuchungen, denen Hans Bertram nie
widerstehen konnte. Überall, wo es etwas zu entdecken und zu erforschen gab, wo es weiße Flecken
von der Landkarte zu tilgen galt, war er dabei.
Und dieser Nachtflug sollte eine weitere Sensation
sein, sollte für große Schlagzeilen in der ganzen Welt
sorgen. Warum zögern? Bisher war ihm das Glück
doch hold gewesen?*

*Am 15. Mai 1932 startet die Atlantis mit Bertram
und Klausmann an Bord Richtung Australien.
Doch in Port Darwin kommt sie nie an. Die Piloten
verschwinden in der Hölle des australischen Buschs,
aus der es nach menschlichem Ermessen kein Entrinnen gibt.*

VORBEMERKUNG

ICH wurde Flieger, als ich meinen siebten Alleinflug machte, nachdem ich sieben Minuten vorher bei meinem sechsten brennend abgestürzt war. Ich sollte beim siebten Alleinflug drei Platzrunden fliegen, so wollte es seinerzeit mein Fluglehrer Bäumler, ein bekannter Kriegsflieger, der in Hamburg-Fuhlsbüttel eine Flugschule hatte. Das tat ich und sah die rauchenden Trümmer des Doppeldeckers unten liegen, wobei mir plötzlich klar wurde, daß ich einen gefährlichen Absturz überlebt hatte und nun dazugehörte.

Der Doppeldecker war eines unserer besten Schulflugzeuge gewesen, eine LVG-B3, ein Zweisitzer mit den offenen Sitzen hintereinander. Ich war ein „junges Häschen", wie man von den Anfängern sagte, hatte, wie gesagt, fünf Alleinflüge hinter mir und durfte heute den sechsten machen, weil das Wetter gut war. Ich stieg ein, drehte gegen den Wind und war schon in der Luft, weil die Doppeldecker wie ein Fahrstuhl hochgingen.

Am damaligen Flughafen Fuhlsbüttel gab es außer den Baracken, wo unsere Flugzeuge standen, auf der anderen Seite des Platzes eine neue große Halle, in der immer das Flugzeug der Lufthansa abgestellt wurde, eine dreimotorige Junkersmaschine G 24, um die Passagiere aus- und einsteigen zu lassen. So war es auch heute: Die G 24 vor der Halle, sie war eben angekommen, und die Passagiere stiegen aus, als ich von den Baracken her über den Platz startete und bald auf 150 und 200 Meter war. Hinter der Halle hätte ich mit der Linkskurve um den Platz anfangen müssen.

Doch so weit kam ich nicht, nur bis kurz vor die Halle, da machte es plötzlich vom Motor her „puff" – und das Flugzeug brannte! Die obere Tragfläche brannte, der Motor, der Rumpf vor mir. Die Passagiere der G 24 sahen nach oben.

Ich hatte nicht gelernt, was man mit einem brennenden Flugzeug tun muß, und hatte nur den Wunsch, ganz schnell nach unten zu kommen. Der Motor lief nicht mehr, ich glaube, daß ich die Zündung herausgenommen hatte. Um hinunterzukommen, mußte ich den

Steuerknüppel ganz nach vorn drücken, das war gefährlich, weil ich in die Nähe der Flammen kam.

Ich glaube auch, daß sich das Flugzeug von allein auf den Kopf stellte, während ich mich krampfhaft an dem Bügel zwischen den beiden Sitzen festhielt. Dabei muß ich mich auch losgeschnallt und halb auf die Bordwand gesetzt haben, um unten sofort draußen zu sein.

Es ging sehr schnell und sehr steil hinunter, zum Glück im spitzen Winkel von der Halle weg, etwas mehr zum Platz hin. Der kam jetzt auf mich zu, und ich hatte gelernt, daß man abfangen muß, bevor man unten ist. Kurz über dem Boden riß ich also das Steuer mit aller Kraft nach hinten, und da die Flammen das Rumpfende, an dem das Höhenruder war, noch nicht erreicht hatten, reagierte es sofort: Die Maschine bäumte sich auf, die angekohlten Holme brachen, alles krachte auf den Grasboden – und der Benzintank, auf dem ich gesessen hatte, explodierte.

Ich wurde beim Aufschlag über Bord geworfen, rollte durch den Schwung ein Stück weiter und blieb ein paar Meter vor den Zeugen dieses Schauspiels liegen, die mir den brennenden Ledermantel schon ausgezogen hatten, bevor mir klar wurde, daß alles zu Ende war.

Das blieb von unserem Schulflugzeug, einem Veteranen des Ersten Weltkriegs, übrig, als ich bei meinem sechsten Alleinflug brennend abstürzte.

So stand ich vor meiner brennenden Maschine und konnte nichts sagen. Bäumler sagte auch nichts, er sah mich nur prüfend an, zog seinen Ledermantel aus und half mir, ihn anzuziehen. Dann gab er mir den Zündschlüssel für seine Maschine und sagte, daß ich gleich von hier weg starten könnte, da der Wind nur schwach sei. Ich sollte dreimal um den Platz fliegen, danach gegen den Wind hereinkommen und ihn hier abholen.

So habe ich „junges Häschen" meinen siebten Alleinflug gemacht und wurde Flieger, weil Bäumler ein guter Lehrer war.

Die Ursache für den Brand war ein gebrochenes Benzinrohr am Motor, und von der Maschine ist nur eine Hälfte des Holzpropellers übriggeblieben, mit verkohlter Innenseite. Ich stellte sie hinter meinen Schreibtisch; sie sollte mich mein Leben hindurch begleiten.

Schon in den nächsten Tagen kam das Schicksal wieder auf mich

Mein Freund Wenlin Tschen war auch Flugschüler in Hamburg und holte mich als seinen Berater nach China.

zu. Es gab einen Chinesen in der Flugschule, der nach Europa gekommen war, um Fliegen zu lernen. Sein Name war Wenlin Tschen. Er schrieb Briefe an Firmen und Ingenieurbüros und bat um Unterlagen ihrer Produktion. Ein paar Tage nach dem Absturz fragte er mich, ob er mir dabei helfen könnte. Er malte stundenlang seine schönen chinesischen Schriftzeichen, verriet aber nicht, was das alles bedeuten sollte. Dann verabschiedete er sich eines Tages, als er seine Prüfung bestanden hatte, und sagte beim Abschied, daß er hoffe, mich einmal wiederzusehen.

Auch ich verließ Hamburg nach Beendigung der Fliegerschule, ging zum Studium nach München, in den Semesterferien nach Berlin, um größere Flugzeuge zu fliegen, und erhielt eines Tages ein Telegramm

von meinem chinesischen Freund. Er war auf dem Weg nach Europa und wollte auch mich besuchen.

Im Ratskeller von München habe ich dann erfahren, woran Wenlin Tschen in der Schule gearbeitet hatte: Chiang Kai-shek, Präsident in Nanking, hatte vor Jahren vier begabte Offiziere in vier Länder geschickt, die fliegen lernen und einen Plan für den Aufbau der chinesischen Marinefliegerei ausarbeiten sollten. Einer der vier war mein Freund. Wenlin hatte das beste Entwicklungsprogramm vorgelegt und wurde beauftragt, die Marinefliegerei für Chiang Kaishek aufzubauen.

Nachdem er mir das beim Mittagessen im Ratskeller erzählt hatte, fragte er so nebenbei, ob ich Lust hätte, ihm wieder zu helfen und baldmöglichst nach China zu kommen. Noch bevor wir den Ratskeller verließen, war ich „Berater" der *Chinese Naval Airforce*, wobei ein Handschlag als Auftakt zu meinem Weg in die weite Welt genügte.

Ein halbes Jahr später saß ich zum erstenmal im Sibirienexpreß, der zwölf Tage brauchte über Moskau und quer durch Sibirien bis zur Endstation Dairen am anderen Ende Asiens. Von da ging es mit dem Schiff über Tsingtau und Shanghai nach Amoy, wo Freund Wenlin zu Hause war und ich meinen Dienst antrat.

Es waren sehr schöne Jahre des Planens und Beginnens. Ich war verantwortlich für den Einkauf der Dinge, die wir zum Aufbau der Marinefliegerei benötigten, und fuhr in Erfüllung meiner Aufgaben ein halbes dutzendmal von Berlin-Charlottenburg nach China. Das dauerte jeweils einen halben Monat und war die schnellste Verbindung, eine Tortur in den vier Wänden des rollenden Abteils, mit viel Ruß und wenig Abwechslung. Und jedesmal, wenn ich im Sibirienexpreß saß, beschloß ich, die Rückreise mit dem Schiff zu machen. Das tat ich auch, saß aber nun mit meiner Ungeduld über einen Monat auf dem Wasser, mit besserer Luft zwar als im Zug, aber auch mit doppeltem

Zeitverlust. Schließlich versuchte ich es mit Flugzeugen, doch da dauerte es noch länger, weil in der Luft zwischen Europa und China gar nichts eingelaufen war.

Mit einem Junkers-Wasserflugzeug, das ich einige Jahre später von Deutschland auf dem Luftweg nach China überführen sollte und auf dessen Rumpf das Wort *Freundschaft* in Deutsch und in chinesischen Schriftzeichen aufgemalt war, besuchte ich Auslandschinesen, die in allen Küstenstädten Asiens sitzen und große Summen Bargeld in den schweren Geldschränken im Hintergrund ihrer Büros aufbewahren. Mit einem Teil dieses Geldes wollte ich Flugzeuge für China kaufen.

Beim Überführungsflug waren wir drei Mann Besatzung; als Kopilot war einer meiner früheren Fluglehrer – Rolf Schonger – dabei, als Mechaniker Adolf Klausmann. Zwölf Tage ging alles gut, planmäßig bis Colombo auf Ceylon. Dann kam der dreizehnte Tag und der Golf von Bengalen, um den wir herumfliegen mußten über Madras, Vizagapatam, Kalkutta, Rangun, Penang, Akyab und Singapur, von wo es dann an der Küste des Gelben Meeres entlang Richtung Norden nach China gehen sollte. Am dreizehnten Flugtag im Golf von Bengalen passierte es, vor dem Hafen von Vizagapatam. Vom Golf trieben schwere Wolken heran. Der Monsunregen, der nach Zeitplan vor drei Wochen zu Ende hätte sein müssen, kündigte sich an. Wir hatten zu Hause gewartet, um sicher um den gefährlichen Golf zu kommen.

Jetzt aber kam der Monsun nochmals mit seinen tiefhängenden Wolken zurück, so daß ich es nicht wagen konnte, in den schützenden Hafen einzufliegen. Bis zu einem Ausweichhafen reichte das Benzin nicht, wir mußten auf der Außenreede landen, und das bei Sturm und hohem Seegang, der hier unter Land quer zur Windrichtung verlief.

Wir waren froh, als wir plötzlich ein Schiff aus dem Regenschleier auftauchen sahen. Es hatte vor der Hafeneinfahrt beigedreht. Das Schiff konnte unsere Rettung sein, wenn wir in seinem Windschatten landen und den Treibanker ausbringen würden. Eine Landung muß gegen den Wind erfolgen; wenn die Maschine bei Seitenwind aufsetzt, werden die Schwimmer seitlich abgerissen. Ein Wasserflugzeug sollte aber auch gegen die Richtung der Wellen aufs Wasser kommen, um nicht von der Seite hochgehoben zu werden. Dabei könnte eine Tragfläche unterschneiden und das Landemanöver beenden.

So war es bei uns vor dem Hafen von Vizagapatam.

Wir setzten in Lee des Schiffes auf, gegen den Wind. Das Flugzeug hatte aber noch zuviel Fahrt, so daß wir aus dem Schutz des Schiffes

Waſſer=Flugzeug Berlin—China in furchtbarem Sturm geſunken.

Das Ende der Junkersmaschine „Freundschaft".

Flieger durch Haiſiſche bedroht —

Erster Ostasienflug einer Wasserflugmaschine.

Start heute auf dem Templiner See bei Potsdam.

Unter der Devise „Deutsch-chinesischer Freundschaftsflug" wird heute nachmittag von Berlin aus ein Junkers-Wasserflugzeug (Junkers „F. 13" mit Junkers L-5-Motor) nach China starten. Die Maschine wird geführt von Flugkapitän Bertram, der bereits Mitglied des chinesischen Fliegerkorps ist. Als wieder hinauskamen. Schon die erste hohe Welle von Backbord hob den linken Schwimmer so hoch, daß die rechte Tragfläche ins Wasser gedrückt wurde. Wir wußten, daß die Streben zwischen Rumpf und Schwimmer wie Streichhölzer brechen würden, wenn der ungeschützte Schwimmer voll breitseits von der See getroffen wurde.

So geschah es – das Reißen des Metalls höre ich noch heute. Wir mußten uns beeilen, aus der Kabine zu kommen, denn es war klar, daß das Flugzeug nur noch Minuten schwimmen würde. Wir kletterten auf die sich immer steiler aufrichtende linke Tragfläche und banden uns mit einer Leine aneinander fest.

Als die *Freundschaft* sank und wir von der Tragfläche geschleudert wurden – es mögen sieben Minuten nach der Landung gewesen sein –, trieben wir so weit vom Schiff ab, daß wir nicht viel Hoffnung haben konnten, in diesem Wasserschleier von Monsunregen gefunden zu werden. Doch das Rettungsboot tauchte haargenau vor uns auf und brachte uns an Bord des Schiffes, mit dem wir später, als der Monsunregen eine Pause machte, in den Hafen von Vizagapatam fuhren.

Unser Flugzeug aber hatte der Golf von Bengalen, und wir mußten als Schiffbrüchige nach Hause. Ich beeilte mich, von Junkers ein neues Flugzeug für China zu bekommen, dem ich den Namen *Atlantis* gab.

Moning. 29. Febr.   Bergisches Abendblatt

Bertram zum Ostasienflug gestartet

Ein paar Monate später machte ich mich nochmals auf den Weg rund um die Welt. Klausmann war wieder an Bord.

Von den üblichen Schwierigkeiten einer solchen Expedition (damals, im Jahre 1932) abgesehen – Navigation nach Sichtflug, Funk war nicht an Bord –, verlief der Flug planmäßig. Diesmal sollte er nicht nur bis China gehen, es kamen bei der Überlegung für den Absatz deutscher Flugzeuge andere Länder hinzu. Java sollte die Endstation sein, in Surabaja wollte ich kehrtmachen Richtung China.

Das Schicksal aber wollte es anders, da der chinesische Konsul in Surabaja vordem Vizekonsul in Sydney war und mich überredete, auch noch rund um Australien zu fliegen, wo in den Küstenstädten sehr patriotische Chinesen leben würden, die nicht übergangen werden durften.

So kam ich nach Australien, das nicht im Programm gewesen wäre, wenn nicht der chinesische Konsul in Surabaja eine Bitte geäußert hätte. Von Bima aus startete ich zum Flug über die – wegen ihrer Stürme berüchtigte – Timorsee.

DER NACHTFLUG

13. MAI – Bucht von Bima – Ruhetag. Die *Atlantis* liegt bewegungslos an der Boje. Die Bucht ist vollkommen geschützt, ringsum eingeschlossen von Vulkanbergen, nur durch ein enges Felsenloch mit der See verbunden – ein herrlicher Wasserflughafen. Unbeschreiblich schön ist das Bild unserer Umgebung. Dunkle Berge, wie angeklebt

Reisfelder, saftig-grün. Eingeborenenhütten verstecken sich unter und hinter den Palmenwäldern, darüber ein wolkenloser Himmel. Ein schneeweißer Sandstrand trennt dieses Bild von der scharfen Widerspiegelung im tiefblauen, kristallklaren Wasser. Dünne Rauchwolken steigen zwischen den Palmen senkrecht empor – es ist die einzige Bewegung.

Hier ist der große Friede. Menschen scheint es außer Klausmann und mir nicht zu geben.

Wir liegen auf den Schwimmern, lassen uns von Zeit zu Zeit ins Wasser fallen, liegen auf dem Rücken und treiben. Zum Schwimmen sind wir viel zu müde. Dann kriechen wir auf die Tragflächen und lassen die Tropensonne brennen. Sie kann uns nicht mehr schaden, wir sind schwarz wie Neger.

In die Stille kommt ein leises Plätschern, sicherlich ein Fischerboot, das vorüberfährt. Ich bin zu faul, auch nur die Augen aufzumachen, und döse weiter.

„Ja, Menschenskinder, was macht denn ihr hier?"

Vor Schreck falle ich beinahe ins Wasser, springe auf. Da kommt das Boot heran, zwei Eingeborene rudern – und im Boot stehend ein

Am Anfang sahen wir nur die schönen Seiten der weiten Welt. Wir lebten an Bord, schliefen in Hängematten, und mein Monteur Klausmann holte uns Fische aus der Südsee, an deren Ufern wir uns braun brennen ließen.

Weißer. „Kann man mal zu euch an Bord kommen? Ihr müßt mir
etwas vom alten Berlin erzählen!"

Auf der Südseeinsel lebt meines Wissens kein Weißer. Und hier soll
man einen Landsmann treffen – ausgerechnet einen Berliner?

„Ich habe auch etwas mitgebracht – Kaffee und Berliner Pfannkuchen – selbst gebacken!"

„Raufkommen – nur ran!" Klausmann hat die Situation rascher erfaßt als ich, als er etwas von Pfannkuchen hört.

Nachmittagskaffee auf der Tragfläche eines Flugzeugs in der Südsee. Wir sind vornehm heute: Ein Handtuch wird über das Metall gedeckt, Kaffee in der Thermosflasche gereicht, dann gibt's Pfannkuchen, eine gute Havanna – und dazu ist Besuch aus Berlin gekommen.
Es ist alles so unwahrscheinlich wie die Geschichte, die unser Gast auf-
tischt: „Wie ich hierherkam? Na, eben vor drei Jahren mit einem Schiff
von Europa nach Java. Im Augenblick liegt es zur Reparatur drüben
auf dem Strand. Ich schipper nun seit dieser Zeit hier zwischen den Inseln umher – na, und so."

Der Besucher schmatzt zufrieden seine Pfannkuchen, erzählt die
tollsten Dinge von Stürmen, Kämpfen mit allen möglichen Tieren.
„Dann vor allem die Nächte! Sind Sie schon mal durch eine Südseenacht geflogen? Nein? Aber das ist doch das Schönste, was es auf dieser
Seite der Erdkugel gibt!" Er ereifert sich ordentlich. „Sie sollten unbedingt einmal nachts losbrummen. Wann wird diese Gelegenheit für
Sie wiederkommen?"

So geht es stundenlang. Mir schwirrt der Kopf von all den Schönheiten, womit uns der phantasiereiche Berliner überhäuft. Als er sich
verabschiedet, läßt er seine Heimat grüßen: „Es war doch manchmal
schön im ollen Berlin, aber an die Südsee – nee –, an die Südsee kann
der Wannsee nich tippen!"

Es ist Abend geworden. Nur eine kurze Dämmerung, dann erscheinen die ersten Sterne. Ich liege noch immer auf der Tragfläche und
starre in die Nacht. „Wir sind tatsächlich noch nicht durch eine Südseenacht geflogen!"

„Muß ja wirklich schön sein", meint Klausmann.

„Unsinn! Erstens ist heute der Dreizehnte – es wird also nicht geflogen, und dann haben wir keinen Wetterbericht."

„Es braucht ja nicht heute zu sein. Morgen fliegen wir eine Tagesetappe, beschaffen uns einen Wetterbericht und können die nächste
Nacht fliegen."

Das würde allerdings gut ins Flugprogramm passen. Morgen geht es weiter durch den Archipel nach Kupang auf der Insel Timor. Dann liegt vor uns die Timorsee, achthundertvierzig Kilometer Seestrecke. Wenn wir in der Nacht fliegen, könnten wir bei Morgengrauen die australische Küste erreichen. Es wäre fein, bei Sonnenaufgang im fünften Erdteil zu landen, an einem Sonntag.

Der Entschluß wird gefaßt.

Morgen Nachtflug – und wir können nicht wissen, daß dieser Entschluß der Auftakt zu einer Tragödie ist.

DIE See ist unruhig. Wir müssen vorsichtig tanken. Das schwere Tankboot schlägt gegen die Schwimmer. Die Benzinfässer sind nicht zu öffnen, die Füllstutzen festgerostet. Dazu arbeiten die Eingeborenen zu langsam und umständlich. Ein Saustall ist dieser ganze Betrieb hier, wie überhaupt dieser vierzehnte Mai ein Pechtag zu sein scheint. Schon am Morgen hat's angefangen. In Bima drei erfolglose Startversuche. Zum Schluß stellt sich heraus, daß ein Schwimmer leckt. Auspumpen, abdichten, gegen Mittag endlich geht's los, Richtung Timor. Kostbare Zeit ist verloren, es dunkelt bereits, als die Insel vor uns liegt.

Im ungeschützten Hafen von Kupang steht schwere Dünung. Ich muß weiter südlich in einer geschützten Bucht landen, zehn Meilen vom Hafen entfernt.

Es dauert Stunden, bis das Boot mit dem Betriebsstoff herankommt, wird bereits Nacht. Und in dieser Nacht wollen wir doch fliegen. An Schlaf ist nicht mehr zu denken. Punkt zwölf Uhr, Mitternacht, soll's losgehen.

,,Weshalb wollen Sie nicht ein paar Tage hierbleiben, die schöne Insel Timor ansehen?'' fragt ein Reporter, der mit dem Boot gekommen ist.

,,Wenn wir zurückfliegen. In drei Wochen wollen wir rund um Australien, dann den gleichen Weg zurück durch die Südsee nach China. Heute nacht wollen wir über die Timorsee.''

Der Pressemann ist begeistert. Der Nachtflug bedeutet für ihn eine interessante Schlagzeile.

Um 22 Uhr 30 haben wir getankt. Die Benzinmenge reicht für siebeneinhalb Flugstunden. Port Darwin – das Ziel an der australischen Küste – können wir in fünfeinhalb Stunden erreichen, wir haben also zwei Stunden Reserve. Ich hatte beabsichtigt, unseren Proviant in Kupang zu ergänzen. Da die Arbeit des Tankens so spät nachts beendet ist, kann ich nicht mehr zum Einkaufen in die Stadt fahren. Wir müssen uns mit ein paar Bananen begnügen, die uns der Pressevertreter schenkt. Am nächsten Morgen werden wir ja ein gutes Frühstück in Port Darwin bekommen – so denken wir.

„Hals- und Beinbruch!" Man wünscht uns das Beste, dann verschwindet das Boot in der Dunkelheit.

Ich kann heute nicht mehr mit Bestimmtheit sagen, welche Gedanken wir in der letzten Stunde vor dem Nachtstart hatten, ich weiß nur, daß ungewöhnliche Spannung in uns war. In Decken gehüllt, liegen wir auf den Tragflächen, über uns leuchtet der Sternenhimmel der südlichen Erdhalbkugel.

23 Uhr 30 beginnt die Arbeit, 23 Uhr 45 ist der Anker eingeholt, 23 Uhr 50 läuft der Motor. Punkt Mitternacht gebe ich Vollgas zum Start. Der Motor dröhnt mit einem Mißton in die Ruhe der Südseenacht. Ein paar leichte Sprünge über das Wasser, schnell und schneller jagt die Maschine in die Dunkelheit – dann fliegen wir. Unter uns die vom Mondlicht silberne See, die dunklen Wälder der Insel Timor, über uns funkelnde Sterne – die Unendlichkeit.

Kurs 105 Grad, Richtung Port Darwin, Flughöhe 300 Meter. Timor liegt hinter uns, vor uns die 840 Kilometer lange Seestrecke. Im Süden hängen einzelne Wolkenfetzen – schon nach wenigen Minuten größere Wolkenballen.

Schlechtwetter kann's nicht geben, da die letzten Wetterberichte vom Abend gut waren. Doch es kommt anders.

0 Uhr 45 liegt vor uns in Flugrichtung eine geschlossene Wolkenbank. Ein Umfliegen ist unmöglich, es würden vielleicht Stunden dazu nötig sein. Wir müssen über die Wolken, um Mondlicht oder den Sternenhimmel zu haben. Die Maschine steigt gut – 1500, 2000 Meter. Es ist bitter kalt im offenen Führerraum. Wir tragen den Fluganzug für Tropenflüge: Lederweste, kurze Hose, Strümpfe und Schuhe. Wer hätte gedacht, daß wir in den Tropen frieren würden, nachdem uns beim Flug rund um Asien die Sonne fast ausgedörrt hatte? Klausmann geht zurück in die Kabine, zieht einen Bademantel an. Ich habe keine Zeit dazu. Es ist böig geworden. Ich kann das Steuer nicht loslassen.

2500 Meter. Die Wolkenbank – jetzt dicht vor uns – ist noch höher. Ich fliege eine größere Kurve, um Höhe zu gewinnen; es hilft nichts. Ich muß durch die Wolken – also Blindflug!

Ein letztes Überprüfen der Instrumente. Sie arbeiten gut. Im nächsten Augenblick ist es dunkel um uns – wir sind in der „Waschküche".

Ein Blindflug ist immer unangenehm. Das fliegerische Gefühl lehnt sich dagegen auf, den Instrumenten zu gehorchen; da man aber beim Fliegen keinen Gleichgewichtssinn hat, wenn man den Horizont nicht sieht, muß man so handeln, wie es der künstliche Horizont, das Kreiselinstrument, vorschreibt.

Ich steige weiter, versuche nach oben durchzustoßen.

1 Uhr 30. 3200 Meter Höhe. Der Wolkenrand ist noch nicht erreicht. Wir können kaum länger in dieser Höhe bleiben. Bei 3400 Metern ist unser Widerstand gegen die Kälte am Ende. Wir müssen hinunter.

Ich gehe vorsichtig tiefer. Ein starker Wind bläst aus unbekannter Richtung. 1000 Meter, 500 – 400 – 300 Meter. Die Wolken gehen bis aufs Meer hinunter. Tiefer können wir nicht, da ich nicht weiß, ob unser Höhenmesser noch stimmt. Der Luftdruck kann im Augenblick anders sein als bei der Einstellung des Höhenmessers am Abend vorher. Vielleicht fliegen wir in Wirklichkeit nur wenige Meter über der pechschwarzen See. Erst gegen 5 Uhr 20 wird die Dämmerung einsetzen. Klausmann hält Kompaßkurs. Ich fliege weiter nach Instrumenten.

Drei Uhr. Wir sind übermüdet. Der eintönige Lauf des Motors ist wie ein Schlaflied. Der Kampf gegen den Schlaf ist fast schwerer als der gegen Dunkelheit und Sturm – und der Uhrzeiger geht nur im Schneckentempo unendlich langsam weiter. 5 Uhr 20 ist Licht genug, um zu erkennen, daß wir kaum fünfzig Meter über einer wilden See geflogen sind, auf der die Maschine bei der leichtesten Berührung zerschlagen worden wäre. Die Nacht ist zu Ende. Ich glaube, daß wir beide die Sonne nicht oft so dankbar begrüßt haben wie an diesem Morgen. Ich habe Zeit, in die Kabine zu gehen, Klausmann das Steuer zu überlassen. Das Wichtigste ist jetzt, unseren Standort festzustellen, die Windrichtung aus den Schaumköpfen der Wellen zu erkennen: starker Südost. Ich vermute, daß es der gleiche Wind auch während der Nacht war, daß wir also nördlich unserer Kurslinie sein müssen.

Um den starken Südost auszugleichen, halte ich zwanzig Grad südlicher. Jetzt müssen wir jeden Augenblick Land sehen. 6 Uhr – 6 Uhr 30 – immer noch kein Land. Unser Benzin wird um 7 Uhr 20 zu Ende sein. Eine Landung auf der wilden See würde das Ende der Maschine bedeuten. Nur nicht nervös werden – nur Ruhe! Unser gutes Prismenglas geht von Hand zu Hand, abwechselnd suchen wir den Horizont nach einem Schimmer der Küste ab.

Alles ging gut. Klausmann und ich eroberten die Welt – und wurden eines Tages übermütig, als wir über die Timorsee nach Australien fliegen wollten.

6 Uhr 35 – 6 Uhr 40 – noch nichts! Wenn in den nächsten Minuten kein Land auftaucht, wird das Benzin nicht ausreichen, um nach Australien zu kommen.

6 Uhr 42 der langersehnte, befreiende Ruf: „Land im Süden!" Klausmann hat es gesehen. Nur einen schwachen, gelben Schimmer – aber es genügt. Scharf wendet die Maschine gegen Süden. Mit Vollgas nähern wir uns der rettenden Küste. In der ersten geschützten Bucht muß ich landen, da der letzte Tropfen Benzin jeden Augenblick verbraucht sein kann.

7 Uhr 15 liegt die *Atlantis* vor einer Sanddüne. Das ging um Haaresbreite. Der einzige Wunsch ist jetzt Schlaf. Es dauert nicht lange, bis wir die Hängematten ausgespannt haben. Da gibt es keinen Gedanken, wo wir gelandet sind. Es ist nur wichtig, an Land zu sein und die Maschine gut verankert in der geschützten Bucht zu wissen.

DER ERSTE TAG IN AUSTRALIEN

EIN Schrei weckt uns.

Was ist los? Wir wissen nicht, wie spät es ist, wie lange wir geschlafen haben. Raus aus der Hängematte, aus der Kabine. Die Sonne steht schon hoch am wolkenlosen Himmel. Der Sturm scheint ein Nachtspuk gewesen zu sein. Wieder ertönt der Schrei. Am Ufer, in zwanzig Meter Entfernung, steht ein schlanker Australneger. Er trägt nur ein Lendentuch von Handgröße.

Der Schwarze versteht meine einladende Handbewegung näher zu kommen, watet durchs Wasser und steht jetzt auf einem Schwimmer. Sein langgezogener Schädel ist mit dichtem Kraushaar bedeckt, über Brust, Rücken, Armen und Beinen hat er dicke Narben.

Vergebens versuche ich, ihn auszufragen, wo wir sind, wo es hier Weiße gibt, die nächste Stadt, oder irgendwo Autos, das heißt Benzin. Er grinst nur verständnislos, und ich bin froh, ihn bald loszuwerden, da er uns ein recht unangenehmes Geschenk bringt – Fliegen!

Kaum ein Raubtier kann so gefährlich sein wie die Fliegen oder Moskitos an der Nordwestküste Australiens. Zu Hunderten, Tausenden schwirren sie umher. Spricht man ein paar Worte, ohne die Hand vor den Mund zu halten, so hat man sie im Mund. Sie setzen sich in die Nase, in die Ohren, mit Vorliebe in die Augenwinkel. Selbst wenn man mit der Hand schlägt, fliegen sie nicht weg. Man muß sie einzeln aus Augen- und Mundwinkeln, Nase und Ohren herausholen. Unsere Fliegerhauben waren kostbare Hilfsmittel, um die Ohren zu bedecken, unsere Fliegerbrillen schützten die Augen. Klausmann zerschlug später ein Glas der Brille; das Loch wurde mit Leukoplast bedeckt, Klausmann wollte lieber auf einem Auge blind sein als es den Fliegen und Moskitos preisgeben. Ist auch nur ein Teil des Körpers unbedeckt, so sitzen sie auf der nackten Körperstelle, eine Martermühle für die Nerven! Die Eingeborenen nehmen keine Notiz von ihnen; ihre dicke Haut scheint immun zu sein.

Als unser Besucher das Flugzeug verlassen hat, summt und surrt es in der Kabine wie an einem Fliegenfänger. An Schlaf ist nicht mehr zu denken. Wir wollen den ungastlichen Platz möglichst rasch verlassen. Allmählich haben wir Hunger und Durst. Man muß sich nach einem guten Frühstück umsehen. An Bord ist nichts, also wollen wir so schnell wie möglich eine Stadt oder wenigstens eine Siedlung zu finden versuchen. Mit dem letzten Benzin müssen wir entlang der Küste fliegen.

Kurz vor der Landung hatte ich die Küstenform skizziert, nach dem Kompaß die Richtung festgestellt. Ein Vergleich mit meiner Seekarte, die leider äußerst ungenau ist, brachte mich zu der Überzeugung, daß wir an der Nordküste der Australien vorgelagerten Insel Melville sein mußten. Sie liegt nördlich von Port Darwin und ist etwa hundert Kilometer lang und nur sechzig Kilometer breit.

Etwas Benzin wird noch in den Tanks sein. Vielleicht können wir noch fünfzehn bis zwanzig Minuten fliegen, Richtung West, da haben wir den starken Ostwind als Rückenwind. Bei einem Flug von fünfzig Kilometern entlang einer Küste findet man mit Sicherheit irgend etwas – ein Dorf, eine Hütte oder auch nur ein paar Fischerboote.

Der Anker ist schnell gehoben, jetzt läuft der Motor, im nächsten Augenblick schon ist die jetzt leichte Maschine in der Luft, aus der geschützten Bucht hinaus, entlang der Küste gegen Westen.

Wir haben die Benzinhähne auf Falltank gestellt. Er enthält fünfzehn Liter, gibt uns eine Flugzeit von zehn Minuten. Vielleicht sind weitere dreißig bis vierzig Liter in den einzelnen Tanks.

Der Rückenwind gibt uns eine Geschwindigkeit von 190 Kilometer. Unruhig suchen wir die Küste nach Siedlungen ab – nichts, kein Fischerdorf, keine Hütte – nichts! Der Benzinspiegel fällt – nur noch vier, noch drei Minuten. Unter uns liegt eine kleine, weit ins Land gehende Bucht, mit einem winzigen Sandstrand im Hintergrund, ein idealer Wasserflughafen. Weit voraus ist nur ungeschützte Küste mit schwerer Brandung. Ohne lange zu überlegen, nehme ich Gas weg. Schon dreht die Maschine in den Wind, sitzt auf dem Wasser, rollt auf den Sandstrand, widerwillig macht der Propeller noch ein paar Umdrehungen, dann steht der Motor – der letzte Tropfen Benzin ist verflogen.

Ich glaube nicht, daß wir uns nach der Landung darüber im klaren waren, was es bedeutete, an einer unbewohnten Küste zu sein. Die Nerven sind vom Nachtflug und von den Flugstunden über der offenen, rauhen See noch angespannt – nur daraus erkläre ich mir heute die übereilten Entschlüsse in den ersten Stunden.

„Wir wollen in einem Kanister Wasser holen", meint Klausmann, „in die Bucht fließt sicher ein Bach."

Davon sind wir überzeugt und glauben, nur wenige Minuten suchen zu müssen, um frisches Wasser zu finden – es hat zwanzig Tage gedauert, bis wir es fanden.

Zwei Stunden suchen wir vergeblich. Hier ist alles tot, ausgedörrt und abgestorben, Gräser und Busch verbrannt. Wenn man erfolglos nach Wasser sucht, wird der Durst immer stärker; das Hungergefühl verliert sich, man will nur etwas Feuchtes für die Lippen. Es ist brennend heiß. Dazu die salzige Seeluft. Wir müssen etwas zu trinken haben!

„Versuchen wir unser Kühlwasser!"

Zurück zum Flugzeug.

Ein Becher wird mit dem öligen, verdreckten Wasser aus dem Kühler gefüllt. Nach dem ersten Schluck spucken wir die Brühe aus. Wir sind eben noch nicht durstig genug und noch zu empfindlich gegen Schmutz.

„Wir müssen uns beeilen, Menschen zu finden, die uns Wasser und Nahrung geben. Wir müssen entlang der Küste laufen, solange wir Kraft haben." In den ersten Stunden nach der Notlandung dachten wir, daß der menschliche Körper nur wenige Tage ohne Nahrung sein kann.

Wir packen einen Sack mit dem nötigsten Gepäck, verankern in großer Eile die Maschine, ölen den Motor, bedecken den Führersitz und verlassen unsere gute *Atlantis* nahezu im Laufschritt. Wir haben die Vorstellung, noch in dieser Nacht entlang der Küste nach Osten zu dem Eingeborenen zu müssen, den wir bei unserer ersten Landung auf australischem Boden getroffen haben. Alles dreht sich um den einen Gedanken, daß der Wasser haben muß – Wasser ist das einzige, was wir haben wollen – und Benzin.

Weit sind wir an diesem Abend nicht gekommen. Nach etwa zweihundert Metern stehen wir vor einer schmalen Bucht. Ein Umgehen würde Stunden dauern. Das Wasser ist nicht tief, also werden wir hindurchwaten. Das Gepäck habe ich auf der Schulter. Klausmann ist schon im Wasser. Mit einem Schreckensschrei springt er zurück. Alles ist Morast, Sumpf, unmöglich hindurchzukommen. Der Schlamm würde uns festhalten.

Es ist eine seltsame Tatsache, über die ich mir bald klargeworden bin: Je größer die Schwierigkeiten werden, desto ruhiger werden wir, desto planmäßiger suchen wir den Weg zurück zur Zivilisation.

An diesem Abend erkennen wir, daß jeder übereilte Schritt gefährlich ist. Wir wollen erst einmal gut ausschlafen und uns von den Anstrengungen des Nachtfluges erholen. Dann können wir mit klarem Kopf überlegen, wie wir weiterkommen. Also zurück zur Maschine, die Hängematten werden ausgespannt, und bald schlafen wir die erste Nacht auf australischem Boden.

Wassernot und Krokodile

AM NÄCHSTEN Morgen wachen wir gegen fünf Uhr auf. Wir sind gewöhnt, bei Morgengrauen aufzustehen, in der Zeit bis zum Sonnenaufgang Toilette und Frühstück zu beenden und die Maschine zum Start klarzumachen.

Noch halb schlafend torkeln wir aus der Kabine – und es ist wie ein kalter Wasserstrahl: Heute werden wir kein Frühstück haben, heute können wir den Motor nicht startfertig machen, heute werden wir nicht fliegen!

„Vielleicht ist doch noch ein Rest Benzin in den einzelnen Tanks..." Gleich machen wir den Versuch: Der Ablaßhahn unter dem Rumpf wird geöffnet, eine leere Filmbüchse erwartungsvoll unter den Hahn gehalten, und in dickem Strahl fließt Benzin in die Büchse. Aber schon nach zwei, drei Sekunden ist die Herrlichkeit zu Ende. Es gab nur noch etwa zwei Liter.

Unser erster Wunsch ist, Wasser zu finden. Wir wissen, daß der Eingeborene, den wir bei der ersten Landung gesehen und weggeschickt haben, Wasser haben muß. Ihn wollen wir jetzt möglichst rasch finden. Von der Bucht, wo wir ihn gesehen haben, sind wir zwölf Minuten nach Westen geflogen, also nur etwa vierzig Kilometer werden wir entlang der Küste zurückgehen müssen.

Heute bereiten wir den Marsch besser vor. Überladen dürfen wir uns nicht. Nur das Notwendigste wird zusammengepackt: Pistole, Wassersack, Karten, Zigaretten, Streichhölzer. Die Maschine wird nochmals sorgfältig verankert. Wir brechen auf.

Den Sumpf, der für unseren übereilten Abmarsch am Abend vorher ein unüberbrückbares Hindernis war, umgehen wir. Dann geht's in den Busch. Gewaltige Felsblöcke, scharfkantig, glatt, wie von Gigantenhand umhergeworfen, sind zu überklettern. Dann Sumpf, messerscharfes, ausgedörrtes, mannshohes Gras. Jeder Meter ist zu erkämpfen, drei Schritte vor, zwei Schritte zurück. Dazu die sengende Glut der Tropensonne. Sehr langsam nur kommen wir voran.

Gegen Mittag. Zur Ausrüstung des Flugzeuges gehört ein Wassersack von neun Liter Inhalt. Es ist ein poröser Leinensack. Langsam sickern Tropfen durch das Gewebe; in der vorbeistreichenden Luft verdunsten sie, wodurch das Wasser im Sack gekühlt wird. Beim Überfliegen der syrischen Wüste, beim Flug rund um Asien, in der Südsee, stets hat uns der Wassersack frisches, kühles Wasser gegeben. Vor dem Aufbruch heute hatten wir ihn mit Kühlwasser gefüllt und Mundwasser hinzugeschüttet, um den Geschmack des Öles zu mildern. Und dieser Wassersack, der uns zweieinhalb Monate gedient hat – zerreißt an einem scharfen Stein. Das Kühlwasser versickert im Sand.

„Sollen wir zurück zum Flugzeug? Da sind noch ein paar Liter im Kühler."

„Unmöglich – nur weiter – nur nicht zurück!"

Und wir gehen bis in die Nacht, dann machen wir ein paar Stunden Pause auf den glatten Felsen. Schon vor Tagesanbruch geht es weiter.

Zwei Tage sind wir nun schon ohne Wasser. Der Körper ist ausgetrocknet von Sonne und Seeluft, die Zunge geschwollen, weißer Schaum auf den Lippen. Hunger haben wir nicht, könnten nicht essen, ohne Lippen und Gaumen angefeuchtet zu haben. Wir müssen so schnell wie möglich voran, bevor wir liegenbleiben. Hinter jedem Felsvorsprung erwarten wir die Rettung: Rauch – ein Fischerboot – eine Hütte, irgend etwas muß es doch hier geben! Aber nichts – immer wieder nichts. Also weiter! Man schafft nicht mehr als fünf, sechs, sieben Kilometer täglich.

Nun schon der dritte Tag. Seit Tagesanbruch sind wir wieder unterwegs, stumpfsinnig vorantorkelnd. Vielleicht geht's im seichten Wasser am Strand rascher als über Land. Immer wieder rutschen wir auf den schlammigen Steinen aus.

Dann liegt eine tief ins Land gehende Bucht vor uns. Sie zu umgehen würde einen Verlust von Stunden bedeuten. Wir werden schwimmen müssen – eine gewaltige Kraftanstrengung in unserem Zustand. Aber es muß gehen. Kleider und Schuhe werden mit dem Gepäck als Bündel auf den Rücken gebunden, die Pistole unter den Tropenhelm gesteckt, dann geht's mit langsamen Stößen über die Bucht.

Schon haben wir mehr als die Hälfte der Bucht durchschwommen. Klausmann ist ein paar Meter vor mir.

Da ist es, als ob mich eine eiskalte Hand im Genick packt. Eine Gefahr ist hinter uns. Ich sehe zurück. Da drüben, in ungefähr vierzig

Meter Entfernung, ist die Wasserfläche an verschiedenen Stellen bewegt – Krokodile – zwei – drei – noch mehr! Sie schwimmen auf uns
zu. Einen Augenblick bin ich wie gelähmt. Dann beginnt ein Kampf
ums Leben. Ein Warnruf zum Kameraden. Der Gepäcksack ist im Nu
von der Schulter gelöst. Kleider und Schuhe versinken, sind verloren.
In Todesangst schwimmen wir mit aller Kraft zu dem noch dreißig bis
vierzig Meter entfernten Land.

Es ist unmöglich, die Angst dieser Sekunden zu beschreiben. Jeden
Augenblick möchte man zurücksehen, aber das würde Zeitverlust bedeuten. Wir haben noch die Nerven, nur voranzuschwimmen.
Klausmann erreicht das Ufer vor mir. Er wartet auf mich. Dann habe
auch ich Boden unter mir. Klausmann hilft mir. Ein paar Meter waten,
kriechen, springen wir weiter. Dann liegen wir erschöpft im glühenden Sand – gerettet –, aber unser gesamtes Gepäck ist verloren! Wir
sind jetzt nackt und barfuß – auf dem glühenden Sand, unter der glühenden Tropensonne.

Ein Grab im Sand

Eine halbe Stunde bleiben wir liegen, ohne zu sprechen, vollkommen
erschöpft unsere Lage überdenkend.

Hier sind wir nun an einer wilden Küste, ohne Nahrung, ohne Wasser, haben lediglich die Pistole, unsere Tropenhelme, Fliegerbrillen
und Halstücher gerettet.

Was nun? Bis zu dem Eingeborenen sind es bestimmt noch drei oder
vier Tage. Und können wir überhaupt sicher sein, daß wir ihn an der
Küste finden? Vielleicht ist er ins Inland gegangen. Wird es für uns
möglich sein, barfuß durch diese Wildnis zu laufen? Es ist nur denkbar,
wenn wir mit Sicherheit wissen, wo und wann es Wasser gibt. Ungewißheit würde die Nerven bald zerreißen, unweigerlich zum Wahnsinn führen.

Ich seziere die Möglichkeit des kommenden Wahnsinns und finde
den einzigen Ausweg: zurück zum Flugzeug. Dort gibt es Wasser, die
letzten Liter im Kühler.

Wir sind bis zur Rückkehr zum Flugzeug insgesamt sieben Tage
ohne einen Tropfen Wasser gewesen. Körper und Füße zerschnitten,
mit eiternden Wunden bedeckt, jeder Schritt auf den kleinen, scharfen
Steinen oder über das messerscharfe Gras eine Marter. Und doch sind

wir nicht wahnsinnig geworden – eben weil wir ein Ziel hatten, den Kühler des Flugzeugmotors.

Wir werden also kehrtmachen, müssen aber von der Küste weg ins Inland, da mir vor jeder Bucht graut, wo es Krokodile geben kann.

Bevor wir aufbrechen, hocken wir während der heißesten Mittagsstunden stumpfsinnig zwischen den Felsen. Plötzlich ein Geräusch! Schritte? Nein – Sprünge. In den Büschen sitzt ein Känguruh, keine zehn Meter von uns entfernt.

Denke ich an das Fleisch? Nein – aber das Blut will ich haben! Die Pistole ist geladen und liegt im Anschlag auf dem linken Arm. Ich schieße – in großen Sprüngen verschwindet das Känguruh, ich habe nicht getroffen –, und ich hatte nicht die Kraft, den Rückschlag des Schusses zu halten. Die Pistole schlägt eine tiefe Wunde dicht unter dem rechten Auge. Ist das Auge verloren? Nein, die Wunde ist ungefährlich. Da aber ist die Pistole! Sie liegt in meiner rechten Hand, zwischen Klausmann und mir. ,,Wie leicht könnte man der Qual ein Ende machen.'' – Hat einer gesprochen? Entsetzt sehen wir uns an. Ich springe auf und schleudere die Pistole in die Krokodilbucht.

Vielleicht habe ich mir später Vorwürfe gemacht, unsere einzige Waffe weggeworfen zu haben. Heute weiß ich, daß wir die dreiundfünfzig Tage nicht hätten durchstehen können mit der Versuchung eines schnellen Todes in der Hand.

Wir gehen und kriechen los – stundenlang. Schon nach kurzer Zeit sind die Beine zerrissen. Die Fliegen sitzen auf den eiternden Wunden. Am Abend verschwinden sie – mit der Nacht aber kommen die Moskitos! Erschöpft suchen wir nach einem Lager. Sobald die Sonne untergeht, ist es bitter kalt. Hier gibt es nur Felsen und Sand.

Um Schutz vor der Kälte zu finden, kommen wir auf den Gedanken, ein Loch in den Sand zu graben, uns hineinzulegen und mit Sand zuzudecken. Der Sand gibt ein Wärmegefühl, nur das Gesicht liegt frei, darüber haben wir Halstuch und Tropenhelm gedeckt. Nur ein Arm kann nicht mit Sand bedeckt werden. Wenn wir uns mit der rechten Hand Sand über Beine und Körper geworfen haben, so ist es nicht möglich, den rechten Arm selbst unter den Sand zu bringen – und auf diesem ungeschützten Arm sitzen die Moskitos!

Ein paar Stunden halten wir das aus. Die Minuten schleichen. An Schlaf ist nicht zu denken.

Als wir die Nerven verlieren, werfen wir den Sand ab, springen auf und rennen umher, wild um uns schlagend, um die Moskitoschwärme zu vertreiben. Das aber ist unmöglich. Wir müssen zurück unter den Sand.

Eine Möglichkeit jedoch gibt es: Es ist nicht nötig, daß wir *beide* den rechten Arm draußen haben. Einer von uns kann vollkommen geschützt sein, wenn der andere ihn zudeckt. *Einer* aber muß seinen Arm draußen lassen.

Für Minuten flehen wir uns gegenseitig an, haben nicht den Mut, den anderen freiwillig zuzudecken. Dann jedoch weiß ich, daß ich stark genug sein werde, die Nacht zu überstehen, selbst wenn der rechte Arm zu einem Fleischklumpen zerstochen wird. So decke ich den Kameraden sorgfältig zu, liege wieder in meinem Sandloch – und auf dem rechten Arm sitzen die Moskitos.

Ich habe in dieser Nacht lernen müssen, was der Mensch zu ertragen vermag. Ich habe aber auch erkannt, daß alles einmal ein Ende hat, auch die schlimmste Not.

Bei Tagesanbruch haben wir den Sand abgeworfen und sind wieder losgegangen. Wir haben uns weitere vier Tage ohne Wasser vorangeschleppt und lagen weitere drei Nächte unter dem Sand.

Danach ist die Notlandebucht vor uns, die *Atlantis*. Die letzten hundert Meter rennen wir. Den wilden Schmerz an den Füßen, die zu dikken Fleischballen geschwollen sind, spüren wir nicht – wir haben Wasser – Wasser!

Dann beten wir.

Es ist Sonntag, der 22. Mai, sieben Tage nach der Notlandung. Seit sieben Tagen ist die *Atlantis* im Bestimmungshafen Port Darwin überfällig. Die Presse ist alarmiert. Aber die Suche hat noch nicht begonnen. Die *Atlantis*, so glaubt man, ist auf der Timorsee notgelandet – und vielleicht schon gesunken.

Ein Segelboot, ein Fisch und ein Regen

Frische Wäsche, warme Anzüge, Decken in den Hängematten, die Kabine dicht verschlossen gegen die Moskitos, eine Tasse Wasser, eine Zigarette – und zwei glückliche Menschen. Hier sind wir zu Hause, in der kleinen Welt unseres Flugzeugs, geborgen vor der feindlichen Welt da draußen. Wir überdenken unsere Lage und den Weg zur Rettung.

Warum schickt man kein Flugzeug? Sucht man uns nicht? Unsere *Atlantis* liegt frei am Strand, ist aus Metall und blitzt in der Sonne, sehr gut zu sehen, wenn ein Flugzeug über die Küste fliegt. In den sieben Tagen haben wir immer wieder den Himmel abgesucht – kein Flugzeug zu sehen oder zu hören. Vielleicht glaubt man, daß wir beim Nachtflug in die Timorsee gestürzt sind. Man wird von Schiffen, die in jener Nacht unterwegs waren, wissen, daß plötzlich Sturm aufgekommen ist.

Wir überlegen weiter: Wir sind nach Norden abgetrieben, kein Zweifel, den starken Südwind haben wir aus der Richtung der weißen Schaumköpfe auf dem Meer erkennen können. Wir liegen hier an einer Küste nördlich von Darwin. Und nördlich von Darwin gibt es nur die Küste einer Insel, Melville heißt sie. Wir sind hier an der Nordküste, und an der Südwestküste gibt es eine Stadt oder ein Fischerdorf – an einer Bucht namens Port Cockburn. Da müssen wir hin. Wir müssen quer durch die Insel zur Südwestküste. Aber das sind sechzig Kilometer durch den Busch, und laufen können wir nicht mehr.

Auf keinen Fall dürfen wir nochmals einen übereilten Entschluß fassen. Wenn wir nicht gehen können, müssen wir dann warten, daß man uns doch eines Tages sucht und ein Flugzeug nach Melville schickt?

Nein – warten ist unmöglich! Warten heißt Untätigkeit. Da müssen die Nerven eines Tages versagen.

Wir haben nur noch drei oder vier Liter Kühlwasser. Selbst bei weitestgehender Einschränkung – wir erlauben uns täglich eine halbe Tasse Wasser am Morgen und eine halbe Tasse am Abend – würde der Vorrat in sechs oder sieben Tagen erschöpft sein. Und was dann? Nein – wir müssen wieder los auf Wassersuche.

Wir sind uns jetzt völlig klar darüber, daß wir uns selbst helfen müssen, hier herauszukommen. Ein *Ziel* müssen wir haben, wenn wir das Letzte aus unserem Körper herausholen wollen, so wie der Kühler des Flugzeuges unser Ziel war, als wir sieben Tage ohne Wasser waren.

Aber wie kommen wir nach Port Cockburn? Gehen können wir die sechzig Kilometer quer über die Insel nicht – aber wir können etwas anderes – übers Meer fahren!

Wir brauchen nur einen Schwimmer der *Atlantis* abzumontieren und zu einem Segelboot herzurichten, einen Mast zu setzen, Segel und Ruder anzufertigen, unser Gepäck in das Boot zu nehmen und das Kühlwasser des Motors in eine der wasserdicht abgeschlossenen Kammern des Schwimmers zu füllen. Dann können wir entlang der Küste segeln! Das wird keine Anstrengung für uns sein, man kann leicht zwanzig Kilometer täglich schaffen.

An diesem Abend liegen zwei glückliche Menschen in der Kabine. Wir haben alles, was man sich wünschen kann: Wasser, eine Zigarette und Hoffnung. Der Hunger macht sich zwar bemerkbar, der Körper wird aber noch einige Tage ohne Nahrung sein können – und bald wird es sicherlich ein Ende haben!

Als die Krokodile hinter uns her waren, verloren wir mit dem Gepäck unseren Streichholzvorrat. Der Verlust ist schlimm, bis wir eine gute Idee haben und unser ,,patentiertes Feuerzeug" bauen. Bestandteile: Anlaßmagnet des Motors, die restlichen zwei Liter Benzin, eine Flasche und Watte; Gebrauchsanweisung: eine leere Medizinflasche wird mit Watte gefüllt, ein paar Tropfen Benzin hineingeschüttet, die Watte saugt sich voll, die beiden Kabel des Magnets werden in den Hals der Flasche gesteckt, ein paar Umdrehungen der Kurbel – ein Funke zwischen den Kabelenden entzündet die Watte. Dieses Feuerzeug würde für Jahre ausreichen, da nur Tropfen Benzin verbraucht werden.

Wir machen Inventur: zwölf Zigarren, fünfzig Zigaretten, ein Päckchen Tabak und eine Pfeife sind an Bord. Wenn wir rationieren, wird dieser Vorrat für Wochen ausreichen – und länger als eine Woche wird es auf keinen Fall dauern, bis wir zur Zivilisation zurückkommen – da sind wir sicher.

Zu essen ist nichts an Bord, und in dieser Wildnis gibt es auch nichts, keine Früchte, kein Fleisch. Sicherlich gibt's Fische – aber wir haben kein Angelgerät mehr, die Angelhaken sind im Gepäcksack bei den Krokodilen. Känguruhs gibt's auch – wir wollten eins schießen, haben es aber nicht getroffen, und die Pistole haben wir weggeworfen. Wie jagen die Australneger ihre Känguruhs, wo finden sie Nahrung und Wasser? Wie hilflos sind wir in dieser fremden, wilden Welt. Und wie dünn ist die Kruste der Zivilisation, wenn man nackt und barfuß durch den Busch kriechen und sich vor Moskitos begraben muß. Vor wenigen Tagen noch haben wir uns vor dem öligen Kühlwasser geekelt – heute ist es unser köstlichster Besitz.

Und der Hunger? Man kann nicht essen, wenn man die geschwollene Zunge mit den Fingern aus dem Mund ziehen muß, damit sie sich nicht vor die Kehle legt, und man glaubt ersticken zu müssen. Weh tut der Hunger auch nicht, nachdem der Magen zusammengeschrumpft ist.

Der Abend des siebten Tages nach der Notlandung ist eine der wenigen schönen Erinnerungen an unsere dreiundfünfzig Tage im australischen Busch. Zur Feier des Tages rauchen wir eine Zigarre und zwei Zigaretten. Es ist selbstverständlich ein bedrückendes Gefühl zu wissen, daß unsere Familien, Freunde und viele andere um unser Schicksal besorgt sein werden, daß man uns vielleicht schon verloren gegeben hat. Aber wir hoffen, in wenigen Tagen gerettet zu sein, so daß die ersten Telegramme in die Welt gehen können. Bis spät in die Nacht erzählen wir uns von der Heimat.

FÜR drei Tage wird die Bucht zur Schiffswerft. Ein Segelboot ist anzufertigen. Das Segel? Zwei Bademäntel und eine Leinenhose werden zerschnitten und zusammengenäht. Nähzeug? Ist leider bei den Krokodilen geblieben. Doch wir haben Bindfaden und Schraubenzieher. Seitenruder und zwei Paddel, angefertigt aus Fahnenstange und Ersatzblech, sind Kunstwerke. Die Arbeit schreitet voran, es macht Freude. Wir müssen uns allerdings beeilen, denn der Hunger schwächt. Sehnsüchtig erwarten wir den Abend, um die halbe Tasse Wasser zu haben, eine Zigarette und eine halbe Zigarre.

Die schwerste Aufgabe ist es, den Schwimmer unter dem Flugzeug wegzuziehen. Die linke Tragfläche der Maschine wird sorgfältig mit dünnen Baumstämmen abgestützt. Das Flugzeug muß auf einem Bein stehen, darf nicht beschädigt werden, wir wollen bald weiterfliegen. Der Metallschwimmer ist sehr schwer. Als er im Wasser liegt, wird Sand in einzelne Kammern gefüllt, Ballast, um das Boot seefest zu machen. Der Mast, ein Baumstamm aus dem nahen Sumpfwald, wird eingesetzt, mit Lederriemen und Draht befestigt. Das Segel, mein Meisterwerk, ist nach beiden Seiten auszulegen. Drei Tage harte Arbeit ohne Nahrung, dann ist das Boot startfertig. Am nächsten Morgen wollen wir los.

In der Nacht stürmt es – Windstärke vier bis fünf. Unmöglich zu fahren. Eine harte Geduldsprobe. Wie nun, wenn für Tage schlechtes Wetter sein wird? Der letzte Tropfen Kühlwasser wird schnell verbraucht sein, und wir sind vielleicht bald zu schwach zum Segeln. Nur Ruhe, Ruhe – das Wetter wird schon besser werden.

Am nächsten Tag – es ist bereits der zwölfte nach der Notlandung – gibt es zwei große Ereignisse:

Am Abend vorher hatte Klausmann im Werkzeugkasten einen Angelhaken gefunden. Nachdem das Angelgerät in der Krokodilbucht verlorengegangen war, hatten wir es mit Sicherheitsnadeln versucht – ohne Ergebnis. Jetzt hat Klausmann wieder einen Haken. Für Stunden

Da wir nicht mehr fliegen konnten, wollten wir entlang der Küste segeln.

Wir montierten einen Schwimmer ab, errichteten einen Mast und nähten aus unseren Bademänteln ein Segel.

ist er erfolglos, wir haben keinen Köder. Dann ein Freudenschrei – ein Fisch zappelt an der Leine! Er ist zwar nur handgroß – aber es ist unsere erste Nahrung! Wir kochen den Fisch und haben eine wundervolle Suppe.

Es ist ein Fest – nur passiert gleichzeitig ein Mißgeschick: In seiner Freude, den Fisch gefangen zu haben, verliert Klausmann den Angelhaken. Für Stunden suchen wir vergebens, wühlen den Sandstrand um und um – nichts.

Aber nur ruhig – wir müssen dankbar sein für die Fischsuppe.

Das zweite große Ereignis am Nachmittag des gleichen Tages. Der Sturm auf See wird stärker, schwarze Wolken ballen sich an der Küste zusammen. Es sieht nach Regen aus, obwohl wir mitten in der Trockenzeit sind.

Wir hatten für alle Fälle Vorbereitungen getroffen. Falls es doch einmal regnen würde, sollten die Tragflächen des Flugzeuges das Wasser auffangen. Dafür wurden ans Flächenende lange Blechstreifen gebunden, die den Spalt zwischen Rumpf und Tragflächen verdecken. Wie eine Dachrinne sollten sie jeden Tropfen in leere Filmbüchsen leiten.

Wir warten, zittern vor Aufregung. Dann tropft es – und jetzt regnet es.

Acht, zehn Minuten – drei Büchsen – zwölf Liter. Das bedeutet Wasser für weitere zwanzig Tage!

Was kann uns nun schon passieren? Wieder liegen am Abend zwei dankbare Menschen in den Hängematten. In der Nacht stürmt es noch, gegen Morgen wird es ruhiger. Das Boot ist fertig, Gepäck und Wasser in den Kammern verteilt. Wir sind startbereit.

Es ist Donnerstag, der 26. Mai, der zwölfte Tag nach der Notlandung.

THE WEST AUSTRALIAN

Perth, Donnerstag, 26. Mai.
Das deutsche Wasserflugzeug ist jetzt zwölf Tage überfällig. Da keine Maschinen der Luftwaffe in Nordaustralien verfügbar sind, wurde die Suche bisher nur von Schiffen auf der Timorsee durchgeführt – ergebnislos.

Wyndham, Donnerstag, 26. Mai.
...Pilot Nicholas landete heute mit der Postmaschine in Wyndham und wird morgen nach Darwin und zur Insel Melville fliegen.

Amsterdam, Freitag, 27. Mai.

...Der holländische Zerstörer FLORES, *der ausgelaufen war, das Junkersflugzeug auf der Timorsee zu suchen, ist ergebnislos nach Kupang zurückgekehrt.*

Wyndham, Freitag, 27. Mai.

In seiner D.H. 50 startete Pilot Nicholas heute früh 5 Uhr 30 und suchte die Küste ab bis Darwin. In Darwin tankte er, flog rund um die Insel Melville, dann zurück nach Darwin, eine Gesamtflugstrecke von sechshundert Kilometern.

Die Suche war erfolglos, es war keine Spur zu erkennen, daß die verschollene Junkersmaschine irgendwo an der Küste von Melville oder an der Küste zwischen Darwin und Wyndham gelandet ist.

Ein Schiff fährt vorüber

AM ANFANG geht alles gut. Das Boot liegt zwar schwer und tief im Wasser, aber es fährt. Wir werden einfach entlang der Küste segeln, werden dann irgendwo Rauch sehen, Menschen, Nahrung, die Zivilisation finden.

Unser Boot ist wie ein Schiff gebaut; acht Schotten trennen den Metallschwimmer in neun wasserdicht abgeteilte Kammern. In der Bugkammer ist das Süßwasser eingefüllt, danach kommt die Gepäckabteilung mit Kompaß, Werkzeug, Wäsche und Schuhen, Feuerzeug und Leuchtpistole, Zigaretten und Zigarren. Diese beiden besonders sorgfältig verschlossenen Kammern sind unsere Sorgenkinder – wenn sie nur nicht leckschlagen.

Die nächsten drei Abteilungen sind unbedeckt; in der ersten ist der Mast befestigt, dann kommt Klausmanns Sitz und schließlich meine „Kabine".

Die letzten vier Kammern sind leer, auch gut verschlossen. Auf den Schwimmer verteilt schleppen wir etwa dreihundert Kilogramm Sandballast mit, um seefest zu sein.

Unsere Sitze sind derart klein, daß man nur mit gekreuzten Beinen auf dem Boden hocken kann. Der Einstieg ist das „Mannloch", das man öffnet, wenn das Wasserflugzeug im Wasser schwimmt und der Schwimmer kontrolliert werden muß, ob da ein Leck ist. Dieses Mannloch ist eben groß genug, um die Hüfte hindurchzuzwängen. Da der Schwimmer nur etwa handbreit aus dem Wasser ragt und nahezu jede Welle überkommt, müssen wir das Mannloch mit dem Oberkörper abdecken, damit die Kammern nicht voll Wasser schlagen. Nach wenigen Stunden jedoch ist der Sand unter unseren Füßen naß, wir hocken im Wasser.

Leider ist das schwerfällige Boot mit dem kleinen Ruder nur schlecht zu manövrieren. In der geschützten Notlandebucht, ohne Strömung und Wellengang, kommen wir jedoch gut voran und sind schon bald an der Einfahrt.

Draußen auf dem offenen Meer gibt es weiße Schaumköpfe. Jetzt sind wir aus der geschützten Bucht heraus – und treiben im nächsten Augenblick auf die felsige Küste zu.

Steuer und Segel sind zu klein.

Verzweifeltes Gegenrudern, Segelmanöver – vergebens. Unaufhaltsam kommen die scharfkantigen Felsen näher – schon tauchen Felsblöcke neben uns aus der Brandung.

Im Augenblick ist das Segel herunter, wir springen aus dem Boot und stemmen uns gegen den Schwimmer. Die ersten Brecher schlagen über uns. Das Boot wird von den Wellen gehoben, wir verlieren den Boden, klammern uns an, treiben zurück und dienen als Prellbock zwischen Fels und Boot.

Der Schwimmer darf nicht leckschlagen! Wie können wir weiter, wenn wir Schwimmer und Ausrüstung verlieren? Das wertvolle Trinkwasser, das Gepäck, das Feuerzeug, alles ist unersetzlich.

Zurück in die Bucht. Wir müssen das Boot zweihundert, dreihundert Meter durch die Brandung führen. Unsere Körper werden zerschlagen. Vier, fünf Stunden dauert der Kampf. Wir sind fast erstarrt und restlos erschöpft. Doch wir schaffen es, kommen in ruhiges Wasser und ziehen den Schwimmer an Land.

Das Boot ist gerettet, im Schatten der Felsen aber liegen zwei kraftlose Menschen.

Was nun? Wir müssen so schnell wie möglich weiter! Verzweiflung? Nur für einen Augenblick. Bei diesem Seegang kommen wir nicht von der Brandung frei, wir müssen besseres Wetter abwarten, dürfen nicht in der Nähe der Küste fahren, müssen weiter auf die offene See.

Und wieder warten wir, unendlich lange Stunden – eine Nacht, jetzt den vierzehnten Tag. In der nächsten Nacht wird es ruhiger – los jetzt! Wir starten etwa um Mitternacht. Es ist die Nacht zum fünfzehnten Tag.

Dᴉᴇsᴇ Fahrt, fünf Tage und Nächte auf offener See, steuerlos und ein Spiel der Wellen, ist die schlimmste Zeit unserer 53 Tage an der Nordwestküste Australiens.

Wieder geht am Anfang alles gut. Wir sind von der Küste, von der Brandung freigekommen, segeln und rudern zur Sicherheit zehn, zwölf Kilometer in die offene See, dann in westlicher Richtung entlang der Küste. Gegen Morgen bläst der Wind stärker, wird die See unruhiger. Jede Welle schlägt über den Schwimmer, immer mehr Wasser kommt in unsere Sitze. Die Notlandebucht liegt schon weit zurück, für heute haben wir eigentlich genug, dürfen nicht zuviel wagen, müssen wieder näher an die Küste heran, für die Nacht eine Bucht suchen. Am ersten Tag hätten wir dann fünfzehn bis zwanzig Kilometer geschafft – so noch weitere zwei oder drei Tage, dann ist alles vorbei.

Das Boot wird gewendet, Richtung Küste. Nur langsam kommen wir, gegen den Wind ankreuzend, voran. Wir haben Strom gegen uns, also ist wohl Ebbe. Dann wird uns in ein paar Stunden die Flut an Land zurücktreiben.

Und wir warten, fünf Stunden, sechs Stunden. Treiben wir jetzt auf die Küste zu? – Nein!

Die Küste wird merklich undeutlicher. Und nach weiteren Stunden weiß ich, daß uns eine starke Strömung unbarmherzig vom Land wegtreibt. Es wird mir klar, daß der Strom beider Gezeiten – Ebbe und Flut – an dieser Küste vom Land absetzt, von der Küste weg in die offene Timorsee!

Was nun? An Segeln und Rudern ist bei dem starken Seegang nicht zu denken. Wir wissen keinen Rat, hocken in den engen Sitzen, verzweifelt. Keiner spricht. Wild wird das Boot umhergeworfen. Wasserspritzer dringen durch die fest zusammengekniffenen Lippen, verursachen brennenden Durst. Wir können nicht trinken, dürfen die Süßwasserkammer nicht öffnen, da sofort Seewasser hineinschlagen würde.

Der Seegang wird noch stärker, dann ein schwerer Brecher, Metall zerschlägt, das Seitenruder ist gebrochen, wir sind steuerlos!

Das ist das Ende. Jetzt wird das Boot ein Spielzeug der Wellen. Wir werden immer weiter von der Küste abgetrieben, morgen wird das Land zum Nebelstreif werden, danach wird nur noch Wasser um uns sein, Wasser und Himmel – dann muß der Wahnsinn kommen.

Stunden vergehen, unbarmherzig brennt die Sonne. Der Seegang nimmt noch zu. Das Boot torkelt wie trunken von Seite zu Seite. Bewegungslos knien wir in den engen Kammern. Die Beine schwellen stark an.

Gegen drei Uhr am Nachmittag hat sich die See ein wenig beruhigt, ist jedoch noch zu wild, als daß wir rudern könnten. „Was ist da drüben? Ist das nicht Rauch?"

Ja – am Horizont, im Osten, wächst aus dem Meer eine Rauchfahne, aus der Rauchfahne wächst ein Kamin, aus dem Kamin ein Schiff! Ist es ein Trugbild? Nein – ein Schiff kommt auf uns zu!

„Ein Schiff!"

Schreien, Lachen, das Schiff kommt näher, hat genau Kurs auf unser Boot, man hat uns sicherlich schon gesehen.

Die Leuchtpistole wird bereitgelegt, weiße Wäsche an die Ruderstange gebunden. Klausmann stellt sich vor den schwankenden Mast. Ich balanciere das Boot aus, halte die Pistole. Herrgott, hilf! Dort kommt die Rettung, das Leben. Sie müssen uns sehen! Der wachhabende Offizier wird bereits sein Glas auf uns gerichtet haben. Rettung, Trinken, Essen, Telegramme in die Heimat. Die Freude ist zu groß, ich schreie, heule.

Jetzt noch etwa ein oder eineinhalb Kilometer. Ich schieße die erste rote Leuchtkugel, der Kamerad winkt mit der weißen Notfahne. Der zweite Schuß, der dritte und vierte, die letzte Leuchtkugel. Das muß genügen. Jetzt wird man uns bemerkt haben, sehen wir doch alles ganz deutlich an Bord: den Namen des Schiffes – *Koolinda* –, die Rettungsboote, aber wir sehen kein lebendes Wesen an Bord.

Was ist das? Jetzt müssen sie doch stoppen, beidrehen!

Sie sind längsseits, siebenhundert, sechshundert Meter nur – doch das Schiff fährt vorüber – das Leben fährt an uns vorbei!

Es dauert eine Ewigkeit, bis ich begreife, daß dort am Horizont das Schiff verschwindet, der Kamin, die Rauchfahne. Dann ist da plötzlich eine eiskalte Ruhe, und Todesangst schnürt mir die Kehle zu. Was ist mit Klausmann? Er steht immer noch am Mast, winkt immer noch mit der Notfahne, starrt dem verschwundenen Schiff nach. Endlich hört er auf zu winken, packt die weißen Fetzen zusammen, hockt sich wieder in seinen Sitz, legt den Kopf auf die Arme und weint, und nach einer Weile sagt er – es klingt ganz ruhig und endgültig –: „Ich gebe auf, ich will nicht mehr. Man soll mit mir machen, was man will. Ich gebe auf."

Klausmann hat an diesem fünfzehnten Tag die Nerven verloren. Von dieser Stunde an ist mein Kamerad krank. Jetzt bin ich allein...

WIR RUDERN

Es IST Nacht. Der Sternenhimmel der Südsee wölbt sich über uns. Das Meer ist ruhiger geworden, nur leicht schaukelt das Boot in der Dünung.

Seit Stunden sitzen wir regungslos, verfolgten den Untergang der Sonne. Ein rotes Tuch legte sich über den Horizont im Westen. Als der rote Schein schwächer wurde, kam wie ein Schleier der Nebel über das Wasser, grau in grau. Dann tauchte ein heller Punkt auf, hier und dort, undeutlich erst, dann funkelnd hell – unzählige Sterne an dem tiefschwarzen Himmelsgewölbe. Als der Mond dann später aus dem Wasser auftauchte, überwarf er uns mit seinem silbernen Licht.

Und ich sitze, schaue und schaue.

In dieser Nacht, als ich so ganz allein war mit mir, habe ich mich gefragt, wer und was ich bin, ich Mensch. Sechsundzwanzig Jahre bin ich alt. Sechsundzwanzig Jahre habe ich sorglos in den Tag hinein gelebt, das Leben als eine Selbstverständlichkeit hingenommen. Ich habe gearbeitet, gestrebt, hatte einen starken Willen – aber ich habe immer nur auf mich selbst gebaut. So flog ich durch die Welt, stolz und selbstbewußt, so flog ich nach Australien – und plötzlich war da etwas Neues. Um das nackte Leben mußten wir kämpfen. Mit meinem Willen wollte ich uns aus der Not herausbeißen – und bin nun heute nacht in einer verzweifelteren Lage als je zuvor.

Sechzehn Tage sind wir verschollen. Was wird werden? Unsere Kraft ist verbraucht. Werden wir nun wahnsinnig? Werden wir sterben? Jung sind wir, leben wollen wir, leben!

Was aber soll ich jetzt tun? Wo ist jetzt mein starker Wille, mit dem ich bis heute alles habe erreichen können? Kann ich mit diesem Willen den Weg zurück ins Leben finden?

Nein – gegen diese Strömung komme ich mit meinem Willen nicht mehr an. Mit meinem Willen, mit meiner Selbstherrlichkeit ist es in dieser Nacht auf der Timorsee zu Ende...

Ich starre in die Unendlichkeit des Sternenhimmels. Und ich finde den Weg, den einzig möglichen – ich bete. Wort für Wort spreche ich das Vaterunser in die Stille der Nacht und lege unser Schicksal in die Hände des Herrn.

In dieser Stunde erkenne ich die einfachste Wahrheit des Lebens: Ich

Mensch brauche im Leben zwei Dinge – ich brauche einen Willen und einen Glauben! Selbst der eisernste Wille zerbricht eines Tages, wenn ich nicht *glaube*. Ich werde um unsere Rettung kämpfen – den Glauben aber, daß dieser Kampf erfolgreich ist, hole ich mir immer wieder aus einem Gebet.

Von nun an bin ich nicht mehr allein. Da ist eine große Kraft hinter mir, die ich nicht beschreiben kann – die Allmacht kann ich sie nur nennen. Sie ist zu mir gekommen, als ich in meiner größten Not war und das Beten lernte...

Und ich bete wieder laut, Klausmann hört es, betet mit. In den vielen Wochen, die wir noch bis zur Rettung in der Wildnis zubringen, ist das Gebet die einzige Hilfe, die ich ihm geben kann. Nur das Gebet hält ihn aufrecht und schützt ihn vor dem letzten Verzweiflungsschritt, der allem ein Ende machen würde.

Es wird nahe an Mitternacht sein, als wir die handgroßen Notpaddel anbinden. Die See ist wie Blei. Das Segel wird eingezogen, es kann uns nicht mehr helfen, da das Boot steuerlos ist. Jetzt werden wir rudern, werden mit dem schweren Metallschwimmer, der halb gefüllt ist mit feuchtem Sand, gegen die Strömung rudern – wir haben nun die Kraft dazu.

Vier Tage und vier Nächte rudern wir. Die Beine sind bald formlos geschwollen. Wenn wir trinken wollen, müssen wir uns mit den Händen über das Boot vorwärts ziehen, zur vorderen Wasserkammer. Die Unterschenkel werden so dick wie die Oberschenkel, Wasserblasen bilden sich überall am Körper. Wenn sie aufgehen, kommt das brennende Seewasser hinein. Nach zwei Tagen sind wir mit eiternden Geschwüren bedeckt.

Wir rudern. Die See ist spiegelglatt, kein Lufthauch. Die Sonne brennt von einem wolkenlosen Himmel, dörrt unsere Körper aus. Der Durst ist kaum zu ertragen. Drei Liter Trinkwasser sind noch in der Kammer, aber es schmeckt auch schon salzig. Dreimal täglich gibt es eine viertel Tasse – für vier Tage wird das noch ausreichen. Man trinkt Tropfen für Tropfen und hat so die Vorstellung, viel zu trinken. Nach wenigen Minuten jedoch ist der Mund wieder trocken, die Zunge geschwollen, Schaum steht auf den Lippen.

Wir rudern. Nur wenige Stunden hören wir auf, wenn die Sonne zu heiß brennt. Nach eineinhalb Tagen erkennt man die Küste wieder besser, die vorher nur ein gelber Nebelstreif gewesen ist. Wir sprechen kaum ein Wort in all den Tagen.

Wir rudern. Zwei Tage und Nächte nun schon. Die Arme schmerzen, in der Brust brennt es wie Feuer. Die Beine sind abgestorben und schmerzen nicht mehr. Kommt die Küste näher? Unmerklich. Die Nächte sind grausam lang. Wenn der letzte Tagesschimmer im Westen verschwindet, nimmt man einen Stern als Richtungsweiser. Stündlich wird die Richtung mit dem Kompaß überprüft, ein neuer Stern als Ziel genommen. Wir können bald die Uhrzeit schätzen, wissen, wann die einzelnen Sterne untergehen. Dann kommt im Osten der erste Tagesschimmer. Die größte Spannung bei Sonnenaufgang: Wie weit sind wir noch vom Land entfernt?

Drei Tage rudern wir nun schon. Das Wasser wird morgen abend zu Ende sein. Die Küste ist noch weit.

Fische begleiten uns. In achtzehn Tagen haben wir nur die Fischsuppe gegessen. Klausmann befestigt einen Schraubenzieher am Ruderschaft, sticht, trifft auch – aber die Waffe ist zu stumpf, gleitet ab.

Wir rudern die letzte Nacht, den letzten Tag. Das Trinkwasser ist zu Ende. Nur nicht aufhören. Nur wenige hundert Meter noch, dort ist das Land. Nur noch wenige Stunden.

Klausmann schaut nicht mehr zum Ufer, starrt nur auf sein Ruder. Wir rudern, rudern Schlag um Schlag. Heute noch höre ich manchmal in der Nacht diese grausame Gleichmäßigkeit der Ruderschläge. Es ist wie ein Uhrwerk. Wenn es aussetzt, wäre es das Ende.

Küste, Land, Erde, da, greifbar nah, noch hundert Meter, fünfzig, dreißig, zehn, jetzt – jetzt!

Das Boot knirscht auf den Sand. Wir starren uns an, wortlos, kriechen aus dem Boot, fallen, schleppen uns wenige Meter voran. Dann beten wir – und schlafen.

DER WEG IN DIE HÖLLE

WIR schlafen, liegen im weichen Gras, können uns ausstrecken – es ist wundervoll. Gegen die Fliegen und Moskitos sind wir jetzt durch Kleidungsstücke geschützt. Die Fliegerhaube bedeckt die Ohren, die Fliegerbrille die Augen, das Halstuch ist übers Gesicht gebunden, schützt den Mund. Die Hände stecken wir in die Pulloverärmel – keine Körperstelle ist den summenden Quälgeistern ausgesetzt.

Im Schatten der Felsen überdenken wir am Morgen des neuen Tages unsere Lage. Zwanzig Tage sind wir verschollen. Seit gestern ist der

Wasservorrat bis auf den letzten Tropfen getrunken. Die Beine sind zu unförmigen Säulen geschwollen, der Körper voll eiternder Geschwüre. Doch nie zuvor in diesen zwanzig Tagen war unser Glaube an Zukunft und Rettung so fest und zuversichtlich wie in dieser Stunde. Klausmanns Zustand hat sich etwas gebessert. Er ist ruhig, weint für Stunden, in Dankbarkeit, fort von der See zu sein. Das gleichmäßige Dröhnen der Brandung kann er nicht mehr hören, er wird unruhig.

Wir kriechen weiter vom Strand weg, liegen in mannshohem Gras im Schatten eines Baumes.

„Wie werden wir weiterkommen?"

Auf Hilfe brauchen wir nicht zu warten. Man sucht uns nicht – oder nicht mehr. Vor der Küste fuhr ein Schiff an uns vorüber, auf dem man hätte Ausschau halten müssen, wenn man uns noch suchte. Aber *wohin* fuhr das Schiff? Es fuhr Richtung Westen, parallel zur Küste. Dann wird es hinter dem Horizont nach Südwest und Süd beigedreht haben, um Melville herum – also nach Port Cockburn fuhr das Schiff, dahin, wohin auch wir wollen, zur Südwestküste unserer Insel Melville.

Vor mir liegt eine Karte von Australien, eine Übersichtskarte in großem Maßstab. Die Seekarte haben wir verloren, als die Krokodile Jagd auf uns machten. Wie weit sind wir gekommen über See? Ging die Strömung nur von der Küste weg, oder vielleicht doch auch ein wenig nach West? Es wird so sein, denn die Notlandebucht liegt jetzt östlich von uns, das ist sicher, sagen wir zwanzig Kilometer. Wenn wir nun dazu die etwa dreißig Kilometer rechnen, die wir nach der ersten Landung noch geflogen sind, auch Richtung West bis zur zweiten Landung in der Notlandebucht, so haben wir rund fünfzig Kilometer der Nordküste von Melville hinter uns gebracht. Es kann nicht mehr weit sein bis zum Nordwestkap – da drüben, wo die Küste mit einer scharfen Felsnase ins Meer vorragt.

Hinter dem Nordwestkap geht es dann nach Südwest. Bis zur Südwestküste von Melville ist von hier aus nur noch die Landzunge dazwischen – auf der Karte vor mir nicht mehr als ein etwas dickerer Strich. Über diesen „Strich" müssen wir hinweg. Es sind – schätzen wir – nicht mehr als zehn Kilometer. Und die sollen wir nicht bewältigen können? Nur zehn Kilometer bis zum Leben!

Aber wie? Selbstverständlich nicht mehr mit dem Boot. Also mit den Beinen! Aber unsere Füße und Unterschenkel sind dicke, aufgedunsene Fleischsäulen. Versuchen wir mal aufzustehen. Es geht, wenn wir uns an einem Fels langsam hochziehen. Dann stehen wir – aber um uns schwankt alles. Und schwarz wird es vor den Augen.

Aber wir stehen, versuchen auch tastend den ersten Schritt, noch einen, nur nicht zu schnell.

In diesem Augenblick wird mir klar, was es bedeutet, wenn man seinem Körper zwanzig Tage keine Nahrung gibt. Ich weiß, daß unser Körper ohne Nahrung langsam, aber sicher sterben muß. Das Sterben fängt an mit dem Licht. Wenn wir uns zu schnell bewegen, nimmt das Licht jedesmal ab, die Welt um uns wird schattiger und dunkler. Das Verhungern wird länger dauern, wenn man ruhig liegenbleiben kann, wenn man aber vom Körper das Letzte an Kraftreserve herausholen muß, rudern, über Felsen klettern oder durch den Busch gehen muß, dann wird es schneller zu Ende gehen. Wir müssen dem Körper Nahrung geben!

„Versuchen wir Baumblätter." Wir brauchen nur hochzugreifen, pflücken die Blätter des Baumes, in dessen Schatten wir liegen. Schmecken sie? Wir wissen es nicht, der Geschmackssinn versagt. Stundenlang kauen wir und erzählen uns, was wir essen werden, wenn wir nun bald gerettet sind. Es ist eine Nervenprobe, von Brot und Speck zu sprechen, während wir Baumblätter kauen.

Wir setzen uns wieder ein Ziel. Einen Tag wollen wir Pause machen, nicht länger, wir sind seit vierundzwanzig Stunden ohne Wasser. Morgen früh dann Kompaßkurs Südwest, zehn Kilometer durch den Busch, quer über die Landzunge. Die zehn Kilometer werden wir in drei, vielleicht sogar schon in zwei Tagen schaffen. Heute werden wir nur auf den Hügel dort vor uns kriechen und Umschau halten.

Und wir kriechen los, in den Busch, zwischen Felsen hindurch. Das geht nur sehr langsam, vielleicht hundert Meter in der Stunde. Gewaltige Felsblöcke versperren den Weg, zwingen uns seitwärts durch dichtes Gestrüpp.

Plötzlich öffnet sich der Busch, und dann liegt vor uns ein Wassertümpel, wohl fünfzig Meter lang, zwanzig Meter breit!

Ein Wunder!

Missionare und Eingeborene haben mir später erzählt, daß dieses Wasserbecken immer Wasser hat, selbst in der regenarmen Jahreszeit. Warum das so ist, weiß man nicht. Vielleicht halten die Felsen und das dichte Gestrüpp jeden Sonnenstrahl ab, so daß nichts verdunsten kann, und vielleicht besteht der Boden aus einer einzigen großen Felsplatte, die ein Absickern verhindert.

Und wieder ist ein Augenblick in meinem jungen Leben, in welchem ich die Allmacht spüre, die mir hilft. Wir hätten in zehn Meter Entfernung an dem Becken vorüberkriechen können, ohne es zu sehen. Doch unser Boot kam genau an dieser Stelle der Küste an Land, und durch das dichte Gestrüpp hindurch kamen wir genau hierher.

Wir wußten damals noch nicht, daß es über sehr weite Entfernungen keinen anderen Tümpel während der trockenen Jahreszeit gibt. Bis der Regen anfing – zwölf Tage später –, wären wir verdurstet, darüber besteht kein Zweifel.

Wir hocken im Wasser, brauchen uns nur etwas zu bücken und den Mund zu öffnen. Ich hätte nie gedacht, daß der Körper solche Mengen Flüssigkeit aufnehmen kann. Stunden liegen wir am Ufer, lachen, weinen vor Freude und trinken. Für die Wunden ist Süßwasser das beste Heilmittel. Morgen werden wir losmarschieren können.

Beim Abmarsch am nächsten Morgen sind wir ausgelassen vor Freude. Wenn nur die Schmerzen im Magen nicht so wild wären – die Baumblätter wurden schlecht verdaut. Nach ein paar Schritten muß man sich immer wieder anklammern, da sich alles ringsum dreht.

„Bleib nur ruhig hier, Schwimmer, in ein paar Tagen holen wir dich." Das sagt Klausmann, auch er glaubt jetzt.

Gepäck nehmen wir nicht mit, wollen uns nicht belasten. Einen Regenmantel binden wir zu einem Wassersack zusammen, schleppen fünfundzwanzig bis dreißig Liter Wasser mit uns. Jetzt wollen wir nicht mehr auf Wasser verzichten, wenn es auch für uns eine kaum tragbare Last ist. In der Hand ist der Kompaß, sorgfältig in Tücher gewickelt. Wir nehmen genau Südwestkurs und gehen los.

Das Land ist wild. Felsen bis zu zehn Meter Höhe sind zu überklettern, mannshohes Gras muß durchkrochen werden, dann wieder sinkt man in glühendheißen Sand ein. Aber voran müssen wir, wenn auch nur ein paar Kilometer bis zum Abend. So wird es drei Tage dauern, bis wir wieder ans Meer kommen, an die Südwestküste.

Am zweiten Tag sind die geschwollenen Beine ein wenig besser. Wir kommen rascher voran. Der Weg erscheint endlos. Hinter jedem Fels, hinter jedem Busch glaubt man, jetzt etwas sehen zu müssen. Aber es ist immer noch nichts.

Gegen Mittag des dritten Tages dann ist es endlich soweit. Wir klettern einen Hügel hinauf, der Busch lichtet sich, die Felsen treten zurück. Wir stehen am Südhang des Hügels, können wohl zwanzig Kilometer weit sehen – da unten liegt das Meer, flimmernd in der Sonne.

Wir schreien, beten, umarmen uns, werfen uns auf die Erde und weinen. Als die Freudentränen getrocknet sind, sehen wir wieder hin, um nun Rauch zu suchen an der Südwestküste oder ein Segel auf dem flimmernden, endlosen Wasser. Aber etwas ist seltsam: das Meer ist so grau und starr, wie tot. Und als wir genau hinsehen, mit zugekniffenen Augen, erkennen wir: Das da vor uns ist nicht das Meer, ist kein Wasser! Das da unten ist Busch, totes Land...

In diesem Augenblick weiß ich tüchtiger Weltflieger endlich, daß ich falsch navigiert habe, daß ich beim Nachtflug über die Timorsee, als ich ohne Sicht in den Wolken flog, nicht nach Norden abgetrieben bin, sondern genau entgegengesetzt: Ich bin nicht auf der Insel Melville gelandet, nördlich von Port Darwin, wo man uns sicherlich gesucht hat, nein – ich bin weit aus meinem Kurs nach Süden abgetrieben, ein paar hundert Kilometer, bin an der Küste des australischen Festlandes gelandet – und das da unten ist der Busch des Kimberley-Plateaus, Nordwestaustralien, ein toter, unbewohnter, rauchender Busch! Es ist die Hölle...

AN DIESEM dreiundzwanzigsten Tag nach der Notlandung – es ist Montag, der 6. Juni – kabelt der deutsche Generalkonsul in Sydney nach Berlin:

SUCHE NACH BERTRAM UND KLAUSMANN EINGESTELLT STOP ALLE MASSGEBENDEN STELLEN HALTEN WEITERE BEMÜHUNGEN FÜR AUSSICHTSLOS STOP

Offiziell sind wir tot, und meine Vaterstadt Remscheid schreibt den Nachruf.

ICH sitze am Südhang des Hügels und starre in die Ferne. Wie aus der Vogelschau kann ich das Land ringsherum bis zum Horizont sehen. Alles verschwimmt grau in grau. Der Busch – nirgendwo von einer Lichtung unterbrochen – verschwindet im Dunst am Horizont. So etwas habe ich noch nicht gesehen, bei all meinen Flügen nicht. Die Karte Australiens liegt vor mir. Da heißt es hinter dem Kimberley-Bezirk: Große Sandwüste – Gibson-Wüste – Große Victoria-Wüste – über tausend Kilometer und mehr gibt es nur Wüste. Das Kimberley-Plateau ist mit 362000 Quadratkilometern größer als die Bundesrepublik. Ich kenne die Richtung der Küste, wo wir landeten, vergleiche mit der Karte und mache ein Kreuz an die Stelle, wo wir sind.

Ich bin an der Hintertür des fünften Erdteils gelandet, an der Nordwestküste, bin mehr als zweihundert Kilometer von meinem Kurs nach Süden abgetrieben!

Es gibt Schraffierungen auf der Karte: „unknown – unbekannt", heißt es da, „Reservation – Eingeborenenschutzgebiet". Nur ein Name steht an der Küste: Wyndham, etwa zweihundert Kilometer von uns entfernt im Osten, an einer tief ins Land gehenden Bucht. Auf der Karte sind es nur zwei Zentimeter zwischen unserem Kreuz und Wyndham, unüberwindliche zwei Zentimeter für uns.

Dort also liegt die Rettung, zweihundert Kilometer im Osten. Wir haben in der falschen Richtung gesucht, nach Westen, haben uns mit letzter Kraft immer weiter vom Leben entfernt.

„Jetzt weiß ich, wohin wir müssen – jetzt ist es zu spät!"

Ich spreche mit mir selbst, da ich mit Klausmann nicht sprechen kann. Er liegt drüben, manchmal höre ich ihn leise weinen.

Was tue ich hier im australischen Busch? Warum fliege ich durch die Welt? Warum bin ich nicht in der Heimat geblieben?

Ich denke nach und weiß, daß schon immer Unruhe in mir war, schon in meiner frühen Jugend – „Fernweh" nennt man das wohl, wenn man zu Hause unruhig wird und dahin will, wo man im Augenblick nicht ist.

Ich habe den Weg gesucht hinauszukommen, sobald die Schule hinter mir lag. Hamburg war die erste Station, da arbeitete ich auf einer Schiffswerft. Und in Hamburg stand ich dann auch vor Flugzeugen, mit denen man noch schneller in die Welt konnte als mit Schiffen. So wurde ich Flugschüler, Flieger.

Die Frage nach dem Sinn von Pionierflügen habe ich mir allerdings nicht beantworten können – das muß ich einer späteren Zeit überlassen, die darüber zu urteilen hat, ob Opfer gebracht werden durften bei den ersten Flügen über Ozeane, Pole und Wüsten. Ich glaube, daß Pionierflüge gemacht werden müssen – einer muß der erste sein, um die Luftbrücken zu bauen, auf denen man später sicher um die Erde fliegen kann.

So versuche ich, mir einzureden, daß es auch einen Sinn hatte, nach Australien zu fliegen, wo ich jetzt mit meinem Kameraden im Busch liege. Wir wollten dabeisein bei der Eroberung der Luftstraßen unserer Erde! Ein großes Wort – und jetzt habe ich Angst, pure Angst, daß ich mein Leben verliere, denn aus diesem Busch kommen wir wohl nicht mehr hinaus.

Es ist Abend geworden – der dreiundzwanzigste nach unserer Notlandung. Ich liege neben Klausmann und bin mir darüber im klaren, daß ich irgendeinen Weg finden muß, um nicht wahnsinnig zu werden. Ich behaupte heute, daß der Mensch einen kommenden Nervenzusammenbruch vorher spürt, daß sich das Hirn dagegen auflehnt und bis zum letzten Augenblick dagegen kämpft. Ich versuche zu beten – aber diesmal hilft auch das Gebet nicht mehr. Die Vernunft sagt mir, daß es einfach unmöglich ist, einen kraftlosen Körper durch diese Wildnis zweihundert Kilometer voranzuschleppen. Es würde viel einfacher sein, wenn ich mit Klausmann reden könnte, wenn er von mir forderte weiterzukämpfen. Aber der Kamerad ist am Ende, und ich finde keine Kraft, ihn durch Worte zu überzeugen, daß es noch eine Möglichkeit der Rettung gibt. Ich glaube selbst nicht mehr an Rettung.

Die Sonne geht unter. Ich sehe in dem roten Feuer im Westen die Heimat und denke an die Mutter. Um meinen Hals ist das Tuch geknüpft, das sie mir vor Jahren schenkte, vor meinem ersten Flug, nachdem ich als Schüler in eine Flugschule aufgenommen wurde. Es ist ein braunes Tuch – „Gott schütze dich, mein Junge" hat sie hineingestickt. Nie bin ich zu einem Flug ohne dieses Tuch gestartet. Mit dem Tuch war die Mutter immer bei mir, auch beim Flug nach Australien.

Ich bin müde. Beim Einschlafen halte ich das Tuch am Hals ganz fest. Ich weiß nicht, ob ich bereits schlafe, als ich von weit her etwas zu hören glaube. Spricht da jemand? Ich lausche in mich hinein und erkenne ihre Stimme. Jetzt wird alles gut, die Mutter ist bei mir, spricht mit mir, und ich lausche im halbwachen Traumzustand. Ganz ruhig spricht die Mutter, wie sie früher zum Kind am Krankenbett gesprochen hat. Und sie sagt, daß man zu Hause auf mich wartet, daß uns die Welt aufgegeben hat, uns ertrunken in der Timorsee glaubt, daß *sie* aber weiß, daß ich eines Tages zu ihr zurückkomme, daß ich lebe und mich durchkämpfen werde. Schließlich sagt sie, daß sie von mir erwartet, daß ich jetzt aufstehe, bete und mich auf den Weg mache.

Dann bin ich wach. Es wird Tag, und strahlend geht die Sonne auf. Ich umklammere immer noch das Tuch, weiß, daß mir die Mutter geholfen hat, daß sie mir wieder Mut und Kraft gab. Und ich bekenne: Als ich in meiner größten Not war, als ich keinen Willen mehr hatte und auch das Gebet nicht mehr half, da ist die Mutter gekommen, mit ihrer Liebe.

Ich richte mich auf, sage ein paar Worte zu Klausmann, bin ganz ruhig. Dann nehme ich den Wassersack auf den Rücken und den Kompaß in die Hand. Wir brechen auf, um zum Schwimmer und Wasserbecken zurückzugehen, den Weg zurück, den wir in den letzten drei Tagen gekommen sind. Der Kompaß in meiner Hand zeigt diesmal Nordost.

... UND WIEDER „ZURÜCK"

WIE oft mußten wir in diesen Wochen schon zurück: Zuerst gingen wir in Richtung Ost zu den vermeintlichen Eingeborenen – und zurück, weil wir sie nicht fanden und kein Wasser mehr hatten; dann fuhren wir hinaus auf die Timorsee mit Richtung West – und zurück, weil uns das Meer nicht wieder freigeben wollte; schließlich krochen wir Richtung Südwest nach Port Cockburn – und zurück, weil es hier im Busch kein Port Cockburn gibt. Es ist sehr schwer, aus dem Wort „zurück" immer wieder Hoffnung zu schöpfen.

Weshalb gehen wir zur Küste zurück und nicht nach Wyndham, zweihundert Kilometer quer durch den Busch? Wir müssen wieder Richtung Wasserbecken, Boot und Gepäck. Es gibt keine andere Möglichkeit – und es ist die letzte: Wir müssen den Versuch machen zu segeln, diesmal Richtung Ost, Richtung Wyndham. Wenn wir ein stärkeres Seitenruder anfertigen, wenn wir den Sandballast zum größten Teil aus dem Schwimmer herausnehmen, um ihn leichter zu machen, werden wir vielleicht besser vorankommen. Wir dürfen dann nur nicht bei Seegang fahren, da die kleinste überschlagende Welle das kopflastige Boot zum Kentern bringen würde. Wir werden ganz vorsichtig von Bucht zu Bucht fahren und nachts an Land gehen.

Vom Wasserbecken können wir zwei Kammern des Schwimmers füllen, das reicht für Wochen. Zum Gepäck müssen wir zurück, weil wir da unser Feuerzeug zurückgelassen haben – Magnet, Benzin und Watte. Wir können dann nachts Feuer machen.

Noch etwas gibt es an der Küste: das offene Meer und den freien Blick. Vielleicht sehen wir doch mal etwas – an der Küste dürfen wir wenigstens Hoffnung haben.

Deshalb also gehen und kriechen wir Richtung Nordost, drei Tage, das sind der vierundzwanzigste, der fünfundzwanzigste und der sechsundzwanzigste Tag – bald ist es ein Monat! Voran, nur voran,

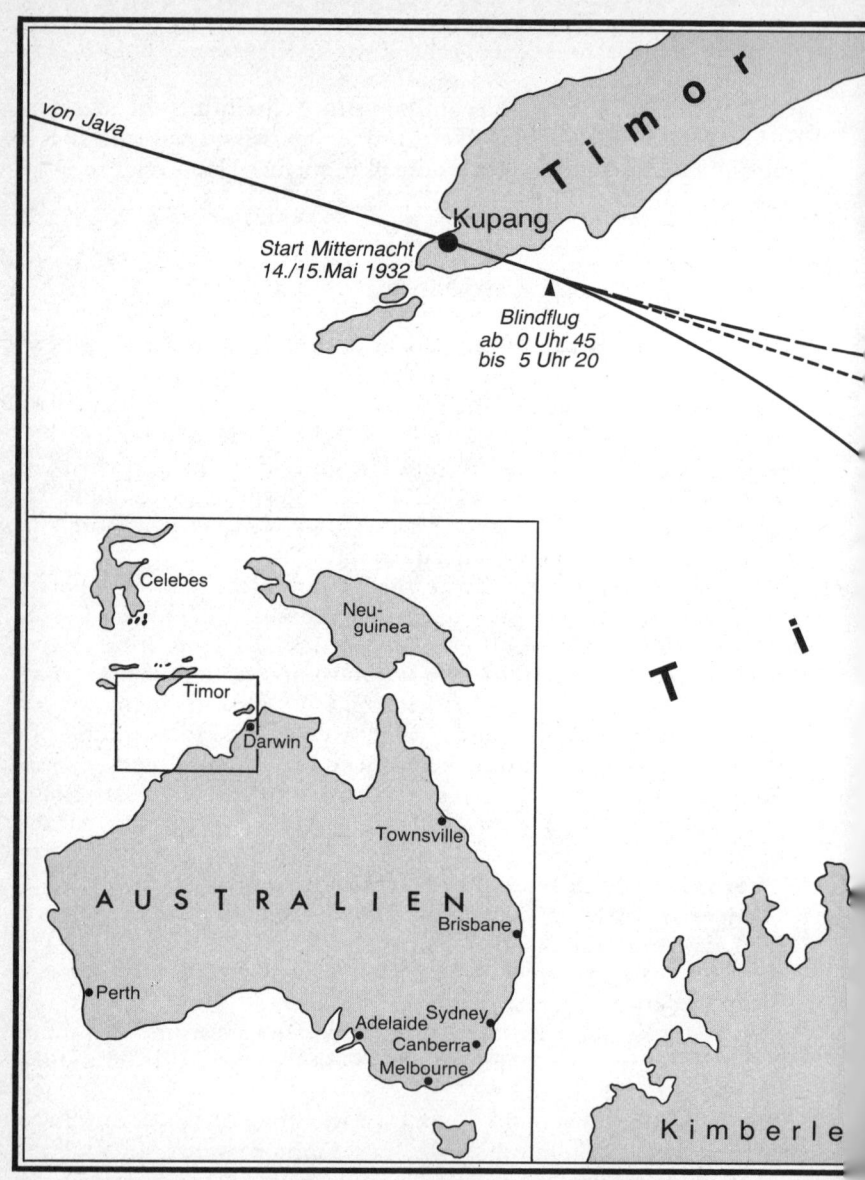

von Java

T i m o r

Kupang

Start Mitternacht
14./15. Mai 1932

Blindflug
ab 0 Uhr 45
bis 5 Uhr 20

Celebes

Neu-
guinea

Timor

T i

Darwin

Townsville

AUSTRALIEN

Brisbane

Perth

Adelaide   Sydney
Canberra
Melbourne

Kimberle

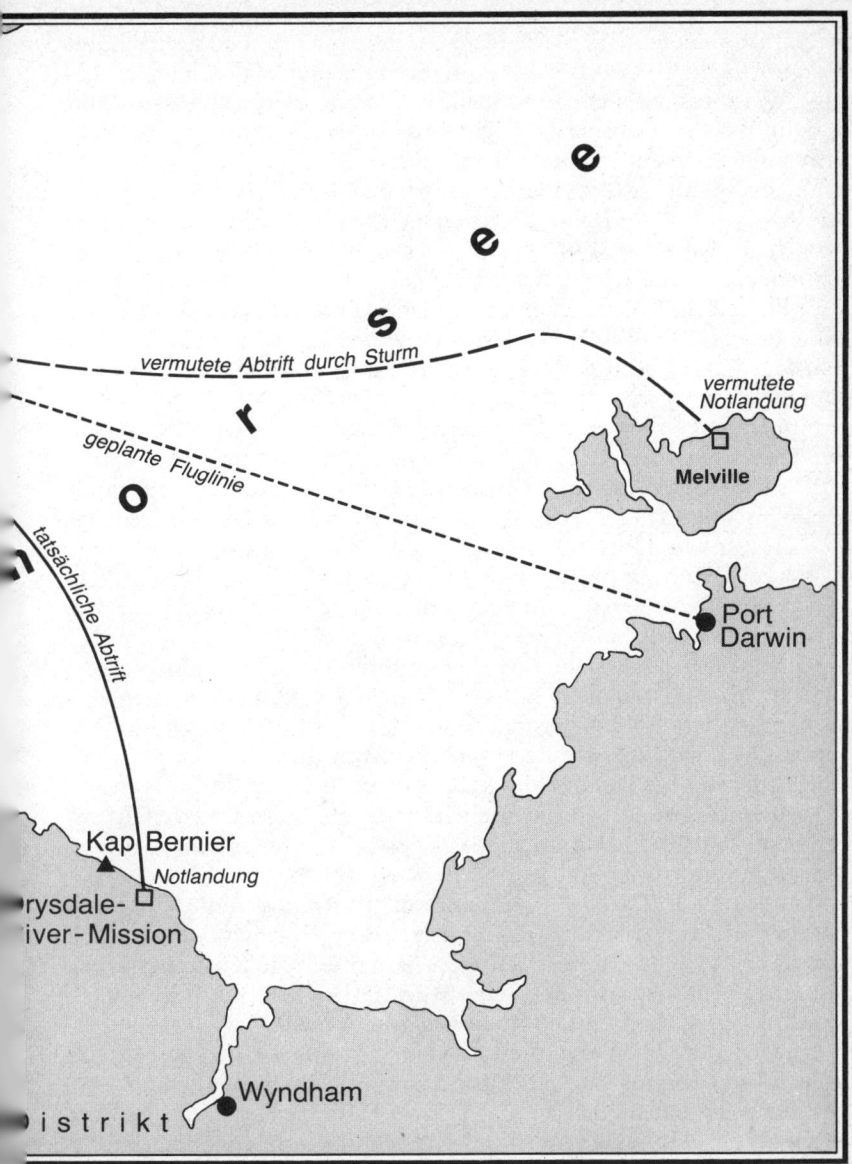

vermutete Abtrift durch Sturm

vermutete
Notlandung

Melville

geplante Fluglinie

tatsächliche Abtrift

Port
Darwin

Kap Bernier

Notlandung

...rysdale-
...iver-Mission

Wyndham

...istrikt

Karte: Rolf Salzmann

stolpernd, fallend, sich wieder aufrichtend, kriechend, erschöpft liegenbleibend, das erschreckte Auffahren aus dem Halbschlaf, das hastige Weitergehen, nicht zu schnell, weil dann wieder alles schwankt und dunkel ist ringsherum. Es wird immer schlimmer mit dem Schwanken und der Dunkelheit.

Die heiße Luft zittert, überall glaubt man, Rauch zu sehen, Spuren von Menschen. Die Beine bewegen sich mechanisch, es ist nicht zu verstehen, daß sie sich überhaupt noch bewegen. Magen und Brust schmerzen, immer wieder hat man einen gedeckten Tisch vor Augen, sieht Fleisch und Brot. Aber da ist nichts, und auf den Bäumen sind keine Früchte. Baumblätter versuchen wir nicht mehr, auch nicht die Baumrinde, da macht der Magen nicht mit. Nur nicht krank werden, dann lieber hungern.

Einmal fangen wir zwei Eidechsen, ich kann aber nicht mehr sagen, wie Eidechsen schmecken. Gekocht haben wir sie nicht, dafür hätten wir Feuer haben müssen. Die beiden Eidechsen, fingerlang, der handgroße Fisch vor langer Zeit und später noch jeder drei Schnecken, das war alles – mehr haben wir nicht gegessen in vierzig Tagen...

Weiter, Richtung Nordost, den zweiten Tag jetzt. Es ist sehr heiß geworden, und ich fasse zum Hals, um das Tuch ein wenig zu lockern – das Tuch ist weg!

Ich habe das Tuch meiner Mutter verloren – und habe plötzlich die entsetzliche Angst, ohne dieses Tuch keinen Schritt mehr weiterzugehen zu können. Auch für Klausmann war das Tuch inzwischen der Ansporn, das Letzte aus sich herauszuholen, war dieser Fetzen Seide die Verkörperung der Heimat, des Lebens geworden.

Stundenlang suchen wir, kriechen kreuz und quer, verzweifelt, geben bereits die Hoffnung auf, als das Tuch vor uns unter dem Fels liegt, wo wir geruht hatten. Die Mutter ist wieder bei uns.

Am dritten Tag taucht zwischen zwei großen Felsen die Küste auf. Aber wo ist jetzt das Boot, das Wasserbecken – östlich oder westlich von uns? Mit Kompaßkurs Südwest hatten wir die Küste verlassen, mit Kurs Nordost kommen wir zurück. Aber der Busch ist überall gleich, Merkzeichen für den Rückweg gibt es nicht.

Und wieder gehen wir in die falsche Richtung – einen halben Tag nach Westen, bis wir auf einer Landzunge stehen und erkennen, daß wir uns geirrt haben, daß wir nach Osten hätten gehen sollen, daß wir abermals zurückmüssen. Wir sind nun schon daran gewöhnt, genarrt zu werden.

Wir kommen 'nur noch sehr langsam voran. Klausmanns Beine sind mit offenen Wunden bedeckt. Nach ein paar Schritten muß er sich hinsetzen, wird es ihm schwarz vor Augen. Danach kostet es ihn viel Überwindung, aufzustehen und sich immer und immer wieder weiterzuschleppen. Am Morgen des siebenundzwanzigsten Tages kann er nicht mehr. Ich muß ihn zurücklassen und allein weiter, das Boot suchen. Es ist grausig, allein zu sein. Ringsum die unheimliche Stille, nur das Rauschen der See. Gibt es überhaupt noch Menschen? Die Gedanken verwirren sich oft. Ist das der Anfang? Ich versuche mit Gewalt, an andere Dinge zu denken, spreche wieder mit mir selbst – aber immer wieder kommt die Angst, die Nerven zu verlieren. Für Stunden spreche ich mit der Mutter; ihr Tuch ist nun fest um den Hals gebunden, fünffach verknotet.

Dann endlich erkenne ich den Weg, finde das Wasserbecken in der Nähe unserer Bucht, finde die Bucht. Die See ist heute unruhig. Der Schwimmer, bei Hochwasser auf den Strand gezogen, schwimmt – das Wasser ist gestiegen! Doch die Verankerung ist fest, es kann nichts passieren.

Nach kurzem Ausruhen gehe ich zurück zu Klausmann. Von weitem schon höre ich seine Stimme. Stundenlang hat er gerufen. Wir waren nur kurze Zeit getrennt, doch ist das Wiedersehen, als ob man Jahre fortgewesen sei. Wir gehören zusammen, werden auch bis zum Ende zusammenbleiben – so oder so. Meter um Meter stolpern, fallen, kriechen wir über die Felsen, sind am Wasserbecken, jetzt an den ersten Bäumen der Bucht, jetzt am Strand – und stehen erstarrt. Das Boot hat sich losgerissen, ist auf die Felsen geworfen...

Das Boot war die letzte Hoffnung.

Gehen werden wir nicht mehr können. Die Beine haben ihren Dienst getan.

Wir waten durchs Wasser, stehen auf den Felsen. Der Schwimmer ist leckgeschlagen. Es ist eine Gewaltarbeit, ihn von den Felsen herunterzuzerren. Einige Kammern sind voll Wasser, das Boot kann jeden Augenblick versinken – doch wir schaffen's, schleppen das Wrack auf den Strand.

Und wieder muß es einen Ausweg aus dieser hoffnungslosen Lage geben. Die fünf vorderen Kammern des Schwimmers sind leckgeschlagen, eine Reparatur ist unmöglich. Die letzten vier Kammern sind weniger beschädigt. Wir müssen das Boot zersägen und diese Kammern notdürftig flicken. Es wird allerdings nicht mehr als eine

Nußschale übrigbleiben, mit der wir uns dann noch der See anvertrauen wollen.

Die Metallsäge aus dem Werkzeugkasten des Flugzeuges ist bei unserem Gepäck. Die Nacht und den nächsten Tag hindurch sägen wir. Auf ein Segel müssen wir verzichten. Das winzige Boot würde durch das Gewicht des Mastes kopflastig werden und bei der kleinsten Welle kentern. Also nur noch ein Notmast, vielleicht für einen Fetzen Tuch, um die Arme zu entlasten.

Die Ruder werden mit Lederriemen befestigt, nur das Notwendigste von unserem Gepäck kann verstaut werden, in eine der vier Kammern wird Wasser gefüllt. Wir sind bereit.

Morgen bei Sonnenaufgang werden wir also nochmals rudern, nur bei spiegelglattem Wasser, ganz dicht unter Land. Zweihundertfünfzig Kilometer entlang der Küste beträgt die Entfernung bis Wyndham. Wie weit werden wir kommen? Es ist der letzte Versuch.

DAS BUSCHFEUER

WIEDER liegen wir unter unserem Baum, es ist Nacht, an Schlaf ist nicht zu denken. Das war heute der achtundzwanzigste Tag. Morgen ist wieder Sonntag, wie vor zwei Wochen, als wir voller Hoffnung mit unserem Schwimmer aus der Notlandebucht losfuhren. Und es war vor vier Wochen, als wir uns in einer Sonntagnacht zum Flug über die Timorsee vorbereiteten.

Am Abend haben wir einen Strauch mit kleinen grünen Beeren gefunden. Die Beeren sind hart, schmecken bitter, aber wir kauen unentwegt. Der Geschmackssinn ist unempfindlich, die Zunge dick geschwollen und weiß. Man muß doch dem Magen etwas anbieten – so glauben wir.

Es reißt und zerrt in den Därmen, wird immer schlimmer. Die Beeren! Waren sie giftig?

Wir brechen stundenlang, wälzen uns auf der Erde, haben Fieber. Magen und Darm wollen zerreißen. Werden wir in dieser Bucht liegenbleiben, unter diesem Baum sterben? Nein, nein – wir wollen sofort losfahren, haben plötzlich Todesangst vor der Bucht.

Der Mond ist eben aufgegangen, als wir das Boot ins Wasser schieben, immer noch fiebernd und brechend. Nur fort von hier! Wir rudern los – wenige Meter nur, dann müssen wir wieder zurück. Die See

ist vom Sturm der letzten Tage noch zu unruhig, der Wellengang zu
stark.

Die Küste vor uns ist unheimlich schwarz. Aber was ist das da drüben? Weit im Inland leuchtet ein roter Schein. Ist das ein Trugbild?
Nein – das ist ein Feuer. Aber dann müssen da ja auch Menschen sein,
die das Feuer angezündet haben! Wir brauchen nur dem Feuerschein
nachzugehen und werden das Leben finden!

„Gott Vater, Du schickst uns die Rettung im Augenblick der höchsten Not." Klausmann liegt auf den Knien und betet laut, während ich
mich für den Weg vorbereite. Der Kamerad kann nicht mehr. Ich muß
ihn wieder zurücklassen, muß so schnell wie möglich zu den Menschen am Feuer. Ich werde mit ihnen hierher zurückkommen. Es werden Eingeborene sein, wir sind ja im „Eingeborenenschutzgebiet",
wie die Landkarte sagt.

In größter Eile wickle ich Lappen um die Füße. Die Schuhe sind nur
noch Fetzen. Dann gehe ich los.

Weit leuchtet jetzt der rote Schein über dem schwarzen Busch. Ist
das Feuer schon hinter dem nächsten Hügel, oder ist es einen Tages-
marsch entfernt? Das Mondlicht ist hell. Ich renne, denn vor mir ist das
Leben! Der Morgen kommt, die Sonne brennt. Ich habe kein Wasser
mitgenommen, glaubte, bald dort zu sein, wollte mich nicht belasten.

Gegen Mittag stehe ich auf einem Hügel, klettere auf einen Fels, sehe
den Rauch endlich dicht vor mir, drüben hinter den nächsten Felsen.
Es muß ein großes Feuer sein, und ich werde wohl viele Eingeborene
finden. Man wird mir Wasser geben, Fleisch, sicherlich Känguruhfleisch, ich werde essen – essen! Dann werden wir aufbrechen, zurück
zum Kameraden. Die Schwarzen sind stark, sie werden mich tragen.
Die Rettung ist da, dort hinter dem nächsten Hügel.

Ich renne, krieche durch die letzten Büsche, schreie. Man muß mich
bereits gehört haben. Jetzt bin ich da.

Ich stehe unter dem letzten Baum, sehe das Feuer, es ist ein sehr großes Feuer – ein Buschfeuer...

Vor mir sind die Flammen, die mich genarrt haben, an denen es
keine Menschen gibt, kein Leben. Aber der Tod ist im Feuer, man
braucht nur hineinzugehen, und alles hat ein Ende! Ich *weiß*, daß das
der Wahnsinn ist. Aber ich kann nicht dagegen an – meine Füße tragen
mich voran, auf das Feuer zu. Ich stehe im Rauch. Er erstickt mich. Ich
greife zum Hals. Da ist ein Tuch, fünffach verschlungen. Ich will Luft,
herunter mit dem Fetzen! Die Hände zerren am Knoten. Dann werden

die Finger steif, die Arme fallen herab. Es ist das Tuch meiner Mutter! Sie ruft mich und treibt mich aus den Flammen. So habe ich den beginnenden Wahnsinn erlebt. Ich weiß nicht, wie ich den Weg zur Küste zurückgefunden habe. Ich weiß, daß am Feuer der Wahnsinn war, weiß, daß ich gerettet wurde, weil eine Hand über mir war, die mich schützte und leitete. Und ich komme wieder zum Kameraden, kann ihn beruhigen und ihm versprechen, daß ich die Kraft haben werde, uns beide zu retten, daß ich Tag und Nacht rudern werde – nicht ich, die große Kraft in mir wird uns retten.

Wir fahren los in unserem nur eineinhalb Meter langen Boot, rudern aus der Bucht. Es ist gegen zwei Uhr morgens, der dreißigste Tag.

Der Mond gibt genug Licht. Die See ist glatt wie ein Spiegel. Wir entfernen uns nur wenige Meter von der Küste, fahren vorsichtig um Felsvorsprünge herum. Meter für Meter kommen wir weiter. Beim Morgengrauen haben wir etwa zwei Kilometer hinter uns – nicht daran denken, daß wir zweihundertfünfzig vor uns haben! Die Brust schmerzt, die Arme wollen nicht mehr. Mit dem Sonnenaufgang kommt der erste Wind, wird bald stärker, die See unruhiger.

Die ersten Brecher schlagen über uns. Wir müssen schnellstens an Land. Hinter der nächsten Landzunge scheint eine geschützte Bucht zu sein. Wir schaffen es, rudern mit aller Kraft um die Felsen herum – dann liegt eine sehr große Bucht vor uns, von Steilküste umgeben! Sie ist weit offen zum Meer und vollkommen ungeschützt. Selbst bei den besten Wetterverhältnissen würden wir nie und nimmer über diesen Meeresarm rudern können.

Und was jetzt? Die Antwort ist einfach und klar: Jetzt ist es aus! Der Kampf ist endgültig zu Ende.

Gehen, selbst kriechen können wir nicht mehr und rudern auch nicht. Wir können nur noch das Boot auf den Strand ziehen und gut verankern. Dann dürfen wir uns in den Schatten der Felsen legen und warten.

Das Kabel

Am Montag, dem 13. Juni, am Morgen des dreißigsten Tages nach der Notlandung, sendet Sergeant Flinders, Polizeistation Wyndham, ein Kabel an seine vorgesetzte Dienststelle in Perth. Perth gibt das Kabel mit einem ergänzenden Vorschlag weiter nach Melbourne:

melbourne, 13. 6. 32
polizeisergeant wyndham sendet kabel wie folgt sonntag 23 uhr läufer von
mission drysdale brachte brief von vater cubero datiert 1. juni lautend zwei fuß-
spuren etwa zwei meilen nordwestlich der eric- und elsie-inseln hundert meilen
nordwestlich wyndham spuren verlaufen südlich stop stammen von überleben-
den des deutschen wasserflugzeugs stop zigarettenetui initialen h.b. und ta-
schentuch gefunden stop schätzungsweise vom 26. mai stop spuren in steini-
gem gelände verloren eingeborene beauftragt nach den beiden männern zu
suchen und in drysdale nachricht zu geben ende
flinders sgt.

Soweit das Kabel. Dann wendet sich Perth an das Luftfahrtamt:

polizeistreife würde wenigstens vierzehn tage zur angegebenen position benö-
tigen stop zur zeit befindet sich in wyndham ein flugzeug das mittwoch nach
derby fliegen soll stop eingeborene im genannten gebiet als hinterhältig bekannt
stop empfehle sie setzen sich mit fluggesellschaft hier in verbindung und veran-
lassen suche durch flugzeug
Polizeipräsident.

Hierbei handelt es sich um das gleiche Flugzeug, das vor etwa vier-
zehn Tagen die Küste von Wyndham bis Port Darwin und die Insel
Melville absuchte. Damals hatte niemand an die Küste *westlich* von
Wyndham gedacht.

Gleichzeitig ergeht folgende Dienstanweisung an Sergeant Flinders,
Polizeistation Wyndham:

sgt. flinders, wyndham, 13. 6. 32
betrifft vermißte flieger stop schickt sofort polizeistreife nach forrest river und
laßt eingeborene in richtung spuren suchen stop es ist jede anstrengung zu un-
ternehmen um sie zu finden stop habe luftfahrtamt verständigt über einsatz des
flugzeuges wyndham
galup.

Das ist der Anfang der Suche – zu Luft, zu Wasser, im Treck. Man
hat also von den beiden Piloten, die bereits totgesagt und mit Nachru-
fen gewürdigt wurden, etwas gefunden, ein Zigarettenetui und ein Taschentuch – in einem Gebiet größer als die Bundesrepublik, in dem nur
ein paar hundert Menschen leben.

Ich übernehme die Berichte derer, die uns suchten, und die

Berichte der Presse, die darüber schrieb. Es war ein weltweites Interesse, das mit jedem Tag zunahm, den die Verschollenen in einem Land verschollen blieben, in dem es nach Ansicht derer, die das Land kannten, kein Überleben geben konnte. Das Interesse nahm noch zu, als neun Australneger in Ketten gelegt wurden, nachdem eine alte, blinde Eingeborene das Gerücht verbreitet hatte, die beiden Europäer wären erschlagen worden.

Es erscheint mir notwendig, vor dem Ablauf des Geschehens die Personen einzuführen, die die Berichte geschrieben haben, wie auch den Ort der Handlung zu umreißen: Da ist also der Kimberley-Distrikt, Nordwestaustralien, ein tropisches Buschland, im Sommer unerträglich feucht und heiß, ein Eingeborenenschutzgebiet mit einigen wenigen Stämmen. Das Klima ist schlecht, der Boden unergiebig.

Ganz im Nordwesten des Plateaus, am Golf von Cambridge, liegt Wyndham, eine Siedlung von nur wenigen hundert Einwohnern. In Wyndham gibt es die ,,Meatworks", eine große Fleischfabrik, wohin die Rinderherden aus dem Ord-River-Gebiet getrieben werden, zur Verarbeitung für den Export. Die Meatworks arbeiten von April bis September. Das Postflugzeug kommt einmal in der Woche von Perth, der Hauptstadt Westaustraliens, mehr als zweitausend Kilometer entfernt an der Südwestküste. Es hat keinen Funk an Bord.

Außer Wyndham gibt es keine Siedlungen im Kimberley-Distrikt, nur zwei Missionsstationen – Drysdale und Forrest River. Dort gibt es nur ein paar Missionare und eine Anzahl Eingeborene, die aber meist nur kurze Zeit bleiben. Da in diesem Buschland Entfernungsmaße wenig aussagen, rechnet man nur nach der Anzahl der Tagereisen, die die Maultiere benötigen, um hinzukommen – das sind drei bis fünf Tage von Wyndham bis Forrest River und dann nochmals vierzehn Tage bis Drysdale.

Als weitere Verbindung in Nordwestaustralien fährt einmal im Monat ein Schiff von Fremantle, dem Hafen von Perth, an der Westküste entlang nach Norden, um die Küste des Kimberley-Plateaus herum, mit Kurs Wyndham und Port Darwin, weit im Nordosten. *Koolinda* heißt dieses Schiff, und wir haben es bereits kennengelernt, als es die schiffbrüchigen Piloten beinahe rammte, sie aber nicht sah.

Noch kurz die wichtigsten Personen, die die verschollenen Piloten suchten:

Da ist Vater Cubero von der Drysdale-River-Mission, dessen Nachricht alles in Bewegung setzte. Er hatte mit seinem Motorboot für eine Nacht in einer der vielen Buchten geankert, als ihm ein Eingeborener, der aus dem Inland zur Küste gekommen war, um zu fischen, das am Ufer gefundene Taschentuch und das Zigarettenetui überreichte. Es war die Bucht, in der wir vor den Krokodilen hatten flüchten müssen. Da ist Sergeant J. F. Flinders, Polizeistation Wyndham. Flinders hat mit der Buschpolizei für Ordnung zu sorgen, so merkwürdig das klingen mag bei der Größe des Kimberley-Plateaus. Wenn im Busch etwas zu tun ist, setzt Flinders seine Leute ein, so wie diesmal Polizeiwachtmeister Gordon Marshall, der den Auftrag bekommt, den Treck in den Kimberley-Distrikt zu führen.

Kapitän Crane ist Schiffsführer der Meatwork-Barkasse, die von Wyndham aus die Küste nach Westen absuchen soll, sobald sich das Meer beruhigt hat.

Kapitän Sutcliffe ist der Pilot der D. H. 50, die morgen über das Kimberley-Plateau fliegen wird. Sutcliffe wird morgen früh als erster unterwegs sein. Er wird zwei Begleiter an Bord haben und bei Tagesanbruch starten, Kurs Nordwestküste.

EIN FLUGZEUG FLIEGT VORÜBER

HIER liegen wir in den Felsen an der Nordwestküste Australiens. ,,Kap Bernier" heißt es auf der Karte. Das Boot ist auf den Strand gezogen und sorgfältig festgebunden. Unser Wasser ist in einer Kammer. Das Gepäck, Magnet, Feuerzeug und Werkzeugtasche sind unter einem Felsvorsprung verstaut.

Es ist der einunddreißigste Tag. Der wolkenlose Himmel und das weite Meer führen meine Gedanken weit weg, das eintönige Dröhnen der Brandung schläfert mich ein. Ich träume, erlebe nochmals, wie es war, als wir zu diesem Flug gestartet sind – *Atlantis-Expedition* habe ich den Flug genannt. Der Start in Köln, auf dem Rhein, war schwer, denn es war Winter. Der Motor will und will nicht anspringen, Klausmann schimpft über die Kälte, füllt heißes Wasser in den Kühler, dreht den Propeller nochmals durch, dann springt der Motor an und läuft ruhig und gleichmäßig.

Der Traum ist zu Ende, ich liege wieder an der australischen Küste – den Motor aber höre ich immer noch brummen, er wird sogar lauter –, und das ist jetzt kein Traum mehr, das ist Wirklichkeit!

Ich höre einen Flugzeugmotor – und ich sehe ein Flugzeug! Weit im

Inland ist ein schwarzer Punkt am Himmel, er wird größer, kommt auf uns zu – ein Flugzeug!

Klausmann hat den Motor auch gehört, starrt wild auf den winzigen Punkt in der Ferne, glaubt sicher, daß das Schicksal ihm wieder etwas vorgaukeln will. Aber das Flugzeug kommt näher. Wenn der Pilot diesen Kurs nur noch eine Minute beibehält, wird er in niedriger Höhe über uns hinwegfliegen, wird die beiden Gestalten an der menschenleeren Küste erkennen.

Wir schreien, brüllen, kriechen umher und winken. Jetzt ist die Maschine dicht vor uns, jetzt wird der Pilot beidrehen, eine Kurve fliegen, kreisen, Lebensmittel abwerfen und uns Zeichen geben, daß er Hilfe schicken wird.

Das Flugzeug ist heran, genau über uns, jetzt muß es beidrehen... Doch es fliegt vorüber und wird kleiner hinter den Felsen der wilden Küste...

Klausmann torkelt hinter dem Flugzeug her, taumelt. Ich stehe erstarrt und kann es nicht fassen, daß das Leben vorüberfliegt, daß es uns nicht sehen will. Der winzige Punkt verschwindet am Horizont – da ist nur noch das Meer und der leere Himmel.

Wochen später war aus dem Segelboot ein Wrack geworden, eine Nußschale, mit der wir uns nicht mehr auf die wilde See wagen konnten.

Wieder liegen wir im Schatten der Felsen. Wir versuchen, uns einzureden, daß man uns sucht. Warum aber hat man uns nicht gesehen, wenn man uns suchte? Das Flugzeug flog doch genau über uns hinweg.

Plötzlich glaube ich zu wissen, wie es war: Das Flugzeug war ein Kabinenflugzeug. Aus den geschlossenen Fenstern einer Flugzeugkabine aber kann man nicht senkrecht nach unten sehen, es bleibt ein kleiner toter Winkel unter dem Boden der Kabine. Man hat uns nicht gesehen, weil das Flugzeug so haargenau über uns hinwegflog.

Ich versuche, davon überzeugt zu sein, daß man sich nicht mit dem einen Flug, mit dem ersten Versuch zufriedengeben wird, daß man uns doch noch findet. Es muß einen Weg geben, uns bis dahin am Leben zu erhalten!

Warten heißt jetzt unser Ziel, so lange als möglich warten. Wasser haben wir für die nächsten Tage, aber wir müssen auch etwas zu essen haben!

Wenn die See ruhiger ist, werden wir morgen versuchen, Muscheln zu finden. Es wird jetzt ein Kampf um die Zeit sein.

Bericht in der *West Australian:*

Perth, Mittwoch, 15. Juni.
…obwohl Kapitän Sutcliffe gestern einen ausgedehnten Flug entlang der Nordwestküste und über das Gebiet rund um die Drysdale-Mission machte, fand er keine neue Spur von den deutschen Fliegern, die seit dem 15. Mai verschollen sind.

Der Suchtrupp der Polizei unter Polizeiwachtmeister Gordon Marshall, der heute von Wyndham aufbrechen wird, rechnet mit etwa vierzehn Tagen, um zu dem Punkt der Küste zu kommen, wo man das Zigarettenetui fand.

Buschmänner des Kimberley-Distrikts glauben nicht, daß die verschollenen Piloten noch leben, wegen der Wildheit des Gebiets und der Eingeborenen. In den letzten Jahren wurden hier fünf Weiße von Aborigines ermordet. Man befürchtet, daß die beiden Verschollenen, wenn sie auf Eingeborene gestoßen sind, die nicht zu den Missionsstationen gehören, zu freundlich waren. Dann würden die Aborigines glauben, die Weißen hätten Angst, und würden sie erschlagen.

DIE ZAHNOPERATION

DIE Nacht zum zweiunddreißigsten Tag. Das Flugzeug ist nicht zurückgekommen. In zwei Tagen ist Vollmond. Wie lange werden wir noch leben?

Die See wird unruhiger. Die Brandung dröhnt in den Felsen. Der Wind heult. Bei zunehmendem Mond steigt die Flut höher. Wie lange haben wir geschlafen? Was ist los? Wir liegen im Wasser! Die Flut hat unser Lager erreicht, Wellen überspülen uns, wir waren zu tief zwischen die schützenden Felsen gekrochen.

„Raus hier!"

Wir klettern höher in die Felsen. Vollkommen durchnäßt, kriechen wir dicht zusammen, suchen vergeblich Schutz vor dem Wind. Gegen Morgen bezieht sich der Himmel, später regnet es, ganz ungewöhnlich für diese Jahreszeit. Es ist gut, überall Pfützen zu sehen, verdursten werden wir also nicht – aber könnten wir uns nur irgendwo vor dem Regen schützen! Es tropft überall. Auch am Tage werden wir ohne Sonne nicht trocknen. Am Strand liegen zwar angespülte Baumstämme und Äste, aber wir versuchen vergebens, ein Feuer anzuzünden. Das Holz ist zu feucht. Weiter im Inland würden wir vielleicht trockenes Gras finden – wir haben aber keine Kraft mehr, dahin zu kommen, und bleiben stumpfsinnig zwischen den Felsen hocken, naß bis auf die Haut, frierend im kalten Seewind.

Seit ein paar Tagen schon schmerzt einer meiner Backenzähne, jetzt werden die Schmerzen schlimmer. Klausmann ist in dieser Zeit stärker als ich.

Als die Ebbe einen Teil des Strandes freilegt, kriecht er zwischen die von der Flut überspülten Steine. Ich sehe ihn mühselig nach Muscheln suchen, kann ihm nicht helfen, liege fiebernd und mit wilden Zahnschmerzen neben einer Wasserpfütze.

Nach Stunden kommt Klausmann zurück. Er hat sechs Wasserschnecken gefunden. Mit einem Stein zerschlagen wir das Gehäuse und verschlingen das weiche Fleisch. Danach kauern wir wieder eng aneinandergeschmiegt unter einem Fels und warten, daß die Sonne durchkommt.

Die Zahnschmerzen sind kaum noch zu ertragen, der ganze Unterkiefer scheint entzündet. Was kann ich nur dagegen tun? Wenn wir keinen Ausweg finden, wird mich das Fieber umwerfen. Da muß etwas geschehen – Klausmann muß den Zahn ziehen!

Am Kap Bernier gibt es keinen gepolsterten Operationsstuhl, keine sauberen Instrumente, keine desinfizierenden Mittel – wir haben nur eine rostige Zange.

Klausmann muß versuchen, den Backenzahn mit der Zange zu fassen und herauszureißen. Wir sind uns beide darüber im klaren, daß es mit der schmutzigen Zange eine Blutvergiftung geben kann, daß wir keine Hilfsmittel gegen eine Blutvergiftung haben.

Wir warten bis zum Spätnachmittag. Klausmann schreckt vor der Operation fast mehr zurück als ich. Der Gedanke muß für ihn furchtbar sein, den Kameraden vielleicht zu verlieren. Es hilft nichts, der Schmerz ist nicht mehr zu ertragen. Als Schüttelfrost hinzukommt, ist Klausmann bereit.

Er sitzt auf einem Stein. Ich liege vor ihm, habe den Kopf fest in seinen Schoß gedrückt, verkrampfe die Hände in die Erde. Es regnet immer noch.

Klausmann kann mit aller Kraft die Zange weit auseinanderbringen, den kranken Zahn packen, ihn umfassen, er reißt, gleitet ab – und hat ein Stück abgebrochen!

Die nächsten Stunden sind unbeschreiblich. Immer wieder kommt Klausmann mit der Zange, bricht Stück für Stück vom Zahn ab. Ein paarmal bin ich ohnmächtig. Dann hat Klausmann so viel abgebrochen, daß er an die Wurzel nicht mehr mit der Zange heran kann. Aber wir müssen dem Eiter im Kiefer Luft schaffen.

Wir haben noch eine Sicherheitsnadel. Klausmann setzt die Nadel in den zerbrochenen Zahn und versucht durchzudrücken, er hat aber nicht mehr die Kraft dazu und muß mit der Zange auf die Nadel schlagen. Dann geht die durch – ich reiße sie heraus –, wir haben für Eiter und Entzündung Luft geschaffen...

Klausmann war später mit Recht stolz auf seine Operation. Mehrere Male noch müssen wir mit der Nadel durch die Wurzel, biegen die Spitze etwas um und drehen sie im Kiefer.

Dann ist auch das zu Ende, und wir warten auf die Blutvergiftung. Nichts geschieht. Der Schmerz läßt nach. Wir können weiter warten.

Sieben Tage

Die folgenden sieben Tage werden wir auf der „anderen Seite" bleiben, um bei der Suche dabeizusein – es werden sieben Tage Kampf gegen die Zeit.

Der 1. Tag

Wyndham.
...Pilot Sutcliffe startete heute gegen 8 Uhr 30 zu einem zweiten Flug an die Nordwestküste. Als Beobachter flog Polizeiwachtmeister Marshall mit. Sutcliffe nahm Kurs auf einen anderen Teil der Küste, wo er gestern nicht hingekommen war.

Plötzlich sah die Besatzung zwischen hohen Klippen in einer Bucht ein Wasserflugzeug, auf den Strand gezogen, anscheinend unbeschädigt. Von der Besatzung war nichts zu sehen.

Auszug aus dem Bericht von Polizeiwachtmeister Marshall an Bord der D. H. 50:

Die Maschine stand hoch auf dem Sandstrand. Eine Tragfläche war abgestützt, und ein Schwimmer fehlte. Rund um das Flugzeug sahen wir zahlreiche Fußspuren im Sand. Ein verlassener Lagerplatz der Eingeborenen war nur dreißig Meter entfernt. Wir suchten ein Stück der Küste und des Hinterlandes ab, fanden jedoch kein Lebenszeichen von den Vermißten. Wir kehrten zur Bucht zurück, und während Sutcliffe die notgelandete Maschine im Tiefflug überflog, warfen sein Bordmechaniker und ich Konservendosen, Tabak und einen Wassersack ab.

The West Australian

Ein Suchtrupp mit einer Barkasse der Meatworks verließ Wyndham heute mittag, um die Küste abzufahren. An Bord sind Kapitän Crane, Polizeiwachtmeister Goad, ein Funker, ein Dolmetscher, zwei Mechaniker sowie zwei eingeborene Spurensucher. Die Barkasse ist ein Hafenboot und sollte nur bei ruhiger See fahren. Sergeant Flinders von der Polizeistation Wyndham gibt bekannt, daß die Vorbereitungen für die Polizeistreife unter Polizeiwachtmeister Marshall beschleunigt werden. Noch am Abend wird Wachtmeister Thomas Ronan mit zwei Eingeborenen und vierzehn Pferden und Maultieren zur Forrest-River-Mission aufbrechen. Der Voraustrupp wird versuchen, in vier Tagen dorthin zu kommen.

Marshall wird noch zwei Tage in Wyndham bleiben, um die gesamte Ausrüstung für den Treck durch den Kimberley-Distrikt zusammenzubringen. Er wird dann mit einem Motorboot nach Forrest River fahren, um die Führung des Trecks zu übernehmen.

Sergeant Flinders gibt weiter bekannt, daß ihm Namen von Eingeborenen genannt wurden, die die deutschen Flieger erschlagen hätten. Er wird die Liste der Namen Wachtmeister Marshall mitgeben, mit dem Auftrag, diese Eingeborenen zu finden und zu verhaften.

DER 2. TAG

THE WEST AUSTRALIAN

Wyndham.
...Pilot Sutcliffe startete heute morgen gegen neun Uhr zu einem dritten und letzten Flug zur Nordwestküste. Er flog sehr tief über das Wasserflugzeug auf dem Sandstrand und bemerkte, daß am Kabinenfenster ein weißer Zettel angebracht war. Danach flog er insgesamt sechshundert Meilen über unbekanntes Gebiet des Kimberley-Plateaus. Die Sicht war sehr schlecht, die Suche erfolglos. Schließlich nahm Sutcliffe wieder Kurs auf die Küste und folgte ihr Richtung Wyndham, um Verbindung mit der Barkasse aufzunehmen, die seit gestern von Wyndham aus unterwegs ist. Als er sie sah, war die Barkasse nur noch etwa zwanzig Meilen von der Notlandebucht entfernt. Er warf eine Flaschenpost für die Barkasse ab.

Für Kapitän Sutcliffe ist damit die Suche beendet. Er wird morgen wieder auf seine Poststrecke gehen...

Unterwegs ist jetzt die Barkasse der Meatworks. Das Tagebuch führt Polizeiwachtmeister Goad. Hier ein Auszug:

16. Juni. Um sieben Uhr früh passierten wir die Lacrosse-Insel, etwa 48 Meilen vor Wyndham an der Mündung des Cambridge-Golfs gelegen. Der Himmel war bedeckt, die Wetteraussichten schlecht. An einem Sandstrand etwa drei Meilen südöstlich von Buckle Head sahen wir Rauchzeichen. Um zwölf Uhr mittags ankerten wir.

Wachtmeister Goad und die Spurensucher gingen an Land. Von einem Eingeborenen erfuhren wir, daß in dieser Gegend keinerlei Spuren der vermißten Flieger gefunden wurden.

Um vierzehn Uhr überflog uns die Postmaschine. Pilot Sutcliffe warf eine Flaschenpost ab, daß er die Notlandebucht überflogen, aber nichts von den Gesuchten gesehen habe.

Der 3. Tag

Am Morgen des 17. Juni ankert die Barkasse der Meatworks in der Notlandebucht. Wachtmeister Goad berichtet:

17. Juni. Kapitän Crane, Wachtmeister Goad und die Eingeborenen gingen im Dingi an Land und untersuchten den Strand und die Umgebung des Flugzeugs nach Spuren der Besatzung. Fußspuren von Eingeborenen waren zu sehen. Zwei Dosen Wyndham-Beef und eine Dose Zunge, die Kapitän Sutcliffe abgeworfen hatte, lagen in der Nähe, waren jedoch beim Aufprall zerborsten. Überreste einiger kleiner Feuerstellen, wie sie Eingeborene machen, waren zu sehen. Wir fanden keine leeren Flaschen oder Büchsen, aus denen sich die Weißen verpflegt hätten, ebensowenig leere Patronenhülsen.

Es besteht kein Zweifel, daß Eingeborene in die Flugzeugkabine eingedrungen sind, da der Inhalt verschiedener Fächer in großer Unordnung über den Boden verstreut lag. Eine Nachricht auf englisch, die am Fenster des Wasserflugzeugs befestigt war, lautete:

„27.5.32   *Australien*
Heute verließen wir das Flugzeug in einem zum Boot umgebauten Schwimmer in westlicher Richtung entlang der Küste. Bertram."

Die Maschine wurde mit zusätzlichen Seilen und Pflöcken gesichert. Der linke Flügel, unter dem der Schwimmer entfernt worden war, wurde aufgebockt, das offene Cockpit mit einem Wollsack abgedeckt. Eine Nachricht über die Auffindung von Bertrams Botschaft und die Sicherstellung der persönlichen Habseligkeiten der Besatzung wurde hinterlassen.

Um 14 Uhr 15 verließ die Barkasse die Notlandebucht und steuerte nach Westen, bis uns der Einbruch der Dunkelheit zwang, in einer namenlosen Bucht unmittelbar östlich von Kap Bernier zu ankern.

Der 4. Tag

Aus dem Bericht des Wachtmeisters Goad an Bord der Barkasse:

18. Juni. Wir verließen unseren Ankerplatz um sechs Uhr und suchten bis sieben Uhr in Richtung Westen. Dann zwang uns schwere See, zur Notlandebucht zurückzukehren, wo wir um elf Uhr bei leichtem Regen eintrafen. Über Nacht lagen wir vor Anker. Weiterhin Sprühregen.

Eine Stunde fuhr die Barkasse gegen die schwere See Richtung West, dann mußte sie beidrehen. Es war nur ein Hafenboot und nicht seetüchtig. Man machte also kehrt vor Kap Bernier, wo man die Tragödie, die nunmehr fünfunddreißig Tage dauert, vielleicht hätte beenden können.

Die schwere See hatte es verhindert – so als ob jemand einen Daumen dazwischengehalten hätte.

Es gibt kein Flugzeug mehr über dem Kimberley–Plateau, die Barkasse liegt fest, und in Wyndham, wo man keine Funkverbindung hat, sucht Wachtmeister Marshall für seinen Polizeitrupp die letzte Ausrüstung zusammen.

Er hat Zeit und kann sich sorgfältig vorbereiten, da Pferde und Maultiere immer noch unterwegs sind und erst morgen abend in Forrest River eintreffen.

Fortsetzung aus dem Bericht des Wachtmeisters Marshall, der nun die führende Rolle übernehmen wird in diesem ,,Spiel der Zufälle", oder wie man diesen Kampf um das Leben zweier Menschen bezeichnen will:

Samstag, 18. Juni.
Ich verließ Wyndham an Bord des Bootes der Forrest-River-Mission mit Ausrüstung, Sätteln und Lebensmittelvorräten, um den Polizeizug, der Wyndham am 15. des Monats verlassen hatte, in Forrest River zu treffen.

Sergeant Flinders gab mir eine Liste mit den Namen von fünf Eingeborenen mit, die möglicherweise als Mörder der deutschen Piloten festzunehmen waren.

Um neunzehn Uhr traf ich bei der Mission ein. Missionar Smith teilte mir mit, daß Reverend James Noble und Ned (Eingeborener), die mir laut Absprache mit dem Leiter der Mission, Johnson, für die Suchaktion zur Verfügung stehen sollten, mit neun Boys losgezogen seien, um auf eigene Faust mit der Suche zu beginnen. Smith sagte, auch Johnson sei inzwischen losmarschiert, um weitere Buschmänner auf die Suche zu schicken, müsse aber heute nacht oder morgen (18. oder 19.) zurückkehren, da er nicht genügend Nahrungsmittel habe.

Ich zog Erkundigungen unter den Eingeborenen ein wegen des Zigarettenetuis, das an einem Strand in der Nähe der Erie- und Elsie-Inseln gefunden und Vater Cubero, der in der Nähe ankerte, von einem Eingeborenen übergeben worden war. Es wurde durch Läufer mit einem Brief an Sergeant Flinders in Wyndham geschickt, ist dort jedoch nicht angekommen.

DER 5. TAG

Den fünften Tag beginnen wir wieder mit der Barkasse. Hier Polizeiwachtmeister Goad:

19. Juni. Nieselregen. Um acht Uhr verließen wir die Notlandebucht und untersuchten die Küste in nordwestlicher Richtung bis Kap Rulhieres. Dem King George River folgten wir zwei Meilen flußaufwärts, wo wir um dreizehn Uhr Anker warfen.

Um vierzehn Uhr fuhr unser Dingi zwei weitere Meilen flußaufwärts bis zu dem Doppel-Wasserfall. Um achtzehn Uhr kehrte das Dingi zur Barkasse zurück. Übernachtung an Land.

Wenn man auf der Karte vergleicht, so ist die Barkasse an diesem 36. Tag nach der Notlandung am Kap Bernier vorbeigefahren. Von Bord der Barkasse hat man im Nieselregen nichts auf den Felsen des Kaps gesehen.

Forrest River, am gleichen Tag, Fortsetzung aus dem Bericht Marshalls:

Sonntag, 19. Juni.
Stellte sicher, daß sich in der Mission kein Boy befand, der die Küste bis zum Rocky Island kennt, da alle mit Noble und anderen Suchtrupps unterwegs sind.

Nach Absprache mit Smith ließ ich einige Ochsen schlachten und packfertig einsalzen.

Während des ganzen Tages hörte ich mich bei den Schwarzen um. Ein Boy erzählte, daß Hector ein großes Eingeborenenlager zwischen Forrest River und Drysdale gefunden habe. Diese Schwarzen hätten ihm berichtet, daß einige Buschmänner von der Küste sie vor neun Tagen auf dem Weg von der Forrest-River-Mission besucht und von der Tötung zweier Weißer erzählt hätten. Laut Hector hießen die Hauptbeteiligten an der Tötung Manarra, Donganga, Wajana alias Bungeye, der König eines Nomadenstammes an der Küste.

Wachtmeister Thomas Ronan und die Spurensucher Gerard und Eric trafen um zwanzig Uhr mit der Tragtierkolonne ein. Ronan hat den Marsch von Wyndham hierher in vier Tagen geschafft; das ist bei diesem schwierigen Gelände sehr schnell.

DER 6. TAG

Fortsetzung von Marshalls Bericht:

Montag, 29. Juni.
Heute frühmorgens erzählte mir Mrs. Noble, daß eine alte Frau im Buschlager
etwas wisse. Ich ließ diese alte Eingeborene (sie heißt Mooger und ist blind)
von Mrs. Noble und dem Boy Ernest befragen. Sie gab an, die Eingeborenen,
deren Namen wir haben, seien von der Küste gekommen, hätten sich Tabak
geholt und ihr erzählt, daß sie das Wasserflugzeug bei der Landung beobachtet
hätten. Sie gehen und bitten um Tabak. Weißer Mann gibt keinen. Bungeye
und Yorgin schleichen sich hin, speeren sie mit steinerner Lanze, ziehen ihnen
Kleider aus, und Blut ist auf weißem Hemd. Nehmen Zigarettenetui und alles
und lassen Männer liegen. Der Schauplatz des Mordes, von dem die Männer
erzählten, heiße Leega (Eingeborenensprache). Es scheint, daß ,,Bungeyes
Haufen" diese Geschichte nur der Alten erzählt hat – natürlich besteht nur
eine geringe Chance, daß sie die Wahrheit sagt.

Ich fragte die Boys, wo Leega liegt, und zwei von ihnen –Ronald und ein
anderer – meinen, es sei am Ufer des Oomerrill (Eingeborenenname für den
Berkeley River) nordwestlich von Wyndham.

Mir war klar, daß es wenig Sinn hatte, eine Expedition mit meinen wenigen
Tieren in Angriff zu nehmen: Die meisten von uns hätten laufen müssen, und
wir wären sehr langsam vorangekommen. So lieh ich mir alle Maultiere und
Pferde der Mission, die robust genug für den Marsch schienen.

Der Leiter der Mission, Mr. Johnson, war am Abend noch nicht zurück.
Ich beschloß, am nächsten Morgen aufzubrechen und die Boys mitzunehmen,
die ich hier auftreiben konnte.

Zum Abschluß des sechsten Tages nochmals kurz an Bord der Barkasse, Sergeant Goad:

20. Juni. Lichteten um 6 Uhr 30 bei Nieselregen Anker und liefen gegen sehr
rauhe See und leichten Sturm zur Notlandebucht, die wir um 15 Uhr 30 er-
reichten. Gingen an Land, trockneten unsere Kleidung und lagerten.

Am Abend des sechsten Tages ist also die Barkasse zur Notlandebucht zurückgefahren, Richtung Ost diesmal und damit wieder am
Kap Bernier vorbei. Wieder Nieselregen und keine Sicht.

Damit beendet die Barkasse ihre Suchaktion, erfolglos. Die Männer
an Bord haben ihr Leben eingesetzt, als sie mit dem seeuntüchtigen
Hafenboot weite Strecken über die Timorsee fuhren.

Wachtmeister Goad soll noch kurz über den Schluß berichten:

21. Juni. Zu hoher Seegang, um die Bucht verlassen zu können. Himmel bedeckt, Nieselregen.
22. Juni. Verließen die Notlandebucht um sechs Uhr und erreichten bei schwerer See kurz nach Sonnenuntergang die Lacrosse-Insel. Wir fuhren die ganze Nacht durch und erreichten Wyndham um sechs Uhr früh am 23. Juni.

Somit kein Flugzeug mehr, keine Barkasse mehr – da ist jetzt nur noch Marshall.

DER 7. TAG

Aus dem Bericht Marshalls:

Dienstag, 21. Juni.
Sieben Uhr – ich hatte eben aufpacken lassen und war im Begriff, die Mission mit allen Boys, die ich zusammenbringen konnte, zu verlassen, als Johnson hereingeritten kam. Er sagte, daß ihm neun Eingeborene an der Kette unter Aufsicht von Boys der Mission folgten. Johnson war ziemlich sicher, alle Eingeborenen festgenommen zu haben, die eventuell an der Tötung der Flieger beteiligt gewesen seien. Er sagte mir, ich könne für die Suche so viele Boys von ihm nehmen, wie ich wolle, auch Pferde und Maultiere. Wir hätten ja noch keine Sicherheit, daß die Vermißten wirklich ermordet seien.

Die neun Schwarzen an der Kette und ihre Bewachung kamen um fünfzehn Uhr hier an. Alles, was meine Dolmetscher aus ihnen herausbekamen, war, daß drei andere Eingeborene die Weißen getötet hätten. Da die neun alle aus dem Gebiet der Notlandebucht stammen und vier von ihnen mit jenen identisch sind, deren Namen mir Sergeant Flinders für eine spätere Verhaftung in Zusammenhang mit den vermißten Fliegern gegeben hatte, beschloß ich, sie gefangenzuhalten und mitzunehmen. Sie könnten mir im Küstengebiet von Nutzen sein.

Unser Suchtrupp besteht aus mir selbst (verantwortlich), dem Missionar Harry Smith, Wachtmeister Thomas Ronan, Frederick und Edgar (Mischlinge), den Spurensuchern Gerard und Eric, sechs Boys von der Mission als Sucher und Meldeläufer und neun Mann an der Kette. An Tieren habe ich vierzehn Maultiere und sieben Pferde.

Die Lebensmittelvorräte müssen für alle zweiundzwanzig Teilnehmer sechs Wochen ausreichen. Darüber hinaus habe ich leichte Kost, Arznei, Milch und eine halbe Gallone Alkohol bei mir für den Fall, daß wir die Vermißten lebend finden.

Unsere Tagesetappen werden lang sein, ohne Mittagspause. Wir marschie-
ren, so rasch als möglich, durch ein, gelinde gesagt, niederträchtiges Gelände.

Zu dem Treck durch den Kimberley-Distrikt, zu dem Wachtmeister Marshall morgen bei Tagesanbruch mit seinen Begleitern – darunter neun angekettete Aborigines – aufbrechen wird, noch ein kurzer
Auszug aus der *West Australian*:

... Sergeant Flinders und Mr. O. Hiddons, zwei erfahrene Leute der Busch-
polizei, sagen, daß der Weg zur Nordwestküste nahezu unpassierbar sei we-
gen Schluchten, Felsen, Busch, messerscharfem Gras und faulen Wassertüm-
peln, verseucht mit Krokodilen. Es ist nur zu hoffen, daß die beiden deutschen
Piloten nicht in den Busch hineingegangen sind.
An der Küste ist ihre einzige Chance.

Am Abend des achtunddreißigsten Tages nach der Notlandung sind
die sieben Tage auf der ,,anderen Seite" zu Ende.

Was ist mit Bertram und Klausmann, die wir vor sieben Tagen verlassen haben?

EINE HÖHLE AM KAP BERNIER

SEIT dem zweiunddreißigsten Tag, mittags, Regen, Nieselregen, Tag
und Nacht. Und dazu der Seewind, eisig kalt. Das also ist die Regen-
zeit, der australische Winter.

Gedanken um Wasser brauchen wir uns jetzt nicht mehr zu machen
– wir sind umgeben von glitzernden kleinen Tümpeln in Felslöchern.
Verdursten werden wir also nicht. Daß wir *die* Angst nicht mehr zu
haben brauchen, dafür sind wir dankbar.

Am fünfunddreißigsten Tag rauchen wir unsere letzte Pfeife. Bei
der Notlandung waren zwölf Zigarren, fünfzig Zigaretten und ein
Päckchen Tabak an Bord. Der Vorrat wurde für vierzehn Tage rationiert. Aus den vierzehn Tagen wurden fünfunddreißig. Die Rationen
wurden immer kleiner, zum Schluß blieb nur noch ein Rest Tabak, unser größtes Vermögen. Während der Regentage erlaubten wir uns am
Abend gemeinsam eine Pfeife und hatten für Minuten die Vorstellung
von Wärme. Als schließlich der letzte Krümel Tabak verbrannt war,
legte Klausmann die Pfeife zu unserem verrosteten Werkzeug.

Der sechsunddreißigste Tag ist wieder ein Sonntag. Ich habe jetzt

Zeit zum Denken, etwas anderes kann ich nicht mehr tun. Haben wir wirklich alles versucht, um uns zu helfen? Vielleicht könnten wir noch einmal ein paar Meter vorankommen, weg von der nassen Welt, in der wir hier liegen.

Und so brechen wir an diesem sechsten Sonntag noch ein letztesmal auf, nehmen nur ganz wenig mit, vor allem das Feuerzeug – unseren Magnet und die kleine Flasche mit Benzin und Watte.

Wir kriechen los, nicht weit, vielleicht hundert Meter entlang der Küste, durch Steingeröll, um einen Felsvorsprung herum – und vor uns liegt eine Höhle!

Es ist ein großes Loch im Fels, mehrere Meter tief und breit, liegt hoch über dem Wasserspiegel, zum Meer hin offen. Die Decke über uns wölbt sich wie eine Kuppel. Ein Felsvorsprung schützt den Eingang, läßt keinen Regen herein. Achtzig oder hundert Meter vor uns ist Kap Bernier, und die Brandungswellen an den Felsen drüben dröhnen wie Glockenschläge in unsere Höhle – wir sind in einer Kirche, in einem Dom. Hier können wir auf das Ende warten, hier ist es unbeschreiblich schön.

In den steinigen Mulden rings um die Höhle hat sich das Regenwasser gesammelt. Bis zum Überlaufen sind die Becken gefüllt. Auch wenn der Regen jetzt aufhörte, ist um uns ein Wasservorrat für Wochen – das ist schön, wenn wir auch kein Trinkwasser mehr für Wochen brauchen.

In der Höhle ist Seetang angeschwemmt und Holz, irgendwann vom Hochwasser oder von einer Sturmflut. Wir können uns ein Lager zurechtmachen, ein Feuer, unsere Kleider trocknen.

Hier liegen wir also, brauchen nichts mehr zu tun, nur ein Stück Holz nachlegen von Zeit zu Zeit. Wir können uns ausruhen, warten – und denken.

Wieviel gibt es zu denken, wenn man warten muß, über ein ganzes Leben kann man nachdenken. Einen Spiegel kann man sich vorhalten und versuchen, sich selbst zu sehen – und zu erkennen, was man falsch gemacht hat.

So frage ich mich nach sechsunddreißig Tagen an der australischen Nordwestküste, was ich falsch gemacht habe in dieser Zeit, so daß ich jetzt hier liegen muß. Ich spreche in meinen Gedanken nur von mir und von meinen Fehlern, weil *ich* allein die Schuld habe, da es meine „Expedition" ist, meine Verantwortung.

Alles habe ich falsch gemacht, von Anfang an! Warum bin ich zu einem Nachtflug über die Timorsee gestartet? Hatte das eine Bedeutung für meine Aufgabe? Nein – es war meine Eitelkeit, es sollte etwas Besonderes sein, mit dem ersten deutschen Wasserflugzeug an einem Sonntagmorgen in Australien zu landen, vielleicht gab das ein wenig mehr Presse.

Weiter. War etwas falsch nach der Landung? Natürlich! Schon am frühen Morgen nach der Notlandung kam ein Mensch an Bord meines Flugzeuges – und ich habe ihn weggejagt, weil er Fliegen mitbrachte. Mit dem Dünkel meiner Zivilisation habe ich das Leben von mir gewiesen, das ich dann so verzweifelt wiederfinden wollte und auf das ich jetzt warte – nach menschlichem Ermessen vergebens, weil der Körper nicht mehr lange warten kann.

Noch mehr Fehler? Ja – den größten, als ich meine *Atlantis* verlassen habe! Warum sind wir nicht bei der Maschine geblieben? Warum haben wir nicht Holz und trockenes Gras gesammelt, um ein riesengroßes Rauchsignal geben zu können, wenn doch ein Schiff oder ein Flugzeug gekommen wäre. Sie sind ja auch gekommen, das Schiff und das Flugzeug. Mein Fehler war, daß ich damals noch nicht warten wollte, weil ich noch zu kräftig war und weil ich glaubte, uns auch hier herausholen zu können mit meinem Willen.

Schluß jetzt mit den Selbstvorwürfen. Ich kann mir auch sagen, daß ich immer das Beste wollte und daß man hinterher mehr weiß als vorher – wie wohl immer im Leben.

KAP BERNIER, am siebenunddreißigsten und achtunddreißigsten Tag. Regen und Warten. Die Welt um uns wird immer dunkler, und Flimmern ist vor den Augen, wenn man sich zu hastig vorbeugt, um ein Stück Holz zu nehmen. Die paar Meter zur nächsten Wasserpfütze werden zur Qual.

Vormachen kann keiner dem anderen etwas, denn wie es um uns steht, das wissen wir, wenn wir uns verstohlen und prüfend betrachten: Da liegt ein Mensch, der verhungert, mit kurzem Atem und unsicher suchendem Blick.

Nur eines lebt wirklich in unserer Höhle – das Feuer! Unser letztes gemeinsames Interesse gilt den flackernden Flammen. Solange das Feuer lebt, solange wollen auch wir leben. Wir werden das Holz in der Höhle sorgfältig zusammentragen, es rechts und links neben uns stapeln, um es Stück um Stück zu verbrennen. Nicht zuviel auf einmal, nur verlöschen darf die Flamme nicht, also dürfen wir nicht schlafen.

Wir werden warten, solange die Flamme brennt. Es ist unser letztes
Ziel.

Am neununddreißigsten Tag scheint die Sonne. In der Nacht schon
hatte es aufgehört zu regnen, ein erster Stern hatte es uns verraten. Danach kamen die anderen, die Wolken wischten weg, und der Sternenhimmel war wieder über uns. Am Ende der Nacht dann der erwa-
chende Tag. Im Anfang ist es mehr ein Ahnen, als aus dem Meer weit
im Osten ein erster blauer Lichtschimmer heraufsteigt. Als jetzt rote
Finger wie Blitze heraufschießen, beginnt das Meer vor uns silbern zu
werden. Und als die Sonne selbst, der unbeschreiblich schöne feurige
Ball, über das Wasser rollt, ist es so, als ob wir mit unserer Höhle der
Sonne entgegen zur Tagesseite der Erde rollen, gelöst von Erden-
schwere, schwebend im All.

Beim Morgengrauen an diesem neununddreißigsten Tag ist
Wachtmeister Marshall von der Forrest-River-Mission mit seinem
Treck aufgebrochen. Marshall hat einen Plan:

*Wir werden Richtung Notlandebucht marschieren, so nah an der Küste, wie
es möglich ist, die Pferde heranzuführen. Meine Absicht ist es, dann die Trag-
tiere unter Aufsicht von Wachtmeister Ronan, zwei Mischlingen und zwei
eingeborenen Boys lagern zu lassen, während Missionar Smith, ich selbst und
der Rest der Gruppe mit der Suche beginnen. Wir wollen erst den Küstenstrich
zum Flugzeug absuchen, dann etwa dreißig Meilen in entgegengesetzter Richtung. Danach soll das Lager verlegt und die Suche in Richtung Drysdale fort-
gesetzt werden. An der Küste gibt es Hunderte von Höhlen, in denen die Vermißten tot liegen können, und nur die gründlichste Suche wird sie finden. Eine
solche gründliche Suchaktion will ich durchführen.*

Der Plan ist ohne Zweifel gut. Marshall wird also auch eines Tages
zur Höhle am Kap Bernier kommen. Es ist nur eine Frage der Zeit.

Dieser neununddreißigste Tag ist wunderschön. Die Sonne steht
am wolkenlosen Himmel, und die Sonnenstrahlen spielen mit den
Schaumköpfen der Wellen.

Unsere Höhle ist zur Sonne und zum Meer hin offen. Wir können
die Sonne den ganzen Tag hindurch sehen. Das Feuer lassen wir während des Tages brennen, auch wenn das Holz in der Nacht zu Ende sein
wird. Denn wir halten zu unserem Wort: Wir werden warten, solange
das Feuer brennt...

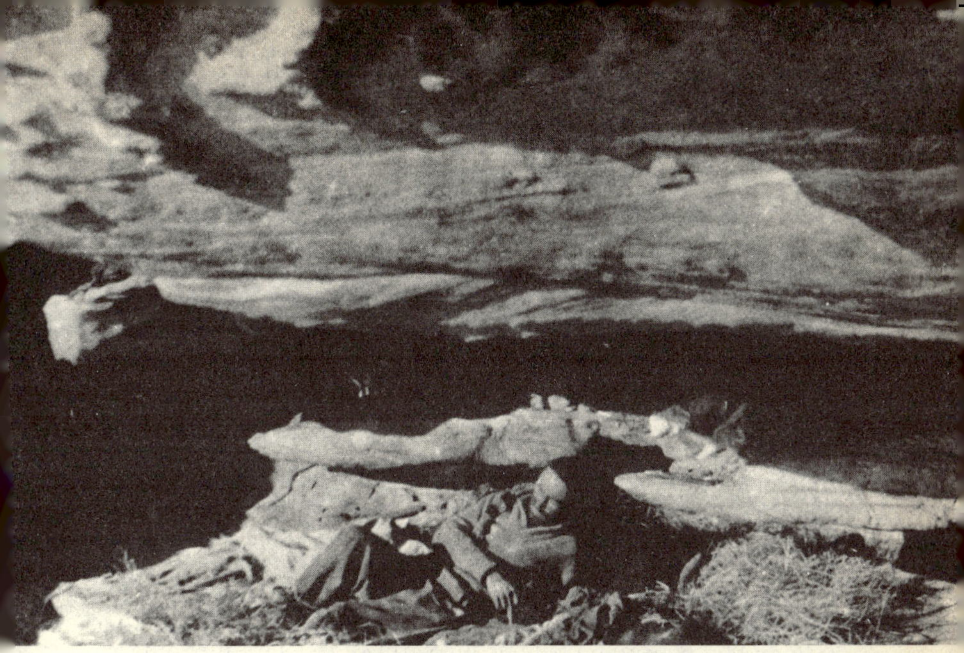

Als wir am 39. Tag glaubten, daß es der letzte Tag unseres Lebens wäre, machte ich noch eine Aufnahme von Klausmann, und Klausmann fotografierte mich, wie ich mich die vielen Wochen hindurch zum Schutz gegen die Fliegen vermummt hatte.

Wie lange warten wir jetzt schon? Ich kann es noch zusammenrechnen: Am Morgen des dreißigsten Tages kamen wir zum Kap Bernier, das war vor neun Tagen. Und drei Tage liegen wir jetzt schon in der Höhle, seit drei Tagen starren wir ins Feuer und bleiben wach, um keinen Augenblick zu versäumen, den die Flamme vom Leben erzählt.

Wir sind sehr müde. Ich frage mich immer wieder, ob ich weiß, daß es zu Ende geht, vielleicht in Stunden schon. Ja, ich weiß, daß ich mich nicht mehr dagegen aufbäumen kann. Und das *Wissen* um das Ende gibt mir die Ruhe, es zu empfangen. Da ist kein innerer Widerstand mehr – nur noch Bereitschaft. Den Gedanken an Rettung habe ich aufgegeben.

Ich liege in der Sonne, die mich erwärmt, ich habe die Flamme neben mir und auf der anderen Seite der Flamme meinen Kameraden. Auch er liegt ganz ruhig.

Noch eine Handbreit Sonne für uns. Noch ganz wenig Holz. Wenn die Sonne untergegangen ist, wird auch das Holz zu Ende sein. Dann wollen wir es genug sein lassen, wollen wir schlafen.

Die Sonne geht unter, hinter ihr verblaßt der Himmel, und ganz weit dahinten das Bild der Heimat. Ein paarmal noch flackert das Feuer, dann verlöscht es.

Klausmann schläft schon, er hatte vorher gebetet. Als auch ich mein Gebet gesprochen habe, lege ich mich auf die Seite, um endlich zu schlafen.

Vielleicht hörte ich noch das Dröhnen der Brandung, dann nichts mehr.

...UND SCHENKT UNS EINEN FISCH

WER ruft mich? Von ganz weit her kommt ein Weinen, dann das Dröhnen der Brandung.

Ich bin wieder wach. Mein Kamerad hat mich nicht schlafen lassen, er weint und ruft mich. Ich bewege mich nicht, halte auch die Augen geschlossen.

Ich fürchte mich.

Warum muß ich ins Leben zurück, aus dem ich so ruhig gegangen war? Ich spüre, daß ich jetzt nicht mehr ruhig bleiben werde, spüre, daß sich meine Gedanken nicht mehr zufriedengeben mit dem Ende.

Ganz fest verkrampfe ich meine Hände in das Halstuch, das ich

So sah ich aus – nach vierzig Tagen Hunger. Gegessen hatten wir in dieser Zeit nur einen Fisch, eine Eidechse und drei Schnecken.

trage, dann öffne ich die Augen. Das Feuer ist erloschen, aber in der
Sonne, die eben aus dem Meer steigt, wird wieder Leben sein.

Ich wende mich der Sonne zu. Ihre goldenen Strahlen spielen auf
dem glitzernden Wasser. In Feuer getaucht ragen die Felsen von Kap
Bernier empor. Und mitten in diesem Feuer steht ein Mensch.

Das Leben steht da drüben, eine schwarze Silhouette gegen das
grelle Sonnenlicht, und ich brauche nur zu rufen, um es uns zu holen.

Aber ich kann nicht rufen, bin erstarrt, kann nur denken und weiß,
daß der Schwarze im nächsten Augenblick wieder verschwunden sein
wird, denn in der Höhle hier kann er uns nicht sehen. Nur hinstarren
kann ich und meinen Oberkörper aufrichten, meinen Arm kann ich
ausstrecken und mit dem Finger hindeuten.

Das sieht Klausmann. Auch er richtet sich auf, auch er sieht jetzt
zum Kap – und dann schreit er, so entsetzlich laut und schrill, daß es die
ganze Welt hören müßte.

Auch die Silhouette am Kap Bernier hört den Schrei. Der Schwarze
fährt herum, hält eine Hand über die Augen, dann springt er los, mit
weiten Sätzen von Stein zu Stein – wie eine Gazelle, muß ich denken –,
die letzten Meter zur Höhle.

Am Eingang unserer Höhle steht regungslos ein Australneger und
sieht uns an. Dann kommt er langsam näher und hebt eine Hand.

In der Hand hat der Schwarze einen Fisch. Er schenkt uns den Fisch
– schenkt uns das Leben.

Wir haben den Fisch wortlos genommen und mit ein paar Bissen
verschlungen. Als ich dann wieder aufschaue, zum Schwarzen hin,
wird alles plötzlich unklar und verschwommen.

Ich krieche zum Eingang der Höhle, richte mich auf, es wird alles
dunkel, das Blut steigt zum Kopf, er schmerzt furchtbar. Herrgott, nur
das nicht! Nur nicht jetzt, wo das Leben gekommen ist, die Nerven
verlieren. Verzweifelt umklammere ich das Tuch am Hals und bete.

Ich weiß genau, daß ich in diesem Augenblick wieder einmal gegen
den Wahnsinn kämpfe, diesmal gegen den Wahnsinn, den Freude aus-
lösen kann. Solange der Kampf dauerte, war ich stark und wurde stärker, je schwerer es wurde. Das muß wie das Spannen der Sehne eines
Bogens gewesen sein. Gefährlich aber, wenn die Sehne losgelassen
wird und zurückschnellt, da kann sie reißen – so wie meine Nerven in
diesem Augenblick.

Eine Unendlichkeit knie ich am Eingang der Höhle, starre unentwegt in die Sonne, die grell in die Augen brennt, fühle, wie mein Wi-

derstand schwächer wird, und ich kann nichts dagegen tun. Dann
kniet plötzlich jemand neben mir. Ein schwarzer, nackter Mann stützt
mich und reicht mir Wasser. Er schenkt mir das Leben zum zweitenmal.

Unser Retter versucht, uns etwas zu erklären. Wir verstehen ihn
nicht, verstehen nur seine Freude, uns gefunden zu haben, und begreifen, daß er uns gesucht hat. Man hat also doch gewußt, daß wir an dieser Küste sind.

Unser Retter geht zum Eingang, will die Höhle verlassen. Das darf
er nicht, nicht wieder fortgehen! Keine Minute mehr wollen wir allein
sein! Der Schwarze versteht wohl unsere Angst, macht beruhigende
Zeichen und deutet auf den Busch drüben. Dann springt er über die
Felsen, wir lassen ihn nicht aus den Augen. Wie wunderbar elastisch
und kräftig ein gesunder Mensch ist. Waren wir auch einmal so? Ich
kann es mir kaum noch vorstellen.

Nach ein paar Minuten steigt aus dem Busch eine Rauchsäule hoch.
Unser Freund kommt zurück, klettert auf die höchste Felsplatte, winkt
uns zu und zeigt ins Inland. Weit hinten, vielleicht zwei oder drei Kilometer entfernt, steigt jetzt auch Rauch auf, die Antwort. Etwa zwanzig Minuten vergehen. Wir sitzen am Eingang der Höhle und warten.
Der Schwarze ist wieder bei uns, deutet plötzlich zum Busch.

Hinter den Felsen tauchen drei weitere Eingeborene auf, hören uns
rufen, sehen uns und laufen heran. Vor der Höhle bleiben die drei stehen. Wir müssen beängstigend aussehen, abgemagert zu Skeletten.
Keiner sagt etwas. Dann reicht mir einer einen Brief, einen schmutzigen Umschlag, fast unleserlich die Anschrift. Ich öffne den Umschlag
und lese:

*Liebe Freunde! – Wenn Euch dieser Brief erreicht und Ihr lebt, so ist ein
großes Wunder geschehen, und wir haben in tiefer Ehrfurcht unserem Gott Vater zu danken. Seit Wochen suchen wir Euch. Wir haben die Schwarzen in
Trupps unterteilt. Jeder Trupp hat eine Abschrift dieses Briefes, einige Pfund
Mehl und Büchsenfleisch. Sollte Euch dieser Brief erreichen, so schickt sofort
zwei Eingeborene mit der Freudenbotschaft zu uns und gebt genau den Ort an,
wo Ihr gefunden worden seid. Habt dann noch ein paar Tage Geduld. Wir
werden Euch zur Missionsstation holen. Habt keine Angst vor den Eingeborenen. Sie sind Eure Freunde und werden für Euch sorgen. Wir beten zu unserem Herrn, daß Ihr noch lebt, wenn Euch dieses Schreiben erreicht.
Die Patres der Missionsstation Drysdale River.*

Am 40. Tag wurden wir von Eingeborenen einer Missionsstation gerettet. „Habt keine Angst, sie werden für Euch sorgen", hieß es in dem Brief, den sie uns nach einer wochenlangen Suche überbrachten.

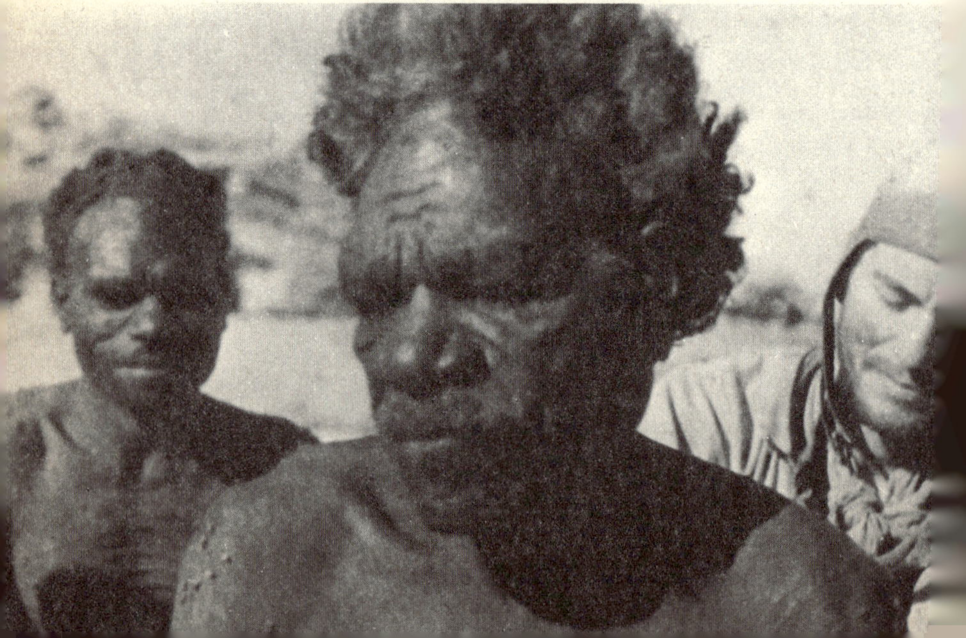

Ich weiß nicht, wie oft ich den Brief lese, ihn Klausmann übersetze. Es ist wahr – die Rettung ist gekommen! Der Schwarze, der mir den Brief gab, hat inzwischen einen Leinensack geöffnet und legt vier Büchsen Fleisch und einige Pfund Mehl vor uns auf den Boden. Sofort öffnet Klausmann mit unserer Zange eine Fleischbüchse, das kann er noch. Einer hat inzwischen Holz gesammelt und ein Feuer entfacht, ein anderer hat Wasser geholt, der letzte macht Brot: Auf einen großen Stein wird Mehl gestreut, mit Wasser und Hefe angerührt und zu Teig geknetet, das Feuer wird auseinandergerissen, der Brotteig in die Glut gelegt und mit Asche bedeckt.

Unbeschreiblich, als sich der Duft des frisch gebackenen Brotes in der Höhle verbreitet. Es dauert nur viel zu lange, bis man die Asche zurückwirft und das Brot mit einem Stein abklopft. Dann zerbricht unser Retter den warmen Brotlaib in zwei Teile und schenkt ihn uns. Klausmann und ich sitzen am Eingang der Höhle, essen Brot und Fleisch. Wir kauen vorsichtig und suchen jeden Krümel von der Erde auf. Die Eingeborenen stehen wortlos vor uns und sehen zu.

Später versuche ich, ein paar Zeilen für die Missionare der Drysdale-River-Mission zu schreiben. Es ist mir kaum möglich. In wenigen Worten gebe ich den Ort an, wo wir sind, und bitte, uns möglichst rasch weitere Hilfe zu schicken. Ein paar Minuten später schon machen sich zwei auf den Weg. Wie ich verstehe, ist es weit bis zur Missionsstation. Ohne sich Ruhe gegönnt und ohne einen Bissen Fleisch oder Brot angenommen zu haben, verlassen sie uns, springen und rennen entlang der Küste.

Wir sind allein mit den beiden anderen Schwarzen, die bewegungslos am Eingang der Höhle hocken. Ich habe jetzt Gelegenheit, sie näher zu betrachten.

Es sind sehnige, große Gestalten, mit dicken Narben über Brust, Rücken, Armen und Beinen, Stammeszeichen, die den erwachsenen Jünglingen zur Mannesreife geschnitten werden. Mit Sand und Asche eingerieben, hinterlassen die tiefen Wunden Narben von Daumenbreite. Als besondere Ehrerbietung hat man auch mir Wochen später, als wir uns nochmals wiedersahen, ein paar Stammesnarben angeboten. Ich fürchte, daß es für meine schwarzen Freunde unverständlich blieb, als ich dankend ablehnte. Unsere Eingeborenen in der Höhle tragen das pechschwarze Haar zu einem Knoten am Hinterkopf verschlungen, und beide sind verhältnismäßig gut rasiert. Ich kann mir nicht vorstellen, wie sie den Bart schneiden, da keiner ein Messer hat, doch

Unsere Retter fischten, gingen auf die Jagd und kochten Känguruhschwanzsuppe für uns.

habe ich es dann später gesehen – als man den trockenen Bart mit einem Stein abkratzte. Unbeweglich sitzen die beiden und blicken aufmerksam zur Küste. Plötzlich springt der „Jäger" auf – so nenne ich diesen Eingeborenen, denn er ist ohne Zweifel der beste Jäger seines Stammes –, deutet zum Strand, rennt mit langen Sätzen von der Höhle weg, steht jetzt am Wasser. Sein Speer liegt wurfbereit in der Hand. Ein Schrei – der Speer fliegt ins Wasser, der Jäger im Hechtsprung hinterher. Unser „Retter" – ich nenne ihn so, weil er uns fand – ist in der Höhle geblieben. Jetzt versucht er, uns zu erklären, daß wir bald wieder essen können. Er scheint vom Jagdglück des anderen überzeugt zu sein. Der kommt dann auch mit einem armlangen Fisch zurück – ich kann allerdings nicht sagen, ob dieser Fisch, den wir braten, besser schmeckt als der von vorher, das erste Geschenk am Morgen.

Für die Nacht holen die beiden Gras und machen uns ein weiches

Lager. Sie selbst liegen auf dem nackten Stein, so nahe am Feuer, daß ich fürchte, ihre Haut würde verbrennen. Aber die Haut unserer Freunde ist wie gegerbtes Leder, sie treten auf die spitzen Steine, die unsere Füße blutig gerissen haben. Zweimal noch wird Brot gebacken. Am Abend öffnen wir bereits die dritte und damit vorletzte Fleischbüchse. Wir können mit dem Essen nicht aufhören, tun uns nur schwer mit dem Beißen – die Zähne sind locker und die Kaumuskeln kraftlos. Aber das macht nichts: Wir schieben das weiche Brot und das zerschnittene und gekochte Büchsenfleisch in den Mund und schlucken nur – schlucken ununterbrochen, bis die Büchse leer und der letzte Brotkrümel verschwunden ist. Es wird Nacht in unserer Höhle. Ich schließe die Augen, aber schlafen werde ich nicht, weil ich Angst habe – Angst, daß alles nur ein Traum war, wenn ich wieder aufwache.

Als der neue Tag heraufsteigt, setze ich mich an den Eingang der Höhle und warte auf die Sonne. Ich fühle mich beobachtet und wende mich um. Schräg hinter mir sitzt unser Retter und sieht mich unentwegt an. Er muß sehr stolz sein, und man wird viel über ihn sprechen im Busch.

Nach dem Frühstück – es war schon die letzte Fleischbüchse – rennen unsere Freunde los, der eine mit einem Speer, der andere mit einem brennenden Holzscheit. Diesmal gibt es ein großes Feuer, mit einer hohen Rauchsäule. Dabei muß der Schwarze die Windrichtung geprüft und das Feuer so angelegt haben, daß es zur Küste hin brennt, ein Waldbrand also verhindert wird. Als Klausmann und ich mit viel Mühe ein paar Meter höher auf eine Felsklippe kriechen, sehen wir, daß bereits nach wenigen Minuten an zwei oder drei Stellen weit im Inland Rauch aufsteigt. Wir werden bald weiteren Besuch bekommen.

Gegen Mittag sind die beiden zurück, der Jäger diesmal ohne Fisch, das Meer war zu unruhig, verstehe ich ihre Zeichensprache. Als das letzte Brot gebacken ist, kann ich unsere Freunde nur mit Mühe dazu bringen, ein kleines Stück anzunehmen. Sie sind sicherlich daran gewöhnt, längere Zeit zu fasten. Ich bin überzeugt, daß sie nichts aus dem Proviantsack der Mission genommen haben während der langen Suche, bei der sie vielleicht nicht viel Zeit zum Jagen hatten. Nach dem Datum des Briefes dauerte ihre Suche zwanzig Tage, der Sack aber war für sie „tabu", wenn ihnen der Pater das sagte.

Am Spätnachmittag wird es am Kap Bernier lebendig. Aus dem Busch kommen drei Eingeborene, hinter ihnen acht, neun Frauen und eine Anzahl Hunde. Alle rennen zur Höhle – lachende Gesichter, aufgeregte Stimmen, kläffende Hunde. Dann ziehen sich die Frauen mit den Hunden zurück. Die drei Männer – ein alter, zwei junge – setzen sich zu uns und überreichen Geschenke: einen Fisch, eine gewaltige Fleischkeule – und einen Topf mit Honig. Ist das Honig? Der Boden einer alten Konservendose ist mit einer braunen, klebrigen Masse bedeckt, in der sich etwas bewegt – ich erkenne unzählige Fliegen und mache wohl ein dummes Gesicht, denn alle lachen. Einer setzt sich neben mich, wischt mit den Fingern durch den Topf und schleckt die braune Flüssigkeit mit allen Zeichen des Wohlbehagens. Um ehrlich zu sein, wir zögern einen Augenblick, dann aber wird ein Finger hineingetaucht und abgeleckt. Herrlich! Wilder Honig – was tun da schon ein paar Fliegen!

Jetzt geht's an die Fleischkeule, ,,Känguruh'', wenn ich den Jäger recht verstehe. Das Fleisch ist zäh, etwas verdreckt von Asche und Sand. Ich versuche, ein Stück abzubeißen. Unmöglich, die Zähne sind zu locker. Der Jäger nimmt die Keule, legt sie auf den Boden und klopft das Fleisch mit einem Stein, zerhackt es. – ,,Hackfleisch mit Erde und Sand paniert'', muß ich denken und freue mich. Aber das Fleisch ist immer noch zu zäh, wir können es nicht beißen.

Da setzt sich der Jäger zwischen uns, nimmt das zerhackte Fleisch in den Mund und kaut, lange und sorgfältig. Dann nimmt er die zerbissene Fleischmasse aus dem Mund und reicht sie uns. Wir brauchen nur zu schlucken.

Um uns herum sitzen nun fünf Aborigines, kauen das Fleisch und geben es uns aus ihrem Mund. Wir schlucken und schlucken, bis von der Keule nur noch der blanke Knochen übriggeblieben ist.

Am Morgen ist Aufbruch zur Jagd. Die Speere, etwa zwei Meter lange Bambusrohre, haben nur einen scharfen Stein als Spitze, bei unserem Jäger ist sie aus Eisen – ,,von Mission'', erklärt er stolz.

Die vier Jäger – das sind die vier jüngeren Eingeborenen – brechen auf, hinter jedem laufen zwei Frauen mit Ersatzspeeren und einem Tragkorb, das ist ein Stück unbearbeitete Baumrinde. Der Alte und seine Frau bleiben mit den Hunden im Lager zurück.

Gegen Mittag hören wir aus dem Busch schrille Rufe. Der Alte lauscht, springt auf, verläßt die Höhle und beginnt an einer sandigen Stelle zwischen den Felsen ein Loch zu graben. Neben dem Loch macht er Feuer.

Dann kommt unser Jäger zurück, auf der Schulter ein erlegtes Känguruh, in der Hand den Känguruhschwanz. Und die Frauen hinter ihm schleppen ein zweites Känguruh. Der Jäger schenkt den beiden Weißen je einen Känguruhschwanz – das Gastgeschenk für die Ehrengäste. Die Vorbereitung des Festmahls ist Sache der Männer. Vom Eingang unserer Höhle schauen wir zu.

Nachdem wir das Ehrengeschenk wieder zur Verfügung gestellt haben, nimmt jeder der beiden Jungen einen Känguruhschwanz, zieht ihn ab, löst die Sehnen, zerschneidet das Fleisch und wirft es in zwei alte Blechtöpfe über einem der Feuer. Unsere beiden Freunde zerlegen die Känguruhs und nehmen sie aus.

Der Alte legt jetzt das Sandloch sorgfältig mit glühender Asche aus. Auch in die Bauchhöhle der Tiere wird Glut eingefüllt, danach werden sie in die rauchende Vertiefung gelegt und mit dem Rest des Feuers zugedeckt. Darüber kommt Sand.

Inzwischen ist die Suppe fertig, ein Topf für die Frauen, einer für uns sieben Männer in der Höhle. Mit einem Holz fischen Klausmann und ich Fleischstücke aus dem Topf, sie sind sehr heiß, aber weich genug, so daß niemand vorkauen muß. Unsere fünf Gastgeber holen sich ihre Fleischstücke mit den Fingern, fassen in die heiße Brühe, wie sie auch vorher die Glut mit den Fingern verteilten.

Die Känguruhschwanzsuppe trinken wir aus dem Blechnapf, in dem der wilde Honig war und der jetzt reihum geht. Inzwischen prüft einer der Köche den Sandhügel über den Känguruhs. Mit einem Speer sticht er ein paar Löcher, es duftet bis zur Höhle.

Endlich ist es soweit. Sand und Asche werden vom Hügel abgeworfen, die dampfenden Känguruhs aus dem Loch genommen, das kleinere holen sich die Frauen, das größere kommt zur Höhle, wird auf eine Steinplatte zwischen uns gelegt, Sand und Asche werden weggewischt – das Festmahl kann beginnen.

Wir essen eine Stunde, zwei, drei Stunden, wir essen bis zum Abend – wir essen ununterbrochen! Klausmann und ich sind ausgehungert, wir verschlingen pfundweise das Fleisch, das man wieder vorkauen muß, dann aber müssen wir eine Pause machen, es geht einfach nicht mehr. Die Eingeborenen jedoch essen weiter, man sieht buchstäblich, wie die Bäuche anschwellen.

Am Abend ist nicht das kleinste Stückchen Fleisch oder Haut übriggeblieben – es war ein großes „Fressen"!

Alles wurde sofort gegessen, und es war unwichtig, daß unser Mahl mit Asche und Sand paniert war.

„Sie hätten nach den vierzig Tagen nicht so viel essen dürfen", meinten später die Ärzte, als sie mich untersuchten, „das hätte schlimm ausgehen können." Sie hatten recht. Die Verdauung machte nicht mit, und am Abend nach der Freßorgie bekam Klausmann starke Schmerzen.

Damit beginnt mein Bericht über etwas, wovon ich nicht erzählen wollte, wenn es nicht schon später, als wir mit der Barkasse in Wyndham ankamen, jeder gewußt hätte. Heute ist mir klar, daß es nicht ungewöhnlich war, was mit Klausmann passierte, und daß es genauso mir hätte geschehen können.

Wir waren allein in der Höhle. Die Eingeborenen schliefen schon. Die See war ruhig, man hörte kaum Brandung. Da es keinen Mond gab und auch der Sternenhimmel hinter Wolken verdeckt blieb, flackerten ringsum nur die zitternden Lichtpunkte der verlöschenden Feuer.

Ich schlief nicht und merkte auf einmal, daß Klausmann zu mir her kroch. Er kam ganz nahe heran und begann zu flüstern. Eindringlich sagte er, daß wir in größter Gefahr wären. „Das sind alles Teufel", sagte er, „die warten nur noch etwas, dann werden sie uns totschlagen."

Ich wußte sofort, das ist Irrsinn!

Es war gut, daß es dunkel war, so daß Klausmann meine Augen nicht sehen konnte und die Angst, die sich darin spiegeln mußte.

Zeit gewinnen, war mein einziger Gedanke, Zeit gewinnen, bis jemand kommt, ein Weißer von der Mission oder sonstwoher. Die Eingeborenen würden sofort flüchten und im Busch verschwinden, wenn sie merkten, was mit Klausmann los war. In ihrer Vorstellungswelt muß Irrsinn unerklärlich sein.

Es gelang mir, den Kameraden erst einmal davon zu überzeugen, daß wir uns auf keinen Fall etwas anmerken lassen dürften. Schließlich kroch er wieder auf seinen Schlafplatz zurück, ich schloß die Augen und betete. Gegen Morgen schlief Klausmann.

An diesem Morgen – es ist der vierte Tag mit den Aborigines – packten die Frauen an den Feuerstellen ihre wenigen Habseligkeiten zusammen, und während die beiden jüngeren Männer mit ihnen aufbrachen, kamen der Alte, der Retter und der Jäger zur Höhle, um mir etwas zu erklären. Klausmann schlief noch.

Es handelte sich um Wasser, verstand ich die Zeichensprache, es gab nicht mehr viel Wasser am Kap Bernier. Die Wasserpfützen vom Regen waren fast ausgetrocknet. Wir müßten die Höhle verlassen und zum „großen Wasser" gehen. Dabei deuteten sie nach Westen, und ich begriff, daß sie den großen Wassertümpel meinten, den wir gefunden hatten, nachdem wir von der Timorsee zurück an Land gekommen waren.

Es war nicht weit, etwa einen Kilometer würde der Wassertümpel entfernt sein – den Kilometer aber konnten Klausmann und ich nicht gehen. Das war unseren Freunden auch klar, sie machten beruhigende Zeichen und verschwanden.

Als Klausmann später aufwachte, waren wir allein. Er erschrak furchtbar, als er sich umsah und niemand außer mir mehr da war.

„Sie haben uns nur einmal gefüttert, sie haben sich nur einen Spaß machen wollen" – so ähnlich sagte er. Dann fing er an zu schreien, immer wieder: „Teufel! – Teufel! – Teufel!"

Ich wußte nicht, was ich tun sollte, habe den kranken Freund in die Arme genommen und ihn so fest an mich gedrückt, wie ich es mit meiner wenigen Kraft konnte. Er klammerte sich verzweifelt an mich, hörte auf zu schreien und fing an zu weinen – es war ein so hilfloses Weinen, wie ich es noch nie von ihm gehört hatte. Ich legte ihn auf sein Graslager und habe ihm alles mögliche erzählt, bis er schließlich einschlief.

Als ich mich dann umdrehte, standen hinter mir am Eingang der Höhle die drei Schwarzen, der Alte, der Retter und der Jäger. Ich weiß nicht, wie lange sie schon dastanden, ich hatte sie nicht kommen hören. Ich weiß auch nicht, ob sie die Schreie gehört hatten und ob ihnen klar war, was hier vorging. Ich glaube, sie wußten es nicht, denn sie versuchten mit irgendwelchen Zeichen zu erklären, daß wir bald wieder Fisch oder Känguruh bekommen würden, morgen, am „großen Wasser".

Zum Glück sollte die Zeit mit den Eingeborenen bald zu Ende sein. Es dauerte nur noch eine Nacht, einen Tag und noch eine Nacht – für mich allerdings eine Ewigkeit der Angst.

Die Eingeborenen waren weggegangen, um für Klausmann und mich einen Weg vorzubereiten von der Höhle zum Wasser. Sie hatten Steine weggeräumt, über die wir nicht hätten klettern können, und das messerscharfe, mannshohe Gras zertreten. Sie hatten den Pfad so breit gemacht, daß ich am nächsten Morgen Klausmann unterfassen konnte und wir nebeneinander gingen, langsam zwar, aber Schritt um Schritt. Es wäre zu gefährlich gewesen, Klausmann von einem Eingeborenen führen oder tragen zu lassen, da hätte ich jeden Augenblick darauf warten können, daß er wieder schrie.

Als wir am Abend – jetzt am Ende des fünften Tages – beim Wasser ankamen, war Klausmann so erschöpft, daß er sofort einschlief. Zu essen hatte es den vierten und fünften Tag nichts gegeben, und mir wurde klar, wie das Leben der Aborigines im Kimberley-Distrikt abläuft: ein Festmahl und essen, solange es etwas gibt, soviel wie möglich, denn es kann Tage dauern, bis man neue Nahrung findet.

Nochmals eine Nacht, in der es ruhig bleibt. Klausmann schläft. Ich versuche, die Zeit zusammenzurechnen, die unsere Boten zur Missionsstation gebraucht haben, und wann jemand von den Patres hiersein kann. Die werden nicht so schnell durch den Busch kommen wie die Schwarzen.

Ich schätze, es dauert noch drei oder vier Tage.

Dann geschieht plötzlich das Wunder, und es dauert nur noch Minuten. In den Morgenstunden nach der Nacht am „großen Wasser" taucht

ein Eingeborener auf, den ich noch nicht kenne. Er trägt eine Hose und überreicht mir einen handgeschriebenen Zettel: „Wir sind in ein paar Minuten bei Euch. Nicht erschrecken. Nicht weggehen. Marshall."
Ich wecke Klausmann.
Kurz danach stehen zwei Weiße vor uns, sie heißen Marshall und Smith.
Sie sind gekommen, um uns in die Zivilisation zurückzuholen.

WACHTMEISTER MARSHALL

WACHTMEISTER MARSHALL sieht die Rauchsignale auf dem Kap Bernier am Abend des sechsten Tages, den er mit seinem Treck unterwegs ist.

In sechs Tagen sind zweiundzwanzig Mann und die einundzwanzig Maultiere und Pferde von Forrest River quer durch den Busch gezogen und lagern an diesem Abend etwa sechzehn Meilen vor der Notlandebucht, weil die Tiere nicht mehr weiterkönnen. Das Gelände ist für sie unpassierbar.

Endlich, am 45. Tag, kamen die Weißen – die Buschpolizei unter Führung von Wachtmeister Marshall. Sie brachten uns Suppen, leichte Nahrung und Medizin.

Aus dem Tagebuch von Wachtmeister Marshall:

Montag, 27. Juni.
Um 5 Uhr 30 brachen wir zur Küste auf, um vierzehn Uhr konnten wir unsere Tiere nicht mehr weiterbringen, waren aber bereits nahe am Meer. Ich ließ lagern und die Pferde ausruhen. Missionar Smith, einige Eingeborene und ich suchten die Küste in der unmittelbaren Umgebung des Lagers ab. Weiter unten in Richtung von Kap Bernier sahen wir ein großes Buschfeuer aufflammen. Die Spurensucher meinten, es müsse von jagenden Aborigines stammen. Ich beschloß, am kommenden Morgen direkt zu diesem Feuer zu marschieren.

Mit der Dunkelheit kehrten wir zum Lager zurück, wo wir zwei Eingeborene aus Drysdale vorfanden, die gerade von der Mission eingetroffen waren. Sie hatten einen Brief für Sergeant Flinders und einen für Mr. Johnson aus Forrest River. Der Brief für den Sergeant mußte eine Nachricht über die vermißten Flieger enthalten. Ich öffnete ihn und las, daß die Vermißten von Boys aus Drysdale vor fünf Tagen nahe dem Kap Bernier gefunden worden waren. Das Feuer, dessen Rauch ich am Nachmittag gesehen hatte, mußte unmittelbar beim Kap Bernier gewesen sein. Ich stellte ein kleines Paket mit leichten Nahrungsmitteln zusammen. Um 23 Uhr ließen wir einige Maultiere satteln und eins bepacken. Als kurz nach Mitternacht der Mond aufging, brachen Smith, ich und einige Eingeborene zum Kap Bernier auf.

Dienstag, 28. Juni.
Das Gelände war sehr schwierig, wir mußten oft absteigen und zu Fuß gehen. Wir kamen nur langsam vorwärts. Die Brandstellen, deren Rauch wir am Vortag gesehen hatten, lagen alle entlang eines Flüßchens, einige schwelten noch. Am Rand eines Tümpels voller Seerosen sah ich eine kleine Feuerstelle. Ausgerissene Seerosen- und Weißbaumwurzeln lagen in der Nähe. Sofort rief ich allen Eingeborenen zu, die Gegend nach Aborigines abzusuchen. Sie fanden eine alte Schwarze, die sich im Wasser versteckt hatte. Sie sagte „weißer Mann lebt und Lager unten am Bach, nicht weit“. Ich schickte einen Boy mit einer Nachricht für Kapitän Bertram voraus, daß die Rettung nahe sei und sie sich nicht von ihrem Standort entfernen sollten.

Dann brachen wir auf und ließen uns von der alten Eingeborenen zu den Weißen führen. Um 9 Uhr 30 fanden wir sie.

Beide Männer saßen am Strand und sahen uns, bevor wir sie bemerkt hatten. Sie riefen „hello, hello“, mit sehr schwacher Stimme. Gegenseitig halfen sie sich auf und versuchten, uns entgegenzugehen, wobei sie sich aufeinander stützten. Sie standen gebeugt, waren völlig verschmutzt und in einem schockierenden Zustand. Sie waren so überwältigt vor Freude, sich gerettet zu wis-

sen und nach fünfundvierzig Tagen wieder einen Weißen zu sehen, daß sie völlig zusammenbrachen. Sie riefen: „Habt ihr Brot, Brot, Brot?" Beide klammerten sich an Smith und mich und ließen uns erst los, als sie eine Pakkung Zwieback sahen.

Wir führten sie in den Schatten und gaben ihnen verdünnten Branntwein, Zwieback, Trockenmilch und andere leichte Nahrungsmittel. Sie berichteten, daß die Schwarzen sie vor fünf Tagen gefunden und seitdem mit Känguruhfleisch ernährt hätten. Ich gab ihnen Medikamente. Sie wuschen sich und zogen frische Kleidung an. Wir baten sie, sich ruhig hinzusetzen, aber beide waren viel zu aufgerüttelt, um zu ruhen.

Im Lauf des Nachmittags gab mir Kapitän Bertram einen genauen Bericht der Ereignisse vom Start in Kupang bis jetzt. Ich schrieb einen Brief an Sergeant Flinders und Mr. Johnson in Forrest River, gab unsere Position (Kap Bernier) an und bat, uns das Boot der Meatworks so rasch wie möglich zu schicken.

Mittwoch, 29. Juni.
Um sechs Uhr morgens schickte ich die Läufer mit den Briefen für Sergeant Flinders und dem Bericht von Kapitän Bertram nach Forrest River los. Beide Deutschen essen gut, jedoch arbeitet Klausmanns Verdauung nicht richtig. Beide Geretteten waren sehr geschwächt und weinten die meiste Zeit, aber sie aßen weiche Nahrungsmittel und tranken viel Milch.

Der Abend verging ruhig, und um zwanzig Uhr gingen die beiden Geretteten, Missionar Smith, Wachtmeister Ronan und ich schlafen. Um einundzwanzig Uhr wurde ich von lautem Schreien und Rufen geweckt, das vom Bach, etwa zweihundert Meter entfernt, herkam. Ich weckte Ronan und Smith und lief zum Bach: Kapitän Bertram und Klausmann wälzten sich kämpfend im Sand. Wir hielten Klausmann fest. Ich glaubte zunächst, er habe einen epileptischen Anfall. Dann sagte Bertram: „Klausmann redet wirr. Er glaubt, wir seien alle Teufel und wollten ihn töten." Er meinte, Klausmann habe den Verstand verloren.

Bertram selbst war ebenfalls in einer sehr schlechten Verfassung. Er hielt seinen Kopf zwischen beiden Händen und sagte immer wieder „Mein Gott, verlaß mich nicht, verlaß mich nicht. Ich halte das nicht aus. Ich glaube, ich verliere den Verstand." Dies ging bis Mitternacht. Klausmann phantasierte und tobte abwechselnd.

Donnerstag, 30. Juni.
Während der Nacht redete Klausmann irre und schlug um sich, er mußte die ganze Zeit festgehalten werden. Ich schickte Wachtmeister Ronan ins Lager

und ließ mir von den Eingeborenen Ketten bringen. Bertram mußte von Klausmann getrennt werden, Smith nahm ihn zu einem Spaziergang mit. Als die Eingeborenen mit den Ketten kamen, ließ ich Klausmann an Knöcheln und Handgelenken fesseln. Er rannte mit dem Kopf gegen Felsen und versuchte, sich mit einer Sicherheitsnadel, die er am Boden gefunden hatte, im Gesicht zu verletzen. Da die Nadel stumpf war, richtete sie nicht viel Schaden an.

In aller Eile schrieb ich Sergeant Flinders und informierte ihn, daß Klausmann den Verstand verloren habe und Bertram ebenfalls in einem kritischen Zustand sei, er solle das Boot so schnell wie irgend möglich schicken und eine Zwangsjacke mitgeben. Sobald das Boot in Sicht käme, würde ich Rauchzeichen geben. An Johnson in Forrest River schrieb ich, er solle sein möglichstes tun, den Brief sofort weiter nach Wyndham zu schicken. Ich wählte die beiden besten Läufer aus, die ich hatte. Sie sagten, daß sie Forrest River in zwei Tagen erreichen könnten, Wyndham in vier Tagen. Ich versprach ihnen ein neues Hemd und neue Shorts, wenn ihnen das gelänge, und schickte sie los. Ich erklärte Kapitän Bertram unsere Lage und wie wichtig es für Klausmann sei, daß er, Bertram, jetzt gegen die Versuchung ankämpfe, sich gehenzulassen. Wenn er sich zusammenreiße, könne er viel für Klausmann tun, auch nach der Ankunft in Wyndham. Bertram sagte, er würde sein Bestes versuchen. Er nahm ein nahrhaftes Frühstück zu sich und aß auch tagsüber gut, mußte jedoch die ganze Zeit überwacht und beschäftigt werden.

Auch Klausmann aß gut, verfiel jedoch während des ganzen Tages immer wieder in Tobsuchtsanfälle. Wir bauten eine Grashütte für ihn, in der Smith, Ronan und ich in zweistündigem Turnus bei ihm wachten. Ich selbst schlief auch neben ihm in der Hütte. Den Eingeborenen sagte ich, daß sie keine Angst zu haben brauchten, da der Mann gefesselt sei und ihnen nichts tun könne.

Ich erlaubte den Gefangenen und allen Eingeborenen, die wir nun nicht mehr brauchten, nach Forrest River zurückzukehren, und versorgte sie mit Lebensmitteln.

Freitag, 1. Juli.
Der Tag verging ohne Probleme. Bertram sieht besser aus, verlor jedoch fast die Nerven, als er Klausmann rufen hörte. Einer ist ständig bei Klausmann, Bertram wird beschäftigt und abgelenkt.

Samstag, 2. Juli.
Klausmann hatte eine sehr schlechte Nacht, Bertram schlief gut. Ich war die ganze Nacht in der Hütte bei dem Kranken.

Sonntag, 3. Juli.
Klausmann nach wie vor in schlechtem Zustand und unter Überwachung,

Bertram geht es viel besser. Mit den Eingeborenen, die nichts zu tun hatten, brannte ich Schneisen in den Busch, um bei Ankunft des Bootes ein gezieltes Rauchzeichen geben zu können. Außerdem ließ ich mehrere große Haufen Gestrüpp im Lager zusammentragen, um unseren Standort genau anzeigen zu können, sobald das Boot kommt. Am Strand ließ ich weiße Steine zusammensuchen, um Botschaften in den Sand schreiben zu können, falls ein Flugzeug uns überfliegt.

Montag, 4. Juli.
Klausmann zeigt keine Anzeichen von Besserung. Bertram geht es gut.

Tagsüber suchte ich mit den Eingeborenen hohe Aussichtspunkte an der Küste aus, von denen man nach dem Boot Ausschau halten kann.

Nun ist alles vorbereitet, um dem Boot oder einem Flugzeug Zeichen geben zu können.

„Habt ihr Brot, Brot, Brot?" war unsere erste Frage an den Suchtrupp gewesen. Und dann trauten wir unseren Augen kaum, als unsere Retter die mitgebrachten Herrlichkeiten auspackten.

Schließlich nahmen wir auch Abschied von den Fliegen. Sie hatten uns vor den wilden Eingeborenen gerettet, denn zum Schutz gegen die surrenden Quälgeister hatten wir uns in unheimlich vermummte Gestalten verwandelt.

In der Nacht zu diesem 4. Juli hatten Marshalls Läufer Wyndham erreicht. Sie waren vierhundert Kilometer in weniger als vier Tagen gelaufen! Die Nachricht „sie leben!" ging sofort um die Welt. Der Zeitunterschied zwischen Australien und Europa beträgt acht Stunden, so daß die Blitzmeldung den Sonnenlauf überholte und die Meldung bereits in den Morgenstunden des 4. Juli erschien.

Ebenso erreichte ein Telegramm, das ich den Läufern mitgegeben hatte, in den frühen Morgenstunden die Stadt Remscheid.

Stadtchronik Remscheid, 4. Juli
Heute morgen 8 Uhr 45 lief im Hause Bertram, in der kleinen Wirtschaft an der Nordstraße, das erste Lebenszeichen des seit dem 15. Mai auf seinem Flug um die Erde vermißten Sohnes Hans ein. Die Nachricht, daß beide Flieger lebend aufgefunden worden sind, sprach sich bald herum in Remscheid, und während des ganzen Tages stellten sich unzählige Freunde des Hauses ein, die den Eltern Hans Bertrams herzliche Glückwünsche darbrachten.

Am überglücklichsten von allen war die Mutter des Fliegers, die den großen Globus vor sich stehen hatte, auf dem ihr Hans vor dem Start zum Flug um die Erde seinen mutmaßlichen Weg durch einen roten Faden gekennzeichnet hatte. Die Mutter hatte keinen Augenblick die Hoffnung aufgegeben, daß ihr Hans wiederkehren würde. Denn er trägt ja, seit er Flieger ist, stets das Halstuch, in das die Mutter den Segensspruch gestickt hat: „Gott schütze dich, mein Junge!"

Aus dem Tagebuch des Wachtmeisters Marshall:

Dienstag, 5. Juli.
Bei Tagesanbruch schickte ich Eingeborene zu den verschiedenen Aussichtspunkten, um auf das Boot zu warten. Ich selbst kümmerte mich um die beiden Deutschen.

Um 8 Uhr 40 hörte ich einen Schrei von einem der Ausguck haltenden Boys, dann rief Smith von einer anderen Anhöhe „das Boot kommt". Ich gab sofort ein Rauchzeichen, das vom Boot auch bemerkt wurde. Wir sahen es in unsere Bucht einlaufen. Kapitän Bertram und alle, die gerade nicht beschäftigt waren, rannten zum Strand hinunter und begrüßten Kapitän Crane, Wachtmeister Goad und Charles Olsen.

Sie kamen an Land und nahmen eine Mahlzeit ein. Dann trafen wir Vorbereitungen für die Rückfahrt nach Wyndham. Um 10 Uhr 30 legten wir ab. Für Klausmann richteten wir auf dem Boot ein Lager her, das Bertram nicht sehen konnte.

Unterwegs liefen wir die Notlandebucht an, wo ich mit Kapitän Bertram an Land ging. Bertram inspizierte seine Maschine und bedeckte das Cockpit mit einer Plane. Dann setzten wir unsere Fahrt nach Wyndham fort. Polizeiwachtmeister Goad und ich lösten uns bei Klausmann ab.

Mittwoch, 6. Juli.
Etwa um sieben Uhr legten wir an der Mole in Wyndham an, wo Sergeant Flinders und eine große Menschenmenge uns erwarteten. Sobald man mir Kapitän Bertram abgenommen und von der Mole weggeführt hatte, legte ich Klausmann mit Hilfe eines Zuschauers und Wachtmeister Goads saubere Kleidung an und trug ihn an Land. Auf dem ganzen Weg ins Hospital schlug Klausmann um sich. Er wurde im Krankenhaus von Dr. Webster und Dr. Money, dem Arzt eines hier ankernden Schiffes, versorgt. Kapitän Bertram wurde ebenfalls ins Krankenhaus eingeliefert.

Auszug aus dem Abschlußbericht von Sergeant Flinders, Wyndham:

Der Eilmarsch von Polizeiwachtmeister Marshall und seiner Streife zur Küste war eine hervorragende Leistung. Zweifellos hat sein rascher Marsch den

Vermißten das Leben gerettet, da sie physisch und psychisch so erschöpft waren, daß sie meines Erachtens nicht mehr lange gelebt hätten. Ohne Zweifel wußten die Aborigines, daß die Vermißten am Leben waren. Marshalls rascher Vormarsch dürfte sie eingeschüchtert haben, denn obwohl das Flugzeug ausgeraubt worden war, begannen die Eingeborenen, ihre Beute nach Drysdale zu bringen, sobald sie von den Maßnahmen der Polizei Wind bekamen. Der Boy mit dem Zigarettenetui ist allerdings von der Bildfläche verschwunden.

Kapitän Bertram gab an, daß er unmittelbar nach der ersten Landung in der Mündung des Berkeley einen Schwarzen gesehen habe. Ich glaube, daß die Aborigines die beiden Weißen während der gesamten Zeit unter Beobachtung hatten und daß nur die Schnelligkeit von Marshall und den Boys der beiden Missionen Schlimmes verhütete.

Damit enden die Polizeiberichte „die Suche nach dem deutschen Flugzeug *Atlantis* betreffend".

Das neue Leben

AN SCHLAF ist nicht zu denken in dem weichen Bett des „Hotels Wyndham".

„*You are reborn, boy*", sagte einer aus der Menge, als ich von der Barkasse an Land ging, *dem Leben zurückgegeben* ..., das Telegramm muß vorgestern in Remscheid angekommen sein. GESUND GERETTET GOTT LEBT LEBENSGRUSS ALLEN hatte ich nach Hause telegrafiert. Man wird es vom Hauptpostamt durchtelefoniert haben. Wer war am Telefon, mein Bruder? ...muß ich alle Telegramme beantworten, die ich heute bekommen habe? Und bezahlen? ...ich habe nichts mehr, das Geld haben die Krokodile... Mein armer Kopf tut mir leid, weil er so viel zu denken hat in dieser ersten Nacht. Ich bin mit meinen Gedanken wieder im Kimberley-Distrikt. Als wir am Morgen nach dem Nachtflug über die Timorsee auf die Küste zuflogen, müssen uns Eingeborene gesehen haben. Aus der aufgehenden Sonne heraus ist ein donnernder Vogel auf die Küste zugekommen, ist ins Wasser getaucht und hat sich auf Land gesetzt. Vielleicht haben sie Angst bekommen, als zwei vermummte Gestalten aus dem Vogel gestiegen sind, mit riesengroßen Augen, denn so müssen unsere Fliegerbrillen gewirkt haben, die wir nicht abnahmen wegen der Fliegen.

Und auch nach der zweiten Landung trugen wir nicht nur die

großen Fliegerbrillen und unsere Flughauben, wir hatten auch noch unsere Halstücher vor den Mund gebunden, alles, um vor den Fliegen geschützt zu sein – die Fliegen haben uns davor bewahrt, erschlagen oder gespeert zu werden.

Später erfahre ich, daß Bungeye sich in Forrest River Tabak geholt und sich der alten, blinden Mooger gegenüber mit dem gebrüstet hat, was er hat tun wollen und sich nicht getraut hat. So ging von Forrest River das Gerücht nach Wyndham und von da in die Welt, daß Klausmann und ich von den Eingeborenen des Kimberley-Distrikts erschlagen und vielleicht auch gefressen worden waren.

Was ist mit Klausmann? Er liegt im Hospital, ist in guten Händen und wird wieder gesund werden. Das haben mir Dr. Webster und Dr. Money, die auch mich untersuchten, versichert. Bei mir war gar nichts, kaum noch Untergewicht nach der Verpflegung der letzten Tage. So blieb ich nur ein paar Stunden im Hospital und habe es wieder verlassen, nachdem ich zweimal gebadet und mich rasiert hatte. Frische Wäsche, Hemd, Hose und Jacke schenkte man mir. Dann hat man mich zum Hotel Wyndham begleitet, wo ich jetzt bin. Auf dem Weg hierher kamen wir am Postamt vorbei, wo ich ein paar Telegramme aufgab, auch an Sir James Mitchell, den Herrn Premierminister in Canberra, und an den Polizeipräsidenten in Perth, Mr. R. Conelli, das ist der höchste Vorgesetzte von Marshall. Die Gebühren für die Telegramme hat man mir gestundet, ich schulde auch noch Geld für das Telegramm in die Heimat.

Es ging alles sehr schnell: Die alarmierende Nachricht von Marshall kam in der Nacht zum Montag gegen drei Uhr nach Wyndham, mein Telegramm nach Hause war schon vor Tagesanbruch unterwegs, ebenso die Barkasse, die uns abholen sollte.

Das war vor zwei Tagen, und heute sind wir hier – und alles liegt hinter uns!

Die Gedanken können nicht abschalten. Da ist vor allem das, was man mir den Tag über erzählte und zum Lesen gab. Der Reporter der *West Australian* legte mir alle Zeitungsartikel vor, und ich konnte nachlesen, was man getan hatte, um uns ins Leben zurückzuholen. Ich werde lange brauchen, um meinen Dank abzustatten.

Eines wird mir am Ende der ersten Nacht meines neuen Lebens klar. Als die beiden Weißen, Marshall und Smith, vor mir standen, als damit meine Verantwortung für unser Leben im Kimberley-Distrikt in die Hände anderer überging, ist der Film der Erinnerung gerissen. Ich weiß zwar noch so ungefähr, was sich in den nächsten Tagen tat, dann ist aber eine Lücke in meiner Erinnerung, und das Bild wird erst in dem Augenblick wieder deutlich, als wir bei der Rückfahrt mit der Barkasse die Notlandebucht anliefen und ich vor meinem Flugzeug *Atlantis* stand. Ein paar Tage meines Lebens war ich wohl gemeinsam mit Klausmann sehr krank, mein Kamerad nur weitaus schlimmer als ich.

Die Nacht ist zu Ende. Über Wyndham und dem Kimberley-Plateau ist es hell geworden, die Sonne geht auf.

Es klopft. Als ich öffne, steht draußen ein Bote vom Postamt mit einem Arm voll Telegrammen. Hinter dem Boten steht der Reporter der *West Australian*. Die Zivilisation fordert ihr Recht. Das Leben geht weiter.

MEIN FLUGZEUG „ATLANTIS"

MAN muß am Anfang in Wyndham und auch anderswo geglaubt haben, daß ich ein bißchen spinne, um es nachsichtig auszudrücken. Kaum hatte man mich aus dem Busch des Kimberley-Distrikts herausgeholt, da wollte ich wieder hin, denn ich wußte nicht, wie es mit meinem Flugzeug aussah, nachdem es seit nunmehr vier Monaten an der ungeschützten Nordwestküste auf einem Bein stand. Ich wußte nur, daß ich mich beeilen mußte. Ende September würde mit dem Monsun die Springflut kommen und die würde mein Flugzeug nicht überleben.

Ich habe alles versucht und Telegramme nach allen Seiten geschickt: Einen neuen Schwimmer wollte ich nach Wyndham haben und ein Schiff, das mich mit Schwimmer und Benzin zur *Atlantis* bringen sollte.

Aber es gab keinen passenden Schwimmer in Australien. Und von Deutschland hätte die Verschiffung Monate gedauert. Mir wurde bald klar, daß ich nach Perth mußte, der Hauptstadt von Westaustralien und Sitz der Luftfahrtgesellschaft *West-Australian Airways*. Vielleicht würde man mir da helfen können.

Also hieß es Abschied nehmen von Wyndham, von Klausmann, Marshall und meinen Freunden in den Meatworks. Ich konnte Klausmann, der das Hospital noch nicht verlassen durfte, beruhigt hierlassen. Man würde ihn auf den Weg bringen, wenn es die Ärzte erlaubten.

So machte ich mich bereit, mit der nächsten Postmaschine, die einmal in der Woche kam, nach Perth zu fliegen – mit der Maschine, die am Kap Bernier über uns hinweggeflogen war. Am Mittwoch, 13. Juli, ist es soweit, eine Woche nachdem wir in Wyndham ankamen. Als die D.H. 50 nach dem Start noch eine Runde dreht, um Höhe zu gewinnen, bleibt hinter meinem Kabinenfenster mein großes Abenteuer zurück – der Busch, grau in grau, Wyndham mit seiner Straße, mit Hospital, Postamt und Hotel, die Meatworks, an der Hafenmole die Barkasse und auf dem kleinen Landeplatz die Freunde, die zum Abschied gekommen sind. Schließlich sehe ich hinter mir nur noch das Kimberley-Plateau, grenzenlos bis zum Horizont. Von Wyndham bis Perth flog die Postmaschine vier Tage, mit kurzen Etappen immer entlang der Westküste des fünften Erdteils. Aber auch von Perth aus war kein passender Schwimmer zu beschaffen. Es gab nirgendwo einen, der so schnell hätte hiersein können, um am 7. September von Fremantle, dem Hafen von Perth, mit der *Koolinda* nach Norden zu fahren. Das war der letzte Termin, wenn ich vor dem Monsun bei der *Atlantis* sein wollte.

Schließlich fand ich eine Lösung: Irgendwann hatte es mal ein Sportflugzeug in Perth gegeben, das auf dem Swan River landete, auf Schwimmern. Das Flugzeug gab es nicht mehr, aber einen Schwimmer fand ich noch, unter Gerümpel in der Ecke einer Halle.

Ein Schwimmer also war da – aber er war nur halb so groß wie der Schwimmer meines Flugzeuges. Was würde geschehen, wenn man ein Wasserflugzeug mit zwei verschieden großen Beinen aufs Wasser setzte? Würde es kentern? Versucht hatte es noch niemand – aber ein Versuch lohnte sich, wenn ich die treue *Atlantis* an der Nordwestküste nicht verrotten lassen wollte.

So sitze ich jetzt in meinem Deckstuhl an Bord der *Koolinda*, mit mir ist Mr. Sexton, ein Mechaniker der *West-Australian Airways*, und im Laderaum liegt gut verpackt unser Leihschwimmer, um ihn herum Benzinkanister und eine Anzahl großer Bündel, gefüllt mit Geschenken für die Eingeborenen, falls wir noch welche in der Notlandebucht antreffen.

Bevor ich Wyndham verließ, schrieb ich einen Brief an Johnson, den Leiter der Forrest-River-Mission, und bat ihn, einige zuverlässige Eingeborene zur Notlandebucht zu schicken, um auf die *Atlantis* aufzupassen. Ich schrieb, daß ich in etwa zwei Wochen kommen würde, um mein Flugzeug zu holen.

Aus den zwei Wochen sind zwei Monate geworden. Die Boys von der Mission werden wieder zurück in Forrest River sein, und niemand wird mehr in der Notlandebucht aufpassen. Sonntag mittag, 18. 9., ist es soweit: Die *Koolinda* stoppt die Maschine etwa zwei Meilen vor der Einfahrt zur Notlandebucht. Näher heran kann Kapitän Bucheridge nicht gehen, die Küste ist nicht vermessen.

Steht mein Flugzeug noch da, unbeschädigt? Wir werden es erst wissen, wenn wir in die Bucht hineinfahren. Das Stück Sandstrand liegt ganz am Ende hinter einer letzten Felsnase. Wir verstauen Schwimmer, Benzinkanister und Gepäck in einer Barkasse und zwei Rettungsbooten von Bord der *Koolinda*. Dann fahren wir los.

Die *Koolinda* fährt, wenn sie Barkasse und Boote wieder an Bord genommen hat, weiter nach Wyndham und Port Darwin. Auf der Rückfahrt wird sie wieder vor der Notlandebucht stoppen. Falls ich bis dahin noch nicht in der Luft bin, wird Kapitän Bucheridge Barkasse und Boote nochmals in die Bucht schicken, um Sexton und mich wieder an Bord zu nehmen, auch den geliehenen Schwimmer und das, was wir etwa an Instrumenten noch ausbauen wollen.

Mir bleiben nur ein paar Tage, um meine *Atlantis* zu retten. Nachher würde die Springflut kommen und damit das Ende.

Die Barkasse mit den beiden Booten im Schlepp macht nur wenig Fahrt gegen die Strömung. Die Küste liegt wie tot vor uns. Plötzlich aber steigt hinter der Felsnase am Ende der Bucht Rauch auf – eine riesengroße, senkrechte Rauchsäule. Die *Atlantis* ist nicht allein! Und jetzt sehen wir auch Menschen in der Bucht. Sie springen über die Felsen und winken mit beiden Armen: der Retter, der Jäger, der Alte, die beiden Jungen – unsere fünf Tischkumpane vom Festmahl am Kap Bernier. Sie haben gewartet, weit über die zwei Wochen hinaus, und ohne zu wissen, wie lange es dauern würde.

Wir fahren um die letzte Felsnase. Auf dem kleinen Sandstrand steht meine *Atlantis*, und die Sonne blitzt von den silbernen Tragflächen. Das Junkers-Wasserflugzeug hat die monatelange schwere Prüfung bestanden. Sein glücklicher Pilot kommt zurück, um es wieder in die Luft zu holen. Das Wasser vor dem Sandstrand wird flach, Barkasse und Boote werfen Anker, wir beginnen mit dem Entladen. Meine Freunde sind schon herangewatet. Ich sehe nur noch lachende schwarze Gesichter und hoch erhobene Hände, worin Benzinkanister und Gepäckstücke zum Ufer schweben. Es sind etwa fünfzig Meter.

Als die letzten Benzinkanister und der Schwimmer an Land, Barkasse und Boote wieder hinter der Felsnase verschwunden sind, gehe ich zur *Atlantis*. Mein Flugzeug ist grau geworden. Das ist das Salz der Timorsee, das auf Tragflächen und Rumpf liegenblieb. Wie wird es im Motor aussehen? Wird er jemals wieder laufen? Ich kann nur hoffen. Am liebsten möchte ich es gleich probieren, doch das geht nicht. Zuerst das zweite Bein, den neuen Schwimmer, anmontieren, dann bei Ebbe einen Kanal graben von den Schwimmern zum Ufer, bei Flut die Maschine über den Kanal ins tiefere Wasser bringen, verankern und versuchen, den Höhenunterschied der ungleichen Schwimmer auszutrimmen. Danach können wir Benzin einfüllen.

Am Abend des zweiten Tages schwimmt die *Atlantis*. Über den Kanal bringen wir sie ins tiefere Wasser. Etwas schief liegt mein gutes Flugzeug, aber es schwimmt. Jetzt trimmen und Benzin in die Tanks der rechten Tragfläche füllen, das reicht bis zum Zielhafen der ersten Etappe, das ist Broome, die erste Station an der Westküste für den Flug nach Perth. In Perth werde ich die *Atlantis* vom Wasser auf Land setzen, die ungleichen Schwimmer gegen ein Fahrgestell austauschen. Mit der Landmaschine will ich dann zu einem „Flug des Dankes" rund um Australien starten, danach zurück nach Europa.

So weit bin ich bereits mit meinen Flugplänen. Nur, daß vorerst noch gar nicht sicher ist, ob die *Atlantis* überhaupt noch fliegen kann.

Bevor ich entscheide, wie wir den Motor angehen, baue ich noch Kompaß und Anlaßmagnet ein, unsere Begleiter in den dreiundfünfzig Tagen. Ohne etwas überprüft zu haben, beschließe ich plötzlich, mit dem Motor einen Versuch zu machen. Ich bitte Sexton, den Motor durchzudrehen, den Propeller über ein paar Kompressionen zu bringen.

Sexton tut sich schwer, dann hat er zwei Kompressionen geschafft, er tritt auf der Tragfläche zur Seite, ich drehe den Zündschlüssel, jetzt die Kurbel vom Anlasser.

Und mein guter Anlasser, der uns im Busch das Feuer schenkte, läßt mich auch diesmal nicht im Stich: der Motor springt an, hustet ein paarmal – dann läuft er, so ruhig, wie er immer lief vor den viereinhalb Monaten. Das Salz der Timorsee hat ihm nichts antun können!

Am Abend sitzen wir noch lange am Lagerfeuer zusammen. Zum Abschied sind auch die Frauen gekommen. Heute dürfen sie ihr Feuer nahe bei unserm machen, und ich gehe mehrmals zu ihnen hinüber mit geöffneten Büchsen unserer Delikatessen. Dazu verteile ich Geschen-

ke, Wäsche und Kleider für die Frauen, Hemden und Hosen für die
Männer. Die Männer bekommen vor allem ihren Tabak, gepreßte
Stücke, wovon sie abbeißen und kauen.

Wenn der Start gelingt, werde ich also morgen früh endgültig Abschied nehmen von der australischen Nordwestküste und von den
schwarzen Menschen. Es ist merkwürdig, aber ich bin nicht nur froh,
endlich hier wegzukommen – ich lasse auch ein Stück meines Lebens
an dieser Küste zurück, meine unbekümmerte Jugend.

Am Morgen nehme ich dann auch Abschied von Fliegen und Moskitos, die uns Tag und Nacht begleitet haben. Die Leinen sind gelöst,
der Anker an Bord, der Motor springt an. Ich gebe Gas – jetzt wird es
sich zeigen, was die Schwimmer tun. Je schneller die Maschine wird,
um so mehr neigt sie sich nach links. Der große Schwimmer hat mehr
Auftrieb, ich halte mit aller Kraft die Maschine auf Kurs und versuche,
mit voll ausgeschlagener Verwindung den falschen Schwimmer aus
dem Wasser zu bringen. Es gelingt – die *Atlantis* wird von ihrem rechten Schwimmer allein getragen, schneller und schneller, er kommt auf
Stufe und jagt über die Wellenköpfe der Bucht. Ich habe gewonnen!

Ich flog über die Notlandebucht, wo meine schwarzen Freunde
winkten und kleiner wurden, ich flog über das Kap Bernier und sah
unsere Höhle, ich sah das ,,große Wasser'' und einen Teil unseres geris-
senen Schwimmers, der in Australien bleiben mußte, ich nahm Kurs
auf den Drysdale River und überflog die Mission, ich flog schließlich
nicht mehr entlang der Küste, sondern quer über den Busch, über die
rauchende Hölle.

Als dann das Kimberley-Plateau hinter mir lag und vor mir an der
Westküste der kleine Hafen Broome auftauchte, bereitete ich mich auf
meine Landung vor: Ich darf nur auf einem Bein landen, auf dem rechten. Das linke Bein ist zu klein und würde den Anteil der Last des
Flugzeuges vielleicht nicht tragen können und unterschneiden.
Unterschneiden eines Schwimmers aber bei etwa achtzig Kilometer
Geschwindigkeit würde das Ende bedeuten. Jetzt muß die linke Tragfläche herunter, der kleine Schwimmer setzt auf – schließlich können
sich die beiden ungleichen Schwimmer darum streiten, nach welcher
Seite sie die *Atlantis* ziehen wollen –, die *Atlantis* hat keine Geschwindigkeit mehr und schwimmt nun ruhig im Hafen von Broome.

Ich habe noch vier Landungen auf den hinkenden Beinen gemacht,
bevor die Westküste hinter mir lag und vor mir der Swan River von
Perth, der letzte Hafen für das *Wasserflugzeug Atlantis*.

Dann wurde es Zeit, mein Flugzeug aus der Notlandebucht zu holen, es auf Räder zu setzen und die Städte Australiens anzufliegen, um mich bei den Australiern für alles zu bedanken.

Die Landung auf dem Swan River war am Samstag, 24. 9. Es kamen viele Zuschauer zur Begrüßung – vielleicht kamen sie auch, um dabeizusein, wenn die riskante Landung, worüber eine Menge geschrieben wurde, einmal nicht gelingen würde. Sie gelang bestens, ich hatte inzwischen gelernt und war sehr stolz.

In ein paar Tagen wurde die *Atlantis* auf Räder gesetzt, Motor und Zelle gründlich durchgesehen, dann war sie startklar für den Flug nach Adelaide, Melbourne, Canberra, Sydney und Brisbane.

DER Bericht vom Flug rund um Australien, bei dem ich mich überall bedanken wollte, und von der Gastfreundschaft eines ganzen Landes, könnte ein Buch füllen. Man hat mir zeigen wollen, wie schön der fünfte Erdteil ist, von dem ich am Anfang einen so schlechten Eindruck hatte.

In Brisbane, dem nördlichsten großen Hafen an der Ostküste, machte ich kehrt mit Richtung wieder auf Sydney und Melbourne, um meinen Rückflug nach Europa vorzubereiten.

Bei diesem „Flug des Dankes" forderte man einiges von mir, angefangen am frühen Morgen mit Reden und Autogrammen in Schulen, über den Empfang im Rathaus, Besichtigungen, Dinner in irgendeinem Club, private Besuche am Nachmittag bis zum Vortrag „53 Tage im Busch" am Abend, abschließend das große Essen und manchmal noch ein Festbankett; so ging das Tag für Tag, über zwei Monate.

Ich lernte die Pioniere der australischen Luftfahrt kennen, an der Spitze Sir Charles Kingsford-Smith, der als erster den Pazifik überquerte. Von „Smithy", wie ihn seine Freunde nennen durften, erfuhr ich, daß es im Augenblick darum ging, das Interesse der Öffentlichkeit dafür zu gewinnen, eine regelmäßige Luftverbindung zwischen dem Mutterland England und Australien zu schaffen. Jeder in der einen oder anderen Richtung durchgeführte Flug zwischen den beiden Antipoden wäre diesem Ziel dienlich. Da entschloß ich mich, meinen Rückflug nach Europa zu einem Rekordversuch Australien–England mit möglichst wenigen Zwischenlandungen zu machen.

Eine gute Maschine hatte ich, einen guten Kopiloten fand ich aus dem Kreis um Smithy: Skotty Allan, ein erfahrener Pilot und Pionier in der Luftfahrt seiner Wahlheimat Australien.

Wir wollten den Rekordflug in fünf Tagen und Nächten schaffen, rechneten von Küste zu Küste, also von Port Darwin bis London, etwa hundert Stunden reine Flugzeit und konnten mit kurzen Zwischenlandungen unter fünf Tagen bleiben, wenn es am Boden keinen Aufenthalt gab. Wir mußten also auch nachts starten.

Bevor wir am Abend des 8. Dezember in Melbourne zum Flug quer durch Australien nach Port Darwin startklar waren, hatte man noch eine besondere Überraschung für mich, ein Abschiedsgeschenk meiner australischen Gastgeber. Ich wurde beim Abschiedsdinner zwischen Suppe und Fleischgang ans Telefon gerufen – und hörte plötzlich die Stimme meiner Mutter am anderen Ende der Leitung. Ich habe mir sagen lassen, daß dieses Gespräch über Tage vorbereitet und ein paarmal auf der Strecke um die halbe Welt verstärkt werden mußte. So konnte ich mit Skotty Allan und den guten Wünschen meiner Mutter am nächsten Morgen, 9. Dezember, von Melbourne zum Flug quer durch Australien starten, 3600 Kilometer Wüstenstrecke mit Zwischenlandung in Alice Springs im Herzen des fünften Erdteils. Der Flug mußte die Generalprobe sein für unsere Navigation, ohne Funk selbstverständlich.

So kam ich am 10. Dezember endlich nach Port Darwin, wohin ich am 15. Mai beim Nachtflug über die Timorsee kommen wollte. Bevor wir Darwin anflogen, lag hinter dem Dunst im Westen das Kimberley-Plateau, der Flug rund um Australien war endgültig beendet.

Nach einem Ruhetag und einem letzten Überprüfen von Motor und Zelle sollte es am 12. Dezember losgehen Richtung London.

IN DER Nacht vor dem Start stehen mehrere Gewitter über der Timorsee. Meine gute alte Timorsee veranstaltet ein Feuerwerk, damit ich sie in Erinnerung behalte. Als wir zum Flughafen fahren, mache ich mir Sorgen über das viele Wasser. Es regnet seit Stunden, und der Platz ist aufgeweicht.

Viel Zeit brauchen wir nicht mehr zur Vorbereitung, es ist alles an Bord, nur die Scheinwerfer der Wagen, die uns begleitet haben, müssen noch am Ende der Startbahn in Position gebracht werden.

Kurz vor fünf Uhr ist alles klar, der Motor abgebremst, die Verankerung gelöst – in ein paar Minuten werde ich Australien verlassen! Sieben Monate war ich hier, ich werde lange brauchen, vielleicht Jahre, um Abstand zu bekommen von dem, was hier geschah. Doch im Augenblick gibt es nur den Start, danach die Timorsee und den weiten Weg um die halbe Welt nach Hause.

Es ist auf die Minute fünf Uhr, als ich Gas gebe, die Zeitnehmer für den Rekordflug blinken das Signal mit einer Taschenlampe. Los.

Nur torkelnd setzt sich die Maschine bei Vollgas in Bewegung. Das ist der nasse Platz. Wir werden schneller und mit jedem Augenblick leichter, je mehr Luft unter die Tragflächen kommt. Gemeinsam bringen Skotty und ich die *Atlantis* auf Fahrt, und wir können abheben, bevor die Scheinwerfer heran sind. Jetzt sind sie unter uns, die Bäume, die Hafenmole und danach die Timorsee. Wir sind unterwegs.

Wir fliegen etwa eine Stunde durch die verschiedenen Gewitter und werden ziemlich durchgerüttelt. Gegen sechs Uhr kommt das erste Tageslicht herauf.

Am Abend des ersten Flugtages liegen die Timorsee und ein Teil der Südsee hinter uns. Die Maschine wird klargemacht zum Nachtstart in Surabaja, Java. Noch vier Tage bis London.

Aber das Schicksal wollte es anders.

Es regnet in Strömen. Im Flugplan der fünf Tage bis London haben wir für die Zwischenlandungen auf den nassen Flugplätzen der Südsee verschwenderisch Stunden eingerechnet, um in der Nacht nicht zu lange durch die Regenfronten fliegen zu müssen.

Wir nehmen uns nach dem Tanken die Zeit, den Flugplatz abzufahren. Dabei tauchen in den Scheinwerfern unseres Wagens immer wieder Wasserpfützen auf. Von *dem* Boden würden wir nicht loskommen, das ist klar. Aber es gibt eine Straße quer über den Platz, ganze siebenhundert Meter von Platzende zu Platzende. Die Straße ist gerade und trocken, wenn auch mit Gras bewachsen und nur fünf oder sechs Meter breit. Da es nicht genug Laternen für die ganze Länge der Straße gibt, werden zwei Wagen mit gekreuzten Scheinwerfern ans Ende gestellt. Ein Wagen wird uns von der Baracke, wo wir getankt haben, zum Anfang der Straße führen.

Um den Platz herum gibt es nach den siebenhundert Metern den Entwässerungsgraben, etwa zwei Meter breit und tief. Hinter dem Graben kommt noch ein Stück Flachland, danach Bäume.

Nach Mitternacht machen wir uns fertig. Der Motor läuft gut, die Bremsklötze werden weggezogen, der Wagen vor uns fährt los, wir rollen hinterher, Lichter und Menschen im Windschatten der Baracke bleiben zurück. Es regnet. Die Maschine rollt unsicher auf dem nassen Boden, bleibt zweimal stecken, so daß ich mehr Gas geben muß. Der Wagen vor uns hat das Ende der Straße erreicht und steht so, daß seine Scheinwerfer in Startrichtung zeigen. Wir sind jetzt auf der Mitte der Straße und sehen deutlich, wie schmal sie ist.

Ich gebe Gas. Die Lichter am anderen Ende des Platzes sind nur verwaschene Punkte, und die fluoreszierenden Zeiger der Instrumente vor uns sind zu hell. Nur zwei Instrumente sind jetzt wichtig: Tourenzähler und Fahrtmesser. Bei Vollgas müssen wir 1400 Touren haben und beim Abheben 90 km/h.

Was dann kommt, wird zum Spuk, zum Alptraum meines Fliegerlebens: Regen, tiefe Dunkelheit, ein paar Lichtpunkte in Startrichtung, vibrierende, leuchtende Zeiger auf Instrumenten, jagende Sekunden und eine immer kürzer werdende Straße mit einem Graben dahinter. Die 1400 Touren sind in Ordnung, doch der Zeiger des Fahrtmessers steigt nur langsam, und die Straße wird kürzer, hat nur noch die halbe Länge. Der Zeiger zittert jetzt um 60, 65 km/h – es müssen 90 sein! Die Sekunden rasen, und der Zeiger braucht eine Ewigkeit, bis er auf 80 ist – zu spät, denn die Scheinwerfer sind da, das Ende der Straße. Ich reiße mein Flugzeug hoch, auch ohne 90 km/h, es macht einen Sprung, aber fliegen kann es noch nicht, es setzt wieder auf, und Wasser schlägt über uns. Vor uns ist der Graben, zwei Meter tief und breit. Ich nehme die Zündung heraus, reiße das Höhensteuer zurück und trete das Seitenruder nach rechts, mit soviel Kraft, wie ich habe.

Das Fahrgestell reißt ab, die Maschine schleudert herum und rutscht über den Graben, seitlich getragen von Tragflächen und Rumpf. Sie wäre sonst senkrecht in den Graben gegangen, mit Überschlag, glühendem Motor und 1300 Liter Benzin.

Dann war es plötzlich sehr still.

ANFANGS sah es so aus, als ob ich aufgeben müßte.

Das tat ich nicht. Junkers schickte alles, was die *Atlantis* brauchte, und die guten Monteure der holländischen Seeflugstation Moro-Krembangan machten sich an die Arbeit. Skotty fuhr nach Australien zurück, aus dem Rekordflug war nichts geworden, und sein Urlaub war abgelaufen. Ich fuhr in der Zwischenzeit, als die Ersatzteile unterwegs waren, mit einem japanischen Frachter nach China, wo man schon lange auf mich wartete.

Nach vier Monaten, Anfang April, steht die *Atlantis* wieder auf ihren Beinen, und ich habe die Probeflüge hinter mir.

Ich bin jetzt allein. Alle, die einmal dabei waren, sind längst zu Hause, auch Klausmann, er fuhr mit dem Schiff, und es geht ihm gut, wie er schreibt. Bei mir ist nur noch mein Flugzeug, meine treue *Atlantis*. Ich werde es nach Hause bringen!

Auf dem Flugplatz von Surabaja male ich einen großen roten Pfeil

Eines Tages malte ich einen großen Pfeil auf die Seite der *Atlantis,* darunter
schrieb ich „Richtung Heimat". Vor mir lagen vierzehntausend Kilometer – das
sind fünfundachtzig Flugstunden.

auf die Seite meines Flugzeuges, in Flugrichtung. Unter den Pfeil
schreibe ich: Richtung Heimat.

Bis dahin sind es noch rund 14 000 Kilometer, etwa 85 Flugstunden,
bei einer Reisegeschwindigkeit von 160 km/h. Die gleiche Zeit für die
Zwischenlandungen hinzugerechnet – tanken, Motor nachsehen, Öl-
und Kerzenwechsel, Paßformalitäten, vielleicht auch ein paar Stunden
Schlaf –, so ergibt das insgesamt 170 Stunden, rund sieben Tage, eine
Woche. Wenn ich morgen früh, Dienstag, 11. 4., starte, kann ich
Ostermontag zu Hause sein.

Richtung Heimat

Erster Tag

Surabaja, 11. April, drei Uhr.
Ich starte auf der gleichen Straße, es sind die gleichen siebenhundert
Meter, aber nur mit halber Zuladung, für einen Dreieinhalbstunden-
flug bis Batavia.

Ich habe eine Anzahl Laternen in der Stadt beschaffen lassen, die stehen jetzt in Reihe neben der Straße, und in halber Länge der Startstrecke sind die Lampen rot – wenn ich bis dahin nicht in der Luft bin, breche ich den Start ab. Doch der Start geht gut. Kurz nach drei Uhr bin ich in der Luft. Der große Soloflug über 14000 km – es soll der größte meiner Fliegerlaufbahn sein – hat begonnen.

Die Südsee verabschiedet sich mit Regen und Gewitter. Vor mir liegt ein Flug der Bewährung, für das Flugzeug und für mich. Wir sind vor einem Jahr losgeflogen, um zu zeigen, daß wir gute Flugzeuge bauen und dabeisein wollen beim Aufbau des Luftverkehrs, der mit Sicherheit eines Tages unsere Erde umspannen wird. Wir haben Schweres hinter uns gebracht und überlebt – wir müssen aber zu einem guten Ende kommen, damit die Beurteilung auch unter dem Schlußstrich gut ist.

Pünktlich, nach dreieinhalb Stunden, 6 Uhr 30, Landung in Batavia, nur kurzer Aufenthalt, volltanken. Der Platz ist gut, es ist Tageslicht. Die nächste Etappe geht über fast zehn Stunden, Tagesziel Alor Star, gegenüber der Nordküste von Sumatra.

Habe ich Angst? – Ja, ich habe Angst, und die wird größer, je näher ich meinem Zuhause komme! Es gibt nur eines, hiermit fertigzuwerden: nicht daran denken.

Das aber scheint mir ein Nachteil des Solofluges zu sein: man denkt zuviel. Und die Zeit schleicht, eine Minute ist lang, wenn man auf den Sekundenzeiger sieht, und zehn Minuten, eine ganze Stunde, die Zeit wird zur Ewigkeit, wenn man wartet.

Das habe ich vor dem Flug gewußt und versucht, eine Lösung zu finden. Neben mir in einer Seitentasche des Cockpits gibt es einen Stundenplan, und eine lange Liste sagt mir, wann ich alles tun muß: Auf die Minute öffne ich die Thermosflasche oder esse ein Sandwich oder bereite das Mittagessen neben meinem Sitz auf einer sauberen Unterlage vor, Huhn etwa und Obst, nicht zuviel, denn ein großes Geschäft kann ich beim Fliegen nicht erledigen – ein kleines schon, dafür gibt es eine leere Konservenbüchse in Griffnähe.

Ganz am Anfang der Liste steht der Schaltplan für die 23 Benzintanks. Alle Leitungen von diesen Tanks führen zu einer elektrischen Benzinpumpe, die den Falltank bedient. Vom Falltank „fällt" das Benzin durch den Höhenunterschied zum Vergaser. An der Seite des Falltanks gibt es ein Schauglas, ein senkrechtes Glasrohr mit Korkschwimmer. Der Falltank faßt Benzin für etwa zehn Minuten, die Zeit also hat man,

auf einen anderen Tank umzuschalten, wenn im Schauglas der Korkschwimmer nach unten geht. Würde nicht rechtzeitig umgeschaltet,
gäbe es kein Benzin für den Vergaser, und der Motor bliebe stehen.
Der Falltank braucht somit einen Piloten, der nicht im Halbschlaf da-
hinfliegt. Unangenehm ist es auch, wenn die elektrische Benzinpumpe
ausfällt, denn dann muß das Benzin von den Tanks mit einer Handpumpe in den Falltank befördert werden.

Genug für heute. Wir sind über zwölfeinhalb Stunden in der Luft.
Jetzt muß bald Alor Star kommen und die Landung.

Die Stadt liegt unter mir, ich suche den Flugplatz, fliege zwei große
Schleifen um die Stadt – aber da gibt es keinen Flugplatz! Auf meiner
Karte heißt es: vier Meilen Nordwest von Stadtmitte. Also fliege ich
zur Stadtmitte, dann genau nach Nordwest – es gibt keinen Flugplatz!

Das Benzin wird knapp. Ich lande auf einem trockenen Reisfeld,
warte ein paar Stunden und muß mir dann sagen lassen, als man mich
endlich gefunden hat, daß das leider ein Schreibfehler auf der Karte sei
– der Platz liegt nicht vier Meilen Nord*west* von Stadtmitte, sondern
sieben Meilen Nord*ost*.

Zweiter Tag

Mit dem ersten Tagesgrauen springe ich aus dem Reisfeld hinaus und
kann um 7 Uhr 30 zur großen Tagesetappe Alor Star – Akyab starten.
Auf Kalkutta, wohin ich heute nach Plan wollte, muß ich verzichten,
das wären weitere vier Flugstunden gewesen und es wäre zur Nacht-
landung gekommen – die ich mir verboten habe. Nach dem Start sind
Müdigkeit und Ärger weggewischt, als ich mir im nachhinein vorstel-
le, daß das Reisfeld bei der Landung auch naß und weich hätte sein
können.

Unter mir rollt nun die Flugstrecke des zweiten Tages ab. Es ist
wieder ein großes Stück der Küste Asiens, diesmal in umgekehrter
Richtung als vor einem Jahr.

Das Wasser da links unter mir ist der Golf von Bengalen, ein Name,
der für mich so alarmierend ist wie die Timorsee – ein gefährlicher, rie-
sengroßer Golf mit Monsunen und Überschwemmungen, wobei es
stets viele Opfer gibt.

Mittags habe ich noch nicht die halbe Strecke von Alor Star nach
Akyab hinter mir. Ich bin sehr müde und darf nicht daran denken, daß
es noch sieben Stunden bis zum Abend dauern wird. Das Wetter ist zu

gut, ich brauche das Steuer nur mit einem Finger zu halten und muß alles mögliche unternehmen, damit die Augen offenbleiben. Wenn man sie nur ein paar Minuten zumachen könnte...

Schließlich finde ich die Lösung, meine Müdigkeit zu überwinden: Ich verspreche mir, in Akyab einen Tag Pause zu machen.

In der ersten Nacht vor dem Start in Surabaja gab es keinen Schlaf, weil ich zu aufgeregt war, in der zweiten, weil ich im Reisfeld saß. Es ist ein Unding zu glauben, daß das sieben Tage so weitergehen soll. Ich werde froh sein, wenn ich die sieben Stunden bis Akyab durchstehe.

In Akyab werde ich den Flug unterbrechen! Mit diesem Versprechen schaffe ich die unendlich lange zweite Tageshälfte, lande bei Sonnenuntergang in Akyab und tue alles für mein Flugzeug, was ich zur Vorbereitung der nächsten Etappe tun muß.

Es wird später, als ich gedacht habe, da ich noch Kerzen wechseln muß und Ärger mit einem Magnet habe, bis ich den kleinen Kabelfehler finde. Als ich dann fertig bin – es ist gegen zweiundzwanzig Uhr –, fragt mich der Kommandant des Flugplatzes, der gewartet und mich in sein Haus eingeladen hat, wann ich starten möchte.

„Um ein Uhr", antworte ich ihm, habe mich für die Einladung bedankt, mich für zwei Stunden auf ein Feldbett im Flughafengebäude gelegt, habe kalt geduscht, eine Tasse Tee getrunken und bin zur *Atlantis* gegangen, um den Motor anzulassen.

Start Akyab ein Uhr, laut Bordbuch.

Dritter Tag

DA DER Flugplatz groß genug ist und es genug Laternen gibt, habe ich mehr getankt und setze die erste Etappe an bis Allahabad; das sind etwa acht Stunden bis ins Innere Indiens.

Es ist eine wunderschöne klare Nacht, ich bin frisch und bester Laune, daß ich den schweren Tag gestern mit ein bißchen Mogeln geschafft habe. Als mich Freunde später fragten, ob es nicht doch ein wenig übertriebener Ehrgeiz gewesen sei, dieser Rekordflug fast ohne Schlaf, konnte ich nur versuchen, ihnen klarzumachen, daß es mehr die Krankheit Heimweh gewesen ist. Nach allem, was hinter mir lag, *mußte* ich jetzt nach Hause, so schnell wie möglich – so wie der Pfeil neben mir am Flugzeug Richtung und Ziel angab. Mit jeder Umdrehung meines guten Motors kommen wir weiter, jetzt nur noch fünf Tage – wenn alles gutgeht.

8 Uhr 40 Landung in Allahabad. Wenn ich mich mit dem Tanken beeile, schaffe ich heute noch Karatschi und hätte die verlorenen Stunden im Reisfeld von Alor Star wieder aufgeholt.

Ich beeile mich leider zu sehr und passe nicht auf, als ich zum Start rolle.

Es gibt plötzlich ein häßliches, kratzendes Geräusch – ich habe mit der rechten Tragfläche eine Fahnenstange überrollt, die ohne Fahnentuch neben der Rollbahn im Boden steckte.

Die Folge ist ein Riß in der Fläche und eineinhalb Stunden Aufenthalt, um ihn zu flicken. Damit ist es zu spät für Karatschi, ich werde nur noch über die halbe Entfernung fliegen und in Jodhpur landen.

Das mit dem Riß ist zwar ärgerlich, hat aber den Vorteil, daß ich schon gegen sechzehn Uhr landen kann, mich also heute mit Sicherheit für Stunden in einem Bett ausstrecken werde.

So glaubte ich, bis ich in Jodhpur getankt und die *Atlantis* verankert und abgeschlossen hatte. Bevor ich mich mit meinem Gepäcksack Richtung Hotel auf den Weg machen konnte, fuhr ein Rolls-Royce vor, ein weißgekleideter Herr stieg aus und überreichte mir mit einer Verbeugung eine goldeingefaßte Einladungskarte zum Dinner um neunzehn Uhr beim Maharadscha, dem auch der Flugplatz gehörte. Der Maharadscha pflegte prominente Besucher seines Flugplatzes zum Essen einzuladen, gleichgültig, wie viele Personen es waren.

Diesmal war es ein einzelner Gast, der sich lieber ausgezogen als für ein Dinner umgezogen hätte. Aber da half nichts, eine Absage war unmöglich. Ich hatte noch Zeit für eine Dusche und eine Rasur, während mein im Gepäcksack zerknitterter weißer Anzug gebügelt wurde.

Pünktlich um neunzehn Uhr saß ich dem Maharadscha von Jodhpur an einer langen Tafel aus schwarzem Marmor gegenüber, beide Herren an der Schmalseite mit viel Abstand voneinander und goldenen Kerzenleuchtern dazwischen, mit sehr schönen Brokat-Sets auf dem Marmor, mit goldenen Tellern und goldenem Besteck. Ich hätte dem Maharadscha zu gern erzählt, wie uns die Aborigines im australischen Busch Känguruhfleisch vorgekaut hatten.

Nach zwei Stunden konnte ich mich verabschieden und doch noch etwas schlafen. Start in Jodhpur, 1 Uhr 30, zum Flug nach Karatschi.

Vierter Tag

DER vierte Flugtag ist der längste, aber auch der gefährlichste und schönste der ganzen Strecke.

Mit dem ersten Tageslicht, Punkt sechs Uhr, lande ich in Karatschi – Indien liegt hinter mir, die schwere erste Hälfte des ganzen Fluges, denn die Entfernungen von Karatschi nach Berlin und von Karatschi nach Surabaja sind gleich.

Für die zweite Hälfte tanke ich alle Tanks voll und bestimme als nächstes Ziel Bushire, den persischen Hafen fast am Ende des Golfes und zwölf Flugstunden von Karatschi entfernt. Da ich mit der Sonne Richtung West fliege und die Entfernung dieser Etappe über siebzehn Längengrade geht, habe ich bis zum Einbruch der Dunkelheit noch eine Stunde Flugzeit gewonnen.

Ich starte, als die Sonne aufgeht, und fliege vor ihr her. Sie wird mich bald einholen, immer höher steigen, später senkrecht über mir stehen, mich schließlich überholen und blenden, bevor sie untergeht und ich in Bushire ankomme. Es sind wilde Küsten an diesem Golf, in den ich hineinfliege, auf der einen Seite Persien, auf der anderen Arabien.

Ich fliege über einen Zipfel Land und sehe unter mir nur ein paar Lehmhütten. Oman, Katar, Bahrain – Namen, die mir nichts sagen und wo die Armut zu Hause ist. Jemand hat mir gesagt, daß man da unten Öl sucht. Ich kann mir das nicht vorstellen und bin froh, ohne Motorpanne hier wegzukommen.

Ich fliege auf dieser Etappe zwölf Stunden unter einem wolkenlosen Himmel, an dem die brennende Sonne ohne Erbarmen über mir hängt. Wenn ich je gefordert wurde bei meinen Flügen, dann heute. Ich muß in meinem Sitz bleiben, kann das Steuer des Flugzeuges nicht einen Augenblick loslassen, die Füße nicht von den Pedalen des Seitenruders nehmen und die Hand nicht vom Ruder für Höhe und Verwindung. Ohne meine ununterbrochene Führung würde mein Flugzeug abstürzen, also darf ich nicht einmal aufstehen im Backofen des zwölfstündigen Fluges, kann mich nur seitlich recken, wenn es zu schlimm wird.

Die Bewegungen beim Fliegen werden gefährlich automatisch, wenn man nicht mehr dabei denken muß. Navigation ist auf dieser Strecke nicht nötig, es geht immer geradeaus zwischen den beiden Küsten. Ich fliege entlang der „alten Straße", die ich schon zweimal in entgegengesetzter Richtung geflogen bin, zuerst mit der *Freundschaft*, danach mit der *Atlantis*, als sie noch ein Wasserflugzeug war, und verbrenne fast in der Sonnenglut.

Warum tue ich das eigentlich, frage ich mich, warum fliege ich hier über dem Persischen Golf hin und her? Warum bleibe ich nicht zu Hause? Warum kommt immer wieder dieses Fernweh, wenn man zu Hause ist – das Heimweh kommt mit Sicherheit, wenn man draußen ist und wenn man da in Not kommt.

Diesmal war es draußen sehr schwer und die Not sehr groß, es war der australische Busch, wo ich glauben mußte, nie wieder zurückzukommen. Deshalb fliege ich jetzt Tag und Nacht und bete, daß der Motor durchhält. Und wenn ich endlich wieder zu Hause bin, kommt dann wieder das Fernweh und will ich wieder los? Nein – diesmal habe ich genug!

Beim Flug über die „alte Straße" beschließe ich, mein Leben zu ändern, wenn ich den Flug hinter mir habe. Ich möchte ein Stück Land suchen und einen Anker nehmen, um mich ganz fest mit meinem Land zu verbinden, damit ich nicht mehr hinauskann, wenn das Fernweh mich holen will.

Ich lande auf die Minute genau nach zwölf Stunden in Bushire, 19 Uhr 10, kurz vor Sonnenuntergang. Sechzehneinhalb Stunden war ich heute in der Luft, 53 Stunden seit Surabaja, noch 32 Stunden bis Berlin.

Fünfter Tag

START Bushire, 1 Uhr 10, Tagesziel Aleppo, also quer über die Wüste, über Basra, Babylon, Bagdad, zwischen Tigris und Euphrat nach Norden, Flugzeit elf Stunden. Da ich auch über diese Wüste schon zweimal mit meinen Wasserflugzeugen flog, weiß ich, was mich erwartet, wenn ich in die Glut der Mittagssonne komme.

Ich fliege über das Land der biblischen Geschichte und überlege, wie es sein wird, wenn hier später einmal moderne Verkehrsmaschinen fliegen. Sie werden hoch und schnell sein, die Passagiere aber, die in den geschlossenen Kabinen mit gekühlter Luft sitzen, fliegen dann zwar über das gleiche Land, doch sehen werden sie nicht viel, weil es draußen nichts zu sehen gibt, so tief unten, nur Sand und flimmernden Dunst.

Als die Sonne aus dem Dunst über der Wüste heraufrollt, sind es noch etwa siebenundzwanzig Flugstunden, davon noch sechs Stunden Wüstenflug mit seinem grellen, flimmernden Licht, mit Spiegelungen in Salzseen und mit schwarzen Strichen dann und wann, wenn Karawanen durch das braungelbe Land ziehen.

Um die Schönheiten der Wüste zu erkennen, muß man sie betreten. Man darf nicht nur über die Länder hinwegfliegen, habe ich auf meinen Reisen gelernt, man muß mit ihren Bewohnern essen und trinken, um das Land kennenzulernen.

Kurz vor zwölf Uhr zerschneidet ein doppelter Strich in Flugrichtung die Eintönigkeit der Wüste – die Bahnlinie, an der Aleppo liegt. Von weitem schon erhebt sich die Burg über dem grauen Steinhaufen der Stadt, und ich lande um 12 Uhr 10. Auf die Minute waren es elf Flugstunden von Bushire. Jetzt sind es noch einundzwanzig Stunden bis Berlin, zwei Flugtage, die beiden Ostertage. Vor mir liegt der Endspurt und die stets größer werdende Furcht, daß ganz am Schluß doch noch eine Ventilfeder bricht.

In Aleppo habe ich viel Zeit, meinen Motor auf Herz und Nieren zu überprüfen, die Kameraden – es ist ein französischer Militärflugplatz – geben mir jede Hilfe und für die erste Hälfte der Nacht ein gutes Bett im Kasino.

Um 4 Uhr 20 am Ostersonntag starte ich nach Athen, zur planmäßigen letzten Zwischenlandung – wenn es gutgeht.

Sechster und siebter Tag

STUNDE um Stunde geht es gut, dann setzt die Elektropumpe aus, und ich beginne, mit der Hand zu pumpen, jeweils nach acht Minuten, bis der Korken im Schauglas des Falltanks wieder oben schwimmt.

Jetzt sind es nur noch achtzehn Stunden bis Berlin. Ich kann nicht damit rechnen, daß mir am Ostersonntag jemand in Athen meine Benzinpumpe repariert. Also werde ich immer nach acht Minuten zwei bis drei Minuten lang pumpen – somit insgesamt etwa fünf Stunden. Was bedeutet das schon beim Endspurt nach Hause! Mit jeder Stunde wird es schwerer für meine Geduld, je länger ich über das Mittelmeer fliege, von Insel zu Insel, bis endlich das Festland vor meinen entzündeten Augen auftaucht und ich auf dem Flugplatz von Athen lande. Die Akropolis habe ich vor lauter Aufregung nicht gesehen.

Es waren knapp acht Stunden von Aleppo bis hierher, jetzt sind es noch etwas mehr als dreizehn bis Berlin.

Niemand hilft mir an diesem hohen Feiertag, aber das ist unwichtig, ich mache mein Flugzeug allein fertig, wasche es auch und räume die Kabine auf, in der ich die letzte Nacht an Bord in meiner Hängematte bleibe.

Athen, 3 Uhr 30, Start zur letzten Etappe. Es ist die längste, quer durch Europa, ein unbeschreiblicher Flug der Freude, des Stolzes, der Wehmut und Trauer. Alles an Bord arbeitet wie nie zuvor, der Motor, die Instrumente, ich glaube sogar, daß sich die Räder drehen, um über ein paar Wolkenfetzen den Flug noch schneller zu machen – und allem vorweg fliegt der Pfeil, den ich auf die Seite des Rumpfes gemalt habe –, Richtung Heimat.

Unter mir weg zieht halb Europa – der Balkan, Belgrad, die Donau, Wien, Prag. Um 15 Uhr 35 windet sich vor mir die Elbe durch das Elbsandsteingebirge, mit einer kleinen Kursänderung überfliege ich 16 Uhr 25 die Junkerswerke in Dessau, wo man mein Flugzeug baute.

Danach sind es nur noch Minuten, die letzten – hinter dem Horizont erhebt sich Berlin, ich nehme Gas weg, setze zum Gleitflug an und mache eine Dreipunktlandung in Tempelhof.

Es ist Ostermontag, 16 Uhr 55.

Am Ostermontag 1933 landete ein überglücklicher Pilot in Berlin-Tempelhof.

Niemand wußte, daß die *Atlantis* heute zurückkommen würde. Man wußte nur, daß sie vor einer Woche auf Java gestartet war. Als die Maschine im Süden auftauchte und nach einer Ehrenrunde zur Landung ansetzte, las man unter der Tragfläche D-1925 und konnte über Lautsprecher durchsagen, wer da endlich angekommen war.

Es kamen viele Freunde, die saßen dann nachher in meinem Zimmer, das man für mich im Flughafenhotel frei machte, als man merkte, wie müde ich war.

Am nächsten Tag flog ich nach Remscheid, auch hier eine Runde über der Stadt, landete in Köln, wo viele Wagen warteten, um mich abzuholen. Die Fahrt durch das Bergische Land, meine Heimat, war die schönste Fahrt, die ich bisher gemacht hatte. Dann stieg ich aus und war zu Hause.

Ich lernte fürchten und beten

Das letzte Kapitel gehört mir und meiner Beichte.

Ich ziehe den Schlußstrich unter die fünf Jahre meiner Jugend, die am Bahnhof Berlin-Charlottenburg begannen und auf dem Flughafen Berlin-Tempelhof an einem Ostermontag endeten.

Ich war jung und unbekümmert, als ich hinaus nach China zog. Nur noch die Abendzeitung kaufte ich, setzte mich in mein Abteil, um in die Welt zu fahren und sie zu erobern. Was ich noch nicht gelernt hatte, wollte ich draußen lernen. Und niemals wollte ich sagen, daß ich etwas nicht wisse. Als „Berater" war ich in chinesische Dienste getreten, also durfte es keine Aufgaben geben, die nicht zu lösen waren.

Als alles von Anfang an gutging und ich nur Erfolg hatte, wurde ich so selbstbewußt, daß ich mich oft zusammenreißen mußte, es nicht zu zeigen. Nach meinen Flügen, die damals als Pioniertaten bewundert wurden, saß ich bei den Empfängen stets auf dem Ehrenplatz und nahm das als selbstverständlich hin. Wenn es Flüge vorzubereiten galt – wie Expeditionen –, so war es für mich ein leichtes, die richtigen Türen zu öffnen, bei der Beschaffung von Visa beispielsweise. Menschen überzeugen zu können war für mich keine Schwierigkeit, so wie ich auch über Naturgewalten Sieger blieb, wenn es etwa galt, mit primitiven Instrumenten durch einen Sturm zu fliegen. Es gelang mir einfach alles – und ich kam sogar ohne Kratzer davon, als ich brennend abstürzte und ein anderes Mal mein Flugzeug im Meer versank.

Erfolg wurde für mich zu einer Selbstverständlichkeit – und alles kam aus eigener Kraft, aus eigenem Wollen. Nach vier von den fünf Jahren seit meiner Abfahrt in Berlin-Charlottenburg war ich so selbstherrlich geworden, daß ich auf dem besten Wege war, für mein späteres Leben verdorben zu sein.

Da kam Australien.

Im Anfang war auch die Notlandung nichts Besonderes. Wir hatten eben Pech gehabt beim Nachtflug. Die Hauptsache war, daß wir das Land erreichten und mit dem letzten Tropfen Benzin eine geschützte Bucht für unser Flugzeug.

Da bin ich mit anderen Dingen fertiggeworden, sagte meine Selbstsicherheit, Benzin gibt es genug, notfalls wird es ein paar Tage dauern, und wir müssen mal ein Stück zu Fuß gehen. Also gingen wir los.

Nach drei Tagen sah es schon etwas anders aus: mit dem Gehen war es nicht so einfach, inzwischen hatten wir auch Hunger – und der Durst war schlimm, nachdem der Wassersack zerrissen war.

Aber noch gab es keinen Grund, unruhig zu werden. Wir mußten weiter, also gingen wir weiter. So war ich das aus meinem Leben gewohnt: Wenn man etwas mußte, so ging es auch.

Dann plötzlich kam es anders, noch am dritten Tag: Die Krokodile machten Jagd auf uns, und ich hatte – zum erstenmal in meinem Leben – Todesangst. Hier gab es nichts zu organisieren, zu disponieren, zu dirigieren – hier waren wir nackt in der Wüste und ohne Wasser –, hier ging es um unser Leben.

Ich weiß heute, daß dieser Augenblick für mich den Beginn einer Wandlung bedeutete. Die dünne Kruste der Zivilisation war von mir abgefallen und damit auch meine Selbstherrlichkeit. Es war gut, daß ich in den hinter mir liegenden Jahren oft schon vor schwierigen Aufgaben gestanden hatte und aus anderen Situationen, die nicht ungefährlich waren, wußte, was das Wichtigste war: Ruhe bewahren und überlegen. So kam es zu der logischen Überlegung, daß wir zum Flugzeug zurückmußten, weil es da Kühlwasser gab.

Daß es mit der Ruhe, zu der ich mich zwingen wollte, nicht weit her war, mußte ich erkennen, als das Känguruh auftauchte, als ich vorbeischoß und die Pistole mir eine Wunde unter mein rechtes Auge schlug. Wenn ich danach die Pistole ins Wasser der Krokodilbucht geworfen habe, so war das ein Zeichen von Unsicherheit und Angst.

Als wir nach sieben Tagen von unserem Weg, den wir uns so einfach vorgestellt hatten, zum Flugzeug zurückkamen, hatte sich vieles verändert: meine Selbstherrlichkeit war dahin, und ich hatte zu begreifen begonnen, daß das Leben auch andere Aufgaben stellen konnte, als ich sie bisher gekannt hatte.

Und noch etwas lernte ich am Abend des siebten Tages in der Geborgenheit der Kabine unseres Flugzeuges, ich lernte es von Klausmann, als er das Vaterunser betete.

Auch ich hatte schon oft gebetet in meinem Leben, selbstverständlich – aber noch nie aus einer so tiefen Dankbarkeit. Ich lernte an diesem Abend, wieviel Ruhe ein Gebet geben kann – und vielleicht lernte ich auch erst in dieser ruhigen Stunde, wie gut es ist, einen Kameraden zu haben.

Die Lösung mit dem Schwimmer als Segelboot war gut, und ich verfiel bereits wieder in meine frühere Überheblichkeit, wenn ich mir vorstellte, was wir erzählen könnten, wenn wir in ein paar Tagen in einen Hafen einliefen. Einen Flugzeugschwimmer als Segelboot hatte es meines Wissens noch nicht gegeben, das war etwas für die Presse. Ich war so selbstsicher – Klausmann in diesen Tagen auch –, daß wir mit unserer Leica eine Anzahl Fotos machten als Dokument für unsere Robinsonade.

Wir wären nicht so sorglos gewesen, hätten wir gewußt, daß uns aus dem Busch ringsum unentwegt Augen beobachteten und daß man bereit war, uns totzuschlagen. Zum Glück gab es immer die Unmengen von Fliegen, gegen die wir uns mit Brillen, Hauben und Halstüchern schützten.

Dann kam das Unheil, der schwere Brecher, der das Steuer zerschlug, und die Strömung, die uns packte und all unsere Hoffnung und meine Selbstsicherheit davontrug. Es kam die Nacht, die mein Leben wandelte, von Grund auf und für alle Zukunft.

Ich mußte erkennen, daß ich mit meinem Willen nichts mehr anfangen konnte. Als ich die Grenze meiner eigenen Kraft erkannte und den Weg zur Allmacht fand, an die ich mich um Hilfe wandte, war der Umbruch in einem jungen Menschen vollendet. Ich habe in jener Nacht die Kraft des Gebetes erkannt und die Hilfe, die der Glaube schenkt.

Erst in dieser Nacht lernte ich beten, wie ich es vordem nicht gekannt hatte. Es war anders als bei den Nachtgebeten meiner Kindheit, oder wie es vor Tagen war in der Kabine des Flugzeuges, als Klausmann und ich mit einem Vaterunser Dank sagten für die Errettung aus großer Not.

In dieser Nacht lernte ich, mir aus einem Gebet den Glauben an die Rettung zu holen, mit einer so tiefen Verbundenheit zu einer Kraft, die hinter mir stand, daß ich – und mit mir mein Kamerad Klausmann – von der Timorsee zurückrudern und weit durch den Busch Australiens kriechen konnte.

In einem Augenblick tiefster Mutlosigkeit kam später noch einmal der Zweifel, und ich habe das Gebet verleugnet. Es war der Augenblick, als wir von der Timorsee zurück an Land gekommen waren, noch glaubten, auf der Insel Melville zu sein und nur quer über eine Landzunge zu müssen, um den Hafen an der Südküste zu finden – der Augenblick, in dem wir nach Tagen auf einem Hügel standen und erkannten, daß wir auf dem australischen Festland gelandet waren und vor uns der endlose Busch des Kimberley-Plateaus war –, grau und dampfend wie die Hölle selbst.

Da half auch das Gebet nicht mehr – Enttäuschung und Verzweiflung waren zu groß und die Erkenntnis, daß wir einfach nicht mehr konnten. Es wäre das Ende gewesen, hätte es nicht das Tuch meiner Mutter gegeben, das ich trug. „Gott schütze dich, mein Junge", hatte sie in das Tuch gestickt. Als ich es in meinen Händen hielt, gab mir die Stimme der Mutter den Glauben zurück.

So ist es geblieben – das lebendige Band der Liebe, Mutter und Gebet, gaben mir die Kraft, den Weg durch die Hölle zu bestehen.

Es SIND eine Reihe von Jahren vergangen seit jenem Ostermontag, als ich mit der *Atlantis* wieder in Berlin landete. Andere sind inzwischen zum Mond geflogen und haben auch da eine gute Landung gemacht. Die Flugzeuge sind viel schneller geworden und fliegen noch viel höher, als wir es uns hätten vorstellen können – dafür sehen die Passagiere auch immer weniger. Es sollten also die, die noch tief und langsam fliegen durften, davon erzählen, was es heute nicht mehr zu sehen gibt. Es waren die Jahre der letzten weißen Flecken auf den Landkarten. Heute gibt es wohl keine Flecken mehr, auf die nicht der Fuß eines Menschen getreten oder der Schatten eines Flugzeuges gefallen ist. Damals aber, ein halbes Menschenalter zurück, mußten Pole und Wüsten, Berge und Meere unserer Erde von Pionieren erobert werden. Ich bin dankbar, daß ich dazugehören konnte.

Hans Bertram

Als man mir später sagte, der 26. Februar 1906 sei ein Rosenmontag gewesen, habe ich nicht in einem Kalender zurückblättern müssen, um die tröstliche Vorstellung zu behalten, daß mein Leben in der Geburtsstunde besonders lustig angefangen habe.

Meine Vaterstadt ist Remscheid, auf der Grenze zwischen dem Rheinland und Westfalen. Auch hierfür bin ich dankbar, da ich im Leben den rheinischen Humor und den westfälischen Dickschädel gut gebrauchen konnte.

Schon in jungen Jahren kam ich in die weite Welt, in der ich mich seitdem oft und gern herumgetrieben habe. Auch nach den 53 Tagen im australischen Busch hatte ich noch nicht genug und flog später noch zweimal um die Welt, 1938 und 1951.

Da ich Land und Leute kennengelernt und auch einiges erlebt hatte, fing ich an, Bücher zu schreiben, darunter den Bericht *Flug in die Hölle*.

Schreiben war schön, Fotografieren auch, Schreiben und Fotografieren als bewegtes Bild erschien mir noch schöner. Also ging ich zwischendurch zum Film, schrieb siebzehn Drehbücher und machte sieben eigene Filme (Regie und Produktion), mal mit, mal ohne Erfolg, wie das so ist.

1954 errichtete ich mit dem Bayerischen Flugdienst Hans Bertram das erste bayerische Luftfahrtunternehmen nach dem Zweiten Weltkrieg.

Mit diesem Unternehmen gab ich auch den Anstoß, den Regionalluftverkehr an den internationalen Luftverkehr anzuschließen. Ohne Fliegerei wäre auch der Verlag nicht vorstellbar, der sich 1971 aus dem Stammunternehmen verselbständigt hat: Der Luftbildverlag Hans Bertram ist mit einem Archiv von über 200 000 Luftaufnahmen zu einem der führenden Unternehmen seiner Art in Europa geworden. Ich habe immer noch einen zehnstündigen Arbeitstag – und an den Wochenenden schreibe ich immer noch Bücher –, zuletzt befaßte ich mich mit der Überarbeitung von *Flug in die Hölle*, nachdem ich nach Jahrzehnten Unterlagen bekam, die mir vordem nicht zur Verfügung gestanden hatten: Akten der australischen Buschpolizei, die uns suchte, Bordbücher von Schiffskapitänen und Flugzeugführern, vor allem auch die Erzählungen der Eingeborenen, die vor vielen Jahren im Kimberley-Distrikt zwei weiße Flieger gerettet hatten.

Flug in die Hölle ist nun die abgeschlossene Dokumentation des Wunders meiner 53 Tage im australischen Busch . . .

Pfarrers KINDER, Müllers VIEH

EINE KURZFASSUNG DES BUCHES VON
AMEI-ANGELIKA MÜLLER

ILLUSTRATIONEN VON HORST LEMKE

Nein – den Himmel auf Erden kann der junge Pfarr-
verweser Manfred Müller seiner Amei nicht
versprechen, zumal sich seine Ehefrau als Pfarrers-
tochter nur zu gut mit den Schwierigkeiten in einer
Seelsorgerfamilie auskennt.

Trotzdem schauen die frisch gebackenen Eheleute
ihrer ersten Pfarrstelle im schwäbischen Weiden wohl-
gemut entgegen. Verheißt ihnen doch ein Blick
auf die Landkarte dort zumindest eine „sehenswerte"
Kirche!

Als interessantes Gebäude präsentiert sich aber auch
das Pfarrhaus. In seinen Mauern häufen sich zahllose
Tücken und Fußangeln, seltsame Gerüche und
ungebetene Besucher: ein wahres Kreuz für Amei
Müller, die – voller guter Vorsätze – dem Ehemann
eine stets verständnisvolle Gattin und perfekte
Hausfrau sein möchte! Doch die Gemeinde erwartet
von ihr auch noch, daß sie der vielgeliebten
Vorgängerin in Pflichtbewußtsein und Eifer nicht
nachsteht!

Die Sorgen beginnen, als der Willkommensschmaus,
den liebenswürdige Gemeindemitglieder gestiftet
haben, verzehrt ist. Denn nun bleibt der jungen Ehe-
frau auch der Griff zum Kochlöffel nicht mehr
erspart. Aber wie soll man den stets hungrigen
Ehemann verköstigen, wenn man vom Kochen keine
Ahnung hat?

„Man ist ja von Natur kein Engel,
Vielmehr ein Welt- und Menschenkind,
Und ringsumher ist ein Gedrängel
Von solchen, die dasselbe sind…"

Wilhelm Busch

DER WANDERWEG NUMMER 3 UND DIE WEISHEIT DES OBERKIRCHENRATS

„DIESES Dorf gibt es nicht!" erklärte mein Vater und legte die Lupe nieder.

„Wenn Manfred dort Pfarrer werden soll, muß es ein solches Dorf geben", bemerkte meine Mutter mit zwingender Logik. Wir saßen über den großen Eßzimmertisch gebeugt und studierten Landkarten.

„Was gebt ihr mir, wenn ich es finde?" fragte die kleine Gitti, meine jüngste Schwester. Für eine verlockende Belohnung verrichtete sie auch die niedersten Dienste, ohne zu murren.

„Ich fahre dich einmal mit dem Roller um die Kirche", sagte Manfred.

„Dreimal", sagte sie. Er feilschte nicht lange und gab nach, er kannte seine Schwägerin. Was hatte ihn dieses Mädchen schon geärgert! Kam er während der Verlobungszeit zu uns auf Besuch und sanken wir uns in meinem Zimmer in die Arme, so sorgte Gitti dafür, daß wir nicht zu lange und zu innig in dieser Umarmung verblieben. Angestiftet von den fürsorglichen Eltern, riß sie die Türe auf, um zu fragen, wann wir denn endlich mit ihr zu spielen gedächten. Oder sie versteckte sich schon vorher im Zimmer und brachte mit einem lauten „Buh!" unsere Verzückung zu einem jähen Ende.

„Scher dich raus!" schrie ich.

„Sei ein braves Kind!" sagte Manfred.

Sie verschwand gekränkt, aber nur für kurze Zeit; dann erschien sie wieder in alter Frische. Schließlich gingen wir zur Bestechung über und stopften ihr Kekse in alle Taschen. Wir hofften, ihr damit den Weg zur Besserung zu erleichtern. Aber sie blieb ihrem Wesen treu. Manchmal ließ sie uns in Ruhe, meistens nicht. Und als wir merkten, daß sie schwach genug war, sich auch von anderer Seite bestechen zu lassen, stellten wir die Zahlungen ein.

„Ich hab es!" schrie sie jetzt und preßte den schmutzigen Daumen auf eine Wanderkarte. Wir beugten uns vor. In einer großen grünen Fläche sahen wir einen kleinen Kreis, daneben ein Kreuz und darüber stand: „Weiden".

„Das Kreuz ist eine sehenswerte Kirche und der Weg dorthin der Wanderweg 3", rief die Kleine triumphierend, „ich hab schon nachgeguckt!"

Eine größere Straße war in der Wanderkarte nicht eingezeichnet, aber Pfeile am Rand zeigten an, von welcher Richtung man in das Gebiet eindringen konnte.

„Ihr werdet zu Fuß dorthin gehen müssen", bemerkte mein Bruder Michael, „aber vielleicht schafft ihr's auch ein Stückchen mit dem Roller."

„Es könnte eine Holzfällersiedlung sein oder ein altes Kloster. Jedenfalls bekommt nicht jeder Pfarrer eine sehenswerte Kirche. Ich denke, das wird euch über vieles hinweghelfen." Meine Mutter strich mir tröstend über den Kopf.

„Morgen fahren wir hin und schauen uns alles an", sagte Manfred. In der Nacht schlief ich schlecht.

Als wir am nächsten Tag früh aufbrachen, reichte man uns einen prall gefüllten Rucksack und eine warme Decke: falls wir im Walde nächtigen müßten. Die Familie war vollständig versammelt. Alle drückten uns die Hände, klopften uns ermunternd auf die Schultern, riefen „Kopf hoch!" und „Man darf den Mut nicht verlieren!" Gitti heulte. Dann fuhren wir davon.

Die große Bundesstraße lag weit hinter uns. Seit einer Stunde holperte der Roller über Feldwege, durch Wiesen und Wälder, vorbei an schmucken Dörfern mit stattlichen Kirchen. Es war Frühling. Die Bäume blühten, und ein laues Lüftchen wehte. Mit jedem Kilometer wuchs meine Sorge. Bald würden wir am Ende der Welt angelangt sein. Wo blieb das Dörfchen und die sehenswerte Kirche? Der Wanderweg Nr. 3 wies tiefe Löcher auf. Wanderer schienen ihn ängstlich zu meiden. Wir sahen einen verfallenen Bauernhof zur Rechten, einen Teich zur Linken und vor uns ein Schild: „Weiden 3 km". Aus den Feldern stieg ein Kirchturm empor, dann ein bemoostes Kirchendach. Da stand sie, die sehenswerte, aber ach so kleine Kirche auf einem Hügel, und ihr zu Füßen breitete sich das Dorf aus. Wir fuhren die Hauptstraße hinunter. Kleine Bauernhäuser, bunte Gärten, Misthaufen vor den Ställen. Hühner stoben gackernd auseinander, Hunde bellten, Milchkannen schepperten, es dämmerte bereits. Am Fuße des Hügels hielten wir an und schielten hinauf zur Kirche.

„Wollet er se agucke?" schrie ein Mann von der anderen Straßenseite herüber. Er stand vor seiner Stalltüre und gabelte Mist auf den Haufen. „Die isch zua. Do müsset er der Schlüssel im Pfarrhaus hole."

„Wo ist das Pfarrhaus?" Wir fragten es beide. Schließlich sollten wir im Pfarrhaus wohnen.

Der Bauer kam zu uns herüber. „Sen er verwandt mit's Herr Pfarrers?" fragte er vertraulich und hüllte uns in eine warme Mistwolke.

„Wir wollen nur einen Besuch machen", sagte Manfred vorsichtig. „Können Sie uns das Pfarrhaus zeigen?"

Er war enttäuscht. Kein Schwätzchen, keine Neuigkeit! „Do isch's", knurrte er und zeige mit der Gabel nach rechts. Wir folgten den schmutzigen Zinken mit den Augen und sahen einen verwilderten Garten und darin ein imposantes Gebäude. Ich hatte es vorher für das Rathaus gehalten mit den vielen hohen Fenstern und der gewichtigen Eingangstür.

Der Mann hatte sich zum Stall zurückgezogen, um uns von dort zu beobachten. Wir kletterten steifbeinig vom Motorroller und klingelten an der Haustür.

Oben wurde ein Fenster geöffnet. „Ja, was ist denn?" rief eine Frau herunter.

„Wir möchten gerne das Pfarrhaus anschauen, wenn wir dürfen. Nur ganz kurz." Das Fenster wurde zugeschlagen, nach geraumer Zeit öffnete sich die Tür.

Wir gingen ins Haus. „So früh hatten wir Sie nicht erwartet", sagte die Pfarrfrau. Sie sah abgehetzt und müde aus. „Heute abend ist Missionsstunde. Viel Zeit haben wir also nicht, aber wenn Sie sich das Haus ansehen wollen, bitte."

Ein unangenehmer Geruch empfing uns. Ich schnupperte. Der Ablauf im Klo schien verstopft zu sein. Wir betraten eine weite Diele. Der

Boden war mit grauen Steinplatten belegt. Von den Wänden bröckelte
der Verputz, große, schwarze Flecken zeigten sich.

„Das ist der Salpeter", erklärte die Pfarrfrau, „sooft man ihn auch
übermalt, er kommt immer wieder. Und hier", sie öffnete eine der
vielen Türen, „hier ist die Waschküche mit dem Backofen. Man kann
zehn Brote auf einmal darin backen."

Ich starrte in das rußige Loch und schüttelte mich. „Gibt es hier keinen Bäcker?"

„Natürlich kann man Brot kaufen", sagte sie, „aber die Gemeinde
sieht es gern, wenn ihre Pfarrfrau selber backt. Und hier ist der Gemeinderaum. Hier das untere Klo." Sie machte die Türe nur einen
kleinen Spalt auf, aber wir rochen genug. Es war ein Trocken- oder
Plumpsklo. Eines ohne Wasserspülung mit direkter Rohrleitung zur
Grube.

Oben in der Pfarrwohnung empfing uns eine große Diele, diesmal
aber mit Parkett belegt. Es war schwarz und knarrte bei jedem Schritt.
Wohnzimmer, Arbeitszimmer, Kinderzimmer, Schlafzimmer. Besonders abstoßend wirkten die Öfen. Massig und schwarz, reich verziert und gekrönt von Zinnen und Spitzen, beherrschten sie die Räume
wie mittelalterliche Wachttürme. „Wir heizen nur zwei Zimmer",
sagte die Pfarrfrau, „diese Öfen verschlingen Unmengen von Kohlen.
Aber Sie können Äpfel darin braten, wenn Sie mögen. Ich stelle immer
meine Bettflasche hinein."

Ich bat, mir noch das Badezimmer zu zeigen. Die Pfarrfrau schüttelte den Kopf. „Ein Badezimmer gibt es nicht. In der Küche am Ausguß kann man sich waschen und unten in der Waschküche baden."

Die Küche mit der steinernen Spüle und dem rußigen Herd gab mir
den Rest. Wir verabschiedeten uns.

Auf der Treppe trafen wir den Pfarrherrn. Klein, schwarz gewandet, allzeit im Dienst. „Lieber Amtsbruder", sagte er und schüttelte
Manfred die Hand, „Sie wissen hoffentlich, was auf Sie zukommt! Das
Haus ist kalt, aber man kann sich warm anziehen. Die Gemeinde ist
schwierig, dennoch gibt es Lichtblicke. Sie haben sich doch nicht etwa
freiwillig um die Stelle beworben? Na, ich wünsche Ihnen jedenfalls
Gottes Segen und viel Kraft für den Dienst hier!"

„Jetzt machen Sie, was ich Ihnen sage, und dann nehmen Sie es
ganz aus Gottes Hand!" Dieser tröstende Spruch ist von einem Ober-
kirchenrat überliefert. Er soll ihn zu einem widerspenstigen Pfarrer

gesagt haben, der sich geweigert hatte, eine Pfarrstelle anzutreten, die schon zwei Jahre lang vakant war, weil kein Mensch sie haben wollte. Bei uns verhielt es sich anders. Der Vikar Manfred Müller durfte sich noch nicht bewerben. Er wurde versetzt, und er mußte dafür sogar dankbar sein, denn als Pfarrverweser in Weiden durfte er heiraten. Die Tür klappte hinter uns zu. Wie warm und wohlriechend es draußen war! Und da stand noch immer der neugierige Bauer. „Hen er ebbes verkauft?" fragte er.

Wir bestiegen den Roller. „Ich bin der zukünftige Pfarrverweser", sagte Manfred und ließ den Motor an.

„Noi, des isch doch..." Wir bogen um die Ecke. „Nix für oguat!" schrie er uns nach.

Der Wanderweg Nr. 3 nahm uns wieder auf. Der Motor brummte und heulte, ich auch.

JUNGFRÄULICHE NÖTE
UND HOCHZEITSANSTRENGUNGEN

MÖBELEINKÄUFE und Hochzeitsvorbereitungen halfen uns, das Dorf in den Wiesen für ein Weilchen zu vergessen. Hektisches Treiben erfüllte das Haus. Oben im Speicher übte Stefan ein Trompetensolo, unten im Keller saß Gitti auf einer Kartoffelkiste und blies auf der Blockflöte „Martha, Martha, du entschwandest". Meine Schwester Beate malte Tischkarten, mein Bruder Christoph dichtete, Onkel Wilhelm wand Girlanden. Vati brütete über der Hochzeitspredigt, und Mutti wußte nicht, wo ihr der Kopf stand. All dies geschah zu meinen Ehren und sollte eine große Überraschung werden.

Das Hochzeitskleid war ein Traum aus duftigem weißem Nylon mit Puffärmeln und Rüschen. Ich hatte es im Schaufenster gesehen und sofort gewußt: Dies und kein anderes sollte meine eckigen Glieder umschmeicheln. Wie eine Märchenfee würde ich dahinschweben.

„Kind, überleg es dir gut", sagte Mutti. „Du solltest noch ein zweites Kleid anprobieren. Ich bin etwas in Sorge, daß dies hier zu durchsichtig ist."

„Aber nein, nicht doch, gnädige Frau", rief die Verkäuferin, „bei der Menge Stoff!"

Der Hochzeitsmorgen war gekommen. Tante Thildchen steckte den Schleier, Mutti setzte mir das Myrtenkränzchen auf. Tränen der

Rührung in den Augen, betrachteten die anderen Tanten das traute Bild.

„Geh ein paar Schritte, mein Kind", sagte Mutti. Ich schritt graziös dem Fenster zu. Tante Luise suchte nach Halt.

„Sie wird sich den Tod holen mit dem kurzen Höschen", verkündete Tante Pauline. „Entsetzlich! Unmöglich! Was werden die Leute sagen."

Mutti stand erstarrt. Die Tanten eilten hinaus. Nach kurzer Zeit kamen sie wieder, beladen mit Unterröcken. Als es endlich gelungen war, mich undurchsichtig zu machen, hatte ich von der Taille abwärts eine matronenhafte Fülle gewonnen.

„Es bauscht über dem Leib", sagte Tante Pauline, „vielleicht wäre es besser, die Leute würden ihre Beine sehen, als daß sie auf andere Gedanken kommen."

Ich kicherte.

„Mensch, bist du dick!" ließ sich Gitti vernehmen, als ich die Treppe hinunterwogte.

Auch Manfred war erschrocken, aber wie stets fand er das rechte Wort. „Du kannst anhaben, was du willst, du gefällst mir immer", sagte er.

Der Hochzeitszug ordnete sich. Mutti hatte eine Liste angefertigt, wer mit wem an welcher Stelle gehen sollte. Die Glocken läuteten, der Hochzeitszug bewegte sich auf die Kirche zu. Es wehte eine leichte Brise, vor uns flatterte Vatis Talar. Meine diversen Unterröcke begannen zu wogen. Mit der einen Hand umklammerte ich Manfreds Arm und den Brautstrauß, mit der anderen versuchte ich, die aufgeblähten Stoffmassen zu bändigen. So segelten wir vor dem Winde der Kirche zu. Ziemlich aufgelöst erreichten wir das schützende Kirchenportal, die Orgel brauste, die Gemeinde erhob sich. Vor den Altarstufen standen die Stühle für das Brautpaar. Mesner Wankelmann hatte sie liebevoll mit Heckenrosen umwunden. Wir nahmen Platz, lehnten uns zurück, fuhren wieder hoch und saßen während der ganzen Feier stocksteif wie Ladestöcke auf unseren Stühlen. Jedem steckte mindestens ein Dorn im Rücken.

Vati hielt eine Ansprache ganz für mich allein, jedenfalls schien es mir so. Von „Geduld" war die Rede und von „Demut", er kannte seine Tochter. Dann nahte der Augenblick, von dem ich schon so oft geträumt hatte. Die Glocken läuteten, die Orgel spielte: „Jesu geh voran..." Vati lächelte uns zu. Wir standen auf und traten vor den Altar, das heißt, Manfred trat allein, ich hing in den Rosen. Im Kirchenschiff reckte man neugierig die Köpfe. Tante Thildchen kam mir zu Hilfe, hakte den Schleier los und breitete ihn über die Altarstufen. So verhedderte ich mich hinterher beim Hinabsteigen rettungslos in ihn. Mein Ehemann wickelte mich aus dem Schleier und gab mir den Brautstrauß in die Hand. Auf die gefährlichen Stühle setzten wir uns nicht mehr, sondern lauschten stehend dem Gesang und schritten dann zur Kirche hinaus. Die Hochzeitsgäste folgten. Von der Empore herunter trampelten die Mitglieder des Mädchenkreises, um zu gratulieren. Neugierige Blicke musterten die füllige Braut. Wir nahmen Kompottschüsseln, Spitzendeckchen und Nippfiguren in Empfang, wir dankten und lächelten. Nichts sollte unsere Freude trüben, denn heute war Hochzeit.

Dann saßen wir an der festlichen Tafel.

„Eine Frau in der Kirche hat gesagt", Gitti verschluckte sich schier vor Aufregung, „Pfarrers Amei sieht aus wie im sechsten..."

„Mit vollem Mund spricht man nicht!" fuhr Mutti dazwischen und warf ihrer jüngsten Tochter einen scharfen Blick zu, „reich lieber den Pudding weiter."

Diesen Pudding hatte die Hausherrin selbst zubereitet. Er war wieder einmal nicht fest geworden und floß unerfreulich dünn vom Löffel. Manfreds Familie hatte Schwierigkeiten, wir anderen aßen ihn mit gutem Appetit.

Mutti war eine vielseitige Frau. Sie stickte meisterhaft, spielte Klavier und hielt unvergeßliche Frauenstunden, nur kochen konnte sie nicht. In Polen hatte es hilfreiche Geister genug gegeben, die das schwierige Geschäft des Kochens besorgten. Aber nach der Flucht brach eine harte Zeit für uns an – Mutti kochte. Ich erinnere mich an den ersten Streuselkuchen von ihren Gnaden. Er war sehr süß, hart wie Stein und ließ sich weder zerschneiden noch zerbrechen. Da ging mein Vater hinaus und holte eine Axt. Er zerschlug den Kuchen mitsamt dem Teller und der Tischplatte.

Nach dem Kaffee zog sich das Brautpaar zurück. Warme Motorradkleidung für die Hochzeitsreise lag bereit. Schleier und Unterröcke fielen. Die Hochzeitsgäste hingen aus allen Fenstern, winkten und schwenkten Tücher. Mein Bruder Stefan stand auf der Treppe und trompetete: „So leb denn wohl, es wär so schön gewesen..." Gitti heulte, und Christoph bekränzte den Motorroller mit Papierschlangen. Dann fuhren wir davon. Das Wagnis zu zweit konnte beginnen.

FLITTERWOCHEN MIT KÜHEN

ICH war guten Mutes. Das schönste Nachthemd aller Zeiten lag in meinem Koffer. Es gehörte allerdings meiner Schwester Beate, aber ich hatte es im Trubel des Aufbruches unbemerkt aus ihrem Zimmer holen können. Die schönste Zeit meines Lebens stand bevor: vierzehn Tage und Nächte, erfüllt mit ehelichen Freuden!

Das bestellte Zimmer in einem bayerischen Bauernhaus mit Balkon und herrlicher Aussicht auf die Berge befand sich bei unserer Ankunft gerade im Umbau. Wir mußten für die ersten Tage mit einem engen Verschlag im Erdgeschoß vorliebnehmen. Die schmalen Betten standen hintereinander an der Wand. Sie ächzten und knarrten schon bei geringer Beanspruchung. Die Türe hatte keinen Schlüssel, dafür aber ein Guckloch. Das Fenster ging hinaus auf den Hof und bot freie Aussicht auf Misthaufen und Stallungen. Unter dem Fenster befand sich die Hundehütte, so daß wir vor Einbrechern sicher waren. Leider hatte der Hofhund die unangenehme Angewohnheit, auf die Hundehütte zu springen und von dort in unser Zimmer zu kläffen, wenn er irgendwelche Geräusche hörte oder gar Licht bei uns sah. So mußten wir im Dunkeln zu Bett gehen, und das schönste Nachthemd aller Zeiten fand keine Beachtung.

Nun hätte uns die herrliche Natur über manche Schwierigkeiten hinwegtrösten können, wäre sie nicht von unglaublichen Mengen Rindviehs bevölkert gewesen. Es gibt Menschen, die eine besondere Vorliebe für Kühe haben, ihnen den Nacken kraulen oder das triefende Maul streicheln. Mir aber bricht der Angstschweiß aus allen Poren, wenn ich eine Kuh erblicke.

Am Morgen nach der Hochzeitsnacht beschlossen wir, eine Wanderung zu machen und uns so weit wie möglich von knarrenden Betten und kläffenden Hofhunden zu entfernen. Die Sonne schien warm. Wir freuten uns auf einsame Plätzchen mit schöner Aussicht und weichem Gras. Der Wanderweg endete vor einem Gatter. Manfred sprang mit einem Satz hinüber, ich blieb draußen stehen.

„Du kannst doch nicht einfach über die Weide gehen!" sagte ich. „Da weiden Kühe!"

Er lehnte sich über das Gatter. „Du hast doch nicht etwa Angst vor Kühen?"

„Ich, vor Kühen? Nein. Wie kommst du darauf?" Ich kletterte über den Zaun. Vor uns stand eine Kuh. Sie reckte ihr Gehörn und starrte uns feindselig an. Gleich würde sie uns anfallen. Ich klammerte mich an Manfred und versuchte, ihn zurückzuzerren.

„Laß uns laufen! Schnell! Es ist ein Stier!"

„Ein Stier? Seit wann haben Stiere Euter?" Er hob den Wanderstock, und siehe da, das Ungetüm trollte sich beiseite. Ich trocknete mir die Stirn.

„Kühe sind friedliche Tiere. Keiner Fliege tun sie etwas zuleide. Sie sind froh, wenn du sie in Ruhe läßt!"

Wir gingen weiter. Die Kühe weideten friedlich, und ich ging furchtlos meines Weges.

Dann kam eine Kuh über die Wiese auf uns zugetrottet, die Hörner gesenkt, sie brüllte. Ich rannte über die Wiese dem rettenden Gatter zu. Die Herde trampelte hinterher, daß der Boden dröhnte. Mit einem letzten verzweifelten Satz sprang ich über den Zaun und fiel ins Gras. Ich war gerettet, aber wie stand es um Manfred? Hatten sie ihn zertrampelt oder auf die Hörner genommen? Ich wagte nicht aufzuschauen. Da hörte ich ihn lachen.

„Das war ein Bild! Du als Leitkuh, und die ganze Herde hinter dir. Ich habe es fotografiert. Ja, gibt es denn so was? Wie kann ein denkender Mensch vor Kühen davonlaufen?"

Wir hatten wenig Freude aneinander auf dieser Wanderung. Es gab keine einsamen Plätzchen ohne Kühe. Manfred war damit beschäftigt, den Kopf zu schütteln und sich zu wundern.

Er kam aus dem Kopfschütteln nicht heraus, schon der nächste Morgen bot reichlich Gelegenheit dazu.

„Komm, steh auf! Es ist höchste Zeit, wir wollen den Sonnenaufgang anschauen!" Er riß mir die Bettdecke weg.

„Aber doch nicht jetzt, mitten in der Nacht. Gib die Decke zurück und laß mich schlafen."

„Es ist schon fünf Uhr. Mach schnell, sonst kommen wir nicht mehr zurecht."

„O Himmel, Manfred, ich denke, wir haben Ferien."

„Gerade in den Ferien muß man früh aufstehen. Der ganze herrliche Tag liegt vor uns. Ich fühl mich so richtig frisch und munter."

„Ich nicht. Mir geht's gar nicht gut." Ich seufzte herzerweichend.

„Ach was, du bist bloß faul. Schau nur, was für ein schöner Morgen!"

Er pfiff und sang, gurgelte und spuckte. Leise klagend kroch ich aus dem Bett und wenig später den Berg hinauf, derweil er unentwegt redete und mich auf die Schönheit der Natur aufmerksam machte. Dann stand ich frierend auf dem Gipfel.

„Na, was sagst du jetzt? Gefällt's dir?"

„Nein!"

„Ja, gibt's denn so was? Hast du keine Freude an Sonnenaufgängen?"

„Doch, immer, nur nicht am Morgen."

„Was bist du für ein Mensch?!"

„Manfred, ich bin ein Abendmensch, im Gegensatz zu dir."

„Ach was, du bist bloß faul!"

„Aber wenn du abends um neun Uhr schon einschläfst, dann ist es natürlich keine Faulheit."

„Nein, dann ist es Müdigkeit nach des Tages Arbeit."

„Ich bin dafür morgens müde. Wir sind eine Familie von Morgenmuffeln."

„Deine Morgenmüdigkeit gewöhn ich dir schon ab, oder wir finden einen Modus vivendi."

In unseren Flitterwochen fanden wir keinen „Modus vivendi". Ich betete um morgendliche Regenschauer, und manchmal trafen sie auch ein, dann blieb mein Ehemann seufzend im Bett, warf sich von einer Seite auf die andere und blätterte geräuschvoll in seiner Lektüre.

Später kamen wir zu einer besseren Lösung unseres Problems. Manfred stand morgens zuerst auf, machte das Frühstück und versorgte die Kinder. Ich gab abends mein Bestes, um ihn zu erfreuen und munter zu halten. Blieben Besucher bis tief in die Nacht, dann weckte ich meinen schlafenden Mann durch zarte Fußtritte oder versuchte, die Aufmerksamkeit von ihm abzulenken, damit er in Ruhe ein Nickerchen machen konnte.

In den Flitterwochen aber war er leider noch von der Idee besessen, meinen Lebensrhythmus mit Erfolg ändern zu können.

Zwei Wochen Alleinsein sind nicht viel für ein junges Paar, das sich mit Sonnenaufgängen, Hunden und Kühen auseinanderzusetzen hat.

So strahlten wir nicht gerade vor Glück, als wir wieder im Elternhaus ankamen. Der Brautstrauß war verdorrt, die Gäste abgereist. Dafür warteten Kompottschüsseln, Spitzendeckchen und Nippfiguren auf Dankbriefe und Verpackung. Der Umzug nahte. Das Dorf in den Wiesen stieg aus der Versenkung.

UMZUG MIT SCHWÄBISCHEN MAULTASCHEN
UND KIRCHENGEMEINDERÄTEN

OHNE Möbel und Bilder sah die Blümchentapete im Wohnzimmer noch scheußlicher aus als bei unserem ersten Besuch. Weiß hoben sich die Stellen ab, an denen früher Bilder gehangen oder Möbel gestanden hatten.

Wir waren beim staatlichen Hochbauamt vorstellig geworden und hatten den Bauamtskommissar angefleht, uns neue Tapeten zu bewilligen. Aber nein, die alten waren noch gut genug. Sie fielen nicht von den Wänden, man klebte nicht an ihnen fest. Was wollten wir denn! Neue Fenster, weil die alten nicht gut schlossen. Der Bauamtskommissar sah uns mißbilligend an. Ein frischer Luftzug in der Sommerzeit wäre doch nur zu begrüßen, und für den Winter gäbe es Doppelfenster. Sie lägen auf dem Speicher. Ein neues Klo mit Wasserspülung? Hatten wir etwa gedacht, die Mittel des Bauamtes seien unerschöpflich?

Nur das Treppenhaus erstrahlte in neuem Glanz. Es war frisch geweißelt. Bauamt und Maler hofften zuversichtlich, der Salpeter werde unter der Farbe bleiben. Ein halbes Jahr später kam er wieder zum Vorschein.

Um acht Uhr standen wir in dem leeren Haus. Wir hatten Zeit genug, uns an den Geruch zu gewöhnen, denn erst um elf Uhr rückte der Möbelwagen an. Fahrer und Beifahrer waren erschöpft. Sie hatten den Weg nicht finden können und schimpften auf das gottverlassene Nest. Wir gaben ihnen Bier, Wurst und gute Worte zur Aufmunterung, aber nach der Mahlzeit fühlten sie sich noch viel schlapper. Manfred wurde nervös. Das lange Warten hatte ihn zermürbt, und da saßen nun diese Packer, aßen und ruhten sich aus.

„Na los schon", drängte er, „warum fangen wir nicht an?"

Die Möbelpacker erhoben sich stöhnend, gingen die Treppe hinunter und warfen einen geringschätzigen Blick in den kleinen Möbelwagen.

„Das bißchen Zeug haben wir gleich im Haus", sagten sie. Es waren nur die Küchenmöbel, ein Klavier und mein Jungmädchenzimmer. Wohn-, Schlaf- und Studierzimmermöbel sollten von einem Schreiner direkt geliefert werden. Wir hatten vorher einen genauen Zeitplan aufgestellt, damit es kein Durcheinander gäbe. Vormittags der Mö-

belwagen, nachmittags der Schreiner, so hatten wir uns das vorgestellt. Aber als die Packer endlich zur Tat schritten, rückte auch der
Schreiner mit seinen Gesellen an. Er war voller Tatendrang und wollte
die Sache schnell hinter sich bringen, eine Einstellung, die wir begrüßten. In der oberen Diele richtete er seine Werkstatt ein. Von dort
konnte er alle Zimmer bequem erreichen und war den Möbelpackern
am meisten im Weg. Die Gesellen schleppten Berge von Brettern hinauf. Sie hämmerten und schraubten, pfiffen und waren vergnügt, bis
einer der Packer die Nagelkiste umwarf. Der Meister entdeckte, daß er
die Roste zu den Betten vergessen hatte, und versprach, sie in den
nächsten vierzehn Tagen vorbeizubringen. Es dunkelte schon, als das
Klavier über die Treppe gehievt wurde. Die Männer stöhnten und
hielten auf jeder Stufe inne, um Luft zu holen und zu schimpfen.

In diese Plackerei hinein ertönte auf einmal lieblicher Gesang: „Auf
Adelers Flügeln getragen..." Die Packer ließen vor Schreck das Klavier fahren. Es rutschte zurück bis zum Treppenabsatz und verbarri-
kadierte den Durchgang. Die Männer setzten sich nieder, Manfred
und ich kletterten über das Klavier auf die andere Seite. Unten im
Hausflur stand der Kirchenchor.

„Auf Adelers Flügeln getragen übers brausende Meer der Zeit..."
Wie gut ich dieses Lied kannte! Im heimatlichen Kirchenchor hatten
wir es so oft gesungen, daß ich es nicht mehr hören konnte. Die Leute
vom Weidener Kirchenchor waren bei der dritten Strophe angelangt,
mehr hat das Lied nicht, und hoben ihre Augen auf zu der Treppe, die
wir herniederkamen.

Oh, was mußten sie da erblicken! Einen verschwitzten jungen Mann
im Overall, eine verstrubbelte Frau mit Kleiderschurz! Enttäuscht
senkten sie den Blick wieder in die Noten. Der Dirigent drehte sich
um, schluckte mehrmals bei unserem Anblick und sprach dann die
Worte: „So seien Sie uns denn begrüßt!"

Er zog sich zurück, und eine dicke Frau trat vor. Sie trug eine große
Schüssel und hob stolz den Deckel. „Selbstgemacht", sagte sie. Die
Schüssel war gefüllt mit grünschimmernden Fladen. Weißerstarrte
Fettaugen blinkten mir entgegen.

„Maultaschen", rief der Schreiner über die Treppe.

„Mein Leibgericht", sagte Manfred und nahm die Schüssel entgegen. Ich stand etwas dümmlich daneben und versuchte ein dankbares
Gesicht zu machen.

Wir aßen vier Tage lang Maultaschen. Einmal in der Brühe, dann geschmälzt, schließlich mit Ei. Es war ein Geschenk, von dem wir lange zehrten.

Der Kirchenchor verabschiedete sich, denn schon rückte der Kirchengemeinderat an. Zehn wackere Männer, den Sonntagskittel über der Arbeitshose. Die Begrüßungsrede hielt ein kleiner stämmiger Mann mit mächtiger Stimme. Er entledigte sich seiner Aufgabe mit Geschick und einem kräftigen Schuß Humor. Auch in der Bibel schien er sich gut auszukennen. Kein Wunder, er war der Leiter der Gemeinschaft. In seinem Haus trafen sich am Sonntagabend die Frommen des Dorfes. Später waren wir auch dabei. Manfred saß dann mit einigen Brüdern vorne um einen großen Tisch. Nur diese Tischgenossen hatten das Vorrecht, den Bibeltext auszulegen. Kam einer dabei zu kurz, so durfte er hinterher beten.

Wir Frauen saßen auf unbequemen Bänken, lauschten den Eingebungen der Männer und hatten den Mund nur zum Singen und zu einem gelegentlichen „Amen" zu öffnen.

Betete einer der Brüder gar zu langatmig oder legte dem Herrn die Sündhaftigkeit eines anderen Bruders zu offensichtlich ans Herz, dann pflegte Herr Abele den Sermon mit einem lauten „Amen" vorzeitig zu beenden.

Da war außerdem Kirchengemeinderat Heinrich. Lang, dünn und immer müde. Er war der beste Kirchenschläfer, den ich je erlebt habe. Schon nach den ersten Worten der Predigt fiel er in tiefen Schlaf. Entstand eine kleine Pause im Redefluß des Pfarrers, dann hörte man von der Empore den wohlbekannten Schnarcher. Dauerte die Pause länger, dann weckte ihn die ungewohnte Stille. Er fuhr mit einem Grunzen hoch, schaute sich um, warf einen verdrießlichen Blick auf den Pfarrer und nickte sofort wieder ein, sobald die Predigt ihren Fortgang nahm.

Auch ein Metzgermeister war unter den Kirchengemeinderäten. In unseren ersten Ehewochen hatte ich Schwierigkeiten mit dem Kochen. Gulasch war das einzige Fleischgericht, an das ich mich herantraute. Holte ich nun am Samstag Gulasch für das sonntägliche Festmahl, so sah mich der Meister jedesmal mißbilligend an.

„Ja, gibt's denn wieder nichts Rechtes?" sagte er. Aus lauter Angst vor seinem strafenden Blick ging ich dazu über, ab und zu einen verkohlten Braten auf den Tisch zu stellen.

Zum Kirchengemeinderat gehörte auch ein Bäckermeister. Von

ihm wurde erzählt, daß er ab und zu seinen abgelutschten Zigarren-
stummel in die Brezellauge fallen lasse. Dies wäre aber kein Schaden,
meinten die Dorfbewohner, denn die Brezeln würden dadurch ganz
besonders kräftig und würzig.

Nacheinander machten wir Antrittsbesuche bei unseren Kirchengemeinderäten. Der Besuch in einer Tochtergemeinde war besonders
eindrucksvoll. Wir fuhren an einem Sonntag morgen in die Filiale
hoch oben im Wald, romantisch gelegen, aber abgeschieden von aller
Welt und sehr, sehr schwierig, wie uns der Vorgänger berichtet hatte.
Der Herr Kirchengemeinderat war noch beim Rasieren. Trotzdem tat
er seine Freude kund über den hohen Besuch, nötigte uns einzutreten
und niederzusitzen. Er nahm sich nicht einmal Zeit, den Schaum vom
Gesicht zu wischen, sondern eilte in die Küche und schleppte Schinken, Brot und eine Flasche Schnaps herbei. Er drückte das Brot an die
haarige Brust und schnitt es in handliche Scheiben. Der Schaum tropfte, die Nase auch. Selten brauchte ich einen Schnaps so nötig wie damals.

Kirchengemeinderat Kurz, Großgrundbesitzer in der zweiten Filiale, erwies sich als besonders großzügig. Er wanderte mit uns durch
seinen Gemüsegarten. Dort standen herrliche, dicke Salatköpfe. Es
gab aber auch einige darunter, die bereits im Schießen waren. Die-
selben ergriff er mit kundiger Hand, schnitt die Wurzeln ab und legte
sie in einen Korb. ,,Die sind für euch‘‘, sagte er.

Er handelte nach der bäuerlichen Devise: ,,Mariele, hau dem Gockel
den Kopf runter, bevor er vollends verreckt, no kriegt ihn der Pfarr!‘‘

Der Kirchenpfleger war ein freundlicher, aber etwas langsamer
Mensch. Die Kasse mit dem Geld aus den Opferbüchsen pflegte er unter seinem Bett aufzubewahren. Sollte ein unvorhergesehener Kassen-
sturz stattfinden, so erbat er sich einen Tag Aufschub. In dieser Zeit
studierte er seine Kassenbücher, zählte das Geld, und wenn etwas fehlte, so legte er es aus eigener Kasse dazu. Einmal befanden sich bei einem solchen ,,Kassensturz‘‘ fünfzig Mark zuviel in der Kasse. Manfred
suchte verbissen nach dem Fehler. Schließlich gestand der Kirchenpfleger, daß er am Abend vorher dieses Geld blutenden Herzens dazu-
gelegt hatte, weil es nach seiner Berechnung gefehlt habe.

Da standen sie, die wackeren Vertreter der Gemeinde, lächelten
freundlich und drehten verlegen die Hüte in den Händen. Wir hätten
ihnen unbedingt etwas anbieten müssen: Wein, Schnaps oder Bier.
Leider hatten wir nichts dergleichen. Die Möbelpacker hatten alle

Bierflaschen ausgetrunken. So verabschiedeten sie sich bald und gingen. Es schmerzte mich, sie ohne Stärkung ziehen zu lassen, und ich nahm mir vor, sie bald einmal samt Ehefrauen zu uns einzuladen. Dann sollten sie schon merken, was für eine großartige Gastgeberin sie in mir gewonnen hatten.

Leider war die erste Einladung nicht so erfolgreich, wie wir gehofft hatten. Die Gäste zeigten sich begeistert, als sie den schön gedeckten Tisch sahen. Aber unser Menü fand keinen großen Anklang. Wir hatten kurz zuvor bei Freunden Pizza gegessen und hatten, weil sie uns so gut gemundet hatte, beschlossen, für unsere Kirchengemeinderäte Pizza zu backen. Das wäre doch einmal etwas ganz anderes, fanden wir, und buken für zwanzig Personen Pizza.

Unsere Gäste aber sahen voller Mißtrauen auf die Kuchenplatten mit „Tomatenkuchen", wie sie unsere Pizza nannten. Jeder bediente sich nur einmal. Auch der Ananasbowle wurde wenig zugesprochen. Wir servierten sie aus der Suppenterrine, weil wir noch kein Bowlenservice hatten, und schöpften sie in Weingläser. Das Austrinken war jedoch mit Schwierigkeiten verbunden. Die Zahnstocher, die ich zum Herauspicken der Ananasstücke neben die Weingläser gelegt hatte, wollten unsere Gäste nicht so zweckentfremdet benutzen. Sie legten den Kopf tief in den Nacken, um das Glas zu leeren. Entweder rutschten dann die Ananasbrocken gar nicht oder alle auf einmal aus dem Glas. Frau Heinrich verschluckte sich derart, daß ihr Gesicht rot anlief und sie einen Hustenanfall erlitt. Nach diesem Schock mochte niemand mehr ein zweites Gläschen trinken. Die Gäste verabschiedeten sich früh und versicherten, daß wir uns viel zuviel Mühe gemacht hätten. Wir aßen drei Tage lang Pizza und mochten dann für längere Zeit keine mehr.

Bei Pfarrers hätte es Tomatenkuchen und Ananassuppe gegeben, hieß es am nächsten Tag im Dorf.

Auch bei der zweiten Einladung gelang es mir nicht, die richtige Geschmacksnote zu treffen. Diesmal stellte ich in mühsamer Arbeit belegte Brötchen her. Mit Wurst, Käse, Radieschen und Tomaten, falschem Lachs und Kaviar schuf ich ein farbenprächtiges Wunderwerk. Unsere Gäste bestaunten die Schönheit der Platten, griffen aber nicht so herzhaft zu, wie wir gehofft hatten. Der Kirchenpfleger betrachtete mißtrauisch ein Kaviarbrötchen.

„Was isch des?" fragte er mich. Ich erklärte es ihm. „Das ist Kaviar, Rogen, Fischeier. Es schmeckt wirklich gut."

„Hühnereier send mir liaber", sagte er und verzichtete auf das Brötchen.

Vier Tage lang aßen wir belegte Brötchen.

Sehr behutsam erklärten mir die Ehefrauen der Kirchengemeinderäte, daß sie zu der nächsten Einladung alle eine Kleinigkeit zum Essen mitbringen wollten. Jede etwas Gutes aus ihrer Küche, damit die Frau Pfarrer nicht soviel „Geschäft" habe. Es bliebe noch immer genug Arbeit mit dem Tischdecken, was die Frau Pfarrer ja so wunderbar könne. Manfred wurde bedeutet, daß keine Bowle vonnöten sei, da ein guter Wein ins Haus käme.

Von da an wurde es lustig und lecker. Die Tafel bog sich unter all den „Kleinigkeiten", die da herangeschleppt wurden. Wurst- und Käseplatten, Salate und kalter Braten, Pudding und Kuchen. Jetzt endlich wurde mit gutem Appetit gegessen und tüchtig getrunken. Schließlich machten wir sogar Gesellschaftsspiele. Stimmung und Lärm sollten ungeahnte Höhepunkte erreichen.

Jetzt aber ging erst einmal der Umzugstag zur Neige, und meine zweifelhaften Erfolge als Gastgeberin lagen noch im Dunkel der Zukunft verborgen.

„Wir sollten die Kisten auspacken", sagte Manfred.

„Wir sollten lieber erst die Vorhänge aufhängen", sagte ich, „jeder kann uns ins Fenster gucken, es ist mir unangenehm."

„Also, wo sind die Vorhänge?"

„Woher soll ich das wissen?" Die Stimmung wurde ausgesprochen gereizt. Ich stürzte mich auf die erste beste Kiste und fing an, darin zu wühlen. Manfred stolperte über die Bierflaschen, die noch auf dem Boden standen. „Welcher denkende Mensch stellt denn Bierflaschen..."

„Still!" rief ich, „hör mal!" Es klang, als käme der Teufel die Treppe herauf: ein Menschenfuß, ein Pferdefuß. Mir standen die Haare zu Berge. Manfred vergaß seinen Ärger, ging zur Wohnungstür und riß sie auf. Da stand die Gemeindeschwester Lina, in der rechten Hand einen Blumenstrauß, in der linken einen Krückstock, das Bein in Gips.

„Soll ich mir auch noch den Hals brechen? Mir langt das Bein. Sie haben kein Licht im Flur!"

Das war die Begrüßung. Manfred knipste den Lichtschalter an, aber es blieb dunkel. Wir hatten vergessen, die Lampen anzuschließen. Schwester Lina besichtigte die Zimmer. Im Schlafzimmer ließ sie den Krückstock fallen, um die Hände ringen zu können.

„Noch keine Betten gemacht? Ja, sind Sie zu retten! Gleich wird es stockdunkel sein."

Ich reichte ihr den Stock, dann tappte sie wieder die Treppe hinunter und kam nach kurzer Zeit mit Kerzen wieder. Sie stand im Schlafzimmer als Kerzenhalter. Wir durchwühlten die Kisten, um das Bettzeug zu finden.

„Soll ich ewig stehen? Ich bin nicht mehr die Jüngste. Wenn man sich nicht um alles kümmert! Aber ich hätte es wissen müssen. Diese jungen Leute verstehen nichts vom Umziehen. Ordentliche Menschen schreiben auf jede Kiste, was drin ist!"

Endlich waren die Betten überzogen. Lina tropfte Stearin auf die Glasplatten der Nachttische, drückte die Kerzen darauf, wünschte „gute Nacht" und verschwand geräuschvoll. Bei trautem Kerzenschein krochen wir in die Betten. Wir waren so müde, daß wir fast vergaßen, die Kerzen auszupusten.

Nachts wachte ich auf. Es krachte, es knarrte. Es hörte sich an, als käme jemand die Treppe herauf und tappte über die Diele. Ich lag zitternd im Bett und hörte auf die unheimlichen Geräusche. Dann kletterte ich hinüber zu Manfred. „Du, hör doch, da ist wer im Haus!" Er fuhr hoch, und wir lauschten.

„Das Holz arbeitet", sagte er, drehte sich auf die andere Seite und schlief sofort wieder ein.

Das Holz arbeitete weiter, unermüdlich. Sieben Jahre hat es Nacht für Nacht gearbeitet.

PREDIGTÄNGSTE

LANGSAM wurde aus dem muffigen Pfarrhaus ein Heim. Vorhänge hingen an den Fenstern, Lampen an den Decken. Die Wände des stinkenden Klos schmückte ich mit Fotografien meiner Lieben. So waren sie mir wenigstens nahe, wenn ich an Gasvergiftung eines frühen Todes sterben würde.

Der Sonntag nahte und mit ihm die Antrittspredigt. Manfred begann am Freitag mit den Vorbereitungen.

„Wann machen Sie Ihre Predigt?" soll ein Dekan seinen Vikar gefragt haben. „Am Samstag", antwortete dieser. „Ich arbeite die ganze Woche an meiner Predigt", meinte der Dekan und legte einen tadelnden Unterton in diese Worte.

„Nun, die Gaben sind verschieden", antwortete der Vikar in schöner Bescheidenheit.

Mein Vater gehörte auch zu den Samstagsschwerarbeitern, und diese Samstage waren eine schlimme Belastung für die ganze Familie. Wir schlichen durchs Haus und unterhielten uns nur flüsternd. „Pst, seid still, Vati macht seine Predigt!" Er blieb den ganzen Tag unsichtbar für uns, das Essen wurde ihm in seinem Zimmer serviert. Dort saß er am Schreibtisch, las Kommentare, schrieb und seufzte schwer.

Ich fürchtete immer, daß er einmal keine Predigt zustande bringen würde, daß er auf die Kanzel steigen und den Leuten bekennen müßte: „Liebe Gemeinde, diese Bibelstelle ist zu schwierig. Ich weiß nicht, was ich darüber sagen soll."

Am Sonntagmorgen lastete düsteres Schweigen über dem Frühstückstisch. Mit besorgten Blicken musterten wir unseren Ernährer. Sah er verzweifelt aus oder zuversichtlich? Bis schließlich einer von uns die Ungewißheit nicht mehr länger ertragen konnte.

„Ist die Predigt fertig?"

Und wenn er dann nickte und sagte: „Ja, ich habe sie in der Nacht noch viele Male umgearbeitet, aber nun glaube ich, daß es mit Gottes Hilfe gehen wird", dann kollerte uns ein dicker Stein vom Herzen. Wahre Glückseligkeit aber wurde uns erst zuteil, wenn der Gottesdienst überstanden war.

Vati liebte es, seine Predigt mit Versen auszuschmücken. Jedesmal, wenn er zu einem solchen Vers ansetzte, schickte ich ein Stoßgebet zum Himmel: „Ach, lieber Gott, hilf doch, daß er den Vers gut zu Ende bringt!" Dies nämlich war keineswegs immer der Fall. Oft hatte er die letzten Reime einfach vergessen. Dann schmiedete er eigene Reime dazu. Wir Kinder in der Pfarrbank und meine Mutter hielten den Atem an. Würde er es schaffen? O Glück, wenn alles gutgegangen war. Wir atmeten erleichtert auf.

„Paul-Gerhard", sagte meine Mutter einmal nach einer solchen nervenzerreißenden Predigt, „könntest du die Strophen nicht vielleicht aufschreiben und vor dich auf die Kanzel legen, es wäre für uns eine große Beruhigung."

„Wenn es euch beruhigt, will ich es gerne tun", sagte er, „obwohl ihr zugeben müßt, daß ich noch nie steckengeblieben bin."

Am Sonntag hatte er mehrere Zettel bei sich, als er auf die Kanzel stieg. Wir sahen es und fühlten uns gelöst und heiter.

Mein Vater pflegte seine Predigt mit beredten Gesten zu unterstreichen. Die weiten Talarärmel wehten über den Kanzelrand, und wie Tauben aus dem Hut eines Zauberers schwebten weiße Zettel hernieder. Die Gemeinde sah sie mit Interesse fallen, wir Kinder wurden stocksteif vor Schreck und warteten auf angstvolles Herumsuchen, auf stotterndes Zitieren. Nichts dergleichen geschah. In dieser Predigt gab es keine Verse. Völlig unerwartet brach das „Amen" über uns herein. Das Predigtlied wurde aufgeschlagen. Gesangbuchblätter knisterten, man war bereit zu singen und öffnete den Mund, aber die Orgel blieb stumm. Der Organist, wohlbewandert in den Gepflogenheiten seines Pfarrers, stellte den Orgelmotor erst an, wenn er den obligaten Schlußvers hörte. Diesmal hatte ihn das „Amen" völlig unvorbereitet getroffen.

Wir saßen am Mittagstisch, aber wir hatten keinen Appetit, wir waren böse. „Paul-Gerhard", auch die Stimme meiner Mutter klang vorwurfsvoll, „Paul-Gerhard, warum hast du heute keine Verse aufgesagt?"

„Ihr mögt es doch nicht", sagte Vati, „da habe ich sie eben weggelassen."

„Ja, und die Zettel?" rief meine Mutter, „warum hast du dann die Zettel mit auf die Kanzel genommen?"

„Weib", sagte Vati, er sagte immer „Weib" zu ihr, wenn er sie besonders mochte; „Weib, das tat ich nur zu eurer Beruhigung!"

Manfred schrieb seine Predigten auf der Schreibmaschine. Als er das Konzept fertig hatte, kam er zu mir.

„Kann ich dir etwas vorlesen?"

„Nein", sagte ich. Ich stand auf dem Küchentisch, die Hände voller Seifenlauge, und war dabei, die Regale abzuwaschen. Ich wollte nicht zuhören, ich wollte jammern. Diese dummen offenen Regale, zu nichts nütze, als Kochtopfdeckel dahinter zu klemmen, verrußt, drekkig! Ich würde es nie schaffen, diese Küche bis zum Sonntag in Ordnung zu bringen!

„Ich will dir meine Predigt vorlesen", sagte Manfred. Das war höhere Gewalt. Wie hätte ich mich erdreisten können, niedere Küchenarbeit über eine Predigt zu stellen? Ich kletterte ergeben vom Küchentisch und setzte mich auf einen Hocker. Er las, ich dachte an die Regale und daß man vielleicht auch buntbemalte Teller dahinterstellen könne. Manfred verstummte.

„Schön", sagte ich.

„Was heißt schön? Was gefällt dir nicht?"

„Aber sie gefällt mir ja!" Predigten darf man nicht kritisieren. So hatte ich es gelernt, und jetzt sollte ich auf einmal meine ehrliche Meinung sagen.

„Lies sie noch einmal", bat ich.

Er tat's, dann redeten wir darüber und zankten uns. Schließlich ging er wütend in sein Zimmer und schlug die Türe zu. Das hatte ich nun davon, nichts als Ärger!

Manfred hämmerte auf seine Schreibmaschine ein, ich schrubbte die Regale und hatte ein schlechtes Gewissen. Loben hätte ich ihn sollen. Nie wieder würde er mir eine Predigt vorlesen! Nach zwei Stunden erschien er mit einem neuen Konzept. Ich war begeistert. Was für eine Predigt! Die müden Kirchgänger würden aufhorchen, die verstockten Sünder in Tränen der Reue ausbrechen!

Der Sonntagmorgen brach an. Manfred aß zwei Scheiben Toast und ein Ei. Ich sah es mit Erleichterung. „Du zitierst doch keine Verse?" fragte ich.

„Verse? Nein, wieso? Oder meinst du, ich sollte noch einen Vers in die Predigt einbauen?"

„Nein, bloß nicht. Die Predigt ist wunderbar, ein Vers würde empfindlich stören!" rief ich.

Was für ein herrliches Gefühl! Keine Angst mehr vor Versen!

Der kleine Kirchturm schien zu beben, so gewaltig läuteten die Glocken. Manfred zog seinen Talar über und knöpfte die zahlreichen Knöpfe zu.

„Bindest du mir das Beffchen?" fragte er.

Ich tat es mit Eifer und Freude, stopfte die Bandzipfel fein säuberlich unter den Talarkragen und vergewisserte mich, daß das Beffchen auch schön in der Mitte saß. Es war tadellos weiß und so steif gestärkt, daß die Zipfel starr in die Höhe standen. Diese Leistung hatte noch meine Schwiegermutter vollbracht. In Zukunft würde es meine Aufgabe sein, die Beffchen zu waschen, zu stärken und zu bügeln. Zuerst hatte ich Schwierigkeiten mit dem heimtückischen Stück Stoff. Einmal stand es wie ein Tablett unter dem Kinn, ein anderes Mal hing es trübselig und schlaff nach unten. Ich setzte meine ganze Kraft darein, den richtigen Stärkegrad zu treffen. Dieses Beffchen, das wußte ich wohl, war die Visitenkarte der Pfarrfrau. Die Gemeinde wollte ihren Pfarrer ohne Fehl in Erscheinung treten sehen. Ein schlecht gestärktes, schiefhängendes Beffchen war der Andacht nicht zuträglich.

In feierliches Schwarz gekleidet, nur ab und zu ein buntes Tüpfelchen dazwischen, so strömten die Weidener der Kirche zu. Man wollte den neuen Pfarrer predigen hören. Manfred lachte vergnügt. ,,Es gibt ein volles Haus", sagte er. Ich hatte ein ungutes Gefühl. Er sollte nicht so weltlich reden, dachte ich, er sollte lieber sagen, mit Gottes Hilfe werde ich es schaffen! Wir gingen über die Straße, eine steinerne, etwas wackelige Treppe zum Kirchhof hinauf, an der alten Eiche vorbei. Dann trennten sich unsere Wege. Manfred strebte der Sakristeitür zu, ich mußte durch den Haupteingang in die Kirche hinein. Am liebsten hätte ich gleich hinten irgendwo Platz genommen, aber das war natürlich undenkbar. Hier hatte jeder seinen bestimmten Platz. Auf der Empore saßen die Männer, im Kirchenschiff die verheirateten Frauen, rechts an der Seite die Jugend. Ganz vorne links befand sich die Pfarrbank. Dies alles hatte die tüchtige Mesnerin mir vorher erklärt, damit keine Panne passiere. Ich war es gewohnt, inmitten der Geschwisterschar, geführt von der kirchengewandten Mutter, in das Gotteshaus einzuziehen. Nun schritt ich allein zur Pfarrbank, gefolgt von den neugierigen Blicken der Gemeinde. Die Pfarrbank war die unbequemste in der ganzen Kirche. Die Lehne war nicht als Stütze für den Rükken gedacht, sondern als Halter für die Gesangbuchauflage der Hintensitzenden. Diese Auflage stieß mich unsanft zurück, als ich mich nach einem kurzen Gebet geruhsam zurücklehnen wollte. Der Sitz war nur kurz bemessen, dafür gab es aber eine Möglichkeit zum Knien, die den Platz zwischen den Bänken noch verringerte. Ich versuchte, meine langen Beine irgendwo unterzubringen. Ein Gutes hatte diese Bank: Einschlafen konnte man nicht.

Das Präludium brauste auf. Noch war es mir neu, aber schon nach einem Jahr kannte ich jede Note. Das Repertoire unseres Organisten bestand nämlich nur aus drei Vorspielen. Ein feierliches in Dur für große Anlässe, Hochzeiten und Konfirmationen. Ein klagendes in Moll für traurige Ereignisse, Beerdigungen und Karfreitagsgottesdienste. Und ein sanft dudelndes Stückchen für die gewöhnlichen Sonntage. Heute hatte er das feierliche Präludium Numero eins gewählt. Der letzte Ton war verrauscht, eine Pause entstand. Sie diente dem Organisten dazu, das Choralbuch hervorzukramen. Wir sangen den Choral, im Zeitlupentempo. Der Gesang dehnte sich endlos. Beim letzten Vers kam Manfred aus der Sakristei und schritt durch den Chor dem goldenen Hochaltar zu. Während der Liturgie wachten meine eingeschlafenen Füße wieder auf. Ich stand bequem, stieß nirgendwo an und hatte freien Blick zum Altar. Die Kanzel dagegen lag äußerst ungünstig für andächtige Pfarrfrauen. Ich mußte den Kopf nach rechts oben verdrehen, wollte ich den Prediger zu Gesicht bekommen. So schlich ich denn meistens mit steifem Hals, eingeschlafenen Füßen und schmerzendem Rücken aus der Kirche. Manfred stieg gemessenen Schrittes die Kanzeltreppe hinauf. Er stolperte dabei nicht über den Talar und hob ihn auch nicht übertrieben hoch. Sein stilles Gebet verrichtete er im Stehen und senkte nur den Kopf. Dann griff er zur Bibel. Ich erhob mich und war sicher, daß hinter mir auch alles in die Höhe gehen werde. So war ich es von zu Hause gewohnt. Man erhob sich zur Verlesung des Predigttextes. Hinter mir aber blieb es gefährlich still. Manfred verlas den Text, ich schielte nach hinten. O Schande! Ich stand allein auf weiter Flur ohne Rückendeckung. Die Jugend kicherte. Mein Niedergang erfolgte schnell und unfeierlich. Es dauerte lange, bis ich meine verwirrten Sinne wieder auf die Predigt und meinen Blick auf Manfred richten konnte. Das mußte mir passieren, einer so erfahrenen Kirchgängerin!

Seit meinem fünften Lebensjahr gab es keinen Sonntag ohne Gottesdienst. Nicht, daß ich eine besonders freudige Kirchgängerin gewesen wäre, aber es bot sich keine Gelegenheit, dieser Pflicht zu entrinnen. „Wenn wir nicht gehen", pflegte Mutti zu sagen, „was kann man dann von der Gemeinde erwarten!"

Manfreds Predigt war kurz, was von den meisten Gemeindegliedern dankbar begrüßt wurde. Nur wenige meinten, es lohne sich gar nicht, erst in die Kirche zu kommen; sie sei ja schon aus, bevor man es sich richtig bequem gemacht habe.

Als ich nach dem Schlußgesang die Kirche verließ, kam ich mir allein vor. All diese Menschen hatten nun ein Recht darauf, daß mein Mann ihnen half, ihre Sorgen hörte und Zeit für sie hatte. Was blieb für mich übrig? Manfred hatte immer weniger Zeit für mich. Zuerst die Gemeinde zu jeder Tages- und Nachtzeit, dann lange nichts und dann ich. Es war höchste Zeit, ich mußte etwas unternehmen.

Ich zog den Mantel über, ging vor die Haustür und schellte.

Manfred öffnete.

„Ich möchte den Herrn Pfarrer sprechen", sagte ich, „weil ich Probleme habe, die ich mit ihm besprechen muß."

Er stutzte einen Augenblick, dann sagte er höflich: „Bitte treten Sie ein."

Er ging mir voran ins Studierzimmer. „Bitte nehmen Sie Platz." Er setzte sich hinter den Schreibtisch, ich davor. „Wo drückt denn der Schuh?" fragte er.

„Mein Mann kümmert sich überhaupt nicht mehr um mich", erwiderte ich. „Er hat für alle anderen Leute Zeit, nur nicht für mich! Morgens hält er Unterricht, mittags macht er Besuche, und abends hat er irgendeine Veranstaltung. Ich sitze alleine zu Hause, schufte mich ab und komme mir vor wie eine Haushälterin, die kein Geld bekommt und nicht einmal auf Familienanschluß hoffen darf. Was sagen Sie dazu?"

„Ich bin sprachlos", sagte der Pfarrer, „was haben Sie für einen fürchterlichen Mann. Ich muß mit ihm sprechen, denn so geht das ja nicht weiter. Übrigens kann ich Ihren Mann überhaupt nicht verstehen. Wenn man eine so reizende Frau hat, müßte man Gott auf Knien danken!"

„Das ist gar nicht nötig", rief ich, „mir genügt es, wenn er mich reden läßt und zuhört oder wenn er ab und zu mit mir ins Kino geht oder irgendwo einen Kaffee trinkt."

„Es ist nicht zu fassen", entgegnete der Pfarrer und kam hinter dem Schreibtisch hervor, „da gibt es so viele Gelegenheiten, eine Frau glücklich zu machen, und dieser unselige Mensch ergreift sie nicht." Er half mir liebevoll aus dem Mantel und gab sich alle erdenkliche Mühe, mich zu trösten.

Das „Seelenstündchen" hatte bemerkenswerte Folgen. Am nächsten Tag gingen wir ins Kino. Nachmittags war auf einmal Zeit zu einem gemütlichen Kaffee, und während ich das Geschirr abwusch, saß Manfred auf dem Küchentisch und lauschte geduldig meinen Eingebungen.

Sobald wir wieder in den alten Schlendrian verfielen, wiederholte ich das Spielchen. „Hab ich mir's doch gedacht!" rief der Pfarrer, „Ihr Mann hat einen Rückschlag erlitten! Haben Sie Geduld mit ihm!"

EWIGKEITSREIS

ICH konnte nicht kochen. Von wem hätte ich es lernen sollen? Nach der kurzen Schreckenszeit, in der Mutti den Kochlöffel schwang, war unsere alte Köchin Else aus Polen wieder zu uns gekommen.

„Ne, Frau Pfarrer, das ist nuscht für Ihnen", hatte sie bei der ersten gemeinsamen Mahlzeit erklärt, und fortan unterstand die Küche ihrem

Regiment. Eines Nachmittags erschien sie in meinem Zimmer, sah mich mißtrauisch an und fragte: „Kannst du Kartoffeln hinstellen?"
„Ja natürlich, Else, was denkst du!"
„Ich jeh mit die Frau Pfarrer einkaufen. Um sechs Uhr machst du das Jas unter die Kartoffeln an. Um sieben bin ich wieder da!"
Punkt sechs Uhr ging ich in die Küche. Auf dem Herd stand der Topf mit den geschälten Kartoffeln. Ich zündete das Gas an und überlegte. Es sollte ja keine Kartoffelsuppe geben, wieso war dann Wasser in dem Topf? Else hatte offensichtlich vergessen, es wegzuschütten. Ich goß das Wasser ab, stellte den Topf auf das Feuer und ging wieder an meine Aufgaben. Nach einer Weile roch es brenzlig. Von schlimmen Ahnungen erfüllt, eilte ich in die Küche. Sie war voller Qualm. Ich riß den Topf vom Feuer, verbrannte mir dabei die Finger und wußte nun, daß man Kartoffeln in Wasser kocht. Also hielt ich den rauchenden Topf unter den Wasserhahn. Das Ergebnis war unerfreulich. Die Brühe sah braun aus und stank. Ich sank auf einen Küchenstuhl und kühlte meine verbrannten Finger mit Tränen. Christoph kam herein.
„Im Haus riecht's", sagte er, „was kochst du denn?"
Ich zeigte stumm auf den Topf.
„Bratkartoffeln!" rief er erfreut, „die mag ich. Aber ein bißchen groß sind sie."
Ich war gerettet! Bratkartoffeln pflegten braun gebrannt zu sein, niemand würde etwas merken. Also machte ich mich an die Arbeit und versuchte, die halbgaren, heißen und glitschigen Kartoffeln zu zerschneiden. Sie glitten mir immer wieder aus den Händen. Christoph sammelte sie vom Boden auf und warf sie wieder in den Topf. Um sieben waren wir immer noch bei der Arbeit. Else kam. Wir flohen durchs Fenster in den Garten. Nach dieser Misere wurde ich nicht mehr zu Küchendiensten herangezogen.
Fünf Tage lang ging in Weiden alles gut, jedenfalls was meine Kochkünste betraf. Wir aßen Maultaschen. Als aber die letzte verzehrt war, blieb mir nichts anderes übrig, als selber etwas zusammenzubrauen. Manfred war so völlig ahnungslos über meine nicht vorhandenen Kochkenntnisse, daß er sich beim Frühstück zu der Bemerkung verstieg, er freue sich, nun endlich etwas Köstliches aus meiner Küche essen zu dürfen. Ich dachte mir gleich, daß er diese Bemerkung noch bereuen würde, aber ich wollte ihm die Vorfreude nicht nehmen.
Schon um neun Uhr verschwand ich in der Küche, um auch gewiß

bis zur Mittagszeit mit dem Menü fertig zu sein. Zur Hochzeit hatte ich ein Kochbuch „Für die feine Küche" geschenkt bekommen. Ich setzte mich an den Küchentisch, legte einen Zettel bereit zum Notieren von in Frage kommenden Gerichten und begann zu blättern. „Rebhühner im Topf mit Gemüse" las ich, „Schnepfe in Rotweinsoße" und „Schinken im Brotlaib". Es gab in diesem Buch keine einfache Hausmannskost, nur extravagante Gerichte. Dazu kamen unverständliche Beschreibungen. Was war ein Eischwer Zucker? Wie und warum stößt man Mandeln? „Pürieren" sollte man, „blanchieren" und „fritieren", ich hatte noch nie etwas dergleichen gemacht. Ich legte das Buch beiseite und beschloß, es nur an Festtagen zu benutzen. Fang mit einfachen Gerichten an, sagte ich mir, dann kannst du dich steigern. Also würde ich Gulasch machen und Spätzle. Gulasch hatte ich mir schon als Studentin gekocht. Spätzle kannte ich von Manfreds Elternhaus her. Manfred möge sie besonders gern, hatte mir die liebe Schwiegermutter erklärt, man müsse sie nur von Hand schaben und der Teig solle schwer sein. Er geriet mir sehr schwer, denn ich sparte nicht an Mehl. Das Schaben war schwierig, obwohl ich den größten Wassertopf und das schärfste Messer nahm. Das Gulasch brodelte, das Wasser kochte, hochrot und schwitzend kämpfte ich mit dem zähen Teig.

Manfred kam mehrmals in die Küche und fragte, wie lange es noch dauern werde und ob er vielleicht helfen könne? Nein, ich konnte niemanden gebrauchen, ich war auch so schon am Ende meiner Kraft und in einer Stunde spätestens könnten wir essen, wenn er mich nicht immer stören würde. Eigentlich hatte ich noch einen Salat machen wollen, aber die Zeit reichte nicht mehr dazu. Den Tisch hatte ich zum Glück gleich nach dem Frühstück gedeckt. Um zwei Uhr bediente ich den Gong, den wir zur Hochzeit geschenkt bekommen hatten. Manfred eilte herbei. Er sagte, er hätte einen furchtbaren Hunger, und darüber war ich froh. Aber meine Spätzle schmeckten ihm nicht. Er biß und kaute darauf herum und nahm sich nur einmal.

„Ißt man solche Mehlklöße in deiner Heimat?" wurde ich gefragt.

„Mehlklöße? Das sind Spätzle!" sagte ich empört, „ich habe sie nach dem Rezept deiner Mutter gemacht!"

Das war die erste Mahlzeit, und es standen uns noch viele derartige Genüsse bevor.

Am nächsten Tag entschied ich mich für Reis, ein problemloses Gericht, sogar meine Mutter hatte es hier und da fertiggebracht. Die

Reiskörner wirkten klein, also nahm ich gleich zwei Tüten. Der Reis quoll und quoll. Als der erste Topf überlief, nahm ich den nächstgrößeren. Schließlich brodelten drei Reistöpfe auf dem Feuer. Wir aßen die ganze Woche Reis. Einmal mit Gulasch, dann mit Tomatensoße und schließlich mit Zimt und Zucker. Es gab viele Kombinationsmöglichkeiten, aber Manfred streikte und sagte, er wolle keinen Reis mehr sehen, geschweige denn essen.

Zuerst war ich betrübt. Ich dachte an meinen lieben Vater, der, ohne mit der Wimper zu zucken, alles aß, was meine Mutter auf den Tisch brachte, und das war weiß Gott schlimmer. Ich sagte das auch zu Manfred und fügte noch hinzu, daß meine Eltern sich sehr geliebt hätten. Schließlich brachte ich den übrigen Reis zu unserer Nachbarin. Sie hatte auch die Spätzle in Empfang genommen. Ihre Schweine gediehen prächtig bei meiner Kost, was man von Manfred leider nicht sagen konnte. Er kaufte mir einen Dampfkochtopf, dessen wildes Fauchen mich an den Rand eines Nervenzusammenbruchs brachte. Entweder war das Gemüse zu weich oder zu hart geraten. Ein schönes Mittelmaß schien es für den Topf und für mich nicht zu geben.

„Wie wäre es, wenn du die Rezepte lesen und die Kochzeiten einhalten würdest?" sagte Manfred. „Für eine intelligente Frau sollte das eigentlich möglich sein!"

Wir hatten viel Ärger wegen des leidigen Essens.

Besondere Schwierigkeiten bereiteten mir die schwäbischen Hefespezialitäten: Hefezopf, Dampfnudeln und Gugelhupf. Das Backen mit Hefe sei die einfachste Sache der Welt, jede Bauersfrau könne es, behauptete Manfred, man müsse den Teig nur tüchtig kneten und schlagen und hinterher gehen lassen. Ich knetete und schlug, bis mir die Hände erlahmten. Doch die Zeit, die der Teig zum Gehen benötigte, stimmte nie mit der Zeit überein, die ich ihm dazu bewilligte. War ich in Eile, dann tat sich nichts mit dem Hefeteig. Er dachte nie daran, in die Höhe zu gehen, und blieb wie ein schwerer Klumpen in der Schüssel liegen. Wollte ich aber in der Zeit, wo der Teig ruhte, noch dieses und jenes besorgen, dann kam der heimtückische Klumpen in Bewegung. Er dehnte sich und quoll aus der Schüssel, er mußte unbedingt gleich auf der Stelle bearbeitet werden. Wehe, wenn ich meiner Wege ging und nicht tat, was er wollte. Dann kam nachher ein genauso unansehnliches und hartes Backwerk aus dem Ofen wie beim nicht gegangenen Teig.

Am Anfang meiner Backtätigkeit hatte ich die Marotte, allen Gästen

selbstgemachte Hefespezialitäten aufzutischen. Selbst unsere besten
Freunde ließen sich nach einer solchen Kaffeetafel lange nicht mehr
blicken. Andere leidgeprüfte Besucher brachten ihre Kuchen selber
mit.

HUNDERT FLASCHEN BIRNENMOST

WIR waren im Juni nach Weiden gekommen, und der Garten hatte
um das Haus gelegen wie eine grüne Wildnis. Aus dem wuchernden
Dickicht ragten Obstbäume, am Zaun entlang standen Flieder und
Spiräen. Über allem aber erhob sich ein riesiger Birnbaum.

Der Herbst kam, und mit ihm prasselten die Birnen vom Baum. Wir
luden alle Leute ein, sich unserer Birnen zu bedienen. Aber vom Dorf
war niemand interessiert.

„Des send bloß Mooschtbiere", sagte die Mesnerin. Ich biß in eine
unserer Birnen und spuckte sofort wieder aus. Sie waren nicht nur sauer, sie waren auch hart und bitter. Aufsammeln mußten wir sie aber
trotzdem, denn kaum lagen sie unten, dann kamen die Wespen und
ließen sich in Scharen darauf nieder. Wir sammelten morgens, wir
sammelten abends. Wir erstickten in Mostbirnen.

„Machet doch Mooscht!" schlug der Nachbar vor. Jeder rechte
Pfarrer hier im Ort hätte sein Fäßchen Most im Keller gehabt.

Manfred und ich sahen uns betreten an und schwiegen. Bei jedem
Besuch wurde uns Most vorgesetzt und Kuchen. Die Zusammenstel-
lung von süß und sauer verursachte bei uns nur Unbehagen und Sod-
brennen. Auch kannten wir uns in der alkoholischen Gärung nicht aus.
Sollten wir uns in diesen unsicheren Zeiten ein privates Pulverfaß in
den Keller legen, das jeden Augenblick explodieren konnte? Gut, wir
würden Most machen, damit die Birnen nicht umkamen, aber es
würde kein gegorener, sondern ein süßer Most sein. Einer, den man in
Flaschen füllt, sterilisiert und dann säuberlich in Regale ordnet.

Als genug Säcke voller Birnen bereitstanden, borgte sich Manfred
einen Leiterwagen und karrte die ganze Pracht zur Obstpresse. Ich
sollte in der Zeit ein Feuer unter dem großen Waschkessel anzünden,
möglichst viele Flaschen waschen und ein gutes Vesper für den geplagten Hausherrn bereithalten.

Frohgemut machte ich mich an die Arbeit. Ich ging in die Waschküche und steckte zerknülltes Papier und Kienspäne in die Feuerung

des alten Waschkessels. Dann hielt ich ein Streichholz daran, und schon brannte das Feuer. Gleichzeitig aber begann es zu rauchen. Wolken quollen aus jeder Ritze des Ofens und füllten die Waschküche mit beißendem Qualm. Tränenden Auges lief ich zur Mostpresse, um Rat zu holen.

„Bleib hier bei den Birnen, ich bringe das schon in Ordnung", sagte Manfred.

Einige Männer erboten sich mitzugehen und zu helfen. Ich müsse nur auf ihr Obst achtgeben.

So stand ich denn in einer Wagenburg von Obstkarren. Nach langer Zeit, ich war schon fast am Kopf der Schlange und hatte unendliche Mühe, all die vielen Karren immer ein Stück weiterzuschieben, kam eine Gruppe von Negern den Berg heraufgetrottet. Die schwarzen Männer strahlten. Sie hatten den Ofen gereinigt, die Rohre aus der Wand gerissen und entrußt. Einer der Schwarzen legte vertraulich den Arm um mich, woraus ich schloß, daß es Manfred sei, und flüsterte mir zu, daß der Ofen brenne. Ich eilte nach Hause. Was mußte ich da erblicken? Der Boden der Waschküche war schwarz von Ruß und Asche. Auf mehreren Haufen lag halbverbranntes Papier. Wie es schien, hatte der Vorgänger versucht, hier im Ofen seine gesamte Korrespondenz samt den Kirchenbüchern zu verbrennen. Ich arbeitete hart, um die Waschküche wieder zu säubern. Der Zorn auf die Ofenreiniger verlieh mir ungeahnte Kräfte. Das Feuer brannte, der Waschkessel knackte. Ich hob den Deckel, um nachzuschauen, ob das Wasser bald koche. Der Kessel war leer und glühend heiß. Schnell leerte ich einen Eimer Wasser hinein. Es zischte, brodelte, krachte und dampfte.

Ich riß das Fenster auf und füllte den Kessel vollends mit Wasser. Manfred kam früher als erwünscht, wunderte sich, daß das Wasser noch nicht kochte, und fragte, was ich denn bloß die liebe lange Zeit getan hätte. Kein kochendes Wasser, keine sauberen Flaschen und auch kein Vesper, er war enttäuscht. Vielleicht hätte ich ohne seine Vorwürfe meine Wut zurückhalten können. Nun aber entlud sie sich fürchterlich. Erst die ganze Waschküche verdrecken, dann Feuer anmachen und kein Wasser in den Kessel füllen! Explodieren hätte ich können mitsamt der Waschküche!

Bis das Wasser kochte, waren wir vollauf damit beschäftigt, uns die Meinung zu sagen. Erst als der Dampf den Deckel hob, sanken wir uns versöhnt in die Arme. Wir luden das große Mostfaß vom Leiterwagen und schleppten es an den Ort unseres Wirkens. Ich wusch Flaschen.

Manfred steckte einen Schlauch in die Öffnung des Fasses und saugte
daran. Als Saft kam, nahm er den Schlauch aus seinem Mund, schrie
nach einer Flasche, spritzte mir Saft ins Gesicht und hielt das most-
sprudelnde Schlauchende in einen Flaschenhals. Wir wateten im Most.
Wir klebten von den Füßen bis zu den Haaren. Als es Manfred schlecht
wurde, mußte ich saugen. Hundert Flaschen hatten wir schon in dem
großen Kessel eingekocht, und immer noch sprudelte Most aus dem
Faß.

Da klingelte es. Die Pfarrfamilie vom Nachbarort kam auf Besuch.
Zwei Erwachsene und zwei Kinder. Ich klebte meine Mosthand an die
ihre und sagte, daß ich mich freue. Auch Manfred erschien mit bleichem Gesicht und nassem Overall. Wir nötigten die Gäste einzutreten
und boten als Willkommenstrunk frischen Süßmost an. Sie tranken
und waren begeistert. Da gaben wir ihnen zwei große Kannen als Abschiedsgeschenk mit.

Nach der kurzen Erholungspause schleppten wir uns wieder in die
Waschküche, um weiterzumosten. Aber siehe da, das Faß war leer.
Wir hatten vergessen, den Schlauch aus dem Spundloch zu ziehen. Der
Most war ins Abflußrohr geflossen. Wir weinten ihm keine Träne
nach.

IN EINER Ecke des Weidener Pfarrgartens gab es ein Fliedergebüsch.
Es umrahmte ein hübsches kleines Fleckchen, in das niemand hinein-
sehen konnte und das, wenn der Flieder blühte, von den angenehmsten
Düften erfüllt war. Hierhin schleppten wir zwei ausgediente Kirchen-
bänke und einen Gartentisch. Und als wir an der Reihe waren, die
Pfarrer der Umgebung zu uns zum Kaffee einzuladen, scheuerte ich
Tisch und Bänke, breitete meine schönste Tafeldecke – von Mutti be-
stickt – über den Tisch und rannte viele Male mit Geschirr vom Haus
in den Garten, treppauf und treppab, kochte Kaffee und bestrich Brezeln mit Butter. Den Kuchen brachten die Gäste selber mit, das war so
Sitte. Unsere Gäste kamen, fünf Pfarrherren und die dazugehörigen
Gattinnen. Stolz trugen sie ihre Backwerke die Treppe hinauf. Ach so,
der Kaffee sollte im Garten stattfinden. Was für eine reizende Idee! Sie
trugen die Kuchen wieder hinunter, die Brezeln auch und den Kaffee.
Es war ein heißer Sommertag.

„Was für ein schönes Plätzchen!" sagten die Gäste und zwängten
sich in die Kirchenbänke. Es war uns vorher nicht aufgefallen, daß die
Bänke keinen guten Stand hatten. Die Erde im Gebüsch war weich,

und als sich nun auf der einen Seite fünf Damen und auf der anderen fünf stattliche Herren niederließen, da kippte die Frauenbank nach vorn und die Herrenbank nach hinten.

Die Damen ahnten sofort die Gefahr. Sie drückten sich am Tisch ab und rammten unter Kreischen und Lachen die Bank fest in die Erde. Nicht so die Herren. Sie räkelten sich genüßlich nach hinten, und ehe sie überhaupt merkten, was vorging, schwebten ihre Beine bereits oben. Trotz heftigen Strampelns konnten sie keinen Boden mehr gewinnen und sanken unter Protestgeschrei nach hinten ins Fliedergebüsch. Ihr Fall ging langsam und ohne heftigen Stoß vor sich, aber der Fliederstrauch wurde sehr in Mitleidenschaft gezogen. Er streute Blüten und Blätter, Läuse und Ameisen auf unsere festliche Kaffeetafel. Unter dem schadenfrohen Gelächter ihrer Ehefrauen rappelten sich die Herren wieder hoch. ,,Man muß diese Bank unterlegen", riet einer. So machten sie sich denn daran, den Stand der Bank zu sichern. Auch beschlossen sie, sich nicht mehr anzulehnen.

Währenddessen lasen die Damen das Ungeziefer von Kuchen, Tassen und Tellern. Ich goß Kaffee ein, die Stimmung ließ nichts zu wünschen übrig. Aber nicht lange war uns Ruhe beschert. Die Wespen interessierten sich auch für den Kuchen, und bald umschwirrten sie uns mit bedrohlichem Summen. Der Genuß war gestört, die Unterhaltung stockte. Unsere Gäste wurden nervös, betrachteten die Wespen mit unfreundlichen Blicken und trauten sich nicht mehr an die Kuchen heran.

Nebenan im Nachbarhof machte sich Herr Meyer daran, seinen Misthaufen auf den Wagen zu gabeln. Die aufsteigenden Duftwellen stanken uns empfindlich in die Nasen.

,,Sollten wir nicht lieber...", fing Manfred an. ,,Ja", rief alles begeistert. So packte jeder seinen Kuchen und was er sonst noch tragen konnte und eilte damit ins Haus. Nach einer guten halben Stunde saßen wir endlich im Eßzimmer wieder in trauter Runde und tranken erschöpft, aber unbehelligt unseren kalten Kaffee.

,,Das war keine gute Idee mit der Gartenparty", sagte Manfred, als wir später das Geschirr wuschen, ,,wer hatte sie eigentlich?"

Der Obstgarten lag rechts vom Haus, der Gemüse- und Blumengarten links. Dieser linke Teil verschlang unsere Zeit und unser Geld. Er hatte eine große Rabatte, auf der im Frühjahr Schneeglöckchen und Unkraut, im Sommer Ringelblumen und Unkraut und im Herbst Goldraute und Unkraut wuchsen. Der Gemüseteil brachte nur wilde

Möhren, wilden Rettich und allerlei nicht eßbare Kräuter in üppiger Fülle hervor.

„Ich mähe alles ab", sagte Manfred. Er arbeitete, daß ihm der Schweiß in die Augen lief. Ich stand daneben, gab gute Ratschläge und paßte auf, daß er nichts Wertvolles vernichtete. Die Gemeinde verfolgte unsere Bemühungen mit Wohlwollen und Spott.

„So, send er fleißig?" sagten die Leute, wenn sie uns im Garten schaffen sahen. Sie rieten Manfred, den schweren Boden mit Torf aufzulockern und mit Mist zu bereichern. Eine ganze Fuhre voll lieferte der Nachbar. Manfred grub sie unter, umschwirrt von Fliegen und eingehüllt in Wohlgerüche. Man schenkte uns Blumenableger, Salatpflanzen und Gurkenkerne. Aber soviel wir auch hackten und pflanzten, der Garten wollte sich nicht in das von uns ersehnte Paradies verwandeln lassen. Den Salat fraßen die Schnecken, den Kohl die Raupen, und die Rosen waren schwarz von Läusen. Ein Vorgänger hatte im Garten Schnecken gezüchtet und sie an Feinschmeckerlokale verkauft. Ihre Nachkommenschaft zog schleimige Spuren kreuz und quer über alle Beete. Wir streuten Schneckenkorn aus, eine Maßnahme, die wir bald wieder ließen, weil statt lebendiger Schnecken nun halbtote im Garten herumkrochen.

Erbsen und Bohnen aber fielen in großen Mengen an. Wir kauften Weckapparat und Weckgläser und betrieben Vorratswirtschaft. Nach Schwiegermutters Rezept legte ich in einem großen Topf saure Bohnen ein. Während der Gärung stanken sie fürchterlich, aber in unserem Haus fiel das nicht weiter auf. Der hauseigene Gestank bekam nur eine andere Note. Wenn man diese Bohnen lang genug wässerte und kochte, konnte man sie hinterher auch essen. Zum Erbsenauspellen stellte ich meinen Mädchenkreis an. Ich las vor, und die Mädchen pellten, es war sehr gemütlich.

Rattenbekämpfung, eine neurotische Tür und Holzarbeiter

Hätte uns Gott vor diesem Haus bewahrt, wir wären freudiger in seinem Weinberg tätig gewesen. Dabei will ich nicht behaupten, daß uns das Haus nur Mühe und Ärger bereitet hätte. Es bot auch zwei wesentliche Vorteile: Sogar an sommerlich heißen Tagen blieb es in dem alten Gemäuer angenehm kühl, so daß wir unsere Winterkleidung das ganze Jahr hindurch benutzen konnten; und die Müllgrube lag im Hof sehr geschickt unterhalb der Küche. Ich warf die Abfälle einfach aus dem Fenster.

Nach einer ersten Betrachtung des Kellers mit seinen weiten Gewölben dachten wir, auch er werde uns Vorteile bieten. Ich hatte nämlich ein Buch über Champignonzucht im Keller gelesen. Das Wichtigste sei ein feuchter Keller und Pferdemist, so stand es in meiner Anleitung. Der Keller war da, an Pferdemist dürfte es in einem Dorf nicht fehlen. Da ich aber zu Recht befürchtete, nur Hohn und Spott zu ernten, wenn ich im Dorf von unseren Plänen berichtete, wollte ich nicht einfach eine Fuhre Pferdemist in den Keller schaufeln lassen. In mühsamer Kleinarbeit fegte ich auf, was Pferde vor unserem Haus fallen ließen, und trug es in den Keller, wo ich es in einer Ecke anhäufte.

Bald stank es in unserem Keller unangenehm nach Pferdemist, auf dem Boden wurde es lebendig. Da krabbelten schillernde Käfer und Fliegen. Manfred betrachtete sie mit Widerwillen. Ihm gefiel das Projekt schon lange nicht mehr. Dann, eines Tages, als ich gerade eine Schaufel mit Pferdemist bergen wollte, traf ich auf die Ratte. Sie kam aus dem Keller, ich strebte hinein. Wir quietschten beide, sie rannte in den Keller, ich die Treppe hoch in Manfreds Zimmer. Heulend suchte ich auf seinem Schoß Zuflucht. Mein schöner Plan! Meine blühende Pilzzucht! Ratten fraßen doch alles, sicher würden sie meine köstlichen Pilze mit Hut und Stiel vertilgen!

„Laß fahren dahin!" sagte Manfred. „Wir hätten sowieso nur wenig Gewinn gehabt."

Ratten gäbe es im Pfarrhaus, so lange sie denken könne, belehrte uns die Mesnerin. „Wenn er se obedingt los sei wellt", sagte sie, „no müeßt er halt zerscht amol putze."

„Jawohl, der Mist muß raus! Das ist meine Rede schon seit Tagen", erklärte Manfred, „nun siehst du endlich, wohin das führt! Sonst ist der Keller sauber, da gibt's nichts zu putzen."

Der Boden des Kellers bestand aus Lehm oder festem Erdreich, naß aufwischen konnte man also nicht. Die einzige Arbeit, die verblieb, war ein gründliches Fegen des Bodens.

Angetan mit Gummistiefeln, Gummihandschuhen und alten Hosen gingen wir daran, den Mist in den Garten zu schaffen. Das Rosenbeet nahm ihn dankbar auf. Der Mist war bald entfernt, aber die Ecke, in der er gelegen hatte, stank unvermindert weiter.

„Riech nur, was du angerichtet hast", sagte Manfred grimmig, „wie kann ein denkender Mensch einen Misthaufen im Keller anlegen? Der ganze Boden ist durchgeweicht und vollgesogen mit Gülle. Der stinkt in alle Ewigkeit!"

„Schrei nicht so!" erwiderte ich in gleicher Lautstärke, „in einer halben Stunde riechst du nichts mehr, das kann ich dir schriftlich geben!" Auf dem obersten Sims in der Küche stand die Flasche mit Sagrotan. Wenn es im Klo unerträglich stank, goß ich Sagrotan in die Schüssel. Dann stank es zwar immer noch, aber nicht mehr nach Klo, sondern nach Krankenhaus. Ein Geruch, der mich anständiger dünkte. Also schüttete ich einen Eimer mit heißem Wasser und viel Sagrotan auf die bewußte Stelle. Das Wasser verschwand im Boden, der Gestank wurde unerträglich. Jetzt schleppte auch Manfred schimpfend einen Eimer mit Wasser heran, um das Sagrotan wieder abzuspülen.

„Do werdet er was erlebe!" sagte der Nachbar. Er stand oben auf der Kellertreppe. „Der isch noch nia naß putzt worde, seit des Haus stoht!"

Wir würdigten ihn keiner Antwort, sondern schütteten weiter Wasser in die Ecke. Der Lehm wurde zum stinkenden Morast. Wir kratzten ihn mit einer Schaufel in den Eimer. Dann stieß die Schaufel auf etwas Hartes.

„Vielleicht ist es ein Schatz", rief ich hoffnungsfroh.

„Schatz! Daß ich nicht lache!" Manfred knirschte mit den Zähnen. „Es ist der Steinfußboden, mein Kind!"

Die Entdeckung war überwältigend. Zehn Zentimeter festgebakkener Dreck von hundert Jahren in unserem sauberen Keller!

„I han's jo g'sagt!" rief der Nachbar schadenfroh. Neben ihm erschien die Mesnerin auf der Treppe. Sie trug Gummistiefel, einen uralten Kleiderschurz, zwei Eimer und eine Hacke.

„Wenn er wollet, no helf i", sagte sie und stieg beherzt in unser Modderloch.

„Sollen wir es nicht einfach bleibenlassen?" stöhnte Manfred, „wer schaut schon in den Keller?"

„Noi", sagte die Mesnerin, „jetzt wird gschafft!"

Wir ordneten uns ihrer Autorität unter. Eine Herkulesarbeit wartete auf uns.

„Wasser!" befahl unsere Vorarbeiterin, und schon schleppten wir Eimer um Eimer die Treppe hinunter. Wir setzten den Keller unter Wasser. Es entstand ein Sumpf. Die Stiefel klebten am Boden, nur ungern und mit schmatzenden Geräuschen gab der Morast sie frei. Wir schaufelten den Dreck in Eimer, trugen sie hoch und leerten sie oben auf den Abfallhaufen. Immer größer wurde die Fläche des sauberen, mattglänzenden Fußbodens. Als wir die eine Seite des Kellerbodens freigelegt und gesäubert hatten, stießen wir auf eine Rinne, die an der Mauer entlanglief bis zu einem Loch in der äußeren Kellerwand. Diese Rinne war gefüllt mit stinkendem Schlamm; sie war die eigentliche Duftquelle, nicht meine Mistecke. Wahrscheinlich führte das Loch in der Wand zu einem Abflußgraben. Dies war auch der Privateingang der Ratten. Wir putzten die Rinne. Es wurde uns abwechselnd schlecht dabei, so daß wir in Schichten arbeiten mußten. Einer war immer draußen, um sich an der frischen Luft zu erholen. Das Loch müßten wir mit einem Eisengitter versperren, meinte die kluge Mesnerin, dann hätten wir vielleicht Ruhe vor den Ratten. Sie hatte recht. Mochten die bösen Nagetiere auch noch so verzweifelt an den Gitterstäben rütteln, sie kamen nicht mehr in unseren Keller hinein. Ihr jahrhundertealtes Vorrecht war gebrochen. Auch die Treppe kratzten wir ab, Stufe um Stufe. Ich hatte es bisher immer für eine der unangenehmen Überraschungen dieses Hauses gehalten, daß man bei feuchter Witterung die Kellertreppe nicht begehen, sondern nur berutschen konnte. Darum hatten wir ein starkes Seil an der Kellerwand entlanggezogen. Daran hielten wir uns, wenn wir die Treppe hinunterglitten. Nun aber war unsere Treppe aus grauem Stein trocken und rutschfest. Wir arbeiteten von morgens bis abends mit einer kurzen Mittagspause, bis unser Keller in jungfräulicher Sauberkeit erstrahlte.

Von der Kellertreppe aus gelangte man mit zwei großen Schritten in den Garten – sofern die Hintertür offenstand. War sie geschlossen, mußte man sich auf längere Mühe und auf schlimme Verletzungen gefaßt machen, denn sie klemmte zu jeder Jahreszeit. Im Sommer war sie durch die Hitze verzogen. Im Frühling und Herbst durch die Nässe, und im Winter durch die Kälte. Wie und an welcher Stelle auch immer Manfred dieser permanenten Verklemmung zu Leibe rückte, die Tür war in keinen Normalzustand zu bringen. Feilte er oben ein Stückchen weg, dann senkte sie sich in der Nacht heimtückisch nach unten, so daß ich mich und Manfred am nächsten Tag fragen mußte, wie denn ein denkender Mensch eine Tür, die so offensichtlich unten klemmte, oben abfeilen konnte? Ölte man die alten rostigen Scharniere und das Schloß, so stieß sie das Öl boshaft von sich und lohnte alle diesbezügliche Mühe mit großen Fettflecken auf dem Boden und mit einer öligen Klinke.

Es war eine abartig veranlagte Tür, die weder berührt noch bewegt

werden wollte. Am liebsten stand sie weit offen oder blieb fest geschlossen. Suchten wir sie aus diesen Ruhezuständen zu bringen, reagierte sie mit fast menschlicher Hinterlist. Beim ersten Versuch, sie
sanft von innen aufzuziehen, rührte sie sich nicht von der Stelle. Erst
nach heftigem Ziehen und Zerren öffnete sie sich unmutig knarrend
einen Spaltbreit. Stemmten wir nun aber unsere Füße in den Boden
und boten unsere ganze Kraft auf, um sie mit einem Ruck zu bezwin-
gen, dann flog sie mitunter weit auf, schlug uns heftig an die Nase,
rammte den Schlüssel zwischen unsere Rippen und warf uns gegen die
hintere Wand, so daß wir dort unsanft mit dem Kopf aufschlugen.

Das Öffnen von außen war nicht weniger schwierig. Bei einem ersten zarten Herunterdrücken der Klinke und gleichzeitigem Drücken
gegen die Tür zeigte sich keine Reaktion. Packte uns der Zorn, so daß
wir uns in voller Wucht gegen die Widerspenstige warfen, so flog sie
weit auf und bot uns freien Raum, wie abgeschossene Raketen ins
Haus zu zischen und uns an den drei Stufen, die aufwärts zur großen
Diele führten, die Nasen blutig zu stoßen.

Doch überlassen wir die mißratene Hintertür nun ihren Launen, und
wenden wir uns dem Haupteingang zu. Von hier kam man in einen
schmalen Flur. Rechts und links befanden sich Türen. Die Tür zur
Rechten führte in den Gemeinderaum, auch kurz „das Räumle" genannt. Hier herrschte allabendlich reges Leben. Der Kirchenchor sang,
der Posaunenchor blies, die Jugend spielte Tischtennis, der Kirchengemeinderat tagte, ich hielt Frauen- und Mädchenkreis, und im Winter
wurden noch Bibelstunden und Missionsabende abgehalten: Hier traf
sich die Gemeinde.

Das Räumle bot etwa vierzig Personen Platz. Es war mit zusam-
menklappbaren Tischen und unbequemen Stühlen ausgestattet, außerdem verbrachte ein uraltes Harmonium dort seinen Lebensabend.

Links vom Räumle lag die Registratur. In diesem Raum moderten
fünf alte Schränke vor sich hin. In stillen Nächten konnte man den
Holzwurm ticken und den Staub rieseln hören. Es waren keine richtigen Aktenschränke, sondern besonders häßliche Schenkungen aus
Privatbesitz. Dankbare Gemeindeglieder hatten sie dem Pfarramt
vermacht in der berechtigten Hoffnung, auf diese Weise die Kosten für
die Sperrmüllabfuhr zu sparen. Jeder Schrank stammte aus einer anderen Epoche, und doch boten sie durch ihre gemeinsame Häßlichkeit
ein einheitliches Bild. Man tat gut daran, diese Kolosse in Ruhe zu lassen.

Das wurde mir klar, nachdem ich mit unendlicher Mühe den ersten Schrank zur Seite gezerrt hatte, um darunter zu putzen. Er rutschte von den geschweiften Füßen und brach in die Knie wie eine verwundete Elefantenkuh. Nach vergeblichen Versuchen, den gefallenen Schrank wieder aufzurichten, schloß ich die Registratur ab und begab mich in die Küche.

Dort verbrachte ich drei Stunden in rastloser Tätigkeit. Ich stellte Maultaschen her, ein von Manfred sehr geliebtes, aber besonders arbeitsreiches Gericht. Er kam spät aus dem Religionsunterricht.

„Was?" rief er erfreut, „Maultaschen am hellen Werktag? Ist irgendwas los?"

„Nein", sagte ich, „ich wollte dir bloß eine Freude machen. Du bist doch sicher ganz erledigt nach dem Religionsunterricht."

„Ja, weiß Gott, ich bin erschöpft, aber nun fühle ich mich wie neu geboren. Was für eine Freude!"

Ich servierte ihm die Maultaschen in der Brühe und geschmälzt mit Salat. Er aß mit gutem Appetit, ich hatte keinen Hunger.

„Was ist?" fragte er, „warum ißt du nichts?"

„Ich bin auch erschöpft", sagte ich, „die Registratur war entsetzlich dreckig, ich habe sie geputzt."

„Und dann machst du mir auch noch Maultaschen, das ist wirklich nett von dir. Weißt du, heute nachmittag habe ich nicht viel vor, wir gehen in die Stadt und trinken Kaffee."

„Nein, nicht in die Stadt", sagte ich und rührte in der Brühe, „vielleicht könnten wir in die Registratur gehen." Er legte den Löffel nieder und sah mich aufmerksam an.

„Was ist passiert?"

„Ein Schrank ist umgefallen, fast von alleine."

„Hab ich's mir doch gedacht", sagte er grimmig und ging auch gleich mit mir hinunter.

Es wurde ein interessanter Nachmittag. Wir räumten die staubigen Kirchenbücher aus den Fächern und entdeckten dabei Eintragungen, die schon über hundert Jahre alt waren. Als es dunkelte und die ersten eifrigen Sänger zum Kirchenchor anrückten, hatten wir den Schrank geleert und wollten ihn nun auf die Füße stellen. Er hatte aber durch das Ausräumen so wenig an Gewicht verloren, daß wir nur mit Hilfe der starken Männer aus dem Chor unser Werk vollenden konnten. Einem der Herren fuhr es dabei ins Kreuz, sein Stöhnen untermalte die ganze Chorprobe.

„Daß du dich unterstehst, noch einmal hier zu putzen!" sagte Manfred, „es ist nichts als Arbeitsbeschaffung, und wir haben genug zu tun."

Seit der Zeit öffnete ich die Registratur nur noch, um mit zugehaltener Nase ein Fenster aufzureißen. Der Mief der Jahrhunderte kroch aus den Schränken.

Dem Eingang gegenüber führte eine Tür in die untere Diele. Der Boden war mit düsteren grauen Fliesen belegt, die eine unangenehme Eigenschaft hatten: Sie schwitzten. Bei hoher Luftfeuchtigkeit war unser Haus gleich doppelt in Mitleidenschaft gezogen: Das Klo stank, und der Boden schwitzte. Am Samstag pflegte ich die Diele naß aufzuwischen. Wehe, wenn an den Samstagen hohe Luftfeuchtigkeit herrschte. Dann wurde die Diele nach dem Aufwischen nicht mehr trocken, es bildeten sich sogar kleine Wasserlachen.

Von der unteren Diele führte die Treppe neun Stufen hoch zu einem Absatz, dann um die Ecke herum und noch einmal neun Stufen bis zur Wohnungstür. Eine große Diele, vier Zimmer, Küche und Klo. Alle Böden waren mit mattschwarzem Parkett belegt. Die Vorgänger hatten es geölt und damit eine einheitliche Schmutz- und Schutzschicht erzeugt. Wir wollten dem Boden zu neuem Glanz verhelfen. Der Drogist im Städtchen gab uns nicht, wie ich gehofft hatte, ein schnellreinigendes Wundermittel, sondern einige Pakete Stahlwolle mit. Wir sollten das Parkett spänen, riet er. Ich hatte noch nie gespänt, darum war ich frohen Mutes. Manfred dagegen war mißmutig, er wußte offenbar Bescheid, was Spänen bedeutete.

Zu Hause angekommen, machten wir uns gleich an die Arbeit. Wir legten die Stahlwolle auf den Boden und rieben mit dem Fuß ein Parkettbrettchen nach dem anderen ab, bis es goldgelb und der Fuß völlig verkrampft war. Ich hatte mit ungleich größeren Schwierigkeiten zu kämpfen als Manfred, denn zu all der körperlichen Belastung mußte ich auch noch Freundlichkeit ausstrahlen, um meinen widerspenstigen Mann arbeitswillig zu halten. So spänten wir vier Zimmer und die Diele. Das Klo ließen wir schwarz, um Besuchern den gewaltigen Unterschied zu zeigen. Der Boden strahlte in warmem Honigton.

„Wirklich, es hat sich gelohnt!" sagte Manfred. Unser Herz lachte. Es lachte nur kurz, bis nämlich der erste Besucher mit nassen Stiefeln in die Wohnung kam. Wo er hintrat, wurde das Parkett grau und unansehnlich. Da half kein Trocknen und kein Fegen, da mußte man zur Stahlwolle greifen und alle Fußtritte fein säuberlich abspänen.

Das zweite Stockwerk bot wenig Annehmlichkeiten und außer der schönen Aussicht auch nichts Sehenswertes. Der Dielenboden bestand aus einfachen Brettern, die so rauh waren, daß ich mir mehrfach beim Aufwischen Splitter in die Finger zog.

Zwei Zimmer, klein, nicht heizbar und mit schrägen Wänden, hatten wir als Gästezimmer eingerichtet. Fließendes Wasser und ein Klo gab es hier oben nicht. Dafür aber eine Waschkommode mit einer Marmorplatte und eine buntbemalte Waschschüssel.

Der dritte Raum war der Speicher, unser Holzstall. Wir kamen im Sommer und dachten nicht an Winterkälte und Heizmaterial. „Hent er scho euer Holz bschtellt?" fragte die Mesnerin eines Tages. Nein, das hatten wir nicht. „Ja, mit was wellet er heize?" Sie ging mit mir in die Küche und zeigte auf den Herd, der ungenützt stand, denn ich hatte ja meinen Elektroherd. „Ja, was moinet er denn, wie des do kalt isch im Winter? Des friert jo elles ei! Do muaß mit Holz gfeuert werde!" Wir waren ratlos. Wo bestellt man Holz, beim Kohlenhändler in der Stadt?

„Lent's! I sag's am Gottliab!" war die Antwort. Auf gut deutsch hieß das: „Laßt die Finger davon! Ihr macht ja doch alles falsch! Ich sage es meinem Mann Gottlieb!"

Der Gottlieb brachte wenige Tage später eine Fuhre Holz. Mit seinem Traktor fuhr er auf den Hof, lud die zwei Raummeter ab und sagte, daß die Säge für die nächste Woche bestellt sei. Da lagen sie nun vor unserem hinteren Hauseingang, etwa ein Meter lange Stämme. Ich betrachtete sie ärgerlich, vermutete ich doch ganz richtig, daß sie uns neue Arbeit bescheren würden. Die Säge fuhr durchs Dorf. Ihr hohes Kreischen gellte uns von Sonnenaufgang bis zum Dunkelwerden in den Ohren. Es kam uns von Tag zu Tag näher. Eines Morgens, wir waren gerade aufgestanden, kreischte es in unserem Hof. Es kreischte und gellte etwa eine Stunde lang, dann lagen die Stämme als kleine Klötze vor unserer Hintertür. Die Säge verstummte. Ihr Herr und Meister trank einige Schnäpse, nahm das Geld in Empfang, rülpste dankbar und verließ unseren Hof mitsamt seiner Säge.

Nun kam die schlimmste Arbeit. Die Klötze mußten in Scheite geschlagen werden. Manfred kaufte eine Axt und schlug zu, daß ihm das Holz nur so um die Ohren flog. An diesen Tagen wurde im Dorf vor jedem Haus Holz zerkleinert. Meistens machten es die Frauen oder die alten Leute. Die Männer hatten Besseres zu tun. Auch hier nahm der Pfarrer eine Sonderstellung ein. Ihm gestand man es zu, daß er als

Mann diese unwürdige Arbeit verrichtete. Trug er nicht sonntags in der Kirche auch einen Weiberrock? Saß er nicht schwächlich den halben Tag am Schreibtisch? Las er nicht an hellen Werktagen in Büchern, wie es nur alte oder kranke Leute zu tun pflegen?

Als das Holz gespalten war, kamen wir auf die wahnwitzige Idee, es zum Trocknen vier Treppen hoch in den Speicher zu tragen. Ich schleppte einen kleinen Korb, Manfred einen großen. Nun waren wir für den Winter gerüstet und mußten das Holz nur wieder zwei Treppen nach unten tragen, wenn wir heizen wollten.

Vom Speicher führte eine schmale Stiege hinauf in den höchsten Raum des Hauses. Hier gab es Fledermäuse. Hier hing im Winter meine Wäsche, hier staubten im Sommer die Vorfenster ein.

Ich sah die großen Fenster unter dem schrägen Dach liegen und betrachtete sie mit Abscheu. Wie schmutzig und voller Spinnweben sie waren! Mochten sie in Frieden ruhen.

Der Herbst kam, und eines Tages sagte die Mesnerin zu mir: „Ihr miaßet au eure Vorfenster neido!"

Sie hatte recht. Die Fenster klapperten. Es zog so sehr, daß sich die Gardinen im Luftzug bauschten. Die Kälte kroch ins Haus. Also wehrte ich mich nur schwach und ohne rechte Überzeugung. Manfred schleifte die sperrigen Dinger vom Speicher in die Küche, legte sie über zwei Hocker, und ich putzte sie. Es waren dreizehn zweiflügelige Fenster für das Wohngeschoß.

Das Einsetzen war lebensgefährlich. Manfred balancierte das Monstrum zur Fensteröffnung hinaus, um es von außen in die Angeln zu heben. Ich hielt ihn krampfhaft fest, damit er nicht das Gleichgewicht verlöre und mitsamt dem Fenster unten zerschellte. Nach dem Einsetzen des ersten Fensters zitterten wir beide so sehr, daß wir uns erst ein Weilchen setzen mußten, bevor das nächste an die Reihe kam. Als das Werk vollendet war, zog es nicht mehr im Haus. Statt der inneren Fenster klapperten nun die äußeren.

EISGANG IM PFARRHAUS UND DAS BAD AM MONTAGMORGEN

UNSER erster Winter in Weiden war der kälteste Winter seit Jahren. Es begann ganz harmlos mit ein paar milden, feuchten Tagen. Unsere Diele und die Wände des Treppenhauses glänzten vor Nässe. Also sorgten wir für offene Fenster und Durchzug. Am nächsten Morgen

war unser Haus zum Eispalast geworden. Es hatte gefroren. Die
Wände des Treppenhauses trugen eine dicke Reifschicht. Die untere
Diele war spiegelglatt, wir hätten Schlittschuh laufen können. Die
Tropfen an der Decke hingen nun als Eiszapfen herunter. Sie wurden
von Tag zu Tag länger. Die Fenster waren verziert mit den schönsten
Eisblumen der Saison. Manfred schleppte Kohlen aus dem Keller nach
oben, ich Holz aus dem Speicher nach unten, um die gierigen Mäuler
unserer Öfen zu füllen. Mehr als zwei Zimmer konnten wir nicht heizen, sonst wären wir dauernd unterwegs gewesen.

Eines Morgens kamen wir schlotternd zur Wasserstelle in der
Küche, um die tägliche Waschung vorzunehmen. Es gurgelte aber nur
ein bißchen Wasser aus der Röhre, dann kam nichts mehr. Wir sahen
uns erschreckt an.

„Himmel!" stöhnte Manfred, „auch das noch! Das Wasser ist einge-
froren!"

Unter dem Fenster, zum Spülstein hin, lief eine Röhre. Sie war mit
Reif bedeckt und eiskalt. Ich brach in Tränen aus. Da mußte ich nun in
aller Herrgottsfrühe aus dem Bett kriechen, dem einzig warmen Ort
im ganzen Haus, und dann gab es nicht einmal Wasser zum Waschen
und zum Kaffeekochen!

„Hör auf zu heulen!" sagte Manfred, „wärst du nicht so sparsam,
dann hätten wir das Feuer im Herd angelassen!"

„Hör auf zu schreien!" sagte ich, „wärst du ein treusorgender Hausvater, dann hättest du gestern abend das Wasser abgestellt!"

Manfred nahm einen Eimer und entfloh. Ich brachte inzwischen das
Feuer im Küchenherd wieder in Gang.

Der beleidigte Hausvater kam wieder, den Eimer voll Schnee.
Wortlos füllte er den Schnee in einen Wassertopf, um ihn zu schmelzen. Der viele, weiße Schnee ergab aber nur wenig und noch dazu
schmutziges Wasser.

„Du wirst hoffentlich nicht denken, daß ich mich mit diesem Wasser wasche", sagte ich.

„Von Waschen kann nicht die Rede sein", schnaubte er zurück, „wir
müssen das Rohr auftauen, sonst platzt es!"

Wir wickelten Tücher um die kalte Röhre und gossen heißes Wasser
darüber. Wir hielten brennende Holzscheite an die kalten Stellen. Wir
verbrannten uns die Finger. Unsere Küche wurde zum römischen
Dampfbad. Der Herd glühte, die Wasserkessel zischten. Nur das Rohr
blieb kalt. Aber lange hielt es der anstürmenden Hitze nicht stand. Es

tröpfelte aus dem Wasserhahn, dann lief ein dünnes Rinnsal, und schließlich rauschte ein sauberer Strahl in die Spüle. Wir fielen uns in die Arme. Das Wunder war geschehen. Wir hatten Wasser, und wir liebten uns wieder. Dies war der richtige Augenblick, ein Badefest zu feiern! Wir hatten es verdient und auch nötig.

Im allgemeinen pflegten wir samstags zu baden, wenn die Predigt fertig war und ein langer Abend vor uns lag, denn dies Vergnügen kostete viel Zeit und Mühe. Der große Zuber mußte aus der Waschküche nach oben in die Küche geschleift werden. Heißes Wasser mußte bereitet, der Zuber gefüllt und hinterher wieder entleert, die Küche aufgewischt werden. All dies diente nicht dazu, unsere Badewilligkeit zu heben.

An diesem Montagmorgen aber waren wir freudig bei der Sache. Heißes Wasser sprudelte genug auf dem Herd, warm war es auch in der Küche.

Der Zuber bot Raum für zwei Personen, wenn die Füße beider hinaushingen. Stand einer auf, um sich abzuseifen, dann konnte der andere fast alle Körperteile unter Wasser bringen.

Nun hatte Manfred aber bei all der Aufregung den allmontäglichen Besuch des Kirchenpflegers vergessen. Pünktlich um neun Uhr also stand er vor der Haustür, bepackt mit Opferbüchsen und Kassenbüchern. Er stellte alles auf den Boden, um zu klingeln, sammelte dann seine Siebensachen wieder auf, stand da und wartete, daß ihm geöffnet werde. Aber kein Summer ertönte.

Wir oben in der Küche hörten kein Klingeln. Wir hatten das Radio laut aufgedreht – im Schulfunk lief eine Sendung über den Ausbruch der Pest in Venedig –, gossen heißes Wasser nach, wuschen uns und waren sehr beschäftigt.

Mittlerweile hatte der Kirchenpfleger die Büchsen wieder in den Schnee gestellt, die Kassenbücher darauf gelegt, um ein zweites Mal zu klingeln. So stand er lange vor der Tür, fror und dachte sich gleich, daß hier irgend etwas nicht stimmen könne. Er trat zurück. Aus dem Schornstein stiegen dicke Rauchwolken. Der Kirchenpfleger sah es mit Befremden. Er stieß das Hoftor auf und ging, Böses ahnend, um das Haus herum. Was mußte er erblicken? Das Küchenfenster stand einen Spalt offen, und durch diesen Spalt quollen Dampfwolken. Dazu hörte er klagende Menschenstimmen und plätschernde Geräusche. Er hatte es geahnt – in Pfarrers Küche war Feuer ausgebrochen.

„Ich komme!" rief er, warf alle Opferbüchsen und Kassenbücher in

den Schnee und hastete zur Hintertür, die noch vom Schneeholen offenstand.

Wir hatten das Fenster geöffnet, weil wir vor lauter Dampf nichts mehr sehen konnten. Da wurde die Küchentür aufgerissen. „Wo send er?" schrie jemand durch den Dampf. Manfred, der gerade aufrecht stand und sich abseifte, wurde von hinten gepackt und aus der Wanne gezerrt. Ich war so tief in den Zuber gerutscht, daß man nur Unwesentliches von mir sah. Außerdem trug der Kirchenpfleger zu Amtsgeschäften eine Brille, die sich dermaßen beschlagen hatte, daß er halb blind herumtappte. Er schnappte sich einen Eimer mit Wasser, an den er gestoßen war, und wollte ihn unbedingt über den glühenden Herd gießen. Manfred hielt ihn von hinten fest.

„Herr Stetig!" rief er mit lauter Stimme, um das Radio zu übertönen, „Herr Stetig, es ist nichts! Wir baden nur!"

Nun war der Kirchenpfleger ein beherrschter und humorvoller Mann. Sein einziger Kommentar lautete: „Was denn? Am Mondichmorge?" Dann putzte er seine Brille, schaute noch einmal sorglich um sich, ob auch alles stimme, und verschwand aus der Küche. Er sammelte Opferbüchsen und Kassenbücher aus dem Schnee und begab sich ins Amtszimmer, wohin ihm Manfred nach kurzer Zeit folgte. Die Begebenheit war mir etwas peinlich, aber ich hörte die Herren so laut lachen, daß meine Besorgnis verflog. Seitdem zwinkerte mir Herr Stetig hin und wieder zu und fragte: „Kenne mer am Mondich Opfer zähle, oder dent er bade?"

Das Wasser in der Küche fror uns nicht mehr ein. Wir umwickelten die Röhre kunstvoll mit Mullbinden und ließen das Feuer im Herd nicht mehr ausgehen.

KRIPPENSPIELE – MIT UND OHNE BRILLE

ABER der Winter brachte uns nicht nur Kälte und böse Überraschungen. Er brachte auch das Weihnachtsfest und mit ihm die Gelegenheit, ein Krippenspiel einzuüben. Theaterspielen war schon als Kind für mich das höchste Vergnügen. Mutti hatte selber ein Krippenspiel verfaßt und übte es alljährlich zu Weihnachten ein. Da gab es haufenweise Engel, Hirten und Volk, aber nur eine Maria, und diese Maria darstellen zu dürfen war der Traum meiner schlaflosen Nächte. Es war keine große Rolle. Maria spielte nicht und sprach nicht, sie sang und sah

schön aus. Also bekam Beate die ersehnte Rolle, denn sie war klein und
zart, hatte ein Gesicht wie eine Madonna und eine sanfte Stimme. Sie
kniete im blauen Gewand vor der Krippe, wurde von allen Seiten zart
angeleuchtet und war unbeschreiblich schön. Ich lehnte als Verkündi-
gungsengel an einem Pfeiler, schielte neidisch durch meine Brille zu
dem trauten Bild hinüber und dachte, daß sich der liebe Gott mit meiner äußeren Gestaltung ruhig etwas mehr Mühe hätte geben können.

Die Schwierigkeit der Marienrolle bestand nun darin, daß die Dar-
stellerin zugleich schön aussehen und gut singen mußte. Doch waren
beide Vorzüge selten in einer Person vereint. Es ging nur um ein einziges Lied: ,,Schlaf wohl, du Himmelsknäblein du..." Ich konnte es
schön und innig singen. Beate aber veränderte beim Singen die
Vokale. Sie sang: ,,Schlof wohl, do Hömmölsknöblein do..."

So gesungen, brachte das Lied nicht die erhoffte Wirkung bei den
Zuhörern hervor. Meine Mutter beschloß, im nächsten Jahr mich als
Maria zu verwenden. Mit Hilfe von Schminke, schöner Gewandung
und mildem Licht gedachte sie für mein Aussehen einiges zum Guten
zu wenden. Ein besonderes Ärgernis stellte jedoch die Brille dar, denn
eine bebrillte Maria war undenkbar. Ich fand mich hübsch mit dem
blauen Gewand, dem weißen Kopftuch und ohne Brille, und ich war
fest entschlossen, die Gemeinde mit meinem Spiel zu rühren.

Das Krippenspiel fand in der Kirche statt. Während die Engel mit
ihren wallenden Gewändern eine Mauer bildeten, mußten dahinter
Maria und Josef aus der Sakristei robben, die Krippe hinter sich herzie-
hen, vor dem Altar Aufstellung nehmen, eine Kerze auf dem Krippen-
rand anzünden und dann still verharren. Das waren viele Aufgaben für
die Zeitdauer von drei Versen ,,Stille Nacht". Danach nämlich wich
die Mauer der Engel zur Seite, um der Gemeinde das traute Bild zu
enthüllen. In der Krippe, so hatte man mir gesagt, sollte die Streichholzschachtel liegen, mit der ich die Kerze anzünden konnte.

Nun war der Junge, der den Josef spielen sollte, nicht gerade der
klügste. Er hatte genug Mühe, einen langen Stock und eine Laterne
ohne Unfall bis zum Altar zu bringen. Ich mußte die Krippe alleine
schleppen. In großer Eile kroch ich von der Sakristei zum Altar und
stieß dabei gegen den Taufstein. Die Krippe fiel um. Heu und Stroh,
Kerze und Streichholzschachtel lagen auf dem Boden. Ich raffte zusammen, was ich ertasten konnte. Die Streichholzschachtel aber blieb
verschwunden. Als die Mauer der Engel zur Seite wich, bot sich der
Gemeinde ein ungewohntes Bild. Vor dem Altar stand Josef allein und

hielt seinen Stab umklammert. Unterhalb der Altartreppen beim Taufstein aber kniete Maria, stopfte Heu und Stroh in die Krippe und sang dazu: „Schlaf wohl, du Himmelsknäblein du..."
Bei der zweiten Strophe war Josef zu dem Entschluß gelangt, sich zu Weib und Kind zu begeben. Er kam die Stufen herunter, bückte sich nach der Streichholzschachtel und entzündete die Kerze. Dabei glitt ihm der Stab aus der Hand und schlug Maria auf den Kopf. Sie sang eisern ihr Lied zu Ende, bis die Mauer der Engel sich wieder schloß, dann brach sie in Tränen aus.
Von da an spielten wir die Maria mit verteilten Rollen. Beate kniete vor der Krippe, sah schön aus und bewegte die Lippen. Ich hockte hinter dem Altar, war unsichtbar und sang. Eine Lösung, die uns beide nicht recht befriedigte, von der Gemeinde aber dankbar begrüßt wurde.
Dieses Krippenspiel brachte ich auch in Weiden zur Aufführung. Unsere Kirche mit dem tiefen Chorraum und dem goldenen Hochaltar im Hintergrund eignete sich trefflich für solch ein Spektakulum. Die Gemeindeglieder waren tief beeindruckt. Es wäre das erhebendste Erlebnis gewesen seit der Einweihung des Schwimmbades, sagten sie.
Am liebsten hätte ich die Marienrolle übernommen, aber ich befand mich in anderen Umständen. Im Mädchenkreis fand sich ein Mädchen namens Martha, welches hübsch aussah und einigermaßen singen konnte. Diese Martha wurde Maria. Als Josef erwählte ich ihr einen aufgeweckten Burschen aus dem Posaunenchor. Es machte mir großen Spaß, Regie zu führen. Ich setzte ganze Menschenmassen in Bewegung, ließ Hirten von der Empore heruntertrampeln und Engelchöre aus jeder Kirchenecke singen. Die Zuschauer konnten gar nicht so schnell die Köpfe drehen, wie der Ort der Handlung wechselte.
Die Brille hätte übrigens bei einer Mariendarstellung nicht mehr gestört, denn seit ein paar Wochen trug ich Kontaktschalen. Die erste Zeit war hart. Die Augen tränten, die Nase lief, das Gesicht war rot und verquollen. Und im Dorf verbreitete sich das Gerücht, Frau Pfarrer leide im Winter an Heuschnupfen.

DER Frühling kam. Draußen wehte ein lindes Lüftchen. Wir rissen alle Fenster auf, damit die warme Luft auch unser kaltes Gemäuer durchdringe, und siehe da, es taute! Es tropfte von der Decke, es floß von den Wänden, über die Treppe lief ein Rinnsal. Das Pfarrhaus troff.
„Wir müssen etwas unternehmen", sagte Manfred, „sonst bekom-

men wir Hochwasser und holen uns außerdem das Zipperlein." Er drückte mir eine Schaufel in die Hand, nahm selber Pickel und Messer und fing an, die Wände abzukratzen. Wir hieben, stachen und schoben die kalte Pracht in den Badezuber. Fünf Zentimeter dick war die Eisschicht an den Wänden. Auch die Eiszapfen schlugen wir ab, soweit sie erreichbar waren. Durch diese Aktion entkamen wir zwar dem Hochwasser, doch löste sich auch der Kalk von den Wänden, so daß der Hausflur an Schönheit verlor.

Rings um das Haus blühten die Schneeglöckchen. Unter dem Fliedergebüsch war es blau von Szilla, und der Birnbaum strahlte so weiß und leuchtend, daß wir die Leiden des Winters vergaßen.

HAUSTÖCHTER

„DU HAST zuviel Arbeit", sagte Manfred, „willst du nicht eine Haustochter haben?" Ja, ich wollte und sah mich schon im Geiste geruhsam in der Sofaecke sitzen und lesen. Also machten wir zweimal den Versuch, mit Hilfe einer Haustochter besser über die Runden zu kommen.

Das erste dieser, wie ich damals noch annahm, hilfreichen Geschöpfe hieß Marie-Antoinette und kam aus Brasilien. Ich hatte in unserem Bekanntenkreis eine unbedachte Äußerung getan in der Richtung, daß ich eine Haustochter suchte. Schon hatte ich Marie-Antoinette am Hals. Sie war bei einer Tante in Deutschland auf Besuch, schien aber dort das Familienleben empfindlich zu stören, so daß sie möglichst schnell aus dem Hause sollte. Uns wurde mitgeteilt, daß man der jungen Dame Gelegenheit geben wolle, in einer schlichten deutschen Familie den Haushalt zu erlernen.

Diese Marie-Antoinette war, genau wie ihre königliche Namensschwester, ein kapriziöses Persönchen. Sie lugte mit feurigen schwarzen Augen nach der männlichen Dorfjugend, trug kurze Röcke über gutgeformten, langen Beinen und war keineswegs gewillt, sich eines derselben im Dienste der schlichten deutschen Familie auszureißen. Schon das Zimmer im Dachgeschoß mißfiel ihr sehr. Am Morgen kam sie immer ganz gebrochen zum Frühstück herunter, klagte über Kreuzschmerzen und schwere Träume.

„Warum bleiben Sie dann so lange im Bett?" fragte ich freundlich. „Sie könnten Ihre Leiden abkürzen, wenn Sie etwas früher aufstehen würden."

Aber auf dem Ohr hörte sie nicht. Das „terrible thing", über das sie so jammerte, war mein Jungmädchenbett. Die Rahmenteile waren so sinnvoll miteinander verbunden, daß das ganze Gestell zusammenfiel, wenn der Schläfer mit dem Fuß an die hintere Leiste schlug. In unserem Mädchenzimmer hatten wir das Bett so geschickt zwischen Wand und Schrank geklemmt, daß Marie-Antoinette keine nächtlichen Zusammenbrüche mehr erlebte. Trotzdem benahm sie sich wie die Prinzessin auf der Erbse. Um unsere Verständigung stand es denkbar schlecht. Sie war der deutschen Sprache nicht mächtig, und ich konnte kein Portugiesisch. Also einigten wir uns auf ein beiderseitig mangelhaftes Schulenglisch. Alles, was Marie-Antoinette ungern tat und hörte, verstand sie einfach nicht.

Auch sonst entsprach sie in keiner Weise meinen Vorstellungen von einer idealen „Pfarrmagd". Mir schwebte ein sauberes ältliches Wesen vor, genügsam und treu, das des Morgens früh aufsteht, mit leisen Schritten durch das Haus eilt, Öfen schürt und Brötchen holt; das den Boden scheuert und den Garten umgräbt. Nein, mit einer Pfarrmagd dieser Güte hatte Marie-Antoinette nichts gemein. Genau wie ich liebte sie es, lange zu schlafen, Klavier zu spielen und Mittelpunkt bei Gesellschaften zu sein. Sogar für meinen Mann zeigte sie eine besondere Vorliebe. Sie warf ihm verliebte Blicke zu, was ich auch getan hätte, wäre ich nicht schon seine Frau gewesen. So war ihres Bleibens in unserem schlichten deutschen Haushalt nicht länger.

Sie schied vergnügt nach einigen Wochen erholsamen Urlaubs auf dem Lande. Mich ließ sie als Nervenbündel zurück.

Die zweite Haustochter hieß Helene. Sie stammte aus einem frommen Elternhaus und war das genaue Gegenteil von Marie-Antoinette. Hatte jene ihre Fingernägel sorgsam manikürt, so knabberte diese dauernd an ihnen herum. Faßte Marie-Antoinette nur ungern mit an, so packte Helene derart willig zu, daß Türen krachten, Scheiben klirrten und Gläser zerbrachen.

Sie fand das Mädchenzimmer schön und das Bett bequem. Wenn sie morgens aufstand, zitterte über uns die Decke, und die Lampe kam ins Schaukeln. Dann rauschte ein kleiner Wasserfall vorbei an unserem Fenster hinunter in den Garten. Helene pflegte nämlich den Nachttopf, mit dem ich das Mädchenzimmer versehen hatte, einfach aus dem Fenster zu leeren. Von dieser Praxis ließ sie trotz Gegenvorschlägen und Vorwürfen nicht ab. Sie schäme sich, so sagte sie, mit gefülltem Nachttopf einem menschlichen Auge entgegenzutreten. Also könne sie den Nachttopf nicht in unserem Wohnungsklo und auch nicht in dem unteren ausleeren. Als aber die Blumen in der so begossenen Rabatte zu welken begannen, hatte sie ein Einsehen. Sie verzichtete beim Nachtessen auf den geliebten Süßmost.

Nun war Helene ein Morgenmensch und sang dazu noch gern. Schon beim Aufstehen jubilierte sie wie eine Lerche und hörte beim Frühstück nur auf, weil sie nicht gleichzeitig singen und essen konnte. Mit gequältem Lächeln ertrug ich die morgendlichen Lobgesänge, aber ihre Aufforderung, doch mit einzustimmen, lehnte ich entsetzt ab.

Eines Morgens, als sie singend den Frühstückstisch deckte, kam mir die rettende Idee. „Helene", sagte ich, „du hast eine so schöne Stimme. Wie wäre es, wenn du morgens singen würdest, sobald du mit dem Nachttopf nach unten kommst? Niemand von uns wird sich blicken lassen, solange wir dich singen hören."

„Aber ich singe jetzt auch schon, ohne Topf", sagte Helene.

„Richtig, aber wenn du meinen Vorschlag annimmst, dann wissen wir, warum du singst, und bleiben in unseren Zimmern. Natürlich darfst du erst zu singen anfangen, wenn du die Treppe herunterkommst, nicht schon beim Aufstehen. Weißt du, sonst müssen wir zu lange im Bett bleiben. Auch wird es gut sein, wenn du hinterher noch ein Weilchen still bist, damit wir nicht denken, du kommst schon wieder mit dem Topf."

Helene war einverstanden. Sie wählte die Lieder am Abend vorher sorgsam aus und sang sich so durch die Morgenlieder des Gesangbuches. Auch unsere Söhne wuchsen ganz selbstverständlich in dieses morgendliche Ritual hinein. Wenn sie in der Frühe durch die Wohnung geisterten, um sich Spielsachen ins Bett zu holen, und Helenes Gesang ertönte auf der Treppe, dann ließen sie alles stehen und liegen, schrien „Weg da! Topp tommt!" und schlüpften in ihr Zimmer. Die Tür ließen sie allerdings einen Spalt offen, um den geheimnisvollen Topfgang miterleben zu können.

„Diese Sau!" schrie Andreas eines Tages und stürmte wutentbrannt in die Küche. „Diese Sau hat mir meine Burg kaputtgemacht!" Mit der Sau meinte er seinen Bruder.

Helene putzte Salat. „Man sagt nicht Sau!" sprach sie, „das ist ein ganz häßliches Wort!"

„So, so, aber du tusch singen!" schimpfte Andreas.

„Nie", sagte Helene, „nie nehme ich ein so schmutziges Wort in den Mund!"

„Und was hasch mit dem Topp gesungen?" fragte Andreas. „Heute morgen?"

Helene überlegte. „,Morgenglanz der Ewigkeit' habe ich gesungen. Da gibt's kein häßliches Wort."

„Sing's mal!" verlangte Andreas. Sie war freundlich zu den Kindern, also sang sie, und Andreas hörte gespannt zu. Die zweite Strophe kam.

„Halt!" rief Andreas, „jetzt, jetzt hast du's gsungen!"

Sie wiederholte: „Deiner Güte Morgentau fall auf unser matt Gewissen, laß die dürre Lebensau..." Sie zog beim Singen das s hinüber zum au, und so wurde aus der dürren Lebens-au eine dürre Lebens-sau, wenigstens für Andreas.

Helene hatte bei ihrer Ankunft noch weniger Ahnung von Kochen und Haushaltsführung als ich. Sie war aber ein fleißiges Mädchen. Während Manfred und ich im Städtchen einkauften, beschloß sie, die Wohnung gründlich zu putzen. Sie schleppte Eimer mit heißem Wasser heran, weichte den Boden gründlich auf und schrubbte das Parkett mit Schmierseife. Ihr Gesicht strahlte, als wir heimkehrten und durch die Wohnung wateten. An dem Parkett war nichts mehr zu verderben, ich konnte meine Tränen fließen lassen. Nach dem Trocknen klafften manche Hölzer auseinander, andere hatten sich gewellt. Zum Glück war es Helene nicht gelungen, das ganze Haus unter Wasser zu setzen. So mußten wir nur drei Zimmer und die Diele spänen. Wir schafften es in drei Tagen.

Mit dem Essen war Helene nicht verwöhnt. Sie aß, was auf den Tisch kam, am liebsten Kartoffeln mit Soße. Dieses Gericht konnte ich recht gut zubereiten, wenn man von der Soße einmal absah. Ich hatte mit der Zeit gelernt, zum Braten eine schmackhafte Soße herzustellen. Braten aber durfte es nach Helenes Meinung höchstens am Sonntag geben. Fleisch am Werktag hielt sie für sündhafte Völlerei. Ohne Bratensaft jedoch entbehrte meine Soße jeglicher Kraft und Würze. Was sie dafür reichlich enthielt, waren Mehlklumpen und verbrannte Zwiebeln.

Manfred aß mit deutlichem Widerwillen. Helene aber langte freudig zu und sagte, dies Gericht erinnere sie an zu Hause.

Dann übergab ich ihr den Kochlöffel und lehrte sie, Kartoffeln, Gulasch und Reis zu kochen. Bald hatte sie mich in der Zubereitung dieser Speisen überflügelt und ging dazu über, schmackhafte Phantasiegerichte herzustellen. Wir wechselten uns ab.

„Wer kocht heute?" pflegte Manfred zu fragen. Wenn ich an der Reihe war, seufzte er.

So hätte Helene noch lange bei uns bleiben und in Segen wirken können, hätten ihre frommen Eltern nicht unseren schlechten Einfluß gefürchtet. Sie schied von uns mit schwerem Herzen.

Nach Helene nahmen wir keine Haustochter mehr in Dienst. Ich begnügte mich mit einer Putzfrau, die einmal in der Woche kam. Diese Frau erzählte mir gern von dem Schicksal ihrer zahlreichen Verwandtschaft. Es war ihr aber nicht gegeben, zwei Dinge auf einmal zu verrichten, also zu reden und zu putzen. Da sie lieber sprach, verhielt es sich meistens so, daß sie plaudernd am Fenster lehnte und ich dabei putzte und zuhörte. Als mir diese Doppelbeanspruchung auf die Dauer zu anstrengend wurde, versah ich mein Hauswesen allein.

GROSSMUTTERS RAUPE UND GENOVEVAS HAAR

ALLES wollte ich werden: Missionarin, Schauspielerin, Juristin, aber ganz gewiß keine Pfarrfrau! Vom Pfarrleben hatte ich genug abbekommen:

Was werden die Leute denken, wenn du dieses Kleid anziehst? Was wird die Gemeinde sagen, wenn du zur Tanzstunde gehst? Du mußt in den Kirchenchor, in die Bibelstunde, in den Mädchenkreis! Sei freundlich zu den Leuten!

Wird die Predigt fertig? Wird sie den Leuten gefallen? Wird Vati den Gottesdienst durchhalten? Werden Leute in die Kirche kommen? Seid still, Mutti hat heute abend Frauenstunde!

Stellt das Radio ab, heute ist Kirchengemeinderatssitzung! Am Sonntag ist Mädchentreffen, da kannst du nicht zum Schulausflug!

Herr Müller sagt, Vati ist nicht bekehrt... Frau Maier sagt, Muttis Frauenstunden sind nicht mehr so gut wie früher. Fräulein Schmid sagt, wir sind nicht fromm genug... Vati hat keine Zeit! Mutti hat keine Zeit!

Nein, alles, bloß keine Pfarrfrau!

Dann lernte ich den Theologiestudenten Manfred Müller kennen und liebte ihn, bevor mir aufging, daß er mich zur Pfarrfrau machen würde. Also schob ich die bösen Erinnerungen beiseite und beschloß, daß bei uns alles anders werden sollte. Das Ganze war im Grunde nur eine Frage der Generation!

Auf Wunsch des Oberkirchenrates fuhr ich zu einer Pfarrbräute-
rüstzeit. Bis zum Hals gefüllt mit hohen Idealen und guten Vorsätzen
kam ich wieder zurück:
Eine Pfarrfrau muß großzügig sein! Sie freut sich über jeden Besucher! Schmutzige Schuhe nimmt sie nicht zur Kenntnis! Bei Telefona-
ten zur Mittagszeit oder in der Nacht meckert sie nicht, sondern holt
flugs den Ehemann herbei! Eine Pfarrfrau muß zuhören können, auch
wenn ihr in der Küche das Essen verbrennt! Eine Pfarrfrau ist immer
freundlich!!!

Eigentlich hätte ich eine gute Pfarrfrau werden müssen, denn eine
lange Reihe von Pfarrfrauen, mütter- und väterlicherseits, marschierte
mir voran. Alle waren sie besonders begnadete Menschen gewesen.
Mütter ihrer Gemeinden, Stützen ihrer Pfarrherren, Muster an Opfer-
bereitschaft und Frömmigkeit.

In meinem Schmuckkästchen liegt noch heute die sagenumwobene
,,Raupenbrosche" der Großmutter Lina-Maria. Sie war das strahlende
Zeichen der Selbstüberwindung dieser trefflichen Frau. Selten verging
eine Gesellschaft in meinem Elternhaus, ohne daß die Brosche hervor-
geholt und herumgereicht wurde. Während die Reliquie von Hand zu
Hand ging, erzählte ein Eingeweihter die Legende von ,,Großmutters
Raupe"

Da war sie also in Mannheim bei Hofe eingeladen, Lina-Maria, die
Frau des würdigen Hofpfarrers. Lakaien servierten die Speisen, und
der lieben Großmama spendierten sie als Beigabe eine Raupe. Entsetzt
starrte die Gastgeberin auf Großmamas Teller. Dort lag das Tier, benommen von Öl und Essig, im Salat. An dieser Stelle ergingen sich die
Erzähler in phantasievollen Beschreibungen. Sie schilderten die absto-
ßende Häßlichkeit der Raupe: grün, dick, behaart; sie berichteten von
Großmamas innerem Kampf, aufsteigendem Ekel und einem Stoßgebet. Alle Erzähler aber waren sich einig, daß der Augenblick der Anfechtung nur kurz, die Tat jedoch groß und edel gewesen sei. Großmama wickelte die Raupe zierlich in ein Salatblatt, führte die Packung
zum Munde und verspeiste sie. Befreit seufzte die Gastgeberin. Das
Ärgernis war verschwunden. Die Küche des Hauses blieb frei von jedem Makel. Dafür wurde ihr nach dem Mahl von der dankbaren Für-
stin diese Brosche überreicht.

Ich trug die Raupengeschichte auch zu Markte. Mein Sohn Andreas,
der jeden Mehlklumpen aus der Soße fischte, hörte die Geschichte
immer wieder gern und voll frommem Schauder. Dann wurden wir

einmal bei einer alten Dame zum Essen eingeladen. Sie war zwar nicht von fürstlichem Geblüt, aber sie bewohnte ein schloßähnliches Haus und war sehr vornehm.

Nun saßen wir an der festlich gedeckten Tafel. Der Salat wurde serviert, auf meinem Teller saß eine Schnecke. Verstohlen blickte ich in die Runde. Die Gastgeberin unterhielt sich mit Manfred, aber Andreas schaute aufmerksam auf meinen Salatteller. Er sah die Schnecke, und er kannte die Geschichte von Großmutters Raupe.

Es half nichts, ich mußte das Tier essen, wollte ich dem Kind nicht das letzte bißchen Glauben an die Größe der Mutter nehmen. Ich wikkelte die Schnecke in ein Salatblatt und war bereit, sie zum Munde zu führen.

Da sagte Andreas laut und deutlich: „Mulchen, da ist 'ne Schnecke!"

Ich ließ die Gabel sinken, die Schnecke kroch wohlbehalten aus dem Blatt. „Du hättest sie fast gegessen!" sagte Andreas vorwurfsvoll, „und sie ist doch noch lebendig!"

Die alte Dame unterbrach ihre Unterhaltung.

„Nein, so was!" rief sie, „ich habe den Salat dreimal gewaschen. Was für ein Glück, daß Andreas so gute Augen hat!"

Mein Salatteller wurde fortgetragen, ich bekam einen neuen. Es wurde ein vergnügtes Mittagessen. Als wir gingen, nahm die alte Dame Andreas beiseite und schob ihm ein Päckchen zu. „Das Taschenmesser wollte ich eigentlich meinem Enkel schenken", sagte sie, „aber weil du so ein aufgeweckter Bub bist, sollst du es haben."

Auf dem Heimweg sprang Andreas voraus und schnippelte mit seinem Taschenmesser Blätter von den Büschen. Dann blieb er stehen und wartete auf uns. „Weißt, Mulchen", sagte er, „die Geschichte von Großmutters Raupe find ich richtig blöd!"

HATTE ich früher nur im Schatten der pfarrfräulichen Ahnenreihe gestanden, so hüllte mich in Weiden die Größe der Vorvorgängerin vollends in Dunkelheit. Wer konnte neben dieser Frau bestehen? Nicht einmal ihrem Mann war es gelungen. Er predigte zu lang, er war zu grob. Er fuhr zu oft in die Stadt, und er war außerdem kein Schwabe. Doch man ertrug ihn in Geduld, denn man hatte ja sie. Ihr Heiligenschein warf auch auf seine Mängel ein verklärendes Licht. Sie wirkte im Segen. Ging mit selbstgekochten Süppchen in die Häuser der Armen. Legte selbstgestrickte Höschen in die Wiegen der Neugeborenen. Stellte selbstgezogene Blumen auf den Altar. Sie sorgte dafür, daß ein Fäßchen echten Birnenmostes im Keller lag, und auch der Garten war unter ihren fachkundigen Händen trefflich gediehen. Sie erntete die frühesten Rettiche und die dicksten Krautköpfe.

Diese Vorgängerin machte zweimal im Jahr Besüchle in „ihrem" Dorf. Eine kleine, weißhaarige Frau mit einer großen Reisetasche. Sie ging von Haus zu Haus, und Herzen, Würste und Eier flogen ihr zu. Die Reisetasche war prallvoll, wenn sie abends noch bei uns hereinschaute. Offensichtlich lohnte es sich, eine Pfarrfrau nach dem Bild der Gemeinde zu sein.

Aber nicht nur die Herzen aller Frommen schlugen für sie, nein, auch die Augen ruhten mit Wohlgefallen auf dieser würdigen Vertreterin ihres Standes. Wie sie wieder angezogen war! Schlicht, „oifach" und doch adrett. Grad so, wie man es gerne sieht bei einer rechten Pfarrfrau. Sie kannte die Bekleidungswünsche des Dorfes und richtete sich danach. Diese Wünsche lauteten etwa folgendermaßen:

Eine Pfarrfrau glänzt nicht mit äußerem Prunk, sie wirkt durch innere Werte! Also trägt sie saubere Kleidung, unauffällig im Schnitt und gedeckt in der Farbe. Modischen Tand lehnt sie ab. Die Bekleidung des Oberkörpers dient ausschließlich zur Verhüllung der weiblichen Geschlechtsmerkmale. Sie bevorzugt deshalb schlecht sitzende oder nicht formende BHs, zieht darüber wärmende Unterleibchen und flauschige Unterkleider.

Der Bekleidung unterhalb des Gürtels fehlt jede pikante Note. Langbeinige Mako- oder Strickschlüpfer schützen vor Blasen- und Nierenleiden in kalten Pfarrhäusern. Der Rock fällt weit über die Knie und wirkt zeitlos, weil nicht der Mode unterworfen. Die pfarrfraulichen Beine stecken in dicken Strümpfen, die Füße in derbem Schuhwerk.

Das Haupt aber ziert ein Knoten, auch Glaubensfrucht oder Hallelujazwiebel genannt. Widerspenstige Löckchen werden glattgebürstet oder mit Haarspangen festgeklemmt.

Auch ich war eine rechte Augenweide für die Gemeinde, jedenfalls zu Anfang. Die Brille auf der Nase, den Knoten am Hinterhaupt, so hielt ich in Weiden Einzug.

„Mensch, Mulchen", sagen meine Söhne heute, wenn sie die Bilder von früher betrachten, „du hast vielleicht ausgesehen damals. Ein Wunder, daß dich der Vati behalten hat!"

Behalten hat! Ihm zuliebe hatte ich die Haare ja wachsen lassen! Der „Bubikopf" war mir lieber gewesen. Mühsam genug hatte ich ihn meinen Eltern abgetrotzt. Vorher plagte ich mich mit Zöpfen herum, legte sie als Schnecken über die Ohren, ließ sie als Affenschaukeln hängen, wand einen Gretchenkranz um den Kopf. In Kombination mit der Brille sah alles gleich altjüngferlich aus. Beate ließ sich die Haare schneiden, uneingedenk des Protestes der Gemeinde, und war nun noch schöner als vorher. Neid und Selbstmitleid nagten an meiner Seele. Ich wurde unausstehlich. Dann drückte mir Vati Geld in die Hand. „Kind", sagte er, „die Gemeinde ist eh schon verärgert. Geh zum Friseur, laß dir auch die Haare schneiden." Ich ging, und die Geschwister empfingen mich schon an der Tür mit Begeisterungsschreien.

Ich kam auf die Universität, nahm die Brille ab und gewann sogleich einen Mann. Ihm, dem angehenden Pfarrer, zuliebe ließ ich die Haare wieder wachsen und züchtete eine „Glaubensfrucht" heran. Auch die Brille setzte ich wieder auf, allerdings erst, nachdem mir Manfred viele Male versichert hatte, er liebe mich mit Brille genauso wie ohne, und er freue sich, wenn ich ihn auch aus der Ferne erkennen könne. Auch Großmama hatte einen Zwicker getragen und Mutti eine Brille, beiden wuchsen Knoten am Hinterhaupt, und beide waren vorbildliche Pfarrfrauen.

Im ersten gemeinsamen Urlaub, fern vom Dorf und seinen Frommen, kam uns plötzlich die Idee, wenigstens einen Teil meiner Haare zu kürzen. Wir gingen zu einem Friseur und ersuchten ihn, mir vorne Ponys zu schneiden. Durch das straffe Zurückziehen gingen mir nämlich vorne die Haare aus.

Wir kamen in die Gemeinde zurück, niemand sagte etwas. Nur eine unserer ganz Frommen konnte sich bei einem Besuch die Bemerkung nicht verkneifen: „Von hinten sehen Sie immer noch wie unsere liebe Frau Pfarrer aus."

Ein paar Wochen nach dem ersten mißglückten Haarschnitt fuhren wir ins Städtchen, bummelten durch die Straßen und standen plötzlich vor einem Friseurgeschäft. Ich betrachtete die Preistabelle im Schaufenster. Manfred meinen Kopf. Dann betraten wir den Laden. Die „Glaubensfrucht" war reif zur Ernte und der Friseur kein Meister seines Faches. Ungern machte er sich an die Aufgabe, eine neue Frisur zu kreieren. Er schnippelte unentschlossen mal hier, mal da ein Büschelchen Haare weg, erschreckt durch mein Angstgeschrei: „Nicht so viel! Vorsichtig, vorsichtig!" Gelockt und gewellt wirkte die Frisur am Ende der Prozedur doch recht ansprechend. Vorne und hinten paßten besser zusammen. Ich band schamhaft ein Tuch um den Kopf, als wir ins Dorf zurückfuhren. Abends sollte ich Mädchenkreis halten. Die Mädchen waren begeistert. „Schö sicht Frau Pfarrer aus", sagten sie, „wie a jungs Mädle!" Die Jugend freute sich. Sie hatte ihre Gründe. Unter dem Vorwand, Frau Pfarrer habe auch ihre Haare abgeschnitten, fiel so mancher ungeliebte Knoten der Schere des Friseurs zum Opfer. Die Alten aber beklagten den Verfall der Sitten. Bei jedem Friseurbesuch wurde mein Haar kürzer. Schließlich saß es mir nur noch wie eine Kappe auf dem Kopf. Nun fühlte sich meine ganz besondere Freundin, die Frömmste der Frommen, dazu berufen, ein Zeugnis abzulegen. Sie erschien dazu im Sonntagsstaat, bewaffnet mit der Heiligen Schrift.

„Frau Pfarrer", sagte sie, „wissen Sie, daß in der Bibel steht: ‚Das Haar ist ihr zur Decke gegeben'? Haben Sie sich schon überlegt, was der Herr mit diesem Bibelwort sagen will?"

Ich dachte an ein Bild der Genoveva in meinem alten Märchenbuch. Ihre langen blonden Haare reichten bis zum Boden, und nur Gesicht und Hände schauten aus dieser Pracht heraus. Sie trug, so stand es im Märchenbuch, nichts weiteres unter den Haaren.

„Ja nun, vielleicht hat der Herr da an die Kinder Israel gedacht, die ja doch in einem wärmeren Land wohnen", äußerte ich zögernd.

Diese Antwort gefiel ihr gar nicht! Besonders nicht aus dem Munde einer Pfarrfrau. „Der Herr meint immer uns alle!" eiferte sie.

Ich hätte den Haarspalter, eine gefährliche Erkrankung der Haarspitzen, stotterte ich. Der Friseur hätte deshalb soviel wie möglich abschneiden müssen.

Sie nahm die Entschuldigung hin. Ihre Miene ließ allerdings deutlich erkennen, daß sie Zweifel an der Wahrheit dieser Aussage hegte.

Dann ließ sich Manfred im Urlaub einen Bart wachsen. Er tat dies als Akt freundlichen Entgegenkommens. Nun konnte die Gemeinde in seinem Gesicht bewundern, was sie an meinem Kopf so schmerzlich vermißte. Doch kein Dank wurde ihm zuteil. Selbst der Mesnerin fiel bei seinem Anblick der Leuchter aus der Hand, den sie gerade putzen wollte.

„Jesses noi, a Bart!" schrie sie, „o Herr Pfarrer, was werdet d' Leut sage?"

Es sprach sich im Dorf herum. Am Sonntag war die Kirche so voll wie sonst nur an Karfreitag und Weihnachten. Als Manfred aus der Sakristei kam, senkten die Gläubigen bestürzt den Kopf. Ein Räuber-

hauptmann im Talar! Welches Auge konnte einen solchen Anblick
ertragen? Nur beim stillen Gebet, als der Pfarrer der Gemeinde den
Rücken zukehrte, wagte man aufzublicken und die verspannten Hals-
muskeln zu lockern. Der Kirchengemeinderat berief eine außeror-
dentliche Sitzung ein, in der allerdings der Bart nicht zur Sprache kam.
Keiner wagte, das heikle Thema zu berühren. Man sprach von dro-
henden Kirchenaustritten, von Anstoß und Ärgernis.

„Freunde", rief Kirchengemeinderat Kurz, „Freunde, jeder prüfe
sich selbst und erforsche sein Herz, ob er der Gemeinde ein Ärgernis
bietet! Jeder!" Dabei schaute er seinem Pfarrer beschwörend ins bär-
tige Gesicht.

„I moin halt", sagte der Kirchenpfleger beim Geldzählen, „seit der
Herr Pfarrer den Bart hot, ka mer ihn nemme so guat verschtehe."

Das Ärgernis wurde entfernt, bevor es noch zu stattlicher Größe gediehen. Allerdings war ich die treibende Kraft. Die Barthaare kitzelten
unerträglich bei näherer Berührung. Auch erinnerte ich mich mit
Grausen an den langen weißen Bart meines Großvaters. Nach dem Essen hatte ich manchmal Speisereste darin entdeckt, ein Anblick, der
mir schon als Kind von Herzen zuwider war. Also verschwand der
Bart, und die Gemeinde atmete auf.

Der Brocken aber, den das Dorf am schwersten verdaute, waren
meine „Blue jeans". Ich kaufte mir dieses praktische Kleidungsstück
für die Gartenarbeit und fürs Fensterputzen. Denn da der Mensch
sieht, was vor Augen ist, warfen die Bauern gern einen Blick empor,
wenn ich mich oben auf der Fensterbank streckte oder unten gebückt
im Garten arbeitete. Diese „Blue jeans" nun waren keineswegs von
der knallharten Art. Sie hingen mir nur lose um die Hüften und waren
sehr bequem. Aber der Anblick einer Pfarrfrau in Hosen stand in so
krassem Gegensatz zu dem vertrauten Bild der würdigen Pfarrma-
trone mit weißer Schürze, daß es sogar den weniger Frommen die
Sprache verschlug. Ich merkte zuerst gar nicht, was für einen Aufruhr
ich im Dorf verursachte. Aber die Jugend des Dorfes stellte sich schützend vor meine Hosen und verteidigte sie gegen die schimpfenden Alten. Sie tat dies aus Freundlichkeit für mich, aber auch aus eigenem
Interesse.

Es dauerte nicht lange, da fuhr die erste Maid in „Blue jeans" aufs
Feld. Die Hosen saßen strammer als die meinen und waren, wie alle
betonten, sehr praktisch für die Arbeit auf dem Acker.

EIN SPLITTER IM FINGER UND ADVENTLICHE GESÄNGE

MEINE Mutter war berühmt wegen ihrer Frauenstunden. Der Gemeindesaal füllte sich bis zum letzten Platz. Da saßen die Frauen in andächtigem Schweigen, ihre Augen hingen an Muttis Lippen. Sie sprach über biblische Frauengestalten, über Maria und Martha, Ruth und Tabea, die Witwe von Zarpath und Lots neugieriges Weib. Jede Frau fühlte sich angesprochen und erhoben. Gestärkt zu guten Werken und besserem Leben verließ man den Gemeindesaal.

Den ganzen Tag vor der Frauenstunde aber litten wir im Pfarrhaus große Not. Mutti war krank und unglücklich.

„Komm, Mutti, du wirst es schon schaffen", sagten wir zu ihr. „Paß auf, der Saal ist gerammelt voll, und alle Frauen werden begeistert sein!"

Sie schüttelte traurig den Kopf. „Heute kommt sicher niemand. Ich habe ein ganz schlechtes Gefühl. Und wenn jemand kommt, was soll ich sagen? Mein Kopf ist leer. Ich weiß gar nichts mehr."

Es wurde Zeit, sie mußte gehen, mit leerem Kopf, wehem Lächeln, Gesangbuch und Bibel. Uns ließ sie bedrückt und traurig zurück. Ich lief zum Gemeindehaus hinüber und schaute durch das Fenster. Waren Frauen da? Hing Mutti schon ohnmächtig über dem Pult?

Dann kam sie wieder. Meist strahlend, vergnügt und triumphierend. Viele Frauen waren erschienen. Sie hatte ihnen etwas „geben" können. Es war ein gesegneter und guter Abend gewesen. Uns rumpelten die Steine nur so vom Herzen. Die nächste Frauenstunde drohte erst in vierzehn Tagen.

Nun war ich an der Reihe. Frauenstunden gehörten für mich zum Pensum der Pfarrfrau, eine üble, aber unumgängliche Pflicht.

„Laß dir Zeit", mahnte Manfred, „was du anfängst, mußt du fortführen." Ich ließ mich nicht beirren. Die Frauenstunde wurde auf Dienstagabend gelegt und am Sonntag vorher in der Kirche angekündigt.

Die biblischen Frauengestalten erschienen mir über Jahre hinaus ergiebig. Für den ersten Abend bot sich Eva an. Genau wie Mutti setzte ich mich drei Tage vor dem großen Ereignis an den Schreibtisch. Wohlvorbereitet und ohne Aufregung wollte ich die Feuerprobe bestehen.

„Und der Herr sprach: Es ist nicht gut, daß der Mensch allein sei. Ich will ihm eine Gefährtin geben." Ein guter Vers! Erst einige Monate verheiratet, kamen mir viele erbauliche Gedanken dazu. Die Frauen würden einiges von mir lernen können.

Der Dienstag nahte. „Was ist denn mit dir los?" fragte Manfred. „Ich habe ein ganz schlechtes Gefühl", jammerte ich, „niemand wird kommen! Und wenn jemand kommt, wird es ein schrecklicher Reinfall, denn mir bleibt sicher das Wort im Halse stecken!"

Manfred lachte. „Seit wann bleibt dir irgendein Wort im Halse stecken? Das wäre ja etwas ganz Neues. Die Frauen kommen bestimmt, und du wirst reden wie ein Buch." Ich schüttelte traurig den Kopf.

Sie kamen. Das Räumle unten im Pfarrhaus füllte sich mit jungen und alten Frauen. Es war ein warmer Juliabend. Die Fenster standen weit offen, es duftete nach Heu. Die Grillen zirpten.

Ich sprach über Eva. Die Worte flossen mir leicht von den Lippen. Da saßen sie, die Gefährtinnen ihrer Männer. Tüchtige, fleißige Bauersfrauen. Wie sie mir zuhörten mit offenem Mund! Wie sie Zustimmung nickten! Mein Herz schwoll. Es schwoll so lange, bis die erste Frau vom Stuhl fiel. Sie war eingenickt. Auch die anderen kämpften heldenhaft mit dem Schlaf. Den ganzen Tag hatten sie auf der Wiese Heu gemacht, am Abend in aller Eile den Stall besorgt, nun waren sie todmüde.

Mit ein paar mühsamen Sätzen beendete ich meine Ausführungen und ließ ab von Eva. Ich setzte mich ans Harmonium und sagte, wir wollten jetzt „Mein schönste Zier" singen. Während ich ein paar Takte vorspielte und ihnen den Rücken zukehrte, hatten sie Zeit, aufzuwachen und nach dem Gesangbuch zu grabschen. Sie sangen laut und dankbar, weil die Stunde so unverhofft schnell zu Ende war und sie nun nach Hause gehen konnten. Nach dem Gesang standen wir noch zusammen. Sie schwatzten und wollten nicht aufbrechen. Ich mußte schließlich die Tür einladend öffnen. Beim Abschied bedankten sie sich bei mir und sagten, es wäre schön gewesen und sie hätten viel davon gehabt. Ich schlich die Treppe hinauf in unsere Wohnung.

„Na, ihr habt vielleicht geschnattert", meinte Manfred, „man hat's ja bis hier oben gemerkt, wie wohl sich die Frauen gefühlt haben!"

In der Nacht plagten mich böse Träume. Sämtliche biblischen Frauengestalten nebst Mutter, Großmama und den vortrefflichen Ahnen hockten auf meiner Brust und drückten mich schier zusammen.

Ich ließ die Frauenstunde ausfallen, den ganzen Sommer lang. Aber das Fiasko bedrückte mich sehr. Alle Pfarrfrauen hielten wundervolle Frauenstunden, nur ich schaffte es nicht. Im Winter lud ich wieder zur Frauenstunde ein, und alle Frauen kamen. Wir waren klüger geworden. Sie brachten ihr Strickzeug mit als Waffe gegen den Schlaf, ich hatte Spiele dabei, eine spannende Geschichte und Lieder. Die biblischen Frauengestalten ließ ich oben. Der geistliche Wert meiner Darbietungen war gleich Null. Mutti hätte das nicht hören dürfen und ganz bestimmt auch keine der tüchtigen Pfarrschwestern. Aber den Frauen hat's gefallen.

Es gab noch einen anderen Kreis. Einen, den ich nicht erst ins Leben rufen mußte. Der vorherige Pfarrer hatte ihn gegründet und dort im Segen gewirkt. Es war der Mädchenkreis. Manfred aber wollte nicht in die Fußstapfen des segensreichen Amtsbruders treten. Sollte nun dieser blühende Kreis, die junge weibliche Elite der Kirchengemeinde, geopfert werden? Nein, das konnte ich nicht verantworten. Es war mir aber von vornherein klar, daß die Sache schiefgehen würde. Schon meine erfahrene Mutter und auch die Großmama hatten bei der weiblichen Jugend Schiffbruch erlitten. Meine Mutter hatten die Mädchen aus dem Kreis hinausgeekelt, weil sie ihnen zu alt und zu langweilig war. Über ihre schöne Elfenbeinkette hatten sie gelacht und sich zugeflüstert, es wäre eine Kuhkette. Dann war die junge Gemeindehelferin gekommen, hatte die Mädchen zu sich eingeladen, brachte den Kreis zu neuer Blüte und intrigierte hintenherum gegen meine Eltern.

Unsicher und zornig ging ich zum erstenmal in meinen eigenen Mädchenkreis. Ich würde mich nicht behandeln lassen wie meine Mutter! Mich würden sie nicht kleinkriegen, mich nicht!

Nun hatte ich an diesem Tag besonders viel Pech gehabt. Die Milch war übergelaufen und hatte den ganzen Herd verschmutzt. Die Wohnung stank. Beim Arbeiten im Garten hatte ich mir einen Dorn eingerissen. Er stak im Zeigefinger der rechten Hand. Ich hatte versucht, ihn mit den Zähnen herauszuziehen, aber es war nicht gelungen.

Auch die Mädchen waren unsicher und mißtrauisch. Was sollten sie mit einer Pfarrfrau anfangen, noch dazu mit einer „reigschmeckten"? Trotzdem drückte mir jede kräftig die Hand. Der letzte Händedruck war derart schmerzhaft, daß mir die Tränen in die Augen schossen.

„Was hent Se denn, Frau Pfarrer?" fragten die Mädchen. Ich hielt ihnen den Finger entgegen und sank schluchzend auf einen Stuhl. Es war zuviel! Der verschmutzte Herd, der Gestank im Haus, der Splitter im

Finger, die Angst vor dem Mädchenkreis – wer konnte dies alles schweigend erdulden? Die Mädchen steckten die Köpfe zusammen und berieten.

„Der muß naus!" sagte eine, „jetzt glei!"
Schon hatte sie meine Hand gepackt. Der Finger wurde kräftig gedrückt. Ich jammerte und hielt mich am Stuhl fest.

„Do isch er!" Zwei Finger hielten mir den Splitter vor die Nase, „was saget Se jetzt?" Ich sagte gar nichts, sondern suchte nach einem Taschentuch. Sie aber schnatterten alle gleichzeitig, erzählten eigene Erlebnisse mit Splittern in Händen, Füßen und anderen Körperteilen, rühmten meine Tapferkeit und reichten mir endlich ein Taschentuch. Eine Welle der Sympathie umspülte mein wundes Gemüt. Der Abend verlief anders als geplant. Keine Lieder, keine Geschichte, keine Andacht. Wir saßen um den Tisch, schwatzten und lachten.

Was haben mir diese Mädchen alles beigebracht! Mit Engelsgeduld lehrten sie mich stricken, häkeln und nähen. All dies konnte ich vorher nicht. Unter ihrer Anleitung strickte ich einen Pullover für Manfred. Er war ein wenig unregelmäßig vom vielen Aufziehen, auch hatte ich hie und da eine Masche nicht mehr zu fassen gekriegt, und der Rücken beutelte, aber der Pullover wurde fertig, und Manfred bekam ihn zu Weihnachten. Er trug ihn dann beim Autowaschen und Schneeschippen; für den täglichen Gebrauch wäre er einfach zu warm – sagte er.

Am ersten Advent gingen wir „adventssingen". Ich kannte diese Sitte nicht, aber die Mädchen erklärten mir, was zu tun sei. Eine Liste wurde aufgestellt von allen über fünfundsiebzigjährigen Leuten im Dorf, den Filialen und auswärtigen Höfen. Wir schnitten Tannenzweige zurecht, steckten Lichter daran und übten Adventslieder.

Als es am ersten Advent zu dunkeln begann, zogen wir los. Wir schlichen in die Häuser der alten Leute, zwängten uns in enge Dielen oder auf steile Stiegen. Wenn die Häuser verschlossen waren, suchten wir eine windstille Stelle im Hof, zündeten die Kerzen an und sangen. Manchmal erwartete man uns schon, dann stand auch ein Gutslesteller für uns bereit. Manchmal wurde ich hinterher in die stickige Kammer einer Kranken geschubst, um ihr etwas Freundliches zu sagen. Manchmal mußten wir gegen das wütende Gekläff des Hofhundes anbrüllen. Unser Gesang wurde von Mal zu Mal kläglicher, unsere Füße lahmer und unsere Hände verkrampfter.

Schlimm erging es uns auf einem abgelegenen Hof. Die alte Großmutter war allein zu Hause. Sie lag im Bett, und da sie fast taub war,

hörte sie nicht, wie wir die Treppe hinauftappten. Sie sah aber, daß die
Tür einen Spalt aufging und Licht in das Zimmer fiel. Da erschrak sie
zu Tode, dachte, es wären Einbrecher am Werk, sprang beherzt aus
dem Bett und ergriff ihren Stock, der am Bett lehnte. Wir sangen gerade: ,,Macht hoch die Tür, die Tor macht weit...'', da riß sie die Tür auf
und erschien vor uns im Hemd, die weißen Haare zerzaust, die kno-
chigen Füße barfuß, den Stock hoch erhoben. Ich stand oben auf der
Treppe, die Kerze andächtig in der Hand. Unversehens bekam ich einen Stoß gegen die Brust, taumelte rückwärts und fiel auf Marianne,
die eine Stufe unter mir stand. So sank der Mädchenkreis angstvoll
kreischend rückwärts die Treppe hinunter. Wir rappelten uns auf und
hasteten aus dem Haus. Im Hof wollte ich einen Augenblick ver-
schnaufen, aber die Mädchen drückten mich vorwärts.

,,Los, los, Frau Pfarrer!'' schrien sie, ,,glei hetzt se den Hund auf uns,
der isch fei scharf!'' Richtig, da hing die alte Furie schon zum Fenster
hinaus und feuerte den Hund an, uns zu fassen. Wir entkamen mit
knapper Not.

,,Ja, habt ihr denn das nicht gewußt?'' fragte ich die Mädchen, ,,ihr
seid doch sicher im vorigen Jahr auch hiergewesen.''

Sie lachten verlegen. ,,Mir hent's uns scho denkt'', sagten sie, ,,aber
wenn mer net kommet, isch se eigschnappt.''

SELBSTGEMACHTE NUDELN UND STUMME SÄNGER

MAN feierte gern in Weiden, und wir im Pfarrhaus feierten mit. Jedes
Jahr im März brach die Konfirmation über uns herein, ein gesellschaft-
liches Ereignis, das Licht und Schatten auf alle Dorfbewohner warf.
Am besten erging es den entfernten Verwandten der Konfirmanden.
Sie wurden eingeladen und brauchten nur zu essen. Weniger Glückliche arbeiteten als Helfer in Küche oder Stall. Gesangverein und Kirchenchor gaben ihr Bestes, das Fest zu verschönern. Die Handwerker
des Ortes, Gipser, Maler und Glaser, lagen erschöpft zu Bett und genossen die wohlverdiente Ruhe nach getaner Pflicht. Bis zum Vor-
abend des Festes hatten sie gegipst, geweißelt und tapeziert, um die
Häuser der Konfirmandenfamilien auf Hochglanz zu bringen. Verließen sie das Haus nach vollbrachter Tat, begann die Arbeit der Hausfrau. Sie putzte die Böden, rieb die Fenster blank und wusch die Vorhänge. Hielten die zarten Gebilde der ungewohnten Behandlung nicht

stand, so nähte sie neue. Am Konfirmationstag befand sie sich kurz vor
dem Zusammenbruch.

Vor seiner ersten Konfirmation in Weiden wollte Manfred dieses
Fest zu einer besinnlichen Feier im kleinen Kreis umfunktionieren. Er
lud die Konfirmandeneltern ein und sprach lange und eindringlich
über den Sinn der Konfirmation. Die Eltern lauschten seinen Ausführungen, nickten verständnisvoll und fanden, daß der Herr Pfarrer völlig recht habe. Ja, mit wenig Gästen würde alles viel schöner sein und
weniger Arbeit machen, sie wollten es sich überlegen, und sie dankten
dem Herrn Pfarrer sehr für seine hilfreichen Worte. Gefeiert wurde
dann doch wie früher.

Ein paar Tage vor dem Fest machten sich die Konfirmandenmütter
an die Herstellung der Nudeln. Sie hätten die Nudeln auch kaufen
können. Doch keine Hausfrau, die etwas auf sich hielt, machte von
dieser Möglichkeit Gebrauch. Zum Festmahl gehörten selbstgemachte Nudeln. Sie rollten den Teig zu hauchdünnen Fladen und
schnitten dünne Suppen- und breite Bandnudeln. Die langen Schlan-
gen wurden zum Trocknen auf Schränken, Kommoden und Tischen
ausgebreitet und später ungebrochen in ganzer Länge verwendet. Dadurch ergaben sich beim Essen mancherlei Schwierigkeiten: Es fing
schon beim Suppenschöpfen an. Die Nudeln hingen so tief aus der
Kelle heraus, daß sie fast auf dem Tischtuch schleiften. Also hielten
kluge Leute den Suppenteller dicht neben die Terrine, kippten die volle
Kelle hinein und klatschten überhängende Nudeln mit dem Suppenlöffel zurück in die Terrine. Nach dem Schöpfen schrumpften alle
Gäste zu Sitzzwergen zusammen. Sie beugten den Kopf tief über Tisch
und Teller, bissen zu lange Nudeln ab oder schlürften sie geräuschvoll.

Dies alles sah ich mit Staunen und Entsetzen. Von meiner Mutter in
zermürbendem Kleinkrieg zu feinen Eßmanieren gedrillt, litt ich nun
meinerseits unter Schmatz- und Schlürfgeräuschen und war jederzeit
bestrebt, anderen Tischgenossen das beizubringen, was ich selbst so
mühselig hatte erlernen müssen. Manfred konnte ein Liedchen davon
singen.

Beim Konfirmationsmahl versuchten wir, auf anständige Weise mit
den langen Suppennudeln fertigzuwerden. Aufrecht sitzend führten
wir den Löffel zum Munde. Spätestens auf halber Höhe glitten die
Nudeln vom Löffel und fielen zurück in den Teller. Die Suppe spritzte
nach allen Seiten und hinterließ häßliche Flecken auf unserer Fest-
tagskleidung. Auch zu den Nachbarn hatte es hinübergespritzt. Sie

sahen uns mißbilligend an. Ja, was machten denn 's Pfarrers? Bespritzten anständige Leute mit Suppe! Ich versuchte, die Nudeln zu zerkleinern, aber es war eine arge Mühe. Wir löffelten noch, als alle anderen schon lange fertig waren und uns schadenfroh zusahen.

Nach der Suppe gab es Bratkartoffeln, gekochtes Rindfleisch, Meerrettichsoße und verschiedene Beilagen. Der Hauptgang bestand aus gemischtem Braten, Kartoffelsalat, breiten Nudeln und Soße. Die Nudeln galten als hervorragend gelungen, wenn sie nicht klebten, „einen guten Biß" hatten und die Bratensoße nicht aufnahmen. Nun begriff ich, warum die anderen Gäste ihre Suppenlöffel, sauber abgeleckt, zurückbehalten hatten. Sie löffelten damit den Teller leer, während wir die gute Bratensoße nur als Spritzer auf Bluse, Hemd und Krawatte davontrugen.

Das krönende Finale des Festmenüs bildeten kalorienreiche Wein- oder Zitronencremes, mit Schlagsahne reich verziert. Dieses große Essen wurde, soweit es ging, von den Hausmüttern vorbereitet. Am Festtag selbst übernahmen Frauen aus der Nachbarschaft die Arbeit in der Küche. Sie kochten, servierten und wuschen das Geschirr. Es gab auch drei oder vier begnadete Köchinnen im Dorf. Wer ihrer habhaft werden konnte, war aller Essenssorgen ledig. Sie führten in der Küche ein strenges Regiment, aber jede Frau beugte sich willig, um die Künstlerin nicht zu vergrämen.

Kuchen wurde bei der Konfirmation wenig gegessen. Trotzdem dauerte die Bäckerei mindestens zwei Tage. Ein Zimmer im Haus wurde leergeräumt und dann wieder mit Kuchen gefüllt. Da standen sie auf langen Tafeln dicht beieinander: Buttercreme- und Sahnetorten, Obst- und Rührkuchen, Gugelhupfe, Nußkränze und Hefezöpfe, jeder trefflich gelungen. Ein großer Teil dieser Meisterwerke aber verließ schon vor dem Fest das Haus, nämlich immer dann, wenn Kinder kamen, um von den Eltern Geschenke zu überreichen. Mit Kuchenpaketen bedacht kehrten sie wieder nach Hause zurück. Die Güte des Kuchens richtete sich nach dem Wert des Geschenkes. Für reiche Spenden gab es Torte, für Bücher Obstkuchen, für Taschentücher Hefezopf. Und beim Abschied nach dem Fest erhielt jeder Gast, er mochte wollen oder nicht, ein Kuchenpaket als „Versucherle". Als unsere erste Konfirmation nahte, blühten im Garten gerade die Schneeglöckchen. Ich pflückte für jeden Konfirmanden ein Sträußchen. Manfred schenkte ein kleines Buch, worin Erbauliches über den

Sinn der Konfirmation stand. Daraufhin hagelten uns die Kuchenpakete ins Haus.

Zur Verschönerung der kirchlichen Feier wurde im Dorf ein Brauch geübt, der mir neue Pflichten auflud. Vor der Einsegnung stellten sich die Konfirmanden im Altarraum auf und sangen ein Lied. Dieses sogenannte „Konfirmandenlied" sollte zu Herzen gehen und mindestens dreistimmig erklingen.

Nach dem Konfirmandenunterricht erschien ich im Räumle, um das Lied einzuüben.

„Du wirst keine Mühe mit ihnen haben, sie singen gern", sagte Manfred, packte seine Bücher und verschwand.

Ich hätte schon an seinem eiligen Abgang merken können, daß hier etwas nicht stimmte, aber ich war zuversichtlich, sah ich doch ein stattliches Häuflein von Sängern vor mir, sechzehn Buben und fünf Mädchen.

„Ist einer von euch im Stimmbruch?"

Na, das wollten sie meinen! Fünf lange Bengels erhoben sich stolz im Bewußtsein ihrer Manneswürde.

„Ihr braucht nicht mitzusingen." Ja was, wieso denn nicht? In der Schule dürften sie auch singen! Selten hatte ich soviel echte Begeisterung gespürt.

„Kennt ihr den Choral: ‚Wohl denen, die da wandeln'?" Ja, sie kannten ihn. „Dann wollen wir erst einmal zusammen die Melodie singen." Ich stimmte an, sie fielen ein und ließen einen Gesang erschallen, der so laut, so vielstimmig und mißtönend war, daß mir vor Schreck das Liederbuch aus der Hand fiel. Sie blökten wie eine Herde Hammel und hatten dabei keine Ahnung von ihrer stimmlichen Unzulänglichkeit.

Ob sie noch die zweite Strophe singen sollten? Ich winkte entsetzt ab, sank auf einen Stuhl und überlegte. Die Mädchen sahen mitfühlend zu mir herüber, sie kannten die Brummer aus der Schule.

Der Gesang muß ausfallen, das war mein erster Gedanke. Was werden die Leute sagen? mein zweiter. Die Konfirmandeneltern wollten ihre Sprößlinge singen sehen. Es rührte sie zu Tränen, wenn das feierlich gewandete Häuflein vor dem Altar stand und Gottes Lob erschallen ließ.

„Ja nun", sagte ich, „das wird eine harte Arbeit werden, denn blamieren wollen wir uns ja nicht. Ich denke, so fünf Nachmittage in der Woche müßt ihr schon dranrücken!"

„Was?!" schrien die Buben entsetzt. Sie hatten vor der Konfirmation ohnehin viel zu tun, mußten im Wald Tannen schlagen und sie vor Kirche, Pfarrhaus und Schule aufstellen. Sie sollten zu Hause beim Weißeln helfen, beim Schlachten und im Stall. Ihre Freizeit war knapp bemessen, und nun wollte diese Frau Pfarrer auch noch stundenlang mit ihnen singen?

„Was machen wir bloß? Ihr tut mir ehrlich leid!" Ich legte eine Pause ein, um ihnen Zeit zu geben, die Fron der nächsten Wochen deutlich vor Augen zu sehen. „Ich habe eine Idee", sagte ich dann, „ihr könnt euch das Üben sparen. Aber ich weiß natürlich nicht, ob ihr damit einverstanden seid."

Doch, doch, sie wären damit einverstanden, wenn sie bloß nicht nachmittags singen müßten! Was für eine Idee?

„Wenn ihr bei der Konfirmation nur den Mund bewegt und nicht singt, dann langt uns eine einzige Probe. Die Mädchen und ich, wir singen für euch und nehmen die vielen Proben auf uns. Aber ihr dürft keinem Menschen etwas davon erzählen!"

„Noi, noi, ganz gwieß net!" Kein Sterbenswörtchen würde aus ihrem Munde kommen! Frau Pfarrer könne sich darauf verlassen! Sie dankten auch schön für die tolle Idee, und ob sie jetzt gehen dürften? Sie lärmten davon.

Betrübt schauten ihnen die Mädchen nach. Zu sechst konnten wir keinen dreistimmigen Satz singen, nicht mit diesen ungeübten Stimmchen. Aber da war der Mädchenkreis. Auf ihn konnte ich unbedingt zählen. Zusammengeschweißt durch Adventssingen, Theaterspielen, Kaffeetrinken und Stricken, erklärten sich die Mädchen freudig bereit, bei der Verschwörung mitzuwirken. So saß denn bei der Konfirmation der Mädchenkreis in der Sakristei und wartete auf seinen unsichtbaren Auftritt. Der feierliche Augenblick nahte. Die Konfirmanden nahmen Aufstellung zum Gesang. Verdeckt von einem Pfeiler stand der Mädchenkreis links von mir vor der Sakristei. Mit den Buben hatte ich eine Stunde lang das lautlose Auf- und Zuklappen des Mundes geprobt. Eine Übung, die ihnen ausgesprochen schwerfiel. Aber sie gaben sich Mühe. Keiner lachte.

Wir sangen. Das heißt: Die Konfirmandinnen piepsten, die Buben rissen die Mäuler auf, der Mädchenkreis sang in gewohnter Sauberkeit. Die Gläubigen waren entzückt, die Tränen flossen. Ein schöner Gesang! Wer hätte das gedacht von solchen Lausebengels?

„Schö isch's gwä!" sagte eine Konfirmandenmutter nach der Kirche zu mir. „Aber ihr hent au viel probt! Unser Bernd war ja ell Naslang bei euch im Pfarrhaus!"

Sie hatten es miteinander abgesprochen, die schlauen Burschen. Jeden Nachmittag Probe im Pfarrhaus. So waren sie zu mancher freien Stunde gekommen.

Im nächsten Jahr stellte sich der Mädchenkreis öffentlich zu den Konfirmanden. Im übernächsten gesellte sich der Kirchenchor dazu und einige Posaunenbläser. Das Gotteslob erschallte so mächtig, daß es die Gläubigen schier von den Bänken fegte.

KONFIRMATION MIT MAGENDRÜCKEN UND EINE NACHTWANDERUNG

BEI der Konfirmation war unsere Kirche bis auf den letzten Platz besetzt. Die Glocken läuteten, der Organist spielte sein festliches Präludium in Dur, die Gemeinde erhob sich. Mit Manfred an der Spitze marschierten die Konfirmanden ein. Sie sahen ängstlich und blaß aus, denn sie fürchteten sich vor der Prüfung. Dabei hatte Manfred diese „Prüfung" viele Male mit ihnen durchgesprochen. Jeder wußte genau, welchen Liedvers, welche Katechismusstelle, welchen Bibelspruch er aufsagen mußte. Sie konnten dies alles im Schlaf hersagen. Aber die häuslichen Mahnungen, die vollbesetzte Kirche und die Feierlichkeit des Augenblicks versetzten sie trotzdem in ängstliche Spannung.

Auch Manfred vermochte seine Aufregung nur schwer zu verbergen. Er legte die Bücher auf dem Altar mal hierhin, mal dorthin, blätterte nervös in der Bibel und betrachtete seine Konfirmanden mit besorgten Blicken. Besonders ängstlich ruhte sein Auge auf Arthur, einem blassen Kerlchen. Arthur rutschte unruhig in der Bank hin und her und bewegte murmelnd die Lippen. Er hatte einen Sprachfehler; wenn er aufgeregt war, dann blieb ihm die Sprache weg, dann drückte und drückte er und brachte keinen Ton heraus.

Manfred hatte ihm die Prüfung ersparen wollen. „Was sollst du dich aufregen, Arthur. Ich weiß ja, daß du alles kannst. Laß die anderen für dich reden. Das merkt kein Mensch."

„Noi, noi, des gibt's fei net! I ko mei Vers sage, wia die andere au. I bin koi Depp!"

Er lernte seine Antworten. Schwierig war allein der Anfang. Wenn er den gefunden hatte, lief die Sache wie geschmiert.

Die Eingangsliturgie war zu Ende. Arthurs Familie hockte zitternd in der Bank, denn jetzt nahte die Prüfung. Nun hatte sich der kluge Junge etwas ausgedacht. Er wußte genau, wer vor ihm an die Reihe kam. Raspelte nun dieser Vordermann seinen Part herunter, dann begann Arthur bereits nach seinem Anfang zu ringen. Beim ersten Mal klappte es wunderbar. Kaum hatte Manfred die Frage ausgesprochen, da brach schon die Antwort aus Arthur heraus. Es war eine Erlösung für alle, die Arthur kannten. Die Verwandtschaft atmete auf.

Nun galt es, noch eine Klippe zu umschiffen, und die war nicht gefährlich. Zwei Worte mußte Arthur sagen. Er sprach sie leise vor sich hin, um seine Zunge in Bewegung zu halten: ,,Ja nicht, ja nicht, ja nicht...''

Der Pfarrer fragte: ,,Dürfen wir aber in der Sünde beharren?''

,,Ja!'' sagte Arthur mit lauter Stimme, das ,,nicht'' hatte er neben seinen größeren Sorgen völlig vergessen.

Die Gemeinde erstarrte. Wie das? Wir dürfen in der Sünde beharren? Hatte man so etwas schon gehört? Hier wurde eine Irrlehre verkündigt!

Da sprach die nächste Konfirmandin laut und deutlich: ,,Bei Dir gilt nichts denn Gnad und Gunst, die Sünde zu vergeben. Es ist doch unser Tun umsonst auch in dem besten Leben...'' Ach so, es ging um diese Gnade. Trotzdem, die Konfirmanden hätten dergleichen nicht auswendig lernen brauchen! Die sollten sich lieber Mühe geben, nicht in der Sünde zu beharren. Im nächsten Jahr ließ Manfred diese Frage mitsamt der Antwort aus.

Die Prüfung war überstanden. Wir ,,sangen'' unser Konfirmandenlied, Manfred bestieg die Kanzel, die Kirchenbesucher versanken in süße Träumereien. Vor ihrem inneren Auge erschien die festlich gedeckte Tafel. Braten, Nudeln, Meerrettichsoße und Wein rückten in greifbare Nähe. So mancher hungrige Magen knurrte, und der Pfarrer predigte dazu. Schön tat er das und kurz. Man wagte noch gar nicht auf den Schluß zu hoffen, da stieg er schon wieder von der Kanzel.

Für die Konfirmanden folgte nun der schönere Teil des Gottesdienstes. Sie wurden aufgerufen, durften vor den Altar treten und hatten dabei Gelegenheit, ihre schmucke neue Gewandung zu zeigen. Bei all diesem konnten sie eigentlich nichts falsch machen, also erhoben sie dankbar die Augen und freuten sich auf das, was kommen sollte.

Anders verhielt es sich mit mir, der leidgeprüften Pfarrerstochter.

Ich hielt weiterhin den Kopf gesenkt zu stillem Gebet, denn ich gedachte der Stolperdrähte, die noch in diesem letzten Teil des Gottesdienstes verborgen lagen. Ach, wie schnell brachten sie einen ahnungslosen Pfarrer zu Fall! Wie erheiternd wirkte ein solches Mißgeschick auf die Gemeinde, und wie peinlich war es für die Angehörigen des Gestrauchelten!

Bei einer Konfirmation verwechselte mein Vater einmal Jochen Biermann mit Steffen Wirthwein. Die Knaben standen vor dem Altar und warteten auf ihre Einsegnung. Flüsternd machten sie dem Pfarrer klar, wer Jochen und wer Steffen war. Vati lächelte und verlas den Denkspruch für Jochen. Er lautete: „Ich kenne dich mit Namen, spricht der Herr."

„Hoffentlich besser als der Pfarrer!" flüsterte jemand hinter meinem Rücken.

Manfred kannte seine Konfirmanden bei Namen. Er verwechselte nicht einmal die Zwillinge Inge und Anita, die einander glichen wie ein Ei dem anderen.

Bei einer letzten Probe hatte Manfred seine Konfirmanden in die Kunst des Kniens einweihen wollen. „Kommt her, ich zeige es euch. Es ist gar nicht so leicht."

„A bah, Herr Pfarrer, des brauchet mer net lerna, des könnet mer!" Sie konnten es aber keineswegs, das mußte ich bei der Einsegnung mit Bedauern feststellen. Anstatt aufrecht nur mit den Knien das Kissen zu berühren, ließen sie ihren Po gemütlich auf den Hacken ruhen und kauerten vor dem Altar, krumm wie die Fiedelbögen. Es war kein erhebendes Bild. Manfred legte die Hände segnend auf die pomadeglänzenden oder kunstvoll gelockten Häupter seiner Konfirmanden und sprach Segenssprüche. Dies war der zweite gefährliche Stolperdraht.

„Lieber Gott, mach doch, daß er kurze Sprüche nimmt!" Der liebe Gott machte es nicht, und der störrische Manfred begann den längsten aller Segenssprüche zu sprechen. Einen Spruch mit ungeahnten Möglichkeiten, sich zu verheddern oder steckenzubleiben:

> „Der Gott aller Gnade, der dich berufen hat zu seiner ewigen Herrlichkeit in Christo Jesu, der wolle dich vollbereiten, stärken, kräftigen, gründen, daß dein Geist ganz samt Seele und Leib..."

Warum konnte Manfred nicht einfach sagen: „Siehe, ich bin bei euch alle Tage, bis an der Welt Ende!"? Punktum, fertig! Aber nein,

nichts Einfaches, etwas ganz Besonderes mußte es sein; und so ließ er
denn diesen Bandwurm auf die armen Kinder los.

„Du liebst mich nicht!" sagte ich später zu ihm. „Wenn du mich
nämlich liebtest, wüßtest du, welche Angst ich vor diesem Spruch
habe, und du würdest alles tun, um sie mir zu ersparen!"

„Ich liebe dich!" sagte er hierauf zu mir, „aber du hast kein Vertrauen zu mir! Wenn du nämlich Vertrauen hättest, dann wüßtest du,
daß ich diesen Spruch auf jeden Fall zu einem guten Ende bringe!"

Nach der Einsegnung rappelten sich die Konfirmanden von der
Kniebank hoch. Sie taten dies mehr oder weniger graziös – meistens
weniger. Manfred gab ihnen die Hand und las die Denksprüche vor.
Er hatte die Sprüche sorgsam ausgewählt, um jedem die Verheißung
oder Mahnung mitzugeben, die ihm jetzt und später helfen könnte.

Die Konfirmanden allerdings waren auf kurze, leicht lernbare
Sprüche erpicht. Am Abend der Konfirmation fand nämlich eine
Nachfeier in der Kirche statt, und es war Sitte, daß die Konfirmierten
während dieser Feier ihren Denkspruch aufsagten. Manche hatten aber
an dem Tage schon mehr Wein genossen, als ihnen zuträglich war, und
so wurden lange und schwierige Sprüche zu wahren Zungenbrechern.

Wieder dröhnte die Orgel. Wieder erhob sich die Gemeinde und sah
ehrfürchtig zu, wie der Pfarrer mit den Neukonfirmierten die Kirche
verließ. Die Hausmütter schauten auf die Uhr. Erst dreiviertel elf! Ihr
ganzer Zeitplan geriet durcheinander. Früher hatte die Konfirmation
mindestens zwei Stunden gedauert, jetzt war man schon nach einer
guten Stunde wieder draußen. Vor dem Kirchenportal wurde fotografiert. Die Konfirmanden in der Gruppe mit dem Pfarrer, der Konfirmand allein, der Konfirmand im Kreise der Familie. Aber der
Märzwind pfiff kalt. Die Gäste drängten heimwärts und versetzten das
Küchenpersonal durch ihre frühe Ankunft in Panik.

Manfred und ich hatten uns für diesen Tag allerhand vorgenom-
men. Wir waren dreimal zum Mittagessen geladen, viermal zum Kaffee und zweimal zum Abendbrot. Überall hatten wir zugesagt, denn
wir fanden es nett von den Leuten, daß sie uns einluden.

Wir setzten uns also nach der Kirche auf den Roller und fuhren zum
ersten Mittagessen auf einen auswärtigen Hof. Die Gäste saßen bereits
auf ihren Plätzen und warteten. Neben dem Konfirmanden am Ehren-
tisch standen zwei Stühle für uns bereit. Die Hausfrau bahnte uns den
Weg und scheuchte die hungrigen Gäste auf.

„Los! Standet uff! S' Herr Pfarrers kommet!"

Wir schüttelten Hände und sanken schließlich auf unsere Stühle nieder. Sofort erschienen die Suppenterrinen. Man schöpfte. Aber ehe die Gäste den Löffel zum Munde führen konnten, ertönte die Stimme der Hausfrau: ,,Sent still, Herr Pfarrer bettet!"

Manfred sprach ein kurzes Tischgebet, und dann aßen wir Suppe, Meerrettichsoße, Braten, Nudeln und schließlich eine Weincreme mit, wie man mir sagte, zwanzig Eiern. Die Hausfrau nötigte uns immer wieder, doch ja fest zuzulangen. Aber wir dachten an die späteren Einladungen und blieben maßvoll. Die Gäste neben uns aßen wie die Scheunendrescher.

Als wir aufstanden, fühlten wir uns rundherum wohl und satt, aber noch zwei Mittagessen standen uns bevor. Der Konfirmand geleitete uns bis zum Roller, die Hausfrau reichte mir ein großes Kuchenpaket, ,,ein Versucherle". Es war später geworden, als wir dachten, Manfred fegte über die Straßen. Wir kamen unverletzt zu Hause an, luden das Kuchenpaket ab und fuhren weiter.

Diesmal ging es in das Haus eines unserer Frommen. Als wir den Roller an der Hauswand abstellten, hörten wir die Klänge des Harmoniums. Man sang: ,,O wie schöhön, o wie schöhön klingt der Engel Lobgetöhön." Im großen Versammlungsraum waren die Tische gedeckt. Der Dunst von schwitzenden Menschen, von Suppe und Meerrettich schlug uns entgegen. Vor lauter Singen waren die Gäste erst bis zum dritten Gang vorgedrungen. Der Hausherr führte uns zu unseren Plätzen. Hier war kein Ehrenplatz für Pfarrers vorgesehen. Wir saßen am Katzentisch – so hieß bei uns der Tisch für die Kinder. Der kleine Junge neben mir schmiegte sich vertrauensvoll an mich und schmierte dabei seine Rotznase an mein einziges gutes Umstandskleid. Eine Suppenterrine wurde vor uns aufgestellt. Die Tochter des Hauses schwang die Kelle. Da wir anscheinend zum Beten nicht gewillt waren, erhob sich der Hausherr, bat um Ruhe zum Gebet und dankte dem Herrn, daß Pfarrers gekommen seien. Er dankte für den ersten und zweiten Gang und für alles, was noch kommen würde. Er betete so lange, bis unsere Suppe kalt war. Während des Gebetes führte ich einen erbitterten Kleinkrieg mit dem Burschen neben mir. Er wollte unbedingt seinen schmutzigen Finger in meine Suppe stecken. Ich legte meine Arme schützend um den Teller und schob dem Kind das Reichsliederbuch zu. Es begann dann auch, Blätter herauszureißen. Nach Beendigung des Gebetes wurde Manfred noch zur Fürbitte aufgefordert. Er tat es in solcher Kürze, daß man seinen Ohren nicht traute.

Mittlerweile erschien der Kartoffelsalat auf den Tischen. Wir löffelten mit Todesverachtung unsere Suppe, die Fettaugen darauf waren bereits erblindet. Das Kind neben mir bekam von seiner Mutter einen Klaps, weil es das Reichsliederbuch zerstörte, woraufhin es zu heulen anhub und seinen Finger in den Kartoffelsalat bohrte. Zum Glück mußte ich nichts mehr davon essen. Mir wurde schon bei der Meerrettichsoße schlecht, und wir waren genötigt, einen überstürzten Abschied zu nehmen.

Das dritte Festmahl fand in der Filiale statt. Wir sahen voller Freude, wie Berge von Geschirr in die Küche getragen wurden. Die Gäste saßen bereits an leeren Tischen und waren ganz schrecklich satt. Wir waren es auch, aber wir aßen das Menü von der Suppe bis zur Nachspeise, einer Zitronencreme mit einem Liter Schlagsahne und dreißig Eiern. Es war uns inzwischen aufgegangen, daß unser Besuch nur etwas galt, wenn wir tüchtig zulangten. Was konnten die Gastgeber dafür, daß wir schon gegessen hatten?

Wieder mit einem Versucherle beladen, fuhren wir heim. Bei der ersten Kurve im Wald flog mir das Kuchenpaket aus den Händen und fiel in den Straßengraben. Manfred bremste und hielt.

,,Ach, laß es doch liegen", sagte ich, ,,wir kriegen heute noch genug Kuchen, ich kann es nicht mehr halten."

,,Von was sprichst du?" sagte Manfred. ,,Oh, ist mir schlecht!" Er stieg vom Roller, sprang über den Graben und verschwand im Wald. Mir ging es auch nicht gut. Aber das war noch gar nichts gegen unser Ergehen nach dem vierten Stück Buttercremetorte, nach Obst- und Rührkuchen, nach Schlagsahne, von liebevoller Hand auf die Kaffeetasse gehäuft! Vor der Buttercremetorte gab es kein Entrinnen, sosehr wir uns auch sträubten. Sie war das Beste, was die Gastgeber zu bieten hatten. Auch der Kaffee brachte unseren Mägen keine Erleichterung. Oft waren schon drei Löffel Zucker in der Tasse, ehe wir abwinken konnten.

Kurz vor achtzehn Uhr verließen wir die letzte Kaffeetafel. Manfred wankte mit bleichem Gesicht und wehem Magen zum Abendgottesdienst in die Kirche. Er stellte einen Weltrekord auf, was die Kürze dieses Gottesdienstes betraf. Ich lag währenddessen auf dem Sofa und wagte nicht, mich zu rühren. Mir war, als würde ich bei einer schnellen Bewegung platzen und unser Kind zwei Monate vor der Zeit zur Welt bringen.

Von den Abendeinladungen nahmen wir nur die erste wahr, denn wir wurden dort schon doppelt gesehen. Man begrüßte uns mit lärmender Herzlichkeit. Es gab Göckele und Kartoffelsalat. Manfred verweigerte jede weitere Nahrungsaufnahme und hielt sich an den Wein. Der Hausherr schenkte unentwegt nach. Auf dem Heimweg aber hielten wir uns fest umklammert und sangen Reichslieder. Wir sangen nicht lange. Eine schlimme Nacht brach über uns herein. Und auf uns wartete ein schlimmerer Tag als der vergangene. Auf acht Uhr war der Omnibus bestellt zum Konfirmandenausflug.

Ich hatte erst nicht mitfahren wollen, aber Manfred behauptete, es würde bestimmt nett werden, außerdem wolle er mich nicht allein lassen in meinem Elend.

Also zog ich Wanderkleidung an und hoffte insgeheim, daß niemand kommen würde, daß sie allesamt krank an Seele und Leib im Bett lägen. Aber sie kamen vollzählig! Lärmten um den Omnibus herum, zeigten sich die neuen Fotoapparate, Uhren, Ketten und Armbänder und waren quietschfidel.

Mir drehte sich der Magen um, als ich die dicken Rucksäcke, die vollen Wandertaschen sah. Kaum saßen sie im Omnibus, da packten sie schon aus und fingen an zu vespern: Hähnchen, Eier, Schinkenbrote und Kuchen. Sie boten uns großzügig von ihren Schätzen an, aber wir dankten. Manfred hatte von Besichtigungen abgesehen und eine Wanderung vorbereitet mit Würstchenbraterei und Spielen im Walde. „Ich lasse sie so lange laufen, bis sie auf den Felgen zum Bus zurückkriechen", so hatte er am Morgen zu mir gesagt, „die machen keinen Pieps mehr auf der Heimfahrt, darauf kannst du dich verlassen!"

Wer auf den Felgen zum Omnibus zurückkroch und keinen Pieps mehr machte, das war allein ich. Die Buben und Mädchen tobten im Bus herum und spuckten sich Kaugummi in die Haare. Die lange Wanderung hatte sie nicht ermüdet, nur etwas gelangweilt. Bei den Spielen im Wald hatten sie sich dagegen köstlich amüsiert und „Pfarrers amol richtig schpringa lassa!" Dreimal hatten sie mich beim „Plumpsack" um den ganzen Kreis gehetzt!

Um zweiundzwanzig Uhr hielt der Bus wieder vor dem Pfarrhaus. Viel zu früh, fanden die Konfirmanden. Sie bedankten sich bei uns, sagten „es wär schö gwä" und zogen schwatzend die Dorfstraße hinunter. Manfred und ich wankten ins Haus.

Im nächsten Jahr verzichteten wir auf einen Ausflug und luden dafür zu einer Konfirmandenfreizeit ein. Die Kinder stimmten begeistert zu.

Herrlich! Zwei Tage und eine Nacht von zu Hause fort, allein mit dem Pfarrer und seiner Frau. Zwanzig gegen zwei! Da hatten wir uns etwas eingebrockt!

Konfirmandenfreizeiten sind tagsüber auch für den Pfarrer eine rechte Freude. Man wandert, singt und spielt, ißt zusammen und lernt sich kennen. Anders verhält es sich in der Nacht! Da tut sich alles mögliche in den Schlafräumen. Kissen- und Wasserschlachten finden statt. „Geisterles" wird gespielt. Die Buben besuchen die Mädchen, und die Mädchen die Buben. Dem Leiter ist kein Schlaf beschieden. Nicht nur der Lärm stört seinen wohlverdienten Schlummer, nein, auch die Last der Verantwortung drückt ihn zu Boden. Was kann da nicht alles geschehen mit Männlein und Weiblein allein in der Nacht? Vor seinem inneren Auge spielen sich haarsträubende Szenen ab. Er springt vom harten Lager auf, stürmt im Pyjama zu den Schlafräumen, brüllt wie ein Löwe, schaut unter die Betten, um Missetäter bei schrecklicher Tat zu überraschen, und macht sich zum Gespött der lieben Jugend.

„Nein", sagte Manfred vor unserer ersten Konfirmandenfreizeit zu mir, „nein, bei mir gibt's kein Affentheater in der Nacht! Die lieben Kinderchen werden sich wundern! Ins Bett werden sie fallen! Keinen anderen Wunsch mehr haben, als zu schlafen. Ich werde sie überlisten. Wir machen eine Nachtwanderung."

Diese Idee wurde von den Konfirmanden freudig begrüßt. Eine Nachtwanderung? Toll! Herr Pfarrer hätte ihnen keine größere Freude machen können. Es schneite, und wir verliefen uns rettungslos in unbekannter Gegend. Drei Stunden irrten wir umher. Die Jungen sprachen mir Mut zu und schleiften mich durch den Schnee. Auch Manfred benötigte dringend ein Wort des Trostes. Die Konfirmanden spendeten es reichlich.

„Mir werdet's scho schaffe, Herr Pfarrer", sagten sie, „alle werdet mer net verfriere. Die Buebe haltet sicher durch, und mit de Mädle miaßet mer halt sehe..."

Manfred war völlig gebrochen. Nach einer weiteren Stunde sahen wir das Freizeitheim vor uns liegen. Die Jugend erstürmte es mit Geheul und verblieb den Rest der Nacht in einem wahren Siegestaumel. Wir ließen die Meute toben. Schließlich waren wir mit knapper Not dem Weißen Tod entronnen. Sollten sich die Kinder ruhig ihres neugeschenkten Lebens freuen! Als ich nachts das stille Örtchen suchte, hörte ich, wie sich zwei Mädchen im Waschraum unterhielten.

„Die schlafet wie d' Ratze. Die hent mer fertiggmacht!"

„Ja", bestätigte die andere, „und sie hent's net amol gmerkt, wie
mer se an der Nas romgführt hen!"
Sie lachten beide, ich knirschte mit den Zähnen vor Wut. Diese
Bande! Tatsächlich waren mir schon bei der Nachtwanderung Zweifel
gekommen, wer hier wen überlistet hatte.
Die Nachtwanderung blieb die größte Attraktion der Freizeit. Man
sprach in Weiden noch lange davon. Als die nächsten Konfirmanden
zur Freizeit rüsteten, war es für sie selbstverständlich, daß sie auch in
den Genuß einer Nachtwanderung kämen. Verlaufen haben wir uns
allerdings nie mehr. Manfred ging die Strecke vorher ab. Auch der
listigste Konfirmand konnte ihn nicht in die Irre führen.

⚜ Abendmahlsknicks und Brotwunder

Am Gründonnerstag fand das größte Abendmahl des Jahres statt.
Früher hatten sich die Gemeindeglieder am Tag vorher beim Pfarrer
dazu anmelden müssen. Ich fand lange Verzeichnisse in den Kirchenbüchern.
„Warum haben sich die Leute angemeldet?" fragte ich Manfred,
„eine komische Sitte, zu nichts nütze, als dem Pfarrer Arbeit zu machen."
„Es war gar keine komische Sitte", sagte Manfred, „stell dir vor, da
kommen die Leute nacheinander ins Amtszimmer, um sich anzumel-
den. Der Pfarrer hat die Möglichkeit, mit jedem zu sprechen. Er kennt
seine Schäflein, kann den einen vermahnen, sich vor dem Abendmahl
mit dem Nachbarn auszusöhnen, und jenen, seine Frau besser zu behandeln. Eine andere gute Seite dieser Sitte wird dir auch noch aufgehen. Der Pfarrer damals wußte, mit wieviel Gästen er rechnen konnte.
Ich weiß es nicht, und du, mein liebes Kind, hast keine Ahnung, wieviel Brot du schneiden mußt!"
Mir waren als Abendmahlsspeisung bisher nur Oblaten bekannt. In
Weiden gab es keine Oblaten, sondern weißes, ungesäuertes Brot. Es
wurde zum Glück vom Bäcker gebacken. Der Pfarrfrau oblag nur die
heilige Pflicht, es in kleine Stücke zu schneiden und diese in Form eines
Kreuzes auf den Abendmahlsteller zu schichten.
Wie dankbar wäre ich gewesen, hätte ich geahnt, mit wieviel Gästen
zu rechnen war! Manchmal mußten wir noch tagelang die Brotreste in
heiße Milch brocken. Manchmal aber, und das war viel schlimmer,

reichte das geschnittene Brot nicht für die Menge der Gäste. Dann brach Manfred die kleinen Stücke immer wieder aufs neue, so daß mancher Gläubige nur noch ein Krümchen erwischte und mit unzufriedenem Gesicht vom Tisch des Herrn zurückkehrte.

Am Gründonnerstag stand ich zwei Stunden in der Küche und schnitt Brot. Ich war mit der Zeit zu einer geübten Brotschneiderin geworden. Die Stücke hatten die richtige Größe. Sie konnten in zwei Teile gebrochen werden, und diese Teile wiederum ergaben einen angenehmen Bissen, der in Würde zu kauen und herunterzuschlucken war. Zu Beginn meiner Laufbahn als Pfarrfrau hatte ich es gut gemeint und sehr große Stücke geschnitten. Die Leute sollten nicht denken, daß der Herr und ich knickrig seien. Aber die Abendmahlsfeier wurde durch diese Großzügigkeit empfindlich gestört. Die Abendmahlsgäste kauten und kauten. Reichte Manfred den Becher mit Wein, so mochte es wohl vorkommen, daß sich dieser und jener an den Brotresten verschluckte und heftig husten mußte.

Auch war ich früher mit dem Abschneiden der Rinde nicht gar so genau gewesen. Jede Brotscheibe mußte extra bearbeitet werden, und diese Arbeit hätte ich mir gerne erspart. Als ich dann aber beim Abendmahl eines der Rindenstücke zwischen den Zähnen hatte und im Schweiße meines Angesichts kaute, beschloß ich, mehr Sorgfalt walten zu lassen. Ich schichtete die Brotstücke kunstvoll auf die Teller und sorgte dafür, daß nichts ins Rutschen geraten konnte. Schließlich lagen zwei makellose Brotkreuze auf den Abendmahlstellern. Die Mesnerin legte weiße Spitzentücher über meine Kunstwerke und trug sie hinüber in die Kirche.

Beim ersten Abendmahl meines Lebens durchlitt ich tiefe Gewissensqualen. ,,Wer unwürdig isset und trinket, der isset und trinket sich selber zum Gericht!" so hatte Vati vorher gesagt. Mir war es, als gälte dieser Satz allein mir. So sehr ich auch versuchte, meine Gedanken auf Würdiges zu lenken, es wollte nicht gelingen. Ich senkte meinen Blick in das Gesangbuch, aber nach kurzer Zeit schon mußte ich bemerken, daß meine Gedanken nicht mehr bei den frommen Liedern weilten. Ich riß mich zusammen und überdachte die Leidensgeschichte, hob sinnend den Blick und sah, wie eine Frau mit verklärtem Blick vom Tisch des Herrn zurückkehrte. Ihre Hände waren gefaltet, ihr Auge dankbar nach oben gerichtet. So sah sie die drei Stufen nicht, die sie nun hätte hinabsteigen müssen. Ihr Fuß trat ins Leere. Sie stieß einen Schreckensschrei aus, knickte nach vorne und wäre zu Fall gekommen, hätte ich sie nicht aufgefangen. Ach, wie unwürdig fühlte ich mich, daß ich nun auch noch lachen mußte!

In Weiden kauerte ich in der Pfarrbank und konnte meine ängstliche Nervosität kaum verbergen. Manfred lud zum Abendmahl ein. Wann sollte ich aufstehen? Wann zum Altar gehen?

Ich schielte nach hinten. Mußte die Pfarrfrau etwa den Anfang machen? Nein, die jungen Mädchen standen auf und gingen mit gefalteten Händen zum Altar. Sie scheuchten mich zurück, als ich zu ihnen treten wollte. Dann erhoben sich die jüngeren Frauen, ihnen durfte ich mich anschließen, dann kamen die älteren. In einer langen Schlange standen die Abendmahlsgäste vom Kirchenschiff bis zum Chorraum. Als sich die letzte Reihe Frauen vor dem Altar versammelte, entstand oben auf der Empore ein Schurren und Trampeln. Dann marschierten die Männer die Treppe hinunter. Auch hier die Jugend voraus, die Alten hinterher.

Noch etwas Befremdliches mußte ich bemerken. Vor dem Empfang von Brot und Wein machten die Frauen einen Knicks, die Männer eine Verbeugung.

Mich nahm die Atmosphäre beim Gründonnerstagsabendmahl gefangen. Das Schurren und Trappeln der vielen Füße, das Rascheln der Kleider. Die Kerzen flackerten, der goldene Hochaltar leuchtete, das Silbergeschirr klirrte. Ab und zu spielte der Organist sein Stückchen in Moll. Als nun die Frauen wieder auf ihren Plätzen saßen und die Männer von der Empore zum Altar gingen, kam die Mesnerin eilig von der Sakristei zur Pfarrbank gelaufen. „Frau Pfarrer, des Brot langt net, und wenn's der Herr Pfarrer auch zweimal bricht!"

Ich hatte zu Hause noch ein selbstgemachtes Weißbrot für unser Karfreitagsfrühstück. Also verließ ich die Kirche durch eine Seitentür, lief nach Hause und holte das Brot aus der Speisekammer. Auf die Rinde brauchte ich keine Rücksicht zu nehmen, denn dieses Brot war durch und durch hart. Es gehörte zu den Hefebackwerken aus meiner Küche, die nicht genügend gegangen waren. Ach, daß gerade diese Mißgeburt zum Abendmahlsbrot erhoben werden sollte! Der Herr liebt das Geringe, ich wußte es wohl, aber ob es die Menschen auch lieben würden?

Ich hieb das Brot in kleine Stücke und schichtete die Splitter auf meinen besten Kuchenteller. Ein Kreuz nachzubilden war unmöglich, die harten Stücke rutschten immer wieder durcheinander. Dann ergriff ich den Teller und rannte damit die Treppe hinunter. Im selben

Augenblick eilte die Mesnerin herauf. Beide bremsten wir hart ab, aber ein Zusammenprall war nicht mehr zu vermeiden. Hoch flogen die Brotsplitter und prasselten auf den Boden. Wir rutschten auf der Treppe herum, um die Stücke wieder einzusammeln.

„Frau Pfarrer", sagte die Mesnerin und hielt sich einen Splitter meines Brotes vor die Augen, „Frau Pfarrer, was hent Se denn da für Brot? Sie werret's doch net selber gmacht habe?" Der Schreck in ihrer Stimme war unüberhörbar.

„Ich habe kein anderes, nur schwarzes mit Sauerteig." Sie hatte nur Kuchen zu Hause, und die Zeit drängte, wir mußten dieses Brot nehmen.

Der Brotnachschub kam gerade noch zur rechten Zeit. Manfred wich unwillkürlich zurück, als die Mesnerin den Teller vor ihn auf den Altar stellte. Ein kurzer Blick, ein leises Flüstern, dann neigte er ergeben den Kopf und sagte: „Nehmet hin und esset!" Er legte das Brot in die aufgehaltenen Hände. Es war sehr still in der Kirche, der Organist machte gerade eine Pause. Dann aber hörte man ein lautes Knurbsen und Krachen, als ob eine Kompanie Soldaten Äpfel äße. Es waren aber nur zwölf Weidener Bauern, die mein Brot zermahlten.

„Gehet hin in Frieden", sagte Manfred mit einem Tonfall, als wollte er sagen: „Tut mir leid, ich kann nichts dafür!"

Dann kamen sie an meiner Bank vorbei. Ich hielt den Blick fest auf das Gesangbuch gerichtet und schaute niemanden an. Ich schämte mich sehr.

In derselben Nacht noch buk die Mesnerin zwei Weißbrote, luftig und leicht. Eines für das Karfreitagsabendmahl und eines für Pfarrers. Im Dorf kursierten wilde Gerüchte. Einige Gemeindeglieder meinten, der Herr Pfarrer habe beim Abendmahl Hundekuchen ausgeteilt. Andere behaupteten, dies wären die echten ungesäuerten Brote gewesen, extra aus Israel eingeführt und wegen der weiten Reise so hart. Wieder andere mutmaßten, man habe den Männern das übriggebliebene Abendmahlsbrot vom letzten Jahr verfüttert.

Einige Fromme aber glaubten eines Wunders teilhaftig geworden zu sein. Frau Pfarrer habe gesehen, daß es an Brot mangle, habe draußen Steine aufgelesen und sie der Mesnerin gegeben. Auf dem Altar nun hätten sich diese Steine in Brot verwandelt.

SCHON als Kind lastete das Karfreitagsgeschehen auf mir wie eine schwere Bürde. Vom Aufwachen an ging ich die Leidensstationen Jesu mit, von der Gefangennahme bis zur Kreuzigung und dem langen qualvollen Tod. An einem Karfreitag, ich war vielleicht fünf Jahre alt, las Mutti beim Frühstück die Leidensgeschichte vor, dann sangen wir: ,,O Haupt voll Blut und Wunden..." Mich überkam eine solche Traurigkeit, daß ich zu weinen anfing.

,,Was hast du?" fragte Großmama. Wie sollte ich ihr erklären, was mich drückte? Ich verstand es ja selbst nicht recht, und sie würde es noch viel weniger verstehen. Kein Wort würde sie mir glauben.

,,Mir tut der Fuß weh", sagte ich.

,,Wo tut er weh? An welcher Stelle? Zeig es!"

Ich fuhr mit der Hand am Bein entlang. ,,Hier, überall tut's weh."

,,Du lügst schon wieder, sogar am Karfreitag! Warum weinst du?"

Nun denn, sollten sie mich ruhig auslachen! ,,Ich weine wegen dem Herrn Jesus."

,,Du niederträchtige Lügnerin!" rief Großmama, ,,marsch in die Ecke! Ich will dich nicht mehr sehen!"

Ich stellte mich gehorsam in die Ecke, stand da und schluchzte die Wand an. Wie der Herr Jesus war ich unschuldig und mußte ,,Schmach und Hohn erdulden". Sie saßen am Tisch und aßen, dann beteten sie und gingen aus dem Zimmer.

,,Du bleibst in der Ecke, bis du die Wahrheit sagst!" bestimmte Großmama.

Mutti kam. ,,Komm, sag es leise in mein Ohr!" Ihr zuliebe hätte ich gerne gelogen, aber war ich Petrus, der den Herrn verleugnet hatte?

,,Ich weine wegen Karfreitag und wegen dem Herrn Jesus!" Sie ging aus dem Zimmer. Die Glocken läuteten, im Hause rüstete man sich zum Kirchgang. Die Türen schlugen, dann wurde es still. Ich hörte, wie in der Kirche die Posaunen spielten. Mir schien, als bliebe die Zeit stehen. Endlich ging die Haustüre, die Geschwister lärmten, die Kirche war aus. Vati kam ins Zimmer.

,,Sie haben mir erzählt, was beim Frühstück geschehen ist. Ich will nur wissen, hast du gelogen oder nicht?"

„Das erste Mal mit dem Fuß – ja. Das zweite Mal nicht."
„Dann brauchst du nicht mehr in der Ecke zu stehen!"
„Ich will aber!" schrie ich, „laß mich! Ich leide!"
Beim Mittagessen sagte Michael: „Also, ich will es zugeben, ich hab sie gezwickt, und sie hat mich am Karfreitag nicht verpetzen wollen. Jetzt wißt ihr's, und jetzt soll sie mitessen!"
„Es ist schön, daß du ihn nicht verpetzt hast", sagte Vati zu mir. „Komm, setz dich zu uns!"
„Er hat mich nicht gezwickt, und ich hab die Wahrheit gesagt." Ich blieb in der Ecke.
„Sie ist verstockt", sagte Großmama.
Nach dem Essen ging jeder auf sein Zimmer. Aber immer wieder tat sich die Türe leise auf, und jemand kam herein. „Du blöde Ziege!" zischte Michael und drückte mir ein Stück Schokolade in die Hand. Aber ich wollte nichts essen, ich hatte mich ganz in die Rolle des leidenden Christus versenkt.
„Mich dürstet!" sagte ich. „Ich will Essig mit Myrten!"
Mutti brachte einen Becher. „Essig und Myrrhe", sagte sie und ließ mich trinken. Es schmeckte sauer, aber gut.
„Wann ist er gestorben, Mutti?"
„Um sechs Uhr."
„Wieviel Uhr ist es?"
„Gleich wird es sechs sein!"
Mir wurde schwindlig. Dann kam Vati. Er sagte, es sei sechs Uhr, und trug mich ins Bett.
Das war nur ein Karfreitag aus der langen Reihe, die sich schwarz durch meine Erinnerung zieht. Mein kleiner Bruder Christoph wehrte sich verzweifelt gegen diese Seelenqual. Er lärmte durch die Zimmer, rief: „Seid nett zu mir! Seid lustig! Ich halt's nicht aus!" Er kämpfte wild gegen die traurige Stimmung an, die er sich als allgemeinen Streit erklärte, sparte sich seine Betthupferl, verklebte, angelutschte Bonbons, um sie am Karfreitag unter das Volk zu werfen, wenn traurige Stimmung aufkommen wollte. Eine Opfergabe für die Geister des Frohsinns.
Unser erstes Osterfest in Weiden gedachte ich ganz besonders festlich zu gestalten. Ich schmückte das Haus mit frischem Grün, färbte Eier und griff zu russischen Osterrezepten, die mir leider gerade zu dieser Zeit in die Hände fielen. Als süße Köstlichkeit wurde ein Osterpudding angepriesen aus Quark, Eiern, Butter, Zucker und Rosinen.

Jeder, der einmal von ihm gekostet hatte, würde ihn zeit seines Lebens nicht mehr vergessen. Vier Tage vor dem Fest sollte diese Delikatesse zubereitet, in eine Windel gefüllt, in einen Blumentopf gepreßt und einige Zoll tief im Boden vergraben werden. Am Ostermorgen, so hieß es im Rezept, begebe sich die russische Familie in den Garten, hole den Topf – als symbolische Handlung – wieder aus dem Schoße der Erde hervor und feiere mit dem gestürzten und reichverzierten Pudding fröhliche Urständ.

Nun hatten wir aber im Herbst unseren Gartenboden mit einer ganzen Fuhre Mist bereichert. Ich fürchtete für das gute Aroma der russischen Spezialität, verzichtete auf die symbolträchtige Grabung und stellte den Blumentopf ins Küchenfenster.

Durch das Loch im Topfboden tropfte gelbe Brühe, was mich von vornherein gegen diese Süßspeise einnahm. Manfred sagte ich nichts von der Brühe. Jemand mußte den Pudding ja essen.

Als österliches Festessen bereitete ich ein Osterlamm nach russischem Rezept. Natürlich kein ganzes für uns zwei, aber doch ein gutes Stück.

„Findest du nicht, daß es etwas streng schmeckt?" fragte Manfred und schob den Teller von sich.

Ja, ich fand es auch. Dabei hatte ich drei Knoblauchzehen in die Soße geschnitten, um den Geschmack zu heben.

Auch der russische Osterpudding entsprach nicht unseren Vorstellungen von zarten Süßspeisen. Nach dem Stürzen hatte ich ihn mit kleinen bunten Ostereiern verziert, die allerdings immer wieder herunterrollten, weil dieser Pudding sehr fest war. Wir schnitten ihn in Scheiben und aßen eine davon. Manfred meinte, wir sollten es nicht übertreiben, sonst würden wir den Appetit an diesem Pudding verlieren. Wir nahmen uns vor, beim nächsten Osterfest wieder landesüblich zu essen.

Abends gingen wir zur „Stund" und erfüllten den Versammlungsraum mit Knoblauchdüften. Die frommen Brüder und Schwestern schnupperten vorsichtig und suchten zu ergründen, wer denn hier so unchristlich stinke. Nach der ersten Schriftauslegung mußte ein Fenster geöffnet werden.

Am Ostermontag predigte der Nachbarpfarrer bei uns. Manfred fuhr dafür in seine Gemeinde. Durch diesen Tausch ersparten sich die beiden eine Predigtvorbereitung, und der Gemeinde wurde etwas Abwechslung beschert.

Ich traute meinen Augen nicht, als ich meine Blicke beim Orgelvor-
spiel schweifen ließ und den Blumenschmuck auf dem Altar gewahrte.
Da standen wahrhaftig Plastikvasen mit scheußlichen Plastikblumen
darin. Wo waren die Kristallvasen und die echten Blumen vom Ostersonntag geblieben? Welcher böse Geist hatte die Mesnerin ergriffen?
Ich nahm mir vor, nach dem Gottesdienst ein ernstes Wörtchen mit ihr
zu reden.

Während der Eingangsliturgie fegte Pfarrer Bauer mit dem Talarärmel die erste Vase vom Altar, bei der Schlußliturgie erledigte er die
zweite.

„Der macht elles he!" klagte die Mesnerin nach der Kirche. „Elle-
mol schmeißt er mir die Vase nunder. Drom han i des Plaschtikzeug
kauft." Ich sprach kein ernstes Wörtchen, sondern bewunderte ihre
Umsicht.

Am Ostermontag wurde die Liturgie nicht vom Hochaltar aus gehalten. An den „niederen" Sonntagen kam ein kleiner Seitenaltar zu
Ehren. Der Pfarrer mußte von der Sakristei drei Stufen hinterstei-
gen, um an der Kanzel vorbei den kleinen Altar zu erreichen. Die Kanzel endete in einem goldbemalten Zapfen, und der hing ziemlich tief.
Kürzte der Pfarrer den Weg zum Altar ab, so stieß er mit Sicherheit an
diesen Zapfen, sofern er das Haupt nicht rechtzeitig neigte. Manfred
machte nach dem ersten Zusammenstoß einen Bogen um den Zapfen.
Fremde Pfarrer hatten Schwierigkeiten. Vor dem Gottesdienst ging
die Mesnerin also in die Sakristei, wo Pfarrer Bauer bereits saß und
seine Predigt überdachte.

„Herr Pfarrer, gell Sia denket an den Zapfe!"

„Ja, ja, meine Liebe!" sagte Pfarrer Bauer und versank wieder in
stille Betrachtung.

Er kam während der letzten Strophe des Eingangsliedes aus der Sakristei, die Agende an die Brust gedrückt, die Augen auf den Boden
gerichtet. So schritt er die Stufen hinunter auf den Seitenaltar zu.
Wahrhaftig, er gedachte der Warnung und senkte den Kopf, als er die
Kanzel über sich vermutete. Doch hob er sein Haupt zu früh und
schlug mit der Stirn hart an den Zapfen. Es klang so dumpf, daß die
Gemeinde mitleidig aufseufzte. Er aber blieb würdig und gelassen,
faßte nicht einmal mit der Hand nach der schmerzenden Stelle. Während der Predigt konnte man die Beule auf seiner Stirne wachsen sehen.

ZWEIMAL im Winter kam ein Herr vom Filmdienst. Er baute im Räumle sein Vorführgerät auf und zeigte nachmittags den Kindern und abends der beglückten Gemeinde einen sehenswerten, meistens stark flimmernden Film. Die Nacht über war er unser Gast. Oben im Dachzimmer gab es zwar keinen Ofen, aber ich versorgte das Bett mit einer Wärmflasche und legte warme Decken zurecht. Nach der Filmvorführung saß der Mitarbeiter noch gemütlich bei uns im Wohnzimmer, trank Tee, Apfelsaft oder Wein und plauderte über Gott und die Welt. Spät in der Nacht geleitete ihn Manfred in sein Zimmer und wünschte eine gute Nacht.

Früh am Morgen, wir waren kaum aufgestanden, erschien der Gast schon wieder vor der Wohnungstür, strebte eilends hinein und machte einen gehetzten Eindruck. Erst nach der zweiten Tasse Tee wurde er gesprächig und erklärte auf meine höfliche Anfrage, ob er gut geschlafen habe, daß es ihm sehr warm gewesen sei und daß es am Bett nichts auszusetzen gebe. Eine weitere Nacht allerdings könne er nicht bei uns verbringen, da ihn der Dienst rufe. Nach kurzem, kühlem Abschied fuhr er bald davon.

Das war sein Glück! Mich packte wilder Zorn, als ich hinterher ins Gastzimmer kam. Alles deutete auf ein schnelles Verlassen der Schlafstätte, auf kurze, eilige Wäsche, auf wenig Sinn für Ordnung und Anstand hin. Nicht einmal die Waschschüssel war ausgeleert! Es war bei allen Mitarbeitern das gleiche Elend. Allesamt hatten sie keine gute Kinderstube genossen.

Dann kam Missionar Schneidele, ein älterer Herr. Er konnte wunderbar erzählen. Sein Missionsabend war so kurzweilig und spannend, daß niemand einschlief, obwohl das Räumle gut geheizt war und der Missionar fast zwei Stunden sprach. Hinterher saßen wir noch zusammen, und er gab Anekdoten aus seinem Leben zum besten. Nur trinken wollte er nichts.

Ja, ob er denn keinen Durst hätte nach dem vielen Sprechen? Doch, er wäre sehr durstig, aber in alten Pfarrhäusern würde er abends nie etwas trinken. Warum denn das? Er lachte und hub zu einem neuen Schwank aus seinem Leben an.

„Ich habe einmal getrunken nach einem Missionsabend", sagte er,

„dann brachte mich der Pfarrherr in mein Zimmer. Es lag, wie alle Gastzimmer, die ich in meinem Dienst kennengelernt habe, im Dachgeschoß. Nachts weckte mich ein menschliches Bedürfnis. Ich begab mich auf die Suche nach dem stillen Örtchen. Im Dachgeschoß war keines. Barfuß, um niemanden aufzuwecken, stieg ich die Treppe hinunter. Die Stufen knarrten, meine Füße wurden zu Eiszapfen. Im Wohngeschoß fand ich den Lichtschalter nicht und tappte im Dunkeln herum. Ich hatte das Örtchen am Abend zuvor besucht und meinte die Richtung zu kennen. Endlich geriet ich an eine Tür, machte sie leise auf und fuhr suchend mit der Hand über die Wand, um den Lichtschalter zu finden. Da fiel mir ein Schrubber auf den Kopf, ich war in die Besenkammer geraten. Ich suchte weiter, fand wieder eine Türe und hoffte am Ziel meiner dringenden Wünsche zu sein. Aber nein, hier empfing mich ein so gewaltiges Schnarchen, zweistimmig, daß ich entsetzt flüchtete. Ich war ins eheliche Schlafgemach eingedrungen. Meine Kraft war gebrochen, mein Mut dahin. Ich tappte wieder die Treppe hinauf und verbrachte eine ängstliche Nacht. Als der Morgen graute, zog ich mich eilends an und stieg nach kurzer Wäsche die Treppe hinunter, wo ich jetzt endlich zum Ziel gelangte. Beim nächsten Missionsabend sah ich mich vor. Ich merkte mir die Örtlichkeiten und dachte so, einer ruhigen Nacht entgegensehen zu dürfen. Doch als ich nachts die Treppe herunterkam, um dem Örtchen einen Besuch abzustatten, da war die Wohnungstür verschlossen. Klingeln wollte ich nicht. Wieder verbrachte ich eine unruhige Nacht.

Seither verzichte ich abends auf Getränke. Oder sollte ausgerechnet im Dachgeschoß dieses Pfarrhauses ein Klöchen verborgen sein? Oder sollte die Frau Pfarrer vielleicht an ein Töpfchen gedacht haben?"

Ich wurde rot. Nein, ein Töpfchen gab es zu dieser Zeit bei uns noch nicht. Die Verwandtschaft kam ungeniert im Morgenrock die Treppe herunter. Ach, was mochten die armen Herren vom Filmdienst in unserem Hause durchgemacht haben! Deshalb also die eiligen Morgenwäschen und das frühe Erscheinen an der Wohnungstür.

Am Morgen nach Missionar Schneideles Erlebnisbericht fuhren wir in die Stadt und kauften zwei respektable Nachttöpfe. Der eine kam unter das Gastzimmerbett, der andere fand im Nachttisch des Mädchenzimmers einen Platz. Seitdem erschienen unsere Besucher nicht mehr so unchristlich früh vor der Wohnungstür. Sie wirkten beim Frühstück gelöst und heiter, und auch das Gastzimmer befand sich hinterher in ordentlichem Zustand.

Nicht immer aber waren uns Missionare vom Schlage des lieben Herrn Schneidele beschieden. Da kommt zum Beispiel einer schon kurz vor dem Mittagessen. Man hat ihn so früh nicht erwartet, also auch nichts Rechtes gekocht. Er klagt über das Pfarrhaus, in dem er vorher war, über den dünnen Kaffee, den er bekommen hatte, über das fleischlose, sehr einfache Abendessen. Er schimpft über Pfarrer, die – Gott sei's geklagt – nicht mehr zuhören können, über Pfarrfrauen, die das Dienen nicht gelernt haben. Er sorgt dafür, daß wir in Angst und Schrecken verfallen und ja keinen schlechten Eindruck bei diesem Menschen hinterlassen wollen. Ich versuche, den besten Kaffee meines Lebens zu brauen, stürze zum Bäcker und kaufe Kuchen. Renne zum Metzger, um Fleisch fürs Abendessen zu holen. Manfred sitzt den ganzen Nachmittag gottergeben auf dem Sofa und läßt den Redefluß des schwierigen Gastes über sich hinwegströmen.

Spät in der Nacht geleiten wir ihn zu seinem Zimmer. Jammernd betrachtet er das Deckbett. Ach, er wird wieder sein Ischias bekommen, denn dieses Deckbett ist zu dünn! Ich laufe nach unten in unser Schlafzimmer. Ziehe mein Deckbett ab, beziehe es neu und lege es auf das Bett des geplagten Menschen. Er nimmt es gnädig entgegen, dann aber umdüstert sich sein Blick. Ach, hätte er nur sein eigenes Kopfkissen mitgebracht! Die Leute geben ihm immer nur eines, und er muß doch hoch liegen, weil er sonst keine Luft bekommt. Wieder stürze ich davon, um ein zweites Kissen zu holen. Er hält mich zurück. Wenn ich schon auf dem Wege bin, könnte ich vielleicht noch eine warme Wolldecke mitbringen als Unterlage. Und ein Glas Milch wäre ihm lieb. Ich bringe dies alles herbei und krieche später zu Manfred ins Bett. Ohne Kissen und Deckbett kann ich nicht schlafen.

Am nächsten Morgen erscheint der Gast vergnügt beim Frühstück. Wir beide haben schlecht geschlafen, trotzdem ist Manfred früh aufgestanden und hat Brötchen geholt. Der Missionar schnuppert. „Wo bleibt denn der Kaffee?" fragt er, „haben Sie etwa mit der Zubereitung gewartet, bis ich erscheine? Wie aufmerksam."

„Wir trinken morgens Tee", erklärt Manfred. Oh, der fromme Mann ist untröstlich. Er will uns wirklich keine zusätzliche Arbeit machen, aber Tee kann er morgens nicht vertragen. Da streikt sein alter Magen. Ich koche Kaffee. Er kommt in die Küche, fragt, ob es sehr unbescheiden wäre, wenn er noch um ein Ei bitten würde, wachsweich, zwei Minuten nach dem Kochen. Dann schmaust er mit gutem

Appetit. Nach dem vierten Brötchen wendet er sich an mich. Ich solle mich durch ihn nicht aufhalten lassen, sicher müsse ich jetzt an die Vorbereitungen fürs Mittagessen denken. Er werde in aller Ruhe die Zeitung lesen, dann sei er am wenigsten im Wege. Er bleibt zum Mittagessen. Leider mag er kein Sauerkraut, und das fette Fleisch wird ihm zu einer Gallenkolik verhelfen. Ach, wenn er doch etwas Kleines, Leichtes bekommen könnte, ein Schnitzelchen vielleicht!

In meinem Elternhaus hatte ich Missionare aller Schattierungen kennengelernt. Fanatische und betuliche, eingebildete und bescheidene, höfliche und unverschämte. Sie kamen, die Gemeinde zu bekehren, und wohnten dazu eine Woche lang bei uns im Pfarrhaus. Ich bemerkte mit Schrecken, daß die Missionare tagsüber und abends ganz verschiedene Menschen waren. Bei uns im Haus machten sie Witze, latschten grämlich herum und ließen sich bedienen. In der Kirche aber donnerten sie wortgewaltig von der Kanzel und übten eine solche Anziehungskraft aus, daß ich mir vorkam wie das einzige menschliche Wesen unter lauter Kaninchen, die eine Schlange anstarren. Mein Vater blieb für mich immer der gleiche, ob er im Talar predigte, sich im Schlafanzug rasierte oder mit uns zu Mittag aß.

Während dieser Evangelisationen fand jeden Abend ein Vortrag statt. Nachmittags wurden Bibelstunden gehalten. Es war natürlich selbstverständlich, daß wir Pfarrerskinder an all diesen Veranstaltungen teilnahmen. Zu den Abendvorträgen strömten wahre Menschenmassen in die Kirche. Wir mußten noch Stühle herbeischleppen, damit alle Bekehrungswilligen sitzen konnten. Ich betrachtete die Anwesenden mit unfreundlichen Blicken. Warum liefen sie alle zu dem fremden Mann und himmelten ihn an, als ob er der Herr Jesus persönlich wäre? Warum kamen sie am Sonntag nicht zu den Gottesdiensten meines Vaters, der auch nicht schlechter predigte?

Ihr solltet ihn mal bei euch zu Hause haben! dachte ich grimmig. Ihr solltet mit anhören, wie er beim Essen schmatzt und keinen anderen zu Wort kommen läßt! Ihr solltet miterleben, wie er das Badezimmer hinterläßt! Dann würden euch die Augen schon aufgehen, und ihr wäret froh, ihr hättet solch eine Perle wie meinen Vater!

Nach den Vorträgen strebten die Zuhörer scharenweise zur Sakristei, um mit dem Gottesmann zu sprechen. Strahlenden Auges traten sie nach einer Weile wieder herfür und hatten eine Bekehrung erlebt. Wurde die Zeit am Abend zu knapp, dann kamen die reuigen Sünder vormittags oder nach der Bibelstunde zu uns ins Pfarrhaus. Sie saßen mit dem Missionar in Vatis Studierzimmer. Vati machte in der Zeit Krankenbesuche oder arbeitete im Garten. Oft brachten die Besucher auch Geschenke für den Missionar. Wie gemein sie waren! Vatis Geburtstag hatten sie im letzten Jahr vergessen! Nicht einmal ein Blumenstrauß wurde im Pfarrhaus abgegeben.

Nach einer solchen Evangelisationswoche, der Missionar packte gerade seine Koffer, schlachtete ich mein Sparschwein und kaufte ein kleines Primeltöpfchen. Zwischen die Blüten steckte ich einen Zettel, worauf geschrieben stand: ,,Für unseren hochverehrten und geliebten Herrn Pfarrer, von einem dankbaren Gemeindeglied". Ich stellte das Blumenstöckchen vor die Haustür, klingelte und fuhr wie der Blitz durch das Hoftor und den Hintereingang wieder ins Haus. Mutti öffnete. Vati und der Missionar saßen noch bei einer letzten Tasse Kaffee zusammen. Vati sollte eine Freude haben und einen Triumph. Beim Abendessen zeigte er das Primelchen herum und beteuerte, wie sehr ihn dieses Angebinde erfreue. Der Blumentopf stand auf seinem Schreibtisch, bis die letzte Blüte verwelkt war.

Leider konnte auch ich keiner Bekehrung widerstehen. Meine Selbstsicherheit kam ins Wanken, wenn der Prediger darüber sprach, wie sehr wir alle sündigten. Er sah uns durchdringend an und fragte, wie es denn mit unseren Gedanken stünde, ob sie keusch und züchtig wären oder ob wir sie vor aller Welt verbergen müßten und uns sündig bekennen?

Ja, ich für meinen Teil mußte es. Meine Gedanken scheuten das Licht des Tages. Ich ging nach Hause, hart angeschlagen, schloß mich in mein Zimmer ein und rang mit mir.

Ach, wie gerne wäre ich ein neuer Mensch geworden, der alte war mir ganz und gar zuwider.

Ein Vortrag nahte mit dem Thema ,,Tod und Auferstehung" oder ,,Das Jüngste Gericht". Die Drohungen des Predigers und meine Angst vor Tod, Verdammnis und Hölle brachten meine Sicherheit vollends zu Fall. Zerschlagen und verängstigt ging ich in die Sakristei zu dem Missionar und beichtete. Danach kehrte ich tränenüberströmt und strahlend als Bekehrte wieder heim. Ich hatte dem Herrn Jesus mein Herz geschenkt.

Ein paar Wochen lang besiegte ich meine ,,Morgenkrankheit" und stand früh auf, um ein Kapitel aus der Bibel zu lesen und zu beten. Ich gab mir Mühe, freundlich zu den Geschwistern zu sein, auch wenn sie sich noch so widerlich benahmen. Ich lächelte mit verkniffenen

Lippen, wenn sie mich ärgerten, und nahm mein Kreuz auf mich. Doch brach ich schier darunter zusammen.

„Seid still, da schwebt unser Engel herein!" so oder ähnlich pflegte der freche Michael zu rufen, wenn ich ins Zimmer trat.

Ich betete darum, daß es mir gelingen möge, diesen Bruder zu lieben wie mich selbst, aber es juckte mir in den Fingern vor Verlangen, ihm eins auf die Nase zu geben. Meine Geschwister nutzten meinen Seelenzustand schamlos aus, ließen mich alle ungeliebten Arbeiten verrichten und holten sich meine Bücher und Bleistifte, ohne zu fragen. Unter diesen Anfechtungen erlahmte mein frommer Eifer schon nach kurzer Zeit, und die alte Eva ergriff wieder von mir Besitz. Ich mußte erkennen, daß der Herr keineswegs eine neue Kreatur aus mir gemacht hatte, sondern daß ich die gleiche kratzbürstige Person geblieben war. Als ich eines Tages entdeckte, daß jemand die heißgeliebten Schokoladenplätzchen aus meiner Schreibtischschublade gestohlen hatte, war es um meine Heiligkeit vollends geschehen. Ich stürzte ins Bubenzimmer und fand Christoph mit schokoladeverschmiertem Mund.

„Du elender Kerl!" schrie ich. „Wart, ich werd dich lehren, deine Schwester zu beklauen!"

Er lachte mit verklärtem Gesicht. „Gott sei Dank! Bisch wieder meine Alte!"

Wir zankten uns nach Herzenslust, kein Mensch trauerte dem Engel nach.

Nach all diesen Erfahrungen war ich nicht darauf erpicht, auch in Weiden Evangelisationen mitzuerleben. Wenn sich die Leute bekehren wollen, so dachte ich, können sie das jeden Sonntag im Gottesdienst tun. Es war auch gar nicht vonnöten, für unser kleines Dörflein einen redegewaltigen Prediger zu bemühen, denn alle zwei Jahre fand im Bezirk eine Zeltmission statt. Vor dem Städtchen stand ein gewaltiges Zelt, groß genug, alle Frommen und noch viele Sünder des Bezirks aufzunehmen. Dort predigte allabendlich ein Missionar, Posaunenbläser spielten, Evangeliumschöre sangen, Bekehrte legten Zeugnis ab. Über den ersten Abend hörte man Erstaunliches. Der Missionar hätte nicht nur wundervoll und erschütternd gepredigt, nein, er wäre zu alledem auch noch jung und hübsch gewesen! Nach diesen Meldungen, besonders nach der letzten, fühlte auch mein Mädchenkreis das dringende Bedürfnis, diese Evangelisation zu besuchen. Manfred bestellte einen Omnibus. Zusammen mit einigen Gemeindegliedern fuhren wir ins Städtchen. Vom Festplatz her ertönte Posaunenblasen.

Die Leute strömten in hellen Scharen herbei. Wir strömten mit und er-
gatterten ganz hinten noch einen Platz, auf harten Bänken ohne Lehnen. Eingekeilt in die fromme Menge ergriff uns Begeisterung. Die
Posaunen spielten, die Chöre sangen – und dann kam er, schön wie ein
junger Gott. Er sprach mit wohlklingender Stimme, leise und eindringlich. Ich mußte mit Erstaunen bemerken, daß in der Menge ein
Schluchzen anhub. Auch meine nüchternen Mädchen griffen nach den
Taschentüchern. Nach Schluß der Vorstellung, auf dem Weg zum
Omnibus, weinten sie noch immer leise vor sich hin. Einige kehrten
um, da sie mit dem Missionar sprechen wollten. Nach langer Zeit kamen sie wieder und stiegen in den Bus. Still und verklärt saßen sie auf
ihren Plätzen. Die Unbekehrten musterten sie mit spöttischen und ein
wenig neidvollen Blicken.

Ein polnisches Wunder und schmelzende Eisheilige

Als die Mission das Zelt abbrach, um neue Bezirke zu erobern, begann
für mich eine harte Zeit. Alle Mädchen meines Kreises hatten sich bekehrt. Frau Pfarrer war nicht mehr fromm genug. Wie ich das kannte!

Nach den Vorträgen der Prediger hatte ich immer Vatis Predigten
zu liberal, Muttis Frauenstunden zu weltlich gefunden. Ich litt still vor
mich hin und sagte nichts, denn ich wollte sie in Geduld und Liebe ertragen, aber ich gedachte ihrer Seelen im Gebet.

Einmal allerdings konnte ich mich nach einem Gottesdienst nicht
mehr zurückhalten und sagte in aller Liebe zu meinem Vater, warum
er in der Predigt über Maria und Martha die Martha habe so glimpflich
davonkommen lassen und nicht mehr Worte des Lobes für Maria gefunden habe. Maria habe doch schließlich das rechte Teil erwählt, indem sie sich zu den Füßen des Herrn hinkauerte, um seinem Wort zu
lauschen, währenddessen Martha den Augenblick des Heils verstrei-
chen ließ, nur um Essen zu kochen und dergleichen unwichtige Dinge
zu tun. Vati hörte mir ernsthaft zu, überlegte ein Weilchen und sagte
dann:

„Du hast völlig recht. Für den Augenblick hat Maria das Richtige
getan, aber auf längere Zeit würde ich mich unbedingt für Martha entscheiden. Ohne Essen und dergleichen unwichtige Dinge kann man
leider nicht leben. Denk an Tante Friedel, Kind! Und dann überlege dir
noch mal, wer dir lieber ist, Maria oder Martha!‟

Tante Friedel war tatsächlich ein Marientyp. Sie trug linnene Gewänder, hatte einen Knoten und sanfte braune Augen. Sie kam zu uns, als Mutti krank im Bett lag und Else, unsere kratzbürstige und tüchtige „Martha", noch nicht bei uns war. Tante Friedel schwebte ins Haus, nahm uns Kinder nacheinander in den Arm, schaute uns innig in die Augen und drückte uns einen Kuß auf die Wange.

„Ich werde viel Zeit für euch haben", sagte sie, und sie hatte viel Zeit für uns, denn sie dachte nicht daran, in die Küche zu gehen und Essen zu kochen. Sie setzte sich an Muttis Bett und sprach lange mit ihr.

Ich kam ins Schlafzimmer, schaute demonstrativ auf die Uhr und versuchte deutlich zu machen, daß es höchste Zeit sei, ans Essen zu denken.

„Friedel", sagte meine Mutter, „ich genieße es sehr, daß du dir soviel Zeit für mich nimmst, aber weißt du, die Kinder haben Hunger. Ich wäre dir so dankbar, wenn du das Essen richten würdest."

Tante Friedel war sofort bereit. Sie ging in den Garten und pflückte Blumen, um den Tisch zu schmücken. Sie deckte ihn mit Liebe und lehnte an jeden Teller eine Spruchkarte. Vati kam aus seinem Studierzimmer.

„Friedel, ich habe um zwei Uhr eine Beerdigung. Meinst du, wir können vorher noch essen?"

„Aber ja, natürlich, mein Lieber!" rief sie. Da war es bereits ein Uhr. Sie eilte in die Küche und schmückte das Essenstablett für Mutti mit Blumen und Spruchkarte. „Ihr Herz soll ganz froh werden, wenn sie es sieht", so sagte sie zu mir. Ich schielte zaghaft nach dem Herd, auf dem noch kein einziger Topf stand.

„Tante Friedel, kann ich dir was helfen beim Kochen?"

„O nein, mein Kind, das hat Zeit!" rief sie fröhlich, „eben fällt mir ein, ich muß Paul-Gerhard noch fragen, welchen Beerdigungstext er ausgewählt hat. Es wird ihm guttun, mit mir darüber zu sprechen!"

Sie lief die Treppe hinauf und verschwand im Studierzimmer. Um dreiviertel zwei Uhr stürmte Vati aus ebendiesem Zimmer, gefolgt von Tante Friedel. Er riß zornig die Schranktür auf, griff nach seinem Talar, zog ihn über, und Tante Friedel knöpfte demütig all die vielen Knöpfe zu. Er sagte nicht einmal „Adieu", sondern packte die Bibel, rannte aus dem Haus und warf die Tür hinter sich zu. Tante Friedel lächelte mild, ging vor die Haustür und winkte dem flatternden Talarrücken ein Lebewohl zu. Sie hatte gar nicht bemerkt, wie sehr sie ihm auf die Nerven ging.

„Kind", sagte Tante Friedel, „spricht deine Mutter eigentlich nie mit deinem Vater über seine Predigttexte? Sie sollte es unbedingt tun, denn er braucht es, daß ihm ein liebender Mensch zuhört! Ich muß ihr das gleich sagen!"

Schon eilte sie wieder die Treppe hinauf ins Schlafzimmer. Nach einer halben Stunde schaute ich vorsichtig zu den beiden hinein. Mutti lehnte mit bleichem Gesicht in den Kissen, Tante Friedel saß neben dem Bett und las vor.

„Amei, mach Rühreier!" sagte meine Mutter, „aber schnell, Vati wird gleich kommen!"

Rühreier gab es schon die ganze Zeit, seit Mutti krank war. Es war das einzige Gericht, das Beate und ich zubereiten konnten. Ich ging an die Arbeit. Gitti brach in Tränen aus, als sie den wohlbekannten Eiermischmasch sah.

So ergab es sich, daß Tante Friedel still, schön und sanft durch das Haus schwebte, den Tisch mit Blumen schmückte und sich an Muttis Bett setzte. Wir Kinder plagten uns mit dem Kochen und der groben Hausarbeit herum.

Was nach drei Tagen passierte, weiß ich nicht genau, denn ich war in der Schule. Als ich heimkam, verließ Tante Friedel gerade das Haus. Aus ihren sanften Augen tropften Tränen, ihre Lippen zitterten hysterisch. Sie stieg in ein Taxi, ohne mich nach ihrer Gewohnheit innig zu küssen. Nur die beiden Kleinen waren zu Hause gewesen. Sie platzten schier vor der Fülle der Ereignisse, die sie soeben miterlebt hatten.

Gitti berichtete mit zitternder Stimme: „Vati hat sie nausdesmissen. Er hat desakt, die Tinder hungern, un du siehst es nich. Un denn hat sie desakt, sie wär teine Martha. Un Vati hat desakt, ja leider, er hätt es schon demerkt. Un denn hat sie deweint, un Vati hat des furchbare Wort zu ihr desakt!"

„Welches furchtbare Wort?"

Sie holten tief Luft, spitzten den Mund und tönten im Duett: „Spinat-wach-tel!!"

Der erste Mädchenkreis nach der Evangelisation nahte. Ich erwachte morgens schon mit einem bangen Gefühl in der Magengegend.

„Manfred, ich hab Angst vor dem Mädchenkreis!"

„Ach was", sagte er, „da brauchst du keine Angst zu haben, die sind auch nicht anders als sonst!"

Aber im Laufe des Tages wuchs meine Beklemmung. Krank an Seele, Kopf und Magen schlich ich um acht Uhr hinunter ins Räumle. Kein Lachen, kein Geschrei!

Ich öffnete die Tür. Da saßen sie brav um den Tisch herum, hielten die Hände fromm auf der Bibel gefaltet und schwärmten von den reichen Tagen, die hinter ihnen lagen, und von der Schönheit des Predigers.

Mich begrüßte man freundlich, aber reserviert. Was konnte ihnen von mir schon Gutes kommen?

„Wollen wir etwas singen?" schlug ich zaghaft vor.

Ja, sie wollten singen, aber keinesfalls die weltlichen Lieder von einst, als sie noch in der Verblendung gelebt hatten, sie wollten die Erweckungslieder singen vom Zelt seligen Angedenkens. Sie taten mir wirklich leid. Ich wußte, wie ihnen zumute war. Sie sehnten sich schmerzlich zurück nach der Zeit, in der sie erschüttert worden waren, in der eine höhere Macht sie angerührt hatte. Alles, was ich heute tun und sagen würde, mußte sie notwendig enttäuschen, denn ich war nun einmal kein schöner junger Mann, hielt keine mitreißenden Reden, hatte keine Posaunen und Chöre zur Hand. Wir saßen allein im nüchternen Räumle und sangen die Lieder vom Zelt, aber es war ein Unterschied wie Tag und Nacht. Dort brauste der Gesang, hier klang er nur matt.

„Habt ihr Lust zum Spielen?" Das hätte ich nicht fragen dürfen, denn nun hatte ich mich und meine Unbekehrtheit entlarvt. Sie wandten sich enttäuscht von mir ab. Nein, sie wollten nicht spielen, sie hatten sich etwas ganz anderes von diesem Abend erhofft.

„Kommt, erzählt mir ein bißchen von euch! Erzählt mir, wie es euch geht seit der Evangelisation!"

Oh, es ginge ihnen wundervoll! Jeden Tag würden sie ein Kapitel aus der Bibel lesen! Sie folgten dem Herrn nach und versuchten so zu leben, wie er es wollte!

O ihr Heuchler! dachte ich zornig. Da wollt ihr nach des Herrn Willen leben und seid so abscheulich zu mir!

Und dann sah ich mich selber, damals, nach meinen Bekehrungen, die Hände fromm auf der Bibel gefaltet, ein überhebliches Lächeln auf den Lippen.

„Habt ihr schon einmal ein Wunder erlebt?" fragte ich.

Sie sahen erstaunt auf. Natürlich hatten sie schon Wunder erlebt. Viele, jeden Tag bewies der Herr seine Größe! Vor einer Woche, als ihnen die Augen geöffnet wurden und sie die Herrlichkeit Gottes sahen, war das vielleicht kein Wunder?

„Sogar ein Pfarrer soll sich bekehrt haben!"

Ich traute meinen Ohren nicht. Diese Worte hatte Annegret gesprochen, ein lustiges Mädchen, stets zum Lachen und Scherzen aufgelegt. Jetzt saß sie da mit süßlichem Lächeln, die braunen Locken zu einem Dutt auf den Kopf gesteckt.

Du kleines Biest! dachte ich, na warte, du wirst auch noch Ärger zu Hause bekommen mit deinem lächerlichen Dutt und deiner aufgesetzten Frömmigkeit! Deine Brüder werden dich ganz schön fertigmachen. Sie tat mir fast leid.

„Ich möchte euch von Wundern erzählen, die ich selber erlebt habe. Es war einmal ein kleines Mädchen...", so begann ich und kleidete die Geschichte in Märchenform, um ein Stückchen strengverborgene Erinnerung erträglicher zu machen.

„Also, es war einmal ein kleines Mädchen von sieben Jahren, das lebte in Polen in einem schönen Pfarrhaus. Ein paar Meter vom Haus entfernt stand die Kirche. Das kleine Mädchen hatte vier Geschwister, sieben Puppen und einen Kanarienvogel. In der Küche gab es eine polnische Köchin, die wunderbar kochte.

Im September 1939 rückten deutsche Truppen in Polen ein. Da gerieten die Polen in Wut und erschlugen alle Deutschen, die ihnen in die Hände fielen. Viele Deutsche hatten das vorausgesehen und waren vorher aus dem Lande geflüchtet. Aber die Eltern des kleinen Mädchens wollten bei ihrer Gemeinde bleiben und waren überhaupt der Ansicht, daß immer der schwerere Weg der richtige sei. Sie hatten in der Kirche eine unterirdische Kammer entdeckt. Dorthin schleppten sie Geld und Schmuck, warme Decken und haltbares Essen. An diesem sicheren Ort wollten sie sich mit den Kindern verstecken, sobald der Aufruhr losbräche. ‚Hoffentlich geschieht unserem Vater nichts! Hoffentlich darf er bei uns bleiben. Ihr müßt ganz fest darum beten!' so sagte die Mutter zu den Kindern, und sie beteten auch ganz fest darum.

Als der Aufruhr aber losbrach, kam morgens die Polizei ins Haus und holte ihren Vater ab, um ihn ins Gefängnis zu bringen. Da weinten sie alle und dachten, Gott hat unser Gebet nicht erhört, denn er hat uns nicht geholfen.

Die Mutter wollte sich mit den Kindern in der unterirdischen Kammer verstecken, aber sie wagte nicht, das Haus zu verlassen, denn der Garten war voller Menschen, die Knüppel und Messer in den Händen hatten und sehr gefährlich aussahen. Da weinte das kleine Mädchen wieder und dachte, Gott mag uns nicht, sonst hätte er uns in das Versteck gehen lassen, wo wir sicher gewesen wären.

Am Morgen hatte das kleine Mädchen in der Glasveranda mit seinen Puppen gespielt. Dann kamen die schreienden Leute in das Haus hinein, und es mußte in den Keller gehen und die Puppen oben alleine lassen. Es hielt sich die Ohren zu, aber es hörte trotzdem, wie eine Puppe nach der anderen an die Wand geworfen wurde und zerbrach, denn es waren lauter Porzellanpuppen.

Dann kam die polnische Köchin in den Keller und sagte: ‚Pastorka, wir müssen hier weg.‘ Sie packte die Kinder und schob sie die Kellertreppe hinauf ins Freie, die Mutter nahm das Baby auf den Arm und den kleinen Bruder an die Hand. So gingen sie durch den Garten an all den wütenden Menschen vorbei, und niemand tat ihnen etwas zuleide. Als sie auf der Straße waren, sagte das polnische Mädchen: ‚Wir gehen zu mir nach Hause.‘ Es war ein weiter Weg, und das kleine Mädchen hatte große Angst. Es sah Männer, die Fenster einschlugen und Türen einbrachen. In den Häusern schrien die Leute.

Die Eltern der polnischen Köchin hatten einen Kaufladen. Sie machten ganz erschreckte Gesichter, als sie die deutsche Pfarrfrau mit den Kindern sahen, aber sie führten sie durch den Hof und gaben ihnen ein Zimmer im Hinterhaus. Da blieben sie zwei Tage lang. Die Köchin brachte Essen und sagte, sie sollten ganz still sein. Sie waren auch still, aber das Baby fing an zu schreien, und die Mutter mußte ihm ein Kissen auf den Kopf legen, bis es ganz blau war. Männer kamen ins Zimmer und schauten unter das Bett und hinter den Schrank und gingen dann wieder fort. Im Hof sagten sie zu den anderen Männern: ‚Da ist niemand!‘

In der zweiten Nacht leuchtete es rot durch das Fenster herein. Pfarrhaus und Kirche brannten. ‚Lieber Gott, mach, daß sie meinen Kanarienvogel vorher rausgelassen haben!‘ betete das kleine Mädchen, aber es glaubte schon gar nicht mehr daran.

Dann hörten sie draußen im Hof ein Geschrei, weil die Köchin nicht sagen wollte, wo sie die Pastorka mit den Kindern versteckt hatte. Mutti sagte: ‚Wir gehen jetzt runter. Ihr braucht keine Angst zu haben, es tut nicht weh, und ich bin dabei!‘ Wir gingen auf den Hof. Die Soldaten stellten uns nebeneinander an die Wand und knackten mit ihren Gewehren. Einer sagte: ‚Ich schieße nicht auf Kinder!‘ und ging aus dem Hof, die anderen liefen hinter ihm her.

Am anderen Morgen kamen deutsche Soldaten und brachten uns zu Tante Frieda in die Theaterstraße. Fast alle deutschen Männer waren erschlagen worden und viele Frauen und Kinder. Unser Vater kam gesund zurück. Im Gefängnis war er so sicher gewesen wie nirgends sonst in ganz Polen.

Unter den Trümmern der ausgebrannten Kirche fanden wir noch ein Klümpchen Gold von den Schmuckstücken aus der unterirdischen Kammer.

Mein Kanarienvogel war nicht mehr zu finden. Aber weil der liebe Gott alles so geschickt eingerichtet hatte, nahm ich an, er habe auch meinen Kanarienvogel zur rechten Zeit aus dem Käfig gelassen."

„Da hat der liebe Gott aber viel für Sie zu tun gehabt!" bemerkte Annegret mit sanftem Tadel. Meine Eisheiligen begannen zu schmelzen vor der Fülle der göttlichen Liebe. Ich durfte mir ein Lied wünschen.

Von einer Woche zur anderen wurden meine heiligen Jungfrauen wieder zu menschlichen Wesen. Sie zankten sich, sangen weltliche Lieder, spielten, nähten und strickten.

Bis zur nächsten Zeltmission vegetierten wir gemeinsam in den Niederungen geistlichen Lebens und waren glücklich.

PFARRKRÄNZE UND STROHSTERNE

„HEUTE nachmittag ist Pfarrkranz in der Stadt", sagte Manfred beim Frühstück zu mir, „um zwei Uhr müssen wir losfahren."

„Was soll ich anziehen?"

„Schlicht und oifach! Dann fliegen dir bestimmt alle Herzen zu."

Diese Antwort entbehrte jeglicher Originalität. Daß „schlicht und oifach" eine Pfarrfrau am besten kleidet, wußte ich schon seit frühesten Kindertagen. Ich fragte nicht weiter, zog nachmittags ein braves Kleidchen über, bürstete die Haare hübsch häßlich nach hinten und stand pünktlich um vierzehn Uhr dreißig an der Haustür, bereit zur Abfahrt. Aus dem ganzen Dekanatsbezirk strömten die Pfarrehepaare zum monatlichen Treffen ins Gemeindehaus. Man begrüßte sich und nahm an der hufeisenförmigen Tafel Platz. Die Herren setzten sich an den einen Tisch, die Damen an den anderen. Oben auf der Stirnseite thronten die Honoratioren: der Dekan, der Diözesanvereinsvorsitzende, ein paar Emeriti und der Vortragende. Manchmal saß auch die Frau

Dekan neben ihrem Mann, meist jedoch mischte sie sich leutselig unters Volk, das heißt, sie setzte sich zu den Frauen. Hier ging es laut und lustig zu. Man schwatzte über die vier K: Kinder, Küche, Kirche, Kreise. Weißbeschürzte, ältliche Wesen schenkten Kaffee ein. Bevor man jedoch den ersten Schluck tun konnte, erhob sich der Herr Dekan und sprach einige begrüßende Worte. Es folgte die Andacht. Der Diözesanvereinsvorsitzende las die Losung des Tages und sprach dann so lange über sie, bis der Kaffee kalt war. Dann wurden wir aufgefordert, miteinander das Lied „Nun danket all und bringet Ehr" zu singen. Wenn Pfarrer miteinander singen, dann stehen sie erst einmal alle auf. Sie heben den Blick gen Himmel, um dem Gegenüber nicht in den aufgerissenen Mund starren zu müssen und um zu zeigen, daß sie dieses Lied auswendig können, wie es sich für einen Pfarrer gehört. Vor allen Dingen aber singen sie laut. Sie sind es gewöhnt, den Gemeindegesang anzuführen, die Verse richtig zu beginnen, das rechte Tempo anzugeben. So brüllt denn jeder, als stände er in seiner Kirche vor versammelter Gemeinde. Nach neun Strophen durften wir uns setzen, und der unliturgische Teil des Nachmittags begann. Wir tranken kalten Kaffee und aßen dazu Hefezopf oder Schneckennudeln. Weil diese Backwaren nicht in der besten, wohl aber in der kirchlichsten Bäckerei gekauft wurden, vermittelten sie keinen großen Genuß. Auch die hungrigsten Pfarrer nahmen mit wenigen Stücken vorlieb.

Bei festlichen Anlässen, etwa dem Neujahrspfarrkranz, folgte nach dem Kaffee eine Musikeinlage, dargeboten von instrumentenkundigen Pfarrern, Pfarrfrauen oder Pfarrkindern. Diese Darbietungen reichten von kläglich gepiepsten Blockflötenstückchen bis zu gewaltigen Händelsonaten mit langen Sätzen und vielen Wiederholungen. Die Zuhörer – anfangs aufmerksam und beeindruckt – verloren bald jegliche Hoffnung, die Sache könne in absehbarer Zeit ein gutes Ende nehmen.

Es gab hervorragende Musiker unter den Pfarrern, solche, die ausgezeichnet Flöte, Geige oder Cello spielten. Weil sie aber selten zusammen übten, klappten die Aufführungen nie so recht. Das geplagte Auditorium mußte wiederholte Anfänge, Dispute über die verschiedenen Tempoauffassungen und lautes Taktklopfen mit den Füßen über sich ergehen lassen.

Gab es keinen Grund zum Feiern im Pfarrkranz, dann folgte auf den Kaffee der Vortrag. Der Diözesanvereinsvorsitzende begrüßte den Redner und dankte ihm schon im voraus für seine Bemühungen. Er legte dar, warum ihm dieses Thema wichtig erscheine und welche Gedanken ihn dazu bewegten, und, nachdem er dies eine halbe Stunde lang getan hatte, bat er den Redner, mit seinen Ausführungen zu beginnen. Der Vortragende erhob sich, ordnete seine zahlreichen Blätter, sprach die Worte: „Die Zeit ist vorgeschritten, ich will es kurz machen", schaute auf die Uhr, was er leider während seines Vortrages nicht mehr tat, und verbreitete sich über verschiedene Zweige der kirchlichen Arbeit: Gefangenenseelsorge, Schiffermission oder den Stand der Bekehrungen auf den Südseeinseln.

Bei diesen Vorträgen bot sich reichlich Gelegenheit, pfarrfamiliäre Unterwäsche in verschiedenen Verschleißphasen zu betrachten. Es war nämlich Brauch, daß die vielbeschäftigten Pfarrfrauen ihren Stopfkorb oder ihr „Stricket" mitbrachten. Eine weise Gewohnheit, denn die Vorträge entbehrten meist jeglicher Spannung, waren dafür aber weitschweifig angelegt. Die Pfarrherren, gewohnt, selber zu sprechen, rutschten schon bald unruhig hin und her, schielten nach der Uhr und seufzten.

Ihre Frauen dagegen strickten und stopften, nickten dem Redner ab und an wohlwollend zu und freuten sich über jedes Wäschestück, das sie ausgebessert in den Korb zurücklegen konnten.

Nur beim ersten Pfarrkranz saß ich ohne Stopfkorb da, mit müßigen Händen und müdem Kopf den Tiraden des Redners ausgeliefert. Zum nächsten Treffen schleppte ich auch einen Flickkorb mit. Ich hatte schon lange nicht mehr gestopft und konnte es gar nicht erwarten, nach dem Kaffeetrinken an die Arbeit zu kommen. Den Korb stellte ich hinter meinen Stuhl, denn unter den Tisch paßte er nicht.

„Da hat sich aber was zusammengeläppert!" sagte Amtsschwester Birchele anerkennend, „wollen Sie das alles heute fertigbringen?"

„Alles!" sagte ich, „es geht schnell!"

Ich muß zugeben, daß bei diesem Vortrag wenig Frauen zuhörten und noch weniger arbeiteten. Alle Blicke waren auf meine flinken Finger gerichtet. Ich zog die Löcher mit einer Geschwindigkeit zusammen, daß den anderen Näherinnen die Augen übergingen.

„Aber Kindchen, was machen Sie denn da?" flüsterte eine ältere Dame. „Wer soll diese Wäsche denn später anziehen?"

„Wir", sagte ich, „mein Mann und ich!"

Mitleidgetränkte Pfarrfrauenblicke flogen Manfred zu.

Ich stopfte, bis der Korb leer war, und wandte mich dann meinen Nachbarinnen zu, um ihnen zu helfen. Aber sie warfen sich schützend

über ihre Körbe, packten alles zusammen und sagten, daß sie diese
Stücke zu Hause mit der Maschine nähen müßten.

„Sie dürfen die Löcher nicht einfach zuziehen", flüsterte Amtsschwester Schmeider. „Haben Sie denn keinen Handarbeitsunterricht
gehabt?"

„Doch, aber da habe ich vorgelesen."

„Ist es die Möglichkeit?! Können Sie stricken?"

„Nein."

„Häkeln?"

„Nein. Aber ich kann Strohsterne flechten!"

„Nein wirklich? Wie schön und nützlich!"

Nächstes Mal brachte ich den Stopfkorb wieder mit. Mochten sie
ruhig meckern, mir ging diese Arbeit im Pfarrkranz leicht von der
Hand, und außerdem quoll der Korb über, denn die geflickten Löcher
brachen immer wieder auf.

„Hier haben Sie Stroh!" sagte die Frau Dekan und breitete ein halbes
Kornfeld vor mir aus, „machen Sie Strohsterne, bitte! Wir schenken
sie an Weihnachten den Gemeindedienstfrauen."

„Ja, ich würd's schon gern tun, aber meine Flickwäsche..."

„Die teilen wir unter uns auf. Strohsterne sind wichtiger!"

Sie griffen sich meinen Korb und machten sich an die Arbeit. Alle
benützten sie erst einmal die Schere und trennten. Sie stießen leise
Schreie, Pfiffe und Seufzer aus. Der Redner, durch soviel Beifalls-
kundgebungen angefeuert, sprach so lange wie noch nie. Als er schloß,
lagen fünf herrliche Strohsterne vor mir und ein Stoß geflickter Wäsche. Man bewunderte meine Kunstgebilde, ich bestaunte die Wäsche.
Wer hätte gedacht, daß gestopfte Löcher so schön aussehen können.

In Polen hatten wir immer eine Näherin gehabt. Sie nähte unsere
Kleider, sie stopfte unsere Wäsche. Nach der Flucht gab es keine Köchin mehr und keine Näherin. Mutti klapperte mit den Kochtöpfen
und hantierte mit dem Stickrahmen. Sie tat mit Eifer und Unkenntnis,
was sie für nötig hielt. Nun hatte sie als junges Mädchen niemals einen
Strumpf zum Stopfen, ein Wäschestück zum Flicken in die Hände bekommen. Ein Stickrahmen war ihr in die Finger gedrückt worden,
eine Nadel und feine Garne. In der Kunst des Stickens war sie zu höchster Vollkommenheit gediehen. Sie bestickte Sofakissen, Kaffeedek-
ken und Blusen, sie machte mit Hilfe ihrer bunten Garne den garstig-
sten Stoffrest zu einem kleinen Wunderwerk. Also wandte sie diese
Kunst nun bei der zerrissenen Wäsche der Familie an. Löcher verwan-

delten sich in farbenprächtige Blüten, aufgeplatzte Nähte stickte sie mit kunstvollem Kreuzstich zusammen.

Meine Brüder murrten zuerst. Ihnen stickte sie Schmetterlinge und Marienkäfer auf die Unterwäsche. Wenn wir sie aber am Nähtisch sitzen sahen, den Stickrahmen in der Hand, die Zungenspitze zwischen den Lippen, wenn sie das Kunstwerk hochhielt und fragte: ,,Ist es nicht schön geworden? Gefällt es euch?", dann stieg eine Welle der Zärtlichkeit in uns hoch.

,,Wunderschön, Mutti, herrlich!"

Wir gewöhnten uns, buntbestickte Unterwäsche zu tragen. Wenn sich in der Turnstunde die Mädchen über meine Wäsche mokierten, streckte ich ihnen die Zunge heraus. ,,Ihr seid ja bloß neidisch, weil ihr so was nicht habt!"

Nachdem ich unendlich viel Stroh verarbeitet hatte und die Frau Dekan nun auch nicht mehr wußte, wohin mit all den Sternen, wurde mir im Pfarrkranz ein zerrissener Strumpf samt Stopfei in die Hand gedrückt. Ich lernte das Stopfen.

,,Schauen Sie her, meine Liebe", sagte Schwester Schmeider, ,,das ist kein Hexenwerk. Wir zeigen es Ihnen!"

Während der Redner über seine Erfahrungen in der Diaspora sprach, schwitzte ich über Manfreds Socken und war unendlich stolz, als sich statt des Lochs eine schön gestopfte Ferse über dem Stopfei spannte.

Beim Neujahrspfarrkranz wollte ich Manfreds Pullover vorführen. ,,Du, Manfred, zieh doch den Pullover an, den ich dir gestrickt habe. Was meinst du, wie die Damen staunen!"

,,Ja, das ist eine gute Idee", sagte er und rang nach Worten, ,,aber die Sache hat einen Haken. Der Pfarrkranz ist eine festliche Angelegenheit. Ich muß im Anzug erscheinen, so leid mir's tut. Aber nimm ihn doch mit. Er wirkt auch unangezogen sehr dekorativ."

Also brachte ich den Pullover über dem Arm daher und legte ihn auf die festliche Kaffeetafel. Manfred verzog sich eilig an den Herrentisch, aber die Pfarrfrauen standen in sprachloser Bewunderung. Schließlich räusperte sich die Frau Dekan. ,,Ein schönes Stück!" sagte sie, ,,ein Kunstwerk besonderer Art! Trägt er es auch fleißig?"

,,Beim Autowaschen."

Betretenes Schweigen. Dann ließ sich Schwester Kellermann vernehmen. ,,Ich sage immer zu meinem Julius: ,Julius, ein Pfarrer muß sich auch für niedere Dienste adrett kleiden!'"

Ich ging gern zum Pfarrkranz. Die meisten Pfarrfrauen hatten die gleichen Sorgen wie ich und wohnten in ähnlich alten Häusern. Sie hatten wie ich verarbeitete Hände, im Sommer von der Gartenarbeit, im Winter vom Ofenrußen. Es gab natürlich auch Damen, die Spitzendeckchen häkelten, ohne daß der feine Faden an den rauhen Händen hängenblieb; die ein Dienstmädchen hatten und Läufer auf den Treppen. Aber diese Damen bereiteten mir keinen Kummer. Ich beneidete sie ein bißchen und nahm mir vor, bei der Gartenarbeit künftig Gummihandschuhe zu tragen. Kummer machten mir die Tüchtigen. Die, die alles gern, leicht und gut taten. Die nichts Schöneres kannten, als Pflänzchen zu pikieren und Marmelade einzukochen. Die voll Freude mitarbeiteten in der Gemeinde. Die sich nie über Leute ärgerten. Deren Haus und Herz allzeit offenstand für jegliches Gemeindeglied. Die immer das rechte Wort fanden. Diese Amtsschwestern – zum Glück waren es nur wenige – machten mir angst. Mit schlechtem Gewissen kam ich nach solchen Begegnungen wieder zurück in unsere Gemeinde. Was für ein Pech für die Weidener, daß sie nur mich als Pfarrfrau erwischt hatten!

PFARRERS KINDER UND MÜLLERS KÜH...

ENDE April sollte unser Kind zur Welt kommen. Der Arzt hatte es festgestellt und uns versichert, wir könnten uns auf seine Berechnung verlassen.

Zehn Monate waren wir nun verheiratet, und ebensolange trugen wir auch an der Würde und den Pflichten des Pfarramtes. Wir hatten das Haus wohnlich und den Garten urbar gemacht. Wir waren dem schrecklichen Winter entronnen und hatten uns unbeschadet durch den Konfirmationstag gefressen. Jetzt wollten wir vor dem großen Ereignis noch ein Weilchen Urlaub machen.

,,Gehet no!" sagte die Mesnerin, ,,aber passet uff, daß des Kindle net uff'm Roller gebore wird, des wär fei oagnehm!"

,,Ach was, Frau Rüstig! Der Doktor hat gesagt, vier Wochen werden sicher noch vergehen."

,,Na ja, wenn's der Doktor sagt, no wird's scho schtimme. Aber Frau Pfarrer: Der Mensch denkt, Gott lenkt!"

Wir fuhren, und zwar in ein christliches Erholungsheim. Wie wir auf dieses Ferienziel gekommen sind, ist mir heute noch schleierhaft.

Vielleicht wollten wir das Kind schon frühzeitig an christliche Mauern gewöhnen. Vielleicht hatte uns der niedrige Preis verlockt.

Von außen sah es ganz schmuck aus, dieses christliche Erholungsheim, innen aber wirkte es ausgesprochen „schlicht", dazu haftete ihm ein muffig-säuerlicher Kohlgeruch an, der manchen dieser Häuser eigen ist. Einen Fahrstuhl gab es nicht, dafür waren die Wände des Treppenhauses reichlich mit Bibelsprüchen geschmückt, so daß wir auf dem langen, beschwerlichen Weg in den dritten Stock genug Lesestoff hatten. Unser Zimmer glich einer Klosterzelle für Ehepaare, klein, kalt und nur mit dem notwendigsten Mobiliar ausgestattet. Auf jedem Nachttisch lag eine Bibel.

Ich knallte die Bibel demonstrativ in die Nachttischschublade. „Hoffentlich hält das Essen nicht, was alles hier verspricht!"

„Glaub an Wunder!"

Ein Gong erklang. Wir eilten nach unten in den Speiseraum und mußten feststellen, daß der Gong nicht zum Essen, sondern zu einer Andacht gerufen hatte. Weder Suppe noch Nachspeise waren vorgesehen, auf den Tischen lagen nur Gabeln und Messer. Wir nahmen Platz und warteten. Die Andacht dauerte lange. Endlich kamen die Heiminsassen, ältere Herrschaften, lange Röcke, düstere Anzüge. Sie setzten sich nicht. Sie standen hinter ihren Stühlen. Eine sonore Männerstimme sprach ein langes Gebet. Beim Versuch, leise und unbemerkt aufzustehen, warf Manfred seinen Stuhl um. Nach dem Gebet machten wir Anstalten, uns wieder zu setzen, nicht so die anderen Anwesenden. Sie blieben stehen und sangen: „Danket, danket dem Herrn..."

Was für ein überschwenglicher Dank für ein so mickriges Essen! Es gab Pfefferminztee, Brot und ein paar Rädchen Wurst. Bei dem Schlußgebet: „Wir danken Gott für seine Gaben, die wir von ihm empfangen haben..." schwieg ich, um nicht zu heucheln. Erst bei den Worten „...und bitten unsern lieben Herrn, er woll uns hinfort mehr bescheren..." stimmte ich herzhaft mit ein.

Nach dem „Amen" steuerten wir schnell dem Ausgang zu, aber kurz vor der Tür erreichte uns ein älterer Herr, der sich als „Pfarrer in Ruhe Wiesenthal" vorstellte. Er begrüßte den jungen Amtsbruder und bat ihn, morgen den Dienst zu übernehmen. Es handle sich nur um Morgen- und Abendandacht und um die Tischgebete. Dann lud er uns noch zur Bibelstunde ein, die jeden Abend stattfinde, sehr wertvoll wäre und den Kolosserbrief zum Mittelpunkt hätte. Ganz gebrochen

wankten wir die Treppen hinauf. Ein halbes Stündchen blieb noch
Zeit bis zur Bibelstunde. Wir beschlossen, ins Kino zu fahren. An der
Pforte war man erstaunt, daß wir noch fortgingen. Ob wir wüßten,
daß heute abend Bibelstunde wäre? „Ja", sagte Manfred, „wir wissen es."
Draußen stand unser Roller. Wir sausten davon, als sei der Teufel
hinter uns her. Der Weg zum Städtchen war weit und die Straße voller
Löcher. Es gab nur ein Kino, dort lief ein lustiger Film. Wir hatten viel
Spaß und ein schlechtes Gewissen.

„Mir ist so komisch", sagte ich zu Manfred, aber der meinte, das
käme vom Pfefferminztee, den ich nicht gewohnt sei. Auf dem
Heimweg versuchte er die Löcher zu umfahren, mit dem Erfolg, daß
mir noch komischer wurde. Das Erholungsheim lag in völliger Ruhe
und Dunkelheit. Wegen der Bibelstunde hatten wir nicht gewagt, um
einen Hausschlüssel zu bitten. Manfred klopfte an die Eingangstür.
Nichts regte sich, nur hinter dem Haus bellte ein Hund. An der Eingangstür fand sich ein Klingelknopf. Wir drückten ihn, erst zaghaft,
schließlich hemmungslos. Lange rührte sich nichts. Dann endlich erschien die Hausmutter mit aufgelöstem Haar und bitterbösem Gesicht. Sie hätte ein hartes Tagewerk und brauchte ihre Nachtruhe,
sagte sie. In dieser Nacht wurde ihr nicht mehr viel Ruhe zuteil. Kurz
nach Mitternacht erwachte ich, gepeinigt von unerklärlich fürchterlichen Schmerzen. Der Pfefferminztee! Ich hatte mich vergiftet! Plötzlich ließ der Schmerz nach. Ich vermochte wieder klar zu denken und
wußte, was los war.

„Manfred, wach auf! Ich muß ins Krankenhaus! Ich habe Wehen!"
„O Himmel! Auch das noch!"
Er lag einen Augenblick wie erstarrt im Bett, stöhnte dann auf und
sprang in die Höhe. Als ich mich das nächste Mal vor Schmerzen
krümmte, war bereits die geplagte Hausmutter im Zimmer. Ihr einziges Sinnen und Trachten ging dahin, uns möglichst schnell und vor
dem frohen Ereignis aus dem Haus zu bringen. Sie rief ein Taxi und
flehte mich an, doch ja nichts zu überstürzen und ihr in dieser Nacht
nicht noch eine Geburt zu bescheren.

Der Taxifahrer gab Gas. Er fegte über die Straßen und schaute sich
dabei immer wieder besorgt nach mir um. Er ermahnte mich, stark zu
bleiben und nicht etwa zu meinen, ein Taxi wäre der rechte Ort für
eine Geburt. Wir erreichten das Krankenhaus in Rekordzeit.

„Das sollen Wehen sein?" fragte die Hebamme nach kurzer Untersuchung, „das ist noch gar nichts! Warten Sie mal ab, bis die richtigen Wehen kommen!"

Nach dieser beruhigenden Erklärung fiel ich in Ohnmacht. Manfred hielt treulich bei mir aus. Von drei Uhr nachts bis um siebzehn Uhr am nächsten Abend. Er war eine große Anfechtung für die Diakonissen. Sie sagten das auch viele Male sehr deutlich, aber er ließ sich nicht verscheuchen. Nach wenigen Stunden schmolz die Verbitterung der Schwestern dahin. Dieser Mann machte seine Sache gut. Er zeigte keinerlei Aufregung, sprach tröstende Worte zu seiner Frau, fütterte sie und aß den Rest dann selber auf. Vor allen Dingen aber war er Pfarrer, und Pfarrer stehen bei Diakonissen hoch im Kurs.

Ich klammerte mich an den tröstlichen Gedanken, daß schon vor mir Frauen Kinder bekommen und überlebt hatten. Ich dachte an Maria im Stall, allein mit dem alten Josef. Auf den meisten Gemälden sah sie hoheitsvoll unberührt aus, niemals so, als ob sie gerade Schreckliches durchgemacht hätte. Nun ja, sie stand auch in näherer Verbindung zum Himmel. Ich ertappte mich dabei, daß ich sie von Frau zu Frau herzinniglich anflehte, sie möge doch ein gutes Wort für mich einlegen. Ich würde im Überlebensfall ein besserer Mensch werden.

Ich überlebte. Der Arzt klopfte Manfred auf die Schulter und sagte, er hätte es gut gemacht und dürfe bald wiederkommen. Mich lobte niemand, aber ich hielt unseren Sohn im Arm und war glücklich. Wo aber blieb die Milch? Ich hatte gelesen, daß sie zur rechten Zeit „einschieße", es war schon allerhöchste Zeit, und sie schoß nicht. Andreas nuckelte verzweifelt, schrie und schlief ein. Ich weinte, klingelte nach der Schwester und bekam schließlich Fieber.

„Bei uns ist noch kei Kind verhungert!" sagte Schwester Lena, „Geduld, Frau Pfarrer, die Milch kommt schon!"

Sie kam, aber sehr spärlich.

Unser Sohn wuchs heran unter den besorgten und liebevollen Augen der Dorfbewohner. Die Frauen des Dorfes kamen, der Wöchnerin einen Besuch abzustatten und das „Bobbele" anzusehen. Sie brachten Höschen und Hemden mit, Jäckchen, Badetücher und viele gute Ratschläge. Ich solle Haferflocken essen und Malzbier trinken. Ich tat's und wurde davon immer dicker, unser Sohn blieb dünn.

„Des isch aber a magers Buale", sagten die Mütter, wenn sie mit ihren dicken Prachtkindern zur Säuglingsberatung kamen. Sie sahen mich mißbilligend an, so, als glaubten sie, ich äße dem armen Kleinen alles weg.

Wir galten bald als Rabeneltern, weil wir manchmal abends fortgingen und das Kind allein ließen.

Marie und Rosa Walter hießen die beiden Schwestern, die das Lädchen gegenüber dem Pfarrhaus betrieben. Ich stand vor dem Ladentisch und trat ungeduldig von einem Fuß auf den anderen. Ich war in Eile, und heute machten sie ganz besonders langsam voran, bedienten alle anderen vor mir. Jetzt war ich nur noch allein im Laden.

„Frau Pfarrer", die Rosa holte tief Luft, „Frau Pfarrer, des isch fei net recht, daß er Sonndichs in die Kirch ganget un des Bobbele alloi lasset! I ka's nemme mit asehe. Bringet's rüber zu uns. I und die Marie, mir passet uff!"

Also brachten wir Andreas zu ihnen, erst im Kinderwagen, dann mit dem Ställchen, und schließlich lief er allein hinüber. Sie fütterten ihn mit Süßigkeiten und ließen sich erzählen, was so im Pfarrhaus passierte.

„Vati, die Rosa hat desagt, des darfst du nimmer tun!"

„Was darf ich nicht mehr tun?"

„Das Mulchen zum Bett nausschmeißen! Die Rosa hat desagt, da kann man sich was brechen, un anständge Leute tun es nicht!"

„Andreas, du sollst nicht alles von uns erzählen!"

„Doch, die Marie hat desagt, ich soll."

„Mulchen, die Marie hat deweint, weil du desagt hast, ihr Schaufenster is kitschik!"

„O Himmel, Andreas, das darfst du ihr doch nicht erzählen!"

„Warum nich?"

Als er drei Jahre alt war, nahm ich ihn zum ersten Mal mit in den Gottesdienst. Er wollte es unbedingt, ich hatte ihn nicht beeinflußt. Stolz marschierte er an meiner Hand in die Kirche. Kletterte neben mir auf die Bank, blätterte im Gesangbuch, schlug es irgendwo auf und sang laut mit. Die meisten Lieder waren ihm bekannt. Der Kirchenchor übte im Räumle, der Mädchenkreis sang, oben im Bett hörte er alles mit an.

Während der Predigt rutschte er gelangweilt hin und her.

„Wann isch's aus?" fragte er immer wieder, erst laut und deutlich, nach einem Stups von mir nur noch in eindringlichem Flüstern. Als endlich das „Amen" ertönte und Manfred die Kanzel verließ, verabschiedete ihn sein Sohn mit dem Jubelschrei: „Dott sei Dank!"

Nach der Kirche äußerte er sich aber sehr begeistert. Doch, es hätte ihm gefallen, und nächstes Mal wolle er wieder mit.

Ich durchforschte mein Gewissen. Hatte ich ihn vielleicht doch beeinflußt? Natürlich freute ich mich, wenn er mitkam, wenn beim Einmarsch in die Kirche seine Hand vertrauensvoll in meiner lag, wenn die Augen der Gemeinde wohlwollend auf dem kleinen Pfarrersbub ruhten. Ähnlich mochte es meiner Mutter ergangen sein.

Zwei Jahre nach dem ersten Sohn folgte der zweite. Auch Mathias erschien drei Wochen zu früh auf der Welt – nach der Berechnung des Arztes. Wieder gab es Ernährungsprobleme, Tränen und gute Ratschläge.

Rosa und Marie nahmen auch diesen Pfarrerssohn unter ihre schützenden Fittiche, mußten allerdings feststellen, daß er ,,a bös Buale" sei, wenig geneigt, Geheimnisse auszuplaudern, aber stets darauf erpicht, ihre Wohnung zu demolieren und ihre Hühner zu jagen. Auch Mathias wollte wie sein Bruder den Gottesdienst besuchen.

,,Oh, Frau Pfarrer, des ka net gutgehe!" warnte die Rosa.

,,Er will halt so gern. Ich versuch's mal."

Also schritt ich am Sonntag stolz in die Kirche, an jeder Hand einen Sohn. Der Stolz verging mir schnell. Schon beim Eingangslied rutschte Mathias von der Bank, ließ sich nicht halten und wanderte den Mittelgang entlang, um nach Bekannten zu suchen. Er fand denn auch bald zwei. Da saßen die Rosa und die Marie, beide schwarz gewandet, mit sorgenvollen Gesichtern. Er stürzte freudig auf sie zu.

,,Rosa, hasch a Schoklädle? Marie, hasch a Gutsel?"

,,Ja, aber hock di na!"

Sie klemmten ihn zwischen sich und stopften ihm Schokolade in den Mund. Er blieb sitzen, bis alles verschlungen war, gab jeder Schwester einen schmatzenden Kuß, riß sich los und wanderte weiter.

Die Mesnerin lockte mit einem Hustenbonbon. ,,Psch, Mathias, komm her!" Er lief zu ihr hinüber. Sie steckte ihm schnell das Gutsel zwischen die Zähne und wollte ihn auf den Schoß ziehen, er aber hatte inzwischen die Schwester Lina gesichtet.

,,Lina, wart, i komm. Hasch was? Du singsch aber arg laut!"

Andreas versteckte sich schamrot unter der Bank. ,,O Mulchen, wie der sich benimmt!"

Ich versuchte, den Ausreißer durch Blicke heranzulocken, er reagierte nicht. Manfred warf zornige Blicke von der Kanzel hinunter auf seinen Sohn. Die Andacht der Gottesdienstbesucher war empfindlich gestört. Mitten hinein in die Predigt sprach Mathias die Worte ,,I geh!" und hängte sich an die Klinke, um das Kirchentor aufzubringen. Ich lief hinterher. Andreas packte unsere beiden Gesangbücher, erhob sich auch und wandelte würdevoll durch den Mittelgang der Tür zu. Draußen aber stürzte er sich wutschnaubend auf seinen Bruder. „Du Kerl, mit dir ist man vielleicht blamiert!"

Sie stritten sich im Haus, sie stritten sich im Garten, vor den Blicken der entsetzten Gemeinde.

„Schau nur, Karl, wie die Pfarrersbuba mitenander zerfet! Also, so hent onsre nie gschtritte! Un des sollet Pfarrerskinder sei!"

Die Schwierigkeit lag darin, daß ihr Zanken weithin vernehmbar über die Straße gellte, ihr friedliches Spiel aber nicht weiter auffiel.

Sie saßen im Sandkasten, Andreas, Mathias, Nachbars Elisabethle und deren Brüder Hans-Peter und Richard. Sie buddelten im Sand und bauten gemeinsam eine Burg. Ein schönes Bild! Ich stand oben am Küchenfenster, freute mich über den Frieden und hoffte, er möge noch recht lange währen. Da erhob sich unten zorniges Geschrei. Jemand war auf die Burg getreten.

„Meinsch du, weil du der Pfarrersbub bisch, verschlag i di net?" schrie Hans-Peter.

„I hab's aus Versehen gemacht, nicht absichtlich, ehrlich!" rief Andreas und zog sich vorsichtig zurück.

Hans-Peter griff nach einem Stecken. Mathias nahm die Sandschaufel und stellte sich schützend vor seinen Bruder. Sie gingen aufeinander los, ich rannte nach unten. Aber ich hätte nicht zu kommen brauchen, der Nachbar hatte bereits eingegriffen. Mit der einen Hand hielt er Mathias am Schopf, mit der anderen Hans-Peter. Die kleine Elisabeth hatte sich aus dem Staube gemacht. Andreas und Richard standen etwas abseits.

„Des isch vielleicht a Lompedierle!" sagte Nachbar Meyer und gab Mathias einen Schubs, daß er in meine Arme flog, dann ging er mit seinem Sohn zum Hof hinaus.

„Der wüschte Dinger, der gemeine Kerl!" Mathias kochte vor Zorn.

„Schäm dich, Mathias, pfui! Du hast ihm mit der Schaufel auf die Finger gehaun! Das darfst du nicht!"

„On er? On er! Da guck!" Er hielt mir sein verschwitztes Gesicht entgegen. Tatsächlich, die Nase blutete ein wenig.

„Und der Herr Meyer hat was ganz Gemeines zu uns gesagt", ließ sich Andreas vernehmen.

„Was hat er denn gesagt?"

„Genau weiß ich's nimmer, aber angefangen hat's: Pfarrers Kinder und Müllers Vieh..., und dann kam das Gemeine. Wirklich, Mulchen, was ganz Scheußliches!"

„Ich kenn das Sprüchle, Andreas. Aber es ist nicht schlimm und überhaupt nicht gemein. Es heißt: Pfarrers Kinder und Müllers Küh – wenn sie gedeihn, gibt's gutes Vieh!"

„Nee, Mulchen", riefen sie beide, „so hat's nicht geheißen!"

EPILOG

„WOHIN könnten wir dieses Jahr mit unseren Gemeindedienstfrauen fahren?" Manfred fragte es beim Frühstück, uneingedenk meiner morgendlichen Schwierigkeiten.

„Müssen wir das unbedingt jetzt besprechen in aller Herrgottsfrühe? Ich bin noch gar nicht richtig aufgewacht."

„Ja, das müssen wir unbedingt jetzt besprechen, weil ich heute die Einladungen verschicken will und den Omnibus bestellen, und weil wir schon tief im Oktober sind und es höchste Zeit wird für den Ausflug."

Ich seufzte gequält, aber er ließ sich nicht stören.

„Also vor zwei Jahren haben wir in Stetten die Anstalten besichtigt, letztes Jahr waren wir im Blühenden Barock..."

„O Himmel, ja, bei strömendem Regen! Frau Birkle hat sich den Fuß verstaucht, als sie über eine Pfütze springen wollte, und Frau Waier hat mir gestern gesagt, sie hätte sich damals einen Schnupfen fürs Leben geholt. Das war kein großer Erfolg!"

„Eben! Drum müssen wir dieses Jahr etwas Besseres finden! Es sollte eine Sehenswürdigkeit sein, die nicht so bekannt ist, oder ein Ort, zu dem wir eine Beziehung haben..."

Er sah mich an, ich sah ihn an. „Weiden", sagten wir wie aus einem Munde.

„Daß wir nicht schon früher drauf gekommen sind!" rief er, „natürlich, wir zeigen ihnen Weiden, die Kirche, den Hochaltar..."

„Und die Pfarrbank und den Garten! Vielleicht gibt es noch Mostbirnen, da dürfen sie mal reinbeißen."

Mein Blutdruck stieg. Manfred eilte ans Telefon, um den Omnibus zu bestellen. Vor zwölf Jahren hatten wir Weiden verlassen, und seitdem waren wir nicht mehr dort gewesen.

„Wollt ihr mit nach Weiden?" fragte ich die Buben beim Mittagessen.

„Ja!" riefen sie beide, „wann fahren wir?"

„Am Samstag mit den Gemeindedienstfrauen."

„Was? Lauter Weiber? Und wir die einzigen Männer? Nee, Mulchen!"

„Ist der Vati vielleicht kein Mann, und der Vikar auch nicht?"

„Na ja", Mathias grinste, „in gewisser Weise schon, aber... Nee, Mulchen, so leid's mir tut, am Samstag geht's nicht, ich muß zum Segelfliegen."

„Und ich zum Volleyballspielen", sagte Andreas, „übrigens, wenn ihr mit dem Bus fahrt, braucht ihr ja das Auto nicht. Das ist günstig, weil der Sportplatz so außerhalb liegt. Krieg ich's, Vati?" Manfred knurrte ungnädig. „Danke", rief Andreas, „und grüßt die Marie und die Rosa von mir!"

„Von mir auch!" Damit war der Fall für die beiden erledigt.

Der Omnibus bog in eine kleine asphaltierte Straße ein. Wir sahen einen Bauernhof zur Rechten, einen Teich zur Linken und dann das Schild „Weiden 3 km". Die Gemeindedienstfrauen klebten an den Fenstern. Wir hatten ihnen die ganze Fahrt lang von Weiden erzählt.

„Der Kirchturm!"

In warmem Rot stieg er aus den Wiesen empor, er war neu gedeckt. Der goldene Hahn funkelte. Wir fuhren die Dorfstraße hinunter. Hunde bellten, Hühner stoben gackernd auseinander. Leute standen vor den Häusern und starrten dem Omnibus nach. Wir hielten vor der Kirche. Die Frauen stiegen aus dem Bus und erfüllten den Kirchplatz mit munteren Reden.

„Was für ein idyllisches Dörflein!" Frau Waier nieste anerkennend, „richtig romantisch! Eine Oase des Friedens! Kein Wunder, Frau Pfarrer, daß Sie hier so glücklich waren!"

„Ja, gibt's denn so ebbes?!" Die Mesnerin wuselte herbei, klein, dick und flink wie eh und je. „Ja, grüß Gott, Herr Pfarrer! Frau Pfarrer! I han scho denkt, sie hättet uns vergesse."

„Grüß Gott, Frau Rüstig. Wie geht's denn?"

„Na, wie's eim halt so geht. Mer wird älter, Frau Pfarrer. Wellet er die Kirch agucke mit all dene Weibsleut?"

„Ja, das täten wir gerne."

Sie holte den großen Schlüssel und schloß das Hauptportal auf, wir drängten uns in die Kirche. Der alte wohlvertraute Geruch drang in

meine Nase. Es roch nach Braten und Mottenkugeln, nach Kerzen-
wachs und Stall, oh, wie ich diese Duftkomposition liebte! Mir war, als
wäre ich nach langem Exil wieder heimgekehrt.

Die Gemeindedienstfrauen bewunderten den goldenen Schnitzaltar
und zwängten sich zu mir auf die Pfarrbank, um auszuprobieren, wie
unbequem man darin saß.

„Schrecklich, Frau Pfarrer! Daß Sie das so lange ausgehalten haben!
Gell, da sitzt man bei uns besser?"

„Aber jetzt müssen Sie noch unseren Garten anschauen!" Ich
drängte sie aus der Kirche hinaus, dem Pfarrhaus zu. Im Garten wu-
cherten Unkraut und Goldraute. Die Müllgrube stank leise vor sich
hin. Ich schaute durch das Waschküchenfenster ins Haus hinein.

„'s isch niemand do", sagte die Mesnerin, „mir send scho zwei
Monat lang vakant, dabei isch des Parkett versiegelt worre, un e Bad
gibt's fei au. Wellet er ins Haus nei?"

„Nein, danke", sagten wir beide.

Sie kamen die Straße heraufgekeucht: Annegret, Marianne, Martha,
Elisabeth... mein Mädchenkreis. Es hätte nicht viel gefehlt, und ich
wäre ihnen in die Arme gesunken.

„Grüß Gott, Frau Pfarrer! Mir hent scho denkt, Sie möget uns
nemme."

Annegret hielt ein kleines Mädchen an der Hand. „Des isch mei
Kloine", sagte sie, „komm her, Kröttle, gib der Frau Pfarrer d' Hand.
Sag, wie du heischt!"

Das Kind murmelte Unverständliches und steckte den Daumen in
den Mund.

„Ach, laß sie doch, Annegret. Sie braucht nichts zu sagen, wenn sie
nicht will."

„Aber i will's! Auf geht's, Krott! Wie heischt du?"

Ich kramte einen Kaugummi aus der Tasche und hielt ihn der Kleinen vor die Nase. „Da, der ist für dich, aber jetzt sag mir auch, wie du
heißt."

Sie nahm den Daumen aus dem Mund, grabschte nach dem Kaugummi und sprach: „Amei..."

Amei-Angelika Müller

Als dritte Tochter eines Pfarrers wurde ich 1930 in Polen geboren. Der Beruf meines Vaters und die Kriegsjahre bescherten mir eine abwechslungsreiche Kindheit. Bevor ich mich zu sehr an Menschen oder Dinge gewöhnen konnte, zogen wir auf eine neue Pfarrstelle, oder aber unser Haus wurde niedergebrannt, oder wir mußten fliehen. Auf diese Weise lernte ich, leicht und schnell Abschied zu nehmen und mein Herz nicht an weltlichen Tand zu hängen. Ich besuchte eine stattliche Reihe von Schulen, erst in Polen und dann im lieben deutschen Vaterland, machte 1950 das Abitur und studierte Jura. Dies tat ich aus dem Verlangen heraus, später als Rechtsanwältin auch einen so kleidsamen Talar tragen zu dürfen, wie ich ihn allsonntäglich an meinem Vater bewundern konnte. Es lag nicht in meiner Absicht, in Pfarrerskreise einzuheiraten, doch war der Mann, an den ich mein Herz verlor, zufällig ein Theologiestudent. Um seinetwillen ertrugen mich schon drei Gemeinden in Geduld, welche christliche Tugend ich auch von den Lesern meines Buches erbitte.

WILD WIE DAS MEER
Deutsche Buchausgabe: „Wild wie das Meer" (Hungry as the Sea)
Paul Zsolnay Verlag GmbH, Wien, 1979
© 1978 by Wilbur Smith

EMMA UND ICH
Deutsche Buchausgabe: „Emma und ich" (Emma and I)
Marion von Schröder Verlag GmbH, Düsseldorf, 1978
© 1977 by Sheila Hocken
Fotos S. 195, S. 226, S. 276 (oben) von Oliver Hatch
Fotos S. 239 (links oben), S. 239 (rechts oben) Nottingham Evening Post

FLUG IN DIE HÖLLE
© 1977 by F. A. Herbig Verlagsbuchhandlung München
Alle Rechte an den Bilddokumenten bei Hans Bertram
Die Luftaufnahmen sind freigegeben durch
R.L.M. unter Nr. 2977/37/1a

PFARRERS KINDER, MÜLLERS VIEH
© 1978 by Eugen Salzer Verlag, Heilbronn

Die ungekürzten Ausgaben von
„Wild wie das Meer",
„Emma und ich"
„Flug in die Hölle" und
„Pfarrers Kinder, Müllers Vieh"
sind im Buchhandel erhältlich